HEYNE
BÜCHER

CLIVE BARKER

STADT DES BÖSEN

Roman

Aus dem Englischen
von Joachim Körber

Deutsche Erstausgabe

WILHELM HEYNE VERLAG
MÜNCHEN

HEYNE ALLGEMEINE REIHE
Nr. 01/9595

Titel der Originalausgabe
EVERVILLE

Redaktion: Werner Bauer

Printed in Germany 1995
Umschlaggestaltung: Atelier Ingrid Schütz, München
Gesamtherstellung: Ebner Ulm

ISBN 3-453-08914-6

Erinnerungen, Träume und Phantasiegespinste – Vergangenheit, Zukunft und der Augenblick des Traums dazwischen – bilden ein Land, das einen einzigen, unsterblichen Tag lang existiert.

Das zu wissen, ist Weisheit.

Es sich nutzbar zu machen, ist die ›Kunst‹.

Inhalt

Teil Eins

Was war, ist und sein wird

I

1

Hoffnung brachte sie zu Fall. Hoffnung und die Gewißheit, daß die Vorsehung sie genug für ihre Träume hatte leiden lassen. Sie hatten unterwegs schon so viele verloren – Kinder, Heiler, Anführer, durch die Bank –, sicherlich, redeten sie sich ein, würde Gott sie vor weiteren Verlusten bewahren und ihren Kummer und ihr Leid vergelten, indem er sie an einen Ort des Überflusses führte.

Als die ersten Vorboten des Schneesturms erschienen – Wolken über den vor ihnen liegenden Gipfeln, die die Gewitterwolken von Wyoming zur Zwergenhaftigkeit schrumpfen ließen, Eiskristalle im Wind –, hatten sie zueinander gesagt: Das ist sie, das ist die letzte Prüfung. Wenn wir jetzt umkehren, uns von Wolken und Eis einschüchtern lassen, dann werden alle, die wir unterwegs begraben haben, umsonst gestorben, ihr Leid und unseres vergeblich gewesen sein. Wir müssen weiter. Mehr denn je müssen wir jetzt an den Traum vom Westen glauben. Schließlich, sagten sie zu sich, haben wir erst Anfang Oktober. Vielleicht werden wir ein oder zwei Schneegestöber erleben, wenn wir bergauf ziehen, aber bis der Winter kommt, werden wir die Berge längst hinter uns gelassen haben und auf der anderen Seite sein, inmitten grüner Wiesen.

Also weiter; für den Traum.

Jetzt war es zu spät, noch umzukehren. Selbst wenn die Schneefälle der vergangenen Woche den Paß hinter den Pionieren nicht unpassierbar gemacht hätten, wären die Pferde zu unterernährt und zu erschöpft von dem Aufstieg gewesen, die Wagen wieder den Berg hinab zu ziehen. Die Reisenden hatten keine andere Wahl, als beharrlich weiterzugehen, auch wenn sie längst jegliche Orientierung verloren hatten und durch eine weiße Ewigkeit zogen, die undurchdringlicher als die dunkelste Nacht schien.

Manchmal riß der Wind die Wolken ein wenig auf, aber weder vom Himmel noch von der Sonne war je eine Spur zu sehen, sondern lediglich der nächste unbarmherzige Gipfel, der zwischen ihnen und dem verheißenden Land aufragte, derweil Schnee als träge Fahne von seinem Kamm geweht wurde, sich zerstreute und auf die Hänge herniedersank, die sie überwinden mußten, wenn sie überleben wollten.

Die Hoffnung war gering und wurde mit jedem Tag geringer. Von den dreiundachtzig optimistischen Seelen, die im Frühjahr des Jahres 1848 von Independence, Missouri, aufgebrochen waren (sechs Geburten unterwegs trieben die Zahl noch in die Höhe), waren noch einunddreißig am Leben. In den ersten drei Monaten der Reise, durch Kansas, nach Nebraska, und dann hundertsiebenundachtzig Meilen durch Wyoming, mußten sie lediglich sechs Todesfälle hinnehmen. Drei ertranken; zwei verirrten sich, man vermutete, daß sie von Indianern getötet worden waren; einer beging Selbstmord durch Erhängen an einem Baum. Doch mit der Hitze des Sommers kamen Krankheiten zuhauf, und die Anstrengungen der Reise forderten ihren Tribut. Die ganz Jungen und ganz Alten erwischte es zuerst; fauliges Wasser oder schlechtes Fleisch machte sie krank. Männer und Frauen, die noch vor fünf oder sechs Monaten im besten Alter gewesen waren, zäh, tapfer und in der Blüte ihrer Jahre, wurden zu Schatten ihrer selbst, als die Lebensmittelvorräte schwanden und das Land, wo es von mannigfaltigem Wild und Früchten wimmeln sollte, ihnen den versprochenen Überfluß vorenthielt. Die Männer entfernten sich manchmal tagelang von dem Wagentreck, um Nahrung zu suchen, und kehrten hohläugig und mit leeren Händen zurück. Daher mußten die Reisenden in einem ohnedies schon geschwächten Zustand der Kälte trotzen, deren Wirkung sich als katastrophal erwies. Siebenundvierzig Mitreisende starben binnen drei Wochen, besiegt von

Frost, Schnee, Erschöpfung, Hunger und Hoffnungslosigkeit.

Herman Deale, seit dem Tod von Doc Hodder der beste Ersatz für einen Arzt, den die Überlebenden hatten, fiel die Aufgabe zu, über die Todesfälle Buch zu führen. Wenn sie Oregon erreichten, das gelobte Land im Westen – so hatte er den Überlebenden erzählt – würden sie gemeinsam für die Dahingegangenen beten und jedem einzelnen die letzte Ehre erweisen, dessen Dahinscheiden er in seinem Tagebuch vermerkt hatte. Bis zu jenem glücklichen Zeitpunkt sollten die Überlebenden sich nicht zu sehr mit den Toten befassen. Sie fanden Trost im Reich Gottes und würden den Hinterbliebenen keine Vorwürfe wegen der flachen Gräber oder allzu knappen Gebete machen.

»Wir werden liebevoll von ihnen sprechen«, hatte Deale verkündet, »wenn wir wieder eine Verschnaufpause haben.«

Am Tag nach diesem Versprechen an die Adresse der Opfer reihte auch er sich in ihre Schar ein; seine sterbliche Hülle erlag den Strapazen, als sie ein schneebedecktes Feld überquerten. Sein Leichnam wurde nicht begraben, zumindest nicht von Menschenhand. Es schneite so heftig, daß sein Körper, als die verbliebenen Siedler seine wenigen Habseligkeiten unter sich aufgeteilt hatten, unter einer Schneedecke verschwunden war.

In dieser Nacht starben Evan Babcock und seine Frau Alice im Schlaf, und Mary Wilcocks, die ihre fünf Kinder überlebt und mit angesehen hatte, wie ihr Mann vor Gram zugrunde ging, schied mit einem Seufzer aus dem Leben, der noch vom Antlitz der Berge widerhallte, als das erschöpfte Herz, dem er sich entrungen hatte, längst nicht mehr schlug.

Ein neuer Tag brach an, aber auch er brachte keinen Trost. Es schneite so heftig wie eh und je; und nicht eine einzige Lücke in der Wolkendecke, die den Siedlern gezeigt hätte, was vor ihnen lag. Sie trotteten mit gesenkten Köpfen weiter, zu erschöpft, um zu sprechen, geschweige denn zu singen, wie sie es in den strahlenden Monaten Mai und Juni getan hatten, als ihr Hosianna zum Himmel erklang und ihr grandioses Abenteuer pries.

Einige beteten stumm und baten Gott um die Kraft, zu überleben. Und manche schlossen, möglicherweise, das Versprechen in ihr Gebet ein, sollte ihnen die Kraft gewährt werden und sie diese weiße Einöde überwinden und auf eine grüne Wiese gelangen, würde ihre Dankbarkeit grenzenlos sein und sie würden bis ans Ende ihrer Tage Zeugnis ablegen, daß sich, trotz allen Leids dieses irdischen Jammertals, kein Mensch jemals von Gott abwenden sollte, denn Gott war immerwährende Hoffnung.

2

Am Anfang der Reise nach Westen hatten alles in allem zweiunddreißig Kinder zu dem Treck gehört. Nun war nur noch eines übrig. Ihr Name war Maeve O'Connell; eine unscheinbare Zwölfjährige, deren hagerer Körper nichts von der Stärke verriet, welche all jene in Erstaunen versetzt haben würde, die im Frühling die Köpfe geschüttelt und ihrem verwitweten Vater gesagt hatten, daß sie die Reise nie und nimmer überstehen würde. Sie war nur Haut und Knochen, sagten sie, verkümmerte Beine, verkümmerter Leib. Wahrscheinlich auch ein verkümmerter Verstand, flüsterten sie hinter vorgehaltener Hand, genau wie Harmon, ihr Vater, der ausschweifend von seinen Ambitionen im Westen erzählt hatte, während sich die Gruppe in Missouri versammelte. Oregon konnte durchaus der Garten Eden sein, hatte er gesagt, aber nicht die Wälder und Berge würden es als Ort menschlichen Triumphs ausweisen; das blieb der ruhmreichen, strahlenden Stadt vorbehalten, die er dort zu errichten gedachte.

Närrisches Geschwätz, war die heimliche Meinung darüber, zumal von einem Iren, der nur Dublin und die Gassen von Liverpool und Boston gesehen hatte. Was konnte er schon von Türmen und Palästen wissen?

Als die Reise erst einmal begonnen hatte, machten diejenigen, die Harmon verabscheuten, kein Hehl mehr aus ihrer Einstellung, und er lernte ziemlich schnell, nur noch mit seiner Tochter über seine Ambitionen als Städtegründer zu reden. Seine Mitreisenden hatten bescheidenere Hoffnungen für das Land, das vor ihnen lag. Ein Wäldchen, aus dessen Holz man eine Blockhütte bauen konnte, guter Boden, frisches Wasser. Allen mit einer grandioseren Vision standen sie argwöhnisch gegenüber.

Nicht, daß ihre bescheidenen Anforderungen sie anschließend vor dem Sterben verschont hätten. Viele der Männer und Frauen, die nicht mit Verachtung für Harmon gegeizt hatten, waren jetzt tot und weit von gutem Boden und frischem Wasser entfernt begraben, während der verrückte Mann und seine spindeldürre Tochter noch lebten. Selbst während der letzten, verzweifelten Tage tuschelten Maeve und Harmon miteinander, wenn sie neben ihrer halbverhungerten Mähre marschierten. Und wenn sich der Wind einen Augenblick drehte, trug er ihre Worte zu den anderen in der Nähe. So erschöpft sie waren, sprachen Vater und Tochter immer noch von der Stadt, die sie erbauen würden, wenn sie diese Prüfung hinter sich gebracht hätten; ein Wunder, das noch existieren würde, wenn jede Blockhütte in Oregon verfallen und die Erinnerungen an ihre Erbauer zu Staub geworden waren.

Sie hatten sogar einen Namen für die den Zeiten trotzende Metropole.

Sie sollte Everville genannt werden.

Ah, Everville!

Wie viele Nächte hatte Maeve ihren Vater von der Stadt erzählen hören, während er in das prasselnde Feuer schaute, aber mit seinem geistigen Auge etwas ganz anderes sah: die Straßen, die Plätze und die Nobelhäuser des geplanten Wunderwerks.

»Manchmal glaubt man, du wärst schon dort gewesen«, hatte Maeve eines Abends Ende Mai zu ihm gesagt.

»Oh, ich war schon dort, mein liebes Mädchen«, hatte er

geantwortet und über das weite Land zur untergehenden Sonne gesehen. Selbst in jenen Monaten des Überflusses war er ein abgerissener, schmächtiger Mann gewesen, aber seine grandiose Vision machte seine schmale Stirn und die verkniffenen Lippen wett. Sie liebte ihn ohne Einschränkung, wie ihre Mutter vor ihr, ganz besonders aber, wenn er von Everville sprach.

»Und wann hast du sie gesehen?« wollte sie wissen.

»Oh, in Träumen«, antwortete er. Er senkte die Stimme zu einem Flüstern. »Erinnerst du dich an Owen Buddenbaum?«

»O ja.«

Wie hätte jemand den außergewöhnlichen Mr. Buddenbaum vergessen können, der sich während des kurzen Aufenthalts in Independence mit ihnen angefreundet hatte? Ein ingwerfarbener Vollbart, der langsam grau wurde; ein gewichster Schnurrbart, dessen Spitzen zu seinem Zenit zeigten; der üppigste Pelzmantel, den Maeve je gesehen hatte, und eine derart melodische Stimme, daß die banalsten Dinge, die er von sich gab (und für Maeve machten sie den Großteil seiner Konversation aus) sich wie himmlische Weisheit anhörten.

»Er war wunderbar«, sagte sie.

»Weißt du, weshalb er uns ausgesucht hat? Weil er hörte, wie ich deinen Namen rief, und wußte, was er bedeutet.«

»Du hast gesagt, er bedeutet Freude.«

»So ist es«, entgegnete Harmon und beugte sich etwas näher zu seiner Tochter, »aber es ist auch der Name eines irischen Fabelwesens, das Männer in ihren Träumen besucht.«

Das hatte sie noch nie gehört. Ihre Augen waren groß. »Stimmt das?«

»Ich könnte dich niemals belügen«, antwortete er, »nicht mal zum Spaß. Ja, Kind es stimmt. Und als er hörte, wie ich dich rief, nahm er meinen Arm und sagte: *Träume sind Türen, Mr. O'Connell.* Das waren die ersten Worte, die er zu mir sagte.«

»Und dann?«

»Dann sagte er: *Wenn wir nur den Mut aufbringen, über die Schwelle zu treten . . .*«

»Erzähl weiter.«

»Nun, der Rest soll einem anderen Tag vorbehalten bleiben.«

»Papa!« protestierte Maeve.

»Du kannst stolz auf dich sein, Kind. Wärst du nicht gewesen, hätten wir Mr. Buddenbaum nie kennengelernt, und ich glaube, in dem Moment, als wir ihn kennengelernt haben, hat sich das Glück für uns gewendet.«

Er wollte sich nicht weiter auf das Thema einlassen und kam statt dessen darauf zu sprechen, welche Bäume auf der Hauptstraße von Everville gepflanzt werden sollten. Maeve war schlau genug, ihn nicht zu bedrängen, aber danach dachte sie häufig über Träume nach. Manchmal erwachte sie mitten in der Nacht, während ihr die zusammenhanglosen Bruchstücke eines Traums durch den Kopf gingen, sah zu den Sternen empor und dachte: *War ich an der Tür? Und gab es etwas Wunderbares auf der anderen Seite, das ich schon wieder vergessen habe?*

Sie war fest entschlossen, diese Bruchstücke nicht mehr entschwinden zu lassen, und mit etwas Übung gelang es ihr, sie sich nach dem Aufwachen einzuprägen und laut zu rezitieren. Worte, stellte sie fest, konnten die Bruchstücke halten, und sei es auch nur ansatzweise. Mehr als ein paar Silben waren nicht erforderlich, um einen Traum dem Vergessen zu entreißen.

Sie behielt ihre Fähigkeit für sich (nicht einmal ihrem Vater gegenüber erwähnte sie sie), und an langen, staubigen Sommertagen war es ein angenehmer Zeitvertreib für sie, im Planwagen zu sitzen und die Fetzen von Träumen zusammenzunähen, an die sie sich erinnerte, so daß sie seltsamere Geschichten ergaben als alle, die sie in ihren Büchern fand.

Was nun den schmeichlerischen Mr. Buddenbaum betraf: Sein Name wurde eine längere Zeitspanne über nicht mehr erwähnt. Als der Name schließlich *doch* wieder fiel, geschah es unter so seltsamen Umständen, daß Maeve es bis zu ihrem Tod nicht mehr vergessen würde.

Sie überquerten die Grenze von Oregon, und den Berechnungen von Dr. Hodder zufolge (der die Gruppe an jedem dritten Abend zusammenrief und Bericht ablegte, wie weit sie vorangekommen waren), standen die Chancen nicht schlecht, daß sie die Blue Mountains überquert haben und die grünen Täler von Oregon vor sich sehen würden, bevor der erste Hauch von Herbst in der Luft lag. Die Vorräte waren knapp, dafür hatte die Stimmung einen Höhepunkt erreicht, und im Hochgefühl des Augenblicks sagte Maeves Vater etwas über Everville: eine beiläufige Bemerkung, die unbemerkt geblieben wäre, wäre nicht einem der Mitreisenden, einem verschlagenen Mann namens Goodhue, der Whiskey ausgegangen, weshalb er jemanden brauchte, an dem er seine Wut auslassen konnte. Nun hatte er einen gefunden und stürzte sich mit Feuereifer auf ihn.

»Deine verdammte Stadt wird nie gebaut werden«, sagte er zu Harmon. »Keiner von uns will sie.« Er sprach mit lauter Stimme, und ein paar der Männer – die Streit in der Luft liegen spürten und darauf brannten, etwas Abwechslung zu erleben – kamen herübergeschlendert, um sich den Disput nicht entgehen zu lassen.

»Laß ihn doch, Papa«, hatte Maeve ihrem Vater zugemurmelt und seine Hand ergriffen. Aber sie sah an seiner gerunzelten Stirn und den zusammengepreßten Kiefern, daß er nicht die Absicht hatte, dieser Herausforderung den Rücken zu kehren.

»Warum sagst du das?« fragte er Goodhue.

»Weil es *dumm* ist«, antwortete der Trunkenbold. »Und du bist ein Narr.«

Seine Worte klangen nuschelnd, aber am Ausmaß seiner Verachtung konnte kein Zweifel bestehen.

»Wir sind nicht hierhergekommen, um in deinem kleinen *Käfig* zu leben.«

»Es wird kein Käfig sein«, antwortete Harmon. »Es wird ein neues Alexandria sein, ein neues Byzanz.«

»Von denen hab' ich noch nie gehört«, meldete sich eine dritte Stimme.

Der Sprecher war ein Hüne von einem Mann namens Pottruck. Selbst in der schützenden Umarmung ihres Vaters erzitterte Maeve bei seinem Anblick. Goodhue war ein Großmaul, mehr nicht. Aber Pottruck war ein Grobian, der seine Frau einmal so verprügelt hatte, daß sie fast gestorben wäre.

»Das waren große Städte«, sagte Harmon, der seine Gelassenheit nicht verlor, »wo die Menschen in Frieden und Wohlstand lebten.«

»Wo hast du diese ganze Scheiße gelernt?« stieß Pottruck hervor. »Ich weiß, daß du eine Menge Bücher liest. Wo hast du sie versteckt?« Er ging auf O'Connells Planwagen zu. »Bringste se freiwillig raus, oder soll ich se für dich rausholen?«

»Lassen Sie in Ruhe, was uns gehört!« sagte Harmon und stellte sich vor den Hünen.

Ohne auch nur einen Schritt auszusetzen, fegte Pottruck Harmon beiseite, daß er zu Boden ging. Dann zog er sich, dicht gefolgt von Goodhue, auf den Wagen hinauf und schlug die Plane zurück.

»Bleibt da draußen!« sagte Harmon, rappelte sich auf und stolperte zu seinem Wagen.

Als er sich ihm bis auf wenige Schritte genähert hatte, wirbelte Goodhue mit einem Messer in der Hand herum. Er ließ Harmon lächelnd seine vom Whiskey verfaulten Zähne sehen. »Nnnnn«, sagte er.

»Papa . . .« sagte Maeve mit tränenerstickter Stimme, ». . . bitte nicht.«

Harmon sah seine Tochter an. »Mit mir ist alles in Ordnung«, sagte er. Er ging nicht weiter, sondern sah einfach zu, wie Goodhue auf den Wagen kletterte und zusammen mit Pottruck das Innere auseinandernahm.

Der Lärm ihrer Suche hatte eine größere Menschenmenge angelockt, aber keiner der Schaulustigen kam Harmon und seiner Tochter zu Hilfe. Die meisten konnten Pottruck ebensowenig leiden wie die O'Connells, aber sie wußten, wer ihnen mehr Schaden zufügen konnte.

Dann ertönte ein zufriedenes Grunzen aus dem Inneren des Wagens, und Pottruck kam mit einer polierten Teakholztruhe zum Vorschein, die er unbekümmert auf den Boden warf. Goodhue sprang vor seinem Spießgesellen von dem Wagen herunter und machte sich daran, die Truhe mit dem Messer aufzubrechen. Es gelang ihm nicht, daher stach er in seiner ohnmächtigen Wut auf den Deckel ein.

»Mach sie nicht kaputt«, sagte Harmon seufzend. »Ich öffne sie für dich.«

Er nahm einen Schlüssel, den er an einer Kette um den Hals trug, kniete nieder und schloß die Truhe auf. Pottruck war inzwischen ebenfalls von dem Wagen heruntergesprungen, stieß Harmon beiseite und kickte den Deckel mit dem Fuß auf.

Maeve hatte schon viele Male gesehen, was sich in der Truhe befand. Für Ungebildete war es nicht viel – nur ein paar Papierrollen, mit Lederschnüren zusammengebunden –, aber für sie und ihren Vater waren es Schätze. Die Stadt Everville harrte auf diesen Pergamentblättern ihrer Geburt; ihre Kreuzungen und Plätze, ihre Parks und Boulevards und öffentlichen Gebäude.

»Was hab' ich gesagt?« stieß Pottruck hervor.

»Du hast was von Büchern gesagt«, antwortete Goodhue.

»Einen *Scheißdreck* hab' ich gesagt«, entgegnete Pottruck, der unter den Rollen suchte und sie hin und her warf, um etwas zu finden, das er als wertvoll erachtete.

Maeve sah ihrem Vater in die Augen. Er zitterte von Kopf bis Fuß, sein Gesicht war aschfahl. Sein Zorn, schien es, war von Fatalismus überwunden worden, und darum war sie froh. Papier konnte man ersetzen. *Ihn* nicht.

Pottruck hatte seine Suche aufgegeben, und sein gelangweilter Gesichtsausdruck deutete darauf hin, daß er bereit war, wieder zu seinem Wagen zurückzukehren und dort seine Frau zu verprügeln, und wahrscheinlich hätte er das auch getan, wenn Goodhue nicht etwas Interessantes auf dem Boden der Truhe entdeckt hätte.

»Was ist das?« sagte er, hielt inne und griff tief in die Truhe hinein. Ein Grinsen erhellte sein unrasiertes Gesicht. »Für mich sieht das hier nicht wie 'n Scheißdreck aus.«

Er holte seinen Fund ans Licht, wickelte ihn aus dem schützenden Packpapier aus und hielt ihn hoch, damit die Anwesenden ihn sehen konnten. Das war etwas, das nicht einmal Maeve zu Gesicht bekommen hatte, daher sah sie es voller Staunen an. Es schien eine Art Kreuz zu sein, aber keines, das erkannte sie, wie es ein Christ tragen würde.

Sie näherte sich ihrem Vater und flüsterte: »Was ist das, Papa?«

»Es war ein Geschenk . . .« antwortete er, » . . . von Mr. Buddenbaum.«

Marsha Winthrop, eine der Frauen und einige der wenigen, die Maeve gegenüber je so etwas wie Freundlichkeit hatte erkennen lassen, trat aus der Menge der Schaulustigen, um sich Goodhues Fund näher anzusehen. Sie war eine stattliche Frau mit spitzer Zunge, und als sie das Wort ergriff, verstummte das Murmeln der Menge vorübergehend.

»Für mich sieht das wie ein Schmuckstück aus«, sagte sie und drehte sich zu Harmon um. »Hat es deiner Frau gehört?«

Maeve fragte sich in späteren Zeiten oft, welcher Teufel ihren Vater in diesem Augenblick geritten hatte; ob ihn Halsstarrigkeit oder Perversion daran gehindert hatte, eine harmlose Notlüge auszusprechen. Was auch immer, er verschmähte den Ausweg eines Schwindels.

»Nein«, sagte er. »Es hat nicht meiner Frau gehört.«

»Was ist es dann?« wollte Goodhue wissen.

Die Antwort kam nicht von Harmon, sondern aus der Menge.

»Ein Symbol des Teufels«, sagte eine forsche Stimme.

Köpfe wurden gedreht, und manches Lächeln verschwand, als Enoch Whitney von weiter hinten nach vorne kam. Er war kein Priester, aber seiner eigenen Darstellung zufolge der Gottesfürchtigste unter ihnen; eine gläubige Seele, von Gott berufen, über seine Kameraden zu wachen und sie ununterbrochen daran zu erinnern, wie der Erzfeind handelte und seine Ränke in ihrer Mitte schmiedete. Es war eine schmerzliche Aufgabe, und er ließ selten eine Gelegenheit verstreichen, seinen Schäfchen zu sagen, wieviel er durch ihre Sünden leiden mußte. Aber es oblag seiner Verantwortung, jeden im öffentlichen Forum anzuklagen, der in Taten, Worten oder Absichten von den zehn Geboten abwich. Den Lüsternen, den Ehebrecher, den Betrüger. Und heute einen, der gottlose Gegenstände anbetete.

Er stellte sich, um in aller Rechtschaffenheit anzuprangern, vor Vater und Tocher – ein großer, hagerer Mann, mit Augen, die so eifrig mit ihrer Pflicht beschäftigt waren, daß sie auf nichts länger als ein paar Sekunden verweilen konnten.

»Sie haben sich immer wie ein Schuldiger benommen, O'Connell«, sagte er, und sein Blick wanderte von dem Angeklagten zu Maeve und zu dem Gegenstand in Goodhues Hand. »Aber ich konnte mir nie einen Reim darauf machen, wo der Grund für Ihre Schuld liegt. Jetzt weiß ich es.« Er streckte die Hand aus. Goodhue ließ das Kreuz hineinfallen und zog sich zurück.

»Ich habe mir nichts zuschulden kommen lassen«, sagte Harmon.

»Ist das *nichts*?« sagte Whitney mit anschwellender Stimme. *»Ist das nichts?«*

»Ich sagte, ich bin mir keiner –«

Sagen Sie mir, O'Connell, welchen Dienst haben Sie dem Teufel geleistet, daß er Sie mit diesem unheiligen Ding belohnt hat?«

Ein Raunen ging durch die Versammelten. Es geschah selten, daß einer so unverblümt vom Widersacher sprach; normalerweise flüsterten sie nur darüber, aus Angst, die Aufmerksamkeit des Gegenstands ihres Gesprächs auf sich zu ziehen. Whitney quälten solche Ängste nicht. Wenn er vom Teufel sprach, schwang so etwas wie Eifer in seiner Stimme mit.

»Ich habe keinen Dienst geleistet«, antwortete Harmon.

»Dann war es ein Geschenk.«

»Ja.« Neuerliches Raunen. »Aber nicht vom Teufel.«

»*Das ist Satans Werk!*« brüllte Whitney.

»Ist es nicht!« schrie Harmon zurück. »Ich habe nichts mit dem Teufel zu schaffen. Ihr redet doch von nichts anderem als von der Hölle, Whitney! Ihr seht den Teufel in jeder Ecke! Ich glaube nicht, daß dem Teufel besonders viel an uns gelegen ist. Ich glaube, er ist anderswo, in ergiebigeren Pfründen –«

»Der Teufel ist *überall*!« antwortete Whitney. »Er wartet nur darauf, daß wir einen Fehler machen und *fallen*.« Das richtete er nicht an Harmon, sondern an die Menge, die seit Whitneys Auftritt etwas geschrumpft war. »Es gibt keinen Ort auf der Welt, nicht einmal in der Wildnis, wo sein Blick nicht auf uns gerichtet ist.«

»Ihr sprecht vom Teufel, wie ein wahrer Christ vom allmächtigen Gott spricht«, stellte Harmon fest. »Manchmal frage ich mich, wem Eure Sympathie gilt!«

Diese Antwort versetzte Whitney in rasende Wut. »Wie können Sie es wagen, meine Rechtschaffenheit in Frage zu stellen«, schäumte er, »wo ich den Beweis für ihre unheiligen Machenschaften hier habe, hier in meiner Hand!« Er drehte sich um und sprach zu der Menge. »Wir dürfen diesen Mann nicht in unserer Mitte dulden!« sagte er. »Er wird das Verderben über uns bringen, um seinen diabolischen Herren gefügig zu sein!« Er schritt die Reihe der Versammelten ab und zeigte jedem das Medaillon. »Welchen Beweis braucht ihr *noch*, außer diesen hier? Es ist eine Schmähung unseres Herrn am Kreuz!« Er drehte sich wieder zu Harmon um und zeigte mit dem Finger auf den Beschuldigten. »Ich frage Sie noch mal: Welchen Dienst haben Sie dafür erwiesen?«

»Und ich sage Euch, *zum letztenmal*, daß Ihr des Teufels größter Verbündeter sein werdet, wenn Ihr nicht aufhört, nach seinem Einfluß in unserem Leben zu suchen.« Er sprach jetzt sanft, wie zu einem ängstlichen Kind. »Eure Unwissenheit gereicht dem Teufel zum Vorteil, Whitney. Jedesmal, wenn Ihr verspottet, was Ihr nicht versteht, lächelt er. Jedesmal, wenn Ihr Angst vor ihm sät, die vorher nicht da war, lacht er. *Euch* liebt er, Whitney, nicht mich. Euch dankt er in seinem Abendgebet.« Das Blatt hatte sich so einfach und gründlich gewendet, daß Whitney seine Niederlage zunächst überhaupt nicht begriff. Er sah seinen Opponenten stirnrunzelnd an, während Harmon sich umdrehte und zu der Menge sprach. »Wenn ihr nicht wollt, daß ich und meine Tochter weiter mit euch reisen«, sagte er, »wenn ihr den Lügen Glauben schenkt, die ihr gehört habt, dann sagt es jetzt, und wir werden unserer Wege gehen. Aber seid versichert, seid alle versichert, daß in meinem Herzen nichts ist, das nicht der allmächtige Gott dort eingepflanzt hätte . . .«

Seine Stimme klang tränenerstickt, als er am Ende seiner Rede angelangt war, und Maeve legte ihre Hand in seine, um ihn zu trösten. Nebeneinander standen sie vor der Versammlung und erwarteten das Urteil. Es folgte ein kurzes Schweigen. Nicht Whitney unterbrach es, sondern Marsha Winthrop.

»Ich sehe keinen triftigen Grund, euch eures Weges zu schicken«, sagte sie. »Wir haben diese Reise gemeinsam angetreten. Ich finde, so sollten wir sie auch zu Ende bringen.«

Nach den starken Worten über Gott und den Teufel, empfand die Menge diese vernünftigen Argumente als Erleichterung. Hier und da wurde zustimmendes Murmeln laut, mehrere Leute entfernten sich. Das Schauspiel war vorbei. Sie hatten Arbeiten zu erledigen: Räder ausbessern; Eintöpfe umrühren. Aber der selbstgerechte Whitney wollte sein Publikum nicht ohne eine letzte Ermahnung ziehen lassen.

»Dies ist ein gefährlicher Mann!« knurrte er. Er warf das Medaillon in den Staub und trat mit dem Absatz darauf. »Er wird uns alle mit sich in die Hölle nehmen.«

»Er wird uns nirgendwohin mitnehmen, Enoch«, sagte Marsha. »Und jetzt beruhige dich wieder, ja?«

Whitney warf einen giftigen Blick in Harmons Richtung. »Ich behalte Sie im Auge«, sagte er.

»Das tröstet mich ungemein«, antwortete Harmon, was Marsha ein kurzes Lachen entlockte.

Whitney hastete davon, als hätte das Lachen ihn abgestoßen, drängte sich durch die Menge und murmelte unablässig vor sich hin.

»Du solltest vorsichtig sein«, sagte Marsha zu Harmon, bevor auch sie sich entfernte. »Dein vorlautes Mundwerk könnte dich eines Tages in Schwierigkeiten bringen.«

»Du hast uns heute nacht einen großen Gefallen getan«, antwortete er. »Danke.«

»Hab' ich für das Kind getan«, entgegnete Marsha. »Sie soll nicht denken, daß die ganze Welt verrückt geworden ist.«

Dann ging sie weg und überließ es Harmon, seine verstreuten Papiere einzusammeln und wieder in die Truhe zu legen. Als ihr Vater ihr den Rücken zudrehte, machte sich Maeve auf die Suche nach dem Medaillon, hob es auf und betrachtete es eingehend. Alle Beschreibungen, die sie in den letzten Minuten gehört hatte, kamen ihr plausibel vor. Es war ein hübsches Schmuckstück, kein Zweifel. Glänzend wie Silber, aber mit Farbtupfern – scharlachrot und himmelblau – in seinem Glanz. Jede Lady, Ehefrau oder nicht, hätte sich glücklich schätzen können, es zu tragen. Aber es war eindeutig mehr als nur Zierat. Eine Gestalt war in der Mitte zu sehen, ausgestreckt wie Christus am Kreuz, nur war dieser Erlöser splitternackt, und sein Äußeres hatte etwas von Mann und Frau. Ganz sicher war dies keine Darstellung des Teufels. Die Gestalt wies keine furchteinflößenden Merkmale auf: keinen Pferdefuß, keine Hörner. Umrisse strömten aus ihren Händen und dem Kopf und zwischen den Beinen hervor; manche kannte Maeve (ein Affe; Blitze; zwei Augen, eins oben, eins unten), manche waren ihr unbekannt. Aber keiner war böse oder unheilig.

»Man sollte es besser nicht zu lange ansehen«, hörte sie ihren Vater sagen.

»Warum nicht?« fragte sie, ohne den Blick abzuwenden. »Wird es mich verhexen?«

»Ich weiß nicht, was es tut, um ehrlich zu sein«, sagte ihr Vater.

»Hat es dir Mr. Buddenbaum nicht gesagt?«

Ihr Vater streckte die Hand über Ihre Schulter und entwand das Medaillon behutsam ihren Fingern.

»Oh, sicher hat er es mir gesagt«, antwortete Harmon, ging zu der Truhe und legte das Medaillon hinein, »aber ich hab' ihn nicht genau verstanden.« Nachdem der ganze Inhalt wieder verstaut war, klappte er den Deckel zu und hievte die Truhe wieder auf den Planwagen. »Und ich glaube, wir sollten den Namen dieses Mannes nicht mehr laut aussprechen.«

»Warum nicht?« fragte Maeve, fest entschlossen, ihrem Vater ein paar Antworten zu entlocken. »Ist er ein böser Mensch?«

Harmon stellte die Truhe am hinteren Rand des Wagens ab. »Ich weiß nicht, was für ein Mensch er ist«, antwortete er mit leiser Stimme. »Um die Wahrheit zu sagen, ich kann nicht einmal mit Sicherheit sagen, daß er ein Mensch ist. Vielleicht . . .« Er seufzte.

»Was, Papa?«

»Vielleicht habe ich ihn nur geträumt.«

»Aber ich hab' ihn auch gesehen.«

»Dann haben wir ihn vielleicht beide geträumt. Vielleicht ist Everville nicht mehr und wird nie mehr sein. Nur ein Traum, den wir hatten, wir beide.«

Ihr Vater hatte Maeve gesagt, daß er sie nie belügen würde, und sie glaubte ihm auch jetzt. Aber was für ein Traum konnte einen so soliden Gegenstand hervorbringen wie das Medaillon, das sie gerade in Händen gehalten hatte?

»Ich verstehe nicht«, sagte sie.

»Wir unterhalten uns ein andermal darüber«, sagte Harmon und strich sich mit der Hand über die gerunzelte Stirn. »Lassen wir es für heute gut sein.«

»Dann sag mir, wann«, bat Maeve.

»Wir werden wissen, wenn der richtige Zeitpunkt gekommen ist«, sagte Harmon und schob die Truhe unter die Plane, bis sie nicht mehr zu sehen war. »So ist das, wenn es um diese Dinge geht.«

II

1

Diese Dinge; diese Dinge: Was genau *waren* diese Dinge? In den darauffolgenden Wochen zerbrach sich Maeve den Kopf über alle Geheimnisse, die sie an jenem Tag gesehen und gehört hatte, während der Wagentreck durch Idaho zog und einer Spur folgte, die durch ein halbes Jahrzehnt von Wanderungen nach Westen gebildet worden war. In Wahrheit waren ihre Gedanken eine Ablenkung – wie das Zusammenflicken von Traumfetzen –, eine Ablenkung von der Monotonie der Reise. Ende Juni und Anfang Juli war das Wetter drückend heiß, und niemand brachte genügend Energie für Spiele auf. Erwachsene hatten es leicht, fand Maeve. Sie konnten ihre Karten studieren und ihre Zwistigkeiten austragen. Und sie hatten diese Sache zwischen Männern und Frauen, die sie mit dem Verstand einer Zehnjährigen noch nicht so recht begreifen konnte, aber unbedingt wissen wollte. Aus ihren Beobachtungen wußte sie, daß junge Männer viel für Mädchen zu tun bereit waren, die sie zu bezaubern wußten. Sie folgten ihnen wie Hunde und waren eifrig bedacht, ihnen das Leben so angenehm wie möglich zu machen; falls erforderlich, machten sie sich selbst auch zum Narren. Sie begriff diese Rituale nur unzureichend, aber sie war eine gute Schülerin, daher wußte sie, daß es ihr mit der Zeit gelingen würde, zumindest dieses Rätsel zu lösen – im Gegensatz zu dem geheimnisvollen Mr. Buddenbaum.

Was ihren Vater anbetraf, war er nach seinem Zusammenstoß mit Whitney sichtlich bedrückt, gesellte sich noch weniger als vorher unter die Mitreisenden, und wenn, tauschte er nur die banalsten Höflichkeitsfloskeln mit ihnen aus. In der Abgeschiedenheit und Sicherheit des Planwagens dagegen schmiedete er weiter seine

Pläne der Gründung von Everville, denen er sich mit noch größerem Eifer denn je widmete. Nur einmal versuchte sie, ihn von seinen Studien loszueisen. Er befahl ihr streng, ihn in Ruhe zu lassen. Er hatte die Absicht, ließ er sie wissen, Everville in- und auswendig zu kennen, damit er die prachtvolle Stadt aus dem Gedächtnis erbauen konnte, sollte es Pottruck oder Goodhue oder seinesgleichen doch noch gelingen, die Pläne zu vernichten.

»Hab Geduld, Liebes«, sagte er zu ihr, und seine Strenge verflog. »Nur noch ein paar Wochen, und wir haben die Berge hinter uns gelassen. Dann suchen wir ein Tal und fangen an.«

Darin, wie in allem anderen, vertraute sie ihm und ließ ihn über seinen Plänen schwitzen. Was waren ein paar Wochen? In der Zwischenzeit würde sie sich mit den drei Geheimnissen der Träume, der unausgesprochenen Dinge und dieser Sache zwischen Männern und Frauen beschäftigen.

Binnen kürzester Zeit würden sie in Oregon sein, soviel stand fest.

2

Doch die Hitze schwand schon aus der Welt, ehe der August vorbei war, und gegen Ende der dritten Woche, als nicht einmal das schärfste Auge die Blue Mountains erkennen konnte und Lebensmittel so strikt rationiert wurden, daß einige zu schwach zum Gehen waren, flüsterte man sich an den Lagerfeuern zu, daß, wie freundlich gesonnene Eingeborene mitgeteilt hatten, bereits erste, für die Jahreszeit ungewöhnliche heftige Stürme von den Bergen herabwehten. Sheldon Sturgis, der den Treck bis dahin mit leichter Hand geführt hatte (manche sagten, das sei seine Art; andere behaupteten, er sei schwach und neige zur Trunksucht), trieb alle zur Eile an, die das Vorankommen bremsten. Aber durch die wachsende Zahl kranker und geschwächter Reisender kam es zu immer mehr Unfällen und Mißgeschicken, welche weitere, auf derartigen Reisen unvermeidbare Verzögerungen mit sich brachten: Räder brachen, Tiere wurden verletzt, Wege waren versperrt.

Irgendwann Anfang September wurde der Tod zum ständigen Reisebegleiter; das war Maeves Überzeugung. Anfangs sah sie ihn nicht, war sicher, daß er unter ihnen weilte. Er bewohnte das Umland und tötete Lebewesen mit seiner Berührung oder seinem Odem. Bäume, die in dieser Jahreszeit Früchte tragen sollten, hatten schon ihr Laub abgeworfen und präsentierten sich dem Betrachter nackt. Große und kleine Tiere lagen tot oder sterbend am Wegesrand. In diesem September wurden nur die Aasfliegen fett; aber der Tod meinte es immer gut mit den Fliegen, oder nicht?

Nachts, wenn sie auf den Schlaf wartete, konnte sie die Leute in den Wagen ringsum beten und Gott anflehen hören, er möge den Tod vor ihnen fernhalten.

Es war vergebens. Der Tod kam dennoch. Zu Marsha Winthrops Baby William, der zwei Wochen vor Reisebeginn in Missouri geboren worden war. Zu Jack Pottrucks Vater, einer Bestie von Mann, wie sein Sohn, der plötzlich schwächer wurde und mitten in der Nacht verschied (nicht lautlos, wie Winthrops Baby, sondern unter schrecklichen Schreien und Verwünschungen). Zu den Schwestern Brenda und Meriel Schonberg, beide alte Jungfern, deren Dahinscheiden erst bemerkt wurde, als der Treck bei Sonnenuntergang hielt und ihr Wagen ungebremst weiterfuhr, da die beiden Frauen tot am Zügel saßen.

Maeve fragte sich, weshalb der Tod sich ausgerechnet für diese Unglücklichen entschieden hatte. Warum er ihre Mutter geholt hatte, das verstand sie: Sie war überaus schön und gütig und liebevoll gewesen. Er wollte die Welt ärmer machen, indem er sie holte, und sich selbst reicher. Aber was wollte er mit einem Baby, einem alten Mann und zwei runzligen Schwestern?

Sie behelligte ihren Vater nicht mit solchen Fragen; er

war auch so schon nervös und geplagt genug. Obwohl ihr Planwagen einen stabilen Eindruck machte und ihr Pferd gesünder als jedes andere in dem Treck aussah, stand in den tief in den Höhlen liegenden Augen ihres Vaters geschrieben, daß auch er den Tod neuerdings für einen ungebetenen Weggefährten hielt. Sie hielt aufmerksamer nach dem Reiter Ausschau, weil sie hoffte, sie könnte ihren Vater beruhigen, indem sie den Widersacher identifizierte; indem sie sagte: Ich kenne die Farbe seines Pferdes und seines Huts, wenn er sich uns nähert, werde ich ihn mit einem Gebet oder einem Lied verscheuchen. Mehr als einmal glaubte sie, seine Gestalt, dunkel im Staub, voraus zwischen den Wagen reiten zu sehen. Aber sie war sich ihrer Sache nie ganz sicher, daher schwieg sie lieber, statt ihrem Vater einen unzutreffenden Bericht zu erstatten.

Und die Tage vergingen, und die Kälte nahm zu, und als die Blue Mountains schließlich in Sichtweite kamen, waren ihre Hänge bis unterhalb der Baumgrenze weiß vor Schnee, und die Wolken hinter ihnen schwarz und aufgedunsen von ihrer eisigen Last.

Und Abilene Welsh und Billy Baxter, deren Verhalten im Sommer Anlaß zu jeder Menge Klatsch (und mißfälligen Bemerkungen von Marsha Winthrop) gegeben hatte, wurden eines Morgens, einander in den Armen liegend, erfroren aufgefunden, vom Tode gestreift, als sie sich fernab der Lagerfeuer an ihrer Gesellschaft erfreuten. Während der Beerdigung, als Doc Hodder in seiner Grabrede sagte, daß sie im Reich des Herrn für immer vereint sein und alle Sünden, die sie im Namen der Liebe begangen haben mochten, vergeben werden würden, schaute Maeve zum grauen Himmel hinauf und sah die ersten Schneeflocken herabfallen. Und das war der Anfang vom Ende.

3

Danach hörte sie auf, nach dem Reitersmann Tod Ausschau zu halten. Wenn er den Treck je zu Pferde begleitet hatte, wie sie vermutete, dann hatte er diese Gestalt längst abgestreift. Er war einfacher geworden. Nun war er Eis.

Er tötete viele der Reisenden schnell, und diejenigen, die er nicht tötete, quälte er mit Ausblicken auf das, was vor ihnen lag. Er verlangsamte Gehirn und Blutkreislauf; er machte die Finger unbeholfen und die Füße taub; er lähmte die Sehnen; er überzuckerte die Lunge mit einem frostigen Guß.

Obwohl viele Menschen gestorben waren oder im Sterben lagen, konnte Maeve ihren Vater manchmal auch jetzt noch sagen hören:

»So sollte es nicht sein«, als wäre ihm ein Versprechen gemacht worden, das nun gebrochen wurde. Für sie bestand kein Zweifel daran, wer es versprochen hatte. Mr. Buddenbaum. Er hatte die Ambitionen im Herzen ihres Vaters geschürt; hatte ihm Geschenke gegeben und ihm eingeredet, nach Westen zu gehen und zu bauen. Er hatte als erster das Wort *Everville* geflüstert. Vielleicht, überlegte sie sich allmählich, hatte Whitney doch recht gehabt. Vielleicht war der Teufel *doch* gekommen, um seinen Vater in Gestalt des Mr. Buddenbaum in Versuchung zu führen, um Träume in sein gütiges Herz zu pflanzen und sich dann daran zu erfreuen, wie dieses Herz daran zerbrach. Das Problem beschäftigte sie Tag und Nacht – besonders, als ihr Vater sich inmitten eines Sturms zu ihr beugte und sagte:

»Wir müssen stark sein, Liebes. Wir dürfen nicht sterben, sonst stirbt Everville mit uns!«

Hunger und Erschöpfung brachten sie an den Rand des Deliriums – manchmal bildete sie sich ein, sie sei an Bord des Schiffs von Liverpool, wo sie sich mit eiskalten Fingern ans Deck klammerte; manchmal war sie wieder in Irland und aß Gras und Wurzeln, um die Schmerzen ihres knurrenden Magens zu lindern –, aber in Augenblicken der Klarheit fragte sie sich, ob dies möglicherweise eine Art Test sein könnte; Buddenbaums Art herauszufinden, ob der Mann, dem er den Traum von Everville gegeben hatte, stark genug war, zu überleben. Der Gedanke erschien ihr so plausibel, daß sie ihn nicht für sich behalten konnte.

»Papa . . .?« sagte sie und hielt ihn an seinem Mantel fest.

Ihr Vater, dessen Gesicht unter der Kapuze kaum zu erkennen war, drehte sich zu ihr um. Sie konnte nur eines seiner Augen sehen, aber das betrachtete sie so liebevoll wie immer.

»Was, mein Kind?« sagte er.

»Ich frage mich, ob es vielleicht . . . vielleicht *doch* so sein sollte.«

»Was sagst du da?«

»Vielleicht beobachtet uns Mr. Buddenbaum, um festzustellen, ob wir verdienen, seine Stadt zu bauen. Vielleicht taucht er auf, wenn wir denken, daß es nicht mehr weitergeht, sagt uns, daß es nur eine Prüfung war, und weist uns den Weg in das Tal.«

»Dies ist keine Prüfung, Kind. Manchmal läuft es eben so in der Welt. Träume sterben. Die Kälte kommt aus dem Nichts und tötet sie.« Er legte einen Arm um seine Tochter und drückte sie an sich, obwohl er kaum noch Kraft in sich hatte.

»Ich habe keine Angst, Papa«, sagte sie.

»Nicht?«

»Nein. Wir haben zusammen einen weiten Weg zurückgelegt.«

»Das stimmt.«

»Weißt du noch, wie es zu Hause war? Wie wir gedacht haben, wir würden verhungern? Aber wir sind nicht verhungert. Und auf dem Schiff. Die Wellen haben Leute rechts und links von uns von Bord gespült, und wir haben geglaubt, wir würden ertrinken. Aber die Wellen haben uns verschont. Oder nicht?«

Es gelang ihm, die rissigen Lippen zu einem knappen Lächeln zu verziehen. »Ja, mein Kind, das haben sie.«

»Mr. Buddenbaum hat gewußt, was wir durchgemacht haben«, sagte Maeve. »Er wußte, daß Engel über uns wachen. Und über Mama auch . . .«

Sie spürte, wie ihr Vater neben ihr erschauerte. »Ich hab' gestern nacht von ihr geträumt . . .« sagte er.

»War sie hübsch?«

»Wie immer. Wir trieben nebeneinander in einem ruhigen, ruhigen Meer. Und ich schwöre, Kind, wenn ich nicht gewußt hätte, daß du hier bist, auf mich wartest . . .«

Er sprach den Gedanken nicht zu Ende aus. Ein Geräusch wie ein Trompetenstoß ertönte aus dem blendenden Weiß vor ihnen; ein triumphierender Tusch, dem sofort ein Chor von Rufen aus den Planwagen vor und hinter ihnen folgte.

»Hast du das gehört?«

»Es ist jemand bei uns hier oben!«

Ein weiterer Trompetenstoß, dann noch einer, und noch einer; jeder ertönte zum Echo der anderen, bis die ganze weiße Welt von den harmonischen Tönen der Blechblasinstrumente erfüllt war.

Der Planwagen der Sturgis', der vor dem der O'Connells fuhr, war zum Stillstand gekommen, und Sheldon rief die Kolonne entlang und befahl eine Gruppe Männer zu sich.

»Stratton! Whitney! O'Connell! Bringt eure Gewehre mit!«

»Gewehre?« sagte Maeve. »Papa, wozu braucht er Gewehre?«

»Geh nach hinten, in den Wagen, Kind«, sagte Harmon, »und bleib dort, bis ich wiederkomme.«

Das Schmettern der Trompeten war vorübergehend verstummt, aber jetzt ertönte es wieder, triumphierender denn je. Als sie in den Wagen kletterte, ließ ein schwaches Zittern Maeves ausgemergelten Körper erschauern, als würde ihr die Musik durch Mark und Bein gehen. Sie fing an zu weinen, als sie ihren Vater mit dem Gewehr in der

Hand davonlaufen sah. Nicht, weil sie Angst um ihn hatte, sondern weil sie selbst in den Schnee hinausgehen und herausfinden wollte, was für Trompeten die Klänge erzeugten, die sie so seltsam berührten, und welche Männer sie spielten. Vielleicht waren es gar keine Männer, überlegte sie sich, während ihr die Gedanken durch den Kopf wirbelten. Vielleicht waren die Engel, von denen sie vor wenigen Minuten erst gesprochen hatte, auf die Erde herabgestiegen, und diese schmetternden Töne kündeten von ihrem Erscheinen.

Sie starrte in den Schnee hinaus, weil sie plötzlich mit unerschütterlicher Gewißheit wußte, daß ihre Vermutung zutraf. Ihre himmlischen Beschützer waren gekommen, um sie zu erretten, und höchstwahrscheinlich auch Mama. Wenn sie genau hinsah, würde sie sie bald erkennen, golden und blau und purpurn. Sie stellte sich auf die Sitzbank, damit sie besser sehen konnte, hielt sich an der Plane fest und ließ den Blick in alle Richtungen über den Schnee schweifen. Ihre Aufmerksamkeit wurde belohnt. Gerade als die Trompeten ihr drittes Halleluja anstimmten, teilte sich der Schnee für ein paar Augenblicke. Sie sah die Berge rechts und links aufragen wie die Zähne einer Falle, und direkt voraus einen einzelnen titanischen Gipfel mit bewaldeten Hängen in den tiefergelegenen Regionen. Der Waldrand lag nicht mehr als hundert Meter von dem Planwagen entfernt, und die Musik, die sie hörte, kam aus dieser Richtung, dessen war sie ganz sicher. Von ihrem Vater und den Männern, die ihn begleiteten, war keine Spur mehr zu sehen, aber sie waren ganz sicher zwischen den Bäumen verschwunden. Es bestand keine Gefahr, wenn sie ihnen folgte, und bestimmt wäre es wunderbar, an der Seite ihres Vaters zu stehen, wenn er Mama wiedersah. Wäre es nicht ein großartiger Augenblick, wenn sie ihre Mutter inmitten eines Kreises von Engeln küßte, während Whitney und alle Männer, die ihren Vater verabscheuten, mit großen Augen dabeistanden?

Die Lücke im Schnee schloß sich bereits wieder, aber

vorher sprang Maeve vom Wagen herunter und stapfte in Richtung der Bäume. Binnen weniger Augenblicke hatte das dichte Schneetreiben die Planwagen hinter ihr eingehüllt, und sie ging immer der Nase nach durch eine weiße Welt, wobei sie bei jedem zweiten Schritt stolperte. An manchen Stellen waren die Schneeverwehungen gefährlich tief, und manchmal fiel sie so tief hinein, daß sie beinahe lebendig begraben wurde. Aber als ihre eiskalten Gliedmaßen ihr gerade den Dienst versagen wollten, erklangen die Trompeten wieder, deren Musik ihren Muskeln wieder Leben einhauchte, bis ihr vor Wonne schwindlig wurde. Vor ihr lag ein Stück vom Paradies. Engel und Mama und ihr liebevoller Vater, mit dem sie eine Stadt bauen würde, die zu einem Weltwunder werden sollte.

Sie würde nicht sterben, dessen war sie ganz sicher. Nicht heute, und in den nächsten Jahren auch nicht. Sie hatte viel Arbeit vor sich, und die Engel würden sie nicht im Schnee versinken lassen, wußten sie doch, wie weit sie gereist war, um ihre Aufgabe zu erfüllen.

Und jetzt sah sie die Bäume, Kiefern höher als jedes Haus, wie eine Reihe von Wachtposten vor sich. Sie rief nach ihrem Vater, während sie darauf zulief, ohne auf die Kälte und ihre Blutergüsse und ihr Schwindelgefühl zu achten. Die Trompeten waren nahe, und in ihren Augenwinkeln tanzten Farben, als hätten sich welche aus der Engelsschar, die ihre Instrumente noch nicht erhoben hatten, um sie gedrängt, ließen sie aber nicht mehr als die Spitzen ihrer schlagenden Flügel sehen.

Von unsichtbaren Händen getragen, gelangte sie unter den Baldachin der Bäume, und dort, wohin der Schnee nicht gelangen konnte und der Boden von weichen Kiefernnadeln bedeckt war, sank sie auf die Knie und holte keuchend Atem, während der Klang der Trompeten ihr durch und durch ging.

III

Nicht die Musik richtete sie schießlich wieder auf, auch nicht die Hände der unsichtbaren Schar. Es war ein Schrei, der über das Schmettern der Trompeten hinweg erklang und sie mit Schrecken erfüllte.

»*Verdammt, O'Connell!*« Sie kannte die Stimme. Es war Whitney. »Gott im Himmel! Was haben Sie getan?« brüllte er.

Sie stand auf und ging auf das Tohuwabohu zu. Nach der Helligkeit des Schneesturms hatten sich ihre Augen noch nicht an das Halbdunkel gewöhnt, und je weiter sie sich vom Waldrand entfernte, desto dunkler wurde es, aber Whitneys wütende Stimme trieb sie vorwärts, ohne einen Gedanken darauf zu verschwenden, was vor ihr liegen mochte. Die Trompeten waren verstummt. Vielleicht hatten die Engel sein wütendes Geschrei gehört, überlegte sie sich, und wollten ihre harmonische Musik nicht der unreinen Atmosphäre überantworten; vielleicht sahen sie auch einfach nur zu, um herauszufinden, was menschliche Wut war.

»Sie wußten es!« kreischte Whitney. »Sie haben uns in die Hölle geführt!«

Jetzt konnte Maeve ihn sehen, er stapfte zwischen den Bäumen dahin und rief nach seinem Kontrahenten im Schatten.

»O'Connell? O'Connell? Dafür werden Sie in einem See aus Feuer brennen. Immerzu brennen und brennen und –«

Er verstummte, wirbelte herum; sein Blick fand Maeve mit schrecklicher Geschwindigkeit. Bevor sie zurückweichen konnte, schrie er: »Ich habe dich gesehen! Komm raus, du kleines Flittchen!«

Maeve hatte keine andere Wahl. Er visierte sie mit dem Gewehr an. Und jetzt, als sie zwischen den Bäumen hindurch auf ihn zuging, konnte sie sehen, daß er nicht alleine war. Sheldon Sturgis und Pottruck standen nur wenige Meter von ihm entfernt. Sturgis duckte sich an einen Baum und schien Todesangst vor etwas in den Ästen über ihm zu empfinden, auf das er die Flinte gerichtet hatte. Pottruck beobachtete Whitneys Tun mit einem nachdenklichen Ausdruck seines Eselgesichts.

»O'Connell?« schrie Whitney. »Ich habe Ihr kleines Mädchen hier.« Er schwenkte das Gewehr und kniff ein Auge zu, damit er genauer zielen konnte. »Genau zwischen ihre Augen, wenn ich abdrücke. Und ich werde abdrücken. Haben Sie verstanden, O'Connell?«

»Nicht schießen«, sagte Sturgis. »Sie werden es zurückbringen.«

»Es wird so oder so wiederkommen«, sagte Whitney. »O'Connell hat es geschickt, damit es unsere Seelen holt.«

»O Jesus Christus im Himmel . . .«, schluchzte Sturgis.

»Bleib, wo du bist«, sagte Whitney zu Maeve. »Und du rufst deinen Daddy und sagst ihm, er soll uns seinen Dämon vom Leib halten, sonst töte ich dich.«

»Er hat ... hat keine Dämonen«, entgegnete Maeve. Whitney sollte nicht erfahren, daß sie Angst hatte, aber sie konnte sich nicht beherrschen. Ihre Tränen flossen trotzdem.

»Sag es ihm einfach«, befahl Whitney. »Ruf ihn.« Er hielt den Lauf des Gewehrs in Maeves Richtung, bis die Mündung nur noch dreißig Zentimeter von ihrem Gesicht entfernt war. »Wenn nicht, töte ich dich. Du bist ein Kind des Teufels, das bist du. Es wäre kein Verbrechen, schleimigen Auswurf wie dich zu töten. Los doch. *Ruf ihn.*«

»Papa?«

»*Lauter!*«

»Papa?«

Keine Antwort kam aus den Schatten. »Er hört mich nicht.«

»Ich höre dich, mein Kind«, sagte ihr Vater. Sie sah in die Richtung, von wo seine Stimme gekommen war, und da sah sie ihn aus dem Dunst herauskommen.

»Laß das Gewehr fallen!« herrschte Pottruck ihn an.

Während er gehorchte, ertönten die Trompeten wieder, lauter als zuvor. Die Musik sprach Maeves Herz mit einer solchen Heftigkeit an, daß sie nach Luft rang.

»Was hast du?« hörte sie ihren Vater sagen, sah in seine Richtung und stellte fest, daß er auf sie zu kam.

»Bleiben Sie, wo Sie sind!« schrie Whitney, aber ihr Vater kam weiter auf sie zu.

Eine zweite Warnung bekam er nicht. Whitney schoß einfach, nicht einmal, sondern zweimal. Eine Kugel traf ihn an der Schulter, die andere im Magen. Er stolperte weiter in ihre Richtung, war aber keine zwei Schritte weit gekommen, als ihm seine Beine den Dienst versagten und er zu Boden stürzte.

»Papa!« schrie sie und wäre zu ihm gelaufen, aber da stimmten die Trompeten einen neuen Tusch an, und als die Musik emporstieg, wurde die Welt von weißem Leuchten ausgelöscht, und sie fiel nieder.

»Ich höre es kommen . . .«

»Sei still, Sturgis.«

»Das ist es! Es kommt schon wieder! Whitney! Was sollen wir tun?«

Sturgis' schrille Schreie brachten Maeve wieder zu sich. Sie schlug die Augen auf und sah ihren Vater an der Stelle liegen, wo er zusammengebrochen war. Er bewegte sich noch, sah sie, seine Hände verkrampften sich rhythmisch in der Bauchgegend, seine Beine zuckten.

»*Whitney!*« kreischte Sturgis. »Es kommt zurück!«

Sie konnte ihn da, wo sie lag, nicht sehen, hörte aber das Rascheln der Zweige, als hätte der Wind plötzlich zugenommen. Whitney betete.

»Vater unser, der du bist im Himmel . . .«

Maeve drehte den Kopf ein Stück und hoffte, sie könnte einen Blick auf das Trio werfen, ohne Aufmerksamkeit auf sich zu lenken. Whitney war auf die Knie gesunken, Sturgis preßte sich an den Baumstamm, und Pottruck sah in die Baumkrone hinauf und fuchtelte wild mit den Armen. »Komm doch, du Scheißding! Los, komm!«

Maeve war überzeugt, daß sie sie vergessen hatten,

deshalb stand sie vorsichtig auf und streckte die Hand nach dem nächsten Stamm aus, um sich zu stützen. Sie warf einen Blick auf ihren Vater, der den Kopf ein paar Zentimeter vom Boden gehoben hatte und zu Pottruck sah, der in die raschelnden Zweige schoß.

Sturgis schrie: »*Herrgott, nein!*« Whitney wollte sich aus seiner knienden Haltung erheben, und im selben Moment stieß eine Gestalt, die Maeve mit ihrem bestürzten Blick nicht deutlich von den Zweigen unterscheiden konnte – sie war so dunkel wie die Zweige und, wie sie, ständig in Bewegung –, auf Pottruck herab.

Was immer es war, ein Engel war es jedenfalls nicht. Es hatte keine Federn. Keine goldene, scharlachrote oder blaue Farbe. Die Bestie war nackt, dessen war sie einigermaßen sicher, und ihre Haut glänzte. Mehr konnte Maeve nicht erkennen, bevor die Bestie sich Pottruck schnappte und hinauf in die Baumkrone trug.

Er schrie unablässig, und obwohl Maeve den Mann aus tiefster Seele haßte, wünschte sie sich, er würde von seinen Qualen erlöst werden und sei es nur, damit er aufhörte zu schreien. Sie hielt sich die Ohren zu, aber seine Schreie drangen zwischen ihren Fingern hindurch und schwollen noch an, während ein schrecklicher Regen aus den Zweigen fiel. Zuerst kam das Gewehr, dann tropfte Blut herunter. Dann folgte Pottrucks Arm und ein Fetzen Fleisch, den sie nicht identifizieren konnte; und noch einer. Dabei schrie er immer noch, obwohl der Regen aus Blut zu einem Wolkenbruch geworden war und seine Eingeweide als glänzende Schlaufen aus dem Laub herabhingen.

Plötzlich stand Sturgis von seinem Versteck auf und feuerte in den Baum. Vielleicht erlöste er Pottruck von seinen Qualen, vielleicht hatte ihm die Bestie auch einfach nur die Kehle zerfetzt. Was auch immer, die schrecklichen Schreie verstummten, und einen Augenblick später fiel Pottrucks Leichnam, so entstellt, daß er fast nichts Menschenähnliches mehr an sich hatte, aus der Baumkrone und blieb dampfend auf dem Boden liegen.

Das Laub wurde still. Sturgis unterdrückte sein Schluchzen und wich in den Schatten zurück. Maeve erstarrte und betete, daß Whitney mit ihm gehen würde. Aber er ging nicht. Statt dessen lief er zu ihrem Vater.

»Sehen Sie nun, was Sie damit angerichtet haben, den Widersacher zu rufen?« sagte er.

»Ich ... habe ... niemanden gerufen«, keuchte Harmon.

»Sagen Sie ihm, er soll in die Hölle zurückkehren, O' Connell. *Sagen Sie es ihm!*«

Maeve sah wieder in Sturgis' Richtung. Der Mann war geflohen. Aber ihr Blick fiel auf Pottrucks Gewehr, das einen Meter von seinem Leichnam entfernt unter den tropfenden Zweigen lag.

»*Bereuen* Sie«, sagte Whitney zu Harmon. »Schicken Sie diesen Teufel dahin zurück, wo er hergekommen ist, sonst schieße ich Ihnen die Hände weg, dann Ihr Geschlecht, bis Sie mich anflehen, daß Sie bereuen wollen.«

Da Sturgis fort war und Whitney ihr den Rücken zuwandte, brauchte Maeve keine nennenswerte Vorsicht mehr obwalten zu lassen. Sie sah hinauf in die Baumkrone, wo die Bestie ganz bestimmt noch lauerte, und näherte sich dem Gewehr. Sie konnte keine Spur der Kreatur sehen – dazu waren die Zweige zu dicht –, aber sie spürte ihren Blick auf sich.

»Bitte ...« flüsterte sie ihr zu, so leise, daß sie Whitneys Aufmerksamkeit nicht auf sich lenkte, »tu ... mir ... nicht ... weh ...«

Der Kauernde machte keine Bewegung. Kein Zweig regte sich; keine Nadel fiel herab.

Sie sah zu Boden. Pottrucks Leichnam lag vor ihr, zu einer häßlichen Karikatur degradiert. Sie hatte früher schon Leichen gesehen. Tote in den Straßengräben Irlands, Tote in den Rinnsteinen von Liverpool, Tote auf dem Weg ins Gelobte Land. Der hier war blutiger als die meisten, doch das berührte sie kaum. Sie stieg über ihn hinweg und bückte sich, um das Gewehr aufzuheben.

Als sie das tat, hörte sie, wie das Ding über ihr auf dem

Baum einen seufzenden Atemzug ausstieß. Sie erstarrte mit klopfendem Herzen und wartete drauf, daß die Klauen heruntergeschnellt kommen und sie holen würden. Aber nein. Nur ein weiteres Seufzen, beinahe traurig. Sie wußte, es war nicht klug, auch nur einen Augenblick länger als unbedingt nötig hier zu verweilen, aber sie konnte ihre Neugier nicht bezähmen. Sie richtete sich mit dem Gewehr auf und sah wieder in das Dickicht der Zweige hinauf. Dabei landete ein Tropfen Blut auf ihrer Wange, ein zweiter fiel zwischen ihre offenen Lippen. Es war nicht Pottrucks Blut, das wußte sie in dem Moment, als sie es auf der Zunge schmeckte. Der Tropfen war nicht salzig, sondern honigsüß, und obwohl sie wußte, daß er von der Bestie stammte (scheinbar hatte Pottruck doch nicht völlig danebengeschossen), war ihr Hunger stärker als jedes Schamgefühl. Sie machte den Mund etwas weiter auf und hoffte, daß noch ein Tropfen herunterfallen würde, und sie wurde nicht enttäuscht. Ein kurzer Regen von Blutstropfen prasselte auf ihr nach oben gewandtes Gesicht, einige fielen in ihren Mund. Das Wasser lief ihr im Mund zusammen, und sie konnte nicht anders, sie seufzte vor Lust über den angenehmen Geschmack.

Nun bewegte sich das Geschöpf auf den Bäumen, und sie konnte ganz kurz seine Gestalt erkennen. Es hatte die Schwingen ausgebreitet, als wollte es auf sie herabstoßen; den Kopf hatte es – wenn sie die Schatten richtig deutete – ein klein wenig zur Seite geneigt.

Immer noch kam das Blut, und die Tropfen verfehlten ihren Mund nicht mehr, sondern fielen direkt auf die Zunge. Das war kein Zufall, sie wußte es. Die Bestie fütterte sie; sie wrang ihr verwundetes Fleisch über Maeves Gesicht aus wie einen honiggetränkten Schwamm.

Das Stöhnen ihres Vaters riß sie aus dem seltsamen Bann, der über sie gekommen war. Sie wandte den Blick von ihrem Ernährer ab und sah wieder zwischen die Bäume. Whitney kauerte neben Harmon und hatte das Gewehr auf den Kopf ihres Vaters gerichtet.

Sie ging auf die beiden Männer zu, so leichtfüßig und

behende wie seit Wochen nicht mehr. Ihr Bauch tat nicht mehr weh. Und schwindlig war ihr auch nicht mehr.

Whitney sah sie erst, als sie nur hoch sieben oder acht Meter entfernt war und Pottrucks blutiges Gewehr direkt auf ihn gerichtet wurde. Sie hatten noch nie eine Waffe benützt, aber auf die kurze Entfernung wäre es schwierig gewesen, abzudrücken und nicht zumindest ein *bißchen* Schaden anzurichten. Offenbar stellte der Peiniger dieselben Überlegungen an, denn sein Gesicht wurde gereizt, als er sie sah.

»Damit solltest du vorsichtig sein, Kind«, sagte er.

»Lassen Sie Papa ihn Ruhe.«

»Ich wollte ihm nichts tun.«

»Lügner.«

»Wirklich nicht. Ich schwöre es.«

»Maeves, mein Liebes . . .« murmelte Harmon und hob unter nicht unerheblichen Schwierigkeiten den Kopf ». . . geh zum Wagen zurück. Bitte. Hier draußen ist etwas . . . etwas Schreckliches.«

»Nein, das stimmt nicht«, antwortete Maeve, die das Blut der Bestie noch süß auf der Zunge schmeckte. »Es wird uns nichts tun.« Sie sah Whitney wieder an. »Wir müssen meinen Papa verarzten, bevor er stirbt. Legen Sie das Gewehr weg.« Whitney gehorchte, worauf Maeve näher kam und ihr Gewehr auf ihn gerichtet hielt, während sie ihren Vater betrachtete. Er bot einen erbärmlichen Anblick, sein Jackett und Hemd waren vom Kragen bis zum Gürtel dunkel von Blut.

»Helfen Sie ihm hoch«, forderte sie Whitney auf. »Wo geht es zu den Wagen zurück?«

»Geh du, Kind« sagte Harmon leise. »Ich habe kein Leben mehr in mir.«

»Das stimmt nicht. Wir schaffen dich in den Wagen, dort kann Mrs. Winthrop dich verbinden . . .«

»Nein«, sagte Harmon. »Es ist zu spät.«

Maeve kam zu ihrem Vater und sah ihm direkt in die Augen. »Du mußt wieder gesund werden«, sagte sie, »was wird sonst aus Everville?«

»Das war ein wunderbarer Traum«, murmelte er und streckte ihr seine zitternde Hand entgegen. Sie ergriff sie. »Aber du bist noch wunderbarer, mein Kind«, sagte er. »Du bist der wunderbarste Traum, den ich je hatte, und es fällt mir nicht so schwer, zu sterben, weil ich weiß, daß du auf der Welt bist.«

Dann fielen ihm die Augen zu.

»Papa?« sagte sie. »Papa?«

»Er ist in die Hölle gefahren ...« murmelte Whitney.

Sie sah zu ihm auf. Er lächelte. Die Tränen, die sie bis jetzt zurückgehalten hatte, kamen als bitterer Sturzbach – der Trauer und der Wut –, und sie kniete sich neben ihrem Vater nieder und preßte das Gesicht an seine kalte Wange. »Hör mir zu ...« sagte sie zu ihm.

Spürte sie ein Zittern in seinem Körper, als würde er sich noch an ein letztes Fünkchen Leben klammern und seinem Kind in der Dunkelheit zuhören?

»... ich werde es erbauen, Papa«, flüsterte sie. »Wirklich. Ich verspreche es. Es wird nicht nur ein Traum bleiben ...«

Als sie es gesagt hatte, spürte sie den leichten Hauch einer Feder über die Wange streichen, und sie wußte, daß er sie gehört hatte. Und als er sie gehört hatte, konnte er getrost sterben.

Die Freude dieses Wissens war jedoch nur von kurzer Dauer.

»Du wirst *überhaupt nichts* erbauen«, sagte Whitney.

Sie sah zu ihm auf. Er hatte seine Waffe aufgehoben und zielte damit auf ihr Herz.

»Steh auf«,sagte er. Als sie gehorchte, schlug er ihr Pottrucks Gewehr aus der Hand. »Deine Tränen beeindrucken niemand«, fuhr er fort. »Du wirst deinem Daddy folgen.«

Sie hielt die Arme vor sich, als könnte sie die Kugeln mit den Händen abwehren.

»Bitte ...« murmelte sie und stolperte rückwärts.

»Bleib stehen«, schrie er und feuerte gleichzeitig. Die Kugel schlug Zentimeter von ihren Füßen entfernt in den

Boden ein. »Du kommst mit mir, falls der Teufel, den dein Daddy gerufen hat, wiederkommen sollte.«

Kaum hatte er die Worte ausgesprochen, kam wenige Meter hinter ihm Bewegung in die Zweige.

»Gott im Himmel ...« hauchte Whitney, lief zu Maeve, wirbelte sie herum und zog sie an seinen Körper. Sie bat ihn schluchzend, ihr nicht wehzutun, aber er packte eine Strähne ihres Haars und zog sie so hoch, daß sie kaum noch stehen konnte. Dann wich er von der Stelle zurück, wo der Baldachin des Laubs sich bewegte, und Maeve blieb nichts anderes übrig, als ihm Schritt für Schritt zu folgen.

Sie hatten vielleicht sechs Schritte zurückgelegt, als das Beben aufhörte. Es schien, als wollte die verwundete Bestie nicht riskieren, noch einmal getroffen zu werden. Whitneys panische Atemzüge wurden etwas regelmäßiger. »Alles wird gut«, sagte er. »Der Herr beschützt mich.«

Kaum hatte er die Worte ausgesprochen, brach die Bestie hervor und schoß mit einer derartigen Geschwindigkeit und Wucht über ihnen durch die Baumkronen, daß ganze Äste herunterprasselten. Maeve nutzte ihre Chance. Sie hob die Hand, grub die Fingernägel in Whitneys Handfläche und drehte sich dabei. Ihr fettiges Haar rutschte aus seiner Faust, und ehe er sie wieder packen konnte, lief sie in den Schutz des nächstgelegenen Baums.

Sie war drei Schritte gekommen, weiter nicht, als etwas, das sie für zwei Äste gehalten hatte, vor ihr herunterschnellte. Sie hob die Arme, um ihr Gesicht zu schützen, sah ihren Fehler aber sofort ein. Die Gliedmaßen ergriffen sie – mit so langen Fingern, daß sie ganz um ihre Taille herumreichten. Die Luft wurde aus ihren Lungen gepreßt, und sie wurde vom Boden emporgerissen in die schützenden Baumkronen.

Whitney schoß mehrmals, aber ihr verwundeter Retter trat so schnell den Rückzug an, wie er sie vom Boden aufgehoben hatte.

»Halt dich fest«, sagte er zu ihr, derweil sie seine heißen

Hände an sich spürte, und noch ehe sie richtig Halt gefunden hatte, brach er durch den Baldachin der Baumkronen, und seine Schwingen schnitten durch die Zweige wie zwei Sensen, während sie die Bestie samt ihrer Beute himmelwärts trugen.

IV

Sie hatte die Trompeten vergessen. Aber jetzt, als ihr Retter sie zwischen den Bäumen emportrug, ertönte die Musik wieder, schmetternder denn je.

»Die Lady kommt«, sagte die Kreatur erschrocken und stieß ohne Vorwarnung so unvermittelt in die Tiefe, daß sie fast den Halt verloren hätte und aus seinen Armen gerutscht wäre.

»Was für eine Lady?« fragte sie und sah in die Schatten, die sein Gesicht vor ihr verbargen.

»Es ist besser, wenn du das nicht weißt«, sagte er. Jetzt war der Boden zu sehen. »Schau mich nicht an«, ermahnte er sie, als sie die untersten Zweige passierten, »sonst muß ich dir die Augen ausreißen.«

»Das würdest du nicht tun.«

»Wirklich nicht?« antwortete er und bedeckte mit seiner Hand so schnell ihr Gesicht, daß sie keine Zeit mehr zum Luftholen hatte, bevor Mund, Nase und Augen zugehalten wurden. Sie sog das bißchen Luft ein, das zwischen ihrem Gesicht und seiner Handfläche gefangen war. Sie roch so, wie sein Blut geschmeckt hatte: süß und lecker. Sie machte den Mund auf und drückte ihre Zunge auf seine Haut.

»Ich glaube, du würdest mich bei lebendigem Leib verschlingen, wenn du könntest«, sagte er. Sein Tonfall verriet, daß ihn der Gedanke eindeutig erheiterte.

Sie spürte festen Boden unter den Füßen, und da redete er wieder mit ihr – sein Mund war so nahe an ihrem Ohr, daß sein Bart oder Schnurrbart sie am Ohrläppchen kitzelte.

»Du hast recht, Kind. Ich kann dich nicht blenden. Aber ich flehe dich an, wenn ich die Hand von deinem Gesicht nehme, schließ die Augen und laß sie geschlossen, dann werde ich mich pfeifend von dir entfernen. Wenn du mich nicht mehr hören kannst, mach die Augen auf. Aber um deines Herzens willen – dann, und nicht vorher. Hast du verstanden?«

Sie nickte, und er nahm seine Hand von ihrem Gesicht. Sie hatte die Augen geschlossen und ließ sie geschlossen, während er wieder zu ihr sprach. »Geh zurück zu deiner Familie«, sagte er zu ihr.

»Mein Papa ist tot.«

»Und deine Mama?«

»Die ist auch tot. Und Whitney wird mich töten, sobald er mich sieht. Er hält mich für ein Kind des Teufels. Und er glaubt, daß du ein Dämon bist, den mein Vater beschworen hat.«

Darüber mußte das Wesen laut lachen.

»Du kommst nicht aus der Hölle, oder?«

»Nein, gewiß nicht.«

»Bist du ein Engel?«

»Nein, das auch nicht.«

»Was dann?«

»Ich sagte schon: Es ist besser, wenn du das nicht weißt.«

Die Trompeten erklangen erneut. »Da. Die Zeremonie fängt gleich an. Ich muß gehen. Ich wünschte, ich könnte mehr für dich tun, Kind, aber das ist leider nicht möglich.« Er legte die Finger behutsam auf ihre Lider. »Nicht aufmachen, bis ich weg bin.«

»Ja.«

»Versprichst du es mir?«

»Ich verspreche es.«

Er nahm die Finger weg und pfiff eine hübsche kleine Melodie, die er nur unterbrach, um anzumerken: »Sag zu niemandem auch nur ein Wort über dies alles«, dann pfiff er weiter, um sein Fortgehen zu verhehlen.

Ein Versprechen mit überkreuzten Fingern war gar kein Versprechen; das wußte Maeve schon, seit sie fünf war. Sie nahm die Finger wieder auseinander und wartete, bis das Pfeifen sich nur ein kleines Stück entfernt hatte, dann schlug sie die Augen auf. Ihr Flug hatte sie offenbar ein gutes Stück in die Berge hinaufgeführt, denn der Boden um den Felsblock herum, auf dem sie stand, wies eine steile Schräge auf. Weitaus weniger Bäume wuchsen hier oben; demzufolge war es viel heller. Sie konnte den Himmel über sich sehen – es hatte aufgehört zu schneien, und die untergehende Sonne überzog die aufbrechenden Wolken mit einem zartrosa Farbton –, und als sie den Blick auf der Suche nach dem Pfeifenden bergauf schweifen ließ, fand sie ihn mühelos. Auf die Entfernung konnte sie fast keine Einzelheiten seiner Erscheinung ausmachen, aber sie war fest entschlossen, es nicht zu lange dabei bewenden zu lassen. Also kletterte sie von dem Felsen herab und folgte ihm.

Sie kam nur mühsam voran. Erde und verfaulte Nadeln rutschten unter ihren Füßen und Händen weg, während sie kletterte, und mehrmals mußte sie nach einer Wurzel oder einem Stein greifen, damit sie den Hang nicht wieder hinabschlitterte. Die Entfernung zwischen ihr und der Bestie wurde konstant größer, doch als sie gerade die Befürchtung hegte, sie würde ihn völlig aus den Augen verlieren, leuchtete dasselbe rosa Licht, das die Wolken am Himmel färbte, zwischen den Bäumen auf und brachte eine milde Luft mit sich, wie sie sie seit einem Monat oder mehr nicht mehr auf dem Gesicht gespürt hatte. Die Bäume standen weiter denn je auseinander, daher konnte sie dazwischen Ausschnitte des Hangs vor ihr sehen. Dies stieg als verschneite Fläche bis zum Berggipfel empor, wo die Wolken völlig aufgebrochen waren, so daß der Gipfel vor einem Firmament aufragte, an dem die ersten Sterne funkelten. Ihr Licht hielt jedoch keinem Vergleich mit dem Glanz stand, der auf die verschneite Ebene unter ihnen fiel, dessen Ursprung Maeve erst erkennen konnte, als sie nur noch wenige Meter vom Rand der Baumgruppe entfernt war.

Mehrere Umrisse dunstigen Lichts schwebten über dem Hang und hüllten in ihr Licht eine Szene von solcher Schönheit, daß Maeve vor Staunen wie angewurzelt stehenblieb. Zwar hatte ihr Retter bestritten, ein Engel zu sein, aber ganz gewiß war dies der Himmel, der vor ihr lag. Von wo sonst hätten die Geschöpfe kommen sollen, die hier hausten? Obschon die wenigsten Flügel hatten, waren alle in der einen oder anderen Hinsicht wundersam. Ein Dutzend oder mehr, die größere Ähnlichkeit mit Vögeln statt Menschen hatten – Schnäbel und Knopfaugen – standen gemeinschaftlich unter einer der Kugeln aus Licht. Ein anderer Klan, auf den ersten Blick in scharlachrote Seide gekleidet, marschierte mit viel Aufhebens den Hang herunter, doch dann wurde das prachtvolle Gleißen mit einem Mal in die Körper hineingezogen, die daraufhin wie gehäutete Schlangen in der Luft hingen. Eine andere Gruppe hatte Oberkörper wie Fächer, die sich verschwenderisch auseinanderklappten und gewaltige, pulsierende Herzen entblößten.

Nicht jedes Mitglied dieser Versammlung war so ausgefallen. Manche ähnelten Männern und Frauen, abgesehen von den Farben, die aus ihrer Haut strömten, oder Schweifen, die sie hinter sich herzogen. Andere waren so zart, daß sie Phantomen gleichkamen und keinerlei Spuren im Schnee hinterließen, während wieder andere – jene mit Sicherheit Vettern ihres Retters – an diesem Ort der Schemen fast zu solide wirkten, in den Schatten ihrer Schwingen brüteten und zögerten, so schien es, selbst mit ihresgleichen Umgang zu pflegen.

»Was nun das Wesen betraf, das sie so ahnungslos hierher geführt hatte, es hinkte durch die Versammlung auf eine Stelle am Gipfel des Hügels zu, wo ein Zelt in der Farbe des Abendhimmels aufgestellt worden war. Selbstverständlich wurde Maeve unverzüglich von Neugier gepackt, welches Wunder sich darin verbergen mochte. Würde sie es wagen, den Schutz der Bäume zu verlassen und ihrem Retter zu folgen, um es herauszufinden? Warum nicht? überlegte sie sich. Sie hatte nichts zu verlieren. Selbst wenn es ihr gelingen würde, den Rückweg – den Berg hinab – zu den Planwagen zu finden, würde Whitney dort mit seinem Gewehr und seiner Selbstherrlichkeit auf sie warten. Es wäre auf jeden Fall besser, dorthin zu gehen, wohin die Kreatur und ihre eigene Neugier sie führten.

Dann folgte ein neuerliches Wunder. Sie kam unter den

Bäumen hervor und schritt zwischen den rund hundert Versammelten hindurch, aber niemand traf Anstalten, ihr Fragen zu stellen oder gar den Weg zu versperren. Sicher, einige Köpfe wurden in ihre Richtung gedreht, und es wurde getuschelt, mit ziemlicher Sicherheit über sie. Aber das war alles. Inmitten dieser Pracht hielt man ihre Größe und ihre ausgemergelte Gestalt offenbar für etwas auf eine andere Art Prachtvolles.

Als sie weiter den Hang erklomm, überlegte sie sich, daß dies möglicherweise ein Traum war: Sie war auf der Brust ihres Vaters ohnmächtig geworden und würde bald aufwachen und seinen kalten Leichnam unter sich spüren. Doch es gab einfache Mittel, derartige Zweifel auszuräumen. Zuerst kniff sie sich in die Hand, dann fuhr sie mit der Zunge in den faulen Zahn hinten in ihrem Mund. Beide Male verspürte sie nicht unerhebliche Schmerzen. Sie träumte nicht. Dann hatte sie vielleicht den Verstand verloren und gaukelte sich diese Wunder selbst vor, so wie Reisende in der Wüste Oasen und Obstbäume? Nein, auch das ergab keinen Sinn. Wenn dies ein tröstliches Trugbild war, das sie selbst erschaffen hatte, wo blieben dann ihre Mutter und ihr Vater, wo die Tische mit Kuchen und Milch?

So außergewöhnlich diese Visionen sein mochten, sie waren real. Die Lichter, die Familien, das schimmernde Zelt; das alles war so real wie Whitney und die Planwagen und die Toten in ihren Gräbern.

Als sie daran dachte, was sie zurückgelassen hatte, blieb sie einen Moment stehen und sah den Berghang hinab. Die Nacht senkte sich hernieder, der Wald war in dunstiger Dunkelheit versunken. Sie konnte keine Spur von den Planwagen sehen, und es brannten auch keine Lagerfeuer weiter unten. Entweder hatte der Schnee sie alle begraben, oder – was wahrscheinlicher schien – sie waren weiter dem Berg entgegengezogen, solange der Schneesturm nachließ, und gingen davon aus, daß sie sich verirrt hatte.

Was auch stimmte. Als Waise inmitten von Fremden,

zahllose Meilen von dem Ort ihrer Geburt entfernt, war sie so einsam und verirrt, wie man es nur sein konnte. Aber sie verspürte keine Traurigkeit bei diesem Gedanken (vielleicht einen Anflug davon, weil sie wußte, daß ihr Vater da unten in der Dunkelheit lag, aber mehr nicht). Statt dessen empfand sie eine Art Freude. Hier bildete sie einen aus einer Person bestehenden Stamm; und sollte sie je gefragt werden, welche Art von Magie sie zu diesem heiligen Ort mitbrachte, würde sie dieses wundersame Volk sich hinsetzen lassen und ihnen von Everville erzählen, Straße für Straße, Platz für Platz, und sie würden staunen. Und wenn sie ihre Geschichte erzählte, würde sie nicht mehr verirrt sein, denn Everville war ihr wahres Zuhause, in dessen Herz sie ebenso geborgen war wie die Stadt in ihrem.

V

1

Es fiel Whitney nicht besonders schwer, die anderen, die bei den Planwagen warteten, davon zu überzeugen, daß sie O'Connells Tochter als verirrt abschreiben und weiterziehen sollten. Es wurde dunkel, und Sturgis war bereits aus dem Wald zurückgekehrt und hatte stammelnd von einem Unhold berichtet, der Pottruck auf brutale Weise umgebracht hatte. Der Unhold lauerte noch dort, warnte Whitney, und obwohl derjenige tot war, der ihn herbeizitiert hatte, würde seine Gier nach Blut und Seelen in der Nacht nur noch größer werden. Außerdem hatte der Sturm etwas nachgelassen, damit drückte Gott seine Dankbarkeit aus, weil sie mit dazu beigetragen hatten, O'Connell loszuwerden; sie sollten das Geschenk nicht ausschlagen.

Niemand – nicht einmal Marsha Winthrop – erhob Einwände gegen die Weiterreise. Whitney hatte in leuchtenden Farben ausgemalt, wie das Mädchen entführt worden war. Es bestand kaum eine Chance, daß sie überlebt hatte.

Obwohl der Schneefall einem dunstigen Nebel gewichen war und der Mond rund und strahlend aufging, kamen sie nur mühsam voran und schlugen nach einer Stunde – als der Waldrand in sicherer Distanz hinter ihnen lag – ihr Nachtquartier auf.

Whitney sang Psalmen, während er das Feuer entfachte, ließ seine unmelodiöse Stimme zum Lobe Gottes anschwellen und dankte ihm, daß er sie aus dem Gefilde der Hölle geführt hatte. »Der Herr hält seine schützende Hand über uns«, versicherte Whitney zwischen den Versen seinen Gefährten. »Unsere Reise ist fast zu Ende.«

Er machte den Vorschlag, daß Everett Immendorfs Witwe Ninnie einen Eintopf kochen sollte, zu dem alle ihre letzten Vorräte beisteuerten.

»Es wird das letzte Mahl auf dieser dunklen Straße«, sagte Whitney, »denn morgen wird der Herr uns in unser gelobtes Land führen.«

Der Eintopf war wenig mehr als Hafergrütze, aber er wärmte sie, während sie zusammengekauert um das Feuer saßen. Beim Essen wagten sie es, leise von Erlösung zu murmeln. Und im Verlauf dieses Gesprächs geschah es, daß sie den Beweis dafür bekamen. Wie recht Whitney hatte. Als das Feuer langsam niederbrannte, ertönte ein Geräusch von jenseits des Lichtscheins: jemand räusperte sich höflich.

Sturgis – der seit seiner Rückkehr nicht mehr aufgehört hatte zu zittern – war als erster auf den Füßen und hatte das Gewehr gezückt.

»Dazu besteht keine Veranlassung«, ertönte eine geflissentliche Stimme. »Ich komme als Freund.«

Whitney stand auf. »Dann zeig dich, *Freund*«, sagte er.

Der Fremde tat, wie ihm geheißen, und zeigte sich. Er war kleiner als jeder Mann am Lagerfeuer, legte aber die entspannte Haltung von jemand an den Tag, der selten, wenn überhaupt jemals, herausgefordert wird. Er hatte den Kragen seines Pelzmantels hochgeschlagen und lächelte darunter hervor, als wären die Gesichter vor ihm die wohlgenährter Freunde, zu deren Festmahl er sich gesellte. Abgesehen von dem Schnee an seinen Stiefeln, deutete nichts darauf hin, daß er sich hatte anstrengen müssen, um diese Stelle zu erreichen. Alles war an seinem angestammten Platz und ließ auf einen kultivierten Menschen schließen. Gewichster Schnurrbart, sorgsam geschnittener Vollbart, Handschuhe aus Kalbsleder und ein Gehstock mit silbernem Griff.

Nicht einer der um das Feuer Versammelten blieb in seiner Gegenwart gleichgültig. Sheldon Sturgis verspürte tiefe Scham ob seiner Feigheit und war überzeugt, daß sich dieser Mann in seinem ganzen Leben noch nie in die Hose geschissen hatte. Alvin Goodhues Magen drehte sich wegen des aufdringlichen Parfums um, das der Mann aufgetragen hatte, und erbrach seine Grütze gleich wieder. Ninnie Immendorf, die Köchin, bemerkte es nicht einmal. Sie war zu sehr damit beschäftigt, Gott dafür zu danken, daß er sie zur Witwe gemacht hatte.

»Woher kommen Sie?« wollte Marsha wissen.

»Vom Paß«, antwortete der Fremde.

»Wo ist Ihr Wagen?«

Das schien den Mann zu erheitern. »Ich bin zu Fuß gekommen«, sagte er. »Es sind nicht mehr als eine oder zwei Meilen bis ins Tal.«

Erfreutes und ungläubiges Murmeln wurde um das Lagerfeuer herum laut.

»Wir sind gerettet!« schluchzte Cynthia Fischer. »O Gott im Himmel, wir sind gerettet!«

»Sie hatten recht«, sagte Goodhue zu Whitney, »heute nacht hat Gott seine Hände *wirklich* über uns gehalten.«

Whitney sah das Lächeln, das die Lippen des Fremden umspielte. »Das sind fürwahr gute Nachrichten«, sagte er. »Dürften wir erfahren, wer Sie sind?«

»Das ist kein Geheimnis«, entgegnete der Mann. »Mein Name ist Owen Buddenbaum. Ich bin gekommen, weil ich Freunde von mir begrüßen wollte, aber ich sehe Sie nicht in Ihrer Mitte. Ich hoffe, daß ihnen kein Leid geschehen ist.«

»Wir haben viele gute Leute verloren«, sagte Sturgis. »Wen suchen Sie?«

»Harmon O'Connell und seine Tochter«, antwortete Buddenbaum. »Waren Sie nicht bei Ihnen?«

Die Leute am Lagerfeuer hörten auf zu lächeln. Nach einem unbehaglichen, mehrere Sekunden währenden Schweigen sagte Goodhue nur: »Sie sind tot.«

Buddenbaum zog den Handschuh von seiner linken Hand, während er sprach, aber seine Stimme verriet nichts. »Tatsächlich?« sagte er.

»Ja, tatsächlich«, antwortete Sturgis. »O'Connell . . . hat sich auf dem Berg verirrt.«

»Und das Kind?«

»Ist ihm gefolgt. Wie er schon sagte, sie sind beide tot.«

Buddenbaum hob seine beiden bloßen Hände zum

Mund und kaute am Daumennagel. Er trug mindestens einen Ring an jedem Finger. Am Mittelfinger drei. »Ich bin überrascht . . .« sagte er.

»Worüber?« entgegnete Whitney.

»Daß gottesfürchtige Männer und Frauen ein Kind zurücklassen, damit es erfriert«, antwortete Buddenbaum. Er zuckte mit den Achseln. »Nun, wir tun, was wir tun müssen.« Er zog die Handschuhe wieder an. »Ich muß Sie jetzt verlassen.«

»Halt«, sagte Ninnie, »möchten Sie nichts essen? Wir haben nicht viel, aber –«

»Nein, danke.«

»Ich hab' noch etwas Kaffee aufgehoben«, sagte Sheldon. »Wir könnten eine Tasse aufbrühen.«

»Sie sind sehr freundlich«, sagte Buddenbaum.

»Dann *bleiben Sie*«, sagte Shaldon.

»Vielleicht ein andermal«, antwortete Buddenbaum. Er ließ den Blick über die Gruppe schweifen, während er es sagte. »Ich bin sicher, unsere Wege werden sich in Zukunft noch einmal kreuzen«, sagte er. »Wir gehen unserer verschiedenen Wege, aber viele Straßen führen wieder auf sich selbst zurück, oder nicht? Und wir folgen ihnen selbstverständlich. Wir haben keine andere Wahl.«

»Sie könnten mit uns runterfahren«, sagte Sheldon.

»Ich gehe nicht *runter*«, lautete die Antwort. »Ich gehe den Berg hinauf.«

»Sie haben den Verstand verloren«, sagte Marsha mit ihrer gewohnten Offenheit. »Sie werden da oben erfrieren.«

»Ich habe Mantel und Handschuhe«, antwortete Buddenbaum. »Und wenn ein kleines Mädchen die Kälte überleben kann, werde ich es ja wohl auch können.«

»Wie oft –?« begann Goodhue, aber Whitney, der sich gegenüber von Buddenbaum ans Feuer gesetzt hatte und den Mann durch den Rauch hindurch ansah, brachte ihn zum Schweigen.

»Wenn er gehen will, laß ihn«, sagte er.

»So ist es«, antwortete Buddenbaum. »Nun ... gute Nacht.«

Aber als er sich vom Feuer abwandte, stieß Ninnie hervor: »Trompeten.«

Buddenbaum drehte sich zu ihr um. »Pardon?«

»Wir haben Trompeten auf dem Berg gehört ...« Sie sah ihre Mitreisenden an und flehte um Unterstützung, aber keiner sagte ein Wort. »Jedenfalls *ich* ...« fuhr sie zögernd fort. »... Ich hörte ...«

»Trompeten.«

»Ja.«

»Seltsam.«

»Ja.« Inzwischen hatte sie den Glauben an die eigene Geschichte verloren. »Selbstverständlich könnte es auch etwas anderes gewesen sein ... ich weiß nicht ...«

»Donner«, sagte Whitney.

»Donner, der sich wie Trompeten anhört? Na, das ist doch was. Ich werde aufpassen, ob ich es auch höre.« Er schenkte Ninnie ein kurzes Lächeln. »Ich bin Ihnen sehr verbunden«, sagte er so galant, daß sie glaubte, sie würde ohnmächtig werden.

Dann kehrte er ohne ein weiteres Wort der Versammlung den Rücken zu und entfernte sich vom Feuer, bis ihn die Dunkelheit völlig verschluckt hatte.

2

Alle, die sich in jener Nacht um das Lagerfeuer versammelt hatten, sollten den Rest der Reise überleben, und jeder sollte es auf seine Weise zu etwas bringen. Es war eine tapfere Zeit im Westen, und in den kommenden Jahren würden sie heldenhaft aufbauen, profitieren, Nachkommen zeugen und das Leid vergessen, das sie auf dem Weg hierher erduldet hatten. Sie sprachen nicht von den Toten, trotz der Versprechen, die sie gegeben hatten. Sie suchten nicht die Gebeine der notdürftig Begrabenen, um ihnen eine angemessenere Ruhestätte angedeihen zu lassen. Sie trauerten nicht. Sie bedauerten nichts.

Aber sie erinnerten sich. Und von allen Erlebnissen, die sie in der Abgeschiedenheit ihrer Salons immer wieder heraufbeschwörten, sollte sich diese Nacht mit dem Mann, der sie besucht hatte, als das dauerhafteste erweisen.

Jedesmal, wenn Sheldon Sturgis eine Tasse Kaffee aufbrühte, mußte er an Buddenbaum und seine eigene Schande denken. Jedesmal, wenn ein Mann auf Freiersfüßen zu Ninnie Immendorf kam und anklopfte (und es kamen mehrere, denn Frauen waren in der damaligen Zeit Mangelware, und Ninnie konnte einen köstlichen Eintopf kochen), ging sie zur Tür und betete, daß es nicht Franklin oder Charlie oder Burk sein würde, sondern Buddenbaum, Buddenbaum.

Und jedesmal, wenn Reverend Whitney auf seine Kanzel stieg und vom Wirken des Teufels in der Welt zu seinen Gläubigen sprach, stellte er sich den Mann mit dem Gehstock vor; dann hallte seine Stimme, und die Gemeinde erschauerte auf den Bänken. Es war, als hätte der Prediger den Widersacher von Angesicht zu Angesicht erblickt, sagten die Leute beim Hinausgehen zueinander, denn er sprach nicht von einem Ungeheuer mit den Hörnern einer Ziege, sondern von einem Mann, dem das Schicksal übel mitspielte, der seine Pferde und sein Gefolge verloren hatte und auf der Suche nach Kindern durch die Welt zog, die seiner Obhut entschlüpft waren.

VI

1

Als Maeve den Berggipfel erreichte, hatte sie ihren Retter aus den Augen verloren, und da das Zelt nicht beleuchtet war, fiel es ihr schwer, zu erkennen, wer sich in seinem Umfeld aufhielt. Ein Teil von ihr hoffte, sie würde ihm nicht begegnen, hatte sie doch ihr Versprechen gebrochen und war ihm mitten in diese Zeremonie hinein gefolgt, aber der andere Teil, der sein süßes Blut gekostet hatte, war bereit, das Risiko einzugehen und seinen Zorn auf sich zu ziehen, wenn sie ihn näher kennenlernen konnte. Ganz bestimmt würde er ihr nichts tun, sagte sie sich, wie wütend er auch sein mochte. Geschehenes ließ sich nicht ungeschehen machen. Sie hatte die Geheimnisse gesehen.

Davon abgesehen, selbstverständlich, was sich im Inneren des Zelts befand, aber darum würde sie sich unverzüglich kümmern. Wenige Schritte von ihrer Position entfernt befand sich eine Tür, doch die war abgesperrt, daher ging sie um das Zelt herum, wo niemand sie sehen konnte, und zog die Plane aus dem Schnee, damit sie darunter kiebitzen konnte.

Im Inneren herrschte eine so umfassende Stille, daß Maeve kaum wagte, Atem zu holen, und eine derart undurchdringliche Dunkelheit, daß sie sich gegen ihr Gesicht zu drücken schien wie die Hände eines Blinden, die es betasteten. Sie ließ es geschehen, weil sie fürchtete, sie würde hinausgeworfen werden, wenn sie sich der Dunkelheit widersetzte, und nach einigen Augenblicken eingehender Untersuchung wurde die Berührung sanfter, fast verspielt, und sie spürte, wie die Dunkelheit sie vom Boden hoch und weg von der Zeltwand lockte. Sie sah sich gezwungen, der Dunkelheit zu vertrauen, aber das fiel nicht schwer. Hier herrschte keine Gefahr, dessen war sie gewiß, und die Dunkelheit erblühte vor ihr, Blüte für Blüte öffnete sich, je weiter sie ging, wie um sie für ihr

Vertrauen zu belohnen. Die Dunkelheit wurde nicht heller, doch mit der Zeit schärften sich Maeves Augen für ihre Feinheiten; sie sah Umrisse und Gestalten, für die sie zuvor blind gewesen war. Ihr wurde klar, daß sie hier eine von Hunderten war, inmitten von Angehörigen der Familien, welche sie draußen im Schnee gesehen hatte, die glücklich oder würdig genug waren, diesen heiligen Ort zu besuchen. Manche hatten Tränen der Wonne auf den Gesichtern; andere drückten lächelnd Ehrfurcht aus. Einige sahen sogar in ihre Richtung, während sie durch das Getümmel geführt wurde, aber die meisten konzentrierten sich auf einen Anblick, den ihr die schwarzen Blüten bisher noch nicht offenbart hatten. Sie brannte darauf, dieses neue Wunder zu erfahren, und wandte ihre Aufmerksamkeit der geheimnisvollen Aura zu.

Allmählich sah sie es. Eine Gestalt tauchte vor ihr auf, gleichsam die Frucht dieser erblühenden Dunkelheit. Maeve konnte sie mit nichts vergleichen, doch besaß sie die Wendigkeit einer Schlange, oder besser gesagt, vieler Schlangen, die ineinander verschlungen waren, ein Knoten ständig in Bewegung befindlicher, zuckender Leiber. Er wölbte sich in sich selbst, dieser Knoten, und kam erneuert wieder zum Vorschein. Er teile und schloß sich wieder, öffnete sich wie ein Auge und brach wie Wasser an einer Klippe. Manchmal quoll, bei allen Kapriolen, ein Schwall Dunkelheit zwischen seinen Oberflächen hervor. Öfters streifte er eine Haut aus Dunkelheit ab, die augenblicklich zerstob, so daß die Bruchstücke wie Löwenzahnsamen davonschwebten, um in der fruchtbaren Düsternis zu keimen.

Sie folgte einem dieser Samenkörner mit dem Blick, als sie die beiden Gestalten sah, die unter diesem Schauspiel saßen. Ein Mann und eine Frau, von Angesicht zu Angesicht, Hand in Hand, Köpfe gesenkt, wie beim Gebet. Als sie die beiden so nahe beisammen sah, mußte sie an Abilene Welsh und Billy Baxter denken, auch wenn sie den Grund dafür nicht ganz verstand. Ganz gewiß waren die beiden nicht erfroren, als sie nach einem Platz suchten, um Händchen zu halten und die Köpfe zu senken, sondern um jene Tätigkeit auszuüben, die sie bei Tieren schon zahllose Male gesehen hatte. War es nicht Ziel dieser Tätigkeit, Kinder zu bekommen? Und schien der Umriß, der über dem Paar schwebte, nicht aus ihren verschlungenen Essenzen zu entstehen, die wie kräuselnder Rauch aus ihren Lippen entsprangen und sich zwischen ihren Stirnen umschlangen?

»Es ist ein Baby«, sagte sie laut.

Entweder war die Dunkelheit unachtsam und verstand ihre Worte nicht, bevor sie davonschwebten, oder die Geräusche, die ihre Zunge erzeugte, waren so schlüpfrig, daß sie nicht gefaßt werden konnten. Was auch immer, sie sah die Worte wie eine türkis- und orangefarbene Flamme von ihren Lippen perlen, und in der halbdunklen Umgebung wirkten die Farben um so leuchtender. Sie schwebten unverzüglich zu dem dunklen Kind und wurden in sein Innerstes gesogen, wo ihr Glanz jeden Teil erleuchtete.

Die Frau schlug die Augen auf und hob den Kopf mit einem schmerzverzerrten Gesichtsausdruck, ihr Mann stand von seinem Stuhl auf, stieß einen Mundvoll Äther aus und sah auf zu dem Geschöpf, das er gezeugt hatte.

Das Geschöpf war derweil in Wallung geraten, seine Umrisse veränderten sich noch schneller, als hätten Maeves Farben seinem Erfindungsgeist neuen Treibstoff zugeführt. Möglicherweise zuviel. In der Ekstase der Verwandlung wurden seine Gestalten noch unebenmäßiger und nährten sich in ihrer Mannigfaltigkeit an der eigenen Erfindungsgabe.

Plötzlich verspürte Maeve blankes Entsetzen. Sie wich stolpernd ein paar Schritte zurück, dann drehte sie sich um und zwängte sich durch die Menge. Rings um sie herum herrschte Aufruhr, und die Dunkelheit war so betroffen, daß sie die Stimmen der Masse nicht mehr zum Schweigen bringen konnte, wodurch Schreie des Schrekkens und der Panik auf allen Seiten laut wurden. Sie lief hierhin und dorthin, um zu verhindern, daß jemand sie zu fassen bekam, aber es schien, als hätten die wenigsten begriffen, was geschehen war, und noch weniger, wem die Verantwortung dafür zukam, und daher gelang es ihr, die Zeltwand zu erreichen, ohne daß ihr eine Hand auf die Schulter gelegt wurde. Als sie sich bückte, um unter der Plane durchzukriechen, drehte sie sich um. Das Kind, sah sie, war in Verwesung begriffen, seine Gestalt schwoll zu Überreife an und zerbarst in der Luft. Seine Eltern hatten voneinander abgelassen und lagen betroffen und erschüttert in den Armen ihrer jeweiligen Familien. Vor Maeves Augen bekam die Frau einen so heftigen Weinkrampf, daß es ihre Tröster alle Anstrengung kostete, sie auch nur festzuhalten.

Maeve schlug eine Hand vor den Mund, unterdrückte ihr Schluchzen und schlüpfte unter der Zeltplane hindurch in den Schnee. Die Nachricht des Mißgeschicks hatte sich bereits unter den draußen Wartenden verbreitet, allerorten herrschte Chaos. Weiter unten am Hang war ein Kampf ausgebrochen, jemand lag bereits mit einem Pfahl im Herzen am Boden. Andernorts liefen Leute auf das Zelt zu, während die im Inneren herauskamen und schrien, so laut sie konnten.

Maeve setzte sich in den Schnee und preßte die Handballen auf die Augen, die von allem brannten, was sie gesehen hatten, und von bevorstehenden Tränen.

»Kind.«

Sie hob den Kopf und wollte sich umdrehen.

»Was hattest du mir versprochen?«

Sie drehte sich nicht weiter um.

»Es war nicht meine Schuld«, sagte sie und wischte sich die Nase mit dem Handrücken ab. »Ich hab' nur gesagt –«

»Das warst *du?*« antwortete die Bestie und schnitt ihr das Wort ab. »O Gott, o Gott, was habe ich getan?«

Sie spürte die Hände der Bestie am Körper und wurde ohne Vorwarnung herumgewirbelt. Nun endlich konnte sie seine Züge deutlich erkennen – sein langes, geduldiges Gesicht, seine goldenen Augen, sein Fell, das am Kopf zu einer Mähne wurde, auf Stirn, Wangen und Kinn dagegen glatt wie ein Biberpelz war. Seine Zähne zitterten leicht.

»Ist dir kalt?«

»Nein, verdammt!«

Sie fing leise an zu weinen.

»Na gut, mir ist kalt«, sagte er. »Mir ist kalt.«

»Nein, das stimmt nicht. Du hast Angst.«

Das Gold in seinen Augen flackerte. »Wie heißt du?« fragte er.

»Maeve O'Connell.«

»Ich hätte dich töten sollen, Maeve O'Connell.«

»Ich bin froh, daß du es nicht getan hast«, sagte sie. »Wer bist du?«

»Coker Ammiano. Bald von allen geschmäht. Wenn ich dich getötet hätte, hättest du diese schreckliche Tat nicht begehen können.«

»Was war so schrecklich?«

»Du hast bei der Hochzeit gesprochen. Das ist verboten. Jetzt wird es Krieg geben. Die Familien geben einander die Schuld. Blutvergießen wird die Folge sein. Wenn ihnen klar wird, daß es keiner von ihnen war, werden sie den Missetäter suchen und uns töten. Dich für das, was du da drinnen getan hast, und mich dafür, daß ich dich hergebracht habe.«

Maeve dachte einen Moment über diese Kette der Katastrophen nach.

»Sie können uns nicht töten, wenn sie uns nicht *finden*«, sagte sie schließlich. Sie sah den Hang hinab. Die Kämpfe waren tatsächlich eskaliert, wie Coker vorhergesagt hatte. Wenn es noch kein Krieg war, würde es bald einer sein. »Gibt es einen anderen Weg?« sagte sie.

»Einen«, antwortete er.

Sie sprang auf die Füße. »Bring uns hin«, sagte sie.

2

Im Lauf der Jahrzehnte hatte Buddenbaum eine vollständige Liste belletristischer Werke erstellt, in denen er vorkam. Bis heute wußte er von dreiundzwanzig Romanhelden, für die er unmittelbar Pate gestanden hatte (soll heißen, daß der Leser des Romans oder Zuschauer des Theaterstücks auf den ersten Blick das Vorbild erkennen konnte, sofern er ihn, Buddenbaum, kannte), dazu kamen noch einmal zehn oder elf Figuren, die auf seine Neigung zu komischen oder theatralischen Effekten anspielten. Es sprach für die vielen Facetten seiner Persönlichkeit, daß er in einem Stück als Richter auf die Bühne trat und in einem anderen als Produzent, und beide Porträts exakt zutrafen.

Es störte ihn nicht, daß er in dieser Form ausgebeutet wurde, so skandalös das Werk, so skurril die Rolle auch sein mochte. Es war schmeichelhaft, Quell derartig vieler Schöpfungen zu sein, zumal für einen wie ihn, der mit Sicherheit kinderlos bleiben würde. Und es amüsierte ihn ungeheuer, daß die Künstler, wenn sie angetrunken den Gegenstand ihrer Inspiration eingestanden, jedesmal beteuerten, wieviel rohe menschliche Wahrheit sie in ihm entdeckt hatten. Er vermutete etwas anderes. Ob sie es wußten oder nicht (und seines Erachtens wußten Künstler ziemlich wenig), sie wurden vom genauen Gegenteil dessen inspiriert, was sie vorgaben. Er war nicht roh. Er war nicht wahr. Und wenn er vorsichtig und klug war, würde er eines Tages nicht einmal mehr menschlich sein. Er war durch und durch eine Fälschung, ein Mann, der in einem Dutzend unterschiedlicher Verkleidungen auf den Straßen Amerikas gereist war und ein weiteres Dutzend tragen würde, bis er seine Aufgabe erledigt hatte.

Er machte ihnen ihre Leichtgläubigkeit nicht zum Vorwurf. Von einer einzigen Ausnahme abgesehen, war jede Form von Kunst eine Täuschung. Doch, ach, der Weg zur ›Kunst‹ war steinig, und er war froh, daß er seine Liste von Alter-egos hatte, um sich abzulenken, während er diesen Weg beschritt. Einige der derberen Textzeilen, die ihm in den fraglichen Kunstwerken in den Mund gelegt wurden, hatte er sogar auswendig gelernt, und er deklamierte sie gerne laut, wenn sich niemand in der Nähe aufhielt.

Wie eben jetzt, zum Beispiel, als er die bewaldete Flanke dieses verdammten Bergs erklomm. Ein Monolog aus einer pseudohistorischen Tragödie mit dem Titel *Serenissima:*

»Ich habe nur dich, meine geliebte Serenissima. Du bist mein Verstand, meine Seele, mein Herz. Gehst du jetzt von mir, bin ich verloren in dieser großen Dunkelheit zwischen den Sternen und kann nicht einmal dort vergehen, denn ich muß leben, bis du mein Herz stillst. Stille es sofort! Ich flehe dich an, stille es jetzt und laß meine Qual zu Ende sein.«

Er verstummte mitten im Deklamieren. Ein anderes Geräusch buhlte um die Aufmerksamkeit seiner Zuhörer, der Bäume, und das war bei weitem nicht so melodisch. Er hielt den Atem an, damit er es besser hören konnte. Es kam vom Berggipfel, oder aus dessen Nähe: viele Stimmen, die darauf hindeuteten, daß sich eine Schar von erheblicher Größe dort versammelt hatte. Und es stand eindeutig fest, was für ein Schauspiel geboten wurde. Die Tonart verriet alles. Es war eine Tragödie.

Er selbst blieb stumm, als er weiter den Berg erklomm, doch die Geräusche von oben klangen um so gräßlicher, je lauter sie wurden. Nur in Büchern machten Schmerzen die Sterbenden poetisch. In Wirklichkeit schluchzten sie und flehten, während ihnen Tränen und Rotz über die Gesichter liefen. Er hatte derartige Vorführungen schon dutzendfach gesehen und wollte nicht noch eine erleben. Aber er hatte keine andere Wahl. Möglicherweise war das Kind irgendwo da oben – ein Kind mit dem Namen einer Göttin, die Träume brachte –, und im milden Frühling in Missouri hatten seine Instinkte ihm verraten, daß es eine Bewandtnis mit diesem Namen hatte. Als Folge hatte er ein kleines Schmuckstück aus seinen eigenen Täumen bei den O'Connells zurückgelassen, was rückblickend vielleicht ein Fehler war. Wie groß der Fehler war, das würde die nächste Stunde zeigen.

Bis dahin faszinierte ihn das Rätsel der Stimmen. Waren dies die Stimmen sterbender Pioniere, die sich in der Höhe verirrt hatten? Er glaubte es nicht. Inmitten der Kakophonie erklangen Laute, wie er sie noch nie von einer menschlichen Kehle gehört hatte; auch nicht von irgendeinem Tier, das in dieser Ecke der Wirklichkeit lebte. Eine Tatsache, bei der ihm trotz der Kälte am ganzen Körper der Schweiß ausbrach. Der Schweiß der Vorahnung, daß das Geschenk, das er Harmon O'Connell gemacht hatte, vielleicht doch nicht so unklug gewesen war und die Tochter des Iren ihn, ohne es zu wissen, an die Grenze seines eigenen gelobten Lands geführt hatte.

VII

Da war ein Riß im Himmel; das war Maeves erster Gedanke. Ein Riß im Himmel, und auf der anderen Seite noch ein Himmel, heller als die Nacht, in der sie stand. Sie hatte schon viele Wunder am Himmel sehen können: Blitze, Wirbelstürme, Hagel und Regenbogen – aber nichts Vergleichbares wie diese wogenden Farben, größer als die größte von all den Gewitterwolken, die auf der anderen Seite des Risses über das Firmament rollten. Eine Brise wehte ihr entgegen. Die Brise war warm und trug ein tiefes, rhythmisches Rauschen mit sich.

»Das ist das Meer!« sagte sie und ging auf den Riß zu.

Der Riß war nicht breit, und stabil war er auch nicht. Er waberte so unstet wie eine Kerzenflamme bei starkem Wind in der Luft. Das Wie und Warum des Spektakels war ihr einerlei; sie hatte heute nacht zuviel gesehen, um unnötige Fragen zu stellen. Sie wollte nur diese Schwelle überqueren, aber nicht, weil sie die Konsequenzen ihrer Tat auf dem Berg fürchtete, sondern weil ein Himmel und ein Meer, die sie noch nie zuvor gesehen hatte, auf der anderen Seite warteten.

»Sie gibt keinen Weg zurück«, warnte Coker sie.

»Warum nicht?«

»Es erforderte einen großen Segensm'n, dieses Tor zu öffnen, und wenn es sich wieder schließt, läßt es sich nicht mehr so leicht aufmachen.« Er sah zu dem Schlachtfeld zurück und stöhnte vor Schmerz über das, was er sah. »Herrgott, sieh dir das an. Geh du, wenn du willst. Ich kann nicht mit der Schande leben.« Er hielt eine Hand vor sein Gesicht, und eine rasiermesserscharfe Kralle schnellte glänzend aus seinem Mittelfinger.

»Was machst du?«

Er hielt die Kralle an seine Kehle. »Nein!« schrie sie und hielt seine Hand fest. »Dieses große Sterben, und nur, weil ich etwas gesagt habe, das ich nicht sollte. Das ist so *dumm.*«

»Du verstehst die Gründe nicht«, sagte er verbittert, unternahm aber keinen Versuch mehr, sich Gewalt anzutun.

»Und du schon?« antwortete Maeve.

»Nicht genau. Ich weiß, es herrscht ein gewaltiger Streit zwischen den Familien, der so schlimm ist, daß sie einander seit Generationen abschlachten. Diese Hochzeit sollte den Frieden zwischen ihnen besiegeln. Und das Kind sollte der Beweis dafür sein.«

»Worum geht es bei dem Streit?« sagte sie.

Er zuckte mit den Achseln. »Das weiß niemand, außer den Familien. Und nach dem hier ...« er ließ den Blick über den von Leichen übersäten Hang schweifen, »... werden es noch weniger wissen als vorher.«

»Nun, es ist trotzdem dumm«, sagte sie wieder, »sich wegen eines Streits zu töten, wo es so vieles gibt, für das sich zu leben lohnt.« Sie hielt immer noch seine Hand fest. Als er ihre Worte hörte, zog er die Klaue ein. »Ich habe heute nacht meinen Papa verloren«, sagte sie ernst. »Dich will ich nicht auch noch verlieren.«

»Ich habe Segensm'n gekannt, die nicht so überzeugend waren wie du«, bemerkte Coker leise. Seine Stimme bebte vor Ehrfurcht. »Was für ein Kind bist du?«

»Irisch«, antwortete Maeve. »Also was ist, gehen wir?«

Sie sah wieder zu dem Riß. Der Boden an seinem Ansatz bewegte sich, Steine und der festgetretene Schnee wurden in der Hitze der Energie weich, die das Tor geöffnet hatte, wurden über die Schwelle gezogen und rollten zurück. Sie ging furchtlos darauf zu, doch Coker legte ihr eine Hand auf die Schulter. »Ist dir klar, was du da tust?« sagte er.

»Ja«, sagte sie ein wenig ungeduldig. Sie wollte auf diesem wogenden Boden schreiten. Sie wollte wissen, wie er sich anfühlte. Aber Coker war mit seinen Ermahnungen noch nicht zu Ende.

»Essenz ist das Meer der Träume«, sagte er, »und die Länder dort sind seltsam.«

»Das ist Amerika auch«, sagte sie.

»Seltsamer als Amerika. Sie wurden aus dem geboren, was da drin ist.« Er klopfte sich mit dem Finger an die Schläfe.

»Die Menschen *träumen* Länder?«

»Mehr als Länder. Sie träumen Tiere und Vögel und Städte und Bücher und Monde und Sterne.«

»Träumen alle dieselben Bücher und Vögel?« sagte sie.

»Die Formen sind anders«, antwortete Coker irgendwie zögernd, »aber . . . die *Seelen* der Dinge sind dieselben.«

Sie sah in verwirrt an. »Wie du meinst«, antwortete sie.

»Nein, es ist wichtig, daß du es verstehst«, beharrte er.

Er verstummte für einen Moment und runzelte die Stirn, während er auf eine Erleuchtung wartete. Dann kam sie. »Mein Vater pflegte immer zu sagen: *Jeder Vogel ist ein Vogel, und jedes Buch ist ein Buch, aber unter dem Gefieder und hinter den Worten ist jeder Vogel und jedes Buch einmalig.*« Er kam mit einer ausholenden Bewegung zum Ende, als läge der Sinn seiner Worte auf der Hand. Aber Maeve schüttelte nur den Kopf, verwirrter denn je. »Bedeutet das, *du* bist der Traum von jemandem?« sagte sie.

»Nein«, versicherte Coker ihr. »Ich bin das Kind eines *Eindringlings.*«

Das immerhin war etwas, das sie begriff.

»Essenz war nicht als ein Ort für Fleisch und Blut gedacht«, fuhr er fort.

»Aber es kommen Menschen hin?«

»Ein paar. Taschenspieler, Dichter, Magier. Manche sterben. Manche werden verrückt. Und manche verlieben sich in etwas, das sie finden, dann kommen Kinder, die teils Menschen sind und teils nicht. Er spreizte Arme und Schwingen ab. »So wie ich.«

Sie lächelte schüchtern. »Ich mag dich sehr.«

Aber er blieb todernst. »Du mußt wissen, was du tust, wenn du durch diesen Riß gehst.«

»Stört mich nicht, ein Eindringling zu sein.«

»Du wirst an einem Ort leben, wo deinesgleichen nur in Träumen sein können, und auch dann nur dreimal. In der Nacht, wenn sie geboren werden. In der Nacht, wenn sie sich verlieben, und in der Nacht, wenn sie sterben.«

Da mußte sie an ihren Papa denken, der erzählt hatte, wie er neben Mama in einem ruhigen Meer geschwommen war. War dieses Meer Essenz gewesen?.

»Ich will dorthin«, sagte sie, eifriger denn je.

»Wenn du dir nur über alles im klaren bist«, sagte er.

»Bin ich«, sagte sie zu ihm. »Können wir jetzt gehen?«

Er nickte, und sie handelte umgehend und lief über den wogenden Boden.

Wenn Buddenbaum in den Jahren seiner Wanderschaft etwas gelernt hatte, dann die Erkenntnis, daß das Gewöhnliche und das Wunderbare nicht, wie es die Vernunft gebot, unüberwindbar voneinander verschieden waren. Ganz im Gegenteil. Obschon der ganze Kontinent von nüchternen Denkern vermessen und beherrscht wurde, obschon seine heiligen Stätten niedergetrampelt und deren Hüter in Trunksucht und Verzweiflung getrieben wurden, war das Land zu sehr im Seltsamen verwurzelt, als daß es jemals sicher für einen Pionier gewesen wäre.

Der Beweis dafür lag vor ihm an dem Berghang. Lebewesen von der anderen Seite des Schlafes atmeten dieselbe Luft wie die tapferen Seelen, die gekommen waren, um dieses Land zu erobern; und starben unter denselben Sternen.

Als er zwischen den Leichen dahinschritt, verspürte er den Wunsch, den Weg zurückzugehen und ein paar von den Pionieren zu holen, um ihnen zu zeigen, daß sie nicht die einzigen Reisenden in der Gegend waren und kein Gott, keine Gesetze und keine befestigten Straßen verhindern konnten, daß diese Kreaturen wiederkamen. Er hätte es getan, wäre das Mädchen nicht gewesen. Sie war irgendwo in der Nähe, das verriet ihm sein Instinkt, und sie lebte. Welches Mißgeschick auch immer zu diesem Massaker geführt hatte, sie hatte es überlebt. Aber wo war sie?

Er erklomm den Hang, blieb ab und an stehen, wenn etwas besonders Bizarres seine Aufmerksamkeit erregte. Er war schon zu lange Student des Okkulten, um an der Herkunft dieser Wesen zu zweifeln. Sie kamen aus dem Metakosm; der Welt von Essenz. Ihm selbst war es nie gelungen, den Weg dorthin zu finden, aber er hatte im Lauf der vergangenen Jahrzehnte einige einmalige Werke über ihre Geographie und Zoologie ausfindig zu machen gewußt, die er nun größtenteils auswendig kannte. Er hatte sogar Männer und Frauen aufgesucht und befragt – die meisten lebten in Europa und waren überwiegend Magier –, die von sich behaupteten, sie hätten den Durchgang durch die Trennwand zwischen dieser Welt, der Helter Incendo, und jener anderen gefunden. Wie sich herausstellte, lebten einige in einem Zustand der Selbsttäuschung, aber drei hatten ihn ohne jeden Zweifel überzeugt, daß sie tatsächlich bis zum Ufer des Traummeers vorgedrungen waren. Einer hatte es sogar überquert und ein Leben genußsüchtiger Exzesse auf den Inseln der Ephemeris gelebt, bevor seine Geliebte Ränke geschmiedet hatte, um ihn seiner Macht zu berauben und in den Kosm zurückzuholen.

Aber keiner dieser Reisenden hatte von seinem Ausflug profitiert; sie kehrten verletzt und melancholisch heim. Die einfachen Prinzipien des Göttlichen und Guten verstanden sie nicht mehr, und der Verkehr mit anderen Menschen spendete ihnen keinen Trost. Sie alle waren zum Ergebnis gekommen, daß das Leben sinnlos war, sei es in dieser oder jener Welt.

Buddenbaum hatte aufmerksam zugehört und gelernt, was er konnte, dann überließ er sie ihrem Elend. Sollte er jemals mit Geistern schwimmen, schwor er sich, oder an einem Ufer spazierengehen, wo Träume Gestalt annahmen, würde er nicht beklagen, daß es keinen Gott gab. Er würde die Seelen führen und die Träume formen, und seine Macht und sein Wissen würden wachsen, bis Zeit und Raum sich vor ihm auftaten.

Möglicherweise war er der Verwirklichung dieses

Wunschtraums näher, als er glaubte. Eine Tür hatte sich aufgetan und diesen Kreaturen den Durchgang ermöglicht; und sollte sie noch offen sein, würde er seine Chance nutzen und hindurchgehen, so unvorbereitet, wie er war.

Er ließ sich neben einer erbarmenswerten verwundeten Kreatur auf die Hände nieder und flüsterte ihr leise zu.

»Kannst du mich hören?«

Ihre gefleckten Augen sahen bebend in seine Richtung. »Ja«, sagt sie.

»Wie bist du hierhergekommen?«

»Die Schiffe . . .« antwortete sie.

»Nach den Schiffen. Wie bist du in den Kosm gelangt?«

»Der Segensm'n hat uns den Weg geöffnet.«

»Und wo *ist* dieser Weg?«

»Wer bist du?«

»Sag mir nur –«

»Gehörst du zu dem Kind?« sagte sie.

Die Art, wie sie die Frage stellte, machte Buddenbaum argwöhnisch.

»Nein«, sagte er. »Ich gehöre nicht zu dem Kind. Ich bin sogar . . .« er sah der Frau ins Gesicht, während er es sagte, und suchte nach Hinweisen, ». . . ich bin sogar hier, um das Mädchen zu *töten*.«

Die Frau verzog wie unter Schmerzen das Gesicht. »Ja«, sagte sie. »Ja, tu das. Du mußt das kleine Miststück abschlachten und ihr Herz dem Segensm'n geben.«

»Vorher muß ich das Miststück finden«, sagte Buddenbaum ruhig.

»Dort entlang. Dort wird sie sein.« Die sterbende Frau drehte den Kopf und sah den Hang hinauf. »Siehst du das Zelt?«

»Ja.«

»Dahinter, rechts, sind Felsen, ja? Schwarze Felsen.«

»Ich sehe sie.«

»Auf der anderen Seite.«

»Danke.« Buddenbaum wollte aufstehen.

»Der Segensm'n, sagte sie. »Du mußt ihn bitten, ein Gebet für mich zu sprechen.«

»Mach' ich«, antwortete Buddenbaum. »Wie heißt du?«

Die Frau machte den Mund auf, um zu antworten, doch der Tod kam zu schnell; sie starb namenlos. Buddenbaum verweilte und schloß ihr die Augen – der starre Blick von Toten hatte ihn stets beunruhigt –, dann ging er den Hang hinauf zu den Felsen und dem, was zwischen ihnen verborgen lag.

Als sie über die Schwelle trat, warf Maeve einen letzten Blick in die Welt, in die sie hineingeboren worden war. Wenn Coker recht hatte, würde sie sie nie wiedersehen. Noch eine Stunde, dann würde der Morgen grauen. Die lichtschwächeren Sterne waren bereits erloschen, die helleren verblaßten. Schwaches Licht glomm im Osten, und in seinem Licht konnte sie einen Mann zwischen den Felsen sehen, welcher sich mit dem Habitus von jemandem bewegte, der sich nur mit Mühe zurückhält, in Laufschritt zu verfallen. Obwohl er noch ein gutes Stück entfernt war, erkannte sie ihn an seinem Mantel und dem Gehstock.

»Mr. Buddenbaum«, murmelte sie.

»Du kennst ihn?«

»Ja. Natürlich.« Sie ging einen Schritt in die Richtung zurück, von wo sie gekommen war, aber Coker hielt sie am Arm fest.

»Er hat schon Aufmerksamkeit auf sich gezogen«, sagte er.

Das stimmte. Zwei Überlebende des Blutbads folgten ihm – einer ein Dutzend Schritte hinter Buddenbaum, der zweite doppelt so viele –, und man konnte an ihrer Kleidung deutlich erkennen, daß sie bestimmt nicht wenige niedergemetzelt hatten. In seiner Hast bemerkte Buddenbaum sie gar nicht, obwohl sie rasch aufholten. Erschrokken riß sich Maeve von Coker los und trat wieder über die Schwelle nach draußen. Der instabile Boden spritzte, von ihrer Aufregung angesteckt, gegen ihre Schienbeine.

Coker rief wiederholt nach ihr, aber sie beachtete ihn nicht, sondern ging zwischen den Felsen zurück und rief dabei nach Buddenbaum. Nun sah er sie, und ein Lächeln erhellte sein Gesicht.

»Kind!« rief Coker hinter ihr. »Schnell! Schnell!«

Sie sah über ihre Schulter zur Flamme des Risses. Die Flamme flackerte ungestüm, als wollte sie jeden Moment erlöschen. Coker stand so nahe dem Riß, wie er konnte, ohne die Schwelle tatsächlich zu überschreiten, und winkte ihr. Aber sie konnte nicht gehen; nicht, bevor sie von Buddenbaum ein paar erklärende Worte gehört hatte. Ihr Vater hatte wegen des Traums, den dieser Buddenbaum in seinem Herzen gesät hatte, leiden und sterben müssen. Sie wollte wissen, warum. Sie wollte wissen, was die strahlende Stadt Everville für Buddenbaum bedeutete, daß er soviel Mühsal auf sich genommen hatte, um ihre Gründung anzuregen.

Jetzt lagen nur noch sechs Meter zwischen ihnen.

»Maeve –« begann er.

»Hinter Ihnen!« rief sie, und er drehte sich um und sah die Assassinen zwischen den Felsen heranstürmen. Obwohl ihm nur ein Augenblick blieb, bis der erste bei ihm war, ging er in die Offensive, schwang den Gehstock und schlug dem Angreifer damit die Klinge aus der Hand. Bei dem Zusammenprall splitterte sein Stock, aber er warf ihn nicht weg; als sein Angreifer sich bückte, um das heruntergefallene Schwert aufzuheben, stieß ihm Buddenbaum den abgebrochenen Stock ins Gesicht. Der Mann wirbelte mit einem Aufschrei zurück, und ehe der andere Angreifer sich an seinem Gefährten vorbeidrängen und seinen jetzt waffenlosen Widersacher bedrängen konnte, lief Buddenbaum schon wieder auf den Riß zu.

»Geh zur Seite, Kind!« rief er Maeve zu, die erstarrt dastand und weder vor noch zurück konnte. »Zur Seite!« sagte er, als er bei ihr war.

Coker stieß einen erbosten Ruf aus; sie blickte in die Höhe und sah, wie er durch den Riß kam, wußte aber nicht, ob er ihr helfen oder Buddenbaum den Weg versperren wollte. Als sie beim Ausweichen Buddenbaums gierigen Gesichtsausdruck sah, fürchtete sie einen

Augenblick um Cokers Sicherheit. Buddenbaum wußte, wohin die aufgestoßene Tür führte, soviel stand fest, und ebenso fest stand, daß er nicht die Absicht hatte, sich von den Wundern fernhalten zu lassen, die auf der anderen Seite warteten. Er schlug Coker vier- oder fünfmal, und die Hiebe waren so kräftig, daß Cokers Nase brach und seine Stirn aufplatzte. Coker brüllte vor Wut auf, packte Buddenbaum am Hals und stieß ihn in die Richtung zurück, aus der er gekommen war.

Maeve wollte sich gerade wieder aufrichten, als ein Beben durch den Boden lief; sie hob den Kopf und sah gerade noch, wie der Riß von einem Ende bis zum anderen flackerte. Die Flamme erlosch, erschüttert von der Gewalt in ihrer Mitte. »Coker!« schrie sie aus Angst, er könnte in der sich schließenden Tür gefangen werden.

Er sah mit zutiefst traurigem Gesicht zu ihr, dann wich er einen oder zwei Schritte zurück, bis er aus dem Bereich der Schwelle heraus war. Der Ausschnitt von Essenz, den man durch den Riß erkennen konnte, wurde mit jedem Moment schmaler, aber ihre Gedanken galten nicht den Reisen, die sie nie dort unternehmen würde. Sie war bei Coker, den sie erst eine halbe Nacht kannte und der doch in dieser kurzen Zeitspanne ihr Erlöser und Lehrer und Freund geworden war. Er sah durch die sich schließende Tür wie ein geprügelter Hund, so hilflos, daß sie es nicht ertragen konnte, ihn anzusehen.

Mit brennenden Augen wandte sie den Blick ab, und Buddenbaum, dessen Gesicht mit Cokers Blut bespritzt war, tauchte vor ihr auf.

»Niemals!« schrie er. *»Niemals! Niemals!«* Und damit hob er die Fäuste und stolperte auf den schwindenden Riß zu, als wollte er ihn prügelnd wieder vergrößern.

In seinem Ungestüm hatte er den zweiten Attentäter vergessen. Der war über seinen Gefährten hinweggeklettert, und als Buddenbaum nun den umkämpften Boden zwischen Hang und Ufer betrat, sprang der Assassine und trieb seinem Feind die Waffe in den Rücken.

Die Verletzung brachte Buddenbaum ruckartig zum

Stillstand. Er stieß ein Schluchzen aus, mehr vor Frustration als vor Schmerzen, griff hinter sich, packte die Waffe und zog sie aus seinem Fleisch. Dabei wirbelte er so schnell herum, daß sein Attentäter keine Zeit mehr hatte, der eigenen Waffe auszuweichen. Sie schlitzte ihm mit einer einzigen Bewegung den Oberkörper von einer Flanke zur anderen auf; der Mann kippte lautlos nach vorne, doch seine Eingeweide erreichten den Boden vor ihm.

Maeve verfolgte die letzten Augenblicke seines Lebens nicht mehr. Ihr Blick schweifte zu dem Riß zurück, da sie nicht an sich halten konnte, Coker ein letztes Mal anzusehen, und zu ihrer Überraschung sah sie, wie er nach vorne trat, die Arme durch die Öffnung streckte und sie zwischen die Tür klemmte, bevor diese sich endgültig schließen konnte. Dann beugte er sich nach vorne, drückte den Riß ein kleines Stück auf und zwängte erst den Kopf, darauf den muskulösen Hals und dann eine Schulter durch die Spalte.

Sein Tun verursachte ihm keine geringen Schmerzen, doch das schien seine Entschlossenheit nur anzustacheln. Er schlug wild um sich und hievte seinen Körper Zentimeter um Zentimeter durch die Öffnung, bis seine Schwingen an die Ränder des Risses stießen. Zwar hatte er sie so eng es ging an den Körper gepreßt, doch sie waren so klobig, daß er sie nicht durchziehen konnte. Er stieß einen kläglichen Schrei aus und sah in Maeves Richtung.

Sie ging auf ihn zu, aber er winkte sie zurück. »Sei ... nur ... bereit ...« keuchte er.

Dann holte er einmal tief Luft, spannte jede Sehne seines Körpers und drückte wieder.

Ein schreckliches, reißendes Geräusch war zu hören, und Blut floß von seinem Rücken und über seine Schultern. Maeve erschauerte vor Entsetzen, konnte den Blick aber nicht abwenden. Er hielt direkten Blickkontakt mit ihr, als wäre sie sein einziger Rettungsanker in dieser Qual. Er wippte vor und zurück, die Muskeln, welche seine Schwingen mit dem Oberkörper verbanden, waren weit aufgerissen, und sein ganzer Körper erschauerte, derweil er ihm so brutal Gewalt antat.

Das Grauen schien eine Ewigkeit zu dauern – das Zukken, Wippen und Reißen –, aber eine Hartnäckigkeit zahlte sich aus. Mit einer letzten, ruckartigen Bewegung trennte er seine Flügel vom Leib, zwängte seinen verstümmelten Körper durch den Riß und fiel zu Boden, wo sein honigsüßes Blut im Überfluß auf den Boden strömte.

Maeve wußte, was er mit *Sei nur bereit* gemeint hatte. Sie mußte die Blutung seiner Wunde stillen, bevor er verblutete. Sie eilte zum Leichnam des Kriegers, der Buddenbaum angegriffen hatte, und zog an seiner Kleidung. Der Stoff war dick und elastisch, genau wie sie ihn brauchte. Anschließend ging sie wieder zu Coker zurück, der mit dem Gesicht nach unten an der Stelle lag, wo er gestürzt war, und preßte den Stoff sanft, aber fest auf die Wunden, die von den Schulterblättern bis zur Taille verliefen, und versicherte ihm dabei, daß dies die tapferste Tat gewesen sei, die sie je gesehen habe. Sie würde ihn gesund pflegen, sagte sie, und auf ihn aufpassen, solange er es wünschte.

Er schluchzte in den Schnee – der Riß schloß sich über ihm – und antwortete ihr unter Tränen.

»Immer«, sagte er.

Buddenbaum hatte schon vorher Stichwunden davongetragen, aber bisher nur eine, die so schlimm wie die jetzige gewesen war. Die Verletzung würde ihn nicht töten – seine Gönner hatten ihm als Gegenleistung für seine Dienste eine übermenschliche Konstitution verliehen –, aber es würde einige Zeit dauern, bis sie verheilt war, und die Berge waren nicht der geeignete Ort dafür. Er verweilte so lange zwischen den beiden Felsen, bis sich die Tür geschlossen hatte, dann stolperte er von dem Hang weg und ließ die kleine O'Connell und ihren kläglichen Begleiter auf dem Gipfel bluten und weinen. Herauszufinden, wie es der unschuldigen kleinen Maeve gelungen war, ein derartiges Chaos zu verursachen, würde er sich für einen anderen Tag aufheben. Nicht alle Zeugen der Ereignisse dieser Nacht waren tot; er hatte eine Handvoll vom Schlachtfeld fliehen sehen, als er eingetroffen war. Zu gegebener Zeit würde er sie aufspüren und befragen und herausfinden, in welcher Weise sein Schicksal und das von Maeve O'Connell miteinander verflochten waren.

Eines wußte er mit Sicherheit: Sie waren miteinander verflochten. Die Instinkte, die ihn veranlaßten, die Ohren zu spitzen, als er den Namen einer Göttin an einem Ort von Staub und Schmutz und ungewaschener Haut gehört hatte, waren verläßlich. Das Wunderbare und das Gewöhnliche existierten in diesem neueroberten Land dicht nebeneinander, und beide waren in der Person von Maeve O'Connell vereint.

VIII

1

Coker und Maeve lagen mehrere Stunden im Schatten der beiden Felsen und ruhten ihre nach den Ereignissen der vergangenen Nacht in Mitleidenschaft gezogenen Körper und Seelen aus. Manchmal machte sie ihm Kompressen aus mit geschmolzenem Schnee getränkten Fetzen und säuberte systematisch seine Verletzungen, während er den Kopf in ihrem Schoß liegen hatte und leise stöhnte. Manchmal dösten sie einfach nur nebeneinander und schluchzten mitunter im Schlaf.

An diesem Morgen schneite es nicht. Der Wind wehte heftig und brachte ganze Scharen flauschiger weißer Wolken aus dem Südwesten, die an den Berggipfeln auseinanderrissen. Dazwischen Sonne; zu schwach, um nennenswert zu wärmen, aber nichtsdestoweniger tröstlich.

Die Mengen von Aas, die an dem Hang lagen, waren nicht unbemerkt geblieben. Ein oder zwei Stunden nach Sonnenaufgang kreisten die ersten Vögel, stießen herab und suchten sich die besten Stücke auf dem Schlachtfeld aus. Ihre Zahl wuchs kontinuierlich, und Maeve bestand darauf, daß sie und Coker ein paar Meter in die Spalte zwischen den Felsen zurückweichen sollten, wohin ihnen die Vögel wahrscheinlich nicht folgen würden, weil sie Angst hatte, sie oder Coker könnten im Schlaf ein Auge ausgepickt bekommen.

Gegen Mittag erwachte sie mit pochendem Herzen durch ein Knurren. Sie stand auf und späte über den Stein. Ein Rudel Wölfe hatte die Toten im Wind gerochen; nun rissen die Tiere an den Gefallenen oder stritten sich um die zartesten Stücke.

Ihre Anwesenheit war nicht die einzige niederschmetternde Nachricht. Die Wolken zogen sich zusammen und kündigten neuerliche Schneefälle an. »Wir müssen aufbrechen«, sagte sie zu Coker.

Er sah mit schmerzumwölkten Augen zu ihr auf. »Wohin?« sagte er.

»Den Berg hinunter«, sagte sie zu ihm, »bevor wir erfrieren oder verhungern. Es bleibt nicht mehr besonders lange hell.«

»Was ist das für ein Lärm?«

»Wölfe.«

»Viele?«

»Etwa fünfzehn. Sie werden uns nicht verfolgen, solange soviel Futter einfach herumliegt.« Sie ging neben ihm in die Hocke. »Ich weiß, du hast Schmerzen, und ich wünschte, ich könnte sie lindern. Aber wenn wir es zu dem Planwagen schaffen, dort gibt es frische Verbände und –«

»Ja . . .« murmelte er, ». . . und was dann?«

»Ich sagte es schon: Wir ziehen weiter bergab.«

»Und was wird danach?« sagte er mit bemitleidenswert schwacher Stimme. »Selbst wenn wir den Rest deiner Gruppe finden, würden sie uns töten, sobald sie uns sehen. Sie halten dich für ein Kind des Teufels und mich . . . ich weiß nicht mehr, *was* ich bin.«

»Wir brauchen sie nicht«, sagte sie. »Wir suchen uns einen eigenen Ort, wo wir leben werden. Wo wir bauen können.«

»Bauen . . .?«

»Nicht sofort, aber wenn es dir wieder besser geht. Vielleicht müssen wir eine Zeitlang in einer Höhle leben, Lebensmittel stehlen, was eben erforderlich ist, aber du wirst nicht sterben.«

»Du scheinst ja sehr überzeugt zu sein.«

»Ja«, sagte sie leise. »Wir werden eine strahlende neue Stadt bauen, du und ich.«

Er sah sie mitleidig an. »Was redest du da?« fragte er.

»Das erkläre ich dir unterwegs«, sagte sie zu ihm und zog ihn am Arm, um ihn aufzurichten.

Was die Wölfe anbetraf, hatte sie recht: Die hatten genügend Futter, das sie beschäftigt hielt. Nur einer aus der

Meute, ein vernarbtes, räudiges Tier, dem ein Ohr fehlte, kam herüber und schnupperte an ihnen. Maeve hatte sich mit einem Kurzschwert bewaffnet, das sie einem der Toten abgenommen hatte, und lief dem Tier mit einem Schrei entgegen, der einem das Blut in den Adern hätte gefrieren lassen. Es floh mit zwischen die Beine geklemmtem Schwanz und wagte sich nicht mehr wieder in ihre Nähe.

Die ersten Schneeflocken fielen, als sie den Wald erreichten, aber unter dem Baldachin der Bäume war Schnee kein Problem. Die Möglichkeit, sich zu verirren, dagegen schon; denn die Neigung des Bodens wies zwar eindeutig den Weg nach unten, aber die unteren Bereiche des Hangs waren fast völlilg bewaldet, und ohne Cokers übernatürlichen Orientierungssinn hätte sich Maeve mit Sicherheit zwischen den Bäumen verirrt und nie mehr aus dem Wald herausgefunden.

Sie redeten unterwegs kaum miteinander, aber Coker – der trotz seiner Verwundung eine übernatürliche Behendigkeit an den Tag legte – brachte *ein* Thema doch zur Sprache: Buddenbaum. Ob er ein Segensm'n war, wollte Coker wissen.

»Ich weiß nicht, was ein Segensm'n ist.«

»Einer, der mit der Seele arbeitet –«

»Wie ein Priester?«

»– und Wunder vollbringt.«

»Priester vollbringen keine Wunder.«

»Was machen sie dann?«

»Sie beten. Sie brechen Brot. Sie sagen den Leuten, was sie tun und lassen sollen.«

»Aber vollbringen keine Wunder?«

»Keine Wunder.«

Coker dachte eine Weile darüber nach. »Dann meine ich etwas anderes«, sagte er.

»Sind Segensm'n gut oder schlecht?«

»Weder noch. Sie sind Entdecker, das sind sie.«

»Klingt ganz nach Buddenbaum«, sagte sie.

»Nun, was immer er ist«, fuhr Coker fort, »er hat mehr

Macht in sich als viele andere. Die Verletzung hätte ihn sofort töten müssen.«

Als er das sagte, dachte sie an Buddenbaum, wie er sich die Klinge aus dem Leib gezogen hatte.

»Das war außergewöhnlich«, antwortete Coker. Obwohl sie kein Wort gesagt hatte, wußte sie ohne jeden Zweifel, daß er dasselbe meinte.

»Wie hast du das gemacht?« sagte sie.

Er sah sie schuldbewußt an. »Tut mir leid«, sagte er. »Das war unhöflich. Es war nur so deutlich.«

»Du hast gesehen, was ich gesehen habe?« Er nickte. »Was hast du sonst noch gesehen?«

»Nicht viel«, sagte er.

»Was?« beharrte sie.

»Als du vom Bauen gesprochen hast«, sagte er, »habe ich eine Stadt gesehen.«

Sie nannte ihm den Namen. »Das war Everville. Mein Papa wollte es bauen ...« Sie schwieg einen Moment, dann sagte sie: »Wie hat sie ausgesehen?«

»Sie war prachtvoll«, antwortete er schlicht.

»Gut«, sagte sie.

Als sie den Planwagen erreichten, war es dunkel, aber der Schnee, der den gesamten Berggipfel eingehüllt hatte, fiel hier unten nur dünn. Während sich Coker ein Bett richtete, kramte Maeve nach den Lebensmittelresten, die noch zu finden waren, dann aßen sie gemeinsam. Danach schliefen sie wieder, während der Wind den Wagen schüttelte; unruhiger Schlaf, von Träumen heimgesucht, und aus dem seltsamsten dieser Träume schreckte Maeve so ruckartig hoch, daß Coker neben ihr aufwachte.

»Was ist?« fragte er sie.

Sie richtete sich auf. »Ich war wieder in Liverpool«, sagte sie. »Und auf den Straßen spazierten Wölfe aufrecht und in Prunkgewändern herum.«

»Du hast sie im Schlaf heulen gehört«, sagte Coker. Der Wind trug den Lärm, den sie verbreiteten, immer noch vom Berghang herab. »Das ist alles.« Er strich ihr mit der Hand zärtlich über das Gesicht.

»Ich hatte keine Angst«, sagte sie. »Ich war glücklich.« Sie stand auf und zündete die Lampe an. »Ich ging durch die Straßen«, sagte sie und schlug dabei die Bettdecke zurück, »und die Wölfe haben sich vor mir verbeugt, wenn ich vorbeikam.« Sie hatte die Teaktruhe aufgedeckt und klappte den Deckel hoch.

»Wonach suchst du?«

Sie antwortete nicht, sondern kramte zwischen den Papieren in der Truhe, bis sie ein zusammengefaltetes Blatt entdeckt hatte. Sie klappte den Deckel zu und breitete das Blatt darauf aus. Obwohl die Lampe nur ein spärliches Licht warf, glänzte der eingewickelte Gegenstand, als er ausgepackt wurde.

»Was ist das?« fragte Coker.

»Papa hat es mir nie richtig erzählt«, sagte sie. »Aber es war ...« Sie verstummte und hob das Papier ins Licht, damit sie den Gegenstand besser sehen konnte. Acht Worte standen in deutlich lesbarer Schrift darauf.

Vergrabe es an der Kreuzung, wo Everville beginnt.

»Jetzt wissen wir es«, sagte sie.

2

Auch am nächsten Tag schneite es, aber nur leicht. Sie schnürten zwei kleine Bündel mit Vorräten, mummten sich so warm ein, wie sie konnten, und begannen mit dem letzten Abschnitt ihrer Reise. Die Spuren der anderen Wagen waren noch zu erkennen, sie folgten ihnen etwa eine halbe Meile oder so, und so führte ihre Route sie kontinuierlich von dem Berg weg.

»Wir sind ihnen weit genug gefolgt«, verkündete Maeve nach einer gewissen Zeit.

»Wir haben keine andere Wahl«, antwortete Coker.

»Doch, die haben wir«, sagte sie und führte ihn zum Wegrand, wo ein bewaldeter Hang steil in eine nebelverhangene Schlucht abfiel. »Sie konnten mit den Wagen nicht da runter. Aber wir können es.«

»Ich kann ein Plätschern da unten hören«, sagte Coker.

»Ein Fluß!« sagte Maeve grinsend. »Es ist ein Fluß!«

Sie machten sich ohne weitere Diskussion an den Abstieg; es war nicht leicht. Zwar nahm der Schneefall ständig ab und hörte schließlich ganz auf, je tiefer sie kamen, aber auf den Felsen wuchs glitschiges, dunkelgrünes Moos, das auch an den Bäumen – gesunden wie abgestorbenen – üppig wuchs. Zweimal kamen sie an Stellen, wo der Hang zu steil zum Klettern wurde und sie gezwungen waren, wieder umzukehren und nach einem gangbaren Weg zu suchen, aber sie gönnten sich trotz aller Erschöpfung keine Ruhepause. Sie konnten das Rauschen des Flusses hören – und inzwischen auch sein silbernes Funkeln sehen –, das sie anzog; und überall ringsum Spuren von Leben: Farne und Beerenhecken und Vogelgezwitscher.

Als sie schließlich den Grund erreichten und sich einen Weg zum Fluß bahnten, kam aus dem Nichts eine Brise auf, und der Wind, der bislang verhindert hatte, daß sie in die Ferne sehen konnten, wurde fortgeweht.

Sie sagten kein Wort zueinander, sondern standen nur wenige Meter von dem weißen Wasser entfernt und betrachteten staunend die Szenerie, die sich ihren Augen darbot. Die dunkelgrünen Nadelbäume wichen Laubbäumen in allen herbstlichen Farbtönen, orange und rot und braun, in deren Zweigen es von Vögeln wimmelte, und im Dickicht darunter wuselten Tiere fort, als sie den Geruch dieser Eindringlinge witterten. Hier würde es Nahrung im Überfluß geben: Früchte und Honig, Fisch und Wild.

Und jenseits der Bäume, wo glitzernd der Fluß dahinströmte, lag grünes Land.

Ein Ort für einen Neubeginn.

Auf dem Hügel, der einmal Harmon's Hill heißen sollte, begannen die Elemente mit dem langwierigen Prozeß, die

Toten und ihre Überbleibsel zu beseitigen. Sie lösten das wenige Fleisch von den Knochen, das die Wölfe und Aasvögel übriggelassen hatten. Sie hämmerten auf die Knochen ein, bis diese splitterten, dann klopften sie die Splitter zu Staub. Sie zerfetzten die Zelte und kostbaren Gewänder; sie ließen die Schwerter und Gürtelschnallen rosten. Sie tilgten alle Spuren, auf daß Besucher der Stätte in kommenden Jahrzehnten bestenfalls noch äußerst minimale Spuren von dem vorfinden sollten, was sich hier zugetragen hatte.

Aber einen Hinweis konnten die Elemente nicht auslöschen; einen Hinweis, der mit Sicherheit ebenfalls verschwunden wäre, wenn nicht eine Menschenseele auf dem Berg geblieben wäre, um ihn zu erhalten.

Er trug zahlreiche Namen, denn er war der Sproß einer großen Familie, doch alle, die ihn liebten – und das waren eine Menge – riefen ihn mit dem Namen eines legendären Vorfahren: Noah.

Er war mit so hochgesteckten Hoffnungen auf den Berg gekommen, daß er sich mehrmals laut Worte herbeigewünscht hatte, um sie besser auszudrücken. Nun glaubte er fast, daß er, mit diesem Wunsch nach Worten, die Katastrophe herbeigeführt hatte. Hatten nicht die Worte eines Kindes die Zeremonie gestört und den Waffenstillstand zu einem so blutigen Ende gebracht?

Er war halb von Sinnen vom Schauplatz der Schlacht geflohen, war in den Wald geflohen, wo er gesessen und um die Frau getrauert hatte, die vor seinen Augen ihr Ende fand, weil sie zu empfindlich war, das Trauma der Vernichtung ihres Seelenkindes zu überstehen. Er, andererseits, war robuster, entstammte er doch einem Geschlecht von Unverwüstlichen. Sein Geist war Teil eines umfassenderen Plans, und auch wenn ihm nichts lieber gewesen wäre, als seinem Denken, seinem Leben ein Ende zu setzen, konnte er die Gebote seiner Familie wider den Freitod nicht übertreten. Und sein Leib konnte nicht mangels Nahrung vergehen. Wenn er wollte, konnte er von Mondschein leben.

Als seine Tränen endlich versiegt waren, kehrte er an den Schauplatz der Tragödie zurück. Die Tiere hatten ihre entstellende Arbeit bereits erledigt, und dafür war er dankbar. Er konnte einen Leichnam nicht vom anderen unterscheiden; sie waren nur noch Fleisch für die gierige Welt.

Er kletterte den Hang hinauf und schlich zwischen den Felsen hindurch zu der Stelle, wo die Tür, die nach Essenz führte, gebrannt hatte. Sie war selbstverständlich verschwunden; wieder geschlossen. Und er konnte nicht damit rechnen, daß sie so bald wieder geöffnet werden würde – wenn überhaupt, zumal sich die meisten Menschen, die die Zeremonie kannten, auf dieser Seite der Weltenscheide befanden und tot waren.

Segensm'n Filigree, der den Riß überhaupt erst geöffnet hatte, bildete die bemerkenswerte Ausnahme (war er möglicherweise ein Mitverschwörer?); aber angesichts der Tatsache, daß das Öffnen der Tür ein Verbrechen war, auf das Inhaftierung und Kerker standen, war er höchstwahrscheinlich zu den Ephemeris geflohen und hielt sich dort versteckt, bis die Ermittlungen abgeschlossen waren. Doch als Noah an der Stelle stand, wo sich die Schwelle zwischen Kosm und Metakosm befunden hatte, sah er dicht am Boden etwas funkeln. Er ging in die Hocke und unterzog die Stelle einer genaueren Untersuchung. Scheinbar hatte sich die Tür nicht vollständig geschlossen. Ein schmaler Spalt, vielleicht zwölf bis fünfzehn Zentimeter lang, war geblieben. Er legte die Hand darauf, und der Spalt erbebte, als wollte er jeden Moment erlöschen. Dann legte Noah sich sehr vorsichtig auf den Bauch und hielt das Auge dicht an den Spalt.

Er konnte den Strand und das Meer sehen, aber keine Schiffe. Offenbar hatten die Kapitäne Wind von der Katastrophe bekommen und einen sicheren Hafen angesteuert, wo sie ihre Profite zählen und ihre Mannschaften zum Schweigen vergattern konnten.

Alles war verloren.

Er stand auf und sah zum schneegeschwängerten Himmel hinauf. Was nun? Sollte er den Berg verlassen und sein Leben in der Welt der Sapas Humana leben? Welchen Sinn hätte das gehabt? Es war eine Welt der Trugbilder und Täuschungen. Da blieb er schon besser hier, wo er wenigstens die Luft von Essenz riechen und das Wechselspiel des Lichts am Ufer sehen konnte. Er würde eine Möglichkeit finden, die Flamme zu beschützen, damit sie nicht erlosch. Und dann würde er warten und beten, daß eines Tages jemand an dem Strand entlanggehen, den Spalt sehen und ihn untersuchen würde. Er würde dem Finder die ganze traurige Geschichte erzählen; ihn überzeugen, einen Segensm'n zu finden, der kam und das Tor erneut öffnete. Dann würde er in seine Welt zurückkehren. Das jedenfalls war die Theorie. Die Chancen standen gering, daß es je mehr als eine Theorie sein würde, das wußte er. Der Küstenstreifen war wegen seiner abgelegenen Lage ausgewählt worden; er konnte nicht damit rechnen, daß sich viele Strandbesucher dorthin verirren würden. Aber es fiel einem leicht, geduldig zu sein, wenn man sonst nichts hatte. Er würde warten, und während er wartete, würde er den Sternen dieses neuen Himmels die Namen der Gefallenen geben, damit er jemanden hatte, mit dem er sich unterhalten konnte, während die Zeit verging.

Wie sich herausstellte, gab es in der Tiefe mehr zu sehen als in der Höhe, denn nach einer Weile kamen Besucher in das Tal im Schatten des Gipfels. Noah wußte, ihre Leben waren triviale Angelegenheiten, aber dennoch studierte er sie, und sein Blick war so scharf, daß er von seinem Berggipfel aus erkennen konnte, welche Farben die Augen einer Frau hatten. In jenen frühen Tagen kamen viele Frauen in das Tal, allesamt robust und kräftig, ein paar sogar Schönheiten. Und ihre Galane sahen, daß dieses Fleckchen Erde sich ebensogut zum Siedeln eignete wie jedes andere, und so bauten sie Häuser, verlobten sich, heirateten und gründeten Familien.

Mit der Zeit wuchs und gedieh in dem Tal ein stolzes kleines Städtchen namens Everville.

Teil Zwei

Die Versammlung

I

»Vergib mir, Everville.«

Die Worte waren mit verblaßter sepiafarbener Tinte auf Papier geschrieben, das die Farbe ungewaschener Bettlaken hatte, aber Erwin hatte in den sechzehn Jahren, seit er sich um die Testamente der Einwohner von Everville kümmerte, schon weitaus unleserlichere Texte zu Gesicht bekommen. Zum Beispiel die letzte Bitte von Evelyn Morris (»Schläfert die Hunde ein und legt sie mit in mein Grab«), die sie mit Jodtinktur auf die Nachttischlampe an ihrem Totenbett schrieb; oder den letzten Willen von Dwight Hanson, der auf den Seitenrand eines Buchs über Entenjagd gekritzelt war.

Erwin hatte irgendwo gelesen, daß es in Oregon einen größeren Prozentsatz von Häretikern pro Stadt als in jedem anderen Staat gab. Mehr Aktivisten, mehr Fundamentalisten, mehr Survivalisten; und alle waren froh, daß sie dreitausend Meilen zwischen sich und dem Sitz der Regierung hatten. In einem Bundesstaat, der immer noch vergleichsweise wenig besiedelt war, konnten sie unbeobachtet ihren individuellen Lebensweisen nachgehen; und gab es eine bessere Möglichkeit, ein Bekenntnis ihrer Individualität zu hinterlassen, als ihre letzten Worte an die Welt?

Doch selbst an den hohen Maßstäben von exzentrischem Verhalten gemessen, das er in seiner Zeit als Anwalt gesehen hatte, stellte das Testament, das er gerade las, einen neuen Rekord dar. Es war weniger ein letzter Wille als vielmehr eine Beichte; eine Beichte, die in den dreißig Jahren, seit sie niedergeschrieben worden war, im März 1965, kein Mensch je gelesen hatte. Ihr Verfasser war ein gewisser Lyle McPherson, dessen Besitzstand bei seinem Dahinscheiden offenbar so verschwindend gering gewesen war, daß sich niemand die Mühe gemacht und nachgesehen hatte, wie er ihn verteilt wissen wollte. Entweder das, oder Frank, sein einziger Sohn, dessen plötzlicher Tod das Testament in Erwins Hände gespielt hatte, hatte es gefunden, gelesen und entschieden, daß es besser versteckt bleiben sollte. Weshalb er es nicht vernichtet hatte, wußte nur der Verblichene mit letzter Sicherheit, aber möglicherweise war McPherson der Jüngere in einem Eckchen seiner Seele auf perverse Weise stolz über die Behauptungen gewesen, die sein Vater in dem Dokument aufstellte, und hatte mit dem Gedanken gespielt, es eines Tages doch der Öffentlichkeit zugänglich zu machen.

Ob sie der Wahrheit entsprachen oder nicht, der Inhalt hätte auf jeden Fall ausgereicht, mehrere Wochen im *Everville Tribune* für Schlagzeilen zu sorgen und McPherson – der ein vorbildliches, aber langweiliges Leben als Inhaber des Rohr- und Senkgrubenreinigungsbetriebs der Stadt geführt hatte – möglicherweise einen nicht unerwünschten anrüchigen Ruf einzubringen.

Wenn dies tatsächlich seine Absicht gewesen sein sollte, hatte der Tod sie vereitelt. McPherson der Jüngere war aus dem Leben geschieden, und der *Tribune* hatte lediglich einen siebenzeiligen Nachruf auf ihn veröffentlicht (fünf Zeilen davon beklagten die Tatsache, daß nun keiner mehr da war, der den Rohr- und Senkgrubenreinigungsbetrieb der Stadt weiterführen konnte). Leben und Untaten von McPherson dem Älteren indessen harrten noch der Entdeckung, und just in diesem Augenblick saß ihr Finder in der Hitze der Augustsonne am Fenster und überlegte, wie er sie der Welt am besten zugänglich machen konnte.

Es war sicherlich ein guter Zeitpunkt, ein Publikum zu suchen. Jedes Jahr fand am letzten Augustwochenende ein Festival in Everville statt, dann herrschte auf den sonst menschenleeren Straßen ein Getümmel, und die Einwohnerzahl (die laut der Volkszählung vom vergangenen September bei siebentausendvierhundertunddrei lag) nahm um die Hälfte dieser Zahl zu. Jedes Hotel, Gasthaus und Motel, jede Pension in dieser Gegend des Willamette Valley, von Aurora und Molina im Norden bis Sublimity und Aumsville im Süden, waren ausgebucht, und es gab kein Geschäft in der Stadt, das am Festival-Wochenende nicht mehr Umsatz machte als in den ganzen drei Monaten davor. Das eigentliche Programm des Festivals war von unterschiedlicher Qualität. Die Kapelle der Stadt, zu der in Wirklichkeit Musiker aus der Gegend gehörten, bis Wilsonvolle hinunter, war ziemlich gut, und der Umzug am Samstag, an dem die Kapelle, Wagen und eine Gruppe Tambourmajorinnen teilnahmen, wurde allgemein als Höhepunkt der Veranstaltung betrachtet. Am unteren Ende der Skala rangierten Schweinerennen und der Frisbeewettstreit, der schlecht organisiert war und schon mehrfach mit einer Schlägerei geendet hatte.

Aber die Menschenmassen, die jeden August zu Hunderten nach Everville pilgerten, kamen nicht wegen der Musik und der Schweinerennen. Sie kamen, weil es eine gute Gelegenheit war, zu trinken, zu tanzen und die letzten Sommertage zu genießen, bevor das Laub sich verfärbte. In den Jahren, seit Erwin in der Stadt wohnte, hatte es nur einmal am Festival-Wochenende geregnet. Und wenn man den Wettervorhersagen glauben wollte, würde die ganze nächste Woche mild sein und die Temperaturen am Freitag auf um die achtundzwanzig Grad steigen. Perfektes Festivalwetter. Dorothy Bullard, die die Büros der Handelskammer leitete, wenn sie nicht Wasserrechnungen kassierte, den Vorsitz über das Fremdenverkehrsamt führte oder mit Jed Gillholly flirtete, dem Polizei-Captain der Stadt, hatte letzte Woche im *Tribune* verkündet, daß die Handelskammer in diesem Jahr mit dem erfolgreichsten Festival aller Zeiten rechnete. Wenn man eine Granate zünden wollte, konnte es keinen besseren Zeitpunkt geben.

Solchen Gedanken im Kopf, beugte sich Erwin wieder über die Blätter auf seinem Schoß und las sie zum viertenmal.

Vergib mir, Everville, hatte McPherson der Ältere angefangen. *Es gefällt mir nicht, zu schreiben, was ich schreiben werde, aber ich muß die Wahrheit zu Papier bringen, solange ich noch dazu imstande bin, da ich der einzige Mensch bin, der sie noch kennt.*

Tatsache ist, jeder in der Stadt hat gewußt, was wir in jener Nacht getan haben, und alle waren froh darüber, daß wir es getan haben. Aber nur ich, Verl Nordhoff und Richie Dolan kannten die ganze Geschichte, und nun ist Verl tot und Richie so durchgedreht, daß er Selbstmord begangen hat, also bleibe nur noch ich.

Ich schreibe dies nicht, um meine Seele zu retten. Ich glaube nicht an Himmel und Hölle. Das sind nur Worte. Ich werde zu Staub, wenn ich tot bin, sonst nichts. Ich wollte nur alles einmal klarstellen, auch wenn es Everville nicht gerade in das beste Licht rückt.

Folgendes ist geschehen: In der Nacht des siebenundzwanzigsten August neunzehnhundertneunundzwanzig haben Nordhoff, Dolan und ich drei Menschen in den Bergen an einem Baum aufgehängt. Einer davon war ein Krüppel, und dafür schäme ich mich mehr als bei den beiden anderen. Aber sie steckten alle unter einer Decke, und er war nur ein Krüppel, weil er böses Blut in sich hatte ...

Das Telefon läutete, und der völlig in seine Lektüre versunkene Erwin zuckte zusammen. Er wartete darauf, daß sich der Anrufbeantworter einschalten würde, aber der funktionierte schon seit Wochen nicht mehr richtig. Er ließ das Telefon läuten, bis es dem Anrufer zu dumm wurde, dann wandte er sich wieder der Beichte zu. Wo war er stehengeblieben? O ja, bei der Sache mit dem bösen Blut.

... und als ich sah, wie er an dem Strick herumzappelte und brüllte, obwohl er keine Luft bekam, glaubte ich alles, was die Leute über ihn und seine Frau und sein Tier von einem Kind sagten.

Wir fanden keine Menschenknochen in dem Haus, wie wir geglaubt hatten, aber dafür andere merkwürdige Sachen, zum Beispiel Bilder an den Wänden und Schnitzereien, die der Krüppel gemacht hatte. Darum haben wir das Haus angezündet, damit niemand diesen Dreck zu sehen bekommen sollte.

Und ich bedaure nichts, denn der Sohn war wirklich und wahrhaftig hinter unschuldigen Kindern her, und die Mutter war früher eine Hure gewesen. Jeder wußte das. Sie hatte hier in der Stadt ein Hurenhaus gehabt, aber das war in den zwanziger Jahren geschlossen worden, und da hatte sie den Verstand verloren und war mit ihrer verrückten Familie in das Haus am Bach gezogen.

Als dann Rebecca Jenkius verschwand und man ihre Leiche im Stausee fand, bestanden für niemanden Zweifel daran, was geschehen war. Sie hatten sie auf dem Weg von der Schule nach Hause entführt, was auch immer mit ihr angestellt und ihre Leiche danach in den Bach geworfen, von wo sie in den Stausee geschwemmt worden war. Aber es gab keine Beweise. Die Leute redeten darüber und sagten, es wäre eine Schande, daß die Polizei die Hure und ihren Sohn und ihren verdammten Mann nicht dingfest machen konnte, wo doch alle wußten, daß sie früher schon mit Kindern gesehen worden waren, mit Kindern, die sie in Portland aufgabelten und nachts ins Haus brachten, und wenn sie nun ungeschoren blieben, bei einem Kind aus Everville, würde kein Kind mehr seines Lebens sicher sein.

Da beschlossen wir drei, etwas zu unternehmen. Dolan hatte die kleine Jenkins gekannt, weil sie in seinem Laden einkaufte, und wenn er sich vorstellte, was dem armen Mädchen zugestoßen war, lief er vor Wut ganz rot an und hätte die Hure am liebsten gleich an Ort und Stelle aufgehängt. Richie hatte selbst eine kleine Tochter, etwa in Rebeccas Alter, und er sagte immer wieder, wenn wir die Sicherheit der Kinder nicht gewährleisten können, taugen wir einen Scheißdreck. Also haben wir genau dafür gesorgt. Wir sind zum Bach, wir haben das Haus niedergebrannt, und dann haben wir die drei den Berg raufgeschleppt und aufgehängt.

Und alle wußten, was wir getan hatten. Das Haus brannte fast bis auf die Grundmauern nieder, und niemand kam, um zu löschen. Sie blieben einfach alle in ihren Häusern, bis wir getan hatten, was wir tun mußten, und wieder herunterkamen.

Aber das war nicht das Ende. Im folgenden Jahr schnappte

die Polizei einen Mann aus Scotts Mills, der ein kleines Mädchen in Sublimity getötet hatte, und er erzählte ihnen, er habe auch Rebecca getötet und in den Bach geworfen.

An dem Tag, als ich das hörte, betrank ich mich sinnlos und blieb eine ganze Woche betrunken. Danach sahen mich die Leute mit anderen Augen an, als wäre ich wegen unserer Tat vorher ein Held gewesen, aber jetzt nur noch ein Mörder.

Dolan verkraftete es noch schlechter, er wurde richtig wütend und sagte, alle hätten Schuld, weil es jeder gewußt hatte, und in gewisser Weise stimmt das. Everville trug soviel Schuld daran wie wir, und sollte dies jemals an die Öffentlichkeit kommen, dann hoffe ich, die Leute verzeihen mir, daß ich es aufgeschrieben habe, aber es ist die reine Wahrheit, das schwöre ich beim Grab meiner Mutter.

Und dann endete McPhersons Aussage so unvermittelt, wie sie angefangen hatte, und ließ mehr Fragen offen, als sie beantwortete, und eben darum war sie um so faszinierender.

Erwin las sie noch einmal und wurde immer aufgeregter. Er stand auf, lief in seinem Büro auf und ab und dachte darüber nach, welche Möglichkeiten er hatte. Es war seine Pflicht, dieses Geheimnis ans Licht zu bringen, das stand außer Frage. Aber wenn er das in der Festival-Woche machte, wenn die Stadt ihre perfekte Fassade präsentierte, würde er zwar ein weitaus größeres Publikum bekommen, sich aber dafür Freunde und Klienten zu Feinden machen.

Ein Teil von ihm antwortete: Na und? Hatte er sich nicht immer wieder gesagt, es wäre an der Zeit, endlich umzuziehen, solange er noch jung genug war, sich anderswo einzuleben? Und konnte er sich eine bessere Visitenkarte ausstellen als die Tatsache, daß er der Mann war, der die McPherson-Verschwörung aufgedeckt hatte? Seine andere Hälfte, die sich in diesem Winkel der Welt wohlfühlte, antwortete darauf: Du solltest ein bißchen auf die Gefühle der Leute achten. Wenn du diese Bombe in der Festival-Woche platzen läßt, macht dich das zum Paria.

Er ging auf und ab und überlegte, und schließlich beschloß er, keine Entscheidung zu treffen, jedenfalls jetzt noch nicht. Zuerst würde er die Fakten überprüfen und sicherstellen, daß McPherson nicht alles nur erfunden hatte. Er würde klären, ob tatsächlich ein Kind namens Rebecca Jenkins aus dem Stausee gefischt worden war, ob es tatsächlich ein Haus am Bach gegeben hatte, und wenn ja, was aus seinen Bewohnern geworden war.

Er machte in Bettijanes Büro eine Fotokopie von McPhersons Beichte (er hatte ihr heute freigegeben, damit sie nach Portland fahren und ihre Mutter abholen konnte), dann verwahrte er das Original in einem zugeklebten Umschlag in seinem Tresor. Nachdem er alles erledigt hatte, faltete er die Kopie zusammen, steckte sie in die Jackentasche und ging in Kitty's Diner etwas essen. Er war von Natur aus nicht der Typ, der zu Grübeleien neigte, aber als er die Main Street entlangschlenderte, konnte er nicht anders als über das Paradox seiner momentanen Stimmung nachzudenken. Mord, Selbstmord und die Auslöschung Unschuldiger gingen ihm durch den Kopf, aber er konnte sich nicht erinnern, wann er zum letztenmal so zufrieden mit seinem Platz im Leben gewesen war.

II

1

Unter den Patienten von Dr. Powell befanden sich an diesem späten Vormittag welche, die schon ähnliche Gesichtsausdrücke bei Phoebe Cobb gesehen hatten; deshalb wußten sie aus Erfahrung, daß Vorsicht angebracht war. Wehe dem Patienten, der sich fünf Minuten zu spät am Empfang meldete oder, noch schlimmer, gar versuchte, seine Unpünktlichkeit mit einer lahmen Ausrede zu entschuldigen. In ihrer derzeitigen Stimmung hätte Phoebe keine mitleidige Regung empfunden, wenn man einen Patienten in sechs Einzelteilen ins Wartezimmer gerollt hätte.

Ein oder zwei Stammkunden des Doktors – Mrs. Converse brauchte ein neues Rezept für ihre Blutdrucktabletten, Arnold Heacock ein Bruchband – waren so gut mit Phoebe bekannt, daß sie den Grund für ihre Verstimmung hätten erraten können, und sie hätten mit ihrer Vermutung ins Schwarze getroffen.

Fünfeinhalb Pfund. Wir war das möglich? Sie hatte seit drei Wochen keine Süßigkeiten und keinen Doughnut mehr angerührt. In der Nähe einer Platte mit Brathähnchen hatte sie nicht einmal zu inhalieren gewagt. Wie konnte man so asketisch leben, seinem Körper alles verweigern, wonach er verlangte, und trotzdem fünfeinhalb Pfund zunehmen? Machte heutzutage schon die Luft von Everville dick?

Audrey Laidlaw war gerade hereingekommen und hielt sich den Bauch.

»Ich *muß* Dr. Powell sprechen«, sagte sie, noch ehe sie den Tresen erreicht hatte.

»Handelt es sich um einen Notfall?« wollte Phoebe in einem schmeichlerischen Tonfall wissen, der nichts von der darunterliegenden Falle verriet.

»Ja! Unbedingt!«

»Dann sollten Sie sich von jemandem nach Silverton fahren lassen«, antwortete Phoebe. »Dort kümmern sie sich um Notfälle.«

»*So* ein dringender Notfall ist es nun auch wieder nicht«, schnappte die Laidlaw.

»Dann brauchen Sie einen Termin.« Phoebe sah in den Terminkalender. »Morgen um zehn Uhr fünfundvierzig?«

Audrey Laidlaw kniff die Augen zusammen. »Morgen?« sagte sie. Phoebe lächelte weiter, was andere erwiesenermaßen zur Weißglut treiben konnte, und stellte erfreut fest, wie die Frau mit den Zähnen knirschte. Erst vor zwei Monaten war die magere Frau, unter diesen gar nicht so unähnlichen Umständen aus dem Wartezimmer gegangen und hatte, so laut, daß man es gerade noch hören konnte, *fette Schnecke* gemurmelt. Damals hatte Phoebe gedacht: *Du wartest.*

»Würden Sie Dr. Powell sagen, daß ich hier bin?« sagte Audrey. »Ich bin sicher, er wird mich drannehmen.«

»Er hat einen Patienten«, sagte Phoebe. »Wenn Sie sich setzen möchten ...«

»Das ist unerträglich«, antwortete die Frau, aber sie hatte keine andere Wahl. Sie gab die Runde verloren und zog sich wutschnaubend zu einem Stuhl am Fenster zurück. Phoebe schaute nicht zu ihr hin, falls man ihr den Triumph ansehen sollte, sondern sortierte weiter die Post.

»Wo bist du mein ganzes Leben gewesen?«

Sie sah auf, und Joe, der kaum mehr als flüsterte, beugte sich über den Tresen. Sie sah an seiner massigen Gestalt vorbei und stellte fest, daß alle im Wartezimmer hersahen, und jeder Blick drückte dieselbe Frage aus: Was hatte der Schwarze im farbverschmierten Overall mit einer verheirateten Frau wie Phoebe Cobb zu tuscheln?

»Wann hast du hier Feierabend?« fragte er leise.

»Du hast Farbe im Haar.«

»Ich werde duschen. Wieviel Uhr?«.

»Du solltest nicht hierherkommen.«

Er zuckte die Schultern und lächelte. Oh, sein Lächeln.

»Gegen drei«, sagte sie.
»Du hast eine Verabredung.«
Damit verabschiedete er sich, und sie sah sich einem halben Dutzend neugieriger Blicke aus dem Wartezimmer ausgesetzt. Sie hatte allerdings Verstand genug, den Blick nicht abzuwenden, denn das hätte man sofort als Schuldgefühle interpretiert. Statt dessen schenkte sie ihrem Publikum ein huldvolles Lächeln und hielt stand, bis alle den Blick gesenkt hatten. Dann, erst dann, wandte sie sich wieder der Post zu, aber ihre Hände zitterten so sehr, daß sie die ganze nächste Stunde ungeschickt war, und da ihre Stimmung solchermaßen aufgebessert worden war, fand sie sogar ein paar Minuten Zeit, Audrey Laidlaw etwas gegen ihre Magenschmerzen zu geben.

2

Joe hatte diese Wirkung auf sie: Er kam und krempelte ihre Stimmung binnen weniger Augenblicke völlig um. Das war selbstverständlich wunderbar, aber auch gefährlich. Früher oder später würde Morton von seinem Hackfleisch aufschauen und sie fragen, warum sie heute abend so strahlte, und dann würde sie ihre Lippen nicht daran hindern können, die Wahrheit zu sprechen.
»Joe«, würde sie sagen. »Joe Flicker. Du weißt, wer er ist. Man kann ihn nicht übersehen.«
»Was ist mit ihm?« würde Morton antworten, und sein kleiner, verkniffener Mund würde noch verkniffener werden. Er konnte Schwarze nicht ausstehen.
»Ich verbringe eine Menge Zeit mit ihm«, würde sie sagen.
»Und *wozu*, um alles in der Welt?« würde er sagen, und sie würde in das Gesicht des Mannes sehen, den sie geheiratet, den sie geliebt hatte, und während sie sich fragen würde, wann es so verdrossen und mürrisch geworden war, würde er sie anbrüllen: »Ich will nicht, daß du mit einem Nigger redest!«

Und sie würde antworten: »Ich *rede* nicht nur mit ihm, Morton.« O ja, sie würde es genießen, das zu sagen. »Wir küssen uns, Morton, wir ziehen uns nackt aus und wir –«

»Phoebe?«

Sie riß sich aus ihrem Tagtraum und sah Dr. Powell mit den Patientenakten für heute morgen neben sich stehen.

»Oh . . . tut mir leid.«

»Wir sind fertig. Geht es Ihnen gut? Sie sehen aus, als hätten Sie Hitzewallungen.«

»Mir geht es prächtig.« Sie nahm ihm die Akten ab, worauf er sich der Post zuwandte. »Vergessen Sie nicht, Sie haben eine Festival-Versammlung.«

Er sah auf die Uhr. »Ich mache mir ein Sandwich und geh gleich rüber. Verdammtes Festival. Ich bin froh, wenn es . . . oh, ich habe Audrey Laidlaw zu einem Spezialisten in Salem überwiesen.«

»Ist es etwas Ernstes?«

Er warf die Briefe auf den Schreibtisch. »Möglicherweise Krebs«, sagte er.

»O Gott.«

»Schließen Sie zu?«

Das kam immer wieder vor. Leute kamen mit Kopfschmerzen oder Bauchschmerzen oder Rückenschmerzen zum Arzt und es stellte sich heraus, daß sie etwas Tödliches hatten. Selbstverständlich kämpften sie dagegen. Medikamente, Scans, Injektionen. Und ab und zu blieben sie einmal siegreich. Aber häufiger mußte sie mit ansehen, wie sich der Zustand der Patienten stetig verschlechterte, Woche für Woche, und auch nach all den Jahren war es noch schwer für sie, das mit anzusehen; zu sehen, wie die Kraft und die Hoffnung und der Glaube der Menschen schwanden. Am Ende herrschte immer so eine Leere; wurden die Gesichter so verbittert, als wären sie um etwas betrogen worden, wußten aber nicht genau, um was. Selbst die Kirchgänger, die sie an Weihnachten vor dem Baum auf dem Marktplatz Halleluja singen hörte, bekamen diesen Ausdruck. Gott wollte sie in seinem

Reich, aber sie wollten nicht gehen; nicht, bevor sie diese Welt verstanden hatten.

Aber angenommen, es gab nichts zu verstehen? Zu dieser Überzeugung war sie in zunehmendem Maß gekommen: daß manches einfach passierte und es keinen Grund dafür gab. Man wurde nicht auf die Probe gestellt, man wurde nicht belohnt, man *existierte* nur. Und so war es mit allem und jedem anderen, einschließlich Tumoren und schwachen Herzen: sie *existierten* einfach.

Dieses einfache Prinzip fand sie auf seltsame Weise tröstlich und hatte eine eigene Religion daraus gemacht.

Dann hatte Joe Flicker den Auftrag bekommen, den Flur vor der Chirurgie zu streichen, und ihr selbstgebauter Tempel war geborsten. Es war nicht Liebe, redete sie sich von Anfang an ein. Tatsächlich war es überhaupt nichts von Bedeutung. Er hatte sich vorübergehend in sie vernarrt und die Gelegenheit beim Schopf ergriffen, und sie hatte sich darauf eingelassen, weil sie sich geschmeichelt fühlte und in den Sommermonaten immer lüsterner war als sonst, warum also hätte sie nicht mit ihm flirten sollen? Aber das Flirten wurde ernst, und heimlich, und es dauerte nicht lange, da wäre sie bereit gewesen zu schreien, wenn er sie nicht geküßt hätte. Er küßte sie, und sie wäre bereit gewesen zu schreien, wenn sie nicht zum äußersten gehen würden. Auch das hatten sie getan, und sie war mit Farbspuren auf Brüsten und Bauch nach Hause gekommen, saß in der Badewanne und weinte eine geschlagene Stunde, weil es ihr vorkam, als wäre die Affäre eine Belohnung und eine Prüfung und eine Strafe in einem.

So kam es ihr immer noch vor. Sie war sechsunddreißig Jahre alt, hatte zwanzig Pfund Übergewicht (ihre Schätzung, nicht die von Joe), zu kleine Gesichtszüge in einem Mondgesicht, blasse Haut, die in der Sonne Sommersprossen bekam, strohblondes Haar (mit ersten grauen Strähnen darin) und eine garstige Ader, die sie von ihrer Mutter geerbt hatte. Nicht unbedingt die attraktivste Verpackung, zu der Einsicht war sie schon vor langer Zeit gekommen. Mit Morton hatte sie einen Mann gefunden, der nicht wußte oder den nicht interessierte, wen er geheiratet hatte, im Guten wie im Bösen, solange sein Essen auf dem Tisch stand und der Fernseher funktionierte. Ein Mann, der mit dreißig zu der Überzeugung gekommen war, daß das Beste hinter ihm lag und es besser wäre, nicht nach vorne zu schauen; der sich in zunehmendem Maße durch seine Bigotterie definierte und der ihr seit dreizehn Monaten nicht mehr zwischen die Beine gefaßt hatt.

Also wie nur – wie? wie? – war sie in ihre derzeitige segensreiche Lage gekommen? Wie war es möglich, daß dieser Mann aus North Carolina, dieser Joe, der ein abenteuerliches Leben hinter sich hatte – er war in Deutschland stationiert gewesen, als er in der Armee diente, er hatte eine Weile in Washington, D. C., gelebt, eine Weile in Kentucky, eine Weile in Kalifornien –, wie war es möglich, daß ihr dieser Mann so durch und durch verfallen war?

Wenn sie miteinander redeten, und sie redeten oft, fragte sie sich, ob er sie so sehr nach ihrem Leben aushorchte, weil ihn dieselben Fragen beschäftigten; als suchte er nach Hinweisen, was an ihm sie so sehr faszinierte. Andererseits, vielleicht war er einfach nur neugierig.

»Ich kann nicht genug von dir bekommen«, sagte er immer wieder und küßte sie auf eine Art und Weise und an Stellen, die Morton abstoßend gefunden haben würde.

An diese Küsse dachte sie jetzt, als sie das Haus betrat. Es war sechs Minuten vor drei. Er kam stets pünktlich (Armeeausbildung, hatte er einmal gesagt); in sechs Minuten würde er da sein. Vor ein paar Wochen hatte sie in einer Zeitschrift gelesen, daß Wissenschaftler behaupteten, die Zeit wäre wie Knetmasse, sie lasse sich dehnen und zusammendrücken, und sie dachte: *Das hätte ich ihnen sagen können.* Sechs Minuten wurden zu sechs Stunden, wenn sie auf der Treppe der Hintertür wartete (Joe kam nie durch die Eingangstür, das wäre zu auffällig gewesen, aber das Haus war das letzte in der Reihe, dahinter lag nur Wald, und daher konnte er sich leicht von dort anschleichen, ohne gesehen zu werden), wenn sie nach einer Spur von ihm zwischen den Bäumen Ausschau hielt; aber sie wußte, sobald er hier war, würde die Zeit in die andere Richtung gepreßt werden, und eine Stunde, anderthalb Stunden, würden wie im Fluge vergehen.

Da war er und drängte sich durch ein Dickicht, während er sie bereits ansah und den Blick nicht mehr von ihr abwandte, keinen einzigen Schritt lang, keine Sekunde lang. Und die Uhr im Wohnzimmer, die Mortons Mutter gehört hatte und bis zu deren Tod nie richtig gegangen war, schlug drei Uhr. Und die Welt war in Ordnung.

Sie gingen die Treppe hinauf und knöpften schon auf dem Weg die Kleidung auf. Als sie das Gästezimmer erreicht hatten (sie schliefen nie im Ehebett miteinander), waren ihre Brüste entblößt, und er hatte von hinten die Arme um sie gelegt und liebkoste sie. Nichts gefiel ihm besser, als sie auf diese Weise aufzureizen, sein Gesicht an ihrem Nakken, seine Brust fest an ihren Rücken gepreßt, in vollkommener Umarmung. Sie griff hinter sich und öffnete seinen Reißverschluß. Wie immer hatte sie alle Hände voll.

»Das hat mir gefehlt!« sagte sie und glitt mit der Hand an seinem Penis entlang.

»Es ist drei Tage her«, sagte er. »Ich habe fast den Verstand verloren.« Er drehte sich um, setzte sich auf die Bettkante, zog sie herunter, bis sie auf seinen Knien saß, und spreizte ihre Beine, indem er seine ebenfalls spreizte. Seine Hand glitt mühelos und zielsicher in sie hinein.

»Oh, *Baby*«, sagte er, »das brauche ich.« Er spielte innen und außen an ihr herum. »Das ist die heißeste Muschi, Baby. Du hast die verdammt heißeste Muschi . . . .«

Es gefiel ihr, wenn er sie laut aussprach, die schmutzigen Worte, die sie nur hören oder aussprechen wollte, wenn sie mit ihm zusammen war, die Worte, die sie neu und bereit machten.

»... ich werde dich ficken, bis du den Verstand verlierst. Willst du das?«

»Ja ...«

»Sag es mir.«

»Ich will, daß du mich fickst ...« Sie fing an zu stöhnen.

»Jetzt?«

»... bis ich ...«

»Ja.«

»... bis ich den *Verstand* verliere.«

Sie machte sich an seiner Gürtelschnalle zu schaffen, aber er schob ihre Hände weg und drehte sie um, Gesicht auf der Decke, schob er ihr Kleid hoch und zog ihr Höschen herunter. Mit der Kehrseite in der Luft und gespreizten Beinen streckte sie die Hand nach hinten aus, und die Worte kamen ihr wie immer leichter über die Lippen, als sie gedacht hatte.

»Gib mir deinen Schwanz.«

Und schon lag er in ihrer Hand, als hätte sie ihn herbeigezaubert, samtweich und mit heißer Spitze. Sie preßte ihn an ihre Muschi. Er hielt sich ein paar Sekunden zurück, dann schob er ihn ganz hinein, bis zum Reißverschluß, aus dem er immer noch herausragte.

3

In dem winzigen Konferenzzimmer über der Handelskammer sah Larry Powell zu, wie Ken Hagenaner die vollständige Liste der Aktivitäten des Wochenendes herunterleierte, hörte aber kein Wort, so beschäftigt war er mit seiner Rückkehr nach Montana am übernächsten Wochenende.

Und im Büro darunter wartete Erwin Toothaker, während Dorothy Bullard herumtelefonierte, ob jemand das alte Schulhaus für den Anwalt aufschließen konnte, wo die Historische Gesellschaft ihre Sammlung aufbewahrte, weil er dringend etwas recherchieren mußte. Und der wartende Erwin betrachtete das vergilbte Klebeband über den Fenstern, das immer noch zwei Zentimeter Silberlametta hielt, und das verblaßte Foto des vorletzten Bürgermeisters, der die Bethany-Zwillinge an ihrem sechzehnten Geburtstag in den Armen hielt, und dabei dachte er: Ich hasse diesen Ort. Bis heute ist mir das nicht klar gewesen. Ich hasse ihn.

Und draußen, auf der Main Street, blieb ein Jugendlicher namens Seth Lundy – der gerade siebzehn geworden und noch nie geküßt worden war – unvermittelt auf dem Bürgersteig vor dem Pizza Place stehen und lauschte einem Geräusch, das er seit Ostersonntag nicht mehr gehört hatte: das Klopfen von Hämmern am Firmament von der Himmelsseite aus.

Er sah steil in die Höhe, weil dort die Risse normalerweise anfingen, aber das Blau war makellos. Verwirrt studierte er den Himmel schätzungsweise fünfzehn Minuten, und in dieser Zeit wurde die Konferenz im Sitzungszimmer beendet, Erwin beschloß, einem größtmöglichen Publikum die Wahrheit zu sagen, und irgendwo, in einem Haus am Stadtrand, hinter zugezogenen Vorhängen, fing Phoebe Cobb leise an zu weinen.

»Was hast du?«

»Hör nicht auf.«

»Du weinst, Baby –«

»Schon gut. Schon gut.« Sie griff hinter sich, legte die Hand auf seine Pobacken und preßte ihn an sich, und dabei kamen ihr die drei Worte über die Lippen, die sie die ganze Zeit unter Verschluß gehalten hatte.

»Ich liebe dich.«

O Gott, was hatte sie gesagt? Jetzt würde er sie verlassen. Weglaufen und eine andere verzweifelte Frau suchen, die ihm nicht sagte, daß sie ihn liebte, wo er doch nur einen Fick am Nachmittag wollte. Eine jüngere Frau, eine schlankere Frau. »Es tut mir leid«, sagte sie.

»Mir auch«, antwortete er.

Da! Er würde sich aus ihr zurückziehen und auf der Stelle gehen.

»Was mit dir und mir passiert, wird eine Menge Ärger machen.«

Er rammelte einfach weiter, während er sprach, ohne einen einzigen Stoß auszusetzen, und das war so wonnevoll, daß sie bestimmt nicht richtig verstanden hatte, was er sagte. Gewiß konnte er doch nicht meinen ...

»Ich liebe dich auch. Oh, Baby, ich liebe dich so sehr. Manchmal kann ich überhaupt nicht klar denken. Als würde ich in einem Zustand der Benommenheit herumlaufen, bis ich hier bin. Genau hier.«

Es wäre zu grausam von ihm gewesen, sie zu belügen, aber grausam war er nicht, das wußte sie, was bedeutete, er sagte die Wahrheit.

O Gott, er liebte sie, er liebte sie, und ihr war es einerlei, wenn deshalb sämtlicher Ärger der Welt über sie kommen würde.

Sie drehte sich in seinen Armen, damit sie ihm ins Gesicht sehen konnte. Es war ein schwieriges Manöver, aber in seinen Armen reagierte ihr Körper anders, war er geschmeidiger und wendiger. Nun folgten die Küsse, die sie noch am nächsten Tag spürte; die Küsse, die ihr auf den Lippen brannten und ihrer Zunge weh taten; die Küsse, die sie in einen Taumel stürzten, daß sie schlotterte und zitterte wie eine Besessene. Nur heute flüsterte er Worte zwischen den Küssen, Versprechen seiner ewigen Hingabe. Und als das Zittern anfing, kam es von einer Stelle, die in keinem Anatomiebuch auf dem Regal des Doktors verzeichnet war. Von einem unsichtbaren, namenlosen Ort, den weder Gott noch ein Tumor erreichen konnten.

»Oh, das hätte ich fast vergessen ...« sagte er, als sie sich anzogen, und kramte in der Brusttasche seiner Latzhose. »... ich wollte, daß du das bekommst. Und nach dem heutigen Nachmittag ... nun, ist es wichtiger denn je.«

Er zog ein Foto aus der Tasche und gab es ihr.

»Das ist meine Mom, das mein Bruder Ron, das Nesthäkchen der Familie, und das hier meine Schwester Noreen. Ach ja, und das bin ich.« Er trug eine Uniform und platzte vor Stolz. »Ich seh' gut aus, was?«

»Wann wurde das aufgenommen?«

»Eine Woche nach meiner Grundausbildung«, sagte er.

»Warum bist du nicht bei der Armee geblieben?«

»Das ist eine lange Geschichte«, sagte er, und sein Lächeln verschwand.

»Du mußt nicht –« Das Läuten des Telefons unterbrach sie. »O Scheiße! Ich geh nicht ran.«

»Es könnte wichtig sein.«

»Ja, und es könnte Morton sein«, sagte sie. »Und im Augenblick will ich nicht mit ihm reden.«

»Nicht, daß er Verdacht schöpft«, sagte Joe. »Jedenfalls nicht, bevor wir uns entschieden haben, was wir tun wollen.«

Sie seufzte, nickte und lief zum Telefon, während sie rief: »Und wir müssen uns *bald* entscheiden.«

»Wie wäre es mit morgen? Dieselbe Zeit?« Sie sagte ja, dann nahm sie den Hörer ab. Es war nicht Morton, es war Emmeline Harper, die Vorsitzende der Historischen Gesellschaft, eine überspannte Frau, die sich selbst zu wichtig nahm.

»Phoebe –«

»Emmeline?«

»Phoebe, du mußt mir einen Gefallen tun. Dorothy hat gerade angerufen, offenbar muß jemand ins Schulhaus, die Unterlagen durchsehen. Ich kann nicht hin und habe mich gefragt, ob du so lieb sein könntest?« *Nein*, lag Phoebe schon auf der Zunge. Dann sagte Emmeline: »Es ist dieser nette Mr. Toothaker, der Anwalt. Hast du ihn schon kennengelernt?«

»Ja. Vor zwei Jahren.« Ein ziemlich kalter Fisch, wenn sie sich richtig erinnerte. Aber vielleicht war die Gelegenheit günstig, mit einem Mann zu sprechen, der das Gesetz kannte. Sie konnte sich unauffällig nach einer Scheidung erkundigen, und vielleicht würde sie etwas erfahren, das ihr zum Vorteil gereichte.

»Ich meine, ich bin sicher, er ist vertrauenswürdig –

nicht im Traum würde ich daran denken, daß er etwas mit der Sammlung anstellt, aber ich finde, es sollte jemand dabeisein, der ihn reinläßt und ihm zeigt, wo er was finden kann.«

»Gern.«

»Er wartet in der Handelskammer. Kann ich anrufen und sagen, daß du in zwanzig Minuten dort bist?«

III

1

Seit ihrer Gründung im Jahr 1972 war die Historische Gesellschaft von Everville ein Sammelbecken für alle möglichen Gegenstände aus der Vergangenheit der Stadt. Eine der ersten und wertvollsten Spenden stammte von Hubert Nordhoff, dessen Familie die Fabrik gehört hatte, die heute verfallen eine Dreiviertelmeile von der Stadt entfernt an der Molina Road stand. In den dreieinhalb Jahrzehnten zwischen 1880 und 1915 hatte die Fabrik der Nordhoffs Arbeitsplätze für einen großen Teil der Einwohner Evervilles gesichert und dabei den Nordhoffs ein ansehnliches Vermögen eingebracht. Sie hatten eine Villa in Salem und eine in Oregon City gebaut, bevor sie sich aus der Decken- und Stoffmanufaktur zurückzogen und ihr Geld in Holzanbau, Immobilien (überwiegend in Portland) und, wie gemunkelt wurde, sogar in die Rüstung investierten. Huberts Spende, rund tausend Fotos vom Leben in der Fabrik sowie einige andere Andenken, waren weithin als verspäteter Akt der Wiedergutmachung für das unvermittelte Verschwinden der Familie interpretiert worden; die Jahre unmittelbar nach der Schließung der Fabrik waren, in wirtschaftlicher Hinsicht, Evervilles dunkelstes Zeitalter gewesen.

Das Geschenk Nordhoffs hatte einen kleinen Erdrutsch von Spenden ausgelöst. Siebzehn Aquarelle mit Szenen aus der Gegend, die die Frau des ersten Zahnarztes von Everville hübsch, aber recht uninspiriert gemalt hatte, hingen heute gerahmt an den Wänden des Schulhauses (dessen Renovierung H. Nordhoff bezahlt hatte). Eine Sammlung von Gehstöcken, deren Griffe die Nachbildungen phantastischer Tiere zierten, von Milius Biggs geschnitzt, einem der großen Exzentriker der Stadt, wurden in einem verglasten Schaukasten im ehemaligen Büro des Rektors ausgestellt.

Doch diese ästhetischen Stücke bildeten nur einen veschwindend geringen Anteil inmitten der abgedroschenen Gaben, die überwiegend von gewöhnlichen Sterblichen Evervilles stammten. Schulberichte, Hochzeitsanzeigen, Todesanzeigen, Familienalben, eine Sammlung von Ausschnitten aus dem *Oregonian*, in denen die Stadt erwähnt wurde (gesammelt von dem Bibliothekar Stanley Tharp, der einundsechzig Jahre lang schlimm gestottert, aber auf dem Totenbett Miltons *Das verlorene Paradies* rezitiert hatte, ohne sich ein einziges Mal zu verhaspeln), und selbstverständlich Hunderte von privaten Briefen.

Diesen gewaltigen Wust von Material zu sortieren war eine langwierige Aufgabe, zumal sämtliche Mitglieder der Gesellschaft Freiwillige waren. In zwei der fünf Zimmer des Schulhauses türmten sich noch die Kartons mit Geschenken, die nicht gesichtet worden waren, aber für den Besucher, der sich für die Vergangenheit von Everville interessierte, hielten die restlichen drei Zimmer einen erfreulichen, wenn auch übertrieben schönfärbenden Blick in die Anfangstage bereit.

Die Auswahl war selbstverständlich höchst selektiv, aber das galt für fast jeden Geschichtsunterricht. In diesem Museum des Pioniergeists von Everville war kein Platz für die Schattenseiten; für Bilder von Elend, Selbstmord oder Schlimmerem. Und auch kein Platz für Einwohner, die nicht in die offizielle Version des Werdegangs paßten. Es gab Bilder der Stadt in den Gründerjahren, und Schilderungen, wie die Strßen planiert und die schönen Häuser gebaut worden waren. Aber von Maeve O'Connell, die das Ufer einer anderen Welt gesehen hatte und zurückgekehrt war, um den Traum ihres Vaters Wirklichkeit werden zu lassen, war keine Spur zu sehen. Und in diesem schändlichen Totschweigen lag der Keim von Evervilles Untergang begründet.

2

Phoebe verspätete sich etwas, bis sie bei Erwin war, doch der blieb höflich. Es täte ihm leid, daß er ihr derartige Umstände machte, sagte er, aber es handle sich wirklich um eine dringende Angelegenheit. Nein, er könne ihr nicht sagen, worum es ging, aber nicht mehr lange, und es würde der Öffentlichkeit zugänglich gemacht werden, und er würde ihr ganz sicher in der Veröffentlichung für ihre freundliche Hilfe danken. Das sei nicht nötig, erwiderte sie, aber sie wäre dankbar, wenn sie Anfang nächster Woche zu ihm kommen und seinen Rat in einer rechtlichen Angelegenheit einholen könnte. Er willigte ohne Umschweife ein. Ob sie beabsichtige, ihr Testament zu machen?

Nein, sagte sie, ich will mich von meinem Mann scheiden lassen, worauf er antwortete, daß Scheidungen an sich nicht sein Spezialgebiet seien, er sich aber dennoch gern mit ihr darüber unterhalten würde. Vertraulich, sagte sie. Selbstverständlich, beruhigte er sie. Sie solle Montag vormittag in seinem Büro vorbeischauen.

In dem Schulhaus war es immer noch brütend heiß, obwohl es schon auf sechs Uhr zuging, und während Phoebe herumlief, die Jalousien öffnete und die Vorhänge aufzog, schlenderte Erwin von einem stickigen Zimmer zum nächsten und betrachtete die Bilder.

»Können Sie mir verraten, wonach Sie suchen?« fragte ihn Phoebe. »Ich meine, ungefähr.«

»Zunächst einmal nach älteren Ausgaben des *Tribune*«, sagte Erwin. »Offenbar haben sie in ihren Büroräumen keinen Platz dafür, daher werden sie hier aufbewahrt.«

»Und wonach noch?«

»Nun, ich bin nicht mit der Sammlung vertraut. Ist sie chronologisch geordnet?«

»Ich bin nicht sicher. Ich glaube, ja.« Sie führte Erwin durch das Hinterzimmer, wo sich Akten auf sechs Tischen stapelten. »Früher war ich ab und zu hier und habe geholfen, das Material zu sortieren«, sagte sie. »Aber das letzte Jahr war so hektisch ...« Sie strich an einem der Stapel entlang. »... die hier tragen alle den Vermerk 1940-1945 ...« Sie ging zum nächsten Stapel. »... und die hier sind von fünfundvierzig bis fünfzig.«

»Also sind die Akten immer fünfjahresweise geordnet.«

»Richtig.«

»Das ist doch immerhin ein Anfang. Und die Zeitungen?«

Phoebe deutet durch die offene Tür. »Sie *sind* geordnet. Das weiß ich, weil ich sie selbst sortiert habe.«

»Prima. Dann fang' ich jetzt an.«

»Soll ich warten, bis Sie fertig sind?«

»Kommt darauf an, wieviel Geduld Sie aufbringen.«

»Nicht viel«, sagte sie mit einem kurzen Lächeln. »Vielleicht sollte ich Ihnen einfach meine Telefonnummer aufschreiben, und wenn Sie fertig sind ...«

»Dann rufe ich Sie an, und sie können rüberkommen und abschließen.«

»Genau.«

»Einverstanden.« Sie ging zum Schreibtisch, schrieb ihre Telefonnummer auf eine der Broschüren der Gesellschaft und gab sie ihm. Er blätterte bereits den Inhalt eines Ordners durch.

»Sie legen doch alles wieder *zurück*, oder?« sagte Phoebe mit ihrer strengsten Stimme.

»Aber ja. Ich bin vorsichtig«, antwortete Erwin. Er nahm die Broschüre. »Ich rufe Sie an, wenn ich fertig bin«, sagte er. »Ich hoffe, es dauert nicht zu lange.«.

Als sie zum Auto ging, dachte sie: Was würde passieren, wenn ich nicht mehr nach Hause ginge? Wenn ich einfach zu Joe fahren und noch heute nacht die Stadt verlassen würde? Es war ein verlockender Gedanke – nicht nach Hause gehen und Essen kochen und sich anhören zu müssen, wie Morton wegen allem und jedem nörgelte –, aber sie widerstand der Versuchung. Wenn ihre Zukunft mit Joe eine Chance haben sollte, mußte sie geplant werden: sorgfältig, systematisch. Sie waren keine Teenager im Taumel der ersten Liebe. Wenn sie Everville für immer verlassen wollten (und sie konnte sich nicht vorstellen, daß sie hierbleiben konnten, wenn die Wahrheit ans Licht kam), mußten sie Aufgben delegieren und Abschied nehmen. Sie wäre froh, wenn sie das Haus und Morton und die stinkenden Aschenbecher, die er überall herumstehen ließ, nie wiedersehen müßte, aber Dr. Powell und einige seiner Stammkunden würden ihr fehlen. Sie brauchte Zeit, um alles den Menschen zu erklären, die sie am meisten schätzte, damit sie wußten, sie ging der Liebe wegen, und nicht, weil sie launisch oder grausam war.

Darum würde sie bleiben und ihr letztes Festival in Everville genießen. Wenn sie es so sah, bekam sie tatsächlich eine solche Lust auf das Volksfest, wie sie sie seit Jahren nicht mehr verspürt hatte. An diesem Wochenende würde sie losziehen und feiern, wohl wissend, daß sie im nächsten August in einer anderen Ecke der Welt leben würde.

Hunger machte Morton stets übellaunig, daher beschloß sie, ihn nicht warten zu lassen, während sie kochte, sondern ging an Kitty's Diner vorbei, wo sie einen Burger und Fritten mitnahm. Drei Jahre waren vergangen, seit Kitty Cowhick gestorben war, und ihr Schwiegersohn Bosley hatte, trotz wirtschaftlich schwieriger Zeiten, aus dem schäbigen kleinen Imbiß ein gutgehendes Geschäft gemacht. Er gehörte den Wiedergeborenen Christen an und ließ seine strengen moralischen Prinzipien auch bei der Leitung des Restaurants gelten. Beispielsweise verbot er die Lektüre von Schriften am Tresen oder in den Nischen, die er für unschicklich hielt, und selbst bei gelinden Schimpfworten bestand er sofort persönlich darauf, daß der Schuldige sein Lokal verließ. Sie war selbst schon Zeugin davon geworden. *Ich möchte ein Restaurant, das der Herr selbst besuchen könnte*, hatte er einmal zu ihr gesagt, *wenn er ein Stück Kuchen wollte*.

Als sie Mortons Burger gekauft hatte, fuhr sie heim, aber das Haus war verlassen. Morton war hier gewesen – seine Jacke lag auf dem Küchentisch, zusammen mit ein paar leeren Bierdosen –, aber er hatte es offenbar satt gehabt, zu warten, bis sie zurückkam, und sich auf die Suche nach etwas zu essen gemacht. Sie war erfreut: dadurch hatte sie etwas mehr Zeit zum Nachdenken.

Sie setzte sich an den Küchentisch, stocherte in den fettigen Pommes und stellte auf dem Block, wo sie normalerweise den Einkaufszettel schrieb, eine Liste der Dinge zusammen, die sie mitnehmen wollte, wenn sie ging. Viel war es nicht. Nur ein paar Kleinigkeiten, die einen sentimentalen Erinnerungswert hatten: ein Stuhl, den sie von ihrer Mutter geerbt hatte; eine Stickerei, die ihre Großmutter gemacht hatte; die Decke im Schlafzimmer.

Als sie an die Decke dachte, ließ sie die Liste liegen und dachte über die Ereignisse des Nachmittags nach. Oder besser gesagt, über das Ereignis, das in jenem Raum stattgefunden hatte. Es würde nicht immer so wunderschön sein, ermahnte sie sich; im Lauf der Jahre würde die Hitze zwischen ihnen abkühlen. Aber sollte das geschehen, blieb immer noch ein Maß an Gefühlen, die Bestand haben würden. Und Erinnerungen an Erlebnisse wie das heute nachmittag, die ihr jedesmal einfallen würden, wenn sie das Gesicht an diese Decke preßte.

3

Kurz nach halb neun, als sein Magen vor Hunger knurrte, förderte Erwins Suche eine seltsame kleine Broschüre von einem gewissen Raymond Merkle zutage. Der Name kam ihm vage vertraut vor. Der Mann hatte sich einen gewissen Ruf als Chronist der Kleinstädte Oregons erworben. Erwin hatte andere Exemplare in einem Buchladen in Wilsonville gesehen. Bei dem Text handelte es sich um ein seltsames Sammelsurium von Fakten über Everville, im umständlichen Stil eines Mannes geschrieben, der gerne Schriftsteller gewesen wäre, aber keinerlei Gefühl für Sprache hatte.

Die Broschüre trug den Titel *Diese träumenden Berge,*

was sich als Zitat aus einem kurzen Text entpuppte (ohne Verfasserangabe, daher vermutete Erwin, daß er von Merkle selbst stammen mußte), der dem Text vorangestellt war. Etwa in der Mitte dieser Fleißarbeit stieß Erwin auf folgende Abschnitte:

Daß die Kräfte des abscheulichen und reuelosen Bösen ihre barbarische Spur in einer liebreizenden Stadt wie Everville hinterlassen, sollte uns alle, die wir die große weite Welt gesehen haben, nicht überraschen. Ich, Ihr Verfasser, verabschiede mich im vierzigsten Jahr dieses Jahrhunderts vom fruchtbaren Klima unseres ruhmreichen Staates, um im Südpazifik meine Pflicht als Amerikaner zu tun, und bis ins Grab werde ich die Bilder der Grausamkeit und menschlichen Niedertracht mitnehmen, die ich dort gesehen habe, in einer Gegend, wie sie diese Welt paradiesischer nicht bieten kann.

Aus diesem Grund überraschte es mich nicht im geringsten, daß mir, als ich Material für diesen Band zusammenstellte, Gerüchte über diabolische Taten zu Ohren kamen, die sich in der idyllischen Gemeinschaft von Everville zugetragen haben sollen.

Die traurige Geschichte des Todes von Rebecca Jones ist wohl bekannt. Sie war eine Tochter dieser hübschen Stadt, geschätzt und bewundert, in ihrem achten Lebensjahr dahingerafft, ihre Leiche in den Stausee geworfen. Ihr Mörder war ein Mann aus Sublimity, der später im Gefängnis starb, wo er eine lebenslange Haftstrafe absaß. Aber damit sind die Geheimnisse um die Tragödie der armen Rebecca noch nicht zu Ende.

Als ich Schilderungen einiger merkwürdigen Geschehnisse in Everville sammelte, wurde mir von dem rätselhaften Dahinscheiden eines gewissen Richard Dolan zugeflüstert. Ihm gehörte ein Süßigkeitenladen, sagte man mir, wo die kleine Rebecca Stammkundin war, daher ging ihm der Tod des Kindes besonders nahe. Die Verhaftung und Verurteilung ihres Mörders vermochte sein Unbehagen nicht zu lindern. Er wurde zunehmend melancholischer, und in der Nacht des neunzehnten September 1975 erzählte er seiner Frau, daß er Stimmen von Harmon's Heights hörte. Jemand rufe nach ihm, sagte er. Als sie ihn fragte, wer ihn rief, weigerte er sich, es ihr zu sagen, und verschwand in der Nacht. Da er nicht zurückkam, begab sich anderntags ein Suchtrupp auf den Hügel, um ihn ausfindig zu machen.

Nach einer zweitägigen Suche fanden sie Richie Dolan, im Delirium, in einer Felsplatte am Nordhang des Berges eingeklemmt. Er hatte sich beim Sturz schwer verletzt, war aber nicht tot. Solchermaßen war der Zustand seines Gesichts und Oberkörpers, daß seine Frau, ob des Anblicks, in Ohnmacht fiel und hernach nie wieder zu völliger geistiger Gesundheit zurückkehrte.

Drei Tage später starb er im Silverton Hospital, aber er starb nicht friedlich. In den zweiundsiebzig Stunden rumorte er wie ein Tobsüchtiger und konnte auch mit den Beruhigungsmitteln, welche ihm die Ärzte verabreichten, nicht ruhiggestellt werden.

Worüber sprach er in diesen letzten, quälenden Stunden? Darüber konnte ich keine Aussagen aus erster Hand bekommen, aber die Gerüchte stimmen soweit überein, daß man von ihrem Wahrheitsgehalt ausgehen kann. Er kreischte, so wird berichtet, von Toten, die ihn von Harmon's Heights riefen. Immer und immer wieder, sogar als es zu Ende ging und die Ärzte staunten, wie sehr er sich an das Leben klammerte, flehte er um Vergebung . . .

Die Schilderung erstreckte sich noch über einige Abschnitte, aber die überflog Erwin nur noch. Hier hatte er, was er brauchte: Beweise, wenn auch nur rudimentäre, daß McPhersons Geschreibsel zumindest einen wahren Kern enthalten mußte. Und wenn ein Teil davon stimmte, warum nicht auch der Rest?

Nachdem er sich vergewissert hatte, daß seine Suche nach einer Bestätigung nicht vergebens war, beschloß er, es für heute gut sein zu lassen, und rief Phoebe Cobb an. Ob sie vorbeikommen und abschließen könnte? fragte er. Selbstverständlich. Wenn er nur die Freundlichkeit haben wollte, die Fenster zu schließen, würde sie in Kürze vorbeikommen und die Tür absperren.

Ihre Stimme, fand er, hörte sich ein wenig nuschelnd an, aber vielleicht bildete er es sich auch nur ein. Es war ein langer Tag gewesen, und er war müde. Es war an der Zeit, nach Hause zurückzukehren und McPersons Beichte zu vergessen, bis er seine Suche am Morgen fortsetzte.

Er wußte, wo er die Suche weiterführen würde: unten am Bach. Seit den Ereignissen, die McPherson geschildert hatte, waren dreißig Jahre vergangen, aber wenn das Haus, welches das Trio angeblich niedergebrannt hatte, tatsächlich existiert hatte, mußten noch Reste davon erhalten sein. In diesem Fall hätte er wieder einen Teil der Beichte bewiesen, und dann würde er die Sache publik machen, damit der ganze Staat erfuhr, wie sehr sie zum Himmel stank.

4

Phoebe hatte die Brandyflasche gegen Viertel vor acht aufgemacht und sich eingeredet, daß sie nur ihre bevorstehende Befreiung feiern wollte, aber in Wirklichkeit wollte sie das Unbehagen vertreiben, das sie empfand. Wenn Morton sich einmal selbst etwas zu essen holen ging, was selten genug vorkam, war er normalerweise binnen einer Stunde wieder da und fläzte sich vor den Fernseher. Wohin war er heute abend gegangen? Und: Warum interessierte sie das?

Sie ertränkte ihre Verwirrung in einem Brandy; dann in noch einem. Das verfehlte seine Wirkung nie; schon gar nicht auf fast nüchternen Magen. Als der Anwalt anrief, fühlte sie sich angenehm beschwipst; zu beschwipst, um zu fahren. Egal; sie würde zu dem alten Schulhaus laufen, beschloß sie.

Die Nacht war mild, Kiefernduft lag in der Luft, und der Spaziergang gestaltete sich angenehmer, als sie erwartet hatte. Zu jeder anderen Jahreszeit wären die Straßen um diese Zeit des Abends ziemlich ruhig gewesen, selbst im Hochsommer, aber heute waren noch zahlreiche Geschäfte an der Main Street beleuchtet, da die Inhaber die Schaufenster für das Festival schmückten und die Regale in Erwartung lohnender Geschäfte aufstockten. Sogar ein paar Besucher waren schon da, die früher gekommen waren, um die Stille im Tal zu genießen.

An der Ecke Main und Watson verweilte sie einen Moment. Bog sie rechts ab, würde sie zum Schulhaus kommen, wandte sie sich nach links, kam sie am Marktplatz und dem Park vorbei zur Donovan Street, und in der Donovan Street lag das Mietshaus, wo Joe wohnte. Es wäre eine Kleinigkeit, statt nach rechts einfach nach links zu gehen. Aber sie beherrschte sich. Es wäre besser, wenn sie alles, was sie heute nachmittag gesagt und empfunden hatten, ein wenig ruhen ließen, statt es gleich wieder aufzuwühlen. Außerdem versetzte Brandy sie immer in eine rührselige Stimmung, und ihr Gesicht wurde ganz aufgequollen, wenn sie weinte. Morgen würde sie ihn wiedersehen – und bis dahin von ihm träumen.

Sie wandte sich nach rechts und ging die leichte Steigung der Watson Street hinauf, am neuen Supermarkt vorbei, der noch geöffnet hatte und gut besucht schien, bis zur Schule. Sie brauchte fünf Minuten, bis sie alle Fenster überprüft, alle Jalousien heruntergelassen und abgeschlossen hatte. Dann machte sie sich auf den Rückweg.

Etwa fünfzig Meter von der Main Street entfernt kam jemand vom gegenüberliegenden Bürgersteig auf die Straße und sah zum Himmel hinauf. Sie kannte ihn flüchtig. Er war der jüngste der Lundy-Sippe: Sam oder Steve oder . . .

»Seth.«

Obwohl sie den Namen nur gemurmelt hatte, hörte er sie. Ohne von der Straße zu weichen, drehte er sich mit glänzenden Augen zu ihr um, und sie erinnerte sich, wie sie ihm zum erstenmal begegnet war. Seine Mutter hatte ihn vor fünf oder sechs Jahren zur Untersuchung zu Dr. Powell gebracht, und das Kind stand mit einem so geistesabwesenden Gesichtsausdruck im Wartezimmer, daß Phoebe schon geglaubt hatte, er sei geistig behindert. Jetzt war er nicht geistesabwesend. Er wirkte aufs höchste konzentriert.

»Hören Sie es auch?« fragte er sie.

Er kam nicht näher, aber etwas an ihm schüchterte sie ein. Statt näher zu kommen, blieb sie stehen und sah die Straße hinauf zu den Lichtern des Supermarkts. Als sie dort vorbeigekommen war, hatten eine Menge Autos auf dem Parkplatz gestanden, eines würde sicher bald wegfahren, und das würde sie als Vorwand nutzen, ihres Weges zu gehen.

»Nein, oder doch?« sagte er mit singender Stimme.

»Was?«

»Sie hören das Hämmern nicht?«

»Hämmern?« Sie horchte einen Moment. »Nein, das höre ich nicht.«

»Hmmm.« Er richtete den Blick wieder zum Sternenhimmel. »Sie haben beim Doktor gearbeitet«, sagte er.

»Dort arbeite ich noch.«

»Aber nicht mehr lange«, antwortete er.

Sie spürte, wie sie von Kopf bis Fuß erschauerte.

»Woher weißt du das?«

Er lächelte zum Himmel hinauf. »Es ist so laut«, sagte er. »Sind Sie sicher, daß Sie es nicht hören können?«

»Ich sagte schon –«, begann sie.

»Macht nichts«, sagte er. »Andere Leute können es nur manchmal hören, nachts. Aber nie bei Tage. Bei Tage höre nur ich es . . .«

»Tut mir leid . . .«

»Das muß es nicht«, sagte er; dann lächelte er ihr zu, statt den Sternen. »Ich bin daran gewöhnt.«

Plötzlich kam sie sich albern vor, weil sie Angst vor ihm hatte. Er war ein einsames, verwirrtes Kind. Vielleicht nicht ganz richtig im Kopf, aber harmlos.

»Was hast du damit gemeint, daß ich nicht mehr lange beim Doktor arbeite?« fragte sie ihn.

Er zuckte mit den Achseln. »Weiß nicht«, sagte er. »So was kommt manchmal einfach raus, ohne daß ich weiß, was es bedeutet.« Er verstummte einen Moment. »Wahrscheinlich gar nichts«, sagte er und sah wieder zum Himmel.

Sie wartete nicht, bis ein Auto vom Supermarkt gefahren kam, sondern ging weiter Richtung Main Street. »Viel Spaß«, sagte sie im Vorbeigehen.

»Ja . . .«, murmelte er, ». . . ganz bestimmt . . .«

Der Vorfall ging ihr während des ganzen Heimwegs nicht mehr aus dem Kopf, und sie merkte sich im Geiste vor, gleich die Akte Lundy einzusehen, wenn sie morgen früh zur Arbeit kam, um herauszufinden, was Mutter und Kind an jenem Tag zum Doktor geführt hatte und warum sie danach nie mehr gekommen waren. Als sie ins Haus zurückkam, saß Morton fest schlafend vor dem Fernseher in einem Sessel, eine Bierdose auf dem Schoß und vier weitere zwischen den Füßen. Sie weckte ihn erst gar nicht. Statt dessen ging sie in die Küche und machte sich ein Sandwich, das sie an den Tresen gelehnt aß, wo sie in den dunklen Garten sah. Wolken zogen vor die Sterne, aber sie vermutete, daß das dem jungen Lundy nichts ausmachte. Wenn er ein Hämmern am Himmel hörte, würden ein paar Wolken es nicht nennenswert dämpfen.

Als sie das Sandwich gegessen hatte, ging sie ins Bett und hoffte, daß sie schlafen würde, wenn Morton wieder zu sich kam. Sie hätte sich keine Gedanken machen müssen. Als schließlich ein kühler Lufthauch auf dem Rücken sie weckte und sie spürte, wie er zu ihr ins Bett kam, zeigte das Leuchtziffernblatt des Weckers zehn nach drei. Grunzend zog er die Laken in seine Richtung, drehte sich um und fing sofort an zu schnarchen.

Sie brauchte eine Weile, bis sie selbst wieder einschlafen konnte, und dann war ihr Schlaf unruhig. Als sie am Morgen allein am Küchentisch saß (Morton war schon zur Arbeit gegangen, als sie aufwachte), versuchte sie, die Bruchstücke von Träumen zu ordnen, die ihr durch den Kopf gingen, und dabei fiel ihr ein, daß in einem Joe sie den Leuten auf dem Foto vorgestellt hatte. Aus einem unerfindlichen Grund saßen alle vier in einem Auto, und Joes Bruder sagte immer wieder: *Wo sind wir? Verdammt noch mal, wo sind wir?* Nicht der beruhigendste Traum. Was dachte sie dabei? Daß sie alle gemeinsam verloren waren? Sie nahm drei Aspirin mit einer Tasse schwarzem Kaffee, machte sich auf den Weg zur Arbeit und dachte nicht mehr über den Traum nach. Was ein Jammer war. Wäre sie mit den Gedanken nur noch eine Weile dabei geblieben, hätte sie sich vielleicht nach dem Verbleib des Fotos gefragt, das den Traum ausgelöst hatte, und gehandelt, um sich, Joe und Morton mehr Kummer zu ersparen, als sie alle zusammen verdient hatten.

IV

Die Frau auf dem Motorrad sah wie eine erprobte Fahrerin aus: ihre Lederkluft war staubig und zerschlissen; und als sie den Helm abnahm, konnte man das kurz geschnittene, von der Wüstensonne ausgebleichte Haar sehen; ihr Gesicht, das wahrscheinlich nie schön gewesen war, sah verbraucht und verbrannt aus. Sie hatte einen Bluterguß am Kiefer und tiefe Fältchen um Augen und Mund, aber keine Lachfalten.

Ihr Name war Tesla Bombeck, und heute kam sie nach Hause. Nicht zum Ort ihrer Geburt (das war Philadelphia), nicht einmal zu der Stadt, wo sie aufgewachsen war (das war Detroit), sondern in die Stadt, wo die Verwandlung begonnen hatte, die sie zu dieser rastlosen, unsteten, verbrauchten Streunerin gemacht hatte.

Besser gesagt, in die Überreste dieser Stadt. Auf dem Gipfel seiner Mittelmäßigkeit war der Ort – Palomo Grove – der perfekte Hafen Kaliforniens gewesen. Im Gegensatz zu Everville, das im Lauf von eineinhalb Jahrhunderten organisch gewachsen war, entstand der Grove innerhalb von drei Jahren, von Städteplanern und Grundstücksmagnaten geschaffen, denen Bevölkerungsstatistiken als Inspiration dienten. Eine gewisse Zeitlang hatte die Stadt, in den Tiefen des Simi Valley verborgen, einige Meilen von dem Highway entfernt, wo ihre Bewohner jeden Morgen nach Los Angeles und jeden Abend wieder zurück rasten, sich eines stillen Wohlstands erfreut.

Auf diesem Highway herrschte heute mehr Verkehr denn je, aber die Ausfahrt zum Grove wurde fast nie benützt. Ab und zu verschlug es Touristen in die Einsamkeit, die die Stadt, welche über Nacht zerstört worden war, ihrer Liste von Sehenswürdigkeiten Kaliforniens hinzufügen wollten, aber auch diese Besuche fanden immer seltener statt. Und es wurde zudem kein Versuch unternommen, den Grove neu aufzubauen, obwohl Grundbesitzer und Einwohner teils herbe Verluste hatten einstecken müssen. Tesla überraschte das nicht. Allerorten herrschte Rezession; die Leute glaubten nicht mehr, daß Immobilien eine sichere Kapitalanlage waren, schon gar keine Immobilien, deren Instabilität früher schon ans Licht gekommen war.

Denn Palomo Grove war nicht einfach gestorben, es hatte sich selbst begraben, und seine Straßen klafften wie Gräber für die leeren Häuser. Viele Straßen waren immer noch abgesperrt, damit kein Schaulustiger zu Schaden kommen sollte, aber Tesla tat schon seit frühester Kindheit immer genau das Gegenteil von dem, was ihr gesagt wurde, daher kletterte sie als erstes über die Absperrungen und schlenderte durch die Stadtteile, wo die Schäden am schlimmsten waren.

Sie hatte während ihrer fünfjährigen Reise durch die Amerikas, wie sie sich ausdrückte, womit sie die Staaten des Festlands meinte, viele Male überlegt, hierher zurückzukehren. Sie waren, das hatte sie Grillo gegenüber immer wieder betont, kein einheitliches Land, nicht im entferntesten. Die Tatsache, daß in Louisiana dasselbe Coca-Cola serviert wurde wie in Idaho und dieselben Fernsehkomödien in New Mexico wie in Massachussetts ausgestrahlt wurden, bedeutete noch lange nicht, daß es ein Amerika gab. Wenn Präsidenten und Weise vom Willen des amerikanischen Volkes sprachen, verdrehte sie die Augen. Das war eine Fiktion; ein gelber Hund, der ihr während der Zeit ihrer Halluzinationen eineinhalb Wochen lang durch Arizona gefolgt und in Imbißrestaurants und Motelzimmern erschienen war, um so freundschaftlich mit ihr zu schwatzen, daß sie ihn richtig vermißte, als er verschwand, hatte ihr das frei heraus gesagt.

Wenn sie sich recht erinnerte (genau würde sie es nie erfahren), hatte der Hund als erster davon gesprochen, nach Palomo Grove zurückzukehren.

»Früher oder später muß man seine Nase in seine eigene Scheiße stecken«, hatte er ihr geraten und sich auf dem fadenscheinigen Sessel zurückgelehnt. »Nur so bleibt man dran.«

»Woran?« wollte sie wissen.

»Woran? Woran?« sagte er und setzte sich auf die Bettkante. »Ich bin nicht dein Analytiker! Das mußt du selber rausfinden.«

»Und wenn es nichts herauszufinden *gibt?*« konterte sie.

»Red keinen Mist«, sagte er. »Du hast keine Angst davor, herauszufinden, daß es nichts herauszufinden gibt. Du hast Angst davor, so viel rauszufinden, daß du verrückt werden könntest.« Er rutschte am Bett entlang und setzte sich breitbeinig über sie, so daß sie Nase an Nase waren. »Soll ich dir was verraten, Miss Bombeck? Du *bist* schon verrückt. Also was hast du zu verlieren?«

Sie konnte sich nicht erinnern, ob ihr darauf eine schlagfertige Antwort eingefallen oder ob sie einfach eingenickt war. Wahrscheinlich letzteres. In dieser Phase war sie in vielen Motelzimmern eingenickt. Wie auch immer, der gelbe Hund hatte den Grundstein gelegt. Die Monate waren verstrichen, sie hatte einen äußeren Anschein geistiger Gesundheit wiedererlangt, und wenn sie eine Karte oder ein Hinweisschild studierte, dachte sie immer wieder: Vielleicht sollte ich es heute tun. Vielleicht sollte ich zum Grove zurückkehren.

Aber immer, wenn sie Anstalten traf, hatte sich eine andere Stimme zu Wort gemeldet; die Stimme der Persönlichkeit, die seit fünf Jahren in ihrem Schädel wohnte.

Er hieß Raul, und er war als Affe geboren worden. Aber das sollte er nicht lange bleiben. Im Alter von vier Jahren war er von seinem tierischen Dasein ins menschliche erhoben worden; den Grund dafür bildete die seltsame Flüssigkeit, die ihr Erfinder Nuncio getauft hatte, den Boten. Diese Flüssigkeit war nicht das Ergebnis reiner Wissenschaft, sondern verschiedener Disziplinen – teils Biochemie, teils Alchimie –, und sie hatte auch andere berührt und verwandelt, einschließlich (kurzzeitig) Tesla, indem sie das natürliche Potential derer förderte, die sie beeinflußte; dabei hatte sie die beiden verfeindeten Parteien geschaffen, die Palomo Grove zu ihrem Schlachtfeld gemacht hatten.

Eine war der Schöpfer des Nuncio, ein meskalinsüchtiger Visionär namens Fletcher, der unter dem Einfluß des Boten zu einer Kraft der Transzendenz geworden war. Der andere war sein Mäzen, Randolph Jaffe, der die Erfindung in der Hoffnung finanziert hatte, dadurch einen Zustand von Leib und Seele zu erlangen, der gottgleich war. Der Nuncio hatte dieses Ansinnen nicht gelindert, aber aus dem Jaff eine Kreatur gemacht, die so sehr von ihren Machtgelüsten beherrscht wurde, daß ihre Seele verkümmerte. Als er den Krieg mit Fletcher gewonnen hatte (in dessen Verlauf Palomo Grove zerstört wurde) und seine Belohnung forderte, war seine Psyche so angeschlagen, daß sie den Triumph nicht mehr ertrug. Er hatte seinen Verstand auf der Suche nach dem gottgleichen Status verwirkt. Kurz danach verwirkte er auch sein Leben.

Kein Wunder, daß Raul nachdrücklich Einwände gegen ihren Wunsch vorgebracht hatte, zum Grove zurückzukehren.

Ich hasse Kalifornien, hatte er ihr mehrmals gesagt. *Selbst wenn wir nie dorthin zurückkehren würden, wäre es noch zu früh.*

Sie hatte deswegen nicht mit ihm gestritten. Sie hatte uneingeschränkte Kontrolle über ihren Körper, und er hätte es nicht verhindern können, wenn sie nach Westen gefahren wäre, aber in den schlimmen Zeiten nach dem Ende von Palomo Grove war seine Anwesenheit tröstlich gewesen, und da sie davon ausging, daß diese Zeiten wiederkehren würden – schrecklicher denn je – wollte sie das Verhältnis nicht belasten.

Das Pardoxe dieser Situation, daß ihre fragwürdige geistige Gesundheit von etwas bewahrt wurde, das andere Menschen in den Wahnsinn trieb (Stimmen im Kopf), entging ihr nicht. Und sie vergaß auch nicht, daß ihr Untermieter, der die Grenzen zwischen seinen und ihren Gedanken normalerweise peinlich genau respektierte, ebenfalls seine Krisen hatte; dann wurde sie zur

Trösterin. Manchmal wachte sie auf, hörte ihn in ihrem Kopf schluchzen und die Tatsache bedauern, daß er seinen Körper in dem Krieg aufgegeben hatte und nie wieder eine eigene Anatomie haben würde. Dann tröstete sie ihn, so gut sie konnte, sie erzählte ihm, eines Tages würden sie einen Weg finden, ihn zu befreien, und bis dahin wäre es so doch sicherlich besser, weil sie wenigstens einander hatten.

Und so war es. Wenn sie alles in Zweifel zog, was sie gesehen hatte, war er da und sagte: *Es ist die Wahrheit.* Wenn sie die Last all dessen fürchtete, was sie erfahren hatte, war er da und sagte: *Wir tragen sie gemeinsam, bis wir sie losgeworden sind.* Ah! Bis wir sie losgeworden sind. Das war der Trick. Sie mußte eine Möglichkeit finden, die Offenbarung jemandem mit kräftigen, vertrauenswürdigen Schultern aufzubürden, damit sie wieder das Leben führen konnte, das sie gelebt hatte, bevor sie wußte, daß es Palomo Grove überhaupt gab.

Sie war Drehbuchautorin von Beruf gewesen und hatte sämtliche Narben, die das bewiesen; und auch wenn sie schon lange nichts mehr geschrieben hatte, blieben ihre kinematographischen Instinkte ungetrübt. Nicht einmal in ihren schlimmsten Zeiten verging eine Woche, ohne daß sie mindestens einmal sagte: *Das wäre eine gute Szene.* Wie der Himmel aussieht, wie zwei Hunde miteinander kämpfen, wie ich schluchze; das könnte der Anfang eines wunderbaren und seltsamen Films sein.

Aber in letzter Zeit sah es so aus, als fielen ihr nur noch Anfänge ein – stets befuhr sie eine unbekannte Straße oder fing ein Gespräch mit einem Fremden an –, aber nie ein zweiter Akt. Wenn die schmerzvolle Farce ihres Lebens bis dato einen Sinn bekommen sollte, mußte sie die Story vorantreiben. Und sie wußte, das würde ihr erst gelingen, wenn sie nach Palomo Grove zurückgekehrt war und sich seinen Geistern gestellt hatte.

Später sah sie das Wirken der Synchronizität und begriff, daß der Zeitpunkt dieser Reise kein Zufall gewesen war.

Entweder ihr Unterbewußtsein oder Kräfte, die im Traum darauf einwirkten, hatten sie so sehr mit Erinnerungen an den Grove gequält, daß ihre einzige Hoffnung auf Erlösung darin bestand, in jener bestimmten Augustwoche dorthin zurückzukehren, wo noch soviel anderes passierte.

Selbst Raul, der sich im Lauf der Jahre immer so strikt dagegen ausgesprochen hatte, akzeptierte, daß die Reise unvermeidlich war, als sie ihm davon erzählte.

Bringen wir es hinter uns, sagte er, *obwohl Gott allein weiß, was du dort zu finden hoffst.*

Jetzt wußte sie es. Sie stand hier in der Mitte des ehemaligen Einkaufszentrums von Palomo Grove, seiner geografischen und emotionalen Nabe.

Hierher waren die Leute gekommen, um einander zu treffen, zu klatschen, sich zu verlieben und (fast nebensächlich) einzukaufen. Heute waren fast alle Geschäfte nur noch Geröllhaufen, und diejenigen, die noch standen, waren bloße Hüllen, ihre Waren zertrümmert, geplündert oder verfault.

Tesla? murmelte Raul in ihrem Kopf.

Sie antwortete ihm, wie immer, nicht mit Zunge und Lippen, sondern im Geiste. ›Was?‹

Wir sind nicht allein

Sie sah sich um. Keine Spur von Leben, aber das hatte nichts zu sagen. Raul stand seiner animalischen Herkunft näher als sie; er war empfänglicher für die zahllosen Eindrücke, die seine Sinne empfingen, die sie aber nicht mehr zu interpretieren wußte. Wenn er sagte, daß sie Gesellschaft hatten, dann war es so.

›Wo?‹ dachte sie.

Links von uns, antwortete er. *Hinter dieser Geröllhalde.*

Sie ging darauf zu und sah sich dabei um. Die Reste der Tierhandlung lagen rechts, was bedeutete, dieser Haufen mörtelverklebter Stahlträger vor ihr mußte das sein, was vom Supermarkt übriggeblieben war. Sie kletterte über den Schutt, während ihr die Sonne ins Gesicht schien, aber ehe sie den Gipfel erreicht hatte, versperrte ihr jemand den Weg: ein junger Mann in Jeans und T-Shirt, mit den grünsten Augen, die sie je gesehen hatte.

»Sie haben hier nichts zu suchen«, sagte er mit einer so sanften Stimme, daß ihr jegliche Autorität fehlte.

»Oh, und wer sind Sie?« sagte Tesla.

Von der anderen Seite der Halde ertönte eine Frauenstimme. »Wer ist es, Lucien?«

Lucien leitete die Frage an Tesla weiter. »Wer sind Sie?«

Statt einer Antwort kletterte Tesla höher, bis sie die Frau auf der anderen Seite sehen konnte. Erst dann sagte sie: »Mein Name ist Tesla Bombeck. Nicht, daß es Sie etwas angehen würde.«

Die Frau saß in einem Kreis aus mit Weihrauch gefüllten Schalen, aus denen ekelhaft süßlicher Rauch quoll. Als sie Tesla sah, fuhr sie mit erstauntem Gesichtsausdruck in die Höhe.

»Mein Gott . . .« sagte sie und sah ihren zweiten Mitstreiter an, einen übergewichtigen Mann mittleren Alters, der sich auf einem baufälligen Stuhl räkelte. »Edward«, sagte sie. »Sieh doch, wer da ist.«

Der Mann betrachtete Tesla, von unverhohlenem Argwohn erfüllt. »Wir haben gehört, Sie seien tot«, bemerkte er.

»Kenne ich Sie?« fragte Tesla ihn.

Der Mann schüttelte den Kopf.

»Aber *ich* kenne *Sie*«, sagte die Frau und kam aus ihrem Rauchkreis heraus. Tesla war die Schutthalde inzwischen auf der anderen Seite halb hinuntergeklettert, und nun konnte sie sehen, wie zerbrechlich und ausgezehrt die Frau war. »Ich bin Kathleen Farrell«, sagte sie. »Ich habe hier im Grove gelebt.«

Der Name sagte ihr nichts, doch das kam nicht überraschend. Vielleicht lag es daran, daß Raul einen Teil ihrer Gehirnkapazität mit seinen eigenen Erinnerungen belegte (vielleicht auch nur am Alter), auf jeden Fall vergaß sie neuerdings ständig Namen und Gesichter.

»Warum sind Sie zurückgekommen?« wollte Tesla wissen.

»Wir waren –«

Sie wurde von Edward unterbrochen, der von seinem Stuhl aufstand. »Kate«, ermahnte er sie, »sei vorsichtig.«

»Aber sie –«

»Wir können *niemandem* vertrauen«, sagte er. »Nicht einmal ihr.«

»Aber sie *wäre* nicht mal hier . . .«, sagte Kate. Sie sah Tesla an. »Oder?« Weiter zu Edward: »Sie weiß, was vor sich geht.« Wieder zu Tesla: »Sie wissen es doch, oder nicht?«

»Selbstverständlich«, log Tesla.

»Haben Sie ihn wirklich gesehen?« sagte Lucien und näherte sich ihr von hinten.

»In den . . . letzten Monaten nicht«, antwortete Tesla, deren Gehirn auf Hochtouren arbeitete. Von wem, um alles in der Welt, redeten sie?

»Aber Sie *haben* ihn gesehen?« fragte Kate.

»Ja«, antwortete sie. »Ohne Zweifel.«

Ein Lächeln erhellte Kates müdes Gesicht. »Ich *wußte es*«, sagte sie.

»Niemand zweifelt daran, daß er lebt«, sagte Edward darauf, ohne Tesla aus den Augen zu lassen. »Aber warum sollte er sich ausgerechnet *ihr* zeigen?«

»Liegt das nicht auf der Hand?« fragte Kate. »Sagen Sie es ihm, Tesla.«

Tesla setzte eine gequälte Miene auf, als wäre das Thema zu heikel, um darüber zu sprechen. »Es ist schwer«, sagte sie.

»Das sehe ich ein«, sagte Kate. »Schließlich haben Sie das Feuer gelegt . . .«

In ihrem Kopf hörte Tesla, wie Raul aufstöhnte. Sie mußte ihn nicht nach dem Grund fragen. Es gab nur ein folgenschweres Feuer, das Tesla gelegt hatte, und zwar hier, im Einkaufszentrum, möglicherweise genau an der Stelle, wo Kate Farell gesessen hatte.

»Waren Sie dabei?«

»Nein. Aber Lucien«, sagte Kate.

Lucien trat in Teslas Gesichtsfeld und griff dabei den Faden der Erzählung auf. »Ich sehe alles noch so deutlich vor mir«, sagte er. »Wie er sich mit Benzin überschüttete und Sie abdrückten. Ich dachte, Sie wollten ihn töten. Ich bin sicher, das dachten wir alle –«

Das ergibt keinen Sinn, murmelte Raul in ihrem Kopf. *Sie sprechen von –*

›Fletcher‹, dachte sie als Antwort. ›Ich weiß.‹

Aber sie scheinen zu denken, daß er noch lebt.

»Ich verstand überhaupt nicht, was Sie vorhatten«, sagte Lucien.

»Und jetzt verstehen Sie es?«

»Selbstverständlich. Sie haben ihn getötet, damit er wieder leben kann.«

Während sie ihm zuhörte, lief vor ihrem geistigen Auge der Film von Fletchers letzten Augenblicken ab, den sie in den vergangenen Jahren schon hundertmal gesehen hatte. Sein von Kopf bis Fuß mit Benzin getränkter Körper. Sie zielte mit der Waffe auf den Boden dicht vor seinen Füßen und betete, daß ein Funke überspringen würde. Sie feuerte einmal. Nichts. Er sah sie mit Verzweiflung in den Augen an, ein Krieger, der den Gegner bekämpft hatte, bis er nichts mehr zum Kämpfen hatte außer der Seele in seinem verwundeten Fleisch. *Befreie mich,* hatte dieser Blick gesagt, *sonst ist der Kampf verloren.*

Sie feuerte erneut, und diesmal wurden ihre Gebete erhört. Ein Funke entzündete das Benzin, eine Feuersäule loderte empor und verschlang den Nunciaten Fletcher.

»Er starb genau hier?« sagte sie und sah auf den Kreis hinab.

Kate nickte und trat beiseite, damit Tesla sich der Stelle nähern konnte. Nach fünf Jahren Sonne und Regen war der Asphalt an der Stelle, wo er gestorben war, immer noch dunkler; von Fett und Feuer befleckt. Sie erschauerte.

»Ist es nicht wunderbar?« sagte Kate.

»Hm?«

»Wunderbar. Daß er wieder unter uns weilt.«

»Das bedeutet, das Ende kann nicht mehr weit sein«, sagte Lucien.

Tesla wandte dem fleckigen Asphalt den Rücken zu. »Das Ende wovon?« sagte sie.

Er schenkte ihr ein sanftes Lächeln. »Das Ende unserer Grausamkeiten und unserer Nebensächlichkeiten«, sagte er. Das hörte sich nicht zu schlecht an, fand Tesla. »Die Zeit ist für uns gekommen, auf der Leiter *nach oben* zu klettern. Aber das wissen Sie bereits. Sie haben den Nuncio berührt, richtig?«

»Nicht, daß er mir etwas Gutes eingebracht hätte«, sagte sie.

»Am Anfang stehen immer Schmerzen«, sagte Kate leise. »Wir sprechen mit Schamanen im ganzen Land –«

Wieder wurde sie von Edward unterbrochen. »Ich finde, Miss Bombeck hat schon zuviel gehört«, sagte er. »Wir wissen nicht genug über ihre Verbündeten –«

»Ich habe keine«, erwiderte Tesla mit Nachdruck.

»Soll mich das beruhigen?« fragte Edward.

»Nein –«

»Gut. Tut es nämlich auch nicht.«

»Edward«, sagte Kate, »wir sind hier nicht im Krieg.«

»Moment mal«, sagte Tesla. »Vor einer Minute hat er –« sie deutete mit dem Daumen über die Schulter in Luciens Richtung, »– gesagt, daß wir auf dem Weg ins Paradies sind, und nun sprechen Sie vom Krieg. Entscheiden Sie sich.«

»Ich habe mich schon entschieden«, sagte Edward. Er wandte sich an Kate. »Warten wir bis später«, sagte er und sah auf den Kreis. »Bis sie wieder fort ist.«

»Ich gehe nicht weg«, sagte Tesla und setzte sich auf den Schutt. »Ich kann den ganzen Tag hierbleiben.«

Edward lächelte. »Siehst du?« sagte er mit brüchiger Stimme. »Sie macht Ärger. Sie will uns von der Arbeit abhalten –«

»Von welcher Arbeit?« sagte Tesla.

»Fletcher zu finden«, sagte Kate.

»Halt den Mund, ja?« schnappte Edward.

»Warum?« antwortete Kate, die sich nicht aus der Ruhe bringen ließ. »Wenn sie hier ist, um uns aufzuhalten, weiß sie schon, was Sache ist. Und wenn nicht, kann sie uns vielleicht helfen.«

Dieses Argument brachte Edward einen Moment zum Schweigen. Lange genug, daß Tesla sagen konnte:

»Wenn Sie glauben, daß Fletcher eine Art von Messias ist, werden Sie eine Enttäuschung erleben. Glauben Sie mir.«

›Ich rede, als wäre er am Leben‹, dachte sie, während sie das sagte, worauf Raul antwortete:

Vielleicht ist er es.

»Ich glaube nicht, daß er ein Messias ist«, sagte Lucien, »von denen hatten wir auch so schon zu viele. Wir brauchen nicht noch einen, der uns sagt, was wir sein sollen. Oder was aus uns wird, wenn es uns nicht gelingt.« Tesla gefiel, was sie da hörte, und Lucien entging es eindeutig nicht, denn er ging vor ihr in die Hocke und redete von Angesicht zu Angesicht mit ihr. »Fletcher ist zurückgekommen, weil er hier sein will, wenn wir uns erheben, wir alle, gemeinsam, und etwas Neues werden.«

»Und was . . . genau?«

Lucien zuckte mit den Achseln. »Wenn ich das wüßte, müßte ich Selbstmord begehen.«

»Warum?«

»Weil ich ein Messias wäre.« Er lachte, genau wie sie. Dann richtete er sich achselzuckend auf. »Mehr weiß ich nicht«, sagte er.

Sie sah schuldbewußt zu ihm auf. Er hatte ein süßes, einfaches Gemüt, das ihr gefiel. Nicht nur gefiel; sie fand ihn fast sexy.

»Hören Sie«, sagte sie. »Ich habe gelogen, als ich sagte, ich hätte Fletcher gesehen. Das stimmt nicht.«

»Ich wußte es«, höhnte Edward.

»Nein, Sie wußten es nicht«, antwortete Tesla ein wenig resigniert. »Sie hatten nicht die geringste Ahnung.« Sie sah wieder Lucien an. »Wie dem auch sei, weshalb ist es so wichtig, ihn zu finden, wo er doch nur als Schaulustiger herkommt?«

»Weil wir uns vor unseren Feinden schützen müssen«, sagte Kate. »Und er kann uns helfen.«

»Nur, damit Sie es wissen«, entgegnete Tesla, »ich gehöre *nicht* zu Ihren Feinden. Ich weiß, Eddie da drüben glaubt mir nicht, aber es ist so. Ich stehe auf keiner Seite, nur auf meiner eigenen. Und wenn sich das egoistisch anhört, dann liegt das daran, daß es so ist.« Sie stand auf. »Haben Sie handfeste Beweise dafür, daß Fletcher lebt?« fragte sie Lucien.

»Einige«, sagte er.

»Aber Sie wollen mich nicht einweihen?«

Er sah auf seine Füße, an denen er Sandalen trug. »Ich glaube nicht, daß das im Augenblick besonders nützlich wäre«, antwortete er.

»Nun gut«, sagte sie und ging die Schutthalde hinunter. »Dann verlasse ich Sie jetzt wieder. Wenn Sie ihn sehen, bestellen Sie ihm schöne Grüße, ja?«

»Das ist kein Witz«, rief Edward ihr hinterher.

Das war wahrscheinlich die einzige Bemerkung, die sie nicht unbeantwortet lassen konnte. Sie hielt inne und drehte sich zu ihm um. »O doch, das ist es«, sagte sie. »Genau das ist es. Ein einziger verdammter, großer Witz.«

V

1

Von dieser Begegnung abgesehen, war ihre Rückkehr in den Grove ein Schuß in den Ofen. Sie erlebte keine Offenbarungen; keine Begegnung mit Geistern (echten oder eingebildeten), die ihr halfen, die Vergangenheit besser zu verstehen. Sie verließ die Stadt im selben Zustand der Verwirrung, in dem sie sie betreten hatte.

Allerdings begab sie sich nicht zur Staatsgrenze, sondern fuhr zurück nach L. A., zu dem Apartment in West Hollywood, das sie auch in den Jahren auf der Straße nicht aufgegeben hatte. In den letzten fünf Jahren hatte sie vielleicht zwanzig-, fünfundzwanzigmal dort geschlafen, aber die Miete war spottbillig, und der Vermieter ein abgefuckter Typ, dem der Gedanke gefiel, eine echte Drehbuchautorin als Mieterin zu haben, auch wenn sie praktisch nie zu Hause war; daher behielt sie die Wohnung, damit sie etwas hatte, das sie scherzhaft als ihr Zuhause bezeichnen konnte. In Wahrheit weckte die Bude grimmige Assoziationen, aber heute abend, als sie vor dem Fernseher lag, sich die Nachrichten ansah und ihren Tofu-Curry-Burger aß, war sie froh über die vertraute Umgebung. Mehrere Wochen waren vergangen, seit sie sich zum letztenmal um die Ereignisse auf der Welt gekümmert hatte, aber es hatte sich nichts Wesentliches verändert. Ein Krieg hier, eine Hungersnot da, Tod auf dem Highway, Tod in der U-Bahn. Und immer wieder Leute, die die Köpfe schüttelten, Zeugen und Kriegsherren gleichermaßen, und beteuerten, daß es nie zu dieser Tragödie hätte kommen dürfen. Nach zehn Minuten hatte sie die Schnauze voll und schaltete ab.

Wäre es so schlecht . . .? murmelte Raul.

»Wäre *was* so schlecht?« sagte sie und starrte auf den dunklen Bildschirm.

Einen Messias zu haben.

»Glaubst du wirklich, daß Fletcher auferstanden ist?«

Ich halte es für möglich, daß er nie tot war.

Das war eine Möglichkeit: daß Fletchers Sterbeszene in Palomo Grove lediglich ein Teil eines größeren Plans gewesen war; eine Möglichkeit, ein paar Jahre von der Bildfläche zu verschwinden, bis er besser gerüstet war, sich mit dem Nuncio und seinen Konsequenzen auseinanderzusetzen. »Warum jetzt?« fragte sie sich laut.

Frag Grillo, schlug Raul vor.

»Muß ich?« Grillo war seltsam gewesen, als sie ihn die letzten Male angerufen hatte, abwesend und aufbrausend. Als sie vor fünf oder sechs Wochen miteinander gesprochen hatten, hatte sie den Hörer aufgelegt und sich überlegt, ob er vielleicht harte Drogen nahm, so verdammt merkwürdig hatte er sich angehört. Sie wäre um ein Haar nach Nebraska gefahren, um nach ihm zu sehen, aber sie gruselte sich auch so schon genug, ohne sein Apartment zu betreten. Doch Raul hatte recht: Wenn jemand wußte, was an Orten passierte, die nie in den Abendnachrichten erwähnt wurden, dann war es Grillo.

Sie war alles andere als glücklich, als sie ihn anrief. Er war in besserer Stimmung als beim letztenmal, hörte sich aber müde an. Sie kam ohne Umschweife zur Sache; erzählte ihm von ihrer Rückkehr in den Grove und der Begegnung mit dem Trio.

»Kate Farrell, hm?« sagte Grillo.

»Kennst du sie?«

»Sie war die Mutter eines Mädchens des Bunds der Jungfrauen. Arleen Farrell. Sie ist übergeschnappt.«

»Mutter oder Tochter?«

»Tochter. Sie starb in einer Heilanstalt. Verhungert.«

Das hörte sich mehr nach dem Nathan Grillo an, den Tesla kannte. Eine knappe, nüchterne Auflistung der Fakten, mit einem Minimum an Gefühlsduselei präsentiert. In den Tagen vor dem Grove war er Journalist gewesen. Er hatte nie die Nase für eine gute Story verloren.

»Was, zum Teufel, hatte Kate Farrell in Palomo Grove zu suchen?« fragte er.

Sie erklärte es ihm, so gut sie konnte. Den Kreis der Weihrauchschalen rings um die Stelle, wo Fletcher gestorben war (oder es zumindest verdammt gut vorgetäuscht hatte); das Gespräch darüber, daß er gesehen worden sei; den Wortwechsel über einen Messias.

»Hast du was darüber gehört?« fragte sie ihn am Ende.

Es folgte ein Augenblick des Schweigens. Dann sagte er: »Klar.«

»*Echt?*«

»Paß auf, wenn es etwas zu hören gibt, dann höre ich es.«

Das war keine müßige Prahlerei. In Omaha – einer Stadt, die am Kreuzweg von Amerika erbaut war – hatte sich Grillo als Fundgrube für Informationen erwiesen, die auch nur entfernt mit den Ereignissen in Palomo Grove zu tun hatten. Binnen eines Jahres hatte er das Vertrauen und den Respekt einer großen Gruppe von Leuten errungen, von Kernphysikern zu Polizisten, von Politikern zu Priestern, die alle eines gemeinsam hatten: Ihr Leben war von geheimnisvollen, sogar furchteinflößenden Kräften berührt worden, und sie glaubten, daß sie die Einzelheiten, sei es aus persönlichen oder beruflichen Gründen, nicht mit ihresgleichen teilen konnten.

Die Kunde verbreitete sich rasch im Untergrund, wo alle, die von ihren Erlebnissen und Überzeugungen und Ängsten erschüttert waren, Zuflucht gesucht hatten; die Kunde von diesem Grillo, der die Dinge so gesehen hatte, wie sie wirklich waren, und von anderen hören wollte, die dasselbe gesehen hatten; der die Teile eines nach dem anderen zusammensetzte, bis er die gesamte Geschichte zusammen hatte.

Dieses Ziel – sei es nun erreichbar oder nicht – war der Grund dafür, daß Tesla und Grillo in den Jahren seit den Geschehnissen im Grove überhaupt miteinander geredet hatten. Sie war auf die Reise gegangen, und er verließ sein Apartment kaum, aber sie waren beide auf der Suche nach *Zusammenhängen*. Ihr war es nicht gelungen, in den Amerikas welche zu finden – da draußen herrschte Chaos

–, und sie bezweifelte, daß Grillo mehr Glück gehabt hatte; dennoch blieb die Suche eine Gemeinsamkeit zwischen ihnen.

Und sie staunte immer wieder über seine Fähigkeit, zwei scheinbar zusammenhanglose Bruchstücke von Informationen zusammenzufügen, so daß eine dritte, provokante Möglichkeit dabei herauskam. Daß ein Gerücht aus Boca Raton den Hinweis auf den Abschiedsbrief eines Selbstmörders in Denver bestätigte, der wiederum eine These untermauerte, die ein Wunderkind in New Jersey in Zungen gesprochen hatte.

»Und was hast du gehört?«

»Die Leute haben Fletcher in den vergangenen fünf Jahren immer wieder mal gesehen, Tes«, sagte er. »Er ist wie Bigfoot oder Elvis. Es vergeht kein Monat, ohne daß mir nicht jemand sein Bild schicken würde.«

»Sind welche davon echt?«

»Scheiße, das weiß ich nicht. Ich dachte immer . . .« Er verstummte einen Moment, als hätte er den Faden verloren.

»Grillo?«

». . . ja.«

»Was hast du immer gedacht?«

»Unwichtig«, sagte er argwöhnisch.

»Ganz im Gegenteil.«

Er holte tief und abgehackt Luft. »Ich dachte immer, daß es eine Rolle spielt, ob etwas real ist oder nicht. Jetzt bin ich nicht mehr so sicher . . .« Wieder verstummte er. Diesmal drängte sie ihn nicht, sondern wartete, bis er seine Gedanken geordnet hatte. »Vielleicht sind die Messiase, die wir uns *einbilden*, wichtiger als die echten. Die bluten wenigstens nicht, wenn man sie kreuzigt.«

Aus irgendwelchen Gründen schien er das ungeheuer komisch zu finden, und Tesla mußte warten, bis er seinen Lachkrampf überwunden hatte.

»Also das ist es?« sagte sie etwas gereizt. »Du glaubst, es ist nicht wichtig, ob etwas real ist oder nicht, also sollte ich einfach aufhören, mir darüber Gedanken zu machen?«

»Oh, ich mache mir meine Gedanken«, sagte er. »Mehr, als du ahnst.« Plötzlich war er eiskalt.

»Verdammt, was ist los mit dir, Grillo?«

»Laß es dabei bewenden, Tes.«

»Vielleicht sollte ich dich besuchen kommen –«

»Nein!«

»Warum nicht, zum Teufel?«

»Ich bin nur ... laß es einfach dabei bewenden.« Er seufzte. »Ich muß gehen«, sagte er. »Ruf mich morgen an. Mal sehen, ob ich was Nützliches über Fletcher ausgraben kann. Aber, weißt du, Tes, ich glaube, es wird Zeit, daß wir erwachsen werden und aufhören, nach verdammten *Erklärungen* zu suchen.«

Sie holte Luft, um zu antworten, aber die Verbindung war schon unterbrochen. Früher hatten sie die Angewohnheit gehabt, mitten beim Verabschieden aufzulegen; ein kindisches, aber amüsantes Spiel. Aber jetzt spielte er nicht. Er wollte sich wieder seinen Kanälen zuwenden, oder den Zweifeln, die darauf wuchsen.

Nun, einen Versuch war es wert, sagte Raul.

›Ich gehe ihn besuchen‹, dachte Tesla.

Wir sind erst hierher gekommen. Können wir nicht mal ein paar Tage an einem Ort bleiben? Kürzertreten? Entspannen?

Sie machte die Schiebetür auf und trat auf den Balkon hinaus. Es war das Paradies für einen Voyeur. Sie konnte in ein halbes Dutzend Wohn- und Schlafzimmer sehen. Die Fenster des Apartments direkt gegenüber von ihrem standen weit offen; die Leute dort feierten eine Party, Musik und Gelächter drangen zu ihr herüber. Sie kannte die Gastgeber nicht; die waren vor einem Jahr eingezogen, nach dem Tod von Ross, der bereits zehn Jahre dort gewohnt hatte, als sie eingezogen war. Die Seuche hatte ihn auf dem Gewissen, wie so viele andere in der Gegend, schon bevor sie zu ihren Reisen aufgebrochen war. Aber die Partys gingen weiter, das Gelächter ging weiter.

›Vielleicht hast du recht‹, dachte sie zu Raul, ›vielleicht ist es an der Zeit, daß ich –‹

Es klopfte an der Tür. Hatte jemand gesehen, wie sie

auf dem Balkon horchte, und war gekommen, um sie einzuladen?

»Wer ist da?« rief sie, als sie das Wohnzimmer durchquerte.

Die Stimme von der anderen Seite der Tür war nicht mehr als ein Flüstern.

»Lucien«, sagte sie.

2

Er war gekommen, ohne es Kate Farrell und ihrem Handlanger Eddie zu sagen; er hatte ihnen gesagt, er wolle einen Freund in L. A. besuchen, bevor er die Suche nach Fletcher fortsetzte.

»Wohin ist Kate gegangen?« wollte Tesla wissen.

»Nach Oregon.«

»Was ist in Oregon?«

Lucien trank den Wodka pur, den Tesla ihm eingeschenkt hatte, und sah ein wenig schuldbewußt drein. »Ich weiß nicht, ob ich Ihnen das sagen sollte«, sagte er, »aber ich glaube, es ist mehr am Laufen, als Kate klar ist. Sie redet von Fletcher, als wüßte er alle Antworten –«

»Fletcher ist in Oregon?« Lucien nickte. »Woher wissen Sie das?«

»Kate hat einen Schutzgeist. Ihr Name ist Friederika. Sie kam, als Kate ihre Tochter verloren hat. Kate hat sich an sie gewandt, als Sie aufgetaucht sind. Und sie hat die Spur aufgenommen.«

»Ich verstehe.«

»Vielen Leuten fällt es immer noch schwer, zu glauben –«

»Ich habe schon seltsamere Dinge geglaubt«, antwortete Tesla. »Hat ... äh ... hat Friederika einen Ort genannt, oder einfach nur irgendwo in Oregon?«

»O nein, sie war sehr präzise.«

»Und sie haben sich auf die Suche nach ihm gemacht?«

»Richtig.« Er holte tief Luft, trank den letzten Rest

Wodka und sagte: »Und ich mich auf die Suche nach Ihnen.« Er sah mit seinen tiefseefarbenen Augen zu ihr auf. »War es falsch, das zu tun?« Ihr fehlten selten die Worte, aber darauf fiel ihr nichts ein. »Scheiße«, sagte er und verzog das Gesicht. »Ich dachte ... vielleicht ist etwas im Gange ...« Die Worte endeten mit einem Achselzucken.

»Trinken Sie noch einen Wodka«, sagte sie.

»Nein, ich denke, ich sollte besser gehen.«

»Bleiben Sie«, sagte sie und hielt seinen Arm etwas eifriger fest, als sie beabsichtigt hatte. »Sie sollen wissen, worauf Sie sich einlassen.«

»Ich bin bereit.«

»Und trinken Sie. Sie werden es brauchen.«

Sie erzählte ihm alles. Jedenfalls alles, woran sich ihr zunehmend wodkaumnebeltes Gehirn erinnern konnte. Wie sie zum erstenmal nach Palomo Grove gekommen war, weil Grillo dort war und einen Artikel schrieb, und wie das Schicksal sie – gegen ihren Willen – dazu auserkoren hatte, Fletchers Mörderin, oder Befreierin, oder beides zu werden. Wie sie nach seinem Tod sein Labor in der Misión de Santa Catrina besucht hatte, um den Rest des Nuncio zu vernichten, und dabei von Tommy-Ray, dem Sohn des Jaff, angeschossen worden war. Wie sie von der Flüssigkeit, die sie vernichten wollte, gerettet und verwandelt worden und wie sie danach mit Raul zum Grove zurückgekehrt war – mit einem Zwischenhalt in dem Apartment, wo sie jetzt saßen –, und den Ort kurz vor der Zerstörung vorgefunden hatte.

Hier verstummte sie. Es hatte drei Stunden gedauert, das alles zu schildern, und der komplizierteste Teil der Geschichte lag noch vor ihr. Die Party im Apartment gegenüber war deutlich leiser geworden, die Rock-and-Roll-Stücke waren Balladen zum langsameren Tanzen gewichen. Kaum die geeignete Musik als Untermalung dessen, was sie zu sagen hatte.

»Sie wissen selbstverständlich über Essenz Bescheid«, sagte sie.

»Ich weiß, was Frieda gesagt hat.«

»Und das wäre?«

»Daß es eine Art Meer der Träume ist und wir dreimal in unserem Leben dort sind. Edward behauptet, es ist eine Metapher für –«

»Von wegen Metapher«, sagte Tesla. »Es existiert wirklich.«

»Sind Sie dort gewesen?«

»Nein. Aber ich kenne Leute, die dort waren. Ich habe gesehen, wie der Jaff ein Loch zwischen dieser Welt und Essenz aufgerissen hat – mit bloßen Händen.« Das entsprach nicht genau der Wahrheit. Sie war nicht im selben Zimmer gewesen, als der Jaff es getan hatte. Aber die Geschichte war so wesentlich wirkungsvoller, wenn sie so tat, als ob.

»Wie war es?«

»Sagen wir mal so, ich möchte es nicht noch mal erleben.«

Lucien schenkte sich noch einen Wodka ein. In den vergangenen fünf Minuten war sein Gesicht immer käsiger geworden – fahl und schweißnaß –, aber wenn er den Alkohol brauchte, um zu verarbeiten, was er hörte, sollte sie ihn daran hindern?

»Wer hat die Tür geschlossen?« fragte er.

»Das ist nicht wichtig«, sagte sie. »Türen gehen auf, Türen werden geschlossen. Sie müssen nur wissen, was auf der anderen Seite war.«

»Das haben Sie mir schon gesagt. Essenz.«

»Jenseits von Essenz«, sagte sie und merkte, daß allein schon die Worte eine spürbare Bedrohung vermittelten. Er sah sie mit blutunterlaufenen grünen Augen an und atmete zu schnell durch den offenen Mund. »Vielleicht wollen Sie es gar nicht wissen«, sagte sie.

»Ich will es wissen«, antwortete er, ohne eine Miene zu verziehen.

»Man nennt sie die Iad Uroboros.«

»Uroboros«, sagte er und sprach das Wort fast verträumt aus. »Haben Sie diese Wesen gesehen?«

»Aus der Ferne«, sagte sie.
»Sind sie wie wir . . .?« fragte er.
»Nicht annähernd.«
»Wie dann?«
Sie erinnerte sich so deutlich wie an ihren eigenen Namen an die Worte, die Jaffe gebraucht hatte, um die Iad zu beschreiben, und die wiederholte sie nun für Lucien, auch wenn es, weiß Gott, nicht viel nützte.
»*Berge und Flöhe*«, sagte sie. »*Flöhe und Berge.*«
»Lucien erhob sich plötzlich. »Entschuldigen Sie . . .«
»Müssen Sie . . .?«
»Ich muß . . .« Er drehte sich zum Bad um und hielt die Hand vor den Mund. Sie wollte ihm helfen, aber er winkte sie fort, stolperte durch die Tür und machte sie hinter sich zu. Es folgte ein Augenblick der Stille, dann Würgelaute und das Geräusch von Erbrochenem, das in die Toilettenschüssel platschte. Sie ging auf Distanz. Dieser Umstand machte ihn Tesla nicht gerade sympathischer, denn ihr eigener Magen, der sonst hart im Nehmen war, wurde schwach, wenn sie Erbrochenes roch.
Sie sah in ihr Wodkaglas, kam zum Ergebnis, daß sie mehr als genug hatte, und ging auf den Balkon hinaus. Sie trug keine Uhr (der gelbe Hund hatte ihr gesagt, daß sie ihre Rolex-Imitation in der Wüste vergraben sollte), daher konnte sie die Uhrzeit nur schätzen. Mit Sicherheit lange nach Mitternacht; vielleicht halb zwei, vielleicht zwei. Es war ein wenig kühl geworden, aber der Duft von Jasmin lag in der Luft. Sie atmete tief ein. Morgen würde sie schreckliche Kopfschmerzen haben, und wenn schon. Es machte ihr wirklich Spaß, die Geschichte zu erzählen, die sie ebenso für sich selbst wie für Lucien aufrollte.
Er ist scharf auf dich, sagte Raul.
›Ich dachte, du wärst schlafen gegangen.‹
Ich hatte Angst, du würdest etwas Dummes tun.
›Zum Beispiel versuchen, mit ihm zu ficken?‹ Sie sah in das Apartment. Die Tür zum Bad war immer noch geschlossen. ›Ich glaube nicht, daß die Gefahr heute nacht groß ist . . .‹

. . . oder in einer anderen Nacht.

›Da sei mal nicht so sicher.‹

Wir hatten eine Übereinkunft, erinnerte Raul sie. *Solange ich hier bei dir bin: kein Sex. Darin waren wir uns einig. Ich habe keine homosexuelle Ader in meinem Körper.*

›*Meinem* Körper‹, verbesserte ihn Tesla.

Wenn du natürlich mit einer Frau schlafen wolltest, könnte ich vielleicht ein Auge zudrücken . . .

›Möglicherweise wirst du einfach wegschauen müssen‹, sagte Tesla. ›Ich glaube, mein Zölibat geht zu Ende.‹

Tu es nicht.

›Meine Güte, Raul, es ist nur ein Fick.‹

Es ist mein Ernst.

›Wenn du mir das vermasselst‹, sagte sie, ›wird es dir leid tun, daß du je in meinen Kopf reingekommen bist, das schwöre ich dir.‹

Raul schwieg.

›Schon besser‹, sagte Tesla und ging hinein. Im Bad konnte sie die Dusche prasseln hören. »Alles klar da drinnen?« rief sie, aber er konnte sie wegen des Wasserrauschens nicht hören, daher ließ sie ihn sich ungestört säubern und ging in die Küche, um etwas zu suchen, womit sie ihren zunehmend lauter knurrenden Magen beruhigen konnte. Sie fand nur eine ein Jahr alte Packung Weizenflocken, aber immerhin besser als nichts. Sie mampfte ein paar, wartete und mampfte noch ein paar. Nach ein paar Minuten ging sie zur Badezimmertür, klopfte und rief:

»Lucien, alles in Ordnung?«

Immer noch keine Antwort. Sie drehte am Knauf. Die Tür war nicht abgeschlossen; Dampf wallte in dem Raum, so daß sie kaum etwas sehen konnte. Seine Kleidungsstücke lagen auf dem Boden verstreut, der Duschvorhang war zugezogen.

Sie rief wieder seinen Namen und bekam wieder keine Antwort. Besorgt – er mußte sie gehört haben, trotz des rauschenden Wassers – ergriff sie den Vorhang und zog ihn zurück. Er lag nackt in der Wanne, während das Wasser auf ihn prasselte, Augen geschlossen, Mund offen.

Schöner Liebhaber, sagte Raul.

›Verdammt, halt den Mund‹, befahl sie ihm, ging vor die Wanne in die Hocke und richtete Lucien in eine sitzende Haltung auf. Er hustete einen Mundvoll verwässerter Kotze aus.

Wie schön.

›Ich warne dich, *Affe* –‹

Das war das verbotene Wort: Affe; das Wort, bei dem er immer einen Wutanfall bekam.

Nenn mich nicht so! schrie er.

Sie gönnte ihm nicht die Befriedigung einer Antwort, also verstummte er. Es wirkte jedesmal wie ein Zauberspruch.

Sie drehte die Dusche ab, dann tätschelte sie Lucien behutsam, bis er die Augen aufmachte. Er sah sie benommen an und murmelte etwas, wie albern er sich vorkam.

»Sind Sie fertig mit Kotzen?« fragte sie ihn.

Er nickte, daher nahm sie ein frisches Handtuch und trocknete ihn ab, so gut es ging, während er in der Wanne lag. Er war nicht schlecht gebaut; vielleicht ein bißchen knochig, aber mit ordentlichen Pölsterchen dort, wo es darauf ankam. Obwohl er so gut wie im Koma lag, wurde sein Schwanz steif, als sie ihn abtrocknete, und sie konnte nicht anders, sie mußte ihn ein wenig streicheln, was zu einer vollständigen Erektion führte. Hübscher Anblick. Wenn er auch noch wüßte, wie man damit umging, würde er eine Kanone im Bett sein.

Er war so trocken, wie sie ihn bekommen konnte, daher beschloß sie, ihn nicht aus der Wanne zu heben, sondern schlafen zu lassen, wo er lag. Sie holte ein Kissen und eine Decke und machte es ihm unter den beengten Umständen so bequem, wie sie konnte. Als sie die Decke um ihn legte, murmelte er:

»Was ist mit morgen?«

»Was soll damit sein?« sagte sie.

»Können wir . . . es . . . morgen machen?«

»Nun, kommt drauf an«, sagte sie. »Ich habe mir überlegt, einen Ausflug nach Oregon zu machen . . .«

». . . Oregon . . .« murmelte er.

»Ganz recht.«

». . . Fletcher . . .«

»Ganz recht.« Sie beugte sich etwas dichter zu ihm, bis sie ihm fast ins Ohr flüsterte. »Er ist dort, richtig? In . . . in . . .«

»Everville.«

»Everville«, sagte sie leise.

Kennst du keine Scham? murmelte Raul.

Sie lachte, worauf Lucien einen Moment die Augen öffnete.

»Schlaf«, sagte sie zu ihm. »Wir werden morgen eine Reise unternehmen.«

Die Vorstellung schien in selbst ihn seiner Benommenheit zu erfreuen. Er lächelte immer noch verhalten, als sie das Licht ausmachte und ihn eindösen ließ.

VI

1

Grillo nannte die Materialsammlung, die er im Lauf der letzten fünf Jahre zusammengetragen hatte, das Riff, und zwar teilweise deshalb, weil sie, wie Korallen, durch zahllose winzigste Ablagerungen entstanden war (häufig von toter Materie), und teilweise, weil ein Vergleich mit dem Meer angemessen schien für Informationen über die Geheimnisse des Traummeers. Aber in letzter Zeit verspottete ihn der Name. Er fühlte sich nicht mehr als Bewahrer des Riffs, sondern als sein Gefangener.

Beheimatet war besagtes Riff in den Gedächtnisspeichern von vier vernetzten Computern, welche ein Mann in Boston Grillo für sein seltsames Unterfangen zur Verfügung gestellt hatte, der für seine Großzügigkeit nur eine einzige Gegenleistung forderte: Wenn die Computer schließlich alle Daten verarbeitet und die Lösung der Geheimnisse von Amerika ausgespuckt hatten, wollte er derjenige sein, der die Nachricht verbreitete. Grillo hatte eingewilligt. Als er das Geschenk bekommen hatte, da hatte er sogar noch geglaubt, daß dieser Augenblick eines Tages kommen könnte.

Daran glaubte er jetzt nicht mehr. Die Hüllen und Hülsen, die er im Lauf der Jahre so geflissentlich gesammelt hatte, enthielten nicht die Geheimnisse des Universums. Sie waren wertloser Plunder, ohne Sinn und Verstand, und er würde sich sehr bald schon in ihrer Sinnlosigkeit zu ihnen gesellen.

Sein Körper, der ihm dreiundvierzig Jahre gute Dienste geleistet hatte, war in den vergangenen sechs Monaten erschreckend verfallen. Anfangs hatte er die Signale mißachtet; hatte Kaffeetassen, die er fallenließ, Rückenschmerzen und nachlassende Sehkraft auf Überarbeitung zurückgeführt. Aber nach einer gewissen Zeit waren die Schmerzen zu schlimm geworden, und er war zum Arzt gegangen, um sich etwas dagegen verschreiben zu lassen. Er bekam seine schmerzstillenden Mittel, und eine ganze Menge dazu: Besuche bei Spezialisten, wachsende Paranoia, und zuletzt die schlechte Nachricht. »Sie haben Multiple Sklerose, Nathan.«

Er machte einen Moment die Augen zu, da er das teilnahmsvolle Gesicht vor sich nicht sehen wollte, aber die Dunkelheit hinter seinen Lidern war schlimmer. Sie war eine Zelle, diese Dunkelheit; sie stank nach ihm selbst.

»Das ist kein Todesurteil«, hatte der Arzt ihm erklärt. »Eine Menge Leute mit dieser Krankheit führen ein langes, erfülltes Leben, und es gibt keinen Grund, weshalb Sie nicht dazu gehören sollten.«

»*Wie* lange?« wollte er wissen.

»Ich könnte nicht einmal eine vage Vermutung äußern. Die Krankheit verläuft von Fall zu Fall anders. Es könnte dreißig Jahre dauern –«

Er hatte schon da, in dem nüchternen kleinen Sprechzimmer, genau gewußt, daß er keine dreißig Lebensjahre mehr vor sich hatte. Nicht annähernd. Die Krankheit hatte ihn zwischen den Zähnen gepackt und würde ihn schütteln, bis er tot war.

Aber seine Gier nach Informationen hatte ihn nicht verlassen, nicht einmal unter diesen trostlosen Umständen. Er recherchierte die Natur seines Widersachers minutiös, nicht in der Hoffnung, daß er ihn besiegen könnte, sondern einfach, um zu wissen, was in seinem Körper vor sich ging. Die Schutzhüllen seiner Nervenbahnen, schien es, wurden abgeschält, und zwar in seinem Gehirn und im Rückenmark. Obwohl sich die führenden Köpfe bemühten, den Grund dafür herauszufinden, gab es keine gesicherten Erkenntnisse. Seine Krankheit war so geheimnisvoll wie alles in seinem Riff, aber wesentlich greifbarer. Wenn er manchmal vor den Monitoren saß und verfolgte, wie Nachrichten eintrafen, glaubte er zu spüren, wie sich die Bestie Sklerose durch seinen Körper schlich und ihn auffraß, Zelle für Zelle, Nerv für Nerv, und dann schienen die Worte auf den Bildschirmen, Berichte von Sichtungen und fremden Besuchern, nur eine von vielen Manifestatinen der Krankheit zu sein. Eine gesunde Psyche hatte keinen Bedarf für derlei Hirngespinste. Sie lebte in der Welt des Möglichen und war zufrieden.

In Anfällen von Verzweiflung schaltete er manchmal die Monitore ab und spielte mit dem Gedanken, das gesamte System stillzulegen; sollten die Märchenerzähler in Dunkelheit und Finsternis plappern. Aber nach einer gewissen Zeit kehrte er immer wieder zu seinem Stuhl zurück, wie ein Süchtiger; dann schaltete er schuldbewußt die Monitore wieder ein und sah nach, welche bizarren Einzelheiten sich das Riff während seiner Abwesenheit einverleibt hatte.

Im Frühjahr wurde die Bestie Sklerose mit einem Mal ambitionierter; binnen eines Monats kamen die Gebrechen von zwanzig Jahren über ihn. Er bekam stärkere Medikamente verschrieben, die er gewissenhaft nahm, und der Arzt gab ihm Ratschläge, Vorsorge für den Fall einer Lähmung zu treffen, die er ebenso geflissentlich überhörte. Er würde nie und nimmer in einem Rollstuhl sitzen; das hatte er fest beschlossen. Eines Nachts würde er eine Überdosis nehmen und einfach einschlafen; auf diese Weise wäre es leichter. Er hatte keine Frau, für die es sich zu leben lohnte, keine Kinder, die er aufwachsen sehen wollte, nur noch einen Tag. Er hatte nur seine Bildschirme und die Geschichten, die sie erzählten; und sie würden bis ans Ende der Welt weitermachen, mit ihm oder ohne ihn.

Und dann, Anfang Juni, etwas Seltsames: Plötzlich stieg die Zahl der Meldungen deutlich an; das System wurde Tag und Nacht von Leuten belagert, die ihre Geheimnisse offenbaren wollten. Es gab kein zusammenhängendes Muster in der Flut, aber allein die Masse reichte aus, daß er sich fragte, ob der Wahnsinn nicht eine kritische Masse erreichte.

Etwa um diese Zeit hatte Tesla aus New Mexiko angerufen, und er hatte ihr gesagt, was los war. Sie hatte eine ihrer fatalistischen Stimmungen gehabt (zuviel *Peyote*, vermutete er) und sich nicht sonderlich dafür interessiert. Aber als er Harry D'Amour in New York angerufen hatte, sah die Sache ganz anders aus. D'Amour, der Gelegenheitsdetektiv, dessen Fälle unweigerlich zu metaphysischen Exkursionen geworden waren, lechzte förmlich nach Informationen. Während eines Zeitraums von drei Wochen hatten sie sich zweimal täglich unterhalten, und D'Amour verlangte rückhaltlose Aufklärung über alle Vorkommnisse, die nach dem Satanischen rochen, besonders, wenn sie in New York stattgefunden hatten. Grillo fand D'Amours Vertrauen in das Vokabular des Katholizismus absurd, aber er spielte mit. Tatsächlich waren ein oder zwei Meldungen dabei, die seinen Anforderungen entsprachen. Zwei verstümmelte Leichen in der Bronx, denen man Nägel durch Hände und Füße geschlagen hatte, und dreifacher Selbstmord in einem Kloster in Brooklyn (die D'Amour bereits untersucht hatte); dann eine Vielzahl unbedeutenderer Vorfälle, von denen er nichts gewußt hatte, die aber eindeutig die eine oder andere Hypothese untermauerten.

D'Amour hatte sich, selbst über eine abhörsichere Telefonleitung, bis zu ihrem letzten Gespräch geweigert, deutlich zu sagen, worum es sich bei seiner These handelte. Dann erzählte er Grillo allen Ernstes, er hätte gute Gründe zu der Vermutung, daß in New York City die Rückkehr des Antichrist vorbereitet werde. Grillo hatte nicht völlig verbergen können, für wie lächerlich er diese Theorie hielt.

»Oh, Sie mögen die *Worte* nicht, liegt es daran?« hatte D'Amour geantwortet. »Wir werden andere finden, wenn Ihnen das lieber ist. Reden wir von den Iad. Reden wir von den Widersachern. Das alles sind nur andere Namen für den Teufel.«

Danach hatten sie nicht mehr miteinander gesprochen, doch Grillo hatte mehrmals versucht, Verbindung aufzunehmen. Fast jeden Tag kamen neue Meldungen von den fünf Bezirken herein, schien es, und bei fast allen waren ekelerregende Brutalitäten im Spiel. Mehrmals hatte sich Grillo gefragt, ob eine der verwesenden Leichen, die in diesem Sommer in den Slums der Stadt gefunden wurden, nicht die von Harry D'Amour war. Und er fragte sich immer wieder, welchen Namen er dem Teufel geben würde, sollte er hier, in Omaha, nach D'Amours Informanten suchen kommen.

Vielleicht Sklerose.

2

Und dann kam der jüngste Anruf von Tesla, die danach fragte, ob Fletcher gesehen worden sei, und er hatte nach dem Gespräch eine solche Leere in sich verspürt, daß er fast bereit gewesen wäre, seine Überdosis auf der Stelle zu nehmen. Warum konnte er die Vorstellung nicht ertragen, daß sie hierher kam und nach ihm sah? Weil er inzwischen seinem Vater zu sehr ähnlich sah; spindeldürre Beine, graues und mattes Haar? Weil er Angst hatte, sie würde sich abwenden, weil sie seinen Anblick in diesem Zustand nicht ertragen konnte? Das würde sie niemals tun. Selbst in ihren verrückten Zeiten (und davon hatte sie mehr als genug gehabt) vergaß sie nie, welche Gefühle sie miteinander verbanden.

Nein; was er fürchtete, das war Bedauern. Er fürchtete, sie könnte seinen bemitleidenswerten Zustand sehen und sagen: Warum haben wir nicht mehr aus dem gemacht, was wir füreinander empfinden? Warum haben wir nicht genossen, was in unseren Herzen ist, statt es zu verbergen? Er hatte Angst davor, gesagt zu bekommen, daß es zu spät war, obwohl er es bereits wußte.

Wieder einmal rettete ihn das Riff vor völliger Verzweiflung. Nach ihrem Anruf brütete er eine Zeitlang – dachte an die Tabletten, dachte an seine Dummheit –, und dann setzte er sich, zu müde, um weiter nachzudenken, aber zu aufgewühlt, um zu schlafen, wieder vor seine

Bildschirme, um zu sehen, ob er glaubwürdige Berichte über Fletchers Erscheinen finden konnte.

Aber er fand nicht Fletcher. Als er die Berichte durchging, die in den zurückliegenden zwei Wochen eingegangen waren, stieß er auf eine Geschichte, die er bis jetzt übersehen hatte. Sie kam von einer regelmäßigen und, wie er fand, zuverlässigen Quelle: einer Frau in Illinois, die Tatortfotos für das dortige Büro des County-Sheriffs entwickelte. Sie hatte eine schreckliche Meldung zu machen. Ende Juli war ein junges Paar überfallen worden, die Frau, im siebten Monat schwanger, hatte der Täter auf der Stelle getötet; danach ließ er sich Zeit, sie vor den Augen ihres verwundeten Mannes gründlich zu studieren, nahm den Fötus heraus und machte sich damit aus dem Staub. Der Vater war einen Tag später gestorben, aber vorher hatte er der Polizei eine bizarre Beschreibung gegeben, die sie der Presse vorenthalten hatte, so seltsam war sie, aber Grillos Informantin fühlte sich befleißigt, sie ihm zu übermitteln. Der Täter war nicht allein gewesen, hatte der sterbende Mann gesagt. Er sei von einer Staubwolke umgeben gewesen, ›voll von Schreien und Gesichtern‹.

›Ich habe ihn angefleht‹, fuhr er fort, ›ihn angefleht, Louise nichts anzutun, aber er sagte immer wieder, es müßte sein, es müßte sein. Er sagte, er sei der Todesjunge, und Todesjungen müßten so etwas tun.‹

Das war im wesentlichen die Meldung. Als er sie gelesen hatte, saß Grillo ebenso betroffen wie fasziniert eine halbe Stunde vor dem Bildschirm. Was ging da draußen in der wirklichen Welt vor sich? Fletcher war im Einkaufszentrum vom Palomo Grove gestorben. Verbrannt; in Flammen aufgegangen. Tommy-Ray McGuire, Sohn des Jaff, der Todesjunge, war ein paar Tage später an einem Ort namens Trinity in New Mexico gestorben. Auch er war verbrannt, aber in einem schrecklicheren Feuer als dem, das Fletcher verzehrt hatte.

Sie waren beide *tot*, ihre Rollen in der komplexen Geschichte der Menschheit und des Meers der Träume waren vorbei. Jedenfalls hatten das alle angenommen.

Konnte es sein, daß sich alle getäuscht hatten? Daß sie irgendwie das Jenseits überwunden hatten und zurückgekommen waren, um ihre ambitionierten Pläne weiter zu verfolgen? Wenn ja, gab es nur eine Erklärung dafür. Beide waren in ihrem Leben von dem Nunico berührt worden. Vielleicht war die Botschaft der Evolution außergewöhnlicher, als alle gedacht hatten, und hatte sie dem Zugriff des Todes entzogen.

Er erschauerte, als er daran dachte. *Dem Zugriff des Todes entzogen.* Das war ein Versprechen, für das es sich zu leben lohnte.

Er rief in Kalifornien an. Eine verschlafene Tesla nahm ab.

»Tes, ich bin es.«

»Wie spät ist es?«

»Unwichtig. Ich habe im ganzen Riff nach Material über Fletcher gesucht.«

»Ich weiß, wohin er unterwegs ist«, sagte Tesla. »Jedenfalls glaube ich es.«

»Wohin?«

»Eine Stadt in Oregon namens Everville. Ist die je in deinem Riff aufgetaucht?«

»Sagt mir im Augenblick nichts, aber das will nichts heißen.«

»Und warum rufst du an? Es ist mitten in der Nacht.«

»Tommy-Ray.«

»Hm?«

»Was hast du über Tommy-Ray gehört?«

»Nichts. Er ist in der Schleife gestorben.«

»Wirklich?«

Schweigen am anderen Ende. Dann sagte Tesla: »Ja.«

»*Du* bist rausgekommen. Jo-Beth und Howie auch . . .«

»Was willst du damit sagen?«

»Ich habe im Riff eine Meldung über einen Killer gefunden, der sich ›der Todesjunge‹ nennt . . .«

»Grillo«, sagte Tesla, »du weckst mich auf –«

». . . und er ist von einer Staubwolke umgeben. Und der Staub *schreit*.«

Tesla holte tief Luft und atmete langsam aus. »Wann war das?« fragte sie leise.

»Vor nicht einmal einem Monat.«

»Was hat er getan?«

»Ein Paar in Illinois getötet. Hat der Frau das Baby aus dem Bauch gerissen. Den Mann hat er für tot gehalten.«

»Leichtsinnig. Ist das die einzige Meldung?«

»Die einzige, die ich bis jetzt gefunden habe, aber ich suche weiter.«

»Ich werde es auf dem Weg nach Oregon überprüfen . . .«

»Ich habe mir . . .« begann Grillo.

». . . du solltest Howie und Jo-Beth anrufen.«

». . . ja, mach ich. Ich habe mir Gedanken über Fletcher gemacht.«

»Wann hast du zum letztenmal mit ihnen gesprochen?«

»Vor zwei Wochen.«

»Und –?« drängte Tesla.

»– es ging ihnen gut«, antwortete Grillo.

»Du weißt, daß Tommy-Ray heiß auf sie ist. Sie sind Zwillinge –«

»Ich weiß –«

»– ein Ei, eine Seele. Ich schwöre, er war *verrückt* nach ihr –«

»Fletcher«, sagte Grillo.

»Was ist mit ihm?«

»Wenn er in Everville ist, werde ich ihn aufsuchen.«

»Wozu?«

Es folgte eine kurze Pause. Dann sagte Grillo: »Wegen dem Nuncio.«

»Wovon redest du? Es *gibt* keinen Nuncio mehr. Ich habe den letzten Rest zerstört.«

»Er muß etwas für sich selbst aufgehoben haben.«

»Er war derjenige, der von mir verlangt hat, daß ich ihn vernichte, Herrgott noch mal.«

»Nein. Er hat etwas aufgehoben.«

»Was, zum Teufel, soll das alles?«

»Erzähl ich dir ein andermal. Du findest Fletcher, und ich versuche, Tommy-Ray aufzuspüren.«

»Versuch, vorher zu schlafen, Grillo. Du hörst dich beschissen an.«

»Ich schlafe neuerdings nicht mehr viel, Tes. Das ist reine Zeitverschwendung.«

VII

Howie hatte kurz nach acht angefangen, an dem Auto zu arbeiten, weil er mit seinem Herumbasteln fertig sein wollte, bis die Sonne zu heiß wurde. Dies war der fünfte sengend heiße Sommer, seit sie in Illinois lebten, und er war fest entschlossen, daß es der letzte sein würde. Er hatte geglaubt, in unsicheren Zeiten wäre es beruhigend, in den Bundesstaat zurückzukehren, wo er geboren und aufgewachsen war. Mitnichten. Es erinnerte ihn nur daran, wie radikal sich sein Leben in den vergangenen fünf Jahren verändert hatte, und wie wenige dieser Veränderungen zum Besseren gewesen waren.

Aber jedesmal, wenn er in eine niedergeschlagene Stimmung verfiel – was häufig vorkam, seit er im März seinen Job verloren hatte –, mußte er nur Jo-Beth ansehen, die Amy in den Armen wiegte, und seine Stimmung verbesserte sich augenblicklich.

Es war fünf Jahre her, seit er Jo-Beth in Palomo Grove zum erstenmal gesehen hatte; fünf Jahre, seit ihre Väter einen Krieg auf den Straßen geführt hatten, um sie voneinander fernzuhalten. Jahre, in denen sie unter falschem Namen in einem Vorort lebten, wo sich niemand um das Leben anderer kümmerte, weil niemand mehr etwas an seinem eigenen lag. Wo die Bürgersteige von Abfall übersät und die Autos schmutzig und ein Lächeln selten waren.

Es war nicht das Leben, das er sich für seine Frau und seine Tochter wünschte, aber D'Amour hatte es ihm folgendermaßen erklärt: Wenn sie frank und frei als Mr. und Mrs. Howard Katz lebten, würden sie innerhalb von Monaten gefunden und ermordet werden. Sie wußten zuviel vom heimlichen Leben der Welt, als daß man sie am Leben lassen konnte. Die Kräfte, die sich geschworen hatten, dieses Leben zu schützen, würden sie zum Schweigen bringen und sich selbst dafür noch als Helden bezeichnen. Das stand fest.

Darum versteckten sie sich in Illinois und nannten einander nur Howie und Jo-Beth, wenn die Türen verriegelt und die Fenster geschlossen waren. Bis jetzt hatte der Trick ihnen das Leben gerettet. Aber er hatte auch seinen Tribut gefordert. Es war schwer, im Schatten zu leben, keine Pläne zu schmieden, nicht zu hoffen. Alle zwei Monate redete Howie mit D'Amour und fragte ihn nach seinen Eindrücken, wie die Lage sich entwickelte. Wie lange noch, pflegte er zu sagen, bis sie vergessen haben, wer zum Teufel wir sind, damit wir uns wieder in der Öffentlichkeit sehen lassen können? D'Amour war kein großer Diplomat, aber Howie konnte immer wieder heraushören, wie er sich größte Mühe gab, die Wahrheit ein wenig zu beschönigen; einen Weg zu suchen, ihn vor der völligen Verzweiflung zu bewahren.

Aber Howie hatte keine Geduld mehr. Dies war der letzte Sommer, den sie in diesem gottverdammten Rattenloch verbringen würden, sagte er sich, während er unter der Motorhaube schwitzte; der letzte Sommer, den er so tun würde, als wäre er ein anderer, um D'Amours Paranoia zufriedenzustellen. Vielleicht hatten er und Jo-Beth einmal eine Rolle in dem Drama zu spielen gehabt, das sie vor einem halben Jahrzehnt flüchtig erblickt hatten; aber diese Zeit war ganz sicher vorbei. Die Kräfte, die D'Amour heraufbeschworen hatte, um sie einzuschüchtern – die mörderischen Helden, die sie in ihren Betten abschlachten würden –, hatten Wichtigeres im Sinn, als zwei Menschen zu verfolgen, die einmal zufällig Gelegenheit gehabt hatten, im Meer Essenz zu schwimmen.

Im Haus läutete das Telefon. Howie hörte auf zu arbeiten und griff nach einem Lumpen, um sich die Hände abzuwaschen. Er hatte sich die Knöchel aufgeschürft; sie brannten. Am blutigsten saugte er, als Jo-Beth auf der Treppe erschien und gerade lange genug in die Sonne blinzelte, um zu sagen:

»Es ist für dich.« Dann verschwand sie wieder in dem dunklen Haus.

Es war Grillo.

»Was gibt's?« sagte Howie.

»Nicht viel«, lautete die Antwort. »Ich wollte mich nur vergewissern, ob bei euch alles in Ordnung ist.«

»Amy hält uns fast jede Nacht wach, aber sonst . . .«

»Immer noch kein Job?«

»Kein Job. Ich bin auf der Suche, aber . . .«

»Es ist nicht leicht.«

»Wir müssen unbedingt umziehen, Nathan. Hier raus und ein anständiges Leben anfangen.«

»Der Zeitpunkt . . . wäre vielleicht nicht gerade günstig.«

»Die Lage wird wieder besser.«

»Ich meine nicht die Wirtschaft.«

»Was dann?« Schweigen. »Nathan?«

»Ich will euch keine Angst machen –«

»Aber?«

»Wahrscheinlich ist es nichts –«

»Rückst du endlich damit raus, um Himmels willen?«

»Es geht um Tommy-Ray.«

»Er ist tot, Grillo.«

»Ich weiß, davon sind wir *ausgegangen* –«

Howie senkte die Stimme zu einem verbissenen Flüstern. »Verdammt, was willst du damit sagen?«

»Wir sind nicht ganz sicher.«

»Wir?«

»Tesla und ich.«

»Ich dachte, sie wäre verschwunden.«

»Das war sie eine Zeitlang. Jetzt ist sie auf dem Weg nach Oregon . . .«

»Weiter.«

»Sie sagt, dein Vater ist da oben.« Howie war kurz davor, den Hörer aufzulegen. »Ich weiß, wie sich das anhört –«, sagte Grillo hastig.

»Wie gequirlte Scheiße hört es sich an«, sagte Howie.

»Ich wollte es auch nicht glauben. Aber es sind seltsame Zeiten, Howie.«

»Für uns nicht«, antwortete Howie. »Für uns sind sie

reine Zeitverschwendung. Wir vergeuden unser verdammtes Leben damit, darauf zu warten, daß uns irgend jemand etwas erzählt, das einen Sinn ergibt, und dir fällt nichts weiter ein, als –« Er flüsterte nicht mehr, er brüllte. »– dir fällt nichts weiter ein, als mir zu sagen, daß mein Vater – der tot ist, Grillo, *tot* – in Oregon herumspaziert, und daß Tommy-Ray –« Er hörte, wie Jo-Beth hinter ihm schluchzte. »Scheiße!« sagte er. »Laß uns künftig einfach in Ruhe, Grillo. Und bestell D'Amour dasselbe, okay? Wir haben genug von dieser *Scheiße*!« Er knallte den Hörer auf die Gabel und drehte sich zu Jo-Beth um. Sie stand unter der Tür und stellte diesen wehleidigen Gesichtsausdruck zur Schau, den man in letzter Zeit immer öfter bei ihr sehen konnte. »Verdammt noch mal, wofür halten die uns?« sagte er und bedeckte die Augen mit der Hand. Sie brannten.

»Du hast gesagt *Tommy-Ray*.«

»Es war nur –«

»Was *ist* mit Tommy-Ray?«

»– Scheiße. Mehr war es nicht. Grillos gequirlte Scheiße.« Er sah zu ihr auf. »Nichts weiter, Sweetie.«

»Ich will wissen, was Grillo dir gesagt hat«, sagte Jo-Beth schmollend.

Er vermutete, sie würde sich mehr Sorgen machen, wenn er es ihr nicht erzählte. Also gab er ihr eine Zusammenfassung von dem, was Grillo gesagt hatte.

»Das ist es?« fragte sie ihn, als er fertig war.

»Das ist es«, sagte er. »Ich habe dir gesagt, es war nichts weiter.« Sie nickte, zuckte mit den Achseln und wandte sich ab. »Alles wird sich ändern, Sweetie«, sagte er. »Ich schwöre es.«

Er wollte aufstehen und zu ihr gehen. Sie in die Arme nehmen und wiegen, bis sie dahinschmolz. Früher hatten so viele Streite damit geendet, daß sie einander in den Armen lagen. Aber jetzt nicht mehr. Wenn sie sich heute von ihm abwandte, blieb er auf Distanz, weil er Angst hatte, sie würde sich ihm verweigern. Er wußte nicht, weshalb oder wo er zu diesen Zweifeln gekommen war – las er ein subtiles Signal in ihren Augen, die ihm sagten, er solle ihr vom Leib bleiben? –, aber sie waren so stark, daß er sich nicht darüber hinwegsetzen konnte; oder er war zu schwach.

»So verkorkst ...« murmelte er bei sich und bedeckte erneut das Gesicht mit den Händen.

Grillos Worte wirbelten durch die Dunkelheit.

Es sind seltsame Zeiten.

Howie hatte ihm nicht geglaubt, aber es stimmte. Ob Fletcher in Oregon war oder nicht, ob Tommy-Ray am Leben war oder nicht, wenn ein Mann nicht mehr die Arme um seine Frau legen konnte, waren es wahrhaftig seltsame Zeiten.

Bevor er sich wieder an dem Auto zu schaffen machte, ging er nach oben, um einen Blick auf Amy zu werfen. Sie war die letzten Tage krank gewesen – gleich in ihrem ersten Sommer auf diesem Planeten hatte sie eine Erkältung bekommen – und lag mit ausgestreckten Armen und zur Seite gedrehtem Kopf in ihrem Bettchen. Er nahm ein Kleenex aus der Box neben dem Bett und wischte einen Speichelfaden von ihrem Kinn, wobei seine Berührung so sanft war, daß sie nicht davon wach wurde. Aber irgendwie wußte sie in ihrem Schlaf, daß ihr Daddy da war; jedenfalls glaubte er das. Ein kaum erkennbares Lächeln umspielte ihre Lippen, und an den Wangen bildeten sich Grübchen.

Er lehnte sich auf das Gitter des Bettchens und sah voll ungetrübter Wonne auf sie hinab. Seine Vaterschaft war unerwartet gekommen – obwohl sie oft über Kinder gesprochen hatten, hatten sie beschlossen, zu warten, bis sich ihre Situation verbesserte –, aber er bedauerte den Unfall, der Amy in ihr Leben gebracht hatte, kein bißchen. Sie war ein Geschenk; ein simpler Beweis für das Gute der Schöpfung. Alle Magie der Welt, sei sie nun von seinem Vater oder dem Jaff oder einer der geheimen Mächte entfesselt worden, von denen D'Amour sprach – war angesichts dieses kleinen Wunders keinen Scheißdreck wert.

Die kurze Zeit, die er mit seiner schlafenden Schönheit verbrachte, belebte ihn. Als er wieder in die Hitze hinaustrat, schienen die Probleme mit dem kaputten Auto nichtig zu sein, und er machte sich daran, sie allein kraft seines Willens zu beheben.

Als er ein paar Minuten gearbeitet hatte, kam ein leichter Wind auf; kühle Böen wehten in sein verschwitztes Gesicht. Er kam einen Moment unter der Haube hervor und holte tief Luft. Der Wind roch nach dem Grün jenseits dieser grauen Straßen. Bald würden sie von hier weggehen, sagte er sich, und dann würde das Leben schön werden.

Jo-Beth, die in der Küche stand und Karotten kleinschnitt, hielt inne, als der Wind durch das ungepflegte Dickicht fegte, das den Garten erstickte, mußte an einen anderen Garten in einem anderen Jahr denken, und hörte Tommy-Rays Stimme, die aus der Vergangenheit ihren Namen rief. Damals, in jener Nacht, war es dunkel in dem Grove gewesen; aber sie erinnerte sich, daß alles von einem prächtigen Leuchten erfüllte gewesen war: Sand, Bäume, die funkelnden Sterne, alles war von Sinn durchdrungen gewesen.

»Jo-Beth!« rief Tommy-Ray. *»Etwas Wunderbares!«*

»Was?« hatte sie gesagt.

»Draußen. Komm mit mir.«

Zuerst leistete sie ihm Widerstand. Tommy-Ray konnte manchmal wild sein, und sein Zittern machte ihr Angst.

»Ich werde dir nicht wehtun«, hatte er gesagt. *»Das weißt du.«*

Das stimmte. So unberechenbar er war, er hatte ihr gegenüber nie etwas anderes gezeigt als Liebe.

»Wir fühlen gemeinsam«, hatte er zu ihr gesagt. Das war zutreffend; sie hatten von Anfang an dieselben Empfindungen. *»Also komm schon«*, hatte er gesagt und sie an der Hand genommen.

Und sie war mit ihm gegangen, durch den Garten, wo die Bäume sich vor einem kreisenden Himmel wiegten.

Und in ihrem Kopf hatte sie eine flüsternde Stimme gehört, eine Stimme, auf die sie siebzehn Jahre lang gewartet hatte, ohne es zu wissen.

Jo-Beth, hatte die Stimme gesagt, *ich bin der Jaff. Dein Vater.*

Dann war er unter den Bäumen hervorgekommen, und sie erinnerte sich, daß er ausgesehen hatte wie eine Illustration aus Mamas Bibel. Ein alttestamentarischer Prophet, bärtig und absolut. Kein Zweifel, er war weise, auf seine schreckliche Art. Kein Zweifel, wenn sie mit ihm reden, von ihm hätte lernen können, würde sie jetzt nicht im Grab leben und nicht wagen, mehr als winzige Atemzüge zu machen, weil sie Angst hatte, das letzte bißchen Vernunft zu verlieren, das ihr noch geblieben war.

Aber sie war von ihm getrennt worden, wie sie von Tommy-Ray getrennt worden war, und sie war dem Feind in die Hände gefallen.

Er war ein guter Mann, der Feind, dieser Howie Katz; ein guter und liebevoller Mann. Und als sie zum erstenmal miteinander schliefen, hatten sie beide von Essenz geträumt, was bedeutete, er war die Liebe ihres Lebens. Es würde keinen Besseren geben. Aber es gab Gefühle, die reichten tiefer als entflammte Liebe. Es gab Kräfte, die formten die Seele, noch bevor sie überhaupt in diese Welt geboren wurde, und die ließen sich nicht leugnen. So liebevoll der Feind auch sein mochte, und so gut, er würde stets der Feind bleiben.

Das war ihr zuerst nicht klar gewesen. Sie hatte angenommen, ihr Unbehagen würde verschwinden, wenn die traumatischen Erlebnisse im Grove in ihrer Erinnerung verblaßten und sie sich an ein neues, normales Leben gewöhnte. Aber statt dessen wuchs es. Sie träumte von Tommy-Ray, über dessen Gesicht goldenes Licht wie Sirup strömte. Und manchmal, am Nachmittag, wenn sie am erschöpftesten war, schien sie zu hören, wie ihr Vater zu ihr sprach, und sie stellte ihm hauchend die Frage, die sie ihm in Mamas Garten gestellt hatte.

»Warum bist du hier? Nach der langen Zeit?«

›*Komm näher*‹, würde er sagen, ›*ich werde es dir verraten . . .*‹

Aber sie hatte nicht gewußt, *wie* sie näherkommen, wie sie die Kluft von Tod und Zeit überwinden sollte, die zwischen ihnen lag.

Und dann, wie aus dem Nichts, Hoffnung. Manchmal erinnerte sie sich genau daran, wie ihr die Hoffnung zurückgegeben worden war, und an solchen Tagen mußte sie sich vor Howie verstecken, damit er ihr das Wissen nicht im Gesicht geschrieben sah. Bei anderen Gelegenheiten – wie dieser –, wenn sie wußte, daß er Schmerzen litt, und sie mit dem Herzen bei ihm war wie am Anfang, verblaßten die Erinnerungen. Ihre Gedanken verwirrten sich, und sie sah stundenlang zum Fenster hinaus oder zum Himmel und versuchte, eine flüchtige Möglichkeit festzuhalten.

Einerlei, sagte sie sich. Die Erinnerung würde zurückkommen. Bis dahin würde sie Karotten schneiden und das Geschirr spülen und sich um das Baby kümmern und . . .

Der Wind wehte einen Papierfetzen ans Fenster und hielt ihn dort fest, wo er für einen Augenblick flatterte wie ein Vogel mit den Flügeln. Dann wehte eine zweite Bö ihn weiter.

Sie würde bald gehen, und genauso unbeschwert. Das war ein Teil des Versprechens. Sie würde fortgetragen werden, an einen Ort, wo von den Geheimnissen geflüstert wurde, die ihr Vater ihr beinahe offenbart hätte, und ihr liebevoller Feind würde sie niemals finden.

VIII

1

An diesem Donnerstag morgen war ganz Everville früh auf den Beinen, obwohl in der Nacht zuvor alle früher als sonst zu Bett gegangen waren. Wimpel mußten aufgehängt und Fenster poliert, Rasen gemäht und Straßen gefegt werden. Heute lag keiner auf der faulen Haut.

Im Gebäude der Handelskammer zeterte Dorothy Bullard wegen der Wolken, die über Nacht aufgezogen waren. Der Wetterbericht hatte Sonne, Sonne und nochmals Sonne vorhergesagt, und nun standen die Uhrzeiger auf elf Uhr zweiundzwanzig, und bis jetzt hatte sie noch keinen einzigen Sonnenstrahl gesehen. Sie verbarg ihre Befürchtungen unter einer strahlenden Miene und ging ihrem Tagwerk nach und organisierte die Verteilung des Festivalprogramms, das heute morgen geliefert worden war, zu den Stellen, wo es für gewöhnlich ausgelegt wurde. Dorothy war fest überzeugt vom Nutzen von Listen. Ohne sie würde alles im Chaos versinken.

Kurz vor Mittag rammte Frank Carlsen an der Kreuzung Whittier und Main Street mit seinem Kombi das Heck eines Lieferwagens, und der Zusammenstoß brachte den Verkehr auf der Main Street eine Stunde lang praktisch zum Erliegen. Carlsen wurde mit aufs Polizeirevier genommen, wo er zugab, daß er dieses Jahr ein bißchen früh zu feiern angefangen hatte; nur ein paar Bier, um sich in die richtige Festtagslaune zu versetzen. Der Lastwagen hatte keinen nennenswerten Schaden genommen, daher wurde Carlsen von Ed Olson, der ihn mitgenommen hatte, nach einer einfachen Ermahnung wieder laufen gelassen. »Ich übertrete deinetwegen Vorschriften, Frank«, sagte er zu Carlsen, »also bleib halbwegs nüchtern und mach keinen Narren aus mir.«

Viertel nach zwölf strömte der Verkehr auf der Main Street wieder ungehindert, und etwa zu dem Zeitpunkt sah Dorothy zum Fenster ihres Büros hinaus und stellte fest, daß die Wolken aufbrachen und die Sonne herauskam.

2

Erwin war kurz nach zehn Uhr zum Bach aufgebrochen und unterwegs noch kurz auf Apfelpfannkuchen und Kaffee in Kitty's Diner eingekehrt, um sich zu stärken. Bosley stellte sein gewohnt bärbeißiges Naturell zur Schau, was Erwin meistens nervtötend fand, aber heute amüsierte es ihn nur.

Nachdem sein Appetit gestillt war, machte sich Erwin wieder auf den Weg zum Bach, parkte das Auto vor der Masonic Lodge in der First Street und ging von dort aus zu Fuß. Er war froh, daß er derbe Halbstiefel und einen alten Pullover angezogen hatte. Die warmen Spätsommertage und die Regenfälle vor einer Woche hatten das Dickicht üppiger denn je gemacht, und als er den Bach erreichte, hatte er Kratzer an Hals, Gesicht und Händen und genügend Zweige in seinem Pullover, daß sie für ein kleines Lagerfeuer gereicht hätten.

Im Lauf der Jahrhunderte hatte sich der Bach selbst ein tiefes Bett gegraben, und sein flaches, schnell fließendes Wasser war mit urzeitlichen Farnen überwuchert. Erwin war seit sechs oder sieben Jahren nicht mehr hier gewesen und nahm erneut überrascht Kenntnis, wie entlegen der Ort wirkte. Obwohl die Main Street keine Dreiviertelmeile hinter ihm lag, war das Summen der Stechmücken, die ihm um den Kopf schwirrten, lauter als das Murmeln des Verkehrs, während vor ihm, auf der anderen Seite des Bachs, der dicht bewaldete Hang unverbaut und, wie er vermutete, auch unbewohnt zu den Heights hinauf anstieg. Er war allein, und das war keineswegs ein unangenehmes Gefühl. Er würde sich bei der Suche nach dem Haus am Bach Zeit lassen und dabei über seine Zukunft nachdenken.

3

Joe rief Phoebe am hellichten Vormittag in der Arztpraxis an und fragte, ob sie sich schon zur Mittagszeit statt erst am Nachmittag mit ihm treffen könnte. Sie wies darauf hin, daß ihnen dann nur ein paar Minuten bleiben würden; die Fahrt zwischen der Praxis und zu Hause dauerte zehn Minuten, einfach. Bei dem starken Verkehr wahrscheinlich sogar noch länger. Darauf war er vorbereitet. Komm zum Apartment, schlug er vor, das sind nur zwei Minuten. Sie sagte ihm, daß sie es so machen würden. Erwarte mich kurz nach halb eins, sagte sie.

»Ich warte«, sagte er, und sie bekam eine Gänsehaut von der Hitze in seiner Stimme.

Den Rest des Morgens umspielte ein verhaltenes Lächeln ihre Lippen, und sie verließ die Praxis zwei Minuten vor halb eins. Sie hatte ihn nur zweimal in dem Apartment besucht, einmal, als Morton mit Grippe im Bett gelegen hatte, und einmal in seinem Urlaub. Es war riskanter als das Haus, weil man das Gebäude nicht betreten konnte, ohne gesehen zu werden. Besonders heute, wo so viele Leute auf den Beinen waren. Es kümmerte sie nicht. Sie parkte direkt vor dem Mietshaus am Straßenrand, schritt trotzig die Treppe hinauf, die zu Joes Tür führte, und hoffte fast, daß sie gesehen werden würde.

Sie hatte die Tür kaum mit den Knöcheln berührt, als auch schon geöffnet wurde. Er trug nur seine Shorts und war schweißgebadet.

»Der Ventilator ist kaputt«, sagte er und bat sie herein. »Aber es macht dir nichts aus, zu schwitzen, oder?«

Das Apartment war ein Chaos, wie immer, und erstickend heiß. Er machte ihr einen Platz auf dem Sofa frei, aber statt sich zu setzen, folgte sie ihm zur Küche, wo er ihr ein Glas Eiswasser einschenkte. Dort blieben sie, und der Lärm von der Straße drang zum offenen Fenster herein.

»Ich habe nachgedacht«, sagte er. »Je schneller wir reinen Tisch machen, desto besser.«

»Ich werde am Montag einen Anwalt aufsuchen.«

Er grinste. »Braves Mädchen.« Er legte ihr die Arme um die Schultern und umklammerte hinter ihrem Nacken seine Handgelenke. »Soll ich mit dir kommen.«

»Nein. Ich mach' es alleine.«

»Dann verschwinden wir von hier. So weit weg wie möglich.«

»Wohin du willst.«

»Irgendwo, wo es warm ist«, sagte er. »Ich mag die Hitze.«

»Ist mir recht«, sagte sie. Sie drückte seinen Daumen auf ihre Wange und rieb. »Farbe«, sagte sie.

»Kuß«, antwortete er.

»Wir müssen miteinander reden.«

»Wir reden beim Ficken.«

»Joe –«

»Okay, wir ficken beim Reden, wie wär's damit?« Er rückte ein wenig näher zu ihr. »Es ist zu heiß, um nein zu sagen.« Schweiß rann zwischen ihren Brüsten hinunter. Schweiß zwischen ihren Pobacken, Schweiß zwischen ihren Schenkeln. Ihr wurde fast schwindlig vor Hitze.

»Ja?« sagte er.

»Ja«, sagte sie und stand mit durcheinanderwirbelnden Gedanken da, während er sie Knopf für Knopf, Spange für Spange entblößte.

4

Erwin war zuerst stromabwärts gegangen, weil er dachte, daß das Haus wohl eher auf dem flacheren Land gestanden haben mochte als auf dem unebenen Terrain der tieferliegenden Hänge der Heights. Entweder war diese Annahme falsch, mußte er feststellen, oder dieser Teil von McPhersons Geständnis war gelogen. Nach einer Stunde gab er es auf, dem Bachbett in südöstlicher Richtung zu folgen, machte kehrt und ging den Weg zurück bis zu der Stelle, wo er angefangen hatte. Dort verweilte er ein paar Minuten, um eine Zigarette zu rauchen und über seine nächsten Schritte nachzudenken. Bosleys Pfannkuchen würden mindestens noch eineinhalb Stunden vorhalten, aber nachdem er über Felsblöcke geklettert und sich durch das Unterholz gekämpft hatte, verspürte er ziemlichen Durst. Vielleicht wäre eine kleine Pause doch ganz gut. Eine Tasse Kaffe im Kitty's; dann frisch gestärkt wieder an die Arbeit. Nach einigen Augenblicken des Nachdenkens beschloß er aber, auf die Pause zu verzichten und seine Suche gleich fortzusetzen. Wenn er das Haus gefunden hatte, würde der Kaffee sowieso besser schmecken.

Als er bergauf ging, wurde das Gelände zunehmend schwieriger, und nachdem er sich eine Viertelstunde durch das dichte Gestrüpp gekämpft hatte, Hände vom Moos grün verfärbt, Knie an harten Steinen aufgeschürft, war er bereit, den Rückzug anzutreten. Er blieb stehen, um den Pullover auszuziehen – in dem er inzwischen kochte –, und als er ihn über das Gesicht gezogen hatte, sah er vor sich einen geheimnisvollen Umriß zwischen den Bäumen. Er ging darauf zu, während er die Arme aus dem Pullover zog, und als er näherkam, stieß er leise Freudenschreie aus.

»Oh . . . oh . . . das ist es! Das ist es!«

Da war es, direkt vor ihm. Feuer und Fäulnis hatten den größten Teil der Bretter verzehrt, aber die meisten Balken und die gemauerten Kamine standen noch.

Er hängte den Pullover an einen Zweig und drängte sich durch das Dickicht, bis er bei dem Haus angelangt war – dem das Wort schmeichelte, Hütte wäre der angemessenere Ausdruck gewesen –, dann trat er über die Schwelle.

Unter seinen Füßen fanden sich einige erbärmliche Spuren des Lebens, das hier geherrscht hatte. Trümmer verkohlter Möbelstücke; ein Fetzen eines verfaulten Teppichs; Scherben von Tellern, ein verbeulter Eimer. Der Anblick war zum Jammern, dennoch verspürte Erwin ein Hochgefühl. Er hegte nicht mehr den geringsten Zweifel daran, daß McPhersons Geständnis im großen und ganzen der Wahrheit entsprach. Jetzt hatte er genügend Beweise, sein Wissen publik zu machen, ohne Angst davor haben zu müssen, daß es frei erfunden war. Er mußte sich nur noch überlegen, wie er mit seinen Enthüllungen den größtmöglichen Knalleffekt erzielen konnte.

Er ging in die Hocke und zog, erstmals von einem Anflug von Unbehagen erfüllt, eine Tonscherbe aus dem Unterholz. Er glaubte nicht an Gespenster – die Toten waren tot und blieben es auch –, aber die tropfende Stille des Hauses machte ihm trotzdem zu schaffen. Es wurde Zeit, wieder umzukehren; Zeit, die versprochene Tasse Kaffee zu trinken, und zur Feier des Tages vielleicht ein Stück Karottenkuchen dazu.

Folglich wischte er den Schmutz von der Tonscherbe und richtete sich auf. Dabei sah er eine Bewegung zwischen den Bäumen auf der anderen Seite des Bachs. Er sah genauer hin, und sein Herz setzte einen Schlag aus. Jemand stand dort und beobachtete ihn. Die Tonscherbe glitt ihm aus den Fingern. Seine Nackenhärchen kribbelten.

Die Schatten zwischen den Pinien waren so dicht, daß er das Äußere des Beobachters kaum erkennen konnte, aber er war eindeutig kein Anhalter. Er trug etwas Dunkles und Bauschiges, fast eine Robe; sein Gesicht wurde von einem struppigen Bart verborgen, und er hatte die blassen Hände vor der Brust gefaltet.

Nun neigte er den Kopf in Erwins Richtung, als wollte er sagen: *Ich weiß, daß Sie mich sehen.* Dann hob er die linke Hand und winkte Erwin zu sich. Selbstverständlich lag der Bach zwischen ihnen, und hier, an der Quelle, waren die Hänge links und rechts davon tiefer als weiter flußabwärts. Das bot hinreichend Schutz, sollte sich der Fremde als ein Wahnsinniger erweisen, daher hatte Erwin keine

Bedenken, der Aufforderung des Mannes nachzukommen und sich ihm ein Stück zu nähern.

Als er das Ufer erreichte, das steil etwas eineinhalb Meter abfiel, ergriff der Mann das Wort. Seine Stimme war leise, übertönte das Rauschen des Wassers aber trotzdem.

»Wie heißt dieser Platz?« sagte er.

»Das ist Unger's Creek.«

»Ich meine den Ort.«

»Das ist kein Ort, sondern eine Kleinstadt. Sie heißt Everville.«

»Everville . . .«

»Haben Sie sich verirrt?«

Der Mann kam zwischen den Bäumen den Hang herunter. Er war barfuß, sah Erwin, und mit jedem Schritt wurde deutlicher, wie seltsam seine Kleidung und seine Züge waren. Er trug, wie Erwin vermutet hatte, tatsächlich eine Robe, in einem so dunklen Blauton, daß sie fast schwarz wirkte. Sein Gesicht drückte eine merkwürdige Mischung aus Strenge und Abgeklärtheit aus: Stirn gerunzelt, Augen lebhaft; Mund schmal, aber von einem sanften Lächeln umspielt.

»Ich dachte, ich hätte mich verirrt«, sagte er, »aber nun sehe ich, daß dem nicht so ist. Wie heißen Sie?«

»Erwin Toothaker.«

»Erwin, ich muß Sie um einen Gefallen bitten.«

»Sagen Sie mir zuerst, wer Sie sind.«

»Aber gerne.« Der Fremde hatte das gegenüberliegende Ufer erreicht und breitete vor Erwin die Arme aus. »Mein Name«, sagte er, »ist Richard Wesley Fletcher. Und ich bin gekommen, um Ihr Leben vor der Banalität zu retten.«

5

»Joe, da kommt jemand die Treppe rauf.«

Er löste die Lippen von ihrer Brust und horchte. Draußen, auf der Straße, schrien Kinder, und in der Wohnung unten spielte ein Radio. Aber keine Schritte, kein Quietschen. Er leckte wieder ihre Brustwarze.

»Ich schwöre es«, flüsterte sie und sah zur Tür.

»Okay«, sagte er, hob seine Shorts vom Boden auf und zog sie an, wobei er seine wie immer stahlharte Erektion an den Bauch drücken mußte.

Sie strich mit den Fingern über die Brust, die er so innig geleckt hatte, dann zog sie die Brustwarze zwischen Daumen und Zeigefinger lang.

»Laß mich sehen, was du zu bieten hast, Baby«, sagte er und sah von der Tür zu ihr.

Sie ließ ein Bein vom Sofa gleiten, auf dem sie lag, und hob die Hüften ein wenig. Er betrachtete ihre Möse.

»O Baby.«

»Gefällt dir das?« flüsterte sie.

»Du wirst gleich sehen, wie sehr es mir gefällt.«

In diesem Augenblcik hätte sie ihn beinahe zurückgerufen, aber bevor sie es tun konnte, war er draußen auf dem Flur. Sie sah an ihrem Körper hinab und packte die Fleischwülste an den Hüften. Er sagte, daß er sie genau so liebte, aber *sie* sich nicht. Sie würde zwanzig Pfund abnehmen, das schwor sie sich, zwanzig Pfund, vor Thanksgiving. Das war –

»Nigger!« hörte sie Morton aufschreien. Die Tür wurde gegen die Wand geschlagen. Joe taumelte den Flur entlang und hielt sich den nackten Bauch.

Sie streckte die Arme nach der Sofalehne aus, um sich in die Höhe zu ziehen, aber bevor sie das geschafft hatte, stand Morton in der Tür und sah mit angeekelter Miene dorthin, wo Joe kurz zuvor hingesehen hatte.

»Herrgott!« schrie er. »Herrgott, sieh dich an!« Und schon durchquerte er mit ausgestreckten Armen das Zimmer. Er packte sie an den gespreizten Beinen und zerrte sie so grob vom Sofa, daß sie schrie.

»Nicht!«

Aber er hörte nichts mehr. Sie hatte noch nie so einen Gesichtsausdruck bei ihm gesehen: Zähne gebleckt, Lippen gefletscht; verschwitzt, Augen und Venen standen vor. Trotz seines Zustandes war er nicht rot; er hatte die Farbe von jemand, der sich gleich übergeben muß oder ohnmächtig wird.

Er griff nach unten und zog sie auf die Knie.

»Du verdammte Hure!« schrie er und schlug ihr ins Gesicht. »Gefallen ihm die?« Diesmal schlug er auf ihre Brüste, hin und her. »Ich wette, sie gefallen ihm!« Fester, hin und her, schmerzhafte Schläge. »Ich wette, er leckt deine Scheißtitten!«

Sie versuchte sich zu schützen, aber er hatte Blut geleckt.

»Geile Titten!« Er schlug, schlug so fest, daß ihr die Tränen flossen. »Geile Titten! Geile, geile Titten!«

Sie hatte nicht gesehen, wie Joe aufstand, so sehr war sie damit beschäftigt, Morton anzuflehen, er solle aufhören. Aber plötzlich war Joe da, packte ihren Peiniger am Kragen und schleuderte ihn quer durch das Zimmer. Morton war gut acht bis zehn Zentimeter größer und mindestens fünfzig Pfund schwerer, aber Joe setzte ihm trotzdem ohne zu zögern nach und trieb ihn mit den Fäusten an die Wand.

Phoebe wischte sich die Tränen aus den Augen und griff nach einem Kleidungsstück, um ihre Blöße zu bedecken. Während sie das tat, stieß Morton, dessen Nase blutete, einen Schrei aus, sprang wieder vorwärts und rammte sein ganzes Gewicht so brutal gegen Joe, daß sie beide durch das Zimmer flogen. Joe landete auf dem Fernseher, der von dem kleinen Tischchen fiel, auf dem er stand, und Joe mit ihm, als der Tisch unter seinem Gewicht entzweibrach. Morton fiel auf ihn, stand aber einen Moment später schon wieder aufrecht und belohnte Joes Schläge mit Fußtritten. Sie zielten zwischen Joes Beine und trafen ihr Ziel fünf-, sechs-, siebenmal, während Joe außer Puste und benommen auf einem Bett von Splittern und Glasscherben lag.

Phoebe vergaß ihren Versuch, schicklich zu sein, stand auf und versuchte, Morton von Joe wegzuziehen, aber er preßte seine Hand auf ihr Gesicht und kniff sie in die Wangen.

»Du wartest, bis du an der Reihe bist«, sagte er und trammelte auf Joes Unterleib herum. »Zu dir komme ich noch.«

Dann stieß er sie fast beiläufig von sich, damit er sich weiter auf seine brutalen Attacken konzentrieren konnte. Sie sah auf Joe hinab – der auf den Trümmern lag, während sich ein blutiger Fleck auf seinen Shorts ausbreitete – und sah von Schwindelgefühl ergriffen ein, daß Morton keine Ruhe geben würde, bis Joe tot war.

Sie mußte etwas unternehmen, *irgend* etwas. Sie sah sich nach einer Waffe um, fand aber nichts, das sie halten konnte, mit dem sie Morton zu Fallen bringen würde. In ihrer Verzweiflung lief sie in die Küche, während sie die schrecklichen, dumpfen Laute von Stiefeln auf Haut hörte, und Joes Stöhnen, das mit jedem Moment schwächer wurde.

Sie riß eine Schublade nach der anderen auf und suchte nach einem Steak- oder Brotmesser; etwas, womit sie Morton bedrohen konnte. Aber sie fand nur einen Satz zerkratztes Besteck.

»Du bist im Arsch, Nigger –«, sagte Morton. Joe hatte ganz aufgehört zu stöhnen.

In ihrer Verzweiflung nahm sie ein normales Messer und eine Gabel und rannte ins Wohnzimmer zurück, wo sie gerade noch sehen konnte, wie Morton Joe die Shorts herunterzog, um zu betrachten, was er angerichtet hatte. Diese ekelhaft intime Tat erfüllte sie mit einer solchen Wut, daß sie sich mit erhobenem Messer auf Morton stürzte. Dabei drehte er sich um und schlug ihr mehr zufällig als absichtlich das Messer aus der Hand. Aber die Gabel fand ihr Ziel, und Phoebes Schwung reichte aus, daß sie sie in seine Brust bohren konnte.

Er sah mehr verwirrt als unter Schmerzen an sich hinab, dann versetzte er ihr einen Schlag mit dem Handrücken, daß sie bis zur Tür stolperte. Blut floß aus der Wunde, aber er nahm sich nicht die Zeit, die Gabel herauszuziehen.

»Du elende *Schlampe!*« sagte er und raste wie ein führerloser Lastwagen auf sie zu.

Sie wich in den Flur zurück. Die Eingangstür stand noch offen. Wenn sie lief, was das Zeug hielt, konnte sie ihm noch entwischen. Aber das bedeutete, sie mußte Joe zurücklassen, während sie Hilfe holte, und Gott allein wußte, was Morton in der Zwischenzeit mit ihm anstellen würde.

»Bleib stehen«, sagte er zu ihr, und seine Stimme klang gequält und krächzend.

»Du hast es nicht anders gewollt.«

Er hörte sich fast vernünftig an. »Du weißt, daß du es so gewollt hast.«

Sie sah den schmalen Flur entlang zur Toilette, und als er sie ansprang, warf sie sich durch die Tür und wirbelte herum, um sie zu schließen, bevor er bei ihr war. Zu spät. Sein Arm schoß durch den Spalt der Tür; er packte sie an den Haaren. Sie warf sich mit dem ganzen Gewicht gegen die Tür und klemmte ihm den Arm ein. Diesmal schrie er, und sein Schwall Verwünschungen ging in ein Aufheulen von Wut und Schmerzen über. Er warf sich gegen die Tür, zog den blutenden Arm heraus und klemmte den Fuß dazwischen, als der Spalt groß genug war.

Sie rutschte mit ihren bloßen Füßen auf den Fließen ab; es konnte nur noch Sekunden dauern, bis er die Tür aufgedrückt hatte. Sie schrie so laut sie konnte, und ihr Schrei hallte in der engen Toilette wider. Jemand mußte schnell kommen, sonst würde es zu spät sein.

Sein Gesicht tauchte jetzt in dem Spalt auf, weiß und feucht wie die Fließen.

»*Mach auf*«, sagte er und drückte noch fester.

»Du weißt doch, wie man das macht –«

Mit einer letzten Kraftanstrengung stieß er die Tür weit auf. Phoebe hatte keine Fluchtmöglichkeit mehr, und das wußte er. Er stand blutend und keuchend im Türrahmen und betrachtete sie von oben bis unten.

»Du bist eine Hure«, sagte er. »Eine verdammte, fette Hure. Ich werde dir die Titten abreißen.«

»He ...!« rief Joe.

Morton sah den Flur entlang. Joe war aufgestanden und hielt sich am Rahmen der Wohnzimmertür fest.

»Bist du immer noch nicht tot?« sagte Morton und lief zu Joe zurück.

Bis ans Ende ihrer Tage würde Phoebe sich nie ganz sicher sein, was als nächstes passierte. Sie lief hinter Morton her, um ihn zu packen und wenigstens lange genug aufzuhalten, bis Joe zur Eingangstür fliehen konnte – soviel stand fest –, aber als sie nach seiner Schulter griff, trat oder stolperte Joe ihm in den Weg. Möglicherweise schlug er Morton; möglicherweise stolperte Morton, vom Blutverlust geschwächt; möglicherweise reichte ihr Gewicht aus, um ihn zu Fall zu bringen. Wie auch immer, er kippte nach vorne und streckte selbst dabei noch die Arme aus, um Joe zu packen. Als er auf dem Boden aufschlug, war ein Knakken zu hören, gefolgt von einem Schluchzen Mortons. Er stand nicht mehr auf. Seine Beine zuckten einen Augenblick. Dann blieb er reglos liegen.

»O ... mein ... Gott ...«, sagte Joe, wandte sich von Phoebe ab und übergab sich heftig.

Sie näherte sich Morton vorsichtig, weil sie immer noch befürchtete, daß er wieder aufstehen würde. Blut lief unter seiner Brust hervor. Die Gabel! Sie hatte die Gabel vergessen!

Sie drehte ihn um. Er atmete noch, aber seine Atemzüge waren unregelmäßig, und er verkrampfte sich dabei von Kopf bis Fuß. Die Gabel war etwa in der Mitte abgebrochen. Der Rest, etwa acht Zentimeter, hatte sich in seine Brust gebohrt.

Joe war wieder aufgestanden und wischte sich mit dem Handrücken den Mund ab.

»Wir müssen einen Arzt holen«, sagte er und verschwand im Wohnzimmer.

Phoebe folgte ihm. »Warte, warte –«, sagte sie, »– was sollen wir sagen?«

»Die Wahrheit«, sagte er.

Er zog das Telefon aus den Trümmern. Die Leitung war aus der Wand gerissen worden. Er verzog bei jeder Bewegung das Gesicht, als er den Stecker wieder einsteckte, während Phoebe ihre Unterwäsche anzog. »Dafür werden sie mich einsperren, Baby.«

»Es war ein Unfall«, sagte sie.

Er schüttelte den Kopf. »So läuft das nicht«, fuhr er fort. »Ich hatte schon mal Ärger.«

»Was meinst du damit?«

»Ich meine, ich habe ein Vorstrafenregister«, sagte er. »Ich hätte es dir gesagt.«

»Es ist mir egal«, sagte sie.

»Sollte es dir aber nicht sein«, fauchte er, »weil das alles vermasselt.« Er hatte das Ende des Telefonkabels gefunden, aber dort waren nur freigelegte Drähte. »Sinnlos«, sagte er und warf das Telefon auf die zertrümmerten Möbelstücke. Dann erhob er sich mit Tränen in den Augen. »Es tut mir leid . . .«, sagte er. »So . . . leid.«

»Du solltest besser gehen«, sagte sie.

»Nein.«

»Ich kann mich um Morton kümmern. Du gehst einfach.« Sie hatte den Rock angezogen und knöpfte die Bluse zu. »Ich werde ihnen alles erklären, man wird sich um ihn kümmern, und dann verschwinden wir beide.« Sie wußte, ihre Worte waren unlogisch, aber mehr brachte sie nicht zustande. »Es ist mein Ernst«, sagte sie. »Zieh dich an und *geh*!«

Sie stolperte zur Tür zurück. Morton murmelte, was immerhin besser war als die Krämpfe: Verwünschungen und zusammenhangloser Unsinn, wie Babysprache, nur daß Blut zwischen seinen Lippen hervorquoll, statt Milch und Speichel.

»Er wird sicher wieder gesund«, sagte sie zu Joe, der immer noch inmitten seines verwüsteten Wohnzimmers stand und einen hilflosen Eindruck machte. »Würdest du jetzt *bitte* gehen? Ich komme zurecht.«

Dann ging sie hinaus ins Sonnenlicht und die Treppe hinunter. Die Kinder auf der Straße hatten aufgehört zu spielen und sahen vom Bürgersteig auf der anderen Seite herüber.

»Was gibt's zu glotzen?« sagte sie in dem Tonfall zu ihnen, den sie für Spätankömmlinge in der Praxis vorbehielt. Die Gruppe stob binnen Sekunden auseinander, und sie hastete zum Telefon an der Straßenecke, wagte aber nicht, sich umzudrehen, weil sie Angst hatte, sie könnte Joe davonschleichen sehen.

IX

1

»Ich wette, Sie haben gedacht, dies sei ein ruhiges kleines Städtchen, was?« sagte Will Hambrick und schob seinem förmlich gekleideten Kunden noch ein Glas Brandy hin.

»Ist es das nicht?« sagte der Bursche.

Eine Aura des Wohlhabenden umgab ihn, fand Will; die lässige Haltung von Leuten, die Geld in der Tasche haben. Hoffentlich gab er einiges davon für Brandy aus, bevor er seines Weges ging.

»Heute nachmittag hat es in der Stadt ein Blutvergießen gegeben.«

»Tatsächlich?«

»Der Typ war Stammgast hier, Morton Cobb, hat immer an dem Tisch dort an der Wand gesessen –« Will deutete darauf – »und wurde mit einer Gabel im Herzen ins Krankenhaus gefahren.«

»Einer Gabel?« sagte der Mann und zupfte an seinem makellosen Schnurrbart.

»Hab ich doch gesagt, eine *Gabel*, einfach so, *Gabel*, hab ich gesagt. Großer Mann.«

»Hm«, sagte der Mann und schob das Glas in Wills Richtung.

»Noch einen?«

»Warum nicht? Wir sollten feiern.«

»Was gibt es zu feiern?«

»Wie wäre es mit dem Blutvergießen?« antwortete der Bursche. Das fand Will geschmacklos, was man seinem länglichen, traurigen Zügen angesehen haben mußte, denn der Gast sagte: »Tut mir leid. Ich habe Sie falsch verstanden. Ist dieser Cobb ein Freund von Ihnen?«

»Nicht unbedingt.«

»Dieser Anschlag auf sein Leben, durch seine Frau, oder ihren Liebhaber, ihren schwarzen Liebhaber –«

»Sie haben es gehört.«

»Selbstverständlich habe ich es gehört. Diese blutrünstige, skandalöse Tat ist wirklich etwas, das man ... genießen muß, oder nicht?« Er trank von seinem Brandy. »Nein?«

Will antwortete nicht. Um die Wahrheit zu sagen, vor dem Burschen gruselte ihm ein bißchen.

»Habe ich Sie vor den Kopf gestoßen?« fragte er Will.

»Nein.«

»Sie sind ein *professioneller* Barkeeper, hab ich recht?«

»Mir gehört diese Bar«, sagte Will.

»Um so besser. Sehen Sie, ein Mann wie Sie ist in einer sehr einflußreichen Position. Dies ist ein Ort, wo Leute sich versammeln, und wenn Leute sich versammeln, was tun sie dann?«

Will zuckte mit den Achseln. »Sie erzählen *Geschichten*«, lautete seine Antwort.

»Ich glaube wirklich nicht –«

»Bitte, Mr. –«

»Hamrick.«

»Mr. Hamrick, ich war in allen Städten dieser Welt in Bars, Schanghai, St. Petersburg, Konstantinopel, und die großen Bars, die *legendär* werden, die haben eines gemeinsam, und das ist nicht der perfekte Wodka Martini. Das sind Burschen wie Sie. Disseminatoren.«

»Was ist das?«

»Leute, die Saat säen.«

»Da irren Sie sich, Mister«, sagte Will mit verhaltenem Grinsen. »Sie meinen Doug Kenny bei Farm Supplies.«

Der Brandytrinker machte sich nicht die Mühe, zu lachen. »Ich persönlich«, sagte er, »hoffe nur, daß Morton Cobb stirbt. Dann würde die Geschichte noch viel besser werden.« Will schürzte die Lippen. »Los doch, geben Sie es zu«, sagte der Mann und beugte sich nach vorne. »Wenn Morton Cobb an der Gabel in seiner Brust stirbt, haben Sie dann nicht eine viel bessere Geschichte zu erzählen?«

»Nun ...«, sagte Will, »... kann schon sein.«

»Na also. War doch gar nicht so schwer, oder?« Der Gast trank sein Glas leer. »Was schulde ich Ihnen?«

»Neun Dollar.«

Der Mann holte seine Krokoledertasche heraus und zog nicht einen, sondern zwei nagelneue Zehndollarscheine heraus. »Der Rest ist für Sie«, sagte er, »ich schau vielleicht wieder rein, ob Sie neue schlüpfrige Einzelheiten über den Fall Cobb haben. Wie tief die Wunde war; wie gut der Liebhaber bestückt ist; so was in der Art.« Der Brandytrinker grinste. »Und jetzt sagen Sie mir nicht, Sie hätten es sich nicht selbst überlegt. Wenn ein guter Disseminator eines weiß, dann ist es, daß jede Einzelheit zählt. Besonders diejenigen, die jeden interessieren, obwohl es keiner zugibt. Erzählen Sie ihnen schändliche Einzelheiten, und sie lieben Sie dafür.« Jetzt lachte er, und sein Lachen klang so melodisch wie seine Stimme. »Ich sage das«, verkündete er, »als ein Mann, der sehr geliebt worden ist . . .«

Damit verabschiedete er sich, und Will betrachtete die zwanzig Piepen, war aber nicht sicher, ob er sich über die Großzügigkeit des Mannes freuen oder die Scheine im nächsten Aschenbecher verbrennen sollte.

2

Phoebe musterte das Gesicht auf dem Kissen und dachte: *Morton hat mehr Borsten als ein Wildschwein.* Borsten in der Nase; Borsten in den Ohren, Borsten in den Augenbrauen und unter dem Kinn, wo er vergessen hatte, sie abzurasieren.

Habe ich ihn geliebt, bevor *er die Borsten bekam?* fragte sie sich. Dann: *Habe ich ihn jemals geliebt?*

Ihre Gedanken waren seltsam unbeteiligt, was sie auf die Beruhigungsmittel zurückführte, die sie ihr vor zwei Stunden gegeben hatten. Ohne sie wäre es fraglich gewesen, ob sie die demütigenden Verhöre überstanden hätte, ohne zusammenzubrechen. Sie hatte sich am ganzen Körper untersuchen lassen müssen (ihre Brüste waren voller Blutergüsse, ihr Gesicht geschwollen, aber sie hatte keine ernsteren Verletzungen); Jed Gilholly, Polizeichef von Everville, hatte ihr Fragen nach ihrer Beziehung zu Joe gestellt (wer er war; warum sie es getan hatte); sie war vom Krankenhaus in Silverton zum Apartment zurückgefahren und befragt worden, was genau sich dort abgespielt hatte. Und als sie schließlich alles gesagt hatte, was sie sagen konnte, war sie an sein Bett geführt worden, wo sie jetzt noch saß und über das Geheimnis von Mortons Borsten sinnierte.

Die Ärzte hatten zwar verkündet, daß sich sein Zustand stabilisiert habe, aber sie kannte die Laster des Patienten genau. Er rauchte, er trank, er aß zuviel rotes Fleisch und zu viele Spiegeleier. Sein Körper war, trotz seiner Masse, nicht kräftig. Wenn er die Grippe bekam – fast in jedem Winter –, war er wochenlang krank. Aber er mußte durchkommen. Sie haßte ihn bis zur letzten Borste, aber er mußte durchkommen!

Jed Gilholly kam kurz vor fünf und rief sie auf den Flur hinaus. Er und seine Familie (zwei Mädchen, beide über zehn) waren Patienten von Dr. Powell; seine Frau und die Kinder waren weitgehend gesund, aber Jed selbst hatte schwere Verdauungsstörungen und – wenn ihr Gedächtnis sie nicht im Stich ließ – die ersten Anzeichen eines Prostataproblems. Daß sie diese kleinen Einzelheiten wußte, machte ihn weniger einschüchternd.

»Ich habe Neuigkeiten«, sagte er zu ihr. »Über Ihren ... ähem ... Freund.«

Sie haben ihn geschnappt, dachte sie.

»Er ist ein Straftäter, Phoebe.«

Nein; möglicherweise hatten sie ihn nicht.

»Vor vier oder fünf Jahren hat er in Kentucky jemanden verwundet. Bekam Bewährung. Wenn Sie wissen, wo er sich aufhält ...«

Sie hatten ihn *nicht* erwischt, Gott sei Dank.

»... sollten Sie es mir unverzüglich sagen, denn die ganze Situation sieht nicht gut für ihn aus.«

»Ich sagte Ihnen schon«, antwortete sie, »Morton hat angefangen.«

»Und Morton ist auch derjenige, der hier liegt«, sagte Jed darauf. »Er hätte sterben können, Phoebe.«

»Es war ein Unfall. *Ich* habe mit der Gabel auf ihn eingestochen, nicht Joe. Wenn Sie jemanden verhaften wollen, dann mich.«

»Ich habe gesehen, was er Ihnen angetan hat ...« sagte Jed ein wenig verlegen. »Sie einfach so herumzuschubsen. Ich denke, wir haben es hier mit Mißhandlung und Körperverletzung zu tun, *und* ...« er sah Phoebe in die Augen, »... mit einem Mann, der schon einmal mit dem Gesetz in Konflikt geraten ist und möglicherweise eine Gefahr für die Öffentlichkeit darstellt.«

»Das ist lächerlich.«

»Ich entscheide, was lächerlich ist und was nicht«, sagte Jed. »Und jetzt frage ich sie noch mal: Wissen Sie, wo Flicker ist?«

»Und ich sage Ihnen klipp und klar«, antwortete Phoebe, »nein, ich weiß es nicht.«

Jed nickte, aber was er wirklich dachte, war unergründlich. »Ich will Ihnen etwas sagen, Phoebe, was ich wahrscheinlich nicht täte, wenn ich Sie nicht kennen würde.«

»Ja?«

»An sich ist es ganz einfach. Ich weiß nicht, was zwischen Ihnen und diesem Flicker war. Ich weiß, Morton ist nicht der Umgänglichste, und er hat Sie heute nachmittag verprügelt ...« er schüttelte den Kopf, »... was an sich auch ein Verbrechen ist. Aber ich muß davon ausgehen, daß Ihr Liebhaber gefährlich ist, und wenn ich zwischen seiner Sicherheit und der meiner Beamten entscheiden muß ...«

»Er wird keinem etwas tun.«

»Das will ich damit sagen, Phoebe. Er wird keine Gelegenheit dazu bekommen.«

3

Ohne Fahrzeug standen Joe nur eine begrenzte Anzahl von Möglichkeiten zur Verfügung. Er konnte ein Auto stehlen, es an einer abgelegenen Stelle verstecken und dann zurückkommen und Phoebe holen, wenn es dunkel geworden war. Er konnte sich irgendwo innerhalb der Stadtgrenze verstecken und dort die Zeit totschlagen. Oder er konnte klettern.

Er entschied sich für letzteres. Wenn er ein Fahrzeug stahl, wäre das nur noch eine Straftat auf seiner Liste, und die Stadt war zu klein und zu weiß, als daß er sich unbemerkt auf der Straße hätte zu schaffen machen können. Er beschloß, daß er den Berg hinaufklettern würde; zumindest so weit, bis er vor seinen Verfolgern sicher war.

Mit einem Minimum an Vorräten hatte er das Apartment verlassen: etwas zu essen, eine warme Jacke für später und, in seinem Zustand wahrscheinlich das Wichtigste, ein Erste-Hilfe-Set. Vor seiner Flucht hatte er nur für eine oberflächliche Untersuchung Zeit gehabt (um sich zu vergewissern, daß er nicht verbluten würde), aber die Schmerzen waren unerträglich, daher kam er nur bis zum Bach, dann mußte er Pause machen. Er rutschte in das Bachbett hinunter, wo ihn lediglich die Fische sehen konnten, und wusch sich den geschwollenen, von Blutergüssen übersäten Unterleib so behutsam, wie er konnte. Es war eine langwierige, quälende Angelegenheit. Er konnte kaum Schreie unterdrücken, als das eiskalte Wasser über seine aufgeplatzte Haut lief, und mehrmals mußte er ganz aufhören, damit er nicht das Bewußtsein verlor. Schließlich schluckte er wider besseres Wissen zwei schmerzstillende Tabletten aus dem Set, die letzten (bis auf eine) von zehn Percodan, die er wegen seiner Rückenschmerzen verschrieben bekommen hatte. Es war ein kräftiges Mittel, das ihn in eine angenehme Trägkeit versetzte, die ihm momentan nicht zum Vorteil gereichte. Aber er bezweifelte, daß er ohne die Tabletten viel weiter als bis zum Bach gekommen wäre.

Er saß eine Zeitlang am Ufer und wartete, bis die Wirkung der Tabletten einsetzte, bevor er, mit zu den Knöcheln heruntergelassenen Hosen und blutverkrusteter Unterwäsche, seine Bemühungen fortsetzte. Die schlimmste Tageshitze war vorbei, aber die Sonne drang trotzdem noch durch die Farne und vergoldete das fließende Wasser. Er sah ihr zu, wie sie unterging, während die Schmerzen nachließen. Wenn so der Tod war, dachte er – Nachlassen der Schmerzen, sich ausbreitende Trägheit –, lohnt es sich, darauf zu warten.

Nach ein paar Minuten, als seine Gedanken schwerfälliger und seine Finger ungeschickter geworden waren, machte er sich wieder daran, seine Wunden auszuwaschen. Im Verlauf der vergangenen halben Stunde waren seine Hoden auf doppelte Größe angeschwollen, sein Hodensack war an manchen Stellen purpurfarben, an anderen war die Haut roh und aufgeschürft. Er tastete die Hoden behutsam ab und rollte sie zwischen den Fingern. Sie taten sogar durch den Percodannebel weh, aber er spürte nichts Abgetrenntes oder Verklumptes. Eines fernen Tages konnte er vielleicht doch noch Kinder haben. Was seinen Schwanz betraf, der war an drei verschiedenen Stellen aufgeplatzt, als Morton mit dem Stiefel darauf getreten war. Joe reinigte die Platzwunden ein letztes Mal mit Bachwasser, dann strich er großzügig antiseptische Salbe darüber.

Während dieser delikaten Prozedur spülte einmal eine Woge der Übelkeit über ihn hinweg – weniger wegen des Anblicks seiner Wunden, sondern wegen der Erinnerung, wie er zu ihnen gekommen war –, und er hatte keine andere Wahl, als aufzuhören und in die Sonne über dem Wasser zu sehen, bis das Gefühl vorbeiging. Beim Warten schweiften seine Gedanken ab. Neunundzwanzig Jahre auf der Welt (in einem Monat dreißig), und er hatte nichts vorzuweisen außer diesem bemitleidenswerten Zustand. Das mußte sich ändern, wenn er noch einmal neunundzwanzig überstehen wollte. Sein Körper hatte genügend Strafen für ein Leben einstecken müssen. Von jetzt an würde er seinen Lebensweg planen, statt sich vom Schicksal treiben zu lassen. Er würde mit der Vergangenheit abschließen, aber nicht, indem er sie leugnete, sondern indem er sie zu einem Teil von sich machte, samt Schmerzen und allem. Er konnte sich glücklich schätzen, oder nicht? Die Liebe war in Gestalt einer Frau zu ihm gekommen, die heute nachmittag für ihn gestorben wäre. Das passierte den wenigsten Menschen in ihrem Leben. Sie lebten, was die Liebe anbetraf, mit einem Kompromiß; mit einem Partner, der besser als nichts, aber längst nicht alles war. Phoebe bedeutete ihm viel mehr.

Sie war nicht die erste Frau, die gesagt hatte, daß sie ihn liebte, nicht einmal die erste, der er dasselbe sagte. Aber sie war die erste, bei der er Angst hatte, sie zu verlieren, die erste, ohne die sein Leben einsamer sein würde; die erste, von der er glaubte, daß er sie auch noch lieben würde, wenn die erste Hitze vorbei war, wenn sie die Schenkel nicht mehr für ihn spreizen und ihm nichts mehr daran liegen würde, sie gespreizt zu sehen.

Ein stechender Schmerz im Unterleib erinnerte ihn an seinen derzeitigen Zustand, er sah an sich hinab und stellte fest, daß nicht alles verloren war. Sein Schwanz hatte sich zu einer ansehnlichen Erektion aufgerichtet, während er daran dachte, wie Phoebe sich vor ihm präsentiert hatte, und er mußte sich darauf konzentrieren, Fliegen zu zählen, bis die Erektion wieder abgeklungen war. Dann rieb er sich nochmals mit Salbe ein und legte einen behelfsmäßigen Verband an. Es wurde Zeit, daß er sich aus dem Staub machte, bevor die Suche bis auf den Bach ausgedehnt wurde und die Wirkung der Schmerzmittel nachließ.

Er zog die Hosen hoch, vergrub den Abfall seiner Behandlung und ging ein Stück am Ufer entlang, bis er eine Stelle fand, wo der Bach schmal genug war, daß er ihn mit einem Sprung überqueren konnte. Dann kletterte er am gegenüberliegenden Ufer unter den Bäumen den Hang hinauf.

4

Um halb sieben, als sich Phoebe am Getränkeautomaten einen Becher Kaffee holte, schlug Morton die Augen auf. Als sie das Zimmer wieder betrat, erklärte er der Schwester gerade stammelnd, daß er auf einem Boot gewesen und über Bord gefallen war.

»Ich hätt' ertrinken können ...« beharrte er und klammerte sich an der grünen Bettdecke fest, als wäre sie eine Rettungsleine. »Hätt' ich. Ich hätt' ertrinken können.«

»Nein, Mr. Cobb. Sie sind im Krankenhaus –«

»Krankenhaus?« sagte er und hob den Kopf zwei oder drei Zentimeter, obwohl sich die Schwester größte Mühe gab, ihn zurückzuhalten. »Ich war schwimmen –«

»Du hast geträumt, Morton«, sagte Phoebe und trat in sein Gesichtsfeld.

Bei ihrem Anblick schien die Erinnerung daran, was ihn hierher gebracht hatte, wieder zurückzukommen. »O Gott«, sagte er mit zusammengebissenen Zähnen, »Herrgott im Himmel«, und ließ sich wieder auf das Kissen sinken. »Du Schlampe«, murmelte er. »Du verdammte Schlampe.«

»Beruhigen Sie sich, Mr. Cobb«, beharrte die Schwester, aber Morton richtete sich, von einem plötzlichen Wutanfall gepackt, kerzengerade im Bett auf und zog dabei an der Tropfkanüle in seinem Arm.

»Ich *wußte es*!« schrie er und zeigte mit dem Finger auf Phoebe.

»Tu, was die Schwester dir sagt, Morton.«

»Bitte helfen Sie mir, Mrs. Cobb«, sagte die überforderte Frau.

Phoebe stellte den Kaffeebecher ab und kam ihr zu Hilfe, aber die Nähe seiner Frau versetzte Morton in Raserei.

»Verdammt, faß mich nicht an! Faß mich nicht –«

Er verstummte mitten im Satz und gab einen knappen Laut von sich, fast wie ein Hicksen. Dann verschwand die Wut schlagartig aus ihm – seine Arme sanken herab, sein verzerrtes Gesicht wurde schlaff und ausdruckslos –, und die Schwester, die das Gewicht seines Oberkörpers nicht tragen konnte, hatte keine andere Wahl, als ihn wieder auf das Kissen sinken zu lassen. Doch damit war es noch nicht überstanden. Während die Schwester zur Tür lief und nach Hilfe rief, holte Morton keuchend Atem, und jeder Atemzug klang abgehackter und panischer als der vorhergehende.

Sie konnte ihn nicht leiden sehen, ohne zumindest den Versuch zu unternehmen, ihn zu beruhigen.

Seine Augen kreisten hintr den Lidern. Sein Keuchen war gräßlich.

»Halt durch, Morton –«, sagte sie, während seine Qualen immer schlimmer wurden. »Du wirst dir selbst Schaden zufügen.«

Falls er sie verstehen konnte, hörte er ihr nicht zu. Aber wann hatte er ihr je zugehört? Er keuchte weiter, bis sein Körper keine Kraft mehr hatte. Dann hörte er einfach auf.

»Morton«, murmelte sie ihm zu. »Wage es nicht –«

Inzwischen standen Krankenschwestern am Bett, und ein Arzt erteilte aufgeregt Befehle, aber Phoebe bekam nichts davon mit. Sie hatte nur Augen für Mortons gequältes Gesicht. Speichelfäden hingen ihm vom Kinn, und er hatte die Augen immer noch weit aufgerissen. Er sah aus wie vorhin, unter der Badezimmertür, tobsüchtig, er tobte, während das Meer, von dem er geträumt hatte, über seinem Kopf zusammenschlug.

Eine der Schwestern nahm sie an der Hand und führte sie sanft vom Bett weg.

»Ich fürchte, sein Herz ist stehengeblieben« murmelte sie tröstend.

Aber Phoebe wußte es besser. Der verdammte Narr war ertrunken.

5

Sobald ein Tag zur Neige ging, gab es immer jenen Augenblick, wenn das blaue Zwielicht der Dämmerung sich über die Stadt gesenkt hatte, die Sonne aber immer noch über Harmon's Heights schien. Dann sah Everville wie eine Geisterstadt aus, die im Schatten eines lebenden Berges lag. Was vor einer Minute noch unzweideutig ausgesehen hatte, wurde dann ätherisch. Leute, die ihre Nachbarn auf der anderen Straßenseite lächeln sahen, konnten das plötzlich nicht mehr; Kinder, die mit Sicherheit wußten, daß nichts hinter dem Zaun lauerte oder sich hinter den Mülltonnen anschlich, waren auf einmal nicht mehr so sicher.

In dieser unsicheren Zeit, bevor die Sonne den Heights endgültig Lebewohl sagte und die Straßenlaternen und Verandalampen von Everville ihre Regentschaft begannen, badete die Stadt in Zweifeln, und substanzlose Seelen in substanzlosen Straßen hegten den Gedanken, daß dieses Leben nur ein Traum war, flackernd wie eine Kerzenflamme, die höchstwahrscheinlich beim nächsten Windstoß ausgehen würde.

Es war Seth Lundys liebste Zeit des Tages. Besser noch als Mitternacht oder die Zeit vor der Dämmerung, wenn der Mond untergegangen und die Sonne nicht mehr als ein grauer Hoffnungsschimmer im Osten war. Sie war besser als das alles, diese Minute.

Er stand auf dem Marktplatz, sah zum letzten Sonnenlicht auf dem Berg hinauf und horchte nach den Hammerschlägen, die in dieser unsicheren Stunde häufig besonders laut waren, als ein Mann, allein bei dessen Anblick er sich sofort wünschte, ihn näher kennenzulernen, aus dem Halbdunkel zu ihm kam und sagte:

»Was kannst du hören?«

Eine Frage, die ihm bisher immer nur Ärzte gestellt hatten. Dies war kein Arzt.

»Ich kann die Engel hören, die von der Himmelsseite

auf das Firmament hämmern«, antwortete er, da er keinen Grund sah, zu lügen.

»Mein Name ist Owen Buddenbaum«, sagte der Mann und kam so nahe, daß Seth den Brandy in seinem Atem riechen konnte. »Darf ich nach deinem fragen?«

»Seth Lundy.«

Owen Buddenbaum kam noch etwas näher. Und dann, während die Stadt um sie herum in Zweifeln verharrte, küßte er Seth auf die Lippen. Seth war noch nie von einem Mann auf die Lippen geküßt worden, doch mußte er sich eingestehen, daß es nicht unangenehm war.

»Sollen wir uns das Hämmern gemeinsam anhören?« sagte Owen Buddenbaum, »oder sollen wir selbst mitmischen?«

»Selbst mitmischen«, antwortete Seth.

»Gut«, sagte Owen Buddenbaum. »Dann mischen wir selbst mit.«

Teil Drei

Behältnisse

I

1

Tesla war früh erwacht, trotz des nächtlichen Anrufs von Grillo und Luciens Übelkeit; früh genug, sich am Zwitschern der Vögel zu erfreuen, bevor der Verkehr von Melrose und Santa Monica es übertönten Da die Küchenschränke leer waren, ging sie zum Café unterhalb des Health Club am Santa Monica, der für alle Masochisten schon ab fünf Uhr geöffnet hatte, und kaufte Kaffee, Obst und Weizenbrötchen für sich und ihren Gast.

Ich will nicht, daß du mit ihm vögelst, ermahnte Raul sie noch einmal, als sie zum Apartment zurückkehrte. *Wir waren uns einig: Kein Sex, bis wir wieder voneinander getrennt sind.*

›Dazu kommt es vielleicht nie, Raul‹, gab sie zu bedenken, ›und der Teufel soll mich holen, wenn ich den Rest meines Lebens wie eine Nonne verbringe. Der, wie ich hinzufügen möchte, *ziemlich kurz sein könnte*.‹

Huch, sind wir heute morgen aber negativ.

›Wie auch immer, Affen lieben Sex. Eigentlich machen sie im Zoo nichts anderes.‹

Mach's dir doch selber, Bombeck.

›Hab' ich doch andauernd. Und darüber hast du dich übrigens nie beschwert. Hat es dich aufgegeilt, wenn ich an mir rumgespielt hab'?‹

Kein Kommentar.

›Ich werde mit Lucien ficken, Raul. Also gewöhn dich besser an den Gedanken.‹

Schlampe.

›Affe.‹

Lucien hatte geduscht und saß auf dem Balkon in der Sonne, als sie das Apartment wieder betrat. Er hatte ein paar alte Kleidungsstücke von Tesla im Schrank gefunden: geflickte Jeans, circa 1968, und eine Lederweste, die an seinen mageren Körper besser paßte als jemals zuvor an ihren. Ah, die Widerstandsfähigkeit der Jugend, dachte sie, als sie sah, wie schnell er sich von den Exzessen der vergangenen Nacht erholt hatte. Er stand mit rotem Gesicht und einem strahlenden Lächeln auf, half ihr, das Frühstück auszupacken, und half ihr mit nicht geringem Appetit, es zu verzehren.

»Ich komme mir so dumm vor, daß ich mich übergeben mußte«, sagte er. »Sonst passiert mir das nie. Aber ich trinke sonst auch nie Wodka.« Er warf ihr einen scheelen Blick zu. »Sie bringen mir schlechte Gewohnheiten bei«, sagte er. »Kate meint, man muß den Körper reinigen, wenn man ein Behältnis für das Unendliche sein will.«

»*Das* ist ein Ausdruck«, sagte Tesla. »*Ein Behältnis für das Unendliche.* Was bedeutet das ... *genau?*«

»Nun ... es bedeutet ... wissen Sie, wir sind aus demselben Stoff, aus dem Sterne gemacht sind ... und ... wir müssen nur unsere Seelen öffnen ... und das Unendliche, ich meine ... Sie wissen schon ... alles wird eins, und alles fließt durch uns hindurch.«

»›Vergangenheit, Zukunft und der Augenblick des Traums dazwischen – sie alle schaffen ein Land, das einen einzigen, unsterblichen Tag lang existiert.‹«

Das Zitat brachte Lucien aus der Fassung. »Woher haben Sie das?« fragte er.

»Haben Sie es noch nie gehört? Ich habe es von –« sie verstummte und dachte nach, »Fletcher gelernt«, sagte sie. »Oder von Kissoon.«

»Wer ist Kissoon?«

»Jemand, über den ich nicht reden will«, antwortete sie. Es gab wenige Ereignisse in ihrem Leben, die sie noch unter der Rubrik *Unberührbar* abgelegt hatte, aber Kissoon gehörte auf jeden Fall dazu.

»Ich möchte, daß Sie es mir erzählen, wenn Sie mal in guter Stimmung sind«, sagte Lucien. »Ich meine, ich möchte an der Weisheit in Ihnen teilhaben.«

»Da werden Sie enttäuscht sein«, sagte Tesla.

Er legte seine Hand auf ihre. »Bitte. Es ist mein Ernst.«

Sie hörte, wie der Affe in ihrem Kopf einen würgenden Laut von sich gab und konnte nicht verhindern, daß sie lächelte.

»Was ist daran so komisch?« fragte Lucien, der ein wenig gekränkt aussah.

»Nichts«, sagte sie. »Seien Sie nicht so empfindlich. Wenn ich etwas nicht ausstehen kann, dann sind es empfindliche Männer.«

2

Um halb acht fuhren sie in nördlicher Richtung davon und kamen an der Küste entlang gut voran. Entweder Tesla oder Raul oder beide hatten einen untrüglichen Instinkt entwickelt, was die Anwesenheit von Polizisten anbetraf, und wenn sie sicher war, daß sie nicht beobachtet wurden, jagte sie das Motorrad auf hundert bis hundertzehn Stundenmeilen hoch. Donnerstag abend hatten sie die Grenze des Bundesstaats überquert, und gegen zehn Uhr abends beschlossen sie, daß sie für einen Tag genug geschafft hatten. Sie suchten ein Motel und trugen sich ein. Ein Zimmer, ein Bett. Was das bedeutete, darüber wurde nicht gesprochen.

Als Lucien etwas zu essen holen gegangen war, rief Tesla Grillo an. Er schien froh zu sein, ihre Stimme zu hören. Das Gespräch mit Howie hatte keinen guten Verlauf genommen, informierte er sie, und schlug vor, daß sie das junge Paar selbst anrufen sollte, um seine Warnung noch einmal zu unterstreichen.

»Was, zum Teufel, ist mit D'Amour passiert?« wollte Tesla wissen. »Ich dachte, er sollte auf sie aufpassen.«

»Willst du wissen, was ich glaube?«

»Ja.«

»Er ist tot.«

»Was?«

»Er war einer großen Sache auf der Spur – was genau,

wollte er mir nicht sagen –, und dann meldete er sich einfach nicht mehr.«

Die Neuigkeit erschütterte Tesla. Sie hatte nie eine so enge Beziehung zu D'Amour gehabt – sie hatte ihn seit den Ereignissen im Grove nur einmal gesehen, als ihre Reise durch die Amerikas sie nach New York geführt hatte –, aber sie betrachtete ihn stets als eine Unterstützung und eine Fundgrube für Esoterika; jemand, der einfach immer präsent war. Nun schien es, als wäre das nicht mehr so. Und wenn D'Amour, der seinen Kampf seit fünfzehn Jahren führte und an jeder Ecke Schutzvorrichtungen gegen den Feind eingerichtet hatte (einige waren sogar auf seinen Körper tätowiert), den Kampf verlieren mußte, welche Hoffnung hatten sie dann noch? Wenig bis gar keine.

Lucien hatte die Anspielung auf Feinfühligkeit Gott sei Dank nicht ernst genommen; er wußte in dem Moment, als er ihr Gesicht sah, daß sie nicht mehr so unbeschwert war wie zuvor. Sanft erkundigte er sich nach dem Grund, und sie sagte es ihm. Er tröstete sie so gut er konnte mit Worten, aber sie machte ihm deren Unzulänglichkeit schnell klar, dann verfiel er auf Berührungen und Küsse, und es dauerte nicht mehr lange, da waren sie nackt; doch er warnte sie, daß er kein großer Liebhaber sei und sie sich nicht zuviel versprechen solle.

Sie fand seine Bescheidenheit entwaffnend und, wie sich herausstellte, unbegründet. Sicher, er war nicht besonders experimentierfreudig, aber was ihm an Geschick fehlte, machte er durch Hingabe wieder wett, was auch nicht zu verachten war. Sie kopulierten mit einer Leidenschaft, wie sie sie seit dem College nicht mehr erlebt hatte, was zwanzig Jahre zurück lag; das Bett quietschte unter ihnen, und das Kopfteil vertiefte eine Schramme in der Wand, die von allen stammte, die sich vor ihnen in diesem Bett geliebt hatten.

Während der ersten Runde blieb Raul still. Sie hörte keinen Mucks von ihm. Aber als sie und Lucien ein paar kalte Stücke Pizza gegessen hatten und die Liebkosungen von vorne anfingen, meldete er sich zu Wort.

Er wird es doch nicht noch mal machen.

›Er kann es die ganze Nacht machen‹, dachte sie, ›wenn er durchhält.‹ Sie glitt mit den Händen zwischen ihre Beine und führte ihn ein. ›Und es sieht so aus, als würde er es durchhalten.‹

Herrgott! schluchzte Raul. *Wie kannst du das nur ertragen? Er soll ihn wieder rausziehen!*

›Sei still‹, sagte sie und sah zu ihren und Luciens vereinten Lenden hinab.

Schließ wenigstens die Augen, sagte Raul.

Dafür war sie zu fasziniert. ›Sieh dir das an‹, dachte sie und hob die Hüften, um Lucien ganz in sich aufzunehmen. ›Er trifft auf mich und ich auf ihn –‹

Der Teufel soll dich holen –

›– wie ein Kreuzweg.‹

du zügelloses Weibsstück.

Sie sah in Luciens Gesicht. Er hatte die Augen halb geschlossen und die Stirn gerunzelt.

»Alles . . . in Ordnung?« keuchte sie.

»Hab mich nie besser gefühlt«, sagte er.

In ihrem Kopf schluchzte der Affe weiter, und seine Worte folgten Luciens Rhythmus. *Es ist – als ob er uns – aufspießt. Ich kann – es nicht mehr – ertragen!*

Noch während er die Worte sprach, konnte sie spüren, wie er ihr seinen Willen aufzwang und die Grenze überquerte, die sie am Anfang ihrer Zweckgemeinschaft gezogen hatten. Es tat weh, und sie gab ein Stöhnen von sich, was Lucien als Seufzer des Wohlgefallens interpretierte. Seine Umarmung wurde fester, seine Stöße hektischer.

»O ja«, fing sie an zu singen, »ja, ja, ja!«

Nein! bellte Raul, und ehe Tesla ihren Körper zurückverlangen konnte, übernahm er die Kontrolle darüber.

Ihre Arme, die sie träge auf dem Kissen liegen gehabt hatte, schnellten plötzlich in die Höhe und zerkratzten Luciens Rücken. Ihrer Kehle entrang sich ein bestialisches Heulen, dessen sie sich nie für fähig gehalten hätte, und als er in stummer Betroffenheit zurückwich, streckte sie hinter ihm die Beine hoch, hakte sich in seinen Achselhöhlen unter und zog ihn zurück. Das alles geschah in einem solchen Wirbel von Lärm und Bewegungen, daß Tesla hinterher, als Lucien auf dem Boden neben dem Bett lag, nicht einmal sicher war, was sich abgespielt hatte.

»Verdammt, was sollte das denn?« maulte er, als er wieder sprechen konnte.

Der Affe, mit seinen Bemühungen zufrieden, lockerte seinen Griff gerade soweit, daß sie sagen konnte: »Das ... das war nicht ich.«

»Was meinst du damit, das warst nicht du?« sagte Lucien.

»Ich schwöre es –« sagte sie und stand vom Bett auf. Aber er ließ sie nicht mehr in seine Nähe. Er sprang blitzschnell auf die Beine und wich zu dem Sessel zurück, auf den er seine Kleidungsstücke geworfen hatte.

»Warte«, sagte sie, versuchte aber nicht mehr, in seine Nähe zu kommen. »Ich kann es dir erklären.«

Er sah sie argwöhnisch an, als er sagte: »Ich höre.«

»Ich bin nicht allein hier drinnen«, sagte sie und sah noch während sie es sagte ein, daß es keinen einfachen Weg gab, den Sachverhalt zu erklären. »Es ist noch jemand in meinem Kopf.« Trotzdem, dachte sie, müßte er imstande sein, das Prinzip zu verstehen. Hatte er nicht erst heute morgen davon gesprochen, ein Behältnis für das Unendliche zu sein? »Sein Name ist Raul.«

Er sah sie an, als würde sie eine unbekannte Sprache sprechen. »Was *soll* das alles?« fragte er ungläubig.

»Ich will damit sagen, daß die Seele eines Mannes namens Raul hier in meinem Schädel haust. Er ist seit fünf Jahren da. Und er will nicht, daß wir tun, was wir getan haben.«

»Warum nicht?«

»Nun ... warum lasse ich ihn eigentlich nicht für sich selbst sprechen?«

Was? hörte sie Raul sagen.

»Los doch«, sagte sie laut, »du hast den Schaden angerichtet. Jetzt erklär auch, was Sache ist.«

Ich kann nicht.

»Das bist du mir schuldig, verdammt!«

Lucien hörte dem Teil der Unterhaltung, den er verstehen konnte, mit fassungslosem Gesichtsausdruck zu. Sie wartete und ließ die Zunge schlaff im Mund liegen.

»Du hast *gebrüllt*«, erinnerte sie Raul, »jetzt kannst du verdammt noch mal auch reden.«

Sie war noch nicht mit dem Gedankengang fertig, als sie spürte, wie ihre Zunge sich bewegte und Laute aus ihrem Mund kamen, anfangs unverständlich, aber schon sehr bald wurden Silben daraus. Lucien beobachtete diese bizarre Darbietung, ohne einen Muskel zu verziehen. Wahrscheinlich dachte er, daß er sich in Gegenwart einer Irren befand, aber sie hatte keine Möglichkeit, ihn zu beruhigen, bevor dies überstanden war.

»Was sie Ihnen gerade gesagt hat . . .« begann Raul, der nun Teslas Stimme übernommen hatte, »ist wahr. Ich bin die Seele eines Mannes, der seinen Körper einem unfaßbar bösen Wesen namens Kissoon übergeben hat.« Sie hatte nicht damit gerechnet, daß Raul Lucien eine Lektion in Körperaustausch geben würde, aber als sie es hörte, ließ ihre Wut ein wenig nach. Sie wußte, es fiel ihm nicht leicht, darüber zu reden. Kissoon und seine Schmeicheleien waren für sie beide eine bittere Erinnerung, aber gewiß für ihn um so mehr, als er sein eigen Fleisch durch die Tricks des Schamanen verloren hatte.

»Sie . . . hat mir einen großen . . . Gefallen getan«, fuhr er zögernd fort. »Für den ich ihr ewig dankbar sein werde.« Er leckte ihre Lippen; ihr Mund war trocken. »Aber . . . was du da mit mir machst, mit *Männern* . . .« Er schüttelte ihren Kopf, »es *widert* mich an.«

Während Raul sprach, hielt Lucien instinktiv die Hand zwischen die Beine und bedeckte sein Geschlechtsorgan.

»Ich bin sicher, du willst ihr Lust bereiten«, gestand Raul ihm zu. »Aber *ihre* Lust ist *meine* Qual. Verstehst du?«

Lucien sagte nichts.

»Ich *will*, daß Sie es verstehen«, beharrte er. »Sie sollen nicht denken, daß es sich um ein Versagen Ihrerseits handelt. Das ist es nicht. Wirklich nicht.«

Nach dieser Beschwörung hob Lucien seine Unterhose vom Boden auf und zog sie an.

»Ich habe gesagt, was ich sagen kann«, kam Raul zum Ende. »Ich lasse euch beide jetzt –« Tesla nahm ihn beim Wort, noch ehe er fertig war. *»Lucien«*, sagte sie. »Was machst du da?«

»Wer von euch beiden ist das jetzt?«

»Ich bin es. Tesla.« Sie stand vom Bett auf, schlang dabei das Laken um sich und ging vor ihm in die Hocke. Er zog sich weiter an, während sie mit ihm sprach. »Ich weiß, das ist wahrscheinlich das Seltsamste, was du je gehört hast –«

»Da hat du recht.«

»Was ist mit Kate und Friederika?«

»Ich habe nicht mit Kate gefickt. Oder Friederika«, sagte er mit bebender Stimme. »Warum hast du es mir nicht gesagt?«

»Ich dachte nicht, daß du es wissen müßtest.«

»Ich treibe es mit einem Kerl – und du glaubst, *das müßte ich nicht wissen?«*

»Warte. Ist das das ganze Problem?« Sie stand vom Boden auf und sah ihn gebieterisch an. »Wo ist deine Abenteuerlust geblieben?«

»Ich schätze, die ist verschwunden«, sagte er und zog ihre Flickenjeans hoch.

»Gehst du?«

»Ich gehe.«

»Und wohin gehst du?«

»Ich weiß nicht. Per Anhalter weiter.«

»Hör zu, bleib wenigstens noch diese Nacht. Wir müssen ja nichts machen.« Sie hörte die Verzweiflung in ihrer Stimme und verabscheute sich dafür. Was sollte das? Eineinhalb Ficks, und schon konnte sie es nicht mehr ertragen, allein zu schlafen? »Streich diese Bemerkung wieder«, sagte sie. »Wenn du gehen willst, dann geh. Du benimmst dich kindisch, aber das ist dein Problem.«

Damit ging sie ins Bad, duschte und sang dabei laut vor sich hin, damit er wissen sollte, es war ihr gleichgültig, ob er ging oder nicht.

Zehn Minuten später, als sie wieder herauskam, war er fort. Sie setzte sich mit vom Duschen nasser Haut auf die Bettkante und rief Raul aus seinem Versteck.

›Also . . . nun sind wir wieder unter uns.‹

Du verkraftest es besser, als ich dachte.

›Wenn wir die nächsten paar Tage überleben‹, sagte sie, ›müssen wir uns trennen. Das ist dir doch klar, oder?‹

Es ist mir klar.

Schweigen herrschte zwischen ihnen, während sie sich überlegte, wie es sein würde, wieder allein zu leben.

›Übrigens, war es wirklich so schlimm?‹

Abscheulich.

›Nun, jetzt weißt du wenigstens, was dir entgeht‹, sagte sie.

Dann mach mich blind.

›Was?‹

Teiresias, sagte er.

Danach war sie auch nicht klüger.

Kennst du die Geschichte nicht?

Es war eines der Paradoxa ihrer Beziehung, daß er, der frühere Affe, von Fletcher in den großen Mythen der Welt unterrichtet worden war, während sie, die professionelle Geschichtenerzählerin, nur über ein rudimentäres Wissen auf diesem Gebiet verfügte.

›Erzähl sie mir‹, sagte sie und legte sich auf das Bett zurück.

Jetzt?

›Nun, du hast mir mein Vergnügen vermasselt.‹ Sie machte die Augen zu. ›Los doch‹, sagte sie. ›Erzähl sie mir.‹

Er hatte sie schon mehrmals mit seinen Versionen klassischer Geschichten unterhalten, normalerweise dann, wenn sie eine seiner Anspielungen hinterfragte. Die amourösen Abenteuer der Aphrodite; die Reisen des Odysseus; der Untergang Trojas. Aber diese Geschichte paßte viel besser zu ihrer Situation als alle, die er ihr bis jetzt erzählt hatte, und als sie einschlief, spukten ihr Bilder des thebanischen Sehers Teiresias im Kopf herum (der, so wollte es die Legende, Sex als Mann und als Frau erlebt hatte und verkündete, daß die Lust der Frauen zehnmal köstlicher war, worauf ihn eine Göttin, erbost darüber, daß er das Geheimnis verraten hatte, mit Blindheit strafte), der auf der Suche nach Tesla durch die Wildnis der Amerikas zog, bis er sie in den Trümmern von Palomo Grove fand, wo sie sich endlich liebten, während rings um sie herum der Boden aufbrach.

II

1

Etwa zu der Zeit, als Tesla in einem Motel südlich von Salem, Oregon, einschlief, erwachte Erwin aus einem seltsamen Schlummer und stellte fest, daß er auf dem Boden seines eigenen Wohnzimmers lag. Jemand hatte ein Feuer im Kamin angezündet – er konnte es aus den Augenwinkeln flackern sehen –, und dafür war er dankbar, denn aus einem unerfindlichen Grund war ihm schrecklich kalt; so kalt, wie es ihm noch nie in seinem Leben gewesen war.

Er mußte sein Gedächtnis aufs äußerste anstrengen, damit er sich an die Rückkehr vom Bach erinnern konnte. Er war nicht allein gekommen; das wußte er mit Sicherheit. Fletcher hatte ihn begleitet. Sie hatten bis zur Dämmerung gewartet, oder nicht? Hatten in den Ruinen des Hauses gewartet, bis die ersten Sterne herauskamen, dann hatten sie sich durch unbelebte Seitenstraßen geschlichen. Hatte er das Auto unten an der Masonic Hall stehen lassen? Wahrscheinlich. Er konnte sich vage erinnern, wie Fletcher sagte, daß er Motoren verabscheute, aber das kam Erwin so absurd vor, daß er es dem Delirium zuschrieb. Was gab es an einem Motor zu verabscheuen?

Langsam hob er den Kopf vom Boden, aber ein Zentimeter reichte aus, daß die Übelkeit wiederkam, daher legte er sich wieder flach hin. Auf die Bewegung hin meldete sich jedoch eine Stimme aus dem Schatten zu Wort. Fletcher war bei ihm im Zimmer.

»Sie sind wach . . .« sagte er.

»Ich muß die Grippe haben«, antwortete Erwin. »Ich fühle mich schrecklich.«

»Das geht vorbei«, sagte Fletcher. »Bleiben Sie einfach liegen.«

»Ich brauche Wasser. Vielleicht ein Aspirin. Mein Kopf –«

»Ihre Bedürfnisse sind nicht wichtig«, sagte Fletcher. »Auch sie werden vergehen.«

Erwin, den diese Worte ein wenig ärgerten, drehte den Kopf zur Seite und versuchte, einen Blick auf Fletcher zu werfen, aber statt dessen sah er die Überreste eines Stuhls: es war einer von vier Stühlen aus der Kolonialzeit, die ihn mehrere tausend Dollar gekostet hatten, aber nun waren nur Splitter übrig. Erwin stieß ein Stöhnen aus.

»Was ist mit meinen kostbaren Möbeln passiert?«

»Ich habe Feuer damit gemacht«, antwortete Fletcher.

Das war mehr, als Erwin ertragen konnte. Er trotzte seiner Übelkeit, richtete sich auf und mußte feststellen, daß die anderen Stühle ebenfalls zu Brennholz geworden waren und der Rest des Zimmers – das er so penibel und ordentlich gehalten hatte wie seine Akten – vollkommen verwüstet war. Seine Kunstdrucke hingen nicht mehr an den Wänden, seine Sammlung ausgestopfter Vögel war von den Regalen gefegt worden.

»Was ist passiert?« sagte er. »Ist jemand eingebrochen?«

»Das waren Sie, nicht ich«, antwortete Fletcher.

»Vollkommen unmöglich.« Erwin sah sich nach Fletcher um, während er es sagte, und fand ihn auf einem Stuhl, der nicht zu Kleinholz geworden war, wo er Erwin den Rücken zudrehte. Vor ihm: das Fenster. Vor dem Fenster: Dunkelheit.

»Glauben Sie mir, Sie sind dafür verantwortlich«, sagte Fletcher. »Wenn Sie nur ein klein wenig *willfähriger* gewesen wären.«

»Wovon reden Sie?« sagte Erwin. Er wurde wütend, was wiederum die Kopfschmerzen schlimmer machte.

»Legen Sie sich einfach hin«, sagte Fletcher. »Alles wird vorbeigehen, nach und nach.«

»Hören Sie damit auf«, antwortete Erwin. »Ich will eine Erklärung, verdammt noch mal.«

»Eine Erklärung?« sagte Fletcher. »Ach, die sind immer so schwierig.« Er wandte sich vom Fenster ab, und durch einen Trick, den Erwin nicht verstand, drehte sich der ganze Stuhl mit ihm, ohne daß er eine Anstrengung unternahm, ihn zu bewegen. Das Kaminfeuer schmeichelte ihm. Fletcher sah gesünder aus, als Erwin ihn in Erinnerung hatte, seine Augen leuchteten. »Ich sagte Ihnen, daß ich mit einer bestimmten Absicht hierher gekommen bin«, sagte er.

Daran erinnerte sich Erwin deutlicher als an jede andere Einzelheit der jüngsten Geschehnisse. »Sie sind gekommen, um mein Leben vor der Banalität zu retten«, antwortete er.

»Und was meinen Sie, wie ich das anstellen werde?« fragte Fletcher.

»Das weiß ich nicht, und im Augenblick interessiert es mich auch nicht.«

»Was könnte Sie sonst schon interessieren?« fragte Fletcher ihn. »Ihre Möbel? Dafür ist es jetzt etwas spät. Ihr Zustand? Auch dafür ist es zu spät, fürchte ich –«

Erwin gefiel die Wendung nicht, die das Gespräch nahm; ganz und gar nicht. Er streckte die Hand nach dem Kamin aus, hielt sich fest und zog sich daran in die Höhe.

»Was machen Sie da?« wollte Fletcher wissen.

»Ich werde mir Medizin holen«, sagte er. Es wäre, überlegte er sich, wahrscheinlich nicht klug, einfach zu verkünden, daß er die Polizei rufen wollte. »Kann ich Ihnen etwas bringen?« fügte er unbekümmert hinzu.

»Zum Beispiel?«

»Etwas zu essen oder zu trinken? Ich habe Saft, Sodawasser –« Seine Beine waren wackelig, aber es waren nur ein paar Schritte bis zur Tür. Er stolperte darauf zu.

»Für mich nichts«, antwortete Fletcher. »Ich habe alles hier, was ich brauche.«

Erwin streckte die Hand nach der Türklinke aus und hörte Fletcher kaum noch zu. Er wollte raus aus diesem Zimmer, raus aus dem Haus, auch wenn er zitternd auf der Straße sitzen mußte, bis die Polizei eintraf.

Als er die Faust um die Klinke schloß, zeigte ihm das Licht des Kaminfeuers – das es mit Fletcher so gut gemeint hatte – den Zustand seines Fleisches. Es waren keine guten Neuigkeiten. Die Haut hing lose am Gelenk, als wären die Sehnen verdorrt. Er zog den Ärmel des Hemds vom Arm weg und schrie auf. Kein Wunder, daß er sich schwach fühlte. Er war ausgemergelt, sein Unterarm wenig mehr als Haut und Knochen.

Erst jetzt wurde ihm die Bedeutung von Fletchers letzter Bemerkung klar.

Für mich nichts –

»O Gott, nein«, sagte Erwin und zog an der Tür. Sie war selbstverständlich abgeschlossen, der Schlüssel nicht da.

– ich habe alles hier, was ich brauche.

Er warf sich gegen die Tür, hämmerte dagegen und stieß einen Schrei aus. Als der Schrei erstickt wurde, weil ihm die Luft ausging, hörte er hinter sich eine Bewegung, warf einen Blick über die Schulter und sah Fletcher – der immer noch auf dem letzten Stuhl aus der Kolonialzeit saß – auf sich zukommen. Er drehte sich zu seinem vampirhaften Peiniger um und preßte den Rücken fest gegen die Tür.

»Sie haben gesagt, Sie würden mich retten«, sagte er.

»Ist Ihr Leben nicht eine einzige Banalität?« antwortete Fletcher. »Und wird der Tod Sie nicht davor retten?«

Erwin machte den Mund auf, um zu sagen: Nein, mein Leben ist nicht banal. Ich habe ein Geheimnis; *und was für ein Geheimnis.*

Aber bevor er ein Wort herausbrachte, ergriff Fletcher seine Hände – kaltes Fleisch auf kaltem Fleisch –, und er spürte, wie seine letzte Lebensenergie aus ihm herausströmte, als wäre sie begierig darauf, in einen Körper zu gelangen, der sie klüger nutzen würde.

Er fing an zu schluchzen, aus Wut über diesen Verrat und aus Angst, und schluchzte immer noch, während jegliche Kraft aus ihm herausgesaugt wurde, bis er nicht einmal mehr zum Schluchzen genügend in sich hatte.

2

Joe hatte nicht die Absicht gehabt, weit den Berg hinaufzuklettern. Er wollte unter den Bäumen im unteren Bereich des Hangs bleiben, bis unten, auf den Straßen, der abendliche Straßenverkehr nachgelassen hatte. Dann wollte er herunterkommen und zu Phoebes Haus schleichen. Das war sein Plan gewesen. Aber irgendwann im Verlauf des Abends – wann genau, konnte er wirklich nicht sagen – beschloß er, eine Weile zu laufen, um die Langeweile zu vertreiben, und als er einmal angefangen hatte, rieten seine verträumten Gedanken ihm, einfach weiterzuklettern, bis er die Baumgrenze überwunden hatte. Es war eine schöne Nacht. Aus der Höhe würde er eine herrliche Aussicht haben: die Stadt, das Tal, aber am wichtigsten die Welt dahinter, die Welt, in die er und Phoebe heute noch hinausziehen würden. Daher kletterte und kletterte er, aber statt weniger zu werden, wurden die Bäume eine Zeitlang immer dichter, so daß er kaum die Sterne zwischen ihren Zweigen sehen konnte. Immer noch kletterte er weiter, und die betäubende Nebenwirkung der Medikamente machte ihn gleichgültig gegenüber der Tatsache, daß ihre schmerzstillende Wirkung immer mehr abklang. Es steigerte fast die Wonne des Aufstiegs, daß ein Teil seines Geistes und seines Körpers litt: ein Hauch von Bitterkeit, der seine Lust um so intensiver machte.

Nach einer unbestimmbaren Zeit standen die Bäume tatsächlich weniger dicht, und wiederholte Blicke hinter sich, während er das Luabdach hinter sich ließ, bestätigten ihm, daß sich der Aufstieg gelohnt hatte. Die Stadt unten sah aus wie ein kleines Kästchen voller Juwelen, er suchte sich einen Felsvorsprung und setzte sich, um die Aussicht eine Weile zu genießen. Seine Augen waren immer gut gewesen, daher konnte er selbst auf diese Entfernung Leute auf der Main Street schlendern sehen. Touristen, vermutete er, die unterwegs waren, um das Nachtleben von Everville zu genießen.

Während er sie beobachtete, spürte er, wie etwas sein entspanntes Denken beschäftigte. Ohne zu wissen, warum, drehte er sich um und sah zum Berggipfel. Dann stand er auf und sah genauer hin. Trogen ihn seine Augen, oder brannte ein Licht dort oben, das rhythmisch an- und abschwoll? Er beobachtete es eine volle Minute lang, dann kletterte er, von seinem sanften Pulsieren angezogen, weiter den Berghang hinauf, wobei er es nicht mehr aus den Augen ließ.

Er konnte seine Quelle nicht erkennen – die war hinter Felsen verborgen –, aber er zweifelte nicht daran, daß das Phänomen real war. Und das Licht stellte nicht die einzige Manifestation dar. Es wurde von einem Geräusch begleitet, aber so weit entfernt, daß er es mehr spürte als hörte: ein rhythmisches Klopfen, als würde in einem angrenzenden Bundesstaat eine große Trommel geschlagen werden. Und, gleichermaßen subtil, ein Aroma in der Luft, bei dem ihm das Wasser im Mund zusammenlief.

Er war fünfzig Meter von den doppelten Felsen entfernt und richtete den Blick auf die Spalte zwischen ihnen. Sein Geschlechtsteil tat höllisch weh und pochte im Einklang mit der Trommel; stechender Schmerz erfüllte seine von der kalten Luft gereizten Stirnhöhlen; seine Augen wurden feucht, Speichel lief ihm die Kehle hinab.

Mit jedem Schritt, den er zurücklegte, wurden die Empfindungen stärker. Das Pochen breitete sich von seinen Lenden hinauf bis zur Kopfhaut und hinunter bis zu den Sohlen aus, bis ihm schien, als würde jeder Nerv seines Körpers im Rhythmus der Trommeln zucken. Tränen flossen ihm aus den Augen; Rotz aus der Nase. Speichel troff aus seinem offenen Mund. Aber er stolperte weiter und war fest entschlossen, dieses Geheimnis zu ergründen, und als er so nahe bei den Felsen war, daß er sie gestreift hätte, wenn er gestürzt wäre, stellte er fest, daß er nicht der erste war. In der Spalte zwischen den Felsen lag eine vom flackernden Licht erhellte Gestalt. Sie war zwar so groß wie ein Erwachsener, ihre Proportionen glichen aber denen eines Fötus: der Kopf war zu groß, die Extremitäten, die sie um sich geschlungen hatte, zurückgebildet, beinahe verkümmert.

Der Anblick beunruhigte Joe, und wenn es einen anderen Weg zu dem Licht gegeben hätte, dann hätte er ihn mit Freuden eingeschlagen. Aber die Felsen waren zu glatt zum Klettern und er zu ungeduldig, des Rätsels Lösung zu finden, um einen Weg um sie herum zu suchen, daher ging er einfach zu der Felsspalte und an der Gestalt vorbei.

Als er das tat, wurde eines der gebrechlichen, abgestorbenen Glieder ausgestreckt und hielt ihn am Bein fest.

Joe stieß einen Schrei aus und sank gegen den Fels. Aber die Kreatur ließ ihn nicht los. Sie hob den mißgestaltenen Kopf vom harten Boden und schlug die Augen auf, und Joe konnte selbst durch den Schleier von Tränen sehen, daß dies nicht der Blick einer sterbenden Seele war. Er war kristallklar, wie die Stimme, die aus dem lippenlosen Mund sprach.

»Ich bin Noah«, sagte sie. »Bist du gekommen, um mich nach Hause zu bringen?«

3

Phoebe war bis nach Mitternacht im Krankenhaus geblieben und hatte den ganzen Papierkram erledigt, der nach Mortons Tod zu erledigen war. Gilholly hielt es wohl für nötig, wieder auf der Bildfläche zu erscheinen, als er die Nachricht bekam, aber damit hatte sie gerechnet.

»Das macht alles viel schwerer für Sie und Ihren Liebhaber«, sagte er zu Phoebe. »Ist Ihnen das klar?«

»Morton hatte einen Herzanfall«, entgegnete Phoebe.

»Wir werden den Autopsiebericht abwarten. Bis dahin möchte ich, daß Sie uns sofort Bescheid geben, wenn Sie etwas von Flicker hören, haben Sie verstanden?« Er zeigte mit dem Finger auf Phoebe, was ihm unter normalen Umständen eine strenge Zurechtweisung eingebracht hätte. Aber sie beherrschte sich und gab sich größte Mühe, die trauernde Ehefrau zu spielen.

»Ich habe verstanden«, sagte sie leise.

Ihre Darbietung schien Gilholly zu überzeugen. Er wurde etwas nachsichtiger. »Warum haben Sie es gemacht, Phoebe?« sagte er. »Ich meine, Sie kennen mich, ich bin kein Rassist, aber wenn Sie ein Abenteuer suchten, warum mit ihm?«

»Warum tun wir irgend etwas?« antwortete sie, konnte ihm aber nicht in sein trauriges Gesicht sehen, weil sie befürchtete, sie könnte die Beherrschung verlieren und ihn schlagen.

Offenbar interpretierte er ihren niedergeschlagenen Blick als weiteren Beweis für ihre Zerknirschung, denn er legte ihr eine Hand auf die Schulter und murmelte: »Ich weiß, es ist im Augenblick schwer zu glauben, aber es gibt immer einen Silberstreif am Horizont.«

»Tatsächlich?« sagte sie.

»Glauben Sie mir«, antwortete er. »Gehen Sie jetzt nach Hause und versuchen Sie zu schlafen. Wir reden morgen weiter.«

Morgen werde ich nicht mehr hier sein, Trottel, dachte sie, während sie davon stapfte. *Ich werde an einem Ort sein, wo du mich nie finden wirst, und zwar mit dem Mann, den ich liebe.* Selbstverständlich konnte sie nicht schlafen, obwohl ihr jeder Knochen wehtat und sie sich gerne ausgeruht hätte. Zuerst einmal mußte sie packen, was sie immer wieder mit Ausflügen zum Kühlschrank unterbrach, um sich ein Stück Kuchen oder ein Frankfurter Würstchen zu holen – gelber Senf tropfte auf ihre Unterwäsche, als sie aussortierte, worin Joe sie sehen sollte und was sie in den Müll werfen würde –, und als sie gepackt hatte, nahm sie sich rasch das Fotoalbum vor, um nach ein paar Erinnerungen zu suchen, die sie mitnehmen wollte. Ein Bild vom Haus, als sie und Morton eingezogen waren, alles glänzend neu und voller Hoffnung. Ein paar Bilder aus ihrer Kindheit. Ma, Pa, Murray und sie selbst; sie sah schon mit sechs Jahren pummelig aus.

Die Hochzeitsfotos hatte sie immer gehaßt – auch die ohne Morton –, aber aus Sentimentalität nahm sie das

Gruppenbild, zusammen mit einigen Aufnahmen des Festivalumzugs von 1988, als der Doktor beschlossen hatte, selbst einen Wagen herzurichten, und sie ein witziges Kostüm für sich gemacht hatte, ein menschliches Tablettenröllchen, das ein Knüller geworden war.

Als sie mit dem Packen, der Auswahl der Fotos, dem Kuchen und dem Würstchen fertig war, zeigte die Uhr kurz vor drei Uhr morgens, und sie fragte sich, ob Gilholly Joe nicht schon geschnappt hatte. Sie verwarf den Gedanken. In dem Fall hätte er sie angerufen, um damit herumzuprotzen. Entweder das, oder Joe hätte den Anruf genutzt, der ihm gewährt wurde, um ihr zu sagen, daß er sie nicht abholen kommen würde und sie ihm einen Anwalt besorgen sollte.

Nein, ihr Liebhaber steckte noch irgendwo da draußen; er hatte nur noch nicht zu ihr kommen können. Vielleicht war er in seine eigene Wohnung geschlichen, als die Straßen hinreichend menschenleer waren, um selbst etwas zu packen; oder er besorgte ihnen einen Fluchtwagen, der schwer aufzuspüren sein würde. Oder er ließ sich einfach Zeit, wie es seine Art war, wenn sie am Nachmittag ein paar Stunden Zeit hatten und nur so zum Spaß hier und da herumlungerten.

Wenn sie vor der Morgendämmerung fortkamen, würde alles gut werden; dann blieben ihnen noch zwei oder drei Stunden.

Sie ging zur Hintertür, stellte sich auf die Stufe und hielt in der Dunkelheit zwischen den Bäumen nach ihm Ausschau. Er würde kommen. Eher früher als später würde er kommen.

4

»Wo ist Ihr Zuhause?« hatte Joe Noah gefragt, worauf die Kreatur – ohne den festen Griff um Joes Bein mit der rechten zu lockern – ihre linke Hand gehoben und zwischen den Felsen durch zum Hang gedeutet hatte. Hinauf zur Quelle von Licht, Klopfen und Aroma, all dem, was er bisher noch nicht hatte ausfindig machen können.

»Was ist das?« hatte Joe gesagt.

»Sie wissen es wirklich nicht?«

»Nein.«

»Das Ufer von Essenz liegt zehn Schritte von hier entfernt«, antwortete die Kreatur, »aber ich bin zu schwach, um dorthin zu gelangen.«

Joe ging neben Noah in die Hocke. »*So* schwach nun auch wieder nicht«, sagte er und wand sein Hosenbein aus Noahs Faust.

»Ich habe es dreimal versucht«, antwortete Noah, »aber an der Schwelle ist zuviel Energie. Sie blendet mich. Sie bricht mir die Knochen.«

»Und meine wird sie nicht brechen?«

»Schon möglich. Schon möglich. Aber glauben Sie mir, wenn ich Ihnen sage, ich bin ein großer Mann auf der anderen Seite. Woran es Ihnen hier mangelt, das werde ich Ihnen auf der anderen Seite geben –«

»Woran es mir mangelt, hm?« murmelte Joe halb bei sich. Die Liste war lang. »Also, wenn ich Sie über diese Schwelle trage ...« fuhr er fort und überlegte sich, während er es sagte, ob er nicht vielleicht vom Vorgebirge gestürzt war und irgendwo verblutend lag, »was passiert dann?«

»Wenn Sie mich hinübertragen, können Sie jede Angst, die Sie in dieser Welt quält, getrost vergessen, denn ich verspreche Ihnen, daß große Macht Sie dort erwartet. Macht, die Ihnen unermeßlich erscheinen muß, denn Ihr Kopf birgt nicht ausreichend Ambitionen, sie zu erschöpfen.«

Die Sprache war barocker, als Joe es gewöhnt war, und das verhinderte – zusammen mit den Ablenkungen der Tränen und des Pochens –, daß er völlig begriff, was ihm da gesagt wurde. Aber das Grundsätzliche war schon klar. Er mußte nur diese Kreatur zehn, elf, vielleicht zwölf Schritte *über* die Schwelle tragen und würde für seine Dienste belohnt werden.

Er sah wieder zu dem Licht und versuchte, ein paar Einzelheiten in seiner Mitte zu erkennen, und dabei begriffen seine umnebelten Sinne allmählich einen Sinn in diesem Geheimnis.

»Das ist Ihr *Schiff*, richtig?« murmelte er. »Es ist ein verdammtes UFO.«

»Mein Schiff?«

»Mein Gott . . .« Er sah mit ehrfürchtigem Gesicht auf das Wesen hinab, ». . . gibt es noch mehr von Ihrer Art?«

»Selbstverständlich.«

»Wie viele?«

»Das weiß ich nicht. Ich war seit über einem Jahrhundert nicht mehr zu Hause.«

»Nun, wer ist in dem Schiff –«

»Warum reden Sie immer von einem Schiff?«

»Deswegen!« sagte Joe und deutete auf das Licht. »Wie haben Sie es genannt? Essenz?«

»Essenz ist kein Schiff. Es ist ein Meer.«

»Aber Sie sind darin hierher gekommen?«

»Ich bin darauf gesegelt, ja, um diesen Ort zu erreichen. Und ich wünschte, ich hätte es nicht getan.«

»Warum?«

»Weil ich hier nur Kummer und Einsamkeit gefunden habe. Ich war im besten Mannesalter, als ich hier ankam. Und jetzt sehen Sie mich an. Bitte, im Namen der Barmherzigkeit, tragen Sie mich über die Schwelle . . .« Noahs Gesicht schwitzte Perlen dunkler Flüssigkeit, während er sprach, die sich auf dem Nasenrücken und in den Mundwinkeln sammelte. »Verzeihen Sie mir meine Gefühlsaufwallung«, sagte er, »aber ich hatte bis jetzt nicht mehr zu hoffen gewagt . . .«

Die Gefühlsregung brachte eine Saite in Joe zum Klingen, die er nicht überhören konnte. »Ich werde tun, was ich kann«, sagte er zu Noah.

»Sie sind ein guter Mensch.«

Joe schob die Hände unter Noahs Körper. »Nur, damit Sie es wissen«, sagte er, »ich bin auch nicht gerade in der besten Verfassung. Ich werde mein Bestes tun, kann aber nichts garantieren. Legen Sie einen Arm um meine Schultern. Ja, genau so. Und los geht's.« Er richtete sich auf. »Sie sind schwerer, als Sie aussehen«, sagte er und schwankte einen Moment, bevor er das Gleichgewicht wiedererlangte. Dann stellte er sich hin.

»Ich möchte wissen, von welchem Planeten sie kommen«, sagte er, während er auf die Schwelle zuging.

»Welchem Planeten?«

»Ja. Und in welcher Galaxis er liegt. Die ganze Scheiße. Denn wenn Sie fort sind, werde ich die Leute nur überzeugen können, wenn ich Einzelheiten weiß.«

»Ich glaube, ich verstehe Sie nicht.«

»Ich will wissen ...« begann Joe, aber die Frage blieb unvollendet, da er aus dem Spalt zwischen den beiden Felsen hervortrat und endlich teilweise registrierte, was vor ihm lag. Kein Raumschiff wartete hier; zumindest kein sichtbares. Nur der Himmel, und ein Riß im Himmel, und ein Licht, das aus diesem Riß im Himmel strömte und Joe wie der Blick einer Geliebten streifte. Als er es auf sich spürte, wollte er nichts anderes mehr als unter der Sonne stehen, die dieses Licht abstrahlte, und sie mit eigenen Augen sehen.

Noah zitterte in seinen Armen. Seine dünnen Finger gruben sich tief in Joes Schulter.

»Sehen Sie es?« murmelte er dann.

»Sehen Sie es?«

Joe sah es. Ein anderer Himmel, und darunter ein Ufer. Und jenseits dieses Ufers ein Meer; das Rauschen der Wellen dieses Meeres war ihm so vertraut geworden wie sein Herzschlag, und der Duft dieser Luft ließ ihn eigene Flüssigkeit vergießen, gleichsam als Tribut.

»Essenz ...« hauchte Noah.

O Gott, dachte Joe, *wäre es nicht herrlich, Phoebe bei mir zu haben, damit sie an diesem Wunder teilhaben kann?* Joe war von dem Anblick so in Bann geschlagen, daß er nicht merkte, wie der Boden unter seinen Füßen in Bewegung geriet, bis er bis zu den Knöcheln in flüssiger Erde stand; Erde, die über die Schwelle hin und her floß. Die Bewegung war kräftig, und damit er nicht umgeworfen wurde, mußte Joe einen Moment stehenbleiben, damit er das Gewicht seiner Last besser verteilen konnte. Er war nicht weiter als zwei Schritte von der Schwelle entfernt, und die entfesselten Energien waren gewaltig. Er spürte, wie seine Gelenke knackten, seine Eingeweide sich drehten, sein Blut im Kopf pochte, als wollte es herausplatzen und aus eigenem Antrieb in das Meer Essenz fließen, wenn er sich nicht beeilte.

Er verstand den Wink mit dem Zaunpfahl, preßte Noah fest an sich und duckte sich wie ein Mann, der gegen starken Wind angeht. Dann ging er weiter, und der erste Schritt fiel schwer, der zweite noch schwerer, und der dritte war kein Schritt mehr, sondern mehr ein Sprung. Die Augen hatte er wegen der tosenden Energie fest geschlossen, aber hinter seinen Lidern herrschte keine Schwärze. Er sah blau, ein samtenes Blau, und durch das hektische Rauschen seines Blutes hörte er Vögel irgendwo über sich, deren Stimmen wie scharlachrote Schlieren in dem Blau waren.

»Ich kenne Ihren Namen nicht«, flüsterte jemand ihm zu, »aber ich hoffe, Sie hören mich.«

»Ja . . .« bildete er sich ein zu sagen.

»Ich höre Sie.«

»Dann öffnen Sie die Augen«, fuhr die Stimme fort. Ihm wurde klar, daß sie Noah gehörte. »Wir müssen uns auf den Weg machen.«

»Wohin gehen wir?« fragte Joe. Zwar war er aufgefordert worden, die Augen zu öffnen, aber das Blau hinter seinen Lidern war so beruhigend, daß er es gar nicht so eilig damit hatte.

»Wir reisen nach Liverpool«, sagte Noah.

»Liverpool?« sagte Joe. Die wenigen Bilder, die ihm zu der Stadt einfielen, waren grau und prosaisch. »Wir sind den weiten Weg gekommen, um *Liverpool* zu besuchen?«

»Wir wollen die Schiffe. Ich kann sie von hier aus sehen.«

»Was für Schiffe?« wollte Joe wissen. Seine Lider wollten ihm immer noch nicht gehorchen.

»Sehen Sie selbst.«

Warum nicht? dachte Joe. Das Blau wird sofort wieder da sein, wenn ich die Augen schließe. Und mit diesem Gedanken machte er sie auf.

III

1

Freitag morgen, und nun war es zu spät für Ausreden. Wenn die Regale nicht gefüllt, die Fenster nicht geputzt, die Tür nicht frisch gestrichen, die Straße nicht gefegt, der Hund nicht gebürstet, die Schaukel nicht repariert, das Bettzeug nicht gebügelt und die Kuchen nicht bestellt waren, dann war es jetzt verdammt noch mal zu spät dazu. Die Leute waren hier und bereit, Geld auszugeben und sich eine schöne Zeit zu machen, und was unvollendet geblieben war, mußte auch so bleiben.

»Kein Zweifel«, sagte Dorothy Bullard zu ihrem Mann, als sie aufstand und die Sonne durch das Fenster scheinen sah, »das wird das beste Jahr bisher«.

Sie mußte nicht weit gehen, um das bestätigt zu finden. Als sie kurz nach acht Uhr die Main Street entlangfuhr, herrschte bereits mehr Betrieb als sonst an einem Samstag vormittag, und von den Gesichtern auf den Bürgersteigen kannte sie kaum eines. Das waren die Besucher; die Leute, die am Abend zuvor in ihren Motels und Pensionen eingecheckt hatten und nun in die Stadt gelaufen oder gefahren waren, um ihr Wochenende mit Schinken, Eiern und einer Scheibe der Gastfreundschaft von Everville anzufangen.

Kaum hatte sie das Gebäude der Handelskammer erreicht, sah sie bei Gilholly vorbei, dessen Büros genau gegenüber lagen, um sich zu vergewissern, ob es etwas Neues in der Sache Phoebe Cobb gab. Gilholly war noch nicht da, aber Dorothys Lieblingspolizist, Ned Bantam, saß mit einem Exemplar der Festival-Sonderausgabe des *Tribune* und einem Beutel Milch an seinem Schreibtisch.

»Sieht so aus, als würde es ein tolles Wochenende werden, Dottie-Baby«, sagte er grinsend. Sie hatte ihm schon wiederholt verboten, diesen Spitznamen zu benutzen, aber er setzte sich derart charmant darüber hinweg, daß sie aufgegeben hatte, das Verbot durchzusetzen.

»Habt ihr Joe Flicker verhaftet?«

»Da müßten wir ihn zuerst finden.«

»Ihr habt ihn noch nicht gefunden?«

»Wenn wir ihn gefunden hätten, hätten wir ihn festgenommen, Dottie«, antwortete Ned. »Mach nicht so ein verbissenes Gesicht, wir kriegen ihn.«

»Glaubst du, er ist gefährlich?«

»Frag Morton Cobb«, sagte Ned. »Aber ich schätze, dafür ist es jetzt zu spät.«

»Was?«

»Hast du es nicht gewußt?« fragte Ned. »Der arme Kerl ist gestern nacht gestorben.«

»O mein Gott.« Dorothy fühlte sich erbärmlich. »Wir haben am Festival-Wochenende eine Fahndung nach einem Mörder laufen?«

»Das bringt ein bißchen Pep in die Sache, was?«

»Gar nicht komisch«, sagte Dorothy. »Wir arbeiten das ganze Jahr . . .«

»Keine Bange«, sagte Ned. »Flicker ist inzwischen wahrscheinlich schon in Idaho.«

»Und was ist mit *ihr*?« sagte Dorothy. Sie kannte Phoebe nur vom Sehen; ihr Eindruck war, daß die Frau Bildung und Anmut besaß.

»Was soll mit ihr sein?«

»Wird sie festgenommen, oder was?«

»Jed und Barney beobachten das Haus rund um die Uhr, falls Flicker zurückkommt, aber das wird er nicht. Ich meine, warum sollte er?«

Dorothy sagte nichts, obwohl ihr eine Antwort auf der Zunge lag. Liebe, selbstverständlich. Er würde der Liebe wegen wiederkommen.

»Also keine Spur von ihm?«

Ned schüttelte den Kopf. Dorothy konnte nicht anders, sie verspürte einen Anflug von Befriedigung darüber, daß der Liebhaber der Cobb nicht gekommen war, um sie zu holen. Mehr heimliche Stelldicheins würde sie nicht mehr bekommen. Und jetzt mußte sie den Preis dafür bezahlen.

Damit waren ihre Befürchtungen teilweise zerstreut,

und sie fragte Ned, ob er sie über den Stand der Fahndung auf dem laufenden halten würde, dann machte sie sich an die Arbeit und verließ sich darauf, daß der Schurke, selbst wenn er nicht in Idaho war, zu weit entfernt sein mußte, um die kommenden zweiundsiebzig Stunden zu verderben.

2

Er war nicht zu ihr gekommen. Mit diesem Gedanken war Phoebe erwacht. Sie hatte an der Hintertür gewartet, bis der Tag jeden Stern vom Himmel vertrieben hatte, und er war nicht zu ihr gekommen.

Jetzt saß sie am Küchentisch, hatte die Überreste eines Tellers Pfannkuchen zwischen den Ellbogen und versuchte zu überlegen, was sie als nächstes tun sollte. Ein Teil von ihr sagte: Geh sofort, solange du noch kannst. Wenn du bleibst, mußt du für jeden Idioten, den du triffst, die trauernde Witwe spielen. Und dann müssen die Vorkehrungen für das Begräbnis getroffen und die Versicherungspolicen durchgesehen werden. Und vergiß Gilholly nicht. Er wird wiederkommen und dir noch mehr Fragen stellen.

Aber dann war da noch eine andere Stimme, mit einem anderslautenden Rat. Wenn du jetzt die Stadt verläßt, wird er dich nie finden, sagte diese Stimme. Vielleicht hatte er sich im Dunkeln verirrt, vielleicht hatte Morton ihn schlimmer verletzt, als sie gedacht hatte, vielleicht lag er blutend irgendwo.

Letztlich, sagte die Stimme, läuft es doch darauf hinaus: Hast du genügend Vertrauen zu ihm, daß du überzeugt bist, er wird dich holen kommen? Wenn nicht, geh jetzt gleich. Wenn ja, dann mach ein tapferes Gesicht und bleibe.

Wenn es so einfach ausgedrückt wurde, gab es keine Alternative, das wußte sie. Gewiß vertraute sie ihm. Gewiß, ganz gewiß.

Sie machte sich eine Kanne starken Kaffee, um ihre Müdigkeit zu überwinden, dann duschte sie, frisierte sich und zog sich an. Viertel vor neun, als sie gerade zur Praxis des Doktors aufbrechen wollte, läutete das Telefon. Sie rannte hin und riß mit rasendem Herzschlag den Hörer von der Gabel, wurde aber nur von Gilhollys dröger Stimme begrüßt.

»Ich vergewissere mich nur, wo Sie stecken«, sagte er.

»Ich gehe gerade zur Arbeit«, sagte Phoebe. »Wenn Sie einverstanden sind.«

»Ich schätze, ich weiß, wo ich Sie finden kann.«

»So wird es sein.«

»Ihr Freund ist gestern nacht nicht nach Hause gekommen.«

Sie wollte gerade *nein* sagen, als ihr klar wurde, daß er ihr keine Frage stellte, sondern es ihr mitteilte. Er wußte schon, daß Joe nicht in ihr Haus gekommen war. Was bedeutete, daß einer seiner Männer die ganze Nacht Streife gegangen war; und das wiederum bedeutete, die Möglichkeit bestand, daß Joe den Mann gesehen hatte und weggeblieben war, um nicht gefaßt zu werden. Das alles ging ihr innerhalb weniger Augenblicke durch den Kopf, aber nicht so schnell, daß ihr verblüfftes Schweigen nicht zur Kenntnis genommen worden wäre.

»Sind Sie noch da?« fragte Gilholly.

Sie war froh darüber, daß sie sich nur am Telefon unterhielten und sie das Lächeln nicht verbergen mußte, das ihr Gesicht erhellte.

»Ja«, sagte sie und bemühte sich, daß man ihrer Stimme die Erleichterung nicht anhörte. »Ja, ich bin noch da.«

»Wenn er versucht, mit Ihnen Verbindung aufzunehmen –«

»Ich weiß, ich weiß. Dann rufe ich Sie an, Jed. Ich verspreche es.«

»Nennen Sie mich nicht Jed, Mrs. Cobb«, antwortete er steif. »Wir haben es hier mit einer beruflichen Beziehung zu tun. Belassen wir es dabei.«

Damit legte er auf. Sie legte den Hörer hin und blieb

einen Moment zitternd auf der Treppe sitzen. Dann strömten, ohne Vorwarnung, Tränen der Erleichterung und des Glücks über ihre Wangen, und es dauerte zehn Minuten, bis sie sich soweit unter Kontrolle hatte, daß sie nach oben gehen und sich das Gesicht waschen konnte.

3

Trotz der Anstrengungen der vergangenen Nacht war Buddenbaum, wie immer, ein paar Minuten vor der Dämmerung aufgewacht – von einer inneren Uhr geweckt, die so genau ging, daß er in den letzten achtzig Jahren keinen einzigen Sonnenaufgang verpaßt hatte. Immerhin war das Epische sein Geschäft, und er kannte kein so fundamentales Drama wie das, welches sich bei jeder Morgen- und Abenddämmerung abspielte. Heute morgen jedoch hatte der Sieg des Lichts über die Dunkelheit einen ganz besonderen Symbolgehalt, erhellte es doch den Schauplatz einer Geschichte, die, so hoffte er, in die Annalen der Menschheit eingehen würde.

Anderthalb Jahrhunderte waren vergangen, seit er die Saat ausgestreut hatte, aus der Everville geworden war; anderthalb Jahrhunderte, in denen er, in der Hoffnung auf kraftvolles Gedeihen, viele solche Samen gesät hatte. Überwiegend waren es einsame und frustrierende Jahre gewesen, in denen er von Staat zu Staat wanderte, immer ein Besucher, immer ein Außenseiter. Selbstverständlich hatte dieses Dasein auch seine Vorzüge; nicht zuletzt eine nützliche Gleichgültigkeit gegenüber den Verbrechen und Tragödien, die den Pionieren ihren Traum vom Garten Eden so schnell vergällt hatten. Selbst in einer Stadt wie Everville war nicht mehr viel übrig von der strahlenden, verlockenden Vision der Seelen, zu denen er sich in Independence, Missouri, gesellt hatte. Es war eine von

Verzweiflung getriebene und von Unwissenheit genährte Vision gewesen, doch welche Gebrechen und Absurditäten ihr auch angehaftet hatten, auf ihre Weise hatte sie ihn gerührt. Im Rückblick rührte sie ihn immer noch.

In jenen harten Herzen war etwas gewesen, wofür es sich zu sterben lohnte, und das war ein wertvolleres Geschenk, als diejenigen wußten, die damit gesegnet waren; ein Geschenk, das ihren Nachkommen nicht gegeben war. Owens Einschätzung zufolge waren sie ein nüchterner Haufen, die Städteplaner und Komiteegründer; Männer und Frauen, die jegliches Gefühl für die empfindliche, schreckliche Heiligkeit der Dinge verloren hatten.

Selbstverständlich gab es immer Ausnahmen, wie etwa der Junge, dem er kürzlich begegnet war und der ihm seitdem kaum noch von der Seite wich. Er und die kleine Maeve O'Connell hätten sich gut verstanden, vermutete Owen. Und nachdem er seine Sinne jahrelang geschärft hatte, gelang es ihm normalerweise binnen weniger Stunden, einen wie Seth zu finden, wenn er in eine neue Stadt kam. Jede Gemeinde hatte einen oder zwei Jugendliche, die Visionen hatten oder ein Hämmern hörten oder in Zungen redeten . . .

»Was denkst du?«

Seth betrachtete ihn mit einem besorgten Ausdruck seines langen, blassen Gesichts.

»Kreuzwege«, antwortete Owen.

»Was ist damit?«

»Danach werden wir heute Ausschau halten. Ich möchte den ersten Kreuzweg in der Stadt finden.«

»Warum?« wollte Seth wissen.

Er überlegte sich, ob er den Jungen belügen sollte, aber wozu? Die Antwort bestand sowieso in einem Paradoxon.

»Weil meine Reise zu Ende ist, wo die Wege sich kreuzen«, sagte er.

»Was bedeutet das?«

»Es bedeutet . . . ich werde nicht mehr lange hier sein«, sagte Owen.

Der Junge machte einen niedergeschlagenen Eindruck. »Was soll ich machen, wenn du fort bist?« fragte er.

Owen überlegte einen Moment. Dann meinte er: »Vielleicht ein Haus bauen?«

IV

1

Tesla verfuhr sich nördlich von Salem und legte fünfunddreißig Meilen auf der Straße nach Willamina zurück, bevor sie ihren Irrtum erkannte und wendete. Als sie die Gemarkungsgrenze von Everville erreichte, war es nach eins und sie hatte Hunger. Sie fuhr zehn Minuten herum und orientierte sich, während sie nach einem passablen Restaurant suchte, und entschied sich schließlich für eines, das sich Kitty's Diner nannte. Es war überfüllt, und man teilte ihr höflich mit, daß sie zehn Minuten warten mußte.

»Kein Problem«, sagte sie und setzte sich in die Sonne. Es tat sich eine Menge, das ihr die Wartezeit verkürzte. Das Restaurant lag an der Ecke der Main Street der Stadt und einer anderen, gleichermaßen verkehrsreichen Straße. Ein nicht enden wollender Strom von Fahrzeugen und Passanten ergoß sich in beide Richtungen.

›Hier ist vielleicht was los‹, dachte sie.

Es findet eine Art Festival statt, sagte Raul.

›Woher weißt du das?‹

Steht direkt vor deiner Nase, sagte Raul.

›Wo, verdammt?‹ sagte sie und suchte die Kreuzung in alle vier Richtungen ab.

Ein Stück höher, sagte Raul.

Tesla sah in die Höhe. Ein Transparent hing über der Straße, auf dem in über einen Meter großen blauen Buchstaben geschrieben stand: *Willkommen zum Festival-Wochenende in Everville.*

›Wieso hab ich das nicht gesehen?‹ dachte sie und staunte (wie immer) über die Tatsache, daß sie und Raul dieselben Augen benützten und die Welt doch so unterschiedlich sahen.

Du hast dich auf deinen Magen konzentriert, antwortete Raul.

Sie ging nicht auf die Bemerkung ein. ›Das ist kein Zufall‹, sagte sie.

Was?

›Daß wir an dem Wochenende hier sind, wo sie ein Festival haben. Es ist eine Art von Synchronizität.‹

Wenn du das sagst.

Sie beobachtete eine Zeitlang schweigend den Verkehr. Dann fragte sie Raul: ›Spürst du etwas?‹

Zum Beispiel?

›Ich weiß nicht. Etwas Ungewöhnliches?‹

Was bin ich, ein Bluthund?

›Schon gut‹, sagte sie. ›Vergiß, was ich gesagt habe.‹

Wieder trat Schweigen ein. Dann sagte Raul sehr leise: *Über dem Transparent.*

Sie sah über die blauen Buchstaben, über die Dächer hinweg. ›Der Berg?‹ hauchte sie.

Ja . . .

›Was ist damit?‹

Etwas, antwortete er. *Ich weiß es nicht, aber etwas . . .*

Sie studierte den Gipfel eine Zeitlang. Viel zu sehen gab es nicht; die Bergspitze war in Nebel gehüllt. ›Ich gebe auf‹, sagte sie, ›ich bin zu hungrig, um zu denken.‹

Sie sah in das Restaurant. Zwei Gäste waren von ihrem Tisch aufgestanden und unterhielten sich mit der Kellnerin.

›Wurde auch Zeit‹, murmelte sie, stand auf und ging hinein.

»Nur eine Person, ja?« sagte die Kellnerin, führte sie zu dem freigewordenen Tisch und gab ihr die Speisekarte. »Alles ist gut, aber die Hühnerleber ist *echt* gut. Und der Pfirsichcocktail. Guten Appetit.«

Tesla sah ihr nach, wie sie zwischen den Tischen hindurch ging und hier ein Wort und da ein Lächeln von sich gab.

Glückliches kleines Ding, bemerkte Raul trocken.

›Sieht so aus, als würde der Herrgott heute persönlich kochen‹, antwortete Tesla und betrachtete das schlichte Holzkreuz, das über der Essensdurchreiche hing.

Dann solltest du vielleicht den Fisch nehmen, meinte Raul, worüber Tesla laut lachen mußte.

Ein paar fragende Blicke wurden in ihre Richtung geworfen, aber es schien niemanden weiter zu stören, daß diese Frau ihre eigene Gesellschaft so unterhaltend zu finden schien, daß sie Tränen lachte.

»Was ist so komisch?« wollte die Kellnerin wissen.

»Mir ist nur gerade was eingefallen«, sagte Tesla und bestellte den Fisch.

2

Erwin konnte sich nicht erinnern, was in dem Haus Schreckliches geschehen war; er wußte nur, er wollte raus und fort.

Er stand an der offenen Eingangstür, und seine Gedanken wirbelten durcheinander, da er wußte, er mußte etwas mitnehmen, bevor er ging, konnte sich aber nicht erinnern, was das war. Er drehte sich um, sah den Flur entlang und hoffte, etwas würde seinem Gedächtnis auf die Sprünge helfen.

Natürlich! Das Geständnis. Er konnte das Haus nicht ohne die Geständnisformulare verlassen. Er ging den Flur entlang und fragte sich, wo er sie hingelegt hatte. Aber als er das Wohnzimmer sah, löste sich sein Wunsch, die Papiere zu holen, plötzlich in Nichts auf, und dann stand er, ohne recht zu wissen, wie er dorthin gekommen war, wieder vor seinem Haus, und die Sonne brannte auf ihn herunter. Alles war zu hell, und er suchte in seinen Taschen nach der Sonnenbrille, mußte aber feststellen, daß er eine alte Tweedjacke trug, die er, hatte er geglaubt, schon vor Jahren der Wohlfahrt gespendet hatte. Es war ein spontanes Geschenk gewesen, das er fast augenblicklich bedauert hatte. Um so wunderbarer war es, daß er sie wiedergefunden hatte, wie mysteriös die Begleitumstände auch immer sein mochten.

Er fand keine Sonnenbrille, aber eine Vielzahl von Erinnerungsstücken in den verschiedenen Taschen: Abrisse der Karten von Konzerten, die er vor zwanzig Jahren in Boston besucht hatte; der zerkaute Stummel der Zigarre, die er zur Feier einer bestandenen Abschlußprüfung geraucht hatte; ein kleines, in eine Serviette eingewickeltes Stück Hochzeitskuchen; der Pfennigabsatz eines scharlachroten Schuhs; die kleine Flasche Weihwasser, die seine Mutter in der Hand gehalten hatte, als sie starb. Jede Tasche enthielt nicht nur eines, sondern vier oder fünf solcher Souvenirs, und jedes einzelne löste eine Flut von Erinnerungen aus – Gerüche, Geräusche, Gesichter, Gefühle –, die ihn alle mehr bewegt haben würden, wenn das Geheimnis der wiedergefundenen Jacke nicht ununterbrochen in ihm genagt hätte. Er war ganz sicher, daß er sie weggegeben hatte. Und selbst wenn nicht, wenn sie ein Jahrzehnt unbemerkt in einem hinteren Winkel seines Schranks gehangen und er sie heute morgen durch Zufall aus ihrer Verbannung befreit hätte, ohne es richtig mitzubekommen, blieb das Rätsel, woher die Andenken in seinen Taschen gekommen waren, immer noch ungeklärt.

Etwas Seltsames war hier im Gange; etwas verdammt Seltsames.

Nebenan kam Ken Margosian pfeifend aus seinem Haus, ging mit einer Gartenschere an seinen Rosenbüschen entlang und wählte Blüten aus.

»Die Rosen sind dieses Jahr schöner denn je«, sprach Erwin ihn an.

Margosian, sonst ein geselliger Nachbar, sah nicht einmal auf.

Erwin ging zum Zaun. »Alles in Ordnung, Ken?« fragte er.

Margosian hatte sich für eine Rose entschieden und überlegte genau, an welcher Stelle er sie abschneiden sollte. Nichts deutete darauf hin, daß er auch nur eine Silbe gehört hatte.

»Warum dieses Schweigen?« wollte Erwin wissen. »Wenn du sauer auf mich bist –«

In diesem Augenblick kam Mrs. Semevikov vorbei,

eine Frau, der Erwin unter normalen Umständen gerne aus dem Weg gegangen wäre. Sie war eine geschwätzige Frau, die an jedem Festival-Samstag eine kleine Auktion organisierte, wo sie Gegenstände verkaufte, die die verschiedenen Geschäfte gespendet hatten; der Erlös ging Waisenhäusern zu. Letztes Jahr hatte sie versucht, Erwin zu überreden, ein paar Stunden seiner Dienste als Preis zu stiften. Er hatte versprochen, darüber nachzudenken, ihre Anrufe aber nicht beantwortet. Jetzt war sie wieder hier und wollte zweifellos dasselbe. Sie grüßte Ken Margosian, würdigte Erwin selbst aber keines Blickes, obwohl er nur fünf Meter von ihr entfernt stand.

»Ist Erwin da?« fragte sie Ken.

»Ich glaube nicht«, antwortete Ken.

»Das ist nicht mehr witzig«, brauste Erwin auf, aber Ken war noch nicht fertig.

»Ich habe gestern nacht merkwürdige Geräusche gehört«, sagte er zu Mrs. Semevikov, »als hätte er eine Schlägerei da drinnen.«

»Das sieht ihm aber gar nicht ähnlich«, antwortete sie.

»Ich habe heute morgen bei ihm angeklopft, weil ich fragen wollte, ob es ihm gut geht, aber niemand hat aufgemacht.«

»Hört auf damit«, beklagte sich Erwin.

»Vielleicht ist er in seinem Büro«, fuhr Mrs. Semevikov fort.

»Ich sagte *aufhören*!« schrie Erwin. Jetzt beunruhigte es ihn, daß über ihn geredet wurde, als wäre er unsichtbar. Und was sollte dieser Unsinn, von wegen Schlägerei? Er hatte ruhig und friedlich –

Der Gedanke versiegte, und als er zu seinem Haus sah, tauchte ein Name aus den Tiefen seines Gedächtnisses auf.

Fletcher. O Gott, wie hatte er nur Fletcher vergessen können?

»Vielleicht versuche ich es in seinem Büro«, sagte Mrs. Semevikov, »denn letztes Jahr hat er mir versprochen –«

»Hört mir zu«, flehte Erwin.

»– er würde ein paar Stunden seiner Arbeitszeit –«

»Ich weiß nicht, warum ihr das tut, aber ihr müßt mir zuhören.«

»– für die Auktion stiften.«

»Da ist jemand in meinem Haus.«

»Da sind übrigens wunderschöne Rosen. Melden Sie sie für den Blumenwettbewerb an?«

Erwin konnte es nicht mehr ertragen. Er ging zum Zaun und schrie Ken an: *»Er hat versucht, mich umzubringen!«* Dann streckte er die Hand aus und packte Ken am Hemd. Jedenfalls versuchte er es. Seine Finger glitten durch den Stoff, seine Faust schloß sich um nichts. Er versuchte es noch einmal. Mit demselben Ergebnis.

»Ich verliere den Verstand«, dachte er. Er hob die Arme und schlug fest gegen Kens Wangen, aber der andere nahm seine Anstrengung überhaupt nicht zur Kenntnis. »Fletcher hat in meinem Kopf herumgespielt.«

Eine Woge der Panik stieg in ihm auf. Er mußte den Störenfried dazu bringen, seine Manipulationen rückgängig zu machen, bevor ernstlicher Schaden angerichtet wurde. Er ließ Ken und Mrs. Semevikov stehen und weiter über die Rosen sprechen und ging den Weg zur Eingangstür zurück. Sie schien geschlossen zu sein, aber anscheinend konnte er sich überhaupt nicht mehr auf seine Sinne verlassen, denn mit zwei Schritten überquerte er die Schwelle und stand im Flur.

Er rief nach Fletcher. Keine Antwort, aber der Störenfried mußte irgendwo im Haus sein, da war Erwin ganz sicher. Jeder Winkel des Flurs schien ein wenig schief zu sein, und die Wände wirkten gelblich getönt. Worauf sollte das zurückzuführen sein, wenn nicht auf Fletchers Einfluß?

Er wußte, wo der Mann auf der Lauer lag: Im Wohnzimmer, wo er Erwin gefangengehalten hatte, um seinen Geisteszustand zu manipulieren. Mit wachsender Wut – wie konnte dieser Mann es wagen, in sein trautes Heim einzudringen? – marschierte er den Flur entlang zur Wohnzimmertür. Die Tür war angelehnt. Erwin zögerte nicht und trat ein.

Die Vorhänge waren zugezogen, damit kein Tageslicht eindringen konnte, die einzige Lichtquelle bildete das niedergebrannte Feuer im Kamin. Dennoch fand Erwin seinen Peiniger auf den ersten Blick. Er saß mit überkreuzten Beinen mitten im Zimmer und hatte sich ganz ausgezogen. Sein Körper war breit und muskulös und mit Narben bedeckt, die bis zu fünfzehn Zentimeter lang waren. Er hatte die Pupillen unter die Lider verdreht. Vor ihm lag ein Haufen Exkremente.

»Dreckiges Tier«, tobte Erwin. Seine Worte entlockten Fletcher keine Reaktion. »Ich weiß nicht, was für Tricks Sie mit meinem Verstand angestellt haben«, fuhr Erwin fort, »aber ich möchte, daß Sie sie rückgängig machen. Sofort. Haben Sie mich verstanden? *Sofort!*« Fletchers Pupillen tauchten, sehr zu Erwins Befriedigung, wieder auf. Er hatte es satt, übersehen zu werden. »Und dann will ich, daß Sie –«

Er verstummte und wandte den Blick ab in die Schatten; doch was er dort sah, war viel schlimmer als Fletchers Anblick.

Dort lag ein Toter mit dem Gesicht zur Wand. Ein Toter, den er kannte.

Worte reichten nicht aus, um sein Entsetzen in diesem Augenblick zu beschreiben; auch nicht seine schreckliche Klarheit. Er konnte nur schluchzen, ein herzzerreißendes Schluchzen, das der Masturbierende nicht einmal hörte.

Jetzt wußte er, warum. Er war tot. Sein ausgemergelter, von Fletcher ausgesaugter Körper lag in der Ecke des Zimmers. Das Bewußtsein, das er noch besaß, klammerte sich an die Erinnerung des Fleisches, hatte aber keinen Einfluß mehr auf die Welt der Lebenden. Er konnte nicht gesehen, nicht gehört und nicht berührt werden. Er war ein Phantom.

Vor Fletcher sank er nieder und studierte dessen Gesicht. Unter dem Bart war es derb, fliehende Stirn, grotesk breiter Mund.

»Was *bist* du?« murmelte er bei sich.

Fletchers Manipulationen brachten ihn offenbar an den

Rand einer Krise. Sein Atem ging flach und schnell und wurde von leisen Grunzlauten untermalt. Erwin brachte es nicht fertig, das Ende des Dramas zu verfolgen. Als das Grunzen lauter wurde, richtete er sich auf und ging zur Tür, den Flur entlang und ins Sonnenlicht.

Mrs. Semevikov war ihres Weges gegangen, und Ken eilte mit einem Strauß Rosen unter dem Arm ins Haus, aber in der Nähe erklang ein dünnes, schrilles Winseln. Etwas leidet Schmerzen, dachte Erwin, und die Tatsache, daß er nicht das einzige leidende Wesen war, erfüllte ihn mit einer seltsamen Befriedigung. Er machte sich auf die Suche nach dem Leidenden und mußte nicht weit gehen. Es waren die Rosenbüsche, die das Wimmern ausstießen; ein Geräusch, vermutete er, das nur die Toten hören konnten.

Ein schwacher Trost. Tränen, besser gesagt, die Erinnerung an Tränen, fielen aus der Erinnerung an seine Augen, und er schwor einen Eid, daß er sich irgendwie an der Bestie rächen würde, die ihn auf dem Gewissen hatte, und sollte er mit dem Teufel persönlich einen Pakt schließen müssen. Und es würde nicht schnell gehen. Er würde den Dreckskerl so leiden lassen, daß der Kummer von einer Million Rosen seine Schreie nicht würde übertönen können.

3

Der Freitag des Festival-Wochenendes war immer ein ruhiger Tag beim Arzt. Anfang nächster Woche würde das Wartezimmer vollgestopft sein mit Leuten, die einen Besuch aufgeschoben hatten, weil es zuviel zu tun gab, deren Finger eine Blutvergiftung hatten und deren Verstopfung chronisch geworden war. Aber heute kamen nur diejenigen, denen es extrem schlecht ging oder die so einsam waren, daß selbst ein Arztbesuch willkommene Abwechslung bot.

Keiner der Patienten erwähnte Phoebe gegenüber die

jüngsten Ereignisse, obwohl sie keinen Zweifel daran hegte, daß mittlerweile ganz Everville von dem Skandal wußte. Selbst Dr. Powell beschränkte seine Bemerkungen auf ein Minimum. Es tue ihm leid, sagte er, daß Morton gestorben sei, und er habe vollstes Verständnis dafür, wenn sie ein paar Tage freinehmen wolle. Sie dankte ihm und fragte, ob sie vielleicht gegen zwei gehen könnte, damit sie nach Silverton fahren und mit dem Bestattungsunternehmer reden konnte. Selbstverständlich lautete die Antwort darauf ja.

Das war nicht der einzige Termin, den sie geplant hatte. Dringender denn je brauchte sie jetzt rechtlichen Beistand; jemanden, der ihr ein klares Bild davon vermittelte, wie schlimm die Situation war, in der sie sich befand. Sie beschloß, daß sie heute nachmittag versuchen würde, bei Erwin reinzuschauen, statt bis Montag zu warten. In siebenundzwanzig Stunden konnte eine Menge passieren, wie die sich überstürzenden Ereignisse der vergangenen vierundzwanzig bewiesen hatten. Es wäre besser, wenn sie die schlechten Nachrichten kannte und dementsprechend planen konnte.

4

Der Fisch schmeckte gut. Tesla ließ sich Zeit beim Essen und belauschte dabei die Unterhaltungen an fünf verschiedenen Tischen in ihrer unmittelbaren Umgebung. Das war ein Trick, den sie als Drehbuchautorin gelernt und während ihrer Reisen vervollkommnet hatte (da sie rasch herausfand, daß gewöhnliche Unterhaltungen mit Bemerkungen gespickt waren, die kein Produzent glauben wollte), damit sie, ohne Medien oder gesellschaftliche Umgangsformen, auf dem laufenden blieb, was sich in der Welt abspielte.

Heute stellte sie zu ihrer Überraschung fest, daß sich drei der fünf Unterhaltungen um dasselbe Thema drehten: Leben und Untaten einer hiesigen Frau namens

Phoebe, die offenbar eine Rolle beim bizarren Ableben ihres Mannes spielte.

Während sie zuhörte, wie an einem Tisch über die Moral des Ehebruchs gesprochen wurde, kam ein vertrocknet aussehender Bursche, den sie für den Manager des Lokals hielt, mit Hamburgern für die Debattierenden, und auf dem Rückweg zum Tresen nahm er ihr Geschirr mit und erkundigte sich beiläufig, ob ihr der Fisch geschmeckt habe. Sie bejahte. Dann, in der Hoffnung, ein paar Informationen aus ihm herauszukitzeln:

»Ich habe mich gefragt ... kennen sie einen Mann namens Fletcher?«

Der Mann – auf seinem Namensschild stand *Bosley* – dachte einen Moment nach. »Fletcher ... Fletcher ...« sagte er.

Während er überlegte, sagte Raul: *Tesla?*

›Moment noch, Raul‹, dachte sie an seine Adresse.

Aber da ist etwas – fuhr er fort.

Weiter kam er nicht, denn Bosley sagte: »Ich glaube nicht, daß ich einen Fletcher kenne. Lebt er hier in der Stadt?«

»Nein. Er ist ein Besucher.«

»Hier wimmelt es von Besuchern«, antwortete Bosley.

Weitere Fragen in dieser Richtung würden nichts bringen. Aber da sie den Mann gerade am Wickel hatte, beschloß sie, ihn nach etwas anderem zu fragen.

»Phoebe«, sagte sie. Bosleys Lächeln erlosch. »Kennen Sie die?«

»Sie kam ab und zu hierher«, gab Bosley zu.

»Wie ist sie?« Seinem Gesichtsausdruck nach zu urteilen, schwankte Bosley zwischen höflichen Umgangsformen und dem Wunsch, Teslas Frage einfach zu ignorieren. »Alle reden über sie.«

»Dann hoffe ich, daß ihre Geschichte manchen zur Lektion gereicht«, entgegnete Bosley kalt. »Der Herr hat ihre Sünde gesehen und sie gerichtet.«

»Ist sie wegen etwas angeklagt worden?«

»In den Augen des Herrn –«

»Vergessen Sie die Augen des Herrn –« sagte Tesla, erbost über die Frömmelei des Mannes, »– ich will nur die beschissene Auskunft, wie sie ist.«

Bosley stellte das Geschirr wieder auf den Tisch und sagte leise: »Ich glaube, Sie gehen besser.«

»Weshalb?«

»Sie sind nicht willkommen, das Brot mit uns zu brechen«, sagte er.

»Warum nicht, zum Teufel?«

»Ihre Ausdrucksweise.«

»Was ist damit?«

Die Schimpfworte, krähte Raul.

Sie wiederholte einen Ausdruck laut, um seine Hypothese auf die Probe zu stellen. »Beschissen?« sagte sie. »Es stört Sie, daß ich *beschissen* sage?«

Bosley zuckte zusammen, als wären die Silben Peitschenhiebe. »Hinaus«, sagte er.

»Ich habe nur *beschissen* gesagt«, antwortete Tesla liebenswürdig. »Was ist so schlimm an *beschissen*?«

Bosley hatte sich genug gefallen lassen. »Ich möchte, daß Sie das Lokal verlassen«, sagte er. »Ihre Gossensprache ist hier nicht erwünscht.«

»Kann ich nicht noch auf den Pfirsichbecher bleiben?« fragte Tesla.

»Hinaus!« brüllte Bosley. Die Klatschbasen verstummten. Alle Augen waren auf Teslas Tisch gerichtet. »Gehen Sie mit Ihren unflätigen Ausdrücken anderswohin. Hier können wir Sie nicht brauchen.«

Tesla fälzte sich auf ihren Stuhl. »Beschissen ist nicht unflätig«, sagte sie. »Beschissen ist nur ein Wort. Ein Wort aus der Umgangssprache. Kommen Sie, Bosley, geben Sie es zu. Es gibt Situationen, da trifft nur *beschissen* zu.«

»Verlassen Sie mein Lokal.«

»Sehen Sie? *Verlassen Sie mein beschissenes Lokal* würde viel nachdrücklicher klingen.«

Hier und da wurde gekichert oder nervös gehüstelt.

»Hinaus!« brüllte Bosley wiederholt. Andere kamen ihm zu Hilfe, darunter ein Koch aus der Küche, der aus-

sah, als wäre er gerade aus San Quentin ausgebrochen. Tesla stand auf.

»Okay, ich gehe«, sagte sie. Sie schenkte dem Koch ein strahlendes Grinsen. »Prima Fisch«, sagte sie und schlenderte zur Tür. »Natürlich sollten wir die wichtigste Anwendung von Fäkalausdrücken nicht vergessen«, sagte sie im Gehen. »Den Ausruf. Zum Beispiel *Ach du Scheiße* oder *Was für eine Scheiße.*« Sie war an der Tür angekommen, blieb stehen und drehte sich zu Bosley um. »Oder das immer wieder nützliche *drauf geschissen*«, sagte sie, lächelte kurz und ging hinaus.

Sie stand an der Ecke und fragte sich, wo sie ihre Suche nach Fletcher fortsetzen sollte, als Raul flüsterte: *Hast du gehört, was ich da drinnen gesagt habe?*

›Ich war damit beschäftigt, für meine verfassungsmäßigen Rechte einzutreten‹, antwortete Tesla.

Davor, sagte Raul.

›Was?‹ fragte sie.

Ich weiß nicht, was, antwortete er. *Ich habe nur eine Präsenz gespürt oder –*

›Du hörst dich nervös an‹, entgegnete Tesla und sah sich um. Die Kreuzung war belebter als zuvor. Ein unwahrscheinlicher Ort für einen Spuk, dachte sie, zumindest im Augenblick. Um Mitternacht vielleicht, das wäre wieder etwas anderes.

›Haben Sie früher nicht Selbstmörder an Kreuzungen begraben?‹ sagte sie zu Raul. Sie bekam keine Antwort. ›*Raul?*‹

Hör doch.

›Was soll ich –?‹

Hör einfach hin, ja?

Es gab genügend zu hören. Hupen ertönten, Reifen quietschten, Leute schwatzten und lachten, Musik erklang aus einem offenen Fenster, Rufe aus einer offenen Tür.

Nicht das, sagte Raul.

›Was dann?‹

Jemand flüstert.

Sie horchte wieder und versuchte, das Tohuwabohu von Menschen und Fahrzeugen zu durchdringen.

Mach die Augen zu, sagte Raul. *Im Dunkeln ist es leichter.*

Sie gehorchte. Irgendwo zwischen Verkehrslärm und Gesprächen versuchte eine dünne Stimme, sich Gehör zu verschaffen. *Eis*, schien sie zu sagen. Und etwas über *Ketchup*. Tesla konzentrierte sich und versuchte, ihren Geist auf die Stimme zu justieren, so wie sie sich auf die Unterhaltungen in dem Restaurant eingestimmt hatte. *Eis*, sagte die Stimme wieder, *eis was, eis was* –

»Weiß was«, murmelte Tesla. »Sie weiß etwas.«

»Ketch ... ketch ...« sagte die Stimme.

Ketch?

›Ketch a ...‹

Nein, nicht *ketch a: Fletcher.*

›Hast du das gehört?‹ sagte sie zu Raul. ›Sie weiß etwas über Fletcher. Das sagt die Stimme. Sie weiß etwas über Fletcher.‹ Sie horchte wieder und stimmte sich auf die Frequenz ein, wo die Stimme gewesen war. Das Geräusch war immer noch da, gerade noch. Sie hielt den Atem an und konzentrierte jedes Quentchen ihrer Aufmerksamkeit darauf, das Signal zu interpretieren. Jetzt hörte sie keine Worte mehr, sondern eine Zahl. Zwei. Zwei. Sechs.

Sie sagte es laut, damit der Flüsterer wußte, daß sie verstanden hatte.

»Zwei – zwei – sechs. Richtig?«

Dann folgten weitere Silben. *Itch* oder *Kitsch*. Dann *Ell* oder so ähnlich.

»Versuch's noch mal«, sagte sie leise. Aber entweder ihre Konzentrationsfähigkeit oder die Stimme des Flüsterers wurden schwächer. *Itch*, glaubte sie noch einmal zu hören, dann nichts mehr. Sie horchte und hoffte auf einen erneuten Kontakt, aber es kam nichts mehr. »Scheiße«, murmelte sie.

Wir brauchen einen Stadtplan, sagte Raul.

›Wozu?‹

Das war eine Adresse, Tesla. Er hat dir gesagt, wo du Fletcher finden kannst.

Sie sah zu dem Restaurant zurück. Ihre Kellnerin sah sie, als sie die Tür aufmachte.

»Bitte –« begann die Frau.

»Schon gut«, sagte Tesla, »ich will nur eine von denen.« Sie nahm eine der Festivalbroschüren vom Regal neben der Tür. »Schönen Tag noch.«

Wann bist du eigentlich so verbohrt geworden, was Jesus Christus angeht? fragte Raul sie, als sie auf dem Motorrad saß und den Stadtplan auf der Rückseite der Broschüre studierte.

›Bin ich nicht‹, sagte sie. ›Ich liebe den ganzen Quatsch. Ich finde nur, Worte sind –‹ Sie verstummte. Betrachtete den Stadtplan eingehender. ›Mitchell Street‹, sagte sie. ›Das muß es sein. *Mitchell*.‹

Sie steckte die Broschüre ein und ließ das Motorrad an. ›Bist du bereit?‹ sagte sie.

Kostbar, antwortete er.

›Was?‹

Du wolltest sagen, Worte sind kostbar.

›Tatsächlich?‹

Und nein: Ich bin nicht bereit.

V

1

Erwin war auf der Suche nach etwas Vertrautem, einem Gesicht oder einer Stimme, die er kannte und mochte, um seine Panik zu besänftigen, zu Kitty's Diner gegangen. Statt dessen hörte er, wie eine Frau, die er in seinem Leben noch nie gesehen hatte, sich nach seinem Mörder erkundigte, und da wäre er fast verrückt geworden vor Frustration, und er schrie sie mit einer Lautstärke an, die ihm die Kehle zerrissen hätte, hätte er noch eine Kehle zum Zerreißen gehabt, während die Frau Bosley demonstrierte, wie gut sie die Gossensprache beherrschte.

Aber sie war weder so dumm noch so dickfellig, wie die Darbietung vermuten lassen konnte. Als sie draußen war, blieb sie stehen und lauschte, und er preßte sich so dicht an sie, daß es auf Belästigung hinausgelaufen wäre, hätte er noch aus Fleisch und Blut bestanden. Er sagte ihr immer wieder, wo Fletcher war. Seine Hartnäckigkeit wurde belohnt. Sie hatte einen Stadtplan geholt, und während sie den studierte, hatte er sie zu warnen versucht, daß Fletcher gefährlich war.

Aber diesmal hörte sie ihn nicht. Er war nicht sicher, weshalb nicht. Vielleicht konnten die Leute nicht gleichzeitig einen Stadtplan lesen und die Toten sprechen hören. Vielleicht lag die Schuld bei ihm, und er hatte die Gabe, sich den Lebenden verständlich zu machen, nur wenige Augenblicke verloren, nachdem er sie erlangt hatte. Wie auch immer, die fruchtbare Unterhaltung, auf die er gehofft hatte, wurde im Keim erstickt, und die Frau war mit ihrem Motorrad davongefahren, bevor er sie von Fletchers mordlüsternen Absichten in Kenntnis setzen konnte. Er machte sich allerdings keine übertriebenen Sorgen um ihr Wohlergehen. Wenn sie auf der Suche nach Fletcher war, überlegte er sich, dann wußte sie bestimmt, wozu er fähig war, und ihrer Vorstellung im Restaurant nach zu urteilen, war sie nicht gerade eine Zimperliese.

Er beobachtete sie, wie sie sich durch den Verkehr auf der Main Street schlängelte, und beneidete sie um ihren Zugang zum Verbrennungsmotor. Er hatte nie etwas für Gespenstergeschichten übrig gehabt (sie gehörten in das unbedeutende Reich von Märchen und Fantasy), wußte aber, daß Phantome der Schwerkraft trotzen konnten. Sie schwebten, sie flogen; sie hockten auf Bäumen und Dachfirsten. Aber warum fühlte er sich dann so *erdverbunden*, verhielt sich sein Körper – von dem er genau wußte, daß er Einbildung war; das Original lag in seinem Wohnzimmer – noch genau so, als wäre er der Schwerkraft unterworfen?

Seufzend machte er sich auf den Rückweg zum Haus. Wenn er dafür so lange brauchte wie für den Weg hierher, würde das Zusammentreffen, das er eingefädelt hatte, schon vorbei sein. Aber was blieb einer verlorenen Seele schon anderes übrig? Er mußte sich so gut es ging durchschlagen und konnte nur hoffen, daß er das Dasein, in das er hineingestorben war, mit der Zeit besser verstehen würde.

2

Phoebe ging unangemeldet zu Erwins Büro und stellte fest, daß es geschlossen hatte. An jedem anderen Tag als heute hätte sie es dabei bewenden lassen. Geh heim. Warte bis Montag. Aber dies waren ganz besondere Umstände. Sie konnte nicht warten; keine Stunde mehr. Sie beschloß, bei ihm zu Hause vorbeizuschauen und ihn anzuflehen, ihr nur eine halbe Stunde seiner Zeit zu opfern. Das war nicht zuviel verlangt, oder? Zumal sie sich gestern seinetwegen Umstände gemacht hatte.

Sie ging in den Drug Store zwei Blocks von dem Büro entfernt und fragte Maureen Scrimm, die wegen des Festivals ihr Haar getönt hatte und wie eine Dorf-Tussi aussah, ob sie einen Blick in das Telefonbuch werfen könne. Maureen wollte tratschen, aber der Laden war überfüllt. Als sie Erwins Privatadresse gefunden hatte, verabschiedete sich Phoebe von Maureen, die jedem gehtüchtigen Mann unter fünfundsechzig schöne Augen machte, und machte sich auf den Weg zur Mitchell Street.

Es war eine kleine Nebenstraße mit hübschen, gepflegten Häusern, gemähten Rasen, geschnittenen Hecken und gestrichenen Zäunen und Fensterrahmen. Die Art von sicherem Hafen, von dem Tesla während ihrer Reise durch die Amerikas häufig geträumt hatte; ein Ort, wo die Menschen gut zueinander waren und, körperlich wie seelisch, innerhalb ihrer bescheidenen Verhältnisse lebten. Sie mußte nicht lange raten, um dahinterzukommen, warum Fletcher beschlossen hatte, hier sein Domizil aufzuschlagen. Er hatte damals, im Grove, seinen eigenen Feuertod inszeniert, damit er sich aus den Träumen seiner gesunden, liebenden Einwohner eine Legion von Helden beschwören konnte. *Halluzigenia* hatte er sie genannt, und er hatte sie zurückgelassen, damit sie nach seinem Dahinscheiden weiter Krieg auf den Straßen von Palomo Grove führten. Wenn nun eine weitere Schlacht bevorstand, wie Kate Farrell vorhergesagt hatte, was für einen besseren Ort gab es, um sich Seelen zu suchen, aus denen er neue Soldaten erschaffen konnte, als diesen Hafen, wo die Leute noch an ein zivilisiertes Leben glaubten und möglicherweise Helden beschworen, um es zu verteidigen?

Hör sich einer das an, sagte Raul, während Tesla die Straße entlangschlenderte und nach Fletchers Versteck suchte.

›Habe ich laut gedacht, oder hast du einfach nur gelauscht?‹

Gelauscht, antwortete Raul. *Und ich bin erstaunt.*

›Von was?‹

Davon, wie geil du auf dieses Viertel bist. Du hast Palomo Grove gehaßt.

›Das war nicht echt.‹

Und dies hier ist es?

›Ja. Es sieht ... gemütlich aus.‹

Du warst zu lange unterwegs.

›Das könnte etwas damit zu tun haben‹, gab Tesla zu. ›Ich *bin* ein wenig reisemüde. Aber dies hier sieht nach einem Ort aus, wo man sich niederlassen kann –‹

Vielleicht Kinder großziehen? Du und Lucien? Wäre das nicht schön?

›Mach dich nicht lustig.‹

Na gut, es wäre nicht schön. Es wäre die Hölle auf Erden.

Endlich hatten sie das Haus des Flüsterers erreicht, und es war besonders schön.

Tesla ...

›Was?‹

Fletcher war immer ein bißchen verrückt, vergiß das nicht.

›Wie könnte ich es vergessen?‹

Dann vergib ihm seine Übergriffe ...

›Du bist aufgeregt. Ich kann spürgen, wie du zitterst.‹

Ich habe ihn immer nur Vater *genannt. Er hat mich gebeten, es nicht zu tun, aber das war er. Das ist er. Ich will ihn wiedersehen ...*

›Ich auch‹, sagte sie. Es war das erste Mal, daß sie es unumwunden zugab. Ja, Fletcher war verrückt und unberechenbar. Aber er war auch der Mann, der den Nuncio geschaffen hatte, der Mann, der sich vor ihren Augen in Licht verwandelt hatte; der Mann, der sie halb dazu brachte, an Heilige zu glauben. Wenn es einer verdiente, daß er den Tod überlistet hatte, dann er.

Sie ging den Weg entlang und suchte das Haus nach Anzeichen ab, daß es bewohnt war. Sie fand keine. Die Vorhänge vor allen Fenstern waren zugezogen, mit Ausnahme von einem; zwei Zeitungen lagen vergessen auf der Treppe.

Sie klopfte. Keine Antwort, aber das überraschte sie nicht. Wenn Fletcher tatsächlich hier sein Domizil aufgeschlagen hatte, würde er wahrscheinlich nicht an die Tür gehen. Sie klopfte noch einmal, der Form halber, dann ging sie zu dem Fenster, wo die Vorhänge nicht zugezogen waren, und sah hinein. Es war ein Eßzimmer mit antiken Möbeln. Wer hier wohnte, wenn Fletcher nicht zu Gast war, hatte Geschmack.

Etwas stimmt nicht mit dem Abwasser, sagte Raul

›Dem Abwasser?‹

Riechst du es nicht?

Sie schnupperte und roch etwas Unangenehmes.

›Kommt es von drinnen?‹ fragte sie Raul, aber bevor er antworten konnte, hörte sie Schritte auf dem Kiesweg, und jemand sagte:

»Suchen Sie nach Erwin?«

Sie drehte sich um. Ein paar Meter vom Tor entfernt stand eine Frau: groß, blaß, zu gut gekleidet.

»Erwin ...« sagte Tesla, deren Gedanken sich überschlugen, »... ja. Ich wollte nur ... ist er heute hier?«

Die Frau betrachtete Tesla mit einer Spur von Argwohn. »Müßte er sein«, sagte sie. »In seinem Büro ist er nicht.«

»Hm. Ich habe geklopft, aber es hat niemand geantwortet.« Die Frau sah sichtlich enttäuscht aus. »Ich wollte hinten nachsehen«, fuhr Tesla fort, »ob er vielleicht in der Sonne liegt.«

»Haben sie geläutet?« entgegnete die Frau.

»Nein, ich ...«

Die Frau ging den Weg entlang und drückte auf die Klingel. Ein zuckersüßes Glöckchen war aus dem Inneren zu hören. Tesla wartete zehn Sekunden. Als sich nichts regte, ging sie seitlich um das Haus herum und ließ die Frau stehen, die ihr Glück noch einmal an der Klinge versuchte.

»Verfault«, bemerkte sie zu Raul, als der Geruch von Exkrementen durchdringender wurde. Sie sah zu Boden und rechnete halb damit, ein geplatztes Rohr zu finden, aus dem Erwins letzte Toilettenspülung in den Boden versikkerte. Aber da war nichts. Keine Kacke, und auch kein Erwin, der sich im Garten sonnte.

»Vielleicht ist das gar nicht das Haus«, sagte sie zu Raul. »Vielleicht gibt es eine andere Straße, die so ähnlich wie Mitchell klingt.«

Sie machte auf den Absätzen kehrt und stellte fest, daß die Klinglerin mit einem aufgeregten Gesichtsausdruck um das Haus herumkam.

»Es ist jemand da«, sagte sie. »Ich habe durch den Briefschlitz geschaut und jemand am Ende des Flurs gesehen.«

»War es Erwin?«

»Konnte ich nicht sehen. Es war zu dunkel.«

»Hm.« Tesla starrte die Wand an, als könnte sie sie mit ihrem Blick durchdringen, wenn sie sich genügend anstrengte.

»Etwas war komisch an ihm –«

»Was?«

»Ich weiß nicht.« Sie sah erschrocken aus.

»Sollen wir die Cops rufen?«

»Nein. Nein, ich glaube nicht, daß wir Jed damit behelligen müssen. Vielleicht komme ich ... Sie wissen schon ... einfach an einem anderen Tag wieder.«

»Wenn da drinnen was nicht stimmt ...«, sagte Tesla. »Vielleicht sehe ich auf der anderen Seite nach.« Sie ging Richtung Garten zurück. »Ich bin übrigens Tesla«, rief sie über die Schulter.

»Ich bin Phoebe.«

Schau, schau ... sagte Raul, *... die scharlachrote Frau.*

Tesla mußte sich zusammenreißen, damit sie nicht sagte: *jeder spricht nur über Sie.*

»Sind Sie eine Verwandte von Erwin?« wollte Phoebe wissen.

»Nein, warum?«

»Es geht mich nichts an, aber ich weiß, Sie sind nicht aus Everville –«

» – daher fragen Sie sich, was ich hier mache«, antwortete Tesla, während sie ihr Glück an der Hintertür versuchte. Abgeschlossen. Sie legte die Hände seitlich ans Gesicht und sah durch die Glasscheibe. Es gab wenig zu sehen. Ein Karton Orangensaft lag umgekippt auf dem Tisch; ein kleiner Stapel Geschirr neben der Spüle. »Ich bin nicht hier, um Erwin zu sehen«, fuhr Tesla fort.

»Um die Wahrheit zu sagen, ich *kenne* Erwin nicht mal.« Sie drehte sich zu Phoebe um, die nicht besonders besorgt zu sein schien, daß sie es mit einer potentiellen Einbrecherin zu tun hatte.

»Ich bin auf der Suche nach einem Mann namens Fletcher. Ich nehme an, der Name sagt Ihnen nichts?«

Phoebe überlegte einen Moment, dann schüttelte sie den Kopf. »Er ist nicht aus der Gegend«, verkündete sie. »Wenn, würde ich ihn bestimmt kennen.«

»Kleinstadt, hm?«

»Für mich zu klein«, sagte Phoebe, der es nicht gelang, ihre Verdrossenheit zu verbergen. »Jeder weiß hier ziemlich genau, was der andere tut und läßt.«

»Ich habe auch schon ein paar Gerüchte gehört.«

»Über mich?« sagte Phoebe.

»Sie sind *die* Phoebe Cobb, richtig?«

Phoebe schürzte die Lippen. »Im Augenblick wünschte ich mir bei Gott, ich wäre es nicht«, sagte sie. »Ja, ich bin Phoebe Cobb.« Sie seufzte, und ihre robuste Fassade zerbrach. »Was immer Sie gehört haben –«

»Ist mir scheißegal«, sagte Tesla. »Ich weiß, es kann nicht gerade angenehm sein –«

»Ich habe schon bessere Zeiten gesehen«, sagte Phoebe, die plötzlich die Resigniertheit in ihrer Stimme zu hören schien und sich zusammenriß. »Hören Sie, offenbar will Mr. Toothaker nicht aufmachen.«

Tesla lächelte. »Toothaker. Ist das sein Name? Erwin Toothaker?«

»Was ist daran so komisch?«

»Nichts. Ich finde, er ist perfekt«, sagte Tesla. »Erwin Toothaker.« Sie sah noch einmal mit verkniffenen Augen durch das Fenster.

Die Tür zum Rest des Hauses stand einen Spalt offen, und plötzlich schien vor ihren Augen ein geschmeidiger Schatten durch die Öffnung zu gleiten.

Sie schrak von der Hintertür zurück und runzelte die Stirn.

»Was ist?« fragte Phoebe.

Tesla blinzelte, leckte sich die Lippen und sah wieder hin. »Hält sich unser Erwin Schlangen?« sagte sie.

»Schlangen?«

»Ja, Schlangen.«

»Nicht, daß ich wüßte. Warum?«

»Jetzt ist sie fort, aber ich könnte schwören, ich habe gesehen . . .«

Tesla? murmelte Raul.

›Was?‹

Schlangen und der Geruch von Scheiße. Woran erinnert dich diese Kombination?

Sie antwortete nicht. Wich nur, plötzlich ängstlich, von der Tür zurück. *Nein*, sagte sie im Geiste. *nein, nein, nein. Keine Lix. Nicht hier. Nicht in diesem kleinen Kaff.*

Tesla, nimm dich zusammen.

Plötzlich zitterte sie von Kopf bis Fuß.

»Ist sie wieder da?« fragte Phoebe und ging einen Schritt auf die Tür zu.

»Nicht«, sagte Tesla.

»Ich habe keine Angst vor Schlangen.«

Tesla hob die Hand, um Phoebe den Weg zu versperren. »Es ist mein Ernst«, sagte sie.

Phoebe stieß ihren Arm weg. »Ich will sie sehen«, sagte sie mit Nachdruck und hielt das Gesicht an die Scheibe. »Ich sehe nichts.«

»Sie ist wieder fort.«

»Oder sie war nie da«, antwortete Phoebe. Sie sah Tesla an. »Sie sehen nicht gut aus«, sagte sie.

»Ich *fühle* mich nicht so gut«, sagte sie.

»Haben Sie eine Phobie?«

Tesla schüttelte den Kopf. »Nicht gegen Schlangen.« Sie zog Phoebe sachte am Arm. »Ich finde wirklich, wir sollten von hier verschwinden.«

Ihr grimmiger Tonfall oder ihr aschfahles Gesicht reichten offensichtlich aus, Phoebe zu überzeugen, daß es ihr todernst damit war, denn nun wich die Frau von der Hintertür zurück.

»Vielleicht habe ich es mir nur eingebildet«, sagte Tesla

und hoffte zu jedem Gott, der zuhörte, daß es so sein möge. Sie war auf alles vorbereitet, nur nicht auf Lix.

Mit Phoebe im Schlepptau ging sie wieder zur Vorderseite des Hauses und den Weg zur Straße entlang.

»Sind Sie jetzt zufrieden?« sagte Phoebe.

»Begleiten Sie mich einfach, ja?« sagte Tesla und marschierte stramm, bis sie etwa fünfzig Meter zwischen sich und Toothakers Haus gebracht hatten. Erst dann wurde Tesla langsamer.

»Sind Sie jetzt zufrieden?« sagte Phoebe wieder, diesmal etwas anzüglicher.

Tesla sah zum Himmel und holte mehrmals tief Luft, um sich zu beruhigen, bevor sie sagte:

»Es ist schlimmer, als ich dachte.«

»Was denn? Wovon reden Sie?«

Tesla holte noch einmal tief Luft. »Ich glaube, es ist etwas Böses in diesem Haus«, antwortete sie.

Phoebe sah die Straße hinab, die am Nachmittag ruhiger denn je aussah.

»Ich weiß, es ist schwer zu glauben –«

»O nein«, sagte Phoebe nüchtern. »Ich glaube es auf der Stelle.« Als sie Tesla wieder ansah, umspielte ein verhaltenes, verkniffenes Lächeln ihre Lippen. »Diese Stadt ist grausam«, sagte sie. »Sieht nicht so aus, aber sie ist es.«

Tesla fragte sich, ob nicht eine gewisse Synchronizität für ihre Begegnung verantwortlich sein konnte. »Möchten Sie darüber reden?«

»Nein«, sagte sie.

»Okay, ich werde nicht versuchen –«

»Ich meine, ja«, sagte Phoebe. »Ja, ich will darüber reden.«

VI

»Mit dem Meer stimmt etwas nicht.«

Joe richtete sich auf und betrachtete die tosende Brandung an der Küste entlang. Das Wasser wirkte fast wie aus Samt, die Wellen schlugen hoch, verlockend für einen Surfer, aber sie brachen langsamer als an jedem Strand der Erde. Fluoreszierende Flecken stiegen in ihren üppigen Tiefen empor und funkelten auf ihren Kämmen.

»Wunderschön«, sagte er.

Noah grunzte. »Sehen Sie da raus«, sagte er und deutete über die Brecher hinweg zu der Stelle, wo der Horizont sein sollte. Schwarze, graue und grüne Wolkenbänke stiegen scheinbar aus dem Meer empor, als ließe eine titanische Hitze das Wasser verdampfen. Derweil regnete es Sturzbäche und Feuer vom Himmel. Es war ein Schauspiel, wie es Joe in diesem Ausmaß noch nie gesehen hatte, wie eine Szene von der Erschaffung der Welt – oder ihrem Untergang.

»Was ist die Ursache für das alles?«

»Ich will die Worte nicht aussprechen, bis ich ganz sicher bin«, sagte Noah. »Aber ich komme zur Überzeugung, daß wir selbst hier auf der Hut sein sollten.«

»Wovor auf der Hut?«

»Auf der Hut vor seinesgleichen, die unseren Weg kreuzen«, sagte er und deutete am Ufer entlang.

Drei oder vier Meilen von ihrem Aufenthaltsort entfernt konnten sie die Dächer und Türme einer Stadt sehen. Liverpool, vermutete er. Dazwischen, etwa eine Viertelmeile entfernt, näherte sich eine Prozession.

»Das ist ein Segensm'n«, sagte Noah. »Wir sollten uns besser aus dem Staub machen, Joe.«

»Warum?« wollte Joe wissen. »Was ist ein Segensm'n?«

»Einer, der beschwört«, sagte Noah. »Möglicherweise derjenige, der dieses Tor geöffnet hat.«

»Möchten Sie nicht warten und ihm *danken*?« sagte Joe, der immer noch die Prozession im Auge behielt. Etwa dreißig Leute nahmen daran teil, manche auf Pferden, und einer, so schien es, auf einem Kamel.

»Die Tür wurde nicht für mich geöffnet«, antwortete Noah.

»Für wen dann?« Er bekam keine Antwort. Joe drehte sich um und stellte fest, daß Noah wieder zu dem apokalyptischen Sturm sah, der den Horizont verbarg. »Etwas da draußen?«

»Möglich«, antwortete Noah.

Ein halbes Dutzend Fragen gleichzeitig gingen Joe durch den Kopf. Wenn das, was *da draußen* war, *hierher* kommen würde, was würde dann aus dem Ufer werden? Und der Stadt? Und wenn es die Schwelle überquerte, würde es den Sturm mitnehmen, den es brachte? Den Berghang hinab, nach Everville? Zu Phoebe?

O Gott, *zu Phoebe.*

»Ich muß zurück«, sagte er.

»Das können Sie nicht.«

»Ich kann und ich werde«, sagte Joe und drehte sich zu dem Riß um. Auf dieser Seite war er nicht versteckt, so wie drüben am Hang. Er zuckte wie ein schwarzer Blitzstrahl vor dem wallenden Himmel. Bildete er es sich nur ein, oder war der Riß breiter und höher geworden als vorher?

»Ich habe Ihnen Macht versprochen, Joe«, rief ihm Noah hinterher. »Und die habe ich immer noch zu geben.«

Joe machte auf dem Absatz kehrt. »Dann geben Sie sie mir und lassen Sie mich gehen«, sagte er.

Noah sah zu Boden. »So einfach ist das nicht, mein Freund.«

»Was meinen Sie damit?«

»Ich kann Ihnen hier keine Macht geben.«

»Auf der anderen Seite, haben Sie gesagt.«

»Ja, das stimmt. Ich weiß. Aber das war nicht die ganze Wahrheit.« Nun sah er Joe an, und sein übergroßer Kopf schien auf dem zierlichen Hals zu schwanken. »Ich hatte gehofft, wenn Sie hier wären und das Meer der Träume sehen könnten, würden Sie ein Stück Wegs mit mir reisen wollen. Ich kann Ihnen Macht geben. Wirklich. Aber nur in meinem eigenen Land.«

»Wie weit ist das?« sagte Joe.

Er bekam keine Antwort. Wütend ging Joe zu Noah zurück, und zwar mit einem solchen Tempo, daß das Wesen einen Arm hob, um einen Schlag abzuwehren. »Ich werde Sie nicht schlagen«, sagte Joe. Noah ließ seine Deckung fünfzehn Zentimeter sinken. »Ich will nur eine ehrliche Antwort.«

Noah seufzte. »Meine Heimat ist Ephemeris«, sagte er leise.

»Und wo liegt Ephemeris?« wollte Joe wissen.

Noah sah ihn schätzungsweise zehn Sekunden an, dann deutete er auf das Meer hinaus.

»Ohne Scheiß«, sagte Joe ungerührt. »Sie haben mich echt angeschmiert.«

»Angeschmiert?« fragte Noah.

»Überlistet, Arschloch.« Er beugte sich zu Noah, bis ihre Nasen sich fast berührten. »Sie haben mich ausgetrickst.«

»Ich hatte geglaubt, Sie wären geschickt worden, um mich nach Hause zu bringen.«

»Machen Sie sich nicht lächerlich.«

»Es stimmt, wirklich. Ich bin immer noch davon überzeugt.« Er sah zu Joe auf. »Finden Sie es lächerlich, daß unsere beiden Leben derartig miteinander verflochten sein könnten?«

»Ja«, sagte Joe.

Noah nickte. »Dann müssen Sie zurück«, sagte er. »Und ich bleibe. Hier, unter meinem eigenen Himmel, fühle ich mich stärker. Zweifellos geht es Ihnen unter Ihrem eigenen ebenso.«

Joe entging die Ironie nicht. »Sie wissen verdammt gut, was ich sein werde, wenn ich dorthin zurückkehre.«

»Ja«, sagte Noah und stand auf. »Ohnmächtig.« Damit hinkte er am Ufer entlang davon. »Leben Sie wohl, Joe«, rief er ihm zu.

»Arschloch«, sagte Joe und sah am Ufer hinauf zu dem Stück Nachthimmel. Was konnte er sich selbst oder Phoebe nützen, wenn er jetzt heimkehrte? Er war ein verwundeter Flüchtling. Und, wie Noah ihm klargemacht hatte, er war vollkommen ohnmächtig.

Er drehte sich erneut um und ließ den Blick über die seltsame Welt schweifen, die er betreten hatte. Die ferne Stadt, die näherkommende Prozession, der Sturm, der über den aufgewühlten Wassern von Essenz tobte: nichts davon sah besonders vielversprechend aus. Aber vielleicht – nur vielleicht – gab es hier Hoffnung für ihn. Eine Möglichkeit, Macht zu erlangen, *irgendeine* Form von Macht, die einen Mann aus ihm machte, mit dem man rechnen mußte, wenn er in seine eigene Welt zurückkehrte. Vielleicht mußte er dafür schwitzen, aber er hatte auch so schwitzen müssen, oder nicht, und was hatte er für seine Mühe bekommen? Zerquetschte Eier.

»Na gut . . .«, sagte er und folgte Noah am Ufer entlang, ». . . ich bleibe. Aber ich werde Sie nicht tragen, verstanden?«

Noah sah ihn lächelnd an. »Dürfte ich . . . Ihnen einen Arm um die Schulter legen, bis ich etwas Nahrung zu mir genommen habe und meine Beine kräftiger geworden sind?«

»Meinetwegen«, sagte Joe.

Noah legte einen Arm um Joes Nacken. »Da unten liegt ein Boot am Strand«, sagte er, »dort suchen wir Unterschlupf, bis die Prozession vorüber ist.«

»Was ist so schlimm an diesen Segensm'n?« fragte ihn Joe, während sie hinkend auf das Boot zuliefen.

»Niemand weiß genau, was im Herzen eines Segensm'n vor sich geht. Sie haben für alles einen heimlichen Grund. Möglicherweise ist der dort wohlgesonnen, aber das können wir nicht wissen.«

Sie gingen schweigend weiter, bis sie das Boot erreicht hatten. Es war ein Zweimaster, schätzungsweise siebeneinhalb Meter lang, Planken und Ruderhaus scharlachrot und blau gestrichen, aber seine Reisen hatten von

Farbe und Planken ihren Tribut gefordert. Sein Name, *Fanacapan,* stand in fein säuberlichen Buchstaben am Bug.

Allmählich nagte Hunger in Joe, daher ließ er Noah im Windschatten des Boots sitzen und kletterte an Bord, um nach etwas Eßbarem zu suchen. Die betäubende Wirkung der Schmerzmittel ließ allmählich nach, und als er das Boot nach einem Laib Brot oder einer Flasche Bier absuchte, spürte er, wie eine ganze Schar negativer Gefühle über ihn kamen. Eines war Unbehagen, eines Angst, das dritte Enttäuschung. Er hatte einen Weg in eine andere Welt gefunden und mußte feststellen, daß es hier nicht sehr viel anders war. Vielleicht war Essenz tatsächlich ein Meer der Träume, wie Noah behauptete, aber dieses Boot, das es offenbar überquert hatte, schien auf den ersten Blick nicht von Wesen mit einer Vision erbaut worden zu sein. Die beiden Kabinen waren nüchtern, die Kombüse unaussprechlich, die Balken des Ruderhauses mit Schnitzereien der obszönsten Art geschmückt.

Was Nahrung anbetraf, so fand er keine. In der Kombüse waren ein paar Reste vorhanden, aber nichts auch nur annähernd Eßbares, und obwohl Joe selbst die verstreuten Kleidungsstücke und schmutzigen Decken in den Kabinen untersuchte, um etwas Obst oder einen Schokoriegel zu finden, stand er am Ende mit leeren Händen da. Frustriert und nach der Anstrengung hungriger denn je, kletterte er wieder hinunter und fand Noah, der mit überkreuzten Beinen im Sand saß und mit tränenüberströmtem Gesicht das Ufer entlang sah.

»Was ist?«

»Das erinnert mich nur . . .«, sagte Noah und nickte zu der Prozession. Ihr Ziel war der Riß, kein Zweifel. Fünf oder sechs Teilnehmer, die Kinder zu sein schienen, und fast nackt, hatten sich von der Prozession gelöst und streuten Blumen auf den Weg zwischen ihrem Herrn und der Schwelle.

»Erinnert Sie woran?«

»An meinen Hochzeitstag«, sagte Noah. »Und an meine Geliebte. Wir hatten eine Prozession, die drei-, viermal so groß war. Noch nie hatte die Welt etwas Kostbareres gesehen. Noch nie so eine Musik gehört. Es sollte das Ende eines Zeitalters der Kriege sein, und der Anfang . . .« Er verstummte erschauernd. »Ich will mein Heimatland wiedersehen, Joe«, sagte er nach einer Weile. »Und sei es nur, um dort begraben zu werden.«

»Sie haben doch nicht die ganze Zeit gewartet, nur um zu sterben.«

»So schlimm wäre das nicht«, sagte Noah. »Ich hatte die Liebe meines Lebens. Es kann nie wieder eine wie sie geben, und ich will auch keine. Bis heute konnte ich nicht einmal den Gedanken daran ertragen, Joe, das ist die Wahrheit. Darum wäre es nicht so schlimm, wenn ich in meinem Heimatland sterben und in der Erde begraben werden würde, von der ich komme. Das verstehen Sie doch, oder nicht?« Joe antwortete nicht. Noah drehte sich zu ihm um. »Nein?«

»Nein«, sagte er. »Ich habe kein Heimatland, Noah. Ich hasse Amerika.«

»Dann Afrika.«

»Da war ich noch nie. Ich glaube nicht, daß es mir dort gefallen würde.« Er holte langsam und tief Luft. »Darum ist es mir scheißegal, wo ich begraben werde.« Es folgte wieder ein längeres Schweigen. Dann sagte er: »Ich habe Hunger. Auf dem Boot ist nichts. Ich muß bald etwas essen, sonst kippe ich um.«

»Dann müssen Sie sich etwas fangen«, sagte Noah, stand auf und führte Joe zum Wasser. Die Wellen brachen nicht mehr so heftig wie vorher, dachte Joe. »Sehen Sie die Fische«, fragte Noah und deutete in die kräuselnden Wellen.

Die fluoreszierenden Flecken, die Joe von der Schwelle gesehen hatte, waren in Wirklichkeit Lebewesen: Fische und Aale, so hell wie Blitze, die zu Tausenden im Wasser schwammen.

»Ich sehe sie.«

»Bedienen Sie sich.«

»Sie meinen, ich muß sie mit den Händen fangen?«

»Und hinunterschlucken«, sagte Noah. Er lächelte, als er Joes angeekelten Gesichtsausdruck sah. »Lebend schmecken sie am besten«, sagte er. »Vertrauen Sie mir.«

Die Schmerzen in Joes Magen lagen mittlerweile im Wettstreit mit denen in seinen Eiern. Er wußte, dies war nicht der richtige Zeitpunkt, um zimperlich zu sein. Er zuckte mit den Achseln und watete in das Wasser. Es war mild und warm, eine angenehme Überraschung, und wenn er es nicht besser gewußt hätte, dann hätte er gesagt, es brannte darauf, ihn in seiner Mitte zu haben, wie es sich um seine Schienbeine kräuselte und seinen Lenden entgegenplätscherte. Er sah, daß die Fische *überall* waren; und sie hatten alle Formen und Größen, manche waren so groß wie ein Lachs, was ihn in dem seichten Wasser überraschte, andere hatten nur die Größe eines Kolibris, sie sprangen in ihrer funkelnden, tausendköpfigen Schar um ihn herum und schienen der Schwerkraft zu trotzen, wie Kolibris. Er mußte sich fast überhaupt nicht anstrengen, um einen zu fassen zu bekommen. Er schloß einfach die Hände in ihrem Schwarm, öffnete sie und stellte fest, daß er nicht nur einen, sondern gleich drei gefangen hatte – zwei rötlich-silberne und einen blauen –, die hektisch auf seiner Handfläche zappelten. Mit ihren schwarzen Augen und ihren zuckenden Flanken sahen sie nicht einmal ansatzweise appetitanregend aus. Aber solange er und Noah hier festsaßen, hatte er keine andere Wahl. Entweder aß er die Fische, oder er blieb hungrig.

Er nahm einen der rötlichen von der Handfläche, legte den Kopf zurück und steckte ihn in den Mund, ohne sich Zeit zu lassen, zu bedauern, was er hier tat. Es folgte ein widerlicher Augenblick, als er glaubte, er müßte sich übergeben, dann hatte er den Fisch geschluckt. Schmeckte nach nichts, und wenn schon. Dies war keine Gourmetmahlzeit, es war Nahrungsaufnahme der elementarsten Stufe. Er warf noch einen Blick auf seine Handfläche, dann steckte er sich die beiden restlichen Fische auf einmal in den Mund und legte den Kopf zurück, damit sie besser rutschten. Einer glitt so reibungslos wie sein Vorgänger die Speiseröhre hinab, aber der andere stieß gegen Joes Mandeln und zappelte auf seine Zunge zurück. Joe spie ihn aus.

»Schmeckt nicht?« sagte Noah und watete neben Joe in der Brandung.

»Er wollte einfach nicht gegessen werden«, antwortete Joe.

»Kann man ihm nicht verdenken«, antwortete Noah und watete weiter, bis er bis zu den Hüften im Wasser stand.

»Sie fühlen sich kräftiger«, rief Joe ihm über das Rauschen der Brandung hinweg zu.

»Kontinuierlich«, antwortete Noah. »Die Luft ernährt mich.« Er stieß eine Hand ins Wasser und fing einen Fisch, der mehr Ähnlichkeit mit einem Tintenfisch hatte – mit großen, leuchtend goldenen Augen.

»Sagen Sie mir nicht, daß ich *das* essen soll«, sagte Joe.

»Nein. Niemals«, antwortete Noah. »Das ist ein Zehrapushu; ein Seelenpilot. Fällt Ihnen auf, wie er Sie ansieht?« Joe sah es. Der starre Blick des Wesens hatte etwas seltsam Neugieriges, als würde es ihn studieren.

»Es ist nicht daran gewöhnt, Angehörige Ihrer Rasse in Fleisch und Blut zu sehen«, sagte Noah. »Wenn Sie seine Sprache sprechen würden, würde er Ihnen bestimmt raten, nach Hause zu gehen. Möchten Sie es berühren?«

»Lieber nicht.«

»Es würde dem Zehrapushu gefallen«, sagte Noah und hielt das Geschöpf hoch. »Und wenn man einen erfreut, erfreut man viele.«

Joe watete zu Noah und ließ das Geschöpf, das ihn betrachtete, nicht aus den Augen.

»Sie meinen, dieses Ding ist in Kontakt mit anderen ... wie haben Sie gesagt ... Zehra-was?«

»Man nennt sie 'shu, das ist einfacher.« Er drückte Joe das Geschöpf in die Hand. »Es beißt nicht«, sagte er.

Joe nahm es zaghaft. Es lag passiv auf seiner Handfläche und sah zu Joes Gesicht auf.

»Die ältesten Tempel auf den zwölf Kontinenten wurden für die 'shu erbaut«, fuhr Noah fort, »und an manchen Orten werden sie immer noch angebetet.«

»Aber nicht von Ihrem Volk?«

Noah schüttelte den Kopf. »Meine Frau war Katholikin«, sagte er. »Und ich ... ich bin ein Ungläubiger. Sie sollten es wieder ins Wasser legen, bevor es stirbt. Ich glaube, es würde mit Vergnügen sterben, während es Sie ansieht.«

Joe bückte sich und legte den 'shu wieder ins Wasser. Er verweilte noch einen Moment zwischen seinen Handflächen, während es ihn immer noch ansah, dann verschwand es mit einem Zucken seines wirbellosen Körpers im tieferen Gewässer. Joe sah ihm nach und fragte sich, ob es jetzt schon seinen Artgenossen Geschichten von dem schwarzen Mann erzählte.

»Es gibt viele Leute«, sagte Noah, »die glauben, daß die 'shu alle Splitter des Schöpfers sind, der sich in eine Milliarde Einzelteile auflöste, damit er die Seelen der Menschen in Essenz leiten konnte, aber vergessen hat, wie man die Bruchstücke wieder zusammensetzt.«

»Also habe ich gerade ein Stück von Gott in den Händen gehalten?«

»Ja.« Noah griff wieder ins Wasser; diesmal brachte er einen dreißig Zentimeter langen Fisch zum Vorschein. »Zu groß?« sagte er.

»Zu groß!«

»Die kleinen rutschen besser runter, ja?«

»Viel besser«, sagte Joe, streckte die Hände ins Wasser und zog sie mit Händen voller Fische wieder heraus. Seine Begegnung mit dem 'shu hatte ihm seinen Widerwillen genommen. Eindeutig waren diese Elritzen mit ihren leeren Augen weitaus niedrigere Lebewesen als das Geschöpf, das ihn so eingehend betrachtet hatte. Er konnte sie schlucken, ohne sich über die Moral seines Tuns den Kopf zu zerbrechen. Also schluckte er alles innerhalb von zwei Sekunden, dann fing er etwas Größeres, in das er hineinbiß wie in ein Sandwich. Das Fleisch war hellorange und zart, und er kaute es, ohne sich darum zu kümmern, wie das Ding in seinem Griff zappelte, und er warf es erst zurück, als ihm eine seiner Gräten zwischen den Zähnen steckenblieb.

»Ich bin satt«, sagte er zu Noah, während er sich bemühte, die Gräte herauszupulen.

»Möchten Sie nichts trinken?« sagte Noah.

»Es schmeckt salzig«, sagte Joe. »Richtig?«

»Für mich nicht«, sagte Noah, hielt sich zwei hohle Hände voll des Wassers von Essenz an die Lippen und schlurfte es lautstark. »Ich finde, es schmeckt ausgezeichnet.«

Joe folgte seinem Beispiel und wurde nicht enttäuscht. Das Wasser hatte einen angenehmen Beigeschmack. Er schluckte mehrere hohle Hände voll, dann watete er ans Ufer zurück und fühlte sich gesättigter, als man nach der Mahlzeit hätte vermuten können.

In der Zeit, während er und Noah über Fische und Gott gesprochen hatten, war die gesamte Prozession bei dem Riß angelangt – der tatsächlich größer wurde: er war fünfzig Prozent höher als in dem Augenblick, als Joe ihn passiert hatte – und gerade versammelten sich die Mitglieder der Prozession an der Schwelle.

»Gehen sie durch?« fragte er.

»Sieht so aus«, antwortete Noah. Er sah zum Himmel, der dunkler aussah, obwohl es keine Sonne gab. »Wenn einige von ihnen bleiben«, sagte er, »können wir vielleicht eine Besatzung rekrutieren.«

»Für welches Schiff?«

»Was für ein Schiff haben wir, außer *dem hier*?« sagte Noah und klopfte mit der Handfläche gegen die *Fanacapan*.

»Es liegen andere im Hafen«, sagte Joe und deutete zu der Stadt am Ufer. »Große Schiffe. Das hier sieht nicht einmal seetüchtig aus. Und selbst wenn es das wäre, wie, um alles in der Welt, sollen wir jemanden überzeugen, mit uns zu kommen?«

»Das ist mein Problem«, sagte Noah. »Warum ruhen

Sie sich nicht eine Weile aus? Schlafen Sie, wenn Sie können. Vor uns liegt eine arbeitsame Nacht.«

»Schlafen?« fragte Joe. »Soll das ein Witz sein?«

Er überlegte sich, ob er noch einmal an Bord des Schiffes gehen und eine Decke und ein Kissen aus den Kabinen holen sollte, kam aber zum Ergebnis, daß es sich für das bißchen Bequemlichkeit nicht lohnte, Läuse zu bekommen, und machte es sich statt dessen auf den bloßen Steinen so gemütlich, wie er konnte. Zweifellos war es das unbequemste Bett, auf dem er je zu schlafen versucht hatte, aber der klare Himmel hatte eine einlullende Wirkung, und obwohl Joe nicht so fest schlief, daß er träumte, döste er doch eine Weile vor sich hin.

VII

1

Gegen vier Uhr am Freitagnachmittag, während Tesla und Phoebe sich in Everville kennenlernten und Joe unter einem dunkelnden Himmel am Ufer von Essenz lag, saß Howie Katz mit Amy in den Armen auf der Türschwelle und sah von Nordosten einen Sturm aufziehen. Ein kräftiger Regenguß, dachte er, vielleicht ein Gewitter, und die Hitzewelle wäre vorbei.

Das Baby hatte in der vergangenen Nacht nicht gut geschlafen und fast den ganzen Tag gequengelt, aber jetzt lag es, mehr schlafend als wach, zufrieden in seinen Armen. Jo-Beth hatte über Magenschmerzen geklagt und war vor einer halben Stunde zu Bett gegangen. Vollkommene Stille herrschte in dem Haus. Ebenso auf der Straße, abgesehen von den Hunden in der Nachbarschaft, die aufgeregter denn je waren und erwartungsvoll mit in die Höhe gestreckten Nasen und gespitzten Ohren herumliefen. Sobald er eine bessere Wohnung für sie gefunden hatte, würden sie sich auch einen Köter zulegen, beschloß er. Es wäre gut für Amy, ein Tier um sich zu haben, wenn sie aufwuchs, als Beschützer und Spielkamerad.

»Und er wird dich lieben«, flüsterte Howie ihr zu. »Weil alle dich lieben.« Sie wurde etwas unruhig in seinen Armen. »Möchtest du dich hinlegen, Liebling?« sagte er, hob sie hoch und gab ihr einen Kuß aufs Gesicht. »Gehen wir nach oben.«

Er schlich auf Zehenspitzen hinauf und legte Amy ins zweite Zimmer, um Jo-Beth nicht zu stören. Dann ging er rasch duschen.

Es tat gut, den Kopf unter das kühle Wasser zu halten und den Schweiß und Schmutz des Tages abzuwaschen; so gut, daß er einen Ständer bekam, ohne sich zu berühren. Er bemühte sich so gut es ging, nicht darauf zu achten – shampoonierte sich das Haar, schrubbte sich den

Rücken –, aber das Wasser prasselte darauf, und schließlich legte er doch Hand an sich. Als er zum letztenmal mit Jo-Beth geschlafen hatte, war sie im vierten Monat schwanger gewesen, und am Ende hatte sie geweint und gesagt, sie wollte nicht, daß er sie anfaßte. Das war der erste Hinwies darauf gewesen, wie problematisch die Schwangerschaft sein würde. In den folgenden Monaten hatte er manchmal den Eindruck, als würde er mit zwei Frauen zusammenleben, einer liebevollen und ihrer garstigen Zwillingsschwester. Die liebevolle Jo-Beth wollte keinen Sex, aber sie wollte, daß er die Arme um sie legte und sie tröstete, wenn sie weinte. Die garstige Schwester wollte nichts von ihm: keine Küsse, keine Gesellschaft, nichts. Die garstige Schwester sagte: Ich wünschte, ich hätte dich nie kennengelernt, sagte es mit einem derartigen Nachdruck, daß er sicher war, sie meinte es ernst. Dann kam die alte Jo-Beth wieder zum Vorschein – für gewöhnlich unter Tränen – und sagte ihm, es täte ihr leid, so leid, und sie wüßte nicht, was sie ohne ihn anfangen sollte.

Während dieser Zeit lernte er ziemlich gut, seine Libido umzuleiten und zu verbergen. Er versteckte einen Stapel Pornohefte in der Garage; fand einen Soft-Sex-Kanal, den er spät nachts anschaute; hatte sogar ein paar feuchte Träume. Aber Jo-Beth spukte immer in seiner Phantasie herum. Selbst in den letzten zwei Wochen ihrer Schwangerschaft, als sie kugelrund war, blieb ihr Anblick ungeheuer erregend für ihn. Sie wußte es auch und schien sein Interesse an ihr zu mißbilligen: Sie schloß die Badezimmertür ab, wenn sie duschte oder sich wusch, drehte ihm den Rücken zu, wenn sie sich für das Bett fertigmachte. Sie versetzte ihn in das Dasein eines zitternden Knaben in der Pubertät zurück; er betrachtete sie verstohlen aus den Augenwinkeln und hoffte, einen Blick auf ihre heimliche Anatomie zu erhaschen, an die er später dachte, wenn er sich einen abwichste.

Davon hatte er genug. Es wurde Zeit, daß sie wieder Mann und Frau waren, statt schüchterne Fremde, die sich zufällig dasselbe Bett teilten. Er drehte die Dusche ab, rubbelte sich mit dem Handtuch trocken, schlang es sich um die Taille und ging ins Schlafzimmer.

Donner grollte, tief und rollend, aber er hatte Jo-Beth nicht geweckt. Sie lag angezogen auf der Bettdecke, und im Halbdunkel glänzte ihr blasses Gesicht silbern von Schweiß. Er ging zum Fenster und machte es einen Spalt weit auf. Die Wolken waren dunkel und wie aufgedunsen von Regen; es konnte nur noch Minuten dauern, bis sie ihre Wassermassen auf den staubigen Garten und das staubige Dach herabregnen lassen würden.

Hinter ihm murmelte Jo-Beth im Schlaf. Er ging zum Bett zurück und setzte sich vorsichtig neben sie. Wieder murmelte sie etwas – was, konnte er nicht verstehen –, hob die Hand und strich ihm dabei über die Schulter. Sie hob die Hand zum Mund, und dann, als hätte sie im Schlaf gespürt, daß jemand neben ihr saß, legte sie sie ihm auf den Arm.

Er war sicher, daß sie aufwachen würde, doch sie wachte nicht auf. Der vage Hauch eines Lächelns umspielte ihre Lippen, und ihre Hand wanderte von seinem Arm zu seiner Brust. Ihre Berührung war leicht wie eine Feder, aber intensiv und erotisch. Um so mehr, als ihr Unterbewußtsein ihr erlaubte, zu tun, was sie wach nicht tun konnte oder wollte. Er ließ ihre Hand seine Brust liebkosen und löste dabei behutsam den Knoten, den er in das Handtuch gemacht hatte. Seine Erektion hatte den Kopf gehoben und brannte darauf, berührt zu werden. Er bewegte sich nicht; atmete nicht. Sah sie nur an, während ihre Hand an seinem glatten Bauch hinunterwanderte, bis sie seinen Schwanz gefunden hatte.

Er atmete so behutsam aus, wie er konnte, und genoß ihre Zuwendung. Sie verweilte bei seinem Geschlechtsteil nicht länger als an Brust und Bauch, aber als sie sich seinen Hoden und dem Oberschenkel zuwandte, war er so erregt, daß er fürchtete, wenn sie dorthin zurückkehrte, würde er die Beherrschung verlieren. Er sah von ihren Fingern zu ihrem Gesicht, aber der Anblick ihrer verhärmten Schönheit erregte ihn nur noch mehr. Er kniff die Augen fest zu und versuchte, sich die Straße draußen vorzustellen, die Gewitterwolken, den Motor, an dem er gestern gearbeitet hatte, aber ihr Gesicht drängte sich ihm immer wieder auf.

Und nun hörte er sie wieder murmeln, die Worte immer noch unverständlich, und er öffnete, ohne es zu wollen, die Augen und betrachtete ihre Lippen.

Das war zuviel. Er stöhnte laut auf, und das Murmeln wurde, wie als Reaktion darauf, ein wenig drängender; ihre Hand, die auf seinem Schenkel verweilt hatte, wanderte wieder zum Unterleib empor. Er spürte die ersten Zuckungen hinter seinen Hoden und schloß so fest er konnte die Faust um seinen Pimmel, um das Unvermeidliche noch ein paar Sekunden hinauszuzögern. Aber sie schien die Bewegung zu spüren, denn ihre Hand griff nach seinem Geschlechtsteil, fand es, bevor er sie daran hindern konnte, und als sie ihn anfaßte, lief er über.

»O Gott –« keuchte er und warf den Kopf zurück. Nun konnte er zum erstenmal ihre Worte hören. »Schon gut, Tommy. Wirklich. Wirklich. Es ist alles gut –«

»Tommy?«

Er spritzte immer weiter, während ihre glitschige Hand seinen Pimmel bearbeitete, aber die Lust war bereits verflogen.

»Nein«, sagte er. *»Aufhören.«*

Sie gehorchte ihm nicht, weil sie ihn nicht hörte. Sie stammelte wie im Delirium: »SchongutTommyallesistgut.«

Er zog zutiefst angewidert die Hand von ihr und wollte vom Bett aufstehen. Aber sie nahm seine Hand, als er aufstand – zielsicher trotz der geschlossenen Augen. Das Stammeln verstummte.

»Warte«, sagte sie.

Sein Schwanz tropfte immer noch. Er war ernsthaft versucht, sich hier und jetzt breitbeinig über sie zu setzen; sollte sie die Augen aufmachen und ihn sehen, rot und feucht. Zu sagen: Ich bin es, *Howie*. Erinnerst du dich an mich? Du hast mich *geheiratet*.

Aber er schämte sich zu sehr seiner Verwundbarkeit; seines Schweißes und seiner Angst, die selbst jetzt in seinem Bauch kribbelte. Die Angst, daß Tommy-Ray McGuire in der Nähe war und immer näher kam. Bevor die Vernunft es verhindern konnte, ließ er den Blick durch das halbdunkle Zimmer schweifen und suchte nach einer Spur des Todesjungen. Selbstverständlich fand er keine. Tommy-Ray war nicht leibhaftig hier. Jedenfalls noch nicht. Nur in Jo-Beths Gedanken. Und in gewisser Weise war das ein weitaus schrecklicherer Aufenthaltsort für ihn.

Howie schnappte das Handtuch, um seine Blöße zu bedecken, zog seine Hand weg und ging zur Tür; die Wut in ihm war bereits verraucht, war zu Asche und Übelkeit geworden.

Bevor er die Hand nach der Klinke ausstrecken konnte, schlug Jo-Beth die Augen auf.

»Howie?« sagte sie.

»Wen hast du erwartet?«

Sie hob eine klebrige Hand und richtete sich dabei auf. »Was war hier los?« sagte sie in vorwurfsvollem Tonfall.

Er hatte nicht die Absicht, sie die Sache einfach umkehren zu lassen. »Du hast von Tommy-Ray geträumt«, sagte er.

Sie schwang die Beine vom Bett und strich dabei seinen Samen von ihrer Hand auf das Laken. »Was soll das heißen?« fragte sie. Sie hatte rote Flecken auf Hals und Brust; sichtbare Beweise dafür, daß auch sie erregt gewesen war. Wahrscheinlich war sie es noch.

»Du hast seinen Namen genannt«, antwortete Howie.

»Nein, das stimmt nicht.«

»Glaubst du, ich würde mir so was ausdenken?« sagte er mit anschwellender Stimme.

»Ja, *schon möglich!*« schrie sie.

An der Art, wie sie auf ihn losging, konnte er sehen, daß sie ganz genau wußte, er sagte die Wahrheit (sie war nur so vehement, wenn sie etwas zu verbergen hatte), was bedeutete, sie konnte sich auch wach an ihren Bruder erinnern. Bei dem Gedanken wollte Howie weinen oder kotzen, vielleicht auch beides. Er riß die Tür auf und stolperte auf den Treppenabsatz hinaus. In dem Moment fing es an zu regnen – ein plötzliches Prasseln am Fenster. Er sah auf, sah die purpur-schwarzen Wolken durch das nasse Glas, spürte den Donner, der das Haus erbeben ließ.

Amy war aufgewacht und schluchzte im anderen Zimmer. Er wollte zu ihr gehen, hörte aber Jo-Beth an der Schlafzimmertür und konnte es nicht ertragen, in seinem momentanen Zustand bei Licht gesehen zu werden, wo ihm die Angst so deutlich im Gesicht geschrieben stand. Das würde sie Tommy-Ray mit Sicherheit verraten, wenn sie ihn das nächste Mal in ihren Träumen sah. Sie würde sagen: *Komm und hole mich. Hier wirst du nicht auf Widerstand treffen.*

Er ging ins Bad und schlug die Tür hinter sich zu. Nach einer Weile hörte Amy auf zu weinen. Und etwas später hörte auch der Sturm auf, aber er hatte die Luft nicht klären können, und die Hitze war stickig wie zuvor.

2

»Grillo? Hier ist Howie.«

»Ich hätte nicht gedacht, daß du –«

»Hast du w-w-wieder was von Tommy-Ray gehört?«

»Ist was passiert?«

»Sozusagen.«

»Möchtest du es mir sagen?«

»Nein, im Augenblick nicht, ich m-m-muß nur w-w-wissen, wo er ist. Er k-k-kommt sie holen –«

»Beruhige dich, Howie.«

»– ich w-w-*weiß*, daß er sie holen kommt.«

»Er weiß nicht, wo ihr wohnt, Howie.«

»Er ist in ihrem Kopf, Grillo. Er hatte recht. Ich-

S-S-*Scheiße!* – hab seit f-fünf Jahren nicht mehr gestottert.« Er verstummte und atmete abgehackt durch. »Ich dachte, es wäre vorbei. Zumindest m-m-mit ihm.«

»Das dachten wir alle.«

»Ich d-d-dachte, es wäre vorbei und er wäre fort. Aber er ist n-n-noch da, in ihr. Also sag mir nicht, er w-w-weiß nicht, wo wir wohnen. Er weiß es *genau.*«

»Wo bist du gerade?«

»In einer Tankstelle, eine halbe Meile vom Haus entfernt. Ich wollte nicht von d-dort anrufen.«

»Du solltest besser wieder zurückgehen. Hast du eine Waffe?«

»Eine Pistole. Aber die wird mir einen S-S-Scheißdreck nützen. Ich meine, wenn er lebt –«

»Hat er den Tod überlistet.«

»Und eine Pistole wird mir g-g-gar nichts nützen.«

»Scheiße.«

»Ja, Mann, genau. Scheiße. Ganz genau. Das, das, das ist es. Eine *verdammte* Scheiße!« Grillo hörte, wie er mit der Faust gegen das Telefon schlug. Dann folgte ein gedämpftes Geräusch. Er brauchte einen Moment, bis ihm klar wurde, daß Howie Katz weinte.

»Hör zu, Howie –« Das gedämpfte Geräusch hörte nicht auf. Er hatte die Hand auf den Hörer gelegt, damit Grillo es nicht hören sollte. Ich kenne das Gefühl, dachte Grillo bei sich. Wenn ich weine und niemand hat es gehört, habe ich vielleicht gar nicht geweint. Aber so funktionierte das nicht. »Howie? Bist du noch da?« Es folgten ein paar Augenblicke des Schweigens, dann meldete sich Howie wieder. Die Tränen waren fürs erste versiegt.

»Ich bin da«, sagte er.

»Ich komme zu euch. Irgendwie finden wir eine Lösung.«

»Ach ja?«

»Bis dahin möchte ich, daß du dich nicht von der Stelle rührst. Hast du mich verstanden?«

»Und wenn er ... ich meine, wenn er s-s-sie holen will?«

»Dann tu, was du tun mußt. Flieh, wenn du fliehen mußt. Aber ich bleibe in Verbindung, ja?«

»Ja.«

»Sonst noch was?«

»Er wird sie nicht bekommen, Grillo.«

»Das weiß ich.«

»Was immer er auch mitnimmt, s-s-sie wird er nicht bekommen.«

Was habe ich getan? Nur das konnte Grillo denken, als er den Hörer aufgelegt hatte: Was habe ich mir dabei gedacht, mich freiwillig zu melden? Er konnte Howie nicht helfen. Herrgott, er konnte sich selbst kaum helfen.

Er saß vor den Bildschirmen – die sich füllten wie Regentonnen bei einem Wolkenbruch: Neuigkeiten aus jedem Bundesstaat trafen ein, allesamt schlecht – und suchte nach einer Möglichkeit, sein Angebot zurückzuziehen, aber er wußte, er würde es sich nie verzeihen, wenn er kniff und etwas Schreckliches passierte.

Tatsache war, es *würde* etwas passieren. Wenn nicht heute nacht, dann morgen. Wenn nicht morgen nacht, dann übermorgen. Die Welt war am Durchdrehen. Die Beweise leuchteten hier von den Bildschirmen vor ihm. Konnte es eine bessere Gelegenheit für die Wiederauferstandenen geben, um alte Rechnungen zu begleichen? Er mußte tun, was er konnte, so wenig und so sinnlos es auch sein mochte; andernfalls würde er nie wieder in einen Spiegel sehen können.

Er schaltete die Monitore ab und packte eine Reisetasche. Als er gerade damit fertig war, läutete das Telefon. Diesmal war es Tesla, die aus Everville anrief.

»Ich wohne bei einer Frau, die ich hier kennengelernt habe. Sie braucht im Augenblick etwas Gesellschaft. Hast du was zu schreiben?« Grillo notierte sich die Telefonnummer und informierte sie mit knappen Worten über die Situation im Hause Katz. Sie hörte sich nicht besonders überrascht an. »Dieses Wochenende werden eine Menge Endspiele gespielt werden«, sagte sie. Er sagte ihr, daß er zu Howie fahren würde. Dann wandte sich das Gespräch dem Thema D'Amour zu.

»Ich war immer der Meinung, seine Totems und Tätowierungen wären nur Quatsch«, sagte Grillo, »aber im Augenblick ...«

»Wünschst du dir, du hättest eine davon?«

»Ich wünschte, ich hätte etwas, woran ich *glauben* kann«, sagte Grillo. »Etwas, das wirklich nützlich sein könnte, wenn Tommy-Ray tatsächlich entfesselt ist.«

»Oh, wahrscheinlich ist er entfesselt«, sagte Tesla grimmig. »Im Augenblick ist so ziemlich alles entfesselt, was entfesselt sein *kann*.«

Grillo verdaute das einen Moment. Dann sagte er: »Scheiße, was haben wir getan, daß wir das verdient haben, Tes?«

»Wahrscheinlich haben wir einfach nur Glück.«

3

Der Sturm, der sich über dem Haus der Familie Katz entladen hatte, zog kontinuierlich nach Südwesten und ließ dabei seine Regenlast ab. Es kam zu einigen Auffahrunfällen auf den regennassen Straßen und Highways, mit einer Ausnahme nur Blechschäden. Die Ausnahme spielte sich hundertfünfzig Meilen von dem Haus entfernt auf der Interstate 84 ab. Ein Kombi, der eine sechsköpfige Familie von den Ferien in Cedar City nach Hause brachte, kam auf nasser Fahrbahn ins Schleudern, prallte gegen ein Fahrzeug auf der linken Spur, durchbrach die Leitplanke und kollidierte mit einem halben Dutzend entgegenkommenden Fahrzeugen, bevor er die Böschung hinunterstürzte.

Polizei, Notärzte und Feuerwehr kamen, unter Berücksichtigung der Tatsache, daß der Highway in beiden Fahrtrichtungen blockiert und die Sichtweite durch den Regen auf fünfzehn Meter begrenzt war, erstaunlich schnell zum Unfallort, aber als sie eintrafen, waren fünf

Menschen gestorben, drei weitere – darunter der Fahrer des Kombi – starben, bevor sie aus ihren Autos befreit werden konnten.

Der Sturm verlangsamte sein Vorrücken, als würde ihn das Chaos faszinieren, das er angerichtet hatte, und verweilte fast eine halbe Stunde über der Unfallstelle, wo seine Sturzbäche den Rauch der brennenden Fahrzeuge niederdrückten. In der bitteren, blendenden Suppe aus Rauch und Regen bewegten sich Unfallopfer und Retter gleichermaßen wie Phantome, stinkend und mit Benzin und Blut verschmiert. Einige der Überlebenden waren glücklich genug, zu weinen; die meisten stolperten nur von Feuer zu Feuer, von Leichnam zu Leichnam, als würden sie suchen, wo ihr klarer Verstand abgeblieben war.

Aber ein Phantom befand sich darunter, das weder Opfer war noch gerettet werden mußte; das sich so unbekümmert durch das teuflische Durcheinander bewegte, daß alle, die ihn sahen, Alpträume bekamen.

Es war jung, dieses Phantom, und nach allgemeinem Befinden ungewöhnlich hübsch: blond, braungebrannt, mit einem breiten, weißen Lächeln. Und er sang. Das, mehr noch als sein unbekümmertes Gehabe, mehr noch als sein strahlendes Lächeln, erschreckte alle, die später von ihm berichteten. Daß er mit einem munteren, unbekannten Lied auf den Lippen von einem Wrack zum anderen schlenderte, grenzte ans Dämonische.

Allerdings blieb er nicht unbehelligt. Ein Polizeibeamter erwischte ihn, wie er ein Auge auf den Rücksitz eines der Unfallwagen warf, und forderte ihn auf, sich unverzüglich von der Unfallstelle zu entfernen. Das Phantom beachtete ihn gar nicht, sondern schlug die Heckscheibe ein, um an das heranzukommen, was es auf der Rückbank gesehen hatte. Wieder befahl der Polizist, daß er damit aufhören sollte, und zog die Waffe, um seiner Forderung Nachdruck zu verleihen. Als Antwort hörte das Phantom gerade lange genug auf, um zu sagen:

»Ich habe hier zu tun.«

Dann nahm er die Melodie da wieder auf, wo er verstummt war, und zog ein totes Kind, dessen erbarmenswerter Leichnam im Durcheinander übersehen worden war, zur Heckscheibe heraus. Der Beamte richtete die Waffe auf das Herz des Diebs und befahl ihm, das Kind hinzulegen, aber das wurde ebensowenig beachtet wie die anderen Befehle. Das Phantom legte sich den kleinen Leichnam über die Schulter wie ein Schäfer, der ein verirrtes Lamm trägt, und wollte sich entfernen.

Was folgte, wurde von fünf Zeugen beobachtet, der Polizist eingeschlossen, die sich alle in einem Zustand höchster Aufregung befanden, aber nicht so verwirrt waren, daß sie Halluzinationen gehabt hätten. Ihre Aussagen jedoch waren grotesk. Der Leichendieb wandte dem Polizisten den Rücken zu und schlenderte in Richtung Böschung, und dabei lief ein Zittern durch den Rauch, der ihn umgab; einen oder zwei Augenblicke kam es den Zuschauern so vor, als würden sich menschliche Gestalten darin tummeln – ihre Gesichter wirkten lang und verzerrt, die Körper durchtrainiert, aber weich, als wären ihnen die Knochen ausgesaugt worden – Gestalten, die eindeutig zum Gefolge des Diebs gehörten, denn sie bildeten eine heulende Wolke um ihn herum, die niemand, nicht einmal der Polizist, durchbrechen wollte.

Fünf Stunden später wurde der Leichnam des Kindes – es handelte sich um ein drei Jahre altes Mädchen namens Lorena Hernandez – keine Meile vom Highway entfernt in einem Birkenwäldchen entdeckt. Die blutgetränkten Kleidungsstücke waren ihr ausgezogen und ihr Körper sanft, fast zärtlich mit Regenwasser gewaschen worden. Dann hatte man den kleinen Leichnam in Embryonalhaltung auf den Boden gelegt: Beine an den Bauch angezogen, Kinn auf der Brust. Spuren sexueller Handlungen wurden nicht gefunden. Aber die Augen waren aus den Höhlen verschwunden.

Von dem Schönling, der sie geholt und nicht unerhebliche Mühe auf sich genommen hatte, um sie so hinzulegen, fehlte jede Spur. Buchstäblich jede. Keine Fußabdrücke im Gras, keine Fingerabdrücke auf dem Leichnam; nichts. Es schien, als hätte der Leichendieb *geschwebt*, als er seinem grimmigen und unerklärlichen Ritual nachging.

Ein Bericht über dieses Vorkommnis wurde noch in dieser Nacht dem Riff eingegliedert, aber es war niemand da, der ihn lesen konnte. Grillo war auf dem Weg nach Idaho, während sich die Berichte in unvorstellbarer Geschwindigkeit auftürmten. Seltsame, schreckliche Geschichten.

In Minnesota erwachte ein Mann während einer Herzoperation auf dem Operationstisch und warnte seine Chirurgen trotz der verzweifelten Versuche seines Anästhesisten, ihn wieder in einen komatösen Zustand zu versetzen, daß die Schwanzverschlinger kämen, die Schwanzverschlinger, und nichts könne sie aufhalten. Dann starb er.

Auf dem Campus des Austin College in Texas wurde eine Frau in Weiß in Begleitung von sechs großen Albinohunden, wie die Beschreibung lautete, dabei gesehen, wie sie im Boden verschwand, als ginge sie eine Treppe hinunter. Schluchzen war aus der Erde zu hören, so herzzerreißend, daß einer von denen, die es gehört hatten, eine Stunde später einen Selbstmordversuch unternahm.

In Atlanta schweifte Reverend Donald Merrill mitten in einer besonders inbrünstigen Predigt plötzlich von seinem Thema ab – *Es gibt eine Liebe, Gottes Liebe* – und sprach von einer drohenden Gefahr. Seine Worte wurden landesweit live übertragen, und die Kameras blieben auf ihn gerichtet, während er mit den Fäusten hämmerte und auf und ab schritt, derweil sein Vokabular mit jedem Satz obskurer wurde. Dann wechselte er das Thema erneut und kam auf die menschliche Anatomie zu sprechen. Die Antwort liegt *hier*, sagte er und fing vor den Augen seiner fassungslosen Schäfchen an, sich auszuziehen: in der Brust, im Bauch, in den Lenden. Als er nur noch Unterwäsche und Socken trug, wurde die Liveübertragung abgebrochen, aber er redete trotzdem weiter auf seine Zuhörer ein und wies seine abgestoßene und faszinierte Gemeinde an, nach Hause zu gehen, sich vor einen großen Spiegel zu stellen und sich nackt zu betrachten, bis – wie er sich ausdrückte – die bevorstehende Bedrohung vorbei war und die Zeit stillstand.

Ein Bericht in dem rapide wachsenden Riff hätte Tesla besonders interessiert, hätte sie davon gewußt; tatsächlich hätte er den Verlauf der kommenden Ereignisse deutlich beeinflussen können.

Er kam aus der Baja. Zwei Besucher aus England, Parapsychologen, die ein Buch über die Geheimnisse von Geist und Materie schrieben, hatten sich auf die Suche nach einer fast mythischen Stätte begeben, wo Gerüchten zufolge vor einigen Jahren große und schreckliche Ereignisse stattgefunden haben sollten. Das führte sie selbstverständlich zu der Stelle, wo Fletcher erstmals den Nuncio geschaffen hatte, in der Misión de Santa Catrina. Dort, auf einem Plateau mit Ausblick auf den blauen Pazifik, waren sie gerade dabei gewesen, die Ruinen zu fotografieren, als jemand von der Gruppe, die immer noch den kleinen Schrein in den Trümmern hüteten, mit tränenüberströmtem Gesicht zu ihnen gelaufen kam und ihnen sagte, daß gestern nacht ein Feuer durch die Misión geschritten sei, ein Feuer in Menschengestalt.

Fletcher, sagte sie, *Fletcher*, *Fletcher* . . .

Aber diese Geschichte wurde, wie viele andere, bald unter den Hunderten begraben, die aus allen Teilen des Landes eintrafen. Berichte über das Ungewöhnliche und das Unergründliche, das Groteske, das Schäbige und das unverhohlen Lächerliche. Unbemerkt, unbeobachtet und unversorgt wuchs das Riff in Unwissenheit seiner selbst, ein Torso des Wissens, aber ohne einen Kopf, der seine Natur begriff.

VIII

1

Den Kreuzweg zu finden, wo Maeve O'Connell das Medaillon vergraben hatte, war, wie sich herausstellte, schwieriger, als Buddenbaum erwartet hatte. Mit Seth im Schlepptau verbrachte er zwei Stunden damit, vom Marktplatz aus die Main Street in nordnordwestlicher und südsüdöstlicher Richtung abzuschreiten, weil er (irrtümlicherweise, wie sich herausstellte) davon ausging, daß die Kreuzung, die er suchte – der Kreuzweg, wo seine Reise zu Ende ging – sich nahe dem Stadtzentrum befinden mußte. Schließlich fand er sie, zwei Drittel einer Meile vom Platz entfernt; eine vergleichsweise unwichtige Stelle auf der Karte von Everville. An einer Ecke lag ein bescheidenes Restaurant namens Kitty's Diner, gegenüber ein kleiner Markt, und an den beiden anderen Ecken eine abgehalfterte Autowerkstatt sowie ein ehemaliges Konfektionsgeschäft, wo hinter zerschlagenen Scheiben nackte Schaufensterpuppen und ein Schild mit der Aufschrift *Totalausverkauf* als einziges an dessen letzte Tage erinnerten.

»Wonach suchst du eigentlich genau?« fragte Seth ihn, während sie die Kreuzung betrachteten.

»Im Moment nach nichts«, antwortete Buddenbaum.

»Woher weißt du, daß es der richtige Kreuzweg ist?«

»Ich spüre es. Im Boden. *Du* schaust in die Höhe. *Ich* schaue nach unten. Wir sind Gegensätze.« Er verschränkte die Finger ineinander. »Etwa so.« Er zog, um ihre Zusammengehörigkeit zu demonstrieren.

»Ich würde gern mal da einen Blick reinwerfen.« Er nickte zu den Fenstern über dem leerstehenden Geschäft. »Denn wir werden einen Beobachtungsposten brauchen.«

»Für die Parade?«

Buddenbaum lachte. »Nein. Nicht für die Parade.«

»Wofür dann?«

»Wie kann ich das am besten erklären?«

»Wie du willst.«

»Es gibt Plätze auf der Welt, wo sich Ereignisse abspielen werden«, sagte Buddenbaum. »Plätze, die von Mächten besucht werden, wohin die ...« Er suchte einen Moment nach dem Wort, »... wohin die *Avatars* kommen.«

»Was ist ein Avatar?«

»Nun, eine Art Gesicht. Das Gesicht von etwas Göttlichem.«

»Wie ein Engel?«

»Mehr als ein Engel.«

»Mehr?« hauchte Seth.

»Mehr.«

Seth dachte einen Moment darüber nach. Dann sagte er: »Diese Wesen –«

»Avatars.«

»– Avatars. Kommen die hierher?«

»Manche.«

»Woher weißt du das?«

Buddenbaum sah zu Boden. »Ich nehme an, die einfachste Antwort darauf ist, daß sie kommen, weil ich sie darum gebeten habe.«

»Das hast du?« sagte Seth mit einem kurzen Lachen. Es schien ihn eindeutig zu erfreuen, daß er sich an einer Straßenecke mit einem Mann unterhielt, der göttliche Wesen gerufen hatte. »Und sie haben einfach ja gesagt?«

»Es ist nicht das erste Mal«, sagte Buddenbaum. »Ich habe ihnen im Lauf der Jahre viel – wie soll ich mich ausdrücken – viel *Spaß* gebracht.«

»Was denn?«

»Alles mögliche. Aber meistens Dinge, vor denen es normalen Menschen grausen würde.«

»Die gefallen ihnen am besten, was?«

Buddenbaum betrachtete den Jungen mit unverhohlenem Erstaunen. »Du begreifst ziemlich schnell«, sagte er. »Ja. Die gefallen ihnen am besten. Je mehr Blutvergießen, desto besser. Je mehr Tränen, je mehr Kummer, desto besser.«

»Darin sind sie uns gar nicht so unähnlich, was?« sagte Seth. »Das gefällt uns auch.«

»Aber hier ist es nicht getürkt«, sagte Buddenbaum. »Das ist kein falsches Blut und keine Glyzerintränen. Sie wollen den wahren Jakob. Und meine Aufgabe ist es, ihnen das zu geben.« Er verstummte und betrachtete den Verkehrsstrom auf Straße und Bürgersteig. »Es ist nicht immer der angenehmste Job«, sagte er.

»Und warum tust du es dann?«

»Das kann ich nicht einmal ansatzweise beantworten. Nicht hier. Aber wenn du bei mir bleibst, wird dir die Antwort schon selbst ersichtlich werden. Glaub mir.«

»Mach ich.«

»Gut. Nun, sollen wir gehen?«

Seth nickte, dann gingen sie zusammen über die Straße zu dem leerstehenden Gebäude.

Erst als sie auf der anderen Straßenseite waren und vor der Tür des Konfektionsgeschäfts standen, wandte sich Seth an Buddenbaum: »Hast du Angst?«

»Warum sollte ich Angst haben?«

Seth zuckte mit den Achseln. »Ich hätte Angst. Vor dem Zusammentreffen mit den Avatars.«

»Sie sind wie Menschen, nur weiter *entwickelt*«, antwortete Buddenbaum. »Für sie bin ich ein Affe. Für sie sind wir *alle* Affen.«

»Und wenn sie uns beobachten, ist das für sie wie ein Besuch im Zoo?«

»Mehr wie eine Safari«, antwortete Buddenbaum und war amüsiert, wie zutreffend der Vergleich war. »Dann sind *sie* vielleicht die Nervösen«, bemerkte Seth, »wenn sie in die Wildnis kommen.«

Buddenbaum bedachte den Jungen mit einem stechenden Blick. »Behalt das für dich«, sagte er barsch.

»Ich habe nur –«

Buddenbaum unterbrach ihn. »Ich hätte dir nicht einmal etwas davon erzählen sollen«, sagte er.

»Ich werde nichts sagen«, antwortete Seth. »Ich meine, wem sollte ich es schon erzählen?« Buddenbaum sah unbeeindruckt drein. »Ich werde nichts sagen, zu keinem«, sagte Seth. »Ich schwöre es.« Er rückte etwas näher an Buddenbaum heran und legte ihm eine Hand auf den Arm. »Ich will tun, was immer dir gefällt«, sagte er und sah Buddenbaum ins Gesicht. »Du mußt es mir nur sagen.«

»Ja, ich weiß. Tut mir leid, daß ich dich angeschrien habe. Ich schätze, ich *bin* ein wenig nervös.« Er beugte sich zu dem Jungen hinüber, bis seine Lippen Zentimeter von dessen Ohr entfernt waren, und flüsterte geheimnisvoll: »Komm.« Dann brach er mit einer scheinbar mühelosen Bewegung das Schloß der Tür auf und führte Seth hinein.

Das kleine Intermezzo war nicht unbemerkt geblieben. Seit seinem Zusammentreffen mit der unflätigen Xanthippe hielt Bosley wachsam Ausschau nach weiterem gottlosen Verhalten, und die seltsame Vertrautheit zwischen dem jungen Lundy, von dem er schon seit Jahren wußte, daß er verrückt war, und dem Fremden in dem Maßanzug war ihm nicht entgangen. Er erwähnte nichts gegenüber Della, Doug oder Harriet. Er sagte ihnen nur, daß er einen kleinen Spaziergang machen wollte, ging hinaus und ließ den leerstehenden Laden nicht aus den Augen, als er die Straße überquerte.

Das Thema Sex hatte Bosley nie besonders interessiert. Drei oder vier Monate konnten vergehen, ohne daß er und Leticia eine Veranlassung sahen, den Akt zu vollziehen, und selbst dann war es innerhalb einer Viertelstunde vorbei. Aber der Sex fand ihn immer wieder, so sehr er sich auch bemühte, seine kleine Ecke der Welt sauber zu halten. Er kam über Radio und Fernsehen, er kam in Zeitschriften und Zeitungen und besudelte alles, was Bosley so sehr reinhalten wollte.

Der Herr hatte den Menschen aus Staub werden lassen und ihm die Herrschaft über die Tiere des Feldes verliehen, aber weshalb verspürten die Leute dann den Drang, sich wie Tiere zu *benehmen*; sich nackt auszuziehen, wie die Tiere, zu brunften und sich im Dreck zu wälzen, wie die Tiere?

Es erfüllte ihn mit Widerwillen. Manchmal auch mit Wut, aber überwiegend mit Widerwillen, wenn er sah, wie die Jugend von Everville, der die leitenden Prinzipien des Glaubens abgingen, strauchelte und sich von den niedersten Instinkten leiten ließ. Aus einem unerfindlichen Grund, möglicherweise wegen der geistigen Behinderung des Jungen, hatte er Seth Lundy stets als immun gegenüber diesen Anfechtungen betrachtet. Nun kamen ihm Zweifel. Nun vermutete er, daß der junge Lundy etwas Schlimmeres tat als seinesgleichen; etwas viel Schlimmeres.

Er stieß die Eingangstür auf und betrat das Geschäft. Drinnen war es kühler als draußen, was er dankbar zur Kenntnis nahm. Einen Meter nach der Schwelle blieb er kurz stehen und horchte, wo sich der Junge und sein Begleiter aufhielten. Oben waren Schritte und gedämpfte Stimmen zu hören. Er schritt sacht und leise zwischen dem Abfall, den die Gingerichs zurückgelassen hatten, zur Rückwand des Geschäfts. Dort führte eine Tür in einen kleinen Lagerraum, hinter dem eine steile, halbdunkle Treppe lag. Er durchquerte den Raum und ging hinauf. Dabei fiel ihm auf, daß die Stimmen verstummt waren. Auf der Treppe erstarrte er, weil er fürchtete, daß seine Anwesenheit entdeckt worden sei. Er riskierte sein Leben, indem er Kreaturen nachspionierte, die offensichtlich auf jegliche Moral pfiffen. Sie waren zu allem fähig, auch – davon war er fest überzeugt – zu einem Mord.

Aber keine Schritte erklangen, und nach einer kurzen Pause schlich er weiter die Treppe hinauf, bis er die obere Tür erreichte. Diese Tür stand vier oder fünf Zentimeter offen. Er stieß sie noch ein Stück weiter auf und horchte.

Jetzt hörte er sie, wenn auch nur undeutlich. Seine Haut kribbelte; er wollte sich umdrehen und gehen, wußte aber, das wäre feige gewesen.

Die Tür knarrte, als er sie ganz öffnete, doch das Zimmer war so angelegt, daß er die beiden Männer noch nicht sehen konnte; er mußte sich zunächst an einer Wand entlangtasten, bis er an eine Ecke kam. Er holte tief Luft, um sich zu wappnen, und ging weiter.

Da waren sie! Kopulierten auf einer sonnenbeschienenen Stelle auf dem bloßen Fußboden, der junge Lundy nackt, bis auf die Socken, sein Liebhaber mit den Hosen um die Knöchel.

»Was wollen *Sie* denn hier?« fuhr Buddenbaum ihn wutentbrannt an. »Machen Sie, daß Sie rauskommen!« Sein Zorn wurde noch größer, weil er so erschrocken war.

»Ich sagte, Sie sollen machen, daß Sie rauskommen«, wiederholte er, doch Bosley wich weder zurück, noch ging er weiter. Der junge Lundy drehte sich um und sagte zu Buddenbaum:

»Wirf ihn *raus*.«

Dieser machte sich an seiner staubigen Hose zu schaffen, und während er das tat und für einen Moment unachtsam war, ergriff Bosley die Initiative.

»Abschaum der Menschheit!« tobte er – fest davon überzeugt, die beiden in einer eindeutigen Situation erwischt zu haben – und stürzte sich mit erhobenen Armen auf den Mann mit dem Schnauzbart.

»Owen!« schrie Seth, aber die Warnung kam zu spät. Als Buddenbaum aufblickte, traf ihn Bosley mit seinem ganzen Gewicht und stieß ihn mit rudernden Armen nach hinten.

Seth kam auf ihn zu – Bosley sah ihn aus den Augenwinkeln – und stieß einen unartikulierten Wutschrei aus. Bosley drehte sich um, bemerkte den mörderischen Ausdruck in seinem blassen Gesicht – Zähne gefletscht, stierer Blick – und wollte ihm ausweichen. In dem Moment hörte er das Klirren von berstendem Glas, warf einen Blick hinter sich und stellte fest, daß der Fremde gegen das Fenster geprallt war. Ihm blieb nur ein Augenblick Zeit, diese Tatsache zu registrieren, dann stürzte sich der junge Lundy auf ihn.

Panik stieg in ihm hoch, er stieß einen schrillen Schrei aus. Er versuchte, Lundy von sich zu stoßen, aber der Junge war kräftig. Er klammerte sich an Bosley, preßte den Körper fest gegen ihn und stieß ihm seinen heißen Atem ins Gesicht.

»Nein – nein – nein!« kreischte Bosley und schlug um sich, in der Hoffnung, sich aus der Umklammerung befreien zu können. Es gelang ihm, sich zu lösen, und er stolperte keuchend, fast schluchzend zur Tür.

Erst da fiel ihm auf, daß der Fremde nicht mehr da war.

»O Gott . . .« murmelte er und wollte ein Gebet sprechen, brachte aber kein Wort mehr heraus. Er konnte nur zu der geborstenen Fensterscheibe stolpern und dieselben Worte immer wiederholen. »O Gott. O Gott. O . . .«

Lundy beachtete ihn gar nicht mehr. »Owen!« rief er, lief mit drei Schritten zum Fenster und fügte sich an den Scherben eine Schnittwunde am Arm zu, als er sich hinausbeugte. Bosley, dessen Litanei verstummte, stand einen Augenblick später neben ihm; unten, auf dem Bürgersteig, lag der Fremde in seiner nun gar nicht mehr so makellosen Kleidung. Der Verkehr an der Kreuzung war zum Stillstand gekommen, und schon erklangen Hupen aus allen Richtungen.

Bosley wich benommen von Schwindelgefühl und Panik vom Fenster zurück.

»Dreckskerl!« schrie der junge Lundy, der offensichtlich dachte, daß Bosley fliehen wollte, und stürzte sich mit blutender Wunde erneut auf ihn.

Bosley versuchte, den Fäusten des Jungen auszuweichen, blieb aber mit dem Absatz hängen und fiel hin; er bekam keine Luft mehr, als er auf dem Boden aufschlug. Im nächsten Augenblick hatte sich Lundy auf ihn geworfen, drückte seinen knochigen Hintern auf Bosleys Brustkorb und hielt mit den Knien seine Arme fest. So wurden sie gefunden, als die ersten Zeugen die Treppe heraufgestürzt kamen: Bosley, der nur *O Gott, O Gott, O Gott* schluchzte, auf dem Rücken, während der verletzte Seth Lundy ihn zu Boden gedrückt hielt.

2

Welche Spekulationen Erwin auch immer über den Tod angestellt haben mochte, er hätte sich nie träumen lassen, daß die Erfahrung schmerzhaft für die Füße sein würde. Aber in den letzten sechs Stunden war er mehr zu Fuß gegangen als in den zwei Monaten davor. Raus aus seinem Haus, dann zu seinem Haus zurück, dann zu Kitty's Diner, dann wieder zu seinem Haus, und jetzt, vom Anblick eines Krankenwagens angelockt, der die Cascade Street entlangraste, wieder zu Kitty's Diner. Genauer gesagt, zur gegenüberliegenden Ecke, wo er gerade noch rechtzeitig eintraf, um zu sehen, wie ein ihm unbekannter Mann, der aus einem der oberen Fenster gestoßen worden war, in den Krankenwagen geladen und nach Silverton gefahren wurde. Er hielt sich inmitten der Schaulustigen auf, hörte sich einzelne Vermutungen an und erfuhr so nach und nach, was geschehen war. Offenbar hatte Bosley Cowhick es getan, nachdem er den Gestoßenen in flagranti mit jemandem aus der Stadt erwischt hatte. Erwin kannte Bosley nur vom Hörensagen: als Menschenfreund an Weihnachten, wenn er und ein paar andere gute Christen den Alten und Bettlägerigen eine warme Mahlzeit brachten, und als zwanghaften Leserbriefschreiber (kaum ein Monat verging ohne einen Brief im *Register*, in dem er einen neuerlichen Fall von Gottlosigkeit in der Gemeinde anprangerte). Er hatte den Mann nie persönlich kennengelernt und konnte sich nicht einmal an sein Gesicht erinnern. Aber wenn er es darauf angelegt hatte, berühmtberüchtigt zu werden, hatte er sein Ziel heute nachmittag auf jeden Fall erreicht.

»Verdammt seltsam«, hörte er jemanden sagen, ließ den Blick über die Menge schweifen und erblickte einen Mann Ende Fünfzig, Anfang Sechzig, mit grauem Haar, grauen Augen und einem schlechtsitzenden Anzug, der ihn direkt ansah.

»Reden Sie mit mir?« sagte Erwin.

»Klar«, meinte der andere. »Ich sagte gerade, verdammt seltsam –«

»Das kann nicht sein.«

»Was kann nicht sein?«

»Sie können nicht mit mir reden. Ich bin tot.«

»Damit sind wir schon zwei«, entgegnete der andere Mann. »Ich wollte sagen, ich habe im Lauf der Jahre verdammt seltsame Dinge hier gesehen.«

»Sind Sie auch tot?« sagte Erwin, erstaunt und erleichtert. Endlich jemand, mit dem er reden konnte.

»Gewiß«, sagte der Mann. »Es sind ein paar von uns in der Stadt. Von wo sind Sie gekommen?«

»Von nirgendwo.«

»Sie meinen, Sie sind von hier?«

»Ja. Ich bin gerade erst, Sie wissen schon –«

»Gestorben. Sie können es ruhig aussprechen.«

»Gestorben.«

»Manche kommen nur zum Festival hierher. Sie machen sich ein schönes Wochenende.«

»Tote.«

»Klar. He, warum nicht? Ein Festzug ist ein Festzug, richtig? Weißt du, einige von uns nehmen sogar daran teil, zwischen den Wagen. Hauptsache, es ist für einen Lacher gut. Man muß lachen, kapiert, sonst bricht einem das Herz. Ist dir das passiert? Herzanfall?«

»Nein . . .« sagte Erwin, der von der Wendung der Ereignisse noch so überrascht war, daß er keinen klaren Gedanken fassen konnte. »Nein, ich . . . ich wurde . . .«

»Ist noch nicht lange her, hm? Am Anfang ist es kalt. Aber man gewöhnt sich daran. Verdammt, man kann sich an alles gewöhnen, richtig? Solange man nicht zurückschaut und etwas bedauert, weil man verdammt viel unternehmen kann.«

»Echt?«

»Wir hängen nur eine Weile hier rum, mehr nicht. Wie heißen Sie übrigens?«

»Erwin Toothaker.«

»Ich bin Richard Dolan.«

»Dolan? Der Besitzer des Süßwarenladens?«

Der Mann lächelte. »Das bin ich«, sagte er. Er deutete mit dem Daumen über die Schulter auf das leere Gebäude. »Das war damals mein Geschäft, in der guten alten Zeit. Eigentlich war sie gar nicht so gut. Es ist einfach so, wissen Sie, wenn man Rückschau hält . . .«

»Ist die Vergangenheit immer schöner.«

»Ganz recht. Die Vergangenheit ist immer –« Er verstummte stirnrunzelnd. »Sagen Sie, waren Sie in der Stadt, als mir der Laden gehörte?«

»Nein.«

»Und wie kommt es dann, daß Sie davon wissen?«

»Ich habe eine Beichte von einem Freund von Ihnen gehört.«

Dolans freundliches Lächeln verschwand. »Oh«, meinte er. »Und wer soll das sein?«

»Lyle McPherson.«

»Der hat eine Beichte geschrieben?«

»Jawohl. Und sie war verschollen, bis ich sie gefunden habe.«

»Hurensohn.«

»Ist er, ich meine McPherson, ist er noch . . . in der Gegend?«

»Sie meinen, ob er wie wir ist? Nein. Manche Leute hängen herum, manche nicht«, sagte Dolan achselzukkend. »Vielleicht ziehen sie anderswohin, vielleicht –« er schnippte mit den Fingern, »– verschwinden sie auch nur. Ich schätze, ich wollte bleiben, und er nicht.«

»Das sind nicht unsere richtigen Körper, wissen Sie das?« sagte Erwin. »Ich meine, ich habe meinen gesehen.«

»Ja, ich meinen auch. Kein hübscher Anblick.« Er hielt die Hände vors Gesicht und studierte seine Handflächen. »Aber woraus immer wir gemacht sind, es ist besser als nichts. Und, wissen Sie, es ist nicht besser oder schlechter, als am Leben zu sein. Man hat gute Tage, man hat schlechte Tage . . .« Er verstummte und richtete den Blick auf die Straßenmitte. ». . . nur glaube ich, daß das alles zu Ende geht.«

»Wie kommen Sie darauf?«

Dolan holte tief Luft. »Nach einer Weile bekommt man ein Gespür für den Rhythmus der Ereignisse, den man als Lebender nicht hat. Wie Rauch.«

»Was ist wie Rauch?«

»Wir. Wir schweben herum, nicht völlig stofflich, nicht völlig entstofflicht. Und wenn der Wind etwas Ungewöhnliches mit sich trägt, merkt es der Rauch zuerst.«

»Wirklich?«

»Sie kommen schon noch dahinter.«

»Vielleicht bin ich das schon.«

»Was meinen Sie damit?«

»Nun, wenn Sie etwas Unheimliches sehen wollen, brauchen Sie dazu nicht weiter als bis zu meinem Haus gehen. Dort haust ein Typ namens Fletcher. Er sieht aus wie ein Mensch, aber ich glaube nicht, daß er einer ist.«

Dolan war fasziniert. »Warum haben Sie ihn eingeladen?«

»Das habe ich nicht. Er ist . . . einfach gekommen.«

»Moment mal . . .«, sagte Dolan, dem ein Licht aufging. »Dieser Fletcher, ist er der Grund dafür, daß Sie hier sind?«

»Ja . . .«, sagte Erwin mit belegter Stimme. »Er hat mich ermordet. Hat mir das Leben ausgesaugt, mitten in meinem eigenen Wohnzimmer.«

»Sie meinen, wie eine Art Vampir?«

Erwin sah ihn verächtlich an. »Machen Sie sich nicht lustig. Dies ist keine Mitternachtsvorstellung, es ist mein Leben. *War* mein Leben. *War! War!*« Plötzlich flossen die Tränen. »Er hatte kein Recht – überhaupt kein Recht –, mir das anzutun. Ich hatte noch dreißig Jahre vor mir, dreißig gute Jahre, und er – er hat sie mir einfach genommen. Ich meine, warum ich? Was habe ich irgendwem getan?« Er sah Dolan an. »Sie haben etwas getan, was Sie nicht hätten tun sollen, und haben den Preis dafür bezahlt. Aber ich war ein nützliches Mitglied der Gesellschaft.«

»He, Moment mal«, sagte Dolan gekränkt. »Ich war mindestens ebenso nützlich wie Sie.«

»Kommen Sie, Dolan. Ich war Anwalt. Ich hatte mit Angelegenheiten zu tun, bei denen es um Tod oder Leben ging. Sie haben Kindern Kariesmacher verkauft.«

Dolan zeigte mit dem Finger auf Erwin. »Also das nehmen Sie zurück«, sagte er.

»Warum sollte ich?« sagte Erwin. »Es ist die Wahrheit.«

»Ich habe den Leuten Freude gegeben. Was haben Sie schon getan, außer sich ermorden zu lassen?«

»Passen Sie bloß auf.«

»Glauben Sie, Ihre Klienten werden um Sie trauern, Toothaker? Nein. Sie werden sagen: Gott sei Dank, ein Anwalt weniger auf der Welt.«

»Ich sagte schon, passen Sie bloß auf!«

»Ich schlottere, Toothaker.« Dolan hob die Hand. »Sehen Sie, zittert wie Espenlaub.«

»Wenn Sie so verdammt stark sind, warum haben Sie sich dann eine Kugel in den Kopf gejagt, hm? Mit der Waffe ausgerutscht, ja?«

»Halten Sie den Mund.«

»Oder waren Sie so voller Schuldgefühle –«

»Ich habe gesagt –«

»– so voller Schuldgefühle, daß Sie keinen anderen Ausweg gesehen haben, als Selbstmord zu begehen?«

»Das muß ich mir nicht anhören«, sagte Dolan, drehte ihm den Rücken zu und stapfte davon.

»Wenn es Ihnen ein Trost ist –«, rief Erwin ihm hinterher, »ich bin sicher, Sie haben viele Leute sehr glücklich gemacht.«

»Arsch-loch!« schrie Dolan zurück, und bevor Erwin sich eine Antwort überlegen konnte, war er verschwunden wie Rauch bei starkem Wind.

IX

1

»Wir haben unsere Mannschaft, Joe.«

Joe schlug die Augen auf. Noah stand ein Stück entfernt am Strand, hinter ihm sechs Individuen, zwei nicht halb so groß wie Noah, einer dreißig Zentimeter größer, die drei anderen breit wie Elefanten. Sonst konnte er wenig erkennen. Die Helligkeit war fast völlig vom Himmel verschwunden. Nun sprudelte das Firmament wie ein Topf voll dunkler Pigmente – Purpur-, Grau- und Blautöne –, die eine in ständigem Wechsel befindliche Düsternis über Strand und Meer legten.

»Wir sollten aufbrechen«, fuhr Noah fort. »Es gibt Strömungen, die wir nicht verpassen dürfen.«

Er drehte sich zu den sechs Mannschaftsmitgliedern um und sprach mit einer Stimme zu ihnen, die Joe noch nicht von ihm gehört hatte, tief und monoton. Sie machten sich ohne Murren an die Arbeit, einer des kleinen Paars kletterte ins Steuerhaus, während die anderen fünf zum Bug der *Fanacapan* eilten und sich daran machten, das Schiff über den Strand zu schieben. Es war eindeutig Knochenarbeit, auch wenn kein Laut der Beschwerde über ihre Lippen kam, und Joe wollte ihnen helfen. Aber Noah hielt ihn auf. »Sie schaffen es«, sagte er und zog Joe aus dem Weg.

»Wie haben Sie sie angeheuert?«

»Sie sind Freiwillige.«

»Sie müssen ihnen etwas versprochen haben.«

»Sie tun es der Liebe wegen«, sagte Noah.

»Das verstehe ich nicht.«

»Kümmern Sie sich nicht darum«, sagte Noah. »Brechen wir nur auf, solange wir noch können.« Er drehte sich um und sah den Freiwilligen zu, wie sie das Boot schoben. Inzwischen brachen die Wellen am Bug, Gischt stob in die Höhe. »Es gibt schlechtere Neuigkeiten, als ich erwartet habe«, fuhr Noah fort und richtete den Blick auf den unsichtbaren Horizont. Blitze zuckten durch die Wolken, die sich dort zusammenballten, und diese Blitze, wenn es sich denn um Blitze handelte, waren gewaltig und schlangenförmig. Manche reichten vom Meer bis zum Himmel und bildeten grelle Schnörkel, die noch in den Augen brannten, wenn sie längst erloschen waren. Manche prallten wie Lokomotiven aufeinander und gebaren durch ihre Zusammenstöße ganze Schauer kleinerer Blitze. Manche fielen einfach als grelle Schleier herab und schienen im Meer zu versinken, dessen Tiefen ihr Leuchten kaum eindämmen konnte, bis sie ertranken.

»Was für Neuigkeiten?« fragte Joe.

»Darüber, was da draußen ist.«

»Und was *ist* da draußen?«

»Ich glaube, Sie sollten es wissen«, antwortete Noah. »Die Iad Uroboros sind auf dem Weg hierher. Das schlimmste Böse in eurer Welt.«

»Was ist es?«

»Nicht *es*. Sie. Sie sind eine Nation. Ein Volk. Sie haben nicht die entfernteste Ähnlichkeit mit uns, aber ein Volk sind sie dennoch, und sie waren schon immer begierig darauf, in eure Welt zu gelangen.«

»Warum?«

»Braucht Gier einen Grund?« sagte Noah. »Sie haben es schon einmal versucht und sind aufgehalten worden. Aber diesmal . . .«

»Was wird dagegen getan?«

»Das wissen die Freiwilligen nicht. Ich weiß nicht, ob es sie überhaupt interessiert.« Er rückte etwas näher zu Joe. »Noch eines«, sagte er. »Verwickeln Sie sie nicht in eine Unterhaltung, so verlockend es auch sein mag. Ihr Schweigen ist Bestandteil meiner Abmachung mit ihnen.« Joe sah verwirrt drein. »Fragen Sie nicht«, sagte Noah, »möglicherweise würde Ihnen die Antwort nicht gefallen. Glauben Sie mir einfach, daß es so am besten ist.« Das Schiff lag jetzt im Wasser und hob und senkte sich mit den Wellen, die daran brachen. »Wir gehen besser an Bord«, sagte Noah, stapfte mit mehr Kraft, als Joe in sich hatte, in die Fluten und wurde von einem der Freiwilligen hochgezogen, die mittlerweile alle an Bord waren. Joe, dessen Gedanken durcheinanderwirbelten, folgte ihm.

»Wir müssen den Verstand verloren haben«, sagte er zu Noah, als er sich an Bord befand. Die Freiwilligen saßen an den Rudern und bemühten sich, das Boot aus dem Bereich der Brecher hinauszumanövrieren. Joe mußte schreien, um sich über das Rauschen des Meeres und das Ächzen der Balken Gehör zu verschaffen. »Wissen Sie das? Wir müssen wahrlich den Verstand verloren haben!«

»Weshalb?« schrie Noah zurück.

»Sehen Sie, worauf wir zusteuern!« bellte Joe und deutete auf den Mahlstrom.

»Sie haben recht«, sagte Noah, und hielt sich an der Strickleiter fest, damit er nicht umgeworfen wurde. »Das könnte unser beider Ende sein.« Er lachte, und einen Augenblick überlegte Joe, ob er über Bord springen und zum Ufer schwimmen sollte, solange er noch nahe genug war. »Aber, aber, mein Freund«, fuhr Noah fort und legte Joe eine Hand auf die Schulter. »Sie sind so weit gekommen. So weit. Und warum? Weil Sie im Grunde Ihres Herzens wissen, daß dies ebenso *Ihre* Reise ist wie meine. Sie *müssen* daran teilnehmen, sonst werden Sie es den Rest Ihres Lebens bedauern.«

»Das wenigstens *lang* wäre!« rief Joe.

»Nicht ohne Macht«, entgegnete Noah. »Ohne Macht ist es nach wenigen Atemzügen vorbei, und ehe Sie sich's versehen, liegen Sie auf dem Totenbett und denken: Warum habe ich nicht meinen Instinkten vertraut? Warum habe ich es nicht *gewagt*?«

»Sie reden daher, als ob Sie mich kennen würden«, antwortete Joe, den Noahs Anmaßung erboste. »Aber Sie kennen mich nicht.«

»Ist es nicht eine allgemeingültige Wahrheit, daß Männer ihr Leben bedauern?« sagte Noah. »Und mit dem Wunsch sterben, sie könnten es noch einmal leben?« Darauf wußte Joe keine Antwort. »Wenn Sie ans Ufer schwimmen wollen«, fuhr Noah fort, »sollten Sie es besser sofort machen.«

Joe sah zum Ufer zurück und stellte zu seinem Erstaunen fest, daß das Schiff in der kurzen Zeit die Brecher überwunden hatte und sich im Griff einer Strömung befand, die es mit nicht unerheblicher Geschwindigkeit vom Ufer fortbrachte. Er sah an der dunklen Küste entlang zu der Stadt, deren Hafenlichter leuchteten, dann zu dem Riß und dem kleinen Lager davor. Fest entschlossen, daß er nichts bedauern würde, kehrte er dem Anblick den Rücken und wandte das Gesicht der stürmischen See vor ihnen zu.

2

Tesla und Phoebe hatten wenig gemeinsam, davon abgesehen, daß sie Frauen waren. Tesla war weit gereist, Phoebe nicht. Phoebe war verheiratet gewesen, Tesla nicht. Tesla war nie bis über beide Ohren verliebt gewesen; Phoebe schon, und sie war es noch.

Das machte sie seltsam freimütig, fand Tesla bald heraus; als wäre in einer Welt, in der die Leidenschaft felsenfest hielt, alles plausibel. Und sie hielt felsenfest, daran konnte kein Zweifel bestehen. Obwohl sie einander kaum kannten, schien Phoebe eine vorurteilsfreie Seele in Tesla zu spüren und erzählte bald ohne Umschweife von dem Skandal, in dem sie eine so tragende Rolle gespielt hatte. Speziell sprach sie von Joe Flicker – von seinen Augen, seinen Küssen, seiner Art im Bett – und das alles mit einem reizenden Stolz, als wäre er ein Preis, den sie verdiente, weil sie das Leben mit Morton ertragen hatte. Die Welt war seltsam, sagte sie mehrmals, man mußte nur überlegen, wie sie sich kennengelernt und wie schnell sie das Ausmaß ihrer Gefühle füreinander herausgefunden hatten.

»Ich weiß«, sagte Tesla, die sich beim Zuhören zum

wiederholten Mal fragte, wieviel diese Frau akzeptieren würde, wenn – falls – sie Tesla im Gegenzug bat, ihre Geschichte zu erzählen. Das kam aufs Tablett, als Tesla mit Grillo telefonierte und Phoebe, die die ganze Zeit im Zimmer gewesen war, sie fragte: »Was hat das alles zu bedeuten?«

»Wollen Sie das wirklich wissen?«

»Hätte ich sonst gefragt?«

Sie fing mit dem leicht verdaulichen Material an: Grillo, das Riff, wie sie in den letzten fünf Jahren durch die Bundesstaaten gereist war und dabei festgestellt hatte, daß da draußen verdammt merkwürdige Dinge vor sich gingen.

»Zum Beispiel?« fragte Phoebe.

»Es wird sich verrückt anhören.«

»Mir egal«, sagte Phoebe, »ich will es wissen.«

»Ich glaube, wir nähern uns dem Ende unseres Daseins, wie wir es kennen. Wir werden einen Sprung auf der Evolutionsleiter machen. Und damit ist dies eine gefährliche und wunderbare Zeit.«

»Warum gefährlich?«

»Weil es Wesen gibt, die einfach nicht wollen, daß wir diesen Sprung machen. Wesen, die es vorziehen würden, daß wir genau so bleiben, wie wir sind, daß wir blind herumstolpern, vor unseren eigenen Schatten Angst haben, uns davor fürchten, zu sterben oder zu sehr zu leben. Sie wollen, daß es so bleibt. Aber es gibt überall Leute, die sagen: Ich will nicht mehr blind sein. Ich will keine Angst mehr haben. Ich kann unsichtbare Straßen sehen. Ich kann die Stimmen der Engel hören. Ich weiß, wer ich war, bevor ich geboren wurde, und ich weiß, was ich sein will, wenn ich tot bin.«

»Haben Sie solche Menschen kennengelernt?«

»O ja.«

»Das ist wunderbar«, sagte Phoebe. »Ich weiß nicht, ob ich es glauben soll, aber es ist trotzdem wunderbar.« Sie stand auf, ging zum Kühlschrank und redete weiter, während sie den Inhalt einer Begutachtung unterzog.

»Was ist mit den Wesen, die uns aufhalten wollen?« fragte sie. »Ich denke, ich glaube nicht an den Teufel, diesbezüglich haben Sie wahrscheinlich recht, aber wenn es nicht der Teufel ist, wer sind diese Leute dann?«

»Das ist ein anderes Thema«, sagte Tesla.

»Möchten Sie beim Essen darüber reden?« sagte Phoebe. »Ich bekomme langsam Hunger. Was ist mit Ihnen?«

»Dito.«

»Hier ist nichts Brauchbares«, sagte sie und schlug den Kühlschrank zu. »Wir müssen ausgehen. Möchten Sie eine Pizza? Huhn?«

»Mir egal. Solange es nicht in diesem verdammten Diner ist.«

»Sie meinen Bosleys Restaurant?«

»Was für ein Arschloch.«

»Die Hamburger sind gut.«

»Ich hatte den Fisch.«

Sie gingen zu Fuß, statt das Auto zu nehmen, und bei dem Spaziergang erzählte Phoebe Tesla, wie sie in die Situation gekommen war, daß sie einen Liebhaber gefunden und einen Ehemann verloren hatte. Je mehr sie erzählte, desto mehr erwärmte sich Tesla für sie. Phoebe repräsentierte eine eigentümliche Mischung aus Kleinstadtdünkel (sie hielt sich eindeutig für etwas Besseres als die anderen Einwohner Evervilles) und einnehmender Selbsterniedrigung (besonders wenn es um ihr Gewicht ging); manchmal konnte sie komisch sein (sie sprühte vor geistreichen Indiskretionen über alle Scheinheiligen, die sie beim Spazierengehen trafen), aber bei anderen Gelegenheiten (wenn sie von Joe erzählte, und daß sie fast die Hoffnung aufgegeben hatte, einmal so geliebt zu werden) auf bezaubernde Weise rührend.

»Also haben Sie keine Ahnung, wo er sich versteckt haben könnte?« fragte Tesla.

»Nein.« Phoebe ließ den Blick über die belebte Straße vor ihnen schweifen. »In einer Menschenmenge kann er sich nicht verstecken, soviel steht fest. Wenn er zurückkommt, muß er echt vorsichtig sein.«

»Sind Sie sicher, daß er zurückkommen wird?«

»Selbstverständlich bin ich sicher. Er hat es versprochen.« Sie sah Tesla scheel an. »Sie halten mich für dumm.«

»Nein, nur vertrauensselig.«

»Wir alle müssen irgend jemandem vertrauen, richtig?«

»Wirklich?«

»Wenn Sie empfinden würden, was ich empfinde«, sagte Phoebe, »würden Sie diese Frage nicht stellen.«

»Ich weiß nur, am Ende ist man allein. Immer.«

»Wer spricht denn vom Ende?« sagte Phoebe.

Tesla wich vor dem Strom der Passanten auf die Straße aus und zog Phoebe mit sich. »Hören Sie mir zu«, sagte sie, »etwas Schreckliches wird hier geschehen. Ich weiß nicht genau, *was*, und ich weiß nicht genau, *wann*, aber glauben Sie mir: dieser Ort ist am Ende.«

Phoebe sagte zuerst nichts. Sie sah einfach nur die belebte Straße entlang. Nach einem Augenblick des Nachdenkens entgegnete sie schließlich: »Was mich betrifft, kann es gar nicht schnell genug passieren.«

»Ist das Ihr Ernst?«

»Daß ich hier lebe, heißt nicht, daß es mir hier gefällt«, antwortete Phoebe. »Ich sage nicht, daß ich Ihnen glaube, ich sage nur, wenn es passiert, werde ich mich nicht darüber beklagen.«

Das ist schon eine, bemerkte Raul, als sie einen Tisch in der Pizzeria gefunden hatten und Phoebe zur Toilette gegangen war.

›Ich hab' mich schon gefragt, wo du steckst.‹

Ich habe nur das Gespräch unter Frauen genossen, sagte Raul. *Sie ist eine wütende Lady.*

›Sie ist keine Lady‹, sagte Tesla, ›das gefällt mir ja an ihr. Schade, das mit ihrem Freund.‹

Du glaubst, er ist auf und davon, richtig?

›Du nicht?‹

Wahrscheinlich. Warum vergeudest du deine Zeit mit ihr? Ich meine, sie ist sehr amüsant, aber wir sind hergekommen, um Fletcher zu finden.

›Ich kann nicht allein zu Toothakers Haus zurück‹, antwortete Tesla. ›Ich kann einfach nicht. Sobald ich diesen Gestank gerochen hatte . . .‹

Vielleicht war es nur eine verstopfte Toilette.

›Vielleicht waren es auch Lix‹, sagte Tesla. ›Und wer sie beschworen hat, hat Fletcher bereits getötet.‹

Aber wir müssen rein, um das herauszufinden.

›Richtig.‹

Und du glaubst, diese Frau wird dir moralische Unterstützung geben?

›Wenn nicht sie, wer dann? Ich kann nicht warten, bis Lucien wieder angekrochen kommt.‹

Ich wußte, daß wir wieder auf ihn zu sprechen kommen würden . . .

›Ich mache dir keinen Vorwurf. Ich sage nur: Ich brauche Hilfe, und sie ist momentan die einzige, die sie mir geben kann.‹

Und wenn sie ernsthaft zu Schaden kommt?

›Daran will ich nicht denken.‹

Du mußt.

›Wer bist du, Jiminy Grille? Ich werde ehrlich zu ihr sein. Ich sage ihr, womit wir es zu tun haben –‹

Und dann bist du nicht verantwortlich, denkst du das? Tesla . . . sie ist nur eine gewöhnliche Frau.

›Das war ich auch‹, erinnerte Tesla ihn.

Was immer du warst, Tesla, ich glaube, sehr gewöhnlich warst du nicht.

›Danke.‹

Ist mir ein Vergnügen.

›Sie kommt zurück. Ich werde ihr reinen Wein einschenken, Raul. Das muß ich.‹

Es wird mit Tränen enden.

›Ist das nicht immer so?‹

Es war schrecklich, das Thema bei einer Pepperonipizza anschneiden zu müssen, aber Phoebes Appetit wurde nicht nennenswert von dem beeinflußt, was Testa zu sagen hatte. Sie hörte kommentarlos zu, wie Tesla ihre Erlebnisse in der Schleife in allen schrecklichen Einzelheiten beschrieb, wobei sie ab und zu einmal innehielt und sagte: *Ich weiß, das hört sich lächerlich an* oder *Sie halten das wahrscheinlich für verrückt,* bis Phoebe sie bat, darauf zu verzichten, weil es sich tatsächlich verrückt anhörte, ihr das aber nichts ausmachte. Tesla nahm sie beim Wort und setzte ihre Schilderung ohne weitere Unterbrechung fort, bis sie auf Lix zu sprechen kam. Da verstummte sie.

»Was ist los?« wollte Phoebe wissen.

»Den Teil hebe ich mir für später auf.«

»Warum?«

»Weil er ekelhaft ist, darum. Und wir essen.«

»Wenn Sie es erzählen können, mir macht es nichts aus. Vergessen Sie nicht, ich habe acht Jahre lang in einer Arztpraxis gearbeitet und so ziemlich alles gesehen.«

»Aber so etwas wie einen Lix haben Sie noch nie gesehen«, sagte Tesla und machte sich daran, sie und ihre Herkunft zu beschreiben, wobei sie noch leiser sprach als vorher. Phoebe blieb unbeeindruckt.

»Und Sie glauben, so einen Lix haben Sie in Erwins Haus gesehen?«

»Ich halte es für möglich, ja.«

»Hat dieser Fletcher sie gemacht?«

»Das bezweifle ich.«

»Wer dann?«

»Jemand, der Fletcher schaden möchte. Jemand, der nach ihm kam, ihn hier gefunden hat, und . . .« Sie hob die Hände. »Tatsache ist, ich weiß es nicht. Und ich kann es nur herausfinden –«

»Wenn Sie hingehen?«

»Richtig.«

»Ich denke«, sagte Phoebe, »wenn die Lix existieren – und ich sage nicht, daß sie existieren, ich sage, *wenn* sie existieren –, und wenn sie tatsächlich aus dem gemacht sind, was Sie sagen, dann sollten sie nicht so schwer zu töten sein.«

»Manche werden einsachtzig bis zwei Meter lang«, sagte Tesla.

»Hm. Und Sie haben sie wirklich gesehen?«

»Oh, ich habe sie gesehen.« Sie sah zum Fenster hinaus, damit sie die kalte Pizza auf dem Tisch nicht anschauen mußte, aber teilweise auch, damit Phoebe die Angst in ihren Augen nicht erkennen konnte. »In L. A. sind sie in mein Apartment eingedrungen –«

»Wie haben sie es gemacht? Sind sie zur Toilette raufgekrochen?«

Tesla antwortete nicht.

Du mußt es ihr sagen, murmelte Raul in ihrem Kopf.

»Nun?« sagte Phoebe.

Erzähl ihr von Kissoon.

›Sie wird ausrasten‹, dachte Tesla.

Bis jetzt hat sie es ganz gut verkraftet.

Tesla betrachtete Phoebe, die ihre Pizza aß, während sie auf eine Antwort wartete.

›Wenn ich mit Kissoon angefangen habe, wo soll ich dann aufhören?‹ sagte sie zu Raul.

Das hättest du dir überlegen sollen, bevor du mit den Lix angefangen hast. Es gehört alles zur selben Geschichte.

Tesla schwieg.

Oder nicht? drängte er.

›Wahrscheinlich schon.‹

Dann sag es ihr. Erzähl ihr von Kissoon. Erzähl ihr von der Schleife. Und erzähl ihr von dem Schwarm. Und von Essenz, wenn sie bis dahin noch nicht aufgestanden und gegangen ist.

»Wußten Sie, daß Sie die Lippen bewegen, wenn Sie nachdenken?« sagte Phoebe.

»Tatsächlich?«

»Nur ein bißchen.«

»Nun . . . ich habe mir etwas hin und her überlegt.«

»Was?«

»Ob ich Ihnen die Wahrheit sagen kann, die ganze Wahrheit und nichts als . . .«

»Und haben Sie sich entschieden?«

Erzähl es ihr.

»Ja, ich habe mich entschieden.« Tesla beugte sich nach vorne und schob ihren Teller zur Seite. »Um Ihre Frage zu beantworten, nein, die Lix sind nicht aus der Toilette gekommen. Sie kamen aus einer Schleife in der Zeit . . .«

Das war die Geschichte, die sie noch nie erzählt hatte. Nicht in ihrer Gesamtheit. Selbstverständlich hatte sie Grillo und D'Amour in groben Zügen informiert, es aber nie über sich gebracht, alle Einzelheiten preiszugeben. Sie waren zu schmerzhaft, zu häßlich. Aber jetzt erzählte sie sie dieser Frau, die sie kaum kannte, und als sie erst einmal angefangen hatte, war es gar nicht so schwer, zumal Teller ringsum klirrten und Gäste sich unterhielten – eine Mauer der Normalität, die verhinderte, daß die Vergangenheit von ihrem Herzen Besitz ergreifen konnte.

»Da war ein Mann namens Kissoon«, begann sie, »und ich glaube, wenn wir eine Liste der schlimmsten Menschen erstellen müßten, die je diesen Planeten heimgesucht haben, müßte er weit oben in der Spitze sein. Er war ein – was war er denn? – ein Schamane, so nannte er sich selbst, aber das trifft es eigentlich nicht. Er hatte Macht, große Macht. Er konnte die Zeit manipulieren, er konnte in die Köpfe der Leute eindringen, er konnte Lix machen . . .«

»Also war er derjenige.«

»Anscheinend ist es ein alter Trick. Zauberer beherrschen ihn schon seit Jahrhunderten. Und wenn ich von Zauberern spreche, dann meine ich nicht Zylinder und Kaninchen. Ich spreche von Leuten, die die Welt in einer Weise verändern könnten – sie die Welt manchmal verändert *haben* –, die wir nie völlig verstehen werden.«

»Sind sie alle Männer?« wollte Phoebe wissen.

»Die meisten.«

»Hmm.«

»Kissoon war einer aus einer Gruppe von Leuten, die

sich ›der Schwarm‹ nannten, und die waren entschlossen, dem Rest der Welt für immer die Existenz eines Ortes zu verheimlichen ...« Hier stockte sie einen Moment.

»Nur weiter«, sagte Phoebe. »Ich höre zu.«

»... eines Ortes namens Essenz.«

»Essenz?«

»Ganz recht. Das ist ein Meer, das wir manchmal in Träumen besuchen.«

»Und warum sollen wir nichts davon wissen?« fragte Phoebe. »Wenn wir es in Träumen besuchen, was ist dann das große Geheimnis?«

Tesla brauchte einen Moment, um das zu verdauen. »Wissen Sie, das weiß ich nicht. Ich habe immer angenommen ... was habe ich angenommen? ... Ich schätze, ich habe angenommen, daß die Mitglieder des Schwarms die weisen Männer sind, und wenn sie dafür lebten und starben, das Geheimnis zu hüten, dann müßte es wohl gehütet werden. Aber jetzt, wo Sie es erwähnen, muß ich gestehen, ich weiß eigentlich nicht, warum.«

»Aber jetzt sind sie eh alle tot.«

»Alle tot. Kissoon hat sie ermordet.«

»Warum?«

»Damit er die Kraft über die größte Macht der Welt erlangen konnte. Eine Kraft, die die ›Kunst‹ genannt wird.«

»Und was ist das?«

»Ich glaube, das weiß niemand so recht.«

»Nicht einmal dieser Kissoon?«

Tesla überlegte einen Moment. »Nein«, sagte sie schließlich, »nicht einmal Kissoon.«

»Er hat die ganzen Leute ermordet, um etwas zu bekommen, ohne überhaupt zu wissen, was es ist?« sagte sie, ohne zu verhehlen, daß sie das nicht glaubte.

»Oh, er hat sie nicht nur ermordet. Er hat die Leichen in der Vergangenheit versteckt –«

»Ach, hören Sie auf.«

»Ich schwöre es. Er hat einige der bedeutendsten Menschen der Welt getötet, erinnern Sie sich? Wichtiger als der Papst oder der Präsident. Darum mußte er die Leichen irgendwo verstecken, wo sie nie gefunden werden würden. Er entschied sich für einen Ort namens Trinity.«

»Was ist das?«

»Viel wichtiger als das *Wo* ist das *Wann*«, sagte Tesla. »In Trinity wurde die erste Atombombe gezündet. Sechzehnter Juni 1945. In New Mexico.«

»Und Sie wollen mir erzählen, daß er die Leute, die er ermordet hat, dorthin brachte?«

»Dorthin hat er sie gebracht. Aber –«

»Was?«

»Als er dort war, hat er einen Fehler gemacht – einen kleinen Fehler – und war gefangen.«

»In der Vergangenheit gefangen?«

»Ganz recht. Mit der tickenden Bombe. Darum hat er . . . eine Schleife in der Zeit geschaffen, die sich in sich selbst schloß und diesen Augenblick für immer aufhielt.« Phoebe lächelte und schüttelte den Kopf. »Was?« fragte Tesla.

»Ich weiß nicht, ob Sie verrückt sind, oder was, aber wenn Sie das erfunden haben, sollten Sie es verkaufen. Ich meine, Sie könnten einen Fernsehfilm daraus machen –«

»Es ist kein Film, es ist die Wahrheit. Ich weiß es, weil ich dreimal dort war. Dreimal in Kissoons Schleife.«

»Also haben Sie ihn tatsächlich *kennengelernt?*« sagte Phoebe.

»Na klar, ich hab' ihn kennengelernt«, antwortete Tesla.

»Und –?«

»Wie er war?« Phoebe nickte; Tesla zuckte mit den Achseln. »Ist schwer, die richtigen Worte zu finden«, sagte sie.

»Versuchen Sie es.«

»Ich habe fünf Jahre lang versucht, nicht an ihn zu denken. Aber er ist ständig da. Jeden Tag erinnert mich etwas an ihn – etwas Schmutziges, etwas Grausames, manchmal nur der Gestank meiner eigenen Exkremente. Er war nicht besonders eindrucksvoll, wissen Sie. Ein Gnom von einem Mann, alt und vertrocknet. Aber er konnte einem mit einem Blick das Innerste nach außen kehren. Konnte einem in den Kopf sehen. Ins Innerste sehen. Einen bearbeiten und versauen.« Sie rieb die Hände aneinander, um sie zu wärmen, aber sie wurden nicht wärmer.

»Was ist aus ihm geworden?«

»Er konnte den Augenblick nicht mehr aufhalten.«

Phoebe sah sie mit leerem Blick an. »Was?«

»Die kleine Zeitschleife, die verhinderte, daß die Bombe detonierte«, erklärte Tesla. »Er konnte sie nicht halten.«

»Und die Bombe ist explodiert?«

»Die Bombe ist explodiert und er mit ihr.«

»Waren Sie dabei?«

»Nicht direkt, sonst wäre ich mit ihm hochgegangen. Aber ich bin ganz sicher, daß ich die letzte war, die rausgekommen ist.« Sie lehnte sich auf dem Stuhl zurück. »Das war's. Jedenfalls alles, was ich Ihnen im Augenblick erzählen kann.«

»Eine tolle Geschichte.«

»Und Sie glauben kein Wort.«

»Manches kann ich *fast* glauben. Manches hört sich einfach lächerlich an. Und manches ... manches will ich nicht glauben. Es macht mir zuviel angst.«

»Also werden Sie mich nicht zu Erwins Haus begleiten?«

»Das habe ich nicht gesagt«, antwortete Phoebe.

Tesla lächelte und kramte in der Tasche ihrer Lederjacke.

»Wonach suchen Sie?«

»Kleingeld«, sagte sie. »Wenn Sie bereit sind, sich mit mir den Lix zu stellen, kann ich wenigstens die Pizza spendieren.«

X

1

Als sich die Menschenmassen auf den Straßen zerstreuten, bedauerte Erwin seinen Streit mit Dolan. Obwohl ihm die Füße weh taten und er bis auf die nichtvorhandenen Knochen müde war, wußte er, auch ohne es darauf ankommen zu lassen, daß Phantome nicht schliefen. Er würde die Stunden der Nacht wach verbringen, während die lebenden Einwohner von Everville, wohlbehalten hinter verriegelten Türen und geschlossenen Fenstern, eine Reise ins Traumland unternahmen. Wie ein einsamer Betrunkener wanderte er mitten auf der Main Street dahin und wünschte sich, er könnte die Frau finden, mit der er vor Kitty's Diner getuschelt hatte. Wenigstens sie hatte ihn gehört, wenn auch nur vage, wogegen alle anderen, denen ein Herz in der Brust schlug, nicht die geringste Notiz von ihm nahmen, so laut er auch brüllte. Diese Frau hatte etwas Besonderes an sich gehabt, entschied er. Vielleicht eine übersinnliche Begabung.

Völlig unbemerkt blieb er freilich nicht. An der Ecke Apple Street begegnete er Bill und Maisie Waits, die mit ihren beiden schokoladenbraunen Labradorhunden Gassi gingen. Als sie sich Erwin näherten, schienen die Hunde seine Anwesenheit zu spüren. Rochen oder sahen sie ihn? Er war nicht sicher. Aber sie reagierten mit aufgerichteten Nackenhaaren und Knurren; das Weibchen blieb standhaft, aber der Rüde rannte die Apple Street hinab und zog dabei die Leine hinter sich her. Bill – um die Fünfzig und alles andere als durchtrainiert – lief ihm rufend hinterher.

Die Reaktion des Tieres beunruhigte Erwin. Er hatte nie selbst einen Hund gehabt, mochte die Tiere aber im großen und ganzen. War es so unnatürlich, ein Phantom zu sein, daß der geringste Hauch ausreichte, die Tiere rasend zu machen?

Er ging in die Hocke und rief leise nach der Hündin.

»Alles in Ordnung ... alles in Ordnung ...« sagte er und streckte die Hand aus, »... ich werde keinem etwas tun ...«

Das Tier bellte wütend weiter, während Maisie ihrem Mann nachsah, der dem anderen Hund nachlief. Erwin rückte ein kleines Stück näher und murmelte unablässig beruhigende Worte, und es schien, als könnte die Hündin ihn hören. Sie legte den Kopf schief, ihr Bellen wurde stockender.

»Gut so«, sagte Erwin, »gut so. Siehst du, ist doch gar nicht so schlimm, oder?« Seine ausgestreckte Hand war noch etwa sechzig Zentimeter von ihrer Nase entfernt. Ihr Bellen hatte jeden wütenden Unterton verloren und beschränkte sich auf ein vereinzeltes kurzes Kläffen. Erwin streckte die Hand etwas weiter aus und berührte ihren Kopf. Da hörte sie ganz auf zu bellen, legte sich hin, rollte sich auf den Rücken und wollte sich den Bauch kraulen lassen.

Maisie Waits sah zu ihr herunter. »Katy, was um alles in der Welt machst du da?« sagte sie. »Steh auf.« Sie zog an der Leine, um das Tier zum Aufstehen zu veranlassen, aber Katy freute sich zu sehr über Erwins Zuwendungen. Sie knurrte einmal verhalten, als wäre ihr gerade eingefallen, daß sie vor einer oder zwei Minuten noch Angst vor ihrem Wohltäter gehabt hatte, aber dann ließ sie selbst das sein.

»*Katy*«, sagte Maisie Waits verdrossen, dann, zu ihrem Mann: »Hast du ihn gefunden?«

»Sieht es *aus*, als hätte ich ihn gefunden?« keuchte Bill. »Er ist ab Richtung Bach. Er wird nach Hause finden.«

»Aber der Verkehr –«

»Es *herrscht* kein Verkehr«, sagte Bill. »Nun, jedenfalls kaum welcher. Und er war früher schon ausgerissen, Herrgott noch mal.« Bill hatte die Straßenecke erreicht und starrte die liegende Katy an. »Schau sich einer dieses alte Schmusetier an«, sagte er zärtlich und ging neben dem Hund in die Hocke. »Ich habe keine Ahnung, was ihm solche Angst gemacht hat.«

»Ich«, sagte Erwin und streichelte dem Tier zusammen mit Bill den Bauch. Die Hündin hörte es. Sie spitzte die Ohren und sah Erwin an. Bill hatte selbstverständlich nichts gehört. Erwin sprach ihn trotzdem an, die Worte sprudelten nur so aus ihm heraus. *»Hören sie mir zu, Waits, ja?* Wenn mich ein Köter hören kann, dann sollten Sie es auch können. Hören Sie einfach zu. Ich bin Erwin Toothaker –«

»Wenn du meinst«, sagte Maisie.

»Erwin Toothaker.«

»Ich meine es«, antwortete Bill. »Wahrscheinlich wird er vor uns zu Hause sein.« Er tätschelte Katys Bauch und richtete sich wieder auf. »Komm mit, altes Mädchen«, sagte er. Dann, mit einem verschmitzten Blick zu seiner Frau: »Und du auch, Katy.«

Maisie Waits gab ihm einen Rippenstoß. »William Waits«, sagte sie mit gespielter Entrüstung.

Bill beugte sich etwas näher zu ihr. »Willst du ein bißchen rummachen?« sagte er zu ihr.

»Es ist spät . . .«

»Morgen ist Samstag«, sagte Bill und legte seiner Frau den Arm um die Taille. »Entweder so, oder ich vergehe mich *im Schlaf* an dir.«

Maisie kicherte und ließ Katy mit einem kurzen Ruck an der Leine aufstehen. Bill gab Maisie einen Kuß auf die Wange und flüsterte ihr etwas ins Ohr. Erwin war nicht nahe genug, daß er alles hören konnte, aber er verstand *Kissen* und *wie immer.* Was immer er gesagt hatte, Maisie erwiderte seinen Kuß, dann gingen sie die Straße hinab, wobei Katy einen letzten sehnsüchtigen Blick auf ihren Phantomfreund warf.

»Waren Sie je verheiratet, Erwin?«

Es war Dolan. Er saß an der Tür von Lively's Licht-&-Wohnen-Geschäft und bohrte in der Nase.

»Nein.«

»Meine ist nach Seattle gezogen, als es mit mir aus war. Hat sieben Wochen und zwei Tage gebraucht, um die Zelte abzubrechen und zu gehen. Sie hat das Haus verkauft, hat den größten Teil der Möbel verkauft, die Pacht für das Geschäft aufgekündigt. Ich war so wütend. Einen Monat lang bin ich heulend und weinend und zeternd durch die Stadt gezogen. Ich habe sogar versucht, ihr zu folgen.«

»Und?«

Dolan schüttelte den Kopf. »Ich kann nur abraten. Je weiter ich mich von Everville entfernt habe, desto ... vager ... wurde ich.«

»Eine Ahnung, warum?«

»Nur eine Vermutung, aber ich schätze, nach all den Jahren muß es Bande zwischen mir und dem Ort geben. Vielleicht kann ich mir nicht vorstellen, anderswo zu sein. Wie auch immer, ich heule und zetere nicht mehr. Ich weiß, wohin ich gehöre.« Er sah Erwin an. »Da wir gerade dabei sind, ich bin aus einem bestimmten Grund zu Ihnen gekommen.«

»Welchem?«

»Ich habe mit zwei Freunden gesprochen. Ich habe ihnen von Ihnen erzählt und dem, was sich vor meinem alten Laden abgespielt hat, und sie wollten Sie sehen.«

»Sind das auch ...«

»Nur zu. Sie können es ruhig aussprechen.«

»... Geister?«

»Wir ziehen Wiedergänger vor. Aber Geister tut's auch.«

»Warum wollen sie mich sehen?«

Dolan stand auf. »Was interessiert Sie das?« bellte er verdrossen, »haben Sie was Besseres vor?«

»Nein«, sagte Erwin nach einem Augenblick.

»Also kommen Sie oder nicht? Mir ist es gleich.«

»Ich komme.«

2

Buddenbaum erwachte mit bohrenden Kopfschmerzen in einem weißen Raum. Ein bläßlicher junger Mann stand am Fußende des Betts und beobachtete ihn.

»Da bist du ja«, sagte der junge Mann.

Der Junge kannte ihn eindeutig. Aber Buddenbaum konnte das Gesicht nicht identifizieren. Die Verwirrung schien ihm ins Gesicht geschrieben zu sein, denn der Junge sagte:

»Owen? Ich bin es, Seth.«

»Seth.« Als er den Namen hörte, flackerten ein Dutzend Bilder durch Buddenbaums Kopf, wie Standfotos eines Films, jedes von einer anderen Szene, die zu einer Schleife zusammengeklebt worden waren. Immer im Kreis herum, zehn-, zwanzigmal. Er sah nackte Haut, ein wütendes Gesicht, Himmel, mehr Gesichter, die alle zu ihm heruntersahen.

»Ich bin gestürzt.«

»Ja.«

Buddenbaum strich sich mit den Händen über Brust, Hals und Bauch. »Ich bin unversehrt.«

»Du hast dir ein paar Rippen gebrochen, Rippenwirbel verstaucht und einen Schädelbasisbruch.«

»Tatsache?« Buddenbaum hob die Hände zu seinem fest bandagierten Kopf. »Wie lange war ich bewußtlos?«

»An die acht Stunden.«

»Acht Stunden?« Er richtete sich im Bett auf. »O mein Gott.«

»Du mußt dich hinlegen.«

»Keine Zeit. Ich habe viel zu tun. Wichtige Dinge.« Er hielt die Hand an die Stirn. »Es kommen Leute. Ich muß ... muß ... Himmel, ich kann mich nicht mehr erinnern.« Er sah mit verzweifeltem Gesichtsausdruck zu Seth auf. »Das ist schlimm«, sagte er. »Sehr schlimm.«

»Du hast mir gesagt, was passieren würde.«

»Wirklich? Und was habe ich gesagt?«

»Du hast gesagt, daß *Avatars* kommen.« Seth sprach

das Wort stockend aus. »Du hast gesagt, sie sind mehr als Engel.«

Begreifen löste die Verzweiflung in Buddenbaums Gesicht ab. »Die Avatars«, sagte er. »Na klar.« Er schwang die Beine aus dem Bett.

»Du kannst nicht aufstehen«, sagte Seth. »Du bist verletzt.«

»Ich habe Schlimmeres überlebt, glaub mir«, sagte Buddenbaum. »Wo ist meine Kleidung?« Er stand auf und ging zu einer kleinen Kommode in der Ecke des Zimmers. »Sind wir noch in Everville?«

»Nein, wir sind in Silverton.«

»Wie weit ist das?«

»Fünfunddreißig Meilen.«

»Und wie bist du hergekommen?«

»Ich habe mir das Auto meiner Mutter geliehen. Aber, Owen, dir geht es nicht gut –«

»Hier steht mehr auf dem Spiel als ein gebrochener Schädel«, antwortete Buddenbaum, machte die Kommode auf und nahm seine Sachen heraus. »Viel mehr.«

»Zum Beispiel?«

»Das ist zu kompliziert –«

»Ich begreife schnell«, antwortete Seth. »Das weißt du. Du hast es selbst gesagt.«

»Hilf mir beim Anziehen.«

»Zu mehr tauge ich nicht?« ereiferte sich Seth. »Ich bin nicht irgendein dummer Bengel, den du aufgelesen hast.«

»Dann hör auf, dich wie einer zu benehmen«, schnappte Buddenbaum.

Seth zog sich auf der Stelle zurück. »Nun, das war deutlich genug«, sagte er.

»So war es nicht gemeint.«

»Wenn du jemand willst, der dich anzieht, frag die Schwester. Wenn du eine Mitfahrgelegenheit brauchst, ruf dir ein Taxi.«

»Seth –«

Es war zu spät. Seth war schon zur Tür hinaus und schlug sie hinter sich zu.

Owen versuchte nicht, ihm zu folgen. Die Zeit war zu kostbar, Energie mit Streit zu vergeuden. Irgendwann würde er schon wiederkommen. Und wenn nicht, dann nicht. In ein paar Stunden würde er die Hilfe – und die Zuneigung – von Seth oder irgend jemand anderem nicht mehr brauchen. Er würde von jeder Unzulänglichkeit geheilt sein; und es würde ihm freistehen, außerhalb der Zeit, außerhalb des Raums, außerhalb sämtlicher Gegebenheiten zu leben. Er würde entstofflicht werden, so wie Götter entstofflicht waren, weil Götter ohne Anfang und ohne Ende sind: ein seltener und wunderbarer Zustand.

Er hatte sich halb angekleidet, als der Arzt – ein erschöpfter junger Mann mit strähnigem blondem Haar – auftauchte.

»Mr. Buddenbaum, was machen Sie da?« frage er.

»Ich denke, das dürfte klar und deutlich sein«, antwortete Owen.

»Sie können nicht gehen.«

»Ganz im Gegenteil. Ich kann nicht *bleiben.* Ich muß Aufgaben erledigen.«

»Ich kann nicht fassen, daß Sie überhaupt aufstehen konnten«, sagte der Arzt. »Ich muß darauf bestehen, daß Sie sich wieder ins Bett legen.«

Er ging zu Owen, der die Arme hob. »Lassen Sie mich in Ruhe«, sagte er. »Wenn Sie sich nützlich machen wollen, rufen Sie mir ein Taxi.«

»Wenn Sie wirklich gehen wollen«, sagte der Arzt, »übernehme ich keine Verantwortung für die Folgen.«

»Ist mir recht«, antwortete Owen. »Würden Sie jetzt bitte gehen, damit ich mich in Ruhe anziehen kann?«

3

Für eine Stadt dieser bescheidenen Größenordnung besaß Everville eine ungewöhnlich große Zahl von Friedhöfen. Der katholische Friedhof von St. Mary's lag zwei Meilen vom Stadtrand entfernt an der Mulino Road, aber die anderen drei, Pioneer Cemetery (der kleinste und historisch interessanteste), Potter Cemetery (nach der Familie benannt, die mehr Tote in die Gegend begraben hatte als alle anderen) und der gute alte Everville Cemetery lagen alle innerhalb der Stadtgrenzen. Dolan führte Erwin zum Potter Cemetery, am Lambroll Drive gelegen, in der Nähe des alten Postamts.

Er schwatzte den ganzen Weg munter vor sich hin, hauptsächlich darüber, wie sich die Stadt in den letzten Jahren verändert hatte. Seiner Meinung nach nicht zum Besseren. So vieles, das fester Bestandteil von Evervilles Geschichte war – die Familienbetriebe, die historischen Gebäude, sogar die Straßenlaternen – wurde ausgewechselt oder abgerissen.

»Als ich noch lebte, habe ich davon nicht viel gehalten«, merkte Dolan an. »Sie auch nicht, oder? Man mogelt sich so gut es geht durchs Leben. Man hofft, daß einem der Steuereintreiber nicht auf die Pelle rückt; man hofft, daß man Samstag abend noch einen hochkriegt; man hofft, das Haar fällt einem nicht zu schnell aus. Man hat keine Zeit, über die Vergangenheit nachzudenken, bis man selbst ein Teil davon geworden ist. Und dann ...«

»Dann?«

»... dann wird einem klar, was weg ist, ist für immer weg, und das ist verdammt schade, wenn es sich um etwas handelt, das erhaltenswert gewesen wäre.« Er deutete auf das Gebäude des Postamts, das leerstand und baufällig wurde, seit in Salem ein größeres, mehr zentral gelegenes eröffnet worden war. »Ich meine, sehen Sie sich das an«, sagte er. »Das hätte man erhalten können, oder nicht? Etwas für die Gemeinschaft daraus machen.«

»Welche *Gemeinschaft?*« sagte Erwin. »Es gibt keine. Nur ein paar tausend Leute, die zufällig in derselben Gegend leben und einander in achtzig Prozent der Fälle nicht ausstehen können. Glauben Sie mir, ich habe es in meinem Metier immer wieder erlebt. Die Leute verklagen einander, weil ein Zaun nicht richtig steht oder ein Baum gefällt wurde. Nette Nachbarn, würde man sagen, wenn man sie sieht; anständige, gute Menschen. Aber glauben Sie mir, wenn das Gesetz es nicht verbieten würde, würden sie einander bei der kleinsten Gelegenheit umbringen.«

Die letzte Bemerkung war heraus, ehe ihm bewußt wurde, was er gesagt hatte. »Ich habe nur versucht, die Kinder zu beschützen«, murmelte Dolan.

»Ich habe nicht von Ihnen gesprochen«, antwortete Erwin. »Was Sie getan haben –«

»– war falsch. Das weiß ich. Wir haben einen schrecklichen Fehler gemacht, den ich für alle Zeiten bedauern werde. Aber wir haben es getan, weil wir dachten, daß wir es müßten.«

»Und wie hat Ihre geschätzte Gemeinschaft Sie behandelt, als klar wurde, daß Sie Scheiße gebaut hatten? Wie Aussätzige, richtig?« Der andere Mann sagte nichts. »Soviel zur Gemeinschaft«, bemerkte Erwin.

Sie sagten nichts mehr, bis sie Torvon Potter's Cemetery erreichten, dann bemerkte Dolan: »Wissen Sie, wer Hubert Nordhoff ist?«

»Hat seiner Familie nicht die Fabrik gehört?«

»Viel mehr als nur die Fabrik. Er war fünfzig Jahre lang ein geachteter Mann hier.«

»Und was ist mit ihm?«

»Er hält jeden letzten Freitag im Monat eine Sitzung ab.«

»Hier?« sagte Erwin und sah durch das schmiedeeiserne Tor in den Friedhof. Ein dünner Wolkenschleier hing vor dem Mond, trotzdem war es hell genug, daß man die Gräber erkennen konnte. Hie und da markierte ein Stuckengel oder eine Urne die Ruhestätte einer Familie, die es sich leisten konnte, Geld zu verschwenden, aber die meisten Gräber wurden nur von schlichten Steinen geschmückt.

»Ja, hier«, sagte Dolan und führte ihn hinein.

Am anderen Ende des Friedhofs stand eine uralte, moosbewachsene Eiche, unter deren titanischen Ästen sich eine Gruppe von sechs Männern und einer Frau versammelt hatte. Einige saßen auf Grabsteinen; einer – ein Bursche, der selbst für einen Toten ekelerregend aussah – saß auf dem untersten Ast. Dicht am Baumstamm stand ein Mann um die Siebzig, der gerade zu der Gruppe sprach, dessen Kleidung, Brille und förmliches Gebaren darauf hindeuteten, daß er in einer früheren Epoche gelebt hatte und gestorben war. Erwin hätte gewußt, daß dies der eingangs erwähnte Hubert Nordhoff sein mußte, auch wenn Dolan es ihm nicht ins Ohr geflüstert hätte. Der Mann befand sich gerade auf einem rhetorischen Höhenflug.

»Sind wir ungeliebt? Meine Freunde, wir sind es. Sind wir vergessen? Von allen, außer einer kleinen Minderheit, fürchte ich. Aber kümmert uns das? Meine Freunde, kümmert uns das?« Er ließ den Blick seiner stechenden blauen Augen über jeden einzelnen der Gruppe schweifen, bevor er antwortete: »O Gott, *ja.* Es kümmert uns bis auf den Grund unserer wunden Herzen.« Dann verstummte er und sah über sein Publikum hinweg zu Dolan und Erwin. Er neigte den Kopf.

»Mr. Dolan«, sagte er.

»Mr. Nordhoff.« Dolan drehte sich zu Erwin um. »Das ist der Mann, von dem ich vorhin gesprochen habe. Sein Name ist –«

»Toothaker«, sagte Erwin, fest entschlossen, nicht als Dolans Fund in diesen Kreis eingeführt zu werden, sondern als Individuum mit freiem Willen. »Erwin Toothaker.«

»Wir freuen uns, Sie kennenzulernen, Mr. Toothaker«, sagte der alte Mann, »ich bin Hubert Nordhoff. Und dies –« Er führte Erwin an der Gruppe vorbei und stellte jeden vor. Drei Namen kannte Erwin. Sie gehörten Familien an, die in Everville nach wie vor prominent waren (einer war ein Gilholly; einer der Vater eines ehemaligen Bürgermeisters). Die anderen waren ihm unbekannt, aber aus ihrem postmortalen Gepränge konnte man schließen, daß keiner in seinem früheren Leben mittellos gewesen war. Sie waren, wie Hubert, allesamt Leute, die eine bedeutende

Stellung in der Gemeinschaft gehabt hatten. Es gab nur eine Überraschung: die einzige Frau in der Gruppe war keine Frau, sondern ein Cornelius Floyd, der offenbar in Frauenkleidung ins Jenseits abgetreten war, aber recht glücklich mit seinem Dasein zu sein schien. Seine Gesichtszüge waren zu derb und sein Kiefer zu kantig, als daß man sie wirklich feminin hätte nennen können, aber er sprach mit einer sanften, rauchigen Stimme, als er Erwin erklärte, daß er zwar Cornelius heiße, aber von allen nur Connie genannt werde.

Als er alle Anwesenden vorgestellt hatte, kam Hubert gleich zur Sache. »Wir haben gehört, was Ihnen zugestoßen ist«, sagte er. »Wenn wir richtig verstanden haben, wurden Sie in Ihrem eigenen Haus ermordet.«

»Ja, das ist richtig.«

»Wir waren alle betroffen.« Ein hinreichend mitfühlendes Raunen ging durch die Gruppe. »Aber ich muß bedauerlicherweise gestehen, nicht besonders überrascht. So geht es eben in wachsendem Maße zu in der Welt.«

»Es war kein gewöhnlicher Mord«, erklärte Erwin, »wenn es überhaupt einen gewöhnlichen Mord gibt.«

»Dolan hat etwas von Vampiren erwähnt«, sagte Gilholly der Ältere.

»Das ist sein Ausdruck, nicht meiner«, machte Erwin klar. »Mir wurde das Leben ausgesaugt, aber nicht durch einen Biß in den Hals oder so einen Unsinn.«

»Haben Sie den Mörder gekannt?« fragte ein vierschrötiger Mann namens Dickerson, der gerade der Länge nach auf einem Grab fläzte.

»Nicht unbedingt.«

»Was soll das heißen?«

»Ich habe ihn am Unger's Creek getroffen. Sein Name ist Fletcher. Ich glaube, er hielt sich für eine Art Messias.«

»Das hat uns gerade noch gefehlt«, sagte der hagere Mann auf dem Baum.

»Was unternehmen wir deswegen, Nordhoff?« wollte Gilholly wissen.

»Wir *können* nichts tun«, sagte Erwin.

»Seien Sie nicht defätistisch«, schnappte Nordhoff. »Wir haben eine Verantwortung.«

»Das stimmt«, sagte Connie. »Wenn wir nicht handeln, wer dann?«

»Und was sollen wir *tun?*« fragte Erwin.

»Unser Erbe retten«, antwortete Nordhoff. »Wir sind die Männer, die diese Stadt aufgebaut haben. Wir haben im Schweiße unseres Angesichts die Wildnis gezähmt und unsere Geisteskraft aufgewendet, um unseren Familien einen anständigen Wohnort zu schaffen. Jetzt geht alles den Bach runter; wir vermuten es schon seit Monaten. Überall sieht man die kleinen Vorzeichen. Und jetzt kommen Sie daher, von etwas Unnatürlichem ermordet.«

»Vergessen Sie die Bienen nicht«, warf Dickerson ein.

»Welche Bienen?« sagte Erwin.

»Kennen Sie Frank Tibbit?« sagte Dickerson. »Wohnt in der Moon Lane.«

»Nein, ich kann nicht sagen . . .«

»Er züchtet Bienen. Besser gesagt, züchtete. Vor zehn Tagen sind sie alle ausgerissen.«

»Ist das von Bedeutung?« sagte Erwin.

»Wenn wir es als Einzelfall betrachten, nicht«, sagte Nordhoff. »Aber es ist kein Einzelfall. Wissen Sie, wir halten Augen und Ohren offen. Unsere Aufgabe ist es, das Geschaffene zu erhalten, auch wenn wir vergessen worden sind. Darum hören wir früher oder später alles, was so passiert. Und es gibt Dutzende Beispiele –«

»Hunderte«, sagte Connie.

»Mit Sicherheit mehrere Dutzend«, sagte Nordhoff, »mehrere Dutzend Beispiele seltsamer Vorkommnisse, keines im größeren Rahmen als Tibbits Bienen –«

»Abgesehen von Ihrer Ermordung«, warf Dickerson ein.

»Wäre es möglich, daß ich einmal einen Satz beende, ohne daß ich unterbrochen werde?« sagte Nordhoff.

»Wenn Sie nicht so weitschweifig wären«, sagte Melvin Pollock, der mindestens in Nordhoffs Alter zu sein schien und den langen, verbittert nach unten gekrümmten

Mund eines Mannes hatte, der als unversöhnlicher Griesgram gestorben ist. »Er versucht, folgendes zu sagen: Wir haben unser Leben in Everville investiert. Und alle Anzeichen sprechen dafür, daß wir diese Investition für immer verlieren werden.«

»Und wenn sie dahin ist –« sagte Dickerson.

»Verschwinden wir mit ihr«, sagte Pollock. »Im Jenseits.«

»Und nur, weil wir tot sind«, sagte Nordhoff, »heißt das noch lange nicht, daß wir es einfach hinnehmen müssen.«

Dickerson kicherte. »Nicht schlecht, Hubert. »Wir machen dich zu unserem Komiker.«

»Das ist nicht komisch«, sagte Nordhoff.

»Aber gewiß doch«, sagte Dickerson und richtete seine Masse in eine sitzende Haltung auf. »Hier sind wir, die Großen und Guten von Everville, ein Bankier –« Er nickte in Pollocks Richtung. »Ein Grundstücksmakler.« Zu Connie. »Ein Fabrikbesitzer.« Selbstverständlich Nordhoff. »Und die anderen sind auch alle Macher. Hier sitzen wir, klammern uns so gut es geht an unsere Würde und bilden uns ein, wir könnten Einfluß darauf nehmen, was da draußen passiert –« Er deutete durch das Tor in die Welt der Lebenden, »– dabei kann jeder, der Augen im Kopf hat, klar und deutlich sehen, daß es vorbei ist«.

»Was ist vorbei?« fragte Connie.

»Unsere Zeit. Evervilles Zeit. Vielleicht ...« Er machte eine Pause und runzelte die Stirn. »Vielleicht die Zeit der *Menschheit*«, murmelte er.

Alle schwiegen, sogar Nordhoff. Auf der Straße vor dem Friedhof bellte ein Hund, aber nicht einmal dieses vertraute Geräusch hatte etwas Tröstliches.

Schließlich sagte Erwin: »Fletcher weiß es.«

»Weiß was?« fragte Nordhoff.

»Was los ist. Vielleicht ist er sogar der Grund dafür. Wenn wir eine Möglichkeit finden könnten, ihn zu töten –«

»Das wäre ein Ansatz«, sagte Connie.

»Und selbst wenn wir damit die Stadt nicht retten«, sagte Dickerson, den die Aussichten eindeutig aufmunterten, »hätten wir wenigstens unseren Spaß.«

»Um Himmels willen, wir können nicht einmal dafür sorgen, daß die Leute uns hören«, legte Dolan dar, »wie, um alles in der Welt, sollen wir jemand *töten?*«

»Es ist nicht *jemand*«, sagte Erwin. »Er ist ein Ding. Er ist kein Mensch.«

»Sie hören sich sehr überzeugt an«, sagte Nordhoff.

»Sie müssen sich nicht auf mein Wort verlassen«, antwortete Erwin. »Kommen Sie mit, sehen Sie selbst.«

XI

1

Tesla hatte sich ihre erste Pistole vor vier Jahren in Florida gekauft, nachdem sie vor einer Bar in Fort Lauderdale nur knapp einem Überfall – oder Schlimmerem – durch zwei betrunkene Tunichtgute entkommen war, denen einfach ihr Aussehen nicht gefiel. Nie wieder, hatte sie sich da geschworen, würde sie ohne eine Möglichkeit der Selbstverteidigung dastehen. Sie hatte sich eine bescheidene kleine .45er gekauft und sogar Schießunterricht genommen, damit sie richtig damit umgehen konnte.

Das war freilich nicht die letzte Waffe, die sie in die Finger bekam. Sechs Monate später fand sie, bei ihrem ersten Abstecher in Louisiana, eine Waffe mitten auf einem wenig befahrenen Abschnitt des Highway und nahm sie mit, obwohl Raul sie ermahnte, daß die Waffe bestimmt nicht grundlos weggeworfen worden war und sie eine verdammte Närrin wäre, sie mitzunehmen. Die Handfeuerwaffe war älter und schwerer als ihre gekaufte, Lauf und Kolben zerschrammt und zerkratzt, aber Tesla gefiel, wie sie in der Hand lag; und ihr gefiel die Aura des Geheimnisvollen, die sie umgab.

Die dritte Waffe war ein Geschenk von einer Frau mit Namen Maria Lourdes Nazareno, die sie an einer Straßenecke in Mammoth, Arizona, kennengelernt hatte. Lourdes, wie sie sich gerne nennen ließ, hatte an eben jener Ecke mehrere Tage auf Tesla gewartet, behauptete sie jedenfalls. Sie besaß die Gabe des zweiten Gesichts, sagte sie, und hatte im Traum gesagt bekommen, daß eine Frau mit Macht vorbeikommen würde. Tesla hatte Einwände erhoben, daß sie das nicht sein konnte, aber Lourdes war gleichermaßen fest überzeugt gewesen, daß sie es war. Sie hatte mit Geschenken gewartet und gab sich erst zufrieden, als Tesla sie angenommen hatte. Eines dieser Geschenke war ein Schlüsselbeinknochen gewesen, der laut

Lourdes der heiligen Maxine gehört hatte. Ein anderes war ein Messingkompaß – »für die Reise«, hatte sie gesagt. Das dritte war die Waffe gewesen, mit Sicherheit die schönste ihrer drei Schußwaffen, mit einem perlmutteingelegten Griff. Die Waffe, berichtete Lourdes ihr, habe einen geheimen Namen, aber diesen Namen kenne sie nicht. Tesla würde ihn jedoch herausfinden, sollte sie in die Lage kommen, die Waffe zu rufen.

Diese Lage war bisher nicht eingetroffen. Nach ihrer Begegnung mit Lourdes war sie noch zwei Jahre herumgereist, hatte aber nie eine der Waffen gebraucht.

Bis jetzt.

»Welche bekomme ich?« sagte Phoebe.

Sie waren nur aus einem einzigen Grund von der Pizzeria zum Haus der Cobbs zurückgekehrt: um sich zu bewaffnen.

»Wissen Sie, wie man mit einer Waffe umgeht?« fragte Tesla sie.

»Ich weiß, wie man mit dem Finger zeigt«, antwortete Phoebe.

»Ihr Finger wird kein Loch in jemanden schießen«, sagte Tesla.

Phoebe hob die Waffe von Lourdes auf und nahm sie von einer Hand in die andere. »So schwer kann es nicht sein, man muß sich nur die Trottel vor Augen halten, die sonst damit umgehen.« Damit hatte sie nicht unrecht.

»Möchten Sie die?« fragte Tesla.

»Ja«, antwortete sie lächelnd.

»Wir werden sie nur benützen, wenn es sich gar nicht vermeiden läßt.«

»Wenn etwas angekrochen kommt, das wie eine Schlange aussieht und nach Scheiße riecht.«

»Sie glauben mir immer noch nicht, was?«

»Spielt es eine Rolle, ob oder ob nicht?« sagte Phoebe.

Tesla dachte einen Moment darüber nach. »Wahrscheinlich nicht«, sagte sie. »Ich möchte nur, daß Sie auf das Schlimmste vorbereitet sind.«

»Das bin ich seit Jahren«, sagte Phoebe.

2

Toothakers Haus lag in tiefer Dunkelheit vor ihnen, aber darauf waren sie vorbereitet. Phoebe hatte eine große Taschenlampe mitgebracht, Tesla eine etwas kleinere.

›Spürst du was?‹ wandte sich Tesla an Raul, als sie und Phoebe den Gehweg zum Haus entlangschritten.

Bis jetzt nicht.

Der Geruch von Exkrementen hing jedoch immer noch in der Luft und wurde um so stärker, je näher sie der Tür kamen. Seit sie das Restaurant vor fast einer Stunde verlassen hatten, war es deutlich kälter geworden, aber Tesla fühlte sich klamm und heiß, als hätte sie sich eine schlimme Grippe geholt. Und weiche Knie.

»Was machen wir?« sagte Phoebe, als sie vor der Tür standen. »Einfach anklopfen?«

»Besser als versuchen, die Tür einzuschlagen«, sagte Tesla. Sie hegte immer noch die Hoffnung, daß sie sich auf dem Holzweg befanden, daß der Flüsterer, den sie und Raul vor dem Diner gehört hatten, nur ein Trick des Windes gewesen war und der Gestank nur von einer verstopften Toilette stammte, wie Phoebe meinte. Sie klopfte laut an die Tür. Sie warteten. Keine Antwort. Sie klopfte noch einmal und fragte Raul gleichzeitig, ob er die Anwesenheit eines Bewohners spüren konnte. Seine Antwort war nicht die, die sie sich gewünscht hatte.

Ja, sagte er, *ich höre jemanden.*

Das Tier, das in Teslas Bauch zappelte, seit sie aufgebrochen waren, verkrampfte sich. Sie ergriff Phoebes Arm. »Ich kann das nicht«, sagte sie.

»Schon gut«, sagte Phoebe. Sie streckte die Hand nach dem Türgriff aus. »Wir sind bis hierher gekommen.« Sie drehte den Knauf, zu Teslas Überraschung ließ sich die Tür öffnen. Ein Schwall kalter, übelriechender Luft wehte über die Schwelle.

Tesla wich von der Schwelle zurück und zog Phoebe am Arm, aber Phoebe grunzte mit zusammengebissenen Zähnen und riß sich los.

»Ich will es sehen«, sagte sie.

»Wir sehen es uns morgen an«, antwortete Tesla. »Wenn es hell ist.«

»Morgen könnte es zu spät sein«, sagte Phoebe, ohne sich zu Tesla umzudrehen. »Ich will es jetzt sehen. Auf der Stelle.« Und mit diesen Worten betrat sie das Haus. Dabei hörte Tesla sie murmeln: »Wo bist du?«

Wo bist du? sagte Raul.

›Ja, ich habe es auch gehört.‹

Jemand ist in ihren Kopf eingedrungen, Tes.

»Scheiße!«

Phoebe war bereits mehrere Schritte ins Haus gegangen, und die Dunkelheit drohte sie zu verschlingen.

»Phoebe?« rief Tesla. »Kommen Sie da raus.«

Aber die andere Frau zögerte nicht. Sie ging einfach weiter, bis Tesla Gefahr lief, sie völlig aus den Augen zu verlieren.

Geh da rein – sagte Raul.

›Sei still!‹

– oder du wirst sie ganz verlieren.

Er hatte selbstverständlich recht, wie sie sehr genau wußte. Sie zog die .45er aus dem Gürtel, die sie gefunden hatte, trat ein und folgte Phoebe den dunklen Flur entlang. Wenn sie schnell genug war, holte sie sie vielleicht ein und konnte sie auf die Straße schaffen, bevor –

Hinter ihr schlug die Tür zu. Sie wirbelte herum, und die kalte, klamme Luft legte sich wie ein muffiger, feuchter Waschlappen auf ihr Gesicht. Das Atmen fiel ihr schwer, und sie vergeudete keine Luft mehr, um nach Phoebe zu rufen. Was immer sie übernommen hatte, es hatte eindeutig nicht die Absicht, sie kampflos wieder freizugeben.

Tesla?

›Anwesend.‹

Sie ist nach rechts gegangen. Da ist eine Tür.

Sie konnte den Türrahmen nur vage erkennen, aber da war Phoebe tatsächlich und ging gerade hindurch. Tesla sputete sich und lief den Flur entlang, aber es war zu spät,

Phoebe verschwand im angrenzenden Zimmer, bevor sie sie zu fassen bekam. Dort herrschten etwas bessere Lichtverhältnisse, wie Tesla erfreut feststellte; möglicherweise flackernde Kerzen. Sie war immerhin für diesen kleinen Vorteil dankbar, als sie Phoebe durch die Tür folgte. Keine Kerzen erhellten den Raum, sondern die Überreste eines Feuers, das im Kamin loderte. Zahlreiche rußgeschwärzte Zweige lagen auf dem Rost. Aber es roch nicht nach Holz in dem Raum, sondern nach Fleisch; nach dem üblen Geruch an der Türschwelle fast verlockend. Jemand hatte vor kurzem hier gekocht und gegessen, aber wer, das konnte sie noch nicht erkennen. Das Zimmer war groß und weitgehend verwüstet worden, die Möbel so gut wie zerstört, Zierat und Krimskrams zu Schutt unter ihren Füßen zerdeppert. An der gegenüberliegenden Wand, etwa fünfzehn Schritte von ihr entfernt – und halb so viel von Phoebe, die mit schlaff herabhängenden Armen mitten im Zimmer stand –, war die Dunkelheit dichter als anderswo, und regsamer. Sie versuchte, die Stelle zu durchdringen, weil sie sicher war, daß jemand dort stand, aber wenn sie den Blick darauf richtete, zuckten ihre Augen wild hin und her, als könnten (oder wollten) sie nicht begreifen, was sie da sahen.

»Fletcher?« sagte sie. »Sind Sie das?«

Als sie es sagte, drehte sich Phoebe um. »Laß uns in Ruhe«, sagte sie. »Er will mich.«

»Tatsache?« sagte Tesla und ging behutsam auf sie zu. Phoebes Mund- und Augenwinkel zuckten, als würde sie jeden Moment anfangen zu weinen oder zu kreischen.

»Ja«, sagte sie.

»Und ist die Person, die Sie will, wirklich Fletcher?« fragte Tesla und versuchte – wieder erfolglos –, in die Schatten zu sehen.

»Es spielt keine Rolle, wie er heißt«, sagte Phoebe.

»Für mich schon«, entgegnete Tesla. »Vielleicht können Sie ihn fragen. Würden Sie das für mich tun?« Phoebe sah wieder zu der dunklen Stelle. Sie schien keine Schwierigkeiten zu haben, sich darauf zu konzentrieren.

»Sie möchte wissen, wer du bist«, sagte sie.
»Ist er Fletcher?« fragte Tesla.
»Bist du . . .?« Phoebe stellte die Frage nicht zu Ende, sondern lauschte mit gesenktem Kopf.
Abgesehen vom Prasseln und Knistern des Feuers herrschte Stille. Tesla sah zum Kamin zurück. Pfützen von geschmolzenem Wachs oder Fett waren um die Äste herum verteilt, und auf dem Rost selbst lag ein Stein oder –
»Wenn du es so willst«, sagte Phoebe zu der Dunkelheit.
Tesla sah sie wieder an. Sie traf Anstalten, ihre Bluse aufzuknöpfen.
»Was machen Sie da?« fragte Tesla.
»Er will mich sehen«, sagte Phoebe nur.
Tesla ging zu ihr und zog ihr die Hand von der Bluse.
»Nein, das will er nicht.«
»Doch, das will er«, sagte Phoebe nachdrücklich und griff wieder nach den Knöpfen. »Er sagt . . . er sagt . . .«
»Was sagt er?«
»Er sagt . . . *wir sollten einen Jahrtausendfick machen.*«
Tesla hatte diesen Ausdruck schon einmal gehört. Einmal ausgesprochen, und tausendmal geträumt.
Als sie ihn jetzt wieder hörte, schien der Boden unter ihr wegzubrechen, als wollte er sie in die Dunkelheit auf der anderen Seite des Zimmers kippen.
Es war fünf Jahre her, seit sie diese Worte zum erstenmal gehört hatte; fünf Jahr, in denen sie Gott immer wieder dafür gedankt hatte, daß der Mann, der sie gesprochen hatte, tot war. Ihre Dankbarkeit, so schien es, war verfrüht gewesen.
»Kissoon . . .«, murmelte sie, und kaum waren die Silben über ihre Lippen, entwickelten sie ein Eigenleben. *Kissss-ssoooon. Kiiisssoonn.* Waberten um sie herum.
Sie war ihm in zahllosen Alpträumen begegnet – war vor ihm weggelaufen, hatte sich ihm unterworfen, war von ihm gerichtet, ermordet, vergewaltigt und gegessen worden –, aber sie war stets aus diesen Prüfungen er-

wacht, selbst aus den schrecklichsten, und hatte sich mit dem Gedanken getröstet, daß die Erinnerung an ihn eines Tages verblassen und sie frei sein würde.

Von wegen. O Herr im Himmel, von wegen.

Hier war er, er war zurückgekehrt.

Sie zog die Waffe aus dem Gürtel und richtete sie auf die Dunkelheit.

Dann ist es nicht Fletcher ... murmelte Raul. Er hörte sich an, als wäre er den Tränen nahe.

›Nein.‹

Du glaubst, es ist Kissoon.

›Ich *weiß*, daß es Kissoon ist‹, sagte sie und legte die Waffe an.

Und wenn du dich irrst?

›Ich irre mich nicht‹, sagte sie und schoß einmal, zweimal, dreimal. Der Knall hallte durch den Raum und kam einen Augenblick später erschreckend laut zurück. Aber aus der Dunkelheit ertönte kein erlösender Schrei; kein Blut kam heraus, kein Todesröcheln.

Lediglich auf Phoebe schienen die Schüsse eine Wirkung gehabt zu haben, denn die fing unbeherrscht an zu schluchzen.

»Was mache ich?« keuchte sie und wandte sich von Tesla ab, als wollte sie zur Tür.

Tesla drehte sich gerade noch rechtzeitig um, daß sie sehen konnte, wie Phoebe mit ausgestreckten Armen herumwirbelte. Sie schlug die Waffe mit einer Hand aus Teslas Faust und packte sie mit der anderen am Hals. Tesla bekam vorübergehend keine Luft mehr. Sie wollte Phoebes Hand wegziehen, aber ehe sie das tun konnte, verstummte die Frau, die während des ganzen Angriffs geschluchzt hatte, völlig unvermittelt.

»Geh zu ihm«, sagte sie mit monotoner Stimme. »Geh zu ihm und sag ihm, daß es dir leid tut.«

Sie wollte Tesla zur anderen Seite des Zimmers drängen, zu der Dunkelheit und der wie auch immer gearteten Form von Kissoon, die sich darin verbarg. Tesla trat und schlug um sich, aber gegen Phoebes Körper, der von der Willenskraft ihres Unterdrückers beseelt wurde, kam sie nicht an.

»Phoebe! Hören Sie mir zu!« schrie Tesla, »er wird uns beide umbringen!«

»Nein ...«

»Sie können ihn bekämpfen. Ich weiß, wie man sich fühlt, wenn man ihn auf seinem Kopf hat –« (Das war nicht gelogen: In der Schleife hatte Kissoon bei Tesla denselben Trick angewendet: hatte Druck auf ihren Kopf ausgeübt, um sie zu unterwerfen und zu kontrollieren) »– aber sie können dagegen ankämpfen, Phoebe, Sie können ihn bekämpfen.«

Das Gesicht vor ihr zeigte keinen Funken des Begreifens. Die Tränen flossen einfach weiter. Tesla tastet nach ihrem Gürtel. Die Waffe aus Florida war noch da. Wenn Phoebe vernünftigen Gründen nicht zugänglich war, vielleiht würde sie auf den Griff einer .45er reagieren.

Aber als sie den Kolben ergriff, ließ Phoebe sie los. Tesla holte erleichtert Luft und bückte sich dabei, und als ihr Blick auf den Boden fiel, sah sie einen dunklen, schlangenähnlichen Umriß von hinten herangekrochen kommen. Sie zog die zweite Waffe aus dem Gürtel und wich dem Lix gerade aus, um zu schießen, als sie spürte, wie sich die Dunkelheit an ihrer Seite zu öffnen schien; sie hörte das Rascheln und spürte, wie die Luft durch die Bewegung aufgewühlt wurde.

Sie sah wieder zu Boden. Zu dem Lix am Boden hatten sich mehrere seiner Artgenossen gesellt; kümmerliche kleine Schreckensgespenster im Vergleich zu denen, die sie früher gesehen hatte, der größte vierzig Zentimeter lang, die kleinsten haarfein. Aber sie kamen unerbittlich näher, manche nicht länger als ein Finger, als wäre vor Teslas Füßen eines ihrer Nester umgekippt worden. Keiner schien besonders daran interessiert zu sein, ihr etwas zuleide zu tun. Sie krochen auf dem abfallübersäten Boden auf das letzte Flackern des Feuers zu.

Die einzige Bedrohung ging von ihrem Schöpfer aus, in dessen Richtung Tesla nun den Blick wandte. Und diesmal konnte sie einen Blick auf ihn erhaschen, obwohl ihre Augen sich nach wie vor nicht direkt auf ihn konzentrieren konnten. Es sah aus, als säße er auf einem Stuhl, aber der Stuhl schwebte einen bis anderthalb Meter über dem Boden. Und auch wenn sie ihn nicht direkt ansehen konnte, galt diese Beschränkung für ihn nicht. Sie spürte seinen Blick. Ihr Nacken kribbelte. Ihr Herz schlug schneller. »Es geht vorbei . . .« sagte er, und mit diesen Worten verschwand die letzte Hoffnung, daß sie sich geirrt haben könnte und er doch nicht Kissoon war.

»Was geht vorbei?« sagte sie und bemühte sich sehr, ihn anzusehen. Zweifellos verhinderte er mit gutem Grund, daß sie ihn zu sehen bekam, was sie um so mehr anspornte, seine Anstrengung zunichte zu machen. Wenn sie ihn nur einige Augenblicke ablenken konnte, würde seine Wachsamkeit vielleicht lange genug nachlassen, damit sie einen Blick auf ihn werfen konnte. »Was geht vorbei?« fragte sie ihn noch einmal.

»Der Schock.«

»Warum sollte ich geschockt sein?«

»Weil du gedacht hast, ich wäre tot und vergessen.«

»Weshalb hätte ich das denken sollen?«

»Komm mir nicht damit.«

»Womit?«

»Mit deinem albernen Spielchen.«

»Welchem Spielchen?«

»Ich sagte *aufhören!*« Als er aufschrie, sah sie ihn an, und etwa zwei Herzschläge lang machte sein Zorn ihn unvorsichtig, und sie konnte ihn deutlich sehen.

Das genügte, um zu erkennen, warum er nicht wollte, daß sie ihn sah. Er war in Auflösung begriffen, Haut und Sehnen hingen an ihm, brandig und verfault. Er hatte gerade noch genügend Fleisch an sich, daß sie sein Gesicht erkennen konnte. Die fliehende Stirn, die breite Nase, der derbe Kiefer: das alles hatte Raul gehört, bevor Kissoon es ihm gestohlen hatte.

Herrgott . . . hörte sie Raul sagen . . . *schau weg. Bei aller Barmherzigkeit, schau weg.*

Sie hatte so oder so keine Chance. Kaum hatte sie Kissoons Anblick registriert, bemerkte dieser ihren Blick und schlug ihn mit seiner Willenskraft wie mit einem brutalen Hieb beiseite. Tränen traten ihr in die Augen.

»Du bist neugieriger, als gut für dich ist«, sagte Kissoon.

»Und du bist für dein Alter reichlich eitel«, antwortete sie und wischte sich Tränen von der Wange.

»Alt? Ich? Nein. Ich werde ewig jung sein. Du dagegen siehst beschissen aus. Waren deine Reisen das wirklich wert?«

»Was weißt du von meinen Reisen?«

»Daß ich unsichtbar war, heißt noch lange nicht, daß ich nichts mitbekommen habe«, entgegnete Kissoon. »Ich habe die Welt ganz genau beobachtet. Und ich habe Berichte über dich aus allen möglichen schäbigen Ecken bekommen. *Wonach* hast du gesucht? Nach Fletcher?«

»Nein.«

»Er ist nicht mehr, Tesla. Wie der Jaff. Das Kapitel ist abgeschlossen. Es war ein einfacheres Zeitalter, daher nehme ich an, daß du dich darin heimisch gefühlt hast, aber es ist aus und vorbei.«

»Und was folgt danach?« fragte Tesla.

»Ich glaube, das weißt du.« Tesla sagte nichts. »Hast du zu sehr Angst, es auszusprechen?«

»Du meinst die Iad?«

»Na also. Du hast es die ganze Zeit gewußt.«

»Hast du nicht genug von ihnen gesehen?« sagte Tesla.

»Wir haben mehr als die meisten gesehen, du und ich. Und doch haben wir *nichts* gesehen. Überhaupt nichts.« Seine Stimme klang aufgeregt. »Sie werden die Welt bis zur Unkenntlichkeit verändern.«

»Und das willst du?«

»Du nicht?« sagte Kissoon. Sie hatte vergessen, wie seltsam überzeugend er sein konnte; wie gut er die Zweifel in ihrem Herzen verstand. »Dieses Chaos ist nicht gut, Tesla. Alles durchgetrennt. Alles zerbrochen. Diese Welt muß wieder zusammengefügt werden.« Wie bei allen gu-

ten Lügnern, enthielten seine Worte gerade soviel Wahrheit, daß sie plausibel klangen. »Unglücklicherweise kann sich die Rasse ohne fremde Hilfe nicht heilen«, fuhr er fort. »Aber keine Bange. Hilfe ist unterwegs.«

»Und wenn sie kommt –?«

»Ich sagte es schon. Dann wird sich alles bis zur Unkenntlichkeit verändern.«

»Aber du –«

»Was ist mit mir?«

»– was springt für dich dabei raus?«

»Ach . . . das.«

»Ja, das.«

»Ich werde selbstverständlich zum großen Zampano.«

»Plus ça change.«

»Und ich bekomme die ›Kunst‹. »Ah, die ›Kunst‹! Früher oder später lief es immer darauf hinaus. »Ich werde einen unsterblichen Tag leben –«

»Klingt prima. Und was wird aus uns anderen?«

»Die Iad werden ihre Urteile fällen. Ihr unterwerft euch ihnen. So einfach ist das. Ich glaube, sie haben ein großes Verlangen nach dem Weiblichen. Vor zehn Jahren hätten sie dich wahrscheinlich zu Zuchtzwecken behalten. Heute taugst du selbstverständlich mehr zum Kunstdünger.« Er lachte. »Keine Bange, ich werde dafür sorgen, daß du nicht vergeudet wirst.«

Sie spürte etwas an ihrem Schenkel entlangstreichen und sah nach unten. Da war ein Lix, fünf- oder sechsmal größer als alle, die sie vorher gesehen hatte. Er schlängelte sich um ihren Fuß und hob dabei den Kopf. Sein offener Mund war reihenweise mit winzigen scharlachroten Zähnen gesäumt, bis in den Rachen hinunter.

»Warte . . .«, sagte sie.

»Keine Zeit«, sagte Kissoon. »Vielleicht sehe ich dich morgen in der Vergangenheit. Vielleicht finde ich dich in der Schleife, dann können wir uns darüber unterhalten, wie du heute gestorben bist.«

Der Lix kletterte an ihrem Bein hinauf und schlang sich bereits enger um sie.

Sie schrie und stolperte rückwärts, wobei sie sich mit den Beinen in den Schlingen der Kreatur verfing. Einen Augenblick schwankte sie, dann fiel sie, fiel heftig, und die auf dem Boden verstreuten Scherben stachen ihr in den Rücken. Einen Augenblick wurde das ganze Zimmer weiß, und wäre Raul nicht in ihrem Kopf gewesen und hätte ihr zugerufen, daß sie *durchhalten sollte, durchhalten,* dann hätte sie mit Sicherheit völlig das Bewußtsein verloren.

Als das Weiß abebbte, sah sie zum Kamin. Die Lix, die vor ihrem Gespräch mit Kissoon dorthin gezogen waren, hatten sich aufgewärmt und drehten die Köpfe in ihre Richtung. Dann setzten sie sich wie ein wuselnder Strom in Bewegung.

Sie versuchte sich aufzurichten, doch der monströse Artgenosse hatte sich um sie geschlungen und sie bewegungsunfähig gemacht. Phoebe war ihre einzige Hoffnung. Sie drehte den Kopf, sah sich nach der Frau um und rief ihren Namen dabei. Vergeblich. Abgesehen von Kissoon und seinen gefräßigen Kreaturen war das Zimmer leer.

Sie sah zum Kamin zurück, und als wäre der Alptraum nicht schon schlimm genug, sah sie, was die Lix dort gemacht hatten. Sie hatten sich überhaupt nicht aufgewärmt, sondern gefressen. Was sie für Zweige rings um die Feuerstelle gehalten hatten, waren menschliche Gebeine, und der Stein in der Glut war der Totenschädel. Erwin Toothaker hatte sein Haus doch nicht verlassen, höchstens als Rauch.

Sie stieß einen Aufschrei des Entsetzens aus. Dann waren die Lix bei ihr.

XII

»Lebt sie?«

Erwin ging neben der Frau, die auf seiner Türschwelle lag, in die Hocke. Sie blutete an der Stirn, und eine Spur Erbrochenes zog sich von ihrem Mund hinab, aber sie atmete noch.

»Sie lebt«, sagte er. »Ihr Name ist Phoebe Cobb.«

Die Eingangstür stand offen. Die Luft, die aus dem Haus drang, roch nach Exkrementen und Fleisch. Obwohl Erwin in seinem derzeitigen Zustand nichts zu verlieren hatte, hatte er noch nie im Leben solche Angst gehabt. Er sah zu dem Trio, das ihn begleitet hatte – Nordhoff, Dolan und Dickerson – und sah auch in ihren Gesichtern die Nervosität geschrieben.

»Er kann uns nichts tun, richtig?« sagte Erwin. »Jetzt nicht.«

Nordhoff zuckte mit den Achseln. »Wer weiß?« sagte er.

»Und wenn er uns sehen kann?« antwortete Dickerson.

»Wenn wir hier bleiben, werden wir das nie herausfinden«, sagte Dolan ungeduldig, stieg über den Körper von Phoebe Cobb und trat ein.

Plötzlich verspürte Erwin Eifersucht. Dies war immer noch sein Haus: Wenn jemand vorangehen sollte, dann er.

»Warten Sie«, sagte er zu Dolan und folgte ihm hastig den Flur entlang.

Die Lix interessierten sich nicht für ihr Fleisch (vielleicht war es nach so vielen Jahren in der Sonne zu gegerbt), sie suchten Mund und Nasenlöcher, hatten es auf Augen und Ohren abgesehen, damit sie an das zartere Material im Inneren herankommen konnten.

Sie schlug um sich und wälzte sich und kniff die Lippen zusammen, um ein Eindringen der tastenden Leiber zu verhindern, aber sie verstopften ihr die Nase, und in ein paar Sekunden würde ihr die Puste ausgehen. Sobald sie die Lippen öffnete, würden sie hineinkriechen und das wäre das Ende.

Tesla . . .

›Nicht jetzt.‹

Es ist aus, Tesla.

›Nein.‹

Du sollst wissen . . .

›Nein, ich habe *nein* gesagt!‹

Sie hörte ihn in ihrem Kopf wimmern; ein nicht ganz menschliches Geräusch.

›Gib nicht auf‹, sagte sie zu ihm. ›Es ist noch nicht vorbei.‹

Er unterdrückte sein Wimmern, aber sie spürte sein Grauen bis ins Mark, da er nicht mehr nur ihren Geist, sondern auch ihren Körper mit ihr teilte.

Aber es *war* das Ende, allen Einwänden zum Trotz. Sie mußte Luft holen: jetzt oder nie mehr. Obwohl die Lix an ihren Lippen hingen und warteten, hatte sie keine andere Wahl mehr. Sie machte den Mund auf, biß die Zähne zusammen, und sog Luft zwischen den Lücken ein. Aber wo ihr Atem durchkam, schafften es auch die zierlichsten der Lix. Sie spürte, wie sie in die Zahnzwischenräume krochen, unter ihre Zunge, ihren Hals hinunter.

Ihr Körper wehrte sich. Sie fing an zu würgen, und der Reflex schwächte ihre Willenskraft. Sie öffnete die Zähne. Mehr brauchten die Lix nicht. Einen Augenblick später waren sie in ihrem Mund und füllten ihn aus. Sie biß darauf, schmeckte Exkremente und Fäulnis und spie aus, was sie konnte. Aber für jeden, den sie ausspuckte, folgten zwei weitere, die begierig waren, sie von innen heraus aufzufressen, und dafür ihre Haut riskierten.

Würgend, spuckend und um sich schlagend kämpte sie mit jedem Quentchen Kraft in sich, aber der Kampf war unmöglich zu gewinnen. Ihr Hals war verstopft, ihre Nasenlöcher verschlossen, ihr ganzer Körper ächzte im Würgegriff des großen Lix.

Zuletzt, als sie an den letzten Fäden des Bewußtseins hing, glaubte sie, daß Raul sagte:

Hör doch.

Sie horchte. Irgendwo in dem Zimmer erklangen Stimmen.

»Allmächtiger Gott!« sagte eine davon.

»Seht doch, dort! Im Feuer!«

Dann ein Wutschrei, nach dem sie mit letzter Kraft den Kopf drehte. Der Tod hatte sie fast übermannt, und ihre Augen – die soviel Seltsames gesehen hatten, aber dennoch stets fest in der Realität verwurzelt waren – hatten einen Extremzustand erreicht und waren auch für subtilste Schattierungen empfänglich. Zu viert – alles Männer, alle fassungslos – näherten sie sich von der Tür.

Einer ging zum Kamin. Zwei verweilten wenige Meter von ihr entfernt. Der vierte und älteste, Gott segne ihn, ging neben ihr auf die Knie und streckte die Hand aus, um ihr über das Gesicht zu streichen. Zweifellos wollte er ihr den Übergang vom Leben in den Tod erleichtern, aber seine Berührung bewirkte mehr. Als er sie berührte, spürte sie, wie die Lix auf ihrem Gesicht zuckten wie durchgeschnittene Würmer, worauf sie weich wurden und flüssig an ihren Wangen und ihrem Hals hinabflossen. Auch ihren Hals hinunter, als wäre ihre Auflösung ansteckend.

Ein überraschter Gesichtsausdruck huschte über das Antlitz ihres Retters, aber er begriff innerhalb von Sekunden, welche Gabe er besaß, denn kaum hatte sie Luft geholt, wandte er sich dem Lix zu, der sie in seinen Schlingen gefangen hielt. Sie hob den Kopf vom Boden und sah, wie die Kreatur sich wie eine erschrockene Kobra von ihrem Körper aufrichtete und eine Warnung zischte. Das Phantom zeigte sich unbeeindruckt. Er streckte seinen Arm aus und strich dem Lix über den Kopf, als wollte er ihn streicheln. Ein Schauer lief durch die ganze Länge der Kreatur, dann sank ihr Kopf nach unten, und ihr ekliger Körper stürzte in sich zusammen. Der Unterkiefer wurde weich und tropfte wie Molasse herunter; der Oberkiefer folgte Sekunden später, und sein Verschwinden löste die Verflüssigung der gesamten Kreatur aus. Tesla befreite sich aus dem klebrigen Klammergriff, und als sie sich umdrehte, rebellierte ihr Magen, und sie kotzte den Dreck aus, der ihren Hals hinuntergeflossen war. Als sie aufschaute und sich den Mund mit dem Handrücken abwischte, wurden die Phantome bereits verschwommen, und zwar immer mehr, je weiter sie sich von ihrem Zustand entfernte.

Sie wußte, ihr blieben nur Sekunden, um das Rätsel zu ergründen.

»Nennt eure Namen.«

Als der alte Mann das Wort ergriff, klang seine Stimme federleicht. »Hubert Nordhoff«, sagte er, »und er –« er deutete zu dem Mann an der Feuerstelle, »– ist Erwin Toothaker«.

Sie sah in Erwins Richtung, als sie eine andere Stimme hörte; diesmal hinter sich.

»Wann hast du gelernt, Geister zu beschwören?«

Im Taumel der Erlösung hatte sie Kissoon vergessen. Aber er sie nicht. Als sie sich zu ihm umdrehte, war er zu verblüfft von dem, was er gesehen hatte, um ihren Blick abzulenken, und damit hatte sie zum zweitenmal Gelegenheit, ihn mitten in der Verwandlung zu sehen. Er war nackter als vor wenigen Minuten, viel nackter. Jede Ähnlichkeit mit Raul war dahin. Tatsächlich war kaum etwas übrig, das auch nur entfernt an einen Menschen erinnert hätte. Der vage Umriß eines Kopfes, aus brodelnder Dunkelheit bestehend; die letzten Überreste eines Brustkastens, ein paar Bruchstücke von Bein- und Armknochen; das war alles. Der Rest – Sehnen, Nerven, Adern und das Blut, das in ihnen geflossen war – war verwest.

Ich glaube . . . möglicherweise hat er Angst vor dir, sagte Raul verblüfft.

Sie wagte nicht, es zu glauben. Nicht Kissoon. Er war zu verrückt, um Angst zu haben.

Sieh ihn dir an, forderte Raul sie auf.

›Was soll ich sehen?‹

Sieh an den Einzelheiten vorbei.

Während sie hinsah, ergriff Kissoon wieder das Wort.

»Du hast mit mir gespielt«, sagte er in einem beinahe bewundernden Tonfall. »Du hast die Lix erduldet, um zu beweisen, daß sie null und nichtig für dich sind.«

»Im großen und ganzen hast du es begriffen«, sagte sie und versuchte immer noch, Rauls Anweisung zu folgen und zu sehen, was sie ihm zufolge sehen sollte.

»Wo hast du gelernt, Geister zu beschwören?« wollte Kissoon wissen.

»Detroit«, sagte sie.

»Machst du dich über mich lustig?«

»Nein. Ich habe in der Automobilstadt gelernt, Geister zu beschwören. Ist daran irgendwas falsch?«

Noch während sie die Frage stellte, fiel der letzte Rest von Kissoons gestohlenem Körper ab, und da endlich sah sie, was Raul schon gesehen hatte. Im Zentrum von Kissoons Schattengestalt befand sich ein weiterer, schwach funkelnder Umriß. Eine Spirale, die sich von ihr fort erstreckte wie ein Tunnel, je enger die Kurve wurde. Und ganz am anderen Ende, wohin ihr Blick unwillkürlich gezogen wurde, glitzerte etwas.

»Du weißt nicht, was du getan hast«, murmelte Kissoon.

Seine Stimme riß sie aus ihrer Betrachtung, und sie war froh darum. Die Spirale hatte ihren Blick ohne nennenswerte Anstrengung in ihren Bann gezogen. Was Kissoon mit seiner Bemerkung meinte (ob er sie davor warnte, Geister zu beschwören, oder in Spiralen zu sehen), wußte sie nicht; und es war kein günstiger Zeitpunkt, ihn danach zu fragen. Solange er glaubte, daß sie eine Frau war, die Gespenster beschwören und ihm ein Leid zufügen konnte, während er verwundbar war, hatte sie eine Chance, diesen Raum lebend zu verlassen.

»Gib acht . . .« sagte Kissoon.

»Weshalb?« sagte sie und sah zur Tür zurück. Diese war sechs, vielleicht sieben Schritte entfernt. Wenn sie die Illusion von Macht aufrechterhalten wollte, mußte sie hinausgehen, ohne dabei flach auf das Gesicht zu fallen, was angesichts ihrer zitternden Gliedmaßen eine Herausforderung sein dürfte.

»... wenn du mich jetzt angreifst –« Er *ist* verwundbar, dachte sie, »– werde ich jede Menschenseele in dieser Stadt niedermetzeln lassen. Selbst wenn du mir nur ein Haar krümmst.« So verhandelte also ein Mächtiger mit seinesgleichen. Es war eine Lektion, die ihr einmal von Nutzen sein konnte, sollte sie wieder in die Verlegenheit kommen, mit ihm zu bluffen.

Aber sie antwortete nicht, sondern tat so, als würde sie sich das Angebot überlegen.

»Du weißt, daß ich es kann«, sagte Kissoon.

Das stimmte. Sie zweifelte nicht daran, daß er zu einer solchen Grausamkeit fähig wäre. Aber angenommen, daß er auch nur bluffte? Angenommen, er wäre in seinem momentanen Zustand so hilflos, daß sie jetzt in diesem Augenblick in die dunkle Spirale in seinem Innersten greifen und das Leben aus ihm herauspressen konnte?

Denk nicht mal daran, sagte Raul.

Ein kluger Rat, zweifellos. Aber, oh, sie war so sehr versucht, es darauf ankommen zu lassen.

Laß uns abhauen, solange wir es noch können, sagte Raul, *Tesla? Hörst du mir zu?*

›Ja ...‹ erwiderte sie zögernd. Sie wußte, eine solche Gelegenheit würde nie wiederkommen. Aber Raul hatte mit seinem Selbsterhaltungstrieb recht. Sie sollte den Rückzug antreten und die Schlacht an einem anderen Tag fortsetzen.

Doch auf einen letzten Knalleffekt vor ihrem Abgang konnte sie nicht verzichten. Sie ging zitternd in die Hocke und pfiff leise, als wollte sie unsichtbare Hunde rufen. Sie wartete einen Moment, dann lächelte sie, wie um ihre Geister zu begrüßen, und richtete sich wieder auf.

»Bedenke eines ...«, sagte Kissoon, als sie sich abwandte.

»Was?«

»Daß wir so verschieden gar nicht sind. Du willst eine

Offenbarung. Ich auch. Du willst deine Rasse wachrütteln. Ich auch. Du willst Macht – du hast schon ein wenig, aber ein wenig reicht nie aus –, und ich ebenfalls. Wir sind verschiedene Wege gegangen, aber kommen wir nicht ans selbe Ziel?«

»Nein.«

»Ich finde doch. Vielleicht kannst du es dir selbst im Augenblick noch nicht eingestehen, aber du wirst schon sehen. Und dann –«

»Niemals.«

»– wenn du es eingesehen hast, sollst du wissen, daß du einen Stammplatz in meinem Herzen hast –« Gebrauchte er diesen Ausdruck absichtlich, fragte sie sich, um ihren Blick wieder auf die Spirale in seinem Inneren zu lenken? – »Und ich glaube, ich auch in deinem.«

Sag nichts, murmelte Raul.

›Ich will ihm sagen, daß er sich verpissen soll.‹

Das weiß ich, aber laß ihn im unklaren.

Sie verkniff sich eine Bemerkung und ging zur Tür, und nun waren ihre Beine kräftig genug, daß sie ihr nicht den Dienst versagten.

›Laß mich wenigstens etwas Fieses sagen‹, bat Tesla.

Sieh ihn nicht mal an, antwortete Raul.

Sie befolgte seinen Rat. Ohne ein Wort oder einen Blick zurück, machte sie die Tür etwas weiter auf und schlüpfte auf den kühlen Flur hinaus.

Phoebe saß auf der Treppe und hielt den Kopf in die Hände gestützt. Tesla ging zu ihr, tröstete sie und brachte sie dazu, wieder aufzustehen. Dann hinkten sie den Weg hinunter zur Straße, unter Bäumen, die in sanften Winden von den Bergen seufzten.

XIII

1

Etwa eine Meile von der Küste entfernt wurde die *Fanacapan* von einer zweiten, nicht unerheblich reißenden Strömung erfaßt, die das Boot herumwirbelte wie ein Spielzeug, ehe sie es auf ihrem Weg beschleunigte. Die Wellen wurden rasch höher – sehr zu Joes Mißvergnügen –, hoben das Boot binnen eines Augenblicks sechs bis acht Meter in die Höhe, so daß sie in prekärer Haltung Ausblick auf das atemberaubende Panorama vor sich hatten, und stürzten es dann wie einen Stein in ein so tiefes und dunkles Tal, daß es bei jeder Talfahrt schien, als wäre es ihre letzte, und die schäumenden Wellen würden sie begraben. Aber dazu kam es nicht. Jedesmal stiegen sie wieder auf, auch wenn jede Planke des Boots ächzte und das Deck von Bug bis Heck überspült wurde.

Es war unmöglich, sich unter diesen Umständen zu unterhalten. Joe konnte sich nur am Rahmen der Ruderhaustür festhalten und beten. Es war lange her, seit er zum letztenmal einen Satz mit *Vater unser* angefangen hatte, aber der Text fiel ihm mühelos wieder ein und war tröstend in seiner Vertrautheit. Vielleicht, überlegte er sich, bestand ja eine winzige Chance, daß die Worte gehört wurden. Diese Vorstellung – die für ihn gestern noch naiv gewesen wäre – wirkte heute nicht mehr so albern. Er hatte die Schwelle in ein anderes Dasein überquert; ein Dasein, das wie ein anderes Zimmer im großen Haus des Kosmos war; buchstäblich nur einen Schritt entfernt. Und wenn es eine derartige Tür gab, wieso dann nicht viele? Und warum sollte es nicht auch eine Tür geben, die in den Himmel führte?

Sein ganzes Leben, seit er erwachsen geworden war, hatte er nach dem Warum gefragt. Warum Gott? Warum ein Sinn? Warum Liebe? Nun sah er seinen Fehler ein. Die Frage lautete nicht, *warum*; sie lautete *warum nicht?*

Zum erstenmal seit seiner Kindheit, seit er seiner Großmutter zugehört hatte, wie sie biblische Geschichten erzählte, als wären sie Erinnerungen, wagte er zu glauben; und trotz aller finsterer Gedanken an die schrecklichen Prüfungen, die vor ihm lagen, trotz der Tatsache, daß er von Kopf bis Fuß naß und ihm speiübel war, fühlte er sich seltsam glücklich mit seinem Schicksal.

Wenn nur noch Phoebe an seiner Seite wäre, dachte er, dann würde es ihm an nichts fehlen.

2

Tesla weigerte sich, Phoebes Fragen zu beantworten, bevor sie nicht eine Viertelstunde unter der heißen Dusche gestanden und jeden Zentimeter ihres Körpers von Kopf bis Fuß geschrubbt hatte, wobei sie sogar Wasser die Nase hochschniefte und wieder ausprustete, um die letzte Spur von Verwesung aus den Nasenlöchern zu bekommen; und zuletzt verbrauchte sie eine halbe Tube Zahnpasta und eine ganze Flasche Mundwasser, um Mund und Rachen zu reinigen.

Als sie damit fertig war, stellte sie sich vor den Spiegel und betrachtete ihren Körper aus so vielen Blickwinkeln, wie ihre Anatomie zuließ. Sie hatte schon besser ausgesehen, kein Zweifel. Es gab kaum zehn Quadratzentimeter Haut, die nicht vom gelben Fleck eines alten oder dem leuchtenden Rot und Purpur eines neuen Blutergusses verunziert worden wären, aber der Ablick befriedigte sie auf eine seltsame Weise.

»Du hast einiges mitgemacht«, sagte sie ihrem Spiegelbild. »Das gefällt mir.«

Sorgen wir dafür, daß wir noch ein bißchen länger leben, riet ihr Raul.

›Konstruktive Vorschläge?‹

Wir brauchen Hilfe, soviel steht fest. Und fang mir nicht wieder mit Lucien an. Der könnte uns im Augenblick nichts nützen. Wir brauchen jemand, der uns helfen kann, uns selbst zu verteidigen. Und ich spreche nicht von Waffen.

›Du sprichst von Magie.‹

Genau.

›Da fällt mir nur D'Amour ein‹, sagte Tesla. ›Und Grillo denkt, er ist tot.‹

Vielleicht hat Grillo nicht gründlich genug gesucht.

›Und wo, zum Teufel, sollen wir anfangen, was schlägst du vor?‹

Er hat mit einer Hellseherin gearbeitet, erinnerst du dich?

›Vage.‹

Ihr Name war Norma Paine.

›Wieso erinnerst du dich daran?‹

Was kann ich sonst schon mit meiner Zeit anfangen?

Sie fand Phoebe in der Küche, wo sie mit einer Spraydose Insektenvertilger in der Hand inmitten einer Schar zappelnder Küchenschaben am Geschirrspüler stand.

»Elende Viecher«, sagte Phoebe und fegte ein paar, die hinüber waren, vom Tresen auf den Boden. »Sie vermehren sich, wo es warm ist. Manchmal mache ich die Maschine auf, und sie schwärmen überall hin.«

»Sieht so aus, als hätten Sie ziemlich alle kaltgemacht«, sagte Tesla.

»Nee. Die kommen wieder. Geht es Ihnen jetzt besser?«

»Viel besser. Und Ihnen?«

»Ich habe etwas Aspirin genommen. Ich fühle mich, als würde mir gleich der Kopf platzen. Aber sonst geht es mir gut. Ich habe Pfefferminztee gemacht. Möchten Sie eine Tasse?«

»Etwas Stärkeres wäre mir lieber. Haben Sie einen Brandy?«

Phoebe nahm ihre Tasse und ging voraus durch das Wohnzimmer. Dort herrschte Chaos: überall Zeitschriften und überquellende Aschenbecher. Das ganze Zimmer stank nach kaltem Rauch.

»Morton«, seufzte Phoebe, als würde das alles erklären. Dann sagte sie zu Tesla, während sie die Alkoholflaschen im Schränkchen absuchte: »Ich kann mich nicht erinnern, was in Erwins Haus vorgefallen ist.«

»Machen Sie sich keine Gedanken.«

»Ich entsinne mich, wie ich mit Ihnen den Flur entlanggegangen bin. Dann weiß ich erst wieder, wie ich auf der Schwelle erwachte. Haben Sie Fletcher gefunden?«

»Nein.«

»Ich habe nur Bourbon. Wir hatten Brandy von letzter Weihnacht, aber –«

»Bourbon tut's auch.«

»Aber das Haus war nicht verlassen, oder?«

»Nein, es war nicht verlassen.«

»Wer war dann dort?«

»Ein Mann namens Kissoon.«

»War er ein Freund von Fletcher?« fragte Phoebe. Sie hatte ordentlich Bourbon eingeschenkt und reichte Tesla das Glas. Die trank einen Mundvoll, bevor sie antwortete.

»Kissoon hat keine Freunde«, sagte sie.

»Das ist traurig.«

»Glauben Sie mir, er verdient auch keine.« Der Bourbon wirkte fast augenblicklich auf ihre Gehirnfunktionen. Sie konnte seinen Einfluß praktisch in ihrem Kortex spüren, wo er die Körperfunktionen verlangsamte. Es war ein angenehmes Gefühl.

»Geht die Uhr am Fernseher richtig?« fragte sie Phoebe. Sie zeigte fünf nach drei.

»Einigermaßen.«

»Wir sollten schlafen«, sagte sie mit leicht nuschelnder Stimme.

»Dieser Kissoon . . .«, sagte Phoebe.

»Wir unterhalten uns morgen darüber.«

»Nein. Ich will es jetzt wissen«, sagte sie. »Er wird uns doch nicht verfolgen, oder?«

»Wie, um alles in der Welt, kommen Sie darauf?«

»Ihr Zustand, als Sie da rausgekommen sind«, sagte Phoebe. »Er hat Sie übel zugerichtet. Ich dachte mir, vielleicht . . .«

»Ist er noch nicht fertig?«

»Richtig.«

»Nein. Ich glaube, wir können ungestört schlafen. Er muß sich um größere Fische als mich kümmern. Aber morgen früh sollten Sie zusehen, daß Sie von hier verschwinden.«

»Warum?«

»Weil er ein gemeiner Dreckskerl ist, und wenn es nicht so läuft, wie er sich das vorstellt, wird er diese Stadt von einem Ende zum anderen verwüsten.«

»Das könnte er?«

»Höchstwahrscheinlich.«

»Ich kann nicht weg«, sagte Phoebe.

»Wegen Joe?« Phoebe nickte. »Der wird so bald nicht zurückkommen«, sagte Tesla. »Sie sind eine Weile auf sich allein gestellt.«

»Aber *wenn* er zurückkommt, und ich bin nicht da?«

»Dann wird er Sie suchen und finden.«

»Das glauben Sie? Wirklich?« Phoebe studierte Teslas Gesicht. »Wenn es bestimmt ist, daß wir zusammenfinden, dann werden wir es auch, ja?«

Tesla wich ihrem Blick einen Moment aus, aber schließlich hatte sie keine andere Wahl mehr, als Phoebe anzusehen. Und da brachte sie es nicht über sich, zu lügen.

»Nein«, sagte sie. »Das glaube ich nicht. Ich wünschte, ich könnte es, aber ich kann es nicht.«

Danach blieb wenig zu sagen, Phoebe ging ins Bett und überließ es Tesla, es sich auf dem Sofa bequem zu machen. Die Federung war im Eimer, und es stank nach Mortons Zigaretten, aber angesichts ihrer Erschöpfung waren das Kleinigkeiten. Sie legte sich hin und fragte sich gerade, ob der Bourbon, der ihr zu Kopf gestiegen war, sie wachhalten würde, als sie auch schon einschlief. Oben, in dem Doppelbett, das heute nacht größer wirkte als gestern, schlang Phoebe die Arme um sich und versuchte, Teslas Worte zu vergessen. Aber sie ließen sich nicht verdrängen. Sie verfolgten die Hoffnungen, die sie in den letzten achtundvierzig Stunden so sorgfältig gehegt hatte, witterten ihre Schwäche und waren bereit, sie in dem Moment anzuspringen und zu zerreißen, wenn Phoebe wegsah.

»O Gott, Joe«, sagte sie plötzlich schluchzend. »Joe, Joe, Joe, wo *bist* du?«

3

Als Joe bereits überzeugt war, daß die rauhe See nie aufhören und der anhaltend heftige Wellengang die *Fanacapan* zertrümmern würde, wurden die turmhohen Wellen kleiner, und nach einer Weile trug die Strömung sie in eine Region weitaus ruhigerer Gewässer.

Noah befahl den Freiwilligen, den Zustand der Schiffsplanken zu untersuchen (der Zustand des Schiffs war wesentlich besser, als Joe erwartet hatte; es faßte nur an einer Stelle Wasser, und das war nicht mehr als ein Rinnsal), dann wurden an Bug und Heck Fackeln angezündet, worauf jeder sich eine Verschnaufpause gönnte. Die Freiwilligen saßen alle mit gesenkten Köpfen auf dem Achterdeck.

»Beten Sie?« wandte Joe sich an Noah.

»Strenggenommen nicht.«

»Ich möchte ihnen für das danken, was sie getan haben«, sagte Joe.

»Die Mühe würde ich mir sparen.«

»Nein, ich will es«, sagte Joe und ließ Noah stehen.

Noah hielt ihn am Arm fest. »Bitte lassen Sie sie in Ruhe«, sagte er.

Joe riß sich los. »Was soll das?« sagte er und schritt über das Deck zu den sechs Männern. Keiner schaute auf, als er näherkam.

»Ich wollte Ihnen nur danken –« begann Joe, verstummte aber, als ihm ein Dutzend Einzelheiten ihres Zustandes auffielen. Mehrere waren bei dem Sturm verletzt worden – Platzwunden an Armen und Flanken, Blutergüsse in den Gesichtern –, aber keiner kümmerte sich um seine Verletzungen. Sie erschauerten nur gelegentlich, während das Blut ungehindert aus ihren Wunden auf das nasse Deck floß.

Beunruhigt ging Joe neben ihnen in die Hocke. Nun hatte er erstmalig Gelegenheit, ihre Physiognomie aus der Nähe zu studieren. Keiner sah eindeutig menschlich aus. Jedem war eine Kleinigkeit an Haut oder Augen oder Schädel zueigen, die darauf schließen ließ, daß sie aus Mischehen stammten: das Blut des Homo sapiens hatte sich mit dem von Wesen vermischt, die entweder am Ufer von Essenz oder darin gelebt hatten.

Er blickte von einem zum anderen. Keiner ließ auch nur die geringsten Anzeichen von Schmerzen oder Unbehagen erkennen.

»Ihr solltet eure Verletzungen behandeln lassen«, sagte er.

Er bekam keine Antwort. Sie waren nicht taub, das wußte er. Sie hatten Noahs Anweisungen auch über das Rauschen der Brandung hinweg gehört. Aber sie ließen mit keiner Miene erkennen, daß sie Joe, der neben ihnen hockte, überhaupt zur Kenntnis nahmen, geschweige denn, daß sie seine Worte verstanden.

Dann erklang eine Stimme hinter ihm.

»Ich hatte keine andere Wahl.«

Joe sah über die Schulter. Noah stand zwei Meter von ihm entfernt an Deck.

»Was haben Sie mit ihnen gemacht?«

»Ich habe sie einfach in meine Dienste genommen«, sagte Noah.

»Wie?«

»Ich habe sie mit einem, wie Sie sich wohl ausdrücken würden, *Zauber* belegt.«

»Magie?«

»Schauen Sie nicht so mißbilligend drein. Es funktioniert doch. Wir brauchen ihre Hilfe, und ich hatte keine andere Möglichkeit, sie zu bekommen.«

»Hätten Sie mit mir dasselbe gemacht, wenn ich nicht eingewilligt hätte, Sie hierher zu bringen?«

»Da hatte ich noch nicht die Kraft dazu. Und selbst wenn, hätten Sie mir mehr Widerstand entgegengesetzt als die hier.«

»Sie haben sich verletzt.«

»Das sehe ich.«

»Können Sie sie nicht aufwecken? Damit sie sich behandeln können.«

»Wozu?«

»Weil sie sonst ihr Leben lang Narben davontragen werden.«

»Ihr Leben ist zu Ende, Joe.«

»Was meinen Sie damit?«

»Ich sagte es schon: Sie stehen in meinen Diensten. Für immer. Wir benützen sie, damit sie uns nach Hause bringen, und dann . . .« er zuckte mit den Achseln ». . . habe ich keine Verwendung mehr für Sie.«

»Und . . . was dann?«

»Sie legen sich hin und sterben.«

»O Gott.«

»Wie ich schon sagte: Ich hatte keine andere Wahl. Wie sonst hätten wir vom Ufer fortkommen sollen?«

»Sie töten sie.«

»Sie spüren nichts. Sie wissen nicht einmal mehr, wer sie sind.«

»Soll ich mich deswegen *besser* fühlen?« sagte Joe. »Sehen Sie mich an, Noah. Diese Sklavenscheiße gefällt mir ganz und gar nicht. *Wecken Sie sie auf.*«

»Dazu ist es zu spät.«

»Versuchen Sie es, verdammt!« schrie Joe, dem es in den Fingern kribbelte, das scheinheilig geschauspielerte Mitgefühl von Noahs Gesicht zu prügeln.

Der Mann spürte es. Er wich ein paar Meter zurück. »Wir sind bis jetzt gut miteinander ausgekommen«, sagte er zu Joe. »Streiten wir uns jetzt nicht und verderben unsere Kameradschaft.«

»*Kameradschaft?*« sagte Joe. »Ich habe nichts von Kameradschaft bemerkt. Sie wollten etwas von mir. Ich wollte etwas von Ihnen. So einfach ist das.«

»Na gut«, sagte Noah. »Ich will Ihnen was sagen«, sagte er, »ich werde tun, was ich kann, um den Zauber umzukehren –«

»Gut.«

»Ich glaube nicht, daß sie es uns danken, aber Sie denken, die Freiheit wäre ihrem derzeitigen Zustand vorzuziehen, auch wenn sie mit Schmerzen verbunden ist, richtig?«

»Gewiß.«

»Wenn ich sie befreie, ist unser Abkommen damit null und nichtig.«

»Was?«

»Sie haben schon verstanden.«

»Das hatten wir nicht abgemacht.«

»Aber mehr biete ich Ihnen nicht«, antwortete Noah gelassen. »Sie können frei sein, oder Sie bekommen die Macht. Das eine oder das andere, aber nicht beides.«

»Dreckskerl.«

»Wie entscheiden sie sich, Joe?« antwortete Noah. »Sie scheinen unerschütterlich in Ihrer Rechtschaffenheit zu sein, daher nehme ich an, die Entscheidung fällt Ihnen nicht schwer. Sie wollen die Sklaven befreien, ja?« Er sah ihn an und wartete. »Ja, Joe?«

Nachdem Joe einige Sekunden nachgedacht hatte, schüttelte er den Kopf. »Nein.«

»Aber sie sind meinem Willen unterworfen, Joe. Sie sitzen hier und verbluten, an meinen Willen gekettet. Das wollen Sie doch nicht, oder?« Er wartete einen Moment. »Oder doch?«

Joe sah wieder zu den Geschöpfen, die auf dem Deck saßen, und seine Gedanken wirbelten durcheinander. Vor wenigen Augenblicken hatte er einen geraden Weg vor sich gesehen, aber Noah hatte ihn zunichte gemacht. Und warum? Aus Freude daran, ihn zappeln zu sehen.

»Ich bin hierher gekommen, weil Sie mir etwas versprochen haben«, sagte Joe.

»Das habe ich.«

»Und ich lasse es mir nicht von Ihnen wegnehmen.«

»Sie haben es sich selbst weggenommen, Joe.«

»Ich habe zu nichts meine Zustimmung gegeben.«

»Darf ich demnach davon ausgehen, daß die Sklaven in meinem Bann bleiben?«

»Vorerst«, sagte Joe. »Vielleicht befreie ich sie selbst, wenn ich bekommen habe, was mir zusteht.«

»Ein edles Vorhaben«, entgegnete Noah. »Hoffen wir, daß sie so lange überleben.« Er ging zur Steuerbordseite. »Bis dahin«, sagte er, »habe ich Arbeit für sie.« Er sah Joe an, als rechnete er mit Widerspruch. Als keiner laut wurde, lächelte er kurz und ging zum Achterdeck des Boots zurück, um seine Anweisungen zu geben.

Joe fluchte verhalten, sah über die Reling, was nun wieder los war, und stellte fest, daß das Wasser in jeder Richtung von einer Art treibendem Seetang verstopft wurde. Die Triebe hatten eine blaßgelbe Farbe und waren hier und da zu Knäueln verflochten, die kleinsten wie Fußbälle, die größten etwa zwanzigmal so groß. Der Tang verlangsamte das Vorankommen des Schiffes eindeutig, aber die Sklaven hatten sich schon am Bug versammelt, kletterten über die Reling und ließen sich ins Wasser hinunter, um das Problem zu beheben. Sie bahnten sich einen Weg durch die verfilzten Schlingpflanzen und hieben auf die Triebe ein, zwei mit Macheten, die anderen mit Trümmern abgebrochener Planken.

Als er sie ohne einen Schmerzenslaut arbeiten sah, konnte Joe den beschämenden Gedanken nicht unterdrükken, daß es vielleicht besser war, wenn sie nichts spürten. Ihre Aufgabe war von entscheidender Bedeutung – der Schlingpflanzenteppich erstreckte sich über mindestens zweihundert Meter vor dem Boot –, hätte ihre erschöpften Gliedmaßen aber mit Sicherheit überanstrengt. Wenigstens sah das Wasser jenseits des Teppichs klar und ruhig aus. Sobald das Boot dort angelangt war, konnten die Sklaven ausruhen. Vielleicht konnte er sogar versuchen, einen neuen Handel mit Noah zu schließen und ihn dazu zu bewegen, die schwächsten unter ihnen freizugeben, damit sie ihre Wunden behandeln konnten.

Derweil zog er sich ins Ruderhaus zurück, entledigte sich seines nassen Hemdes und hing es an der Tür auf, bevor er sich setzte und über seine Situation nachdachte. Seit einiger Zeit wurde die Luft milder, und trotz der Aufregung der vergangenen Stunden spürte er eine gewisse Trägheit über sich kommen. Er ließ den Kopf auf die Lehne des Kabinenstuhls sinken und machte die Augen zu ...

In ihrem einsamen Bett in Everville war Phoebe endlich auf einem von ihren Tränen durchnäßten Kissen eingeschlafen und träumte. Selbstverständlich von Joe. Wenigstens von seinem Geist, wenn nicht Fleisch und Blut. Sie schwebte an einem nebeligen Ort und wußte, er war nicht weit von ihr entfernt, aber sehen konnte sie ihn nicht. Sie versuchte ihn zu rufen, doch der Nebel erstickte ihre Stimme. Sie versuchte es immer wieder, und nach einer gewissen Zeit wurde ihre Hartnäckigkeit belohnt. Die Silbe seines Namens schien den Nebel zu teilen und in diesem fahlen Nirgendwo nach ihm zu suchen.

Sie ließ nicht locker. Sie rief weiter, immer wieder.

»Joe ... Joe ... Joe ...«

Joe, der in der Kabine der *Fanacapan* lag, hörte, wie jemand seinen Namen rief. Er hätte sich fast bewegt, weil er dachte, der Ruf käme von jemandem aus dem wachen Teil der Welt, aber kaum schwebte er aus den Tiefen seines Schlummers empor, wurde der Ruf schwächer, daher ließ er sich von der Last seiner Müdigkeit wieder in seine Träume hinabziehen.

Die Stimme ertönte wieder, und diesmal erkannte er sie.

Phoebe! Das war Phoebe. Sie versuchte, ihn zu finden.

Er wollte ihr antworten, aber bevor er es tun konnte, rief sie wieder nach ihm.

»Wo bist du, Joe?« sagte sie.

»Ich bin hier«, sagte er. »Ich kann dich hören. Kannst du *mich* hören?«

»O Gott«, keuchte sie und schien nicht fassen zu können, daß dies tatsächlich passierte. »Bist du es wirklich?«
»Ich bin es wirklich.«
»Wo bist du?«
»Auf einem Schiff.«

Auf einem Schiff? dachte sie. Was, zum Teufel, hatte er auf einem Schiff zu suchen? War er nach Portland geflohen und auf den ersten auslaufenden Frachter gesprungen?
»Du hast mich verlassen«, sagte sie.
»Nein, das habe ich nicht. Ich schwöre es.«
»Du hast gut reden ...«, murmelte sie mit tränenerstickter Stimme, »... ich bin ganz allein, Joe ...«
»Nicht weinen.«
»... und ich habe Angst ...«
»Hör mir zu«, sagte er leise. »Träumst du?«
Darüber mußte sie einen Moment nachdenken. »Ja«, sagte sie. »Ich träume.«
»Dann sind wir vielleicht nicht weit voneinander entfernt«, sagte er. »Vielleicht können wir uns finden.«
»Wo?«
»Im Meer. Im Meer der Träume.«
»Ich weiß nicht, wovon du redest.«
»Bleib dran«, sagte er. »Folge einfach meiner Stimme. Ich führe dich hierher.«

Er wagte nicht, zu erwachen. Wenn er erwachte, würde die Verbindung zwischen ihnen mit Sicherheit unterbrochen werden und sie würde verzweifeln (sie war ohnehin schon nahe daran, das hörte er ihrer Stimme an) und möglicherweise nie mehr versuchen, ihn zu erreichen. Er mußte auf einem sehr schmalen Grat wandern; dieser Grat lag zwischen dem Zustand des Träumens, der dem Vergessen gleichkam, und der wachen Welt, wo er die Verbindung zu ihr verlieren würde. Er mußte irgendwie den Weg zu ihr finden, auf den soliden Planken dieses soliden Schiffes, ohne dabei aus seinem Schlummer zu erwachen, und sich in die Wasser von Essenz stürzen, wo das Paradoxon, mit offenen Augen zu träumen, möglicherweise aufgelöst wurde und er sie zu sich rufen konnte.

»Joe?«

»Warte auf mich . . .«, murmelte er.

»Ich kann nicht. Ich verliere den Verstand.«

»Nein, das wirst du nicht. Es ist nur so, die Welt ist seltsamer, als wir uns je hätten träumen lassen.«

»Ich fürchte –«

»Fürchte dich nicht.«

»Ich fürchte, ich werde sterben und dich nie wiedersehen.«

»Du wirst mich wiedersehen. Gib nur nicht auf, Phoebe. Du wirst mich wiedersehen.« Er spürte, wie er mit dem Arm an der Kabinentür entlangstrich; er spürte die Stufen zum Deck unter seinen Füßen. Oben stolperte er und hätte um ein Haar die Augen aufgemacht, aber ehe er es konnte, rief sie ihn, und ihre Stimme gab ihm Halt; sie hielt ihn im köstlichen Schlaf.

Er drehte sich nach rechts. Ging zwei, drei, vier Schritte, bis er die Reling des Boots an den Beinen spürte. Dann warf er sich über Bord.

Das Wasser war kalt, und der Schock machte ihn schlagartig wach. Er schlug die Augen auf und sah die Wasserpflanzen wie ein wogendes Dickicht um sich herum, und dazwischen wimmelte es von Fischen, die meisten kaum größer als jene, die er am Ufer ganz verschluckt hatte. Er verfluchte sein Bewußtsein und sah zur Oberfläche, und da hörte er Phoebe wieder rufen:

»Joe . . .?« sagte sie mit einer Stimme, die nicht mehr verzweifelt klang, sondern beschwingt, fast aufgeregt.

Er hielt sich an dem verfilzten Dickicht der Pflanzen fest, damit er nicht an die Oberfläche trieb. »Ich bin hier«, dachte er. »Kannst du mich hören?«

Zuerst bekam er keine Antwort und fürchtete schon, ihr Ruf wäre ein Überbleibsel des ersten Kontakts gewesen. Aber nein. Sie sprach leise weiter.

»Ich kann dich hören.«

Es war, als käme ihre Stimme direkt aus dem Wasser um ihn herum. Die Silben schienen sein Gesicht zu liebkosen.

»Bleib, wo du bist«, sagte sie.

»Ich gehe nicht weg«, antwortete er. Es schien, als müßte er nicht atmen; oder vielmehr, als würde ihn das Wasser durch die Haut mit Luft versorgen. Er verspürte keine Schmerzen in der Brust; keine Panik. Nur ein Hochgefühl.

Er drehte sich im Wasser um und zog die Ranken auseinander, um nach ihr Ausschau zu halten. Die Fische fürchteten sich nicht vor ihm. Sie schwammen vor seinem Gesicht dahin und strichen ihm an Rücken und Schenkeln entlang; sie spielten sogar zwischen seinen Beinen. Und dann, aus dem Dickicht rechts von ihm, ein Umriß, den er kannte. Nicht Phoebe, sondern ein Zehrapushu, ein Seelenpilot, der den Blick seiner goldenen Augen auf Joe richtete. Er hörte einen Moment auf sich zu drehen, damit der Fisch ihn genauer betrachten konnte. Der umkreiste ihn einmal im Uhrzeigersinn, dann wiederholte er den Vorgang in umgekehrter Richtung, bis er, still stehend, direkt vor Joes Gesicht schwebte.

Er erkannte ihn. Joe war ganz sicher. Er sah es daran, wie sich die großen Augen in den Höhlen drehten und sein Gesicht studierten; wie er furchtlos näher kam, bis seine Tentakel ihm fast über das Gesicht strichen; wie er mit seinen Fingern flirtete, als wollte er sie dazu bringen, ihn zu streicheln; das alles waren Beweise dafür, daß er ihn kannte. Und wenn dies nicht derselbe 'shu war, den er am Ufer gestreichelt hatte (wieviele Milliarden zu eins stand diese Chance?), dann mußte er davon ausgehen, daß Noah, bei aller Arglist, die Wahrheit gesagt hatte, was die 'shu betraf. Sie hatten nicht viele Bewußtseine, sondern ein einziges, und dieses Individuum kannte ihn, weil es ihn durch die Augen seines Bruders oder seiner Schwester gesehen hatte.

Plötzlich schnellte es davon. Er sah ihm nach, wie es im

Dickicht der Wasserpflanzen verschwand, und dabei lief eine Bewegung durch die verfilzten Stränge um ihn herum, und er hörte Phoebe wieder seinen Namen sagen, diesmal nicht aus der Ferne, sondern fast, als würde sie in sein Ohr flüstern. Er drehte den Kopf nach links und ...

... da war er, nur wenige Schritte von ihr entfernt trieb er im Tangdickicht des Wassers und sah sie an. Sie war immer noch nicht sicher, wie sie hierher gelangt war. Eben hatte sie sich noch im Nebel verirrt gehabt, hatte Joes Stimme gehört, konnte ihn aber nicht erreichen; im nächsten Augenblick war sie nackt gewesen und die Hänge von Unger's Creek hinuntergestolpert. Der Bach führte Hochwasser und floß schnell, und sie wurde im Griff des Wassers rasch fortgespült. Sie war sich vage bewußt, daß dies eine prosaische Schöpfung ihres Verstandes war, der Bilder lieferte, um die Reise zu versinnbildlichen, die ihre Seele unternahm. Aber noch während sie diese vage Vorstellung begriff, löste sich die Landschaft um sie herum auf, der Himmel über ihr wurde weit und fremd, und Unger's Creek verschwand und spülte sie in weitaus tiefere Gewässer.

Sie stürzte hinein, hinein ins Meer der Träume. Und obwohl dessen Strömungen sie liebkosten und seine Fischschwärme sich wie funkelnde Vorhänge teilten, um sie durchzulassen, womit sie wußte, daß sie sich das alles nicht nur einbildete, hatte sie keine Angst davor, zu ertrinken. Die Gesetze, die ihren Körper in der Welt beherrschten, die sie verlassen hatte, besaßen hier keine Gültigkeit. Sie bewegte sich voller Anmut durch eine Landschaft, deren Geheimnisse sie nicht einmal ansatzweise begreifen konnte, und das größte Geheimnis erwartete sie am Ende der Reise in Gestalt des Mannes, den sie zuletzt in Everville aus einer Tür hinaushinken gesehen hatte.

»Du bist es wirklich«, sagte sie und breitete die Arme für ihn aus.

Er schwamm ihr entgegen, und seine Stimme erklang

in ihrem Kopf, wie es seit Beginn dieser seltsamen Reise der Fall war. »Ja«, sagte er, »ich bin es wirklich«, und drückte sie fest an sich.

»Du hast gesagt, du bist auf einem Schiff.«

Er lenkte ihren Blick zu dem dunklen Schatten über ihnen.

»Das ist es«, sagte er.

»Kann ich mit dir gehen?« fragte sie, wußte aber schon während sie es aussprach, wie die Antwort ausfallen würde.

»Du träumst das alles nur«, sagte er. »Wenn du aufwachst –«

»Liege ich wieder im Bett?«

»Ja.«

Sie umklammerte ihn fester. »Dann will ich nicht aufwachen«, sagte sie. »Ich bleibe bei dir, bis du auch aufwachst.«

»So einfach ist das nicht«, sagte er. »Ich muß eine Reise unternehmen.«

»Wohin?«

»Das weiß ich nicht.«

»Warum unternimmst du sie dann? Warum sagst du mir nicht einfach, wo du bist, damit ich dich suchen kann?«

»Ich schlafe *nicht*, Phoebe.«

»Was meinst du damit?«

»Dies bin ich.« Er berührte ihr Gesicht. »Mein richtiges Ich. Du träumst, aber ich nicht. Ich bin hier, mit Leib und Seele.«

Sie wich beunruhigt vor ihm zurück. »Das ist nicht wahr«, sagte sie.

»O doch. Ich bin durch eine Tür in eine andere Welt gelangt.«

»Was für eine Tür?«

»Auf dem Berg«, sagte er.

Ihr Gesicht wurde ausdruckslos. Sie sah an ihm vorbei in die wogenden Ranken. »Dann stimmt es«, sagte sie. »Essenz existiert wirklich.«

»Woher kennst du diesen Namen?«

»Von einer Frau, die ich kennengelernt habe ...«, sagte Phoebe mit geistesabwesender Stimme und Miene.

»Was für eine Frau?«

»Tesla ... Tesla Bombeck. Sie ist gerade unten ... ich dachte, sie hätte den Verstand verloren ...«

»Wer auch immer sie ist«, sagte Joe, »sie ist nicht verrückt. Die Welt ist seltsamer, als wir beide uns je hätten träumen lassen, Phoebe.«

Sie legte ihm die Hände aufs Gesicht. »Ich will bei dir sein«, sagte sie.

»Das bist du.«

»Nein. *Wirklich* bei dir sein.«

»Ich werde zurückkommen«, sagte Joe, »früher oder später.« Er küßte ihr Gesicht. »Alles wird gut.«

»Erzähl mir von der Tür, Joe«, sagte sie.

Statt dessen küßte er sie immer wieder, bis sie den Mund aufmachte und seine Zunge zwischen ihre Lippen ließ, während sie weiter in Gedanken zu ihm sprach. »Die Tür, Joe ...«

»Geh nicht in ihre Nähe«, sagte er und drückte sein Gesicht an ihres. »Sei einfach hier bei mir. Sei in meiner Nähe. O Gott, Phoebe. Ich liebe dich.« Er küßte ihre Augen, ihre Wangen; er strich ihr mit den Fingern durch das Haar.

»Ich liebe dich auch«, sagte sie. »Und ich wünsche mir mehr als alles andere, daß wir zusammen sind. Mehr als alles andere, Joe.«

»Wir werden zusammen sein. Wir werden zusammen sein«, sagte er. »Ich kann nicht ohne dich leben, Baby, das habe ich dir doch gesagt, oder?«

»Sag es mir wieder. Ich muß es wissen.«

»Ich weiß etwas Besseres, als es dir zu sagen.« Er strich mit den Händen über ihre Schultern und nach vorne, über die Brüste. »Wunderschön«, murmelte er. Seine linke Hand verweilte, während er mit der rechten an ihrem Bauch hinab zwischen ihre Beine glitt. Sie hob die Knie ein wenig. Er rieb mit den Fingern über ihre Scham.

Sie seufzte und beugte sich nach vorne, um ihn zu küssen. »Ich will hier bleiben«, sagte sie. »Ich will ewig schlafen und einfach hier bei dir sein.«

Nun glitt er an ihrem Körper hinab und küßte sie dabei, ihren Hals, ihr Brüste, ihren Bauch, bis er mit den Lippen dort ankam, wo seine Finger gewesen waren, und schob die Zunge hinein. Sie spreizte die Beine etwas, und er griff ihr Signal auf, preßte die Handflächen an ihre Knie, damit er die Schenkel noch weiter spreizen konnte, und vergrub das Gesicht in ihrem Unterleib.

Der Tang schien die Leidenschaft in seiner Mitte zu spüren und wurde von der Erregung angesteckt. Die geschmeidigen Ranken strichen begierig über ihren Körper, die seidigen Samenkapseln liebkosten sie. Vier oder fünf schwebten vor ihrem Gesicht, jedes wie ein Bräutigam, der auf eine Einladung zu ihrem Mund wartete, während andere ihr über den Rücken und die Pofalte strichen.

Sie stieß kurze Seufzer der Lust aus und streckte die Arme nach rechts und links weg, um Wedel des Tangs mit den Händen zu packen. Die Pflanzen reagierten sofort auf ihre Aufmerksamkeit, schlangen Triebe um ihre Handgelenke und Ellbogen, um sie festzuhalten, und bedrängten ihren Körper mit neuem Eifer; die Ranken, die, obschon weich und sanft, wie Peitschenschläge auf ihren Rücken fielen, führten ihre geträumte Haut, ihre Geisterhaut, zu neuen Höhen der Lust empor.

Und während Joe unten leckte und in sie drängte, mit jeder neuen Woge von Empfindungen, die durch sie lief und sich in das Dickicht der Ranken ringsum fortpflanzte, konnte sie spüren, wie die Grenzen ihres Körpers sich auflösten, als hätten sie und das Wasser und der Tang keine klaren Konturen mehr. Das hatte nichts Beunruhigendes oder Beängstigendes an sich. Ganz im Gegenteil. Je weiter sie sich ausbreitete, desto mehr von ihr konnte Lust empfinden, ihre Empfindungen flossen in die Ranken und Zweige und das wogende Element, in dem sie schwebte, um dann als Wellen zum weichen Behältnis ihres Körpers zurückzukehren, der sich wiederum weiter ausdehnte, um die Empfindungen aufzunehmen, so daß Körper und Empfindungen immer weiter wuchsen und sich gegenseitig hochschaukelten.

Sie sah zur Oberfläche des Meers der Träume und dem dunklen Umriß des Boots hinauf. Sie sah, daß da oben Gestalten im Wasser arbeiteten und auf den Tangteppich einschlugen, um dem Schiff einen Weg zu bahnen. Sie wünschte sich, sie hätte sie herunterlocken können, damit sie auch an dem Spaß teilhaben konnten, damit sie empfinden konnten, was sie empfand und verströmte; damit sie sehen konnte, wie sie sich im Griff der Lust auflösten und sich ihr öffneten.

Sie verspürte einen Anflug von Scham ob dieser Gedanken – vor wenigen Augenblicken war dies die intimste Begegnung zwischen ihr und Joe gewesen, und nun wollte sie jeden, den sie sah, zu der Party einladen – aber sie konnte nicht anders. Ihre Lust gehörte nicht ihr allein. Sie konnte nicht eingesperrt, nicht festgehalten, nicht gehortet und nicht unterdrückt werden. Sie floß durch sie hindurch und verschwand, existierte die Zeitspanne eines Erschauerns oder eines Seufzens oder eines Nachmittags der Liebe.

Sie war ein Teil des Lebens, wie Tränen und Hunger; und eingedenk der Tatsache, daß ihr Wesen mit allem verbunden war, mit dem Wasser und dem Tang und den Männern oben beim Boot – welches Recht hatte sie da, zu verhindern, daß die Lust ungehindert aus ihr herausströmte und sich ungestört verbreitete?

Von einer gewaltigen Fülle der Lust erfüllt, die in ihrem Kopf entstand, sah sie durch das Wirrwarr der Ranken, die ihren Körper liebkosten, zu Joe hinunter. Oh, er war so wunderschön. Seine Haut, seine Knochen; seine Schwellungen und Blutergüsse.

Er schien ihren Blick zu bemerken und schaute zu ihr auf. Sie lächelte zu ihm hinab und kam sich in diesem Augenblick vor wie eine Göttin des Meeres in ihrem Tempel, während er, der sie anbetete, aus seiner Dunkelheit emporstieg, um von ihr zu essen und zu trinken.

Die Ranken hatten von ihm ebenso Besitz ergriffen wie von ihr, sah sie jetzt. Sie hatten sich um seine Gliedmaßen geschlungen und preßten sich ebenso schamlos an seinen Rücken und seine Pobacken wie gegen ihre. Sie sah keine Veranlassung mehr, sie von sich fernzuhalten. Sie entspannte ihren Körper, und im selben Augenblick drangen sie schwebend in sie ein, ihren Hals hinunter, in die Eingeweide, sogar zwischen ihre Schamlippen und Joes Mund, um auf diesem Weg in ihr Innerstes vorzustoßen.

Sie zerfloß fast buchstäblich unter der Woge der Empfindungen. Einen Augenblick schien ihr Körper den Zusammenhalt zu verlieren, Schichten der Wonne schälten sich von ihr ab, sie öffnete jede Pore und ließ das Wasser und alles, was sich darin befand, in sich einströmen, um ihre geträumten Knochen aufzulösen.

Und es war herrlich. Ihre Hüllen breiteten sich aus, um alles zu umfangen, was um sie herum wogte und wallte. Sie war im Wasser präsent, in den Ranken und Samenkapseln; sie stieg dem Boot entgegen, sie sank in die Dunkelheit hinab. Sie umarmte Joe, wie sie ihn niemals zuvor umarmt hatte, und umfing ihn von allen Seiten mit ihrem Geist. In Form von Tangranken nuckelte sie an seinem Po und drang begierig in ihn ein, wie in sie eingedrungen wurde; sie fesselte ihm Arme und Beine so fest, daß sie das Pulsieren des Bluts unter der Haut spüren konnte; sie wogte über seinen Rücken und seine Brust und auch über seine Lenden, wo das Wasser trüb von Blut war. Er war eindeutig verletzt, aber nicht so sehr, daß er keine Erregung hätte verspüren können. Sie konnte seinen Stab fest und hart in der Hose sehen, aus der er befreit werden wollte.

Wären nicht die Erinnerungen an ihre bisherigen sexuellen Erlebnisse gewesen – deren Einzelheiten sie nie vergessen würde –, hätte sie ihren Körper möglicherweise völlig zerfließen lassen. Aber die Verlockung, diese Intimität wieder zu erleben, und sei es nur noch einmal, hinderte sie daran, der Auflösung Tür und Tor zu öffnen.

Morgen, vielleicht übermorgen, würde sie *Phoebe* aufgeben und in allem aufgehen lassen. Aber bevor es soweit war – bevor ihr Körper ihr entglitt und eins mit der Welt wurde –, wollte sie noch eine Weile Lust an seinen Besonderheiten verspüren; wollte Wonne empfinden, wenn sie ihre Substanz mit der von Joe verschmolz.

Sie befreite ihre Arme von den Ranken und ergriff mit den Händen seinen Kopf. Wieder schaute er auf, aber diesmal war sein Gesichtsausdruck so abgelenkt, daß sie nicht einmal sicher war, ob er sie überhaupt sah. Dann leuchtete ein Lächeln in seinen Augen, er löste sich von den begierigen Ranken und schwebte an ihrem Körper hinauf, bis sie sich von Angesicht zu Angesicht, von Mund zu Mund gegenüber waren.

Wußte er, was in den letzten paar Minuten mit ihr los gewesen war? fragte sie sich. Scheinbar nicht, denn als sie seine Stimme wieder in ihrem Kopf hörte, wo er ihr seine Liebe beteuerte, schien er dort weiterzumachen, wo er aufgehört hatte.

»Du kannst nicht bleiben«, sagte er. »Früher oder später wirst du aufwachen, und dann –«

»Ich komme und suche dich.«

Er legte ihr den Zeigefinger auf die Lippen, obwohl sie nicht damit sprach. »Bleib weg von der Tür«, sagte er, »sie ist gefährlich. Etwas Schreckliches kommt durch. Hast du mich verstanden? Bitte, Phoebe, sag mir, ob du mich verstanden hast –?«

»*Was* kommt durch?« fragte sie. »Sag es mir.«

»Iad«, sagt er. »Iad Uroboros.«

Seine Hand glitt von ihrem Mund zu ihrem Hinterkopf, wo er sie festhielt. »Du mußt mir versprechen, daß du dich von der Tür fernhältst«, sagte er.

Sie streckte ihm die Zunge heraus. Sie würde gar nichts versprechen.

»*Phoebe*«, sagte er, aber bevor er weiter als bis zu ihrem Namen kam, preßte sie ihr Gesicht auf seines und lenkte ihn mit ihrer ungestümen Art ab.

»Ich liebe dich«, dachte sie, »und will dich in mir spüren.«

Das mußte sie ihm nicht zweimal sagen. Sie spürte, wie er den Gürtel öffnete und seinen Schwanz in sie drückte. Es ging leicht, oh, so leicht. Aber er hatte Schmerzen. Er verzog das Gesicht und hörte auf, sich zu bewegen, sogar zu küssen.

»Alles in Ordnung?« hauchte sie.

»Dein verdammter Mann«, sagte er mit kläglicher, von leisem Keuchen unterbrochener Stimme. »Ich weiß nicht . . . ich weiß nicht, ob ich . . . es tun kann . . .«

»Macht nichts.«

»Herrgott, tut das weh.«

»Ich sagte, es macht nichts.«

»Ich will zu Ende bringen, was ich angefangen habe«, sagte er und drängte sich weiter in sie hinein. Sie sah nach unten. Das Wasser zwischen ihnen färbte sich rot; er blutete ganz eindeutig, und zwar schlimm.

»Wir sollten aufhören«, sagte sie.

Aber er hatte einen verbissenen Gesichtsausdruck: Zähne zusammengebissen, Stirn gerunzelt. »Ich will fertig werden«, keuchte er, »ich will –«

Ein Schatten fiel über sie beide. Phoebe schaute auf und sah, daß sich jemand über die Reling des Boots beugte und nach unten ins Wasser deutete. Konnte sie weit entfernt eine Stimme hören? Sie glaubte schon.

Nun ließen zwei des Arbeitstrupps von ihrer Aufgabe ab und tauchten durch das Dickicht herab. Sie hegte keine Zweifel, was ihre Absicht war. Sie kamen, um Joe zu retten.

Er hatte sie nicht gesehen. Er war zu sehr darauf konzentriert, sie zu nehmen, stieß immer und immer wieder in sie hinein, trotz seines schmerzverzerrten Gesichts.

»Joe . . .«, murmelte sie.

»Schon gut«, dachte er an ihre Adresse. »Es ist ziemlich grob, aber –«

»Mach die Augen auf, Joe.« Er schlug sie auf. »Sie kommen, um dich zu holen.« Nun sah er nach oben und versuchte, seine Retter zu verscheuchen, aber die dachten entweder, seine Gesten wären ein Hilferuf, oder es kümmerte sie einfach nicht.

Letzteres, dachte Phoebe, als sie ihre Gesichter sah. Sie hatten ein eindeutig fremdes Aussehen, aber nicht das Fremde ängstigte sie, sondern ihre völlige Ausdruckslosigkeit. Sie wollte nicht, daß diese ausdruckslosen Kreaturen ihr Joe wegnahmen. Sie hielt ihn fester.

»Geh nicht«, sagte sie.

»Auf keinen Fall«, murmelte er. »Ich bin hier, Baby, ich bin hier.«

»Sie werden dich mitnehmen.«

»Das werden sie nicht. Ich lasse es nicht zu.« Er zog sich fast ganz aus ihr zurück, dann stieß er wieder zu, langsam, ganz langsam, als hätten sie alle Zeit der Welt. »Wir bleiben zusammen, bis wir fertig sind«, sagte er.

Kaum hatte er es ausgesprochen, als seine Retter ihn berührten. War sie möglicherweise für alle unsichtbar, außer dem Mann, der sie hergeholt hatte? Es schien so, denn sie versuchten nicht, ihre Arme von seinem Körper zu lösen. Sie zogen einfach an ihm, als wäre er eine Beute des Tangs geworden.

Joe hatte keine andere Wahl, als Phoebe loszulassen, um sie abzuwehren. Aber in dem Moment, als er das tat, schnappten sie ihn. Er wurde aus ihren Armen gerissen, und als er sich von ihr löste, quoll ein erschreckender Blutschwall von seinen Lenden. Einen Augenblick verlor sie ihn in dem trüben Wasser aus den Augen. Sie konnte nur nach ihm rufen, ihn aufmerksam machen.

»*Joe! Joe!*«

Er antwortete ihr, aber seine Stimme hatte jegliche Kraft verloren.

». . . nein . . .«, stöhnte er, ». . . ich will . . . will nicht . . .«

Sie fing ungestüm an zu rudern und hoffte, sie würde ein Bein oder einen Knöchel von ihm zu fassen bekommen, aber der Tang setzte ihren Bemühungen Widerstand entgegen, und als sich das Wasser soweit geklärt hatte, daß sie ihn wieder sehen konnte, befand er sich außerhalb ihrer Reichweite.

»Kannst du mich hören, Joe?« schluchzte sie.

Das Geräusch, das sie in ihrem Kopf hörte, waren keine

Worte, nicht einmal ein Stöhnen, sondern ein Zischen, als würde Gas aus einem gebrochenen Rohr entweichen.

»O Gott, Joe –«, sagte sie und wehrte sich, im verzweifelten Bemühen, zu ihm hinaufzuschwimmen, erneut gegen den Tang. Aber dessen Verlangen nach ihr, das vor wenigen Minuten noch so erregend gewesen war, war zum Alptraum geworden. Die Ranken drängten sich mit demselben Eifer wie zuvor in ihre Körperöffnungen, und die Samenkapseln wogten in ihrem Mund und ergossen eine bittere Flüssigkeit in ihren Hals.

Sie erschauerte von Kopf bis Fuß, ihr ganzer Körper verkrampfte sich. Von irgendwo ertönten andere Geräusche: das Lachen von Kindern. Kam es von dem Schiff?

Nein. Nicht von dem Schiff. Aus der Welt. Es kam aus der Welt. Es war Morgen, der Morgen des Festivals, und die Leute waren schon auf den Füßen, um den Tag zu begrüßen.

»Keine Panik ...«, ermahnte sie sich und hörte vorübergehend auf, in dem Seegras um sich zu schlagen, bis sie ihren Körper wieder unter Kontrolle hatte. Die Krämpfe klangen ab. Die Geräusche wichen ein wenig zurück. Sehr langsam hielt sie nach Joe Ausschau. Er und seine Retter hatten die Oberfläche erreicht, sah sie. Andere beugten sich über die Reling, um ihn aus dem Wasser zu ziehen. Sie brauchte nicht lange, um zu erkennen, warum er ihr nicht geantwortet hatte. Er war ein totes Gewicht, seine Arme hingen schlaff an den Seiten herab.

Ein Schauer des Entsetzens schüttelte sie.

»Nicht tot«, murmelte sie. »O Gott, bitte, bitte, mach, daß er nicht tot ist.«

Blut rann zwischen seinen Beinen herab, eine große Lache, die die Oberfläche trübte.

»Joe«, sagte sie. »Ich weiß nicht, ob du mich hören kannst ...« Sie horchte und hoffte auf eine Antwort, bekam aber keine. »Du sollst wissen, daß ich kommen und dich finden werde. ich weiß, du hast mir gesagt, daß ich es nicht tun soll, aber ich werde kommen. Ich werde dich finden, und dann werden wir –«

Sie verstummte verwirrt, als eine der Kreaturen, die sich über die Reling beugten, Joes Rettern ein Signal gab. Einen Augenblick später fand das Rätsel seine Lösung. Sie ließen seinen Körper einfach los und in das Element zurückfallen, aus dem sie ihn geholt hatten.

»Nein!« schrie sie, als sie ihre schlimmste Befürchtung bestätigt sah. *»Nein, bitte, nein –«*

Diesmal bekam sie die Krämpfe nicht mehr unter Kontrolle. Sie zuckte vom Scheitel bis zu den Zehen. Und mit ihnen kam der Tag, den sie so sehr gemieden hatte, samt Gelächter, Helligkeit und allem. Sie spürte die durchgelegene Matratze unter ihrem Rücken, roch die abgestandene Luft in dem Zimmer.

Selbst jetzt kämpfte sie noch gegen das Erwachen an. Wenn sie nur Joes Körper zu fassen bekommen konnte – verhindern, daß er in die Dunkelheit hinabsank –, könnte sie vielleicht ein Wunder an ihm vollbringen. Ihm ihren letzten geträumten Atemzug einhauchen und ihn so vor dem Jenseits bewahren.

Sie streckte die Hände nach der sinkenden Gestalt aus - der Tag war über ihr, sie hatte bestenfalls noch Sekunden – und bekam mit den Fingern sein Hosenbein zu fassen. Sie zog ihn näher. Er hatte den Mund offen und die Augen geschlossen. Nicht einmal Morton hatte so tot ausgesehen. *»Nicht, Liebster –«*, sagte sie zu ihm, was heißen sollte, *gib nicht auf, stirb nicht, verlaß mich nicht.*

Sie ließ seine Hose los, nahm sein Gesicht zwischen beide Hände und zog ihn zu sich. Er schwebte schrecklich widerstandslos zu ihr, aber davon ließ sie sich nicht entmutigen. Sie preßte die Lippen auf seine und sprach seinen Namen wie eine Beschwörung aus.

»Joe.«

Licht strömte in ihre Augen. Sie konnte ihm nicht mehr widerstehen.

»Joe.«

Ihre Augen öffneten sich zitternd. Und dabei, im letzten Moment, bevor das Meer und der Tang und ihr Liebster verschwanden, sah sie (oder bildete es sich ein), wie seine Lider flackerten, als hätte ihre Beschwörung einen Rest von Leben ihn ihm geweckt.

Dann war sie wach, und es gab keine Möglichkeit, es mit Sicherheit zu erfahren.

Sie sah blinzelnd in den Sonnenstrahl, der durch den Spalt zwischen den Vorhängen hereinfiel. Das Bettzeug um sie herum war so zerwühlt wie das Seegras, in dem sie ihren Körper fast der Lust geopfert hätte; das Kissen war schweißnaß. Sie hatte alles geträumt, was sie gerade erlebt hatte, wußte aber ohne jeden Zweifel, daß es kein gewöhnlicher Traum gewesen war. Während ihr Körper sich hier gewälzt und geschwitzt hatte, war ihre Seele an einem anderen Ort gewesen, einem Ort, so real wie das Bett, in dem sie lag.

Wahrscheinlich war es wunderbar, daß ein solcher Ort existierte. Es würde die Welt mit ziemlicher Sicherheit verändern, sollte es die Welt je herausfinden. Aber das war ihr einerlei. Im Augenblick machte sie sich nur Sorgen um Joe. Ohne ihn war die Welt keinen Pfifferling wert.

Sie stand auf und zog die Vorhänge beiseite. Es war Festival-Samstag, der Himmel makellos und wolkenlos blau. Ein Heliumballon, der sich losgerissen hatte, schwebte in ihr Gesichtsfeld. Sie sah ihm nach, wie die Brise ihn über die Pinien in Richtung der Heights wehte. Bald würde sie ihm folgen, dachte sie. Es spielte keine Rolle, daß dies der Tag der Tage für Everville war. Es spielte keine Rolle, daß das ganze Tal von einem Ende zum anderen von dem Lärm der Menschen widerhallen würde, die Musik und Geld und Liebe machten. Irgendwo auf dem Berg stand eine Tür offen, und sie würde vor der Mittagszeit die Schwelle überquert haben oder bei dem Versuch gestorben sein.

Teil Vier

Der Teufel und D'Amour

I

1

»Das«, sagte in der Galerie der Mann mit der lachsfarbenen Krawatte und deutete auf das Bild an der Wand, »ist abscheulich. Um alles in der Welt, was trägt es für einen Titel?« Er studierte seine Preisliste.

»Bronx Apokalypse«, sagte der Mann neben ihr.

»Bronx Apokalypse«, schnaubte der Kritiker. »Himmel!«

Er sah den Mann an, der den Titel genannt hatte. »Das sind doch nicht Sie, oder?« fragte er. »Nein, Sie sind nicht dieser Dusseldorf.«

Der andere Mann – ein gutgekleideter Enddreißiger mit einem Dreitagebart und den müden Augen eines Schlaflosen – schüttelte den Kopf. »Stimmt. Bin ich nicht.«

»Aber Sie sind auf einem der Gemälde *abgebildet*, oder nicht?« wollte die Asiatin neben dem Mann mit der lachsfarbenen Krawatte wissen.

»Tatsächlich?«

Sie nahm ihrem Begleiter die Liste aus der Hand und überflog die rund zwanzig Titel. »Da«, sagte sie. *»D'Amour in der Wyckoff Street.* Das ist das große Bild nebenan«, sagte sie zu dem Mann mit der auffälligen Krawatte, »mit dem gallefarbenen Himmel.«

»Scheußlich«, bemerkte der Mann. »Dusseldorf sollte wieder Heroin dealen oder was er auch immer vorher gemacht hat. Er sollte dem Publikum nicht einen solchen Mist zumuten.«

»Ted hat nicht gedealt«, sagte D'Amour. Er sagte es leise, aber der warnende Unterton war nicht zu überhören.

»Ich habe nur meine Meinung gesagt«, antwortete der Mann etwas defensiv.

»Verbreiten Sie nur keine Lügen«, sagte D'Amour. »Sonst machen Sie womöglich noch den Teufel arbeitslos.«

Es war Freitag, der achte Juli, und heute abend ging der Teufel D'Amour nicht aus dem Kopf. New York war wie immer ein Schmelztiegel, und Harry wünschte sich wie immer, er könnte aus diesem Tiegel raus und abreisen, doch konnte er sich keinen Ort vorstellen, wo er nicht verfolgt und aufgespürt werden würde. Hier, in den Straßen, die er so gut kannte, hatte er wenigstens seine Nischen und Verstecke; er hatte Leute, die ihm etwas schuldeten, die ihn fürchteten. Er hatte sogar ein paar Freunde.

Zu denen gehörte auch Ted Dusseldorf, ehemaliger Heroinsüchtiger, Performancekünstler und jetzt auch noch Maler, der die Apokalypsen der Großstadt festhielt.

Da stand er und hielt vor einem seiner provokanteren Bilder hof; volle einsfünfundsechzig groß, in einen ausgebeulten Anzug gekleidet, kaute er am Mundstück für die größte Zigarre Manhattans.

»Harry! Harry!« rief er, als er D'Amour sah. »Danke, daß du gekommen bist.« Er ließ sein Publikum stehen und legte Harry einen Arm um die Schulter. »Ich weiß, du haßt Menschenmengen, aber du solltest sehen, daß ich tatsächlich ein paar Bewunderer gefunden habe.«

»Schon was verkauft?«

»Ja, es ist kaum zu fassen. Nette jüdische Dame, bekannte Sammlerin, wohnt am Park, erste Adresse, hat das« – er deutete mit der Zigarre in Richtung des Gemäldes *Geschlachtetes Lamm auf der Brooklyn Bridge* – »für ihr Eßzimmer gekauft. Wahrscheinlich ist sie Vegetarierin«, fügte er mit hustendem Lachen hinzu. »Ein paar Zeichnungen sind auch verkauft worden. Ich meine, reich werde ich davon nicht, weißt du, aber ich konnte etwas damit beweisen, richtig?«

»Das hast du.«

»Ich will, daß du dir das Meisterwerk ansiehst«, sagte Ted und führte Harry durch die Menge, die in drei unterschiedliche Lager eingeteilt war. Die unvermeidliche Schickeria, die nur hier war, um gesehen zu werden und in den Klatschspalten aufzutauchen. Eine Schar betuchter Sammler, die in die Gosse hinabgestiegen waren. Und

Teds Freunde, die teilweise so farbenfrohe Tätowierungen wie die Bilder an den Wänden aufwiesen.

»Kommt so ein Typ zu mir«, sagte Ted, »schicke Schuhe, Hairstylist-Frisur und sagt: ›Fantasy ist ja so *passé*.‹ Ich sage: ›Was für Fantasy?‹ Er sieht mich an, als ob ich gefurzt hätte, und sagt: ›Ihre Arbeiten.‹ Ich sage: ›Das ist keine Fantasy. Das ist mein Leben.‹ Er schüttelt den Kopf, geht weg.« Ted beugte sich näher zu Harry. »Manchmal glaube ich, daß es zweierlei Menschen auf der Welt gibt. Menschen, die verstehen, und Menschen, die nicht verstehen. Und wenn sie nicht verstehen, hat es keinen Zweck, ihnen was zu erklären, weil sie es nicht kapieren würden und nie kapieren werden.«

An der Wand vor ihnen hing ein Gemälde, zweieinhalb mal eineinhalb Meter, dessen Farben leuchtender und dessen Brennpunkt schärfer waren als bei allen anderen der Ausstellung.

»Weiß du, daß ich diese Scheiße mache, verhindert, daß ich den Verstand verliere. Wenn ich nicht angefangen hätte, das alles auf Leinwand zu bannen, wäre ich schon längst übergeschnappt. Ich weiß nicht, wie du einen klaren Kopf behältst, Harry. Wirklich nicht. Ich meine zu wissen, was du weißt, zu sehen, was du siehst . . .«

Die Gruppe vor dem Bild löste sich auf, als der Künstler und sein Modell näher kamen, so daß sie das Meisterwerk ungehindert betrachten konnten. Wie die meisten anderen Bilder auch, zeigte es eine gewöhnliche Straße. Aber dies war eine Straße, die Harry kannte. Es war die Wyckoff Street in Brooklyn, wo Harry an einem sonnigen Ostersonntag vor fast zehn Jahren zum erstenmal von den Schwingen des Bösen gestreift worden war.

Ted hatte die Straße weitgehend so gemalt, wie sie aussah – trostlos und ungemütlich –, und D'Amours Gestalt in die Mitte gestellt, wo er den Betrachtern mit einem seltsamen Blick ansah, als wollte er sagen: Siehst du, was ich sehe? Auf den ersten Blick schien nichts Außergewöhnliches abgebildet zu sein, doch eingehendere Betrachtung strafte diesen Eindruck Lügen. Statt eine Vielzahl beunruhigender Einzelheiten auf die Leinwand zu bannen, hatte Ted sich für eine subtilere Vorgehensweise entschieden. Er hatte ein Feld schmutziger Scharlach- und Ockertöne gemalt, wie das Innere eines überreifen Granatapfels, und dann die Einzelheiten der Wyckoff Street über diesen brodelnden Hintergrund gezeichnet, so daß das Grau und Braun von Backstein und Schmiedeeisen und Asphalt nie völlig die Farben der Fäulnis darunter verbargen und die Wyckoff Street dadurch, trotz der sorgfältig ausgeführten Details, wie ein Schleier wirkte, der vor eine stabilere und mächtigere Wirklichkeit gezogen worden war.

»Gute Ähnlichkeit, was?« meinte Ted.

Harry ging davon aus, daß das stimmte, da er anhand des Bildes erkannt worden war, aber, verdammt, es war alles andere als tröstlich. Er hatte kräftige Knochen – das hatte Norma ihm gesagt, als sie zum erstenmal sein Gesicht berührte, aber mußten sie *so sehr* vorstehen? Wie Ted die Farbe bei Harrys Gesicht aufgetragen hatte, hatte er die Züge praktisch modelliert: lange Nase, kräftiger Kiefer, hohe Stirn und alles. Was die Altersspuren betraf, hatte er nichts beschönigt. Die grauen Haare und seine Sorgenfalten waren deutlich zu sehen. Es war kein schlechtes Gesicht für einen über Vierzigjährigen, dachte Harry. Sicher, es war nichts von der Abgeklärtheit zu sehen, die sich angeblich als Ausgleich dafür einstellte, daß man die Blüte und den Elan der Jugend verlor – sein Blick war besorgt, das Lächeln um die Lippen zaghaft, um es gelinde auszudrücken –, aber es war das Gesicht eines geistig gesunden Mannes mit unversehrten Gliedmaßen und Fähigkeiten, und damit war Harry unter den Leuten, die mit den Tieren des Abgrunds gerungen hatten, eine Ausnahmeerscheinung.

»Siehst du es?« fragte Ted.

»Was?«

Ted führte Harry ein paar Schritte näher an die Leinwand und deutete auf die untere Hälfte.

»Da.« Harry sah genauer hin. Zuerst der Bürgersteig, dann der Rinnstein. »Unter deinem Fuß«, erklärte Ted.

Unter Harrys rechtem Absatz wand sich eine dünne schwarze Schlange mit brennenden Kohlen als Augen.

»Der Teufel persönlich«, sagte Ted.

»Ich hab' ihn da, wo ich ihn haben will, was?« sagte Harry.

Ted grinste. »Es ist ein Kunstwerk. Da darf ich ein bißchen übertreiben.«

Auf Teds Bitte hin blieb Harry noch etwa eine Stunde in den Büros der Galerie, bis die Besucher sich nach und nach entfernten. Er legte die Füße auf den Schreibtisch und blätterte einige ältere Ausgaben der *Times* durch, während er wartete. Manchmal war es gut, sich zu vergegenwärtigen, wie andere Leute, normale Leute, ihr Leben lebten: mit politischen Spiegelfechtereien und Elend im Ausland als täglicher Unterhaltung; mit Skandalen und Flitter und Mord. Er beneidete sie um ihre Unwissenheit und die Unbekümmertheit, mit der sie ihr Leben vergeudeten. Im Augenblick hätte er fast alles für ein paar Wochen dieses wonnevollen Zustands gegeben; eine Woche, in der er aus trivialen Gründen triviale Verrichtungen nachgehen und die Wesenheiten vergessen konnte, die unter der Oberfläche der Welt hausten.

Sie waren keine Hirngespinste, diese Wesenheiten. Er hatte sie in Gassen und Mietskasernen und Fahrstuhlschächten von Angesicht zu Angesicht gesehen (sofern sie Gesichter hatten). Er fand sie in den Mülltonnen von Krankenhäusern hockend, wo sie vollgesogene Verbände aussaugten; er hatte sie im Schlamm am Flußufer aufgespürt, wo sie Hunde ausbeinten. Sie waren überall und wurden von Tag zu Tag dreister. Es war nur noch eine Frage der Zeit, wußte Harry, bis sie die Straßen am hellichten Nachmittag unsicher machen würden. Und wenn das geschah, würde sich ihnen kein Widerstand entgegenstellen.

Am Anfang seiner Laufbahn – als seine Ermittlungen als Privatdetektiv ihn erstmals mit dem Nichtmenschlichen in Berührung gebracht hatten –, hatte er sich noch der Illusion hingegeben, daß er das Blatt gegen diese Kräfte mit der Zeit würde wenden können, indem er die Bevölkerung auf ihre Existenz aufmerksam machte. Er sah seinen Irrtum bald ein. Die Leute wollten nichts davon wissen. Sie hatten die Parameter ihrer Gutgläubigkeit so gezogen, daß kein Platz für derlei Schrecken war, und sie wollten und *konnten* niemanden tolerieren, der die Grenzen verschieben wollte. Harrys tapsende Versuche, alles in Worte zu fassen, was er wußte oder vermutete, wurden mit Ablehnung, mit Wut und bei der einen oder anderen Gelegenheit sogar mit Gewalt aufgenommen. Er versuchte bald nicht mehr, andere zu bekehren, und fand sich damit ab, daß er einen einsamen Krieg führte.

Ganz ohne Verbündete war er allerdings nicht. Im Laufe der Jahre hatte er eine Handvoll Leute kennengelernt, die auf die eine oder andere Weise dasselbe Wissen erlangt hatten wie er. Am wichtigsten davon war ihm Norma Paine, das schwarze, blinde Medium, die, obwohl sie nie ihr kleines Zwei-Zimmer-Apartment in der Seventy-Fifth verließ, Geschichten aus jeder Ecke von Manhatten zu erzählen hatte, welche sie von Seelen erzählt bekam, die auf ihrer Reise ins Jenseits um Unterstützung nachsuchen kamen. Dann war da Pater Hess gewesen, der eine Zeitlang mit Harry zusammengearbeitet hatte, um die exakte Natur der Wesenheiten zu ergründen, die die Stadt heimsuchten. Ihre Zusammenarbeit hatte an jenem Ostersonntag in der Wyckoff Street ein abruptes Ende gefunden, als eine der Wesenheiten ihnen eine Falle gestellt hatte und Hess auf der Treppe gestorben war, während der triumphierende Dämon auf dem Bett saß, wo er entdeckt worden war, und Harry immer wieder dasselbe Rätsel aufsagte:

»Ich bin du, und du bist Liebe, und darum dreht sich die Welt. Ich bin du und –«

In den Jahren seit jenem schrecklichen Tag hatte Harry nie wieder einen Menschen gefunden, dessen Urteil er so vertraute wie dem von Hess. Obwohl Hess ein strenggläubiger Katholik gewesen war, hatte er seine Meinungsbildung nicht von seinem Glauben einschränken lassen. Er war ein scharfsinniger Studiosus aller Religionen gewesen und hatte eine Passion für das Leben und seine Geheimnisse empfunden, die heller leuchtete als bei jeder anderen Menschenseele, die Harry je kennengelernt hatte. Ein Gespräch mit Hess war wie eine Wildwasserbootsfahrt gewesen: wechselweise schwindelerregend und gefährlich. Eben theoretisierte er noch über Schwarze Löcher, im nächsten Augenblick ließ er sich über die Vorzüge von gepfeffertem Wodka aus, und wieder im nächsten sprach er in ehrfürchtigem Tonfall vom Mysterium der jungfräulichen Geburt. Und immer schaffte er es, daß seine Bezüge logisch klangen, so unwahrscheinlich sie auch auf den ersten Blick schienen.

Es verging kein Tag, an dem Harry ihn nicht vermißte.

»Kannst mir gratulieren«, sagte Ted, der mit einem breiten Grinsen an der Tür des Büros auftauchte. »Ich hab' noch ein Bild verkauft.«

»Schön für dich.«

Ted trat ein und machte die Tür hinter sich zu, eine Flasche Weißwein in der Hand. Er ging mit dem Rücken zur Wand in die Hocke und trank davon.

»Herrje, was für ein Abend«, sagte er mit vor Gefühlsregung bebender Stimme. »Letzte Woche hätte ich um ein Haar abgesagt. Ich wollte nicht, daß die Leute sehen, was in meinem Kopf vor sich geht.« Er lehnte sich an die Wand, machte die Augen zu und stieß einen langen Stoßseufzer aus. Etwa eine halbe Minute herrschte Schweigen. Dann sagte er:

»Ich hab', was du wolltest, Harry.«

»Ja?«

»Ich glaube immer noch, daß du den Verstand verloren hast.«

»Wann findet die Zeremonie statt?«

»Nächsten Dienstag.«

»Weißt du, wo?«

»Selbstver*ständlich*«, sagte Ted und warf Harry einen gespielt beleidigten Blick zu.

»Wo?«
»An der Ecke Ninth und –«
»Ninth und was?«
»Vielleicht sollte ich dich einfach hinbringen.«
»Nein, Ted. Du wirst dich da raushalten.«
»Warum?« fragte Ted und gab Harry die Weinflasche.
»Weil du dieser ganzen Scheiße abgeschworen hast, weißt du nicht mehr? Heroin und Magie spielen keine Rolle mehr in deinem Leben. Das hast du gesagt.«
»So ist es. Ich schwöre es. Trinkst du oder nicht?«
Harry trank einen Schluck Wein. Der Wein war sauer und warm. »Dann belaß es auch dabei. Du mußt an deine Karriere denken.«
Ted lächelte ein wenig selbstgefällig. »Klingt gut«, sagte er.
»Du wolltest mir die Adresse geben.«
»Ninth Street, zwischen Thirteenth und Fourteenth Street. Es ist ein dreieckiges Gebäude. Sieht unbewohnt aus.« Er nahm Harry die Weinflasche wieder aus der Hand und sprach in flüsterndem Tonfall weiter. »Ich habe den Leuten zu meiner Zeit manches Geheimnis entlockt, aber, Scheiße, diese Adresse zu bekommen war, als hätte ich einem Stein Blut abnehmen wollen. Was geht dort vor?«
»Das solltest du nicht wissen.«
»Je weniger du mir erzählst«, ermahnte Ted ihn, »desto neugieriger werde ich.«
Harry schüttelte verzweifelt den Kopf. »Du läßt nicht locker, was?«
»Ich kann nicht anders«, antwortete Ted achselzuckend. »Ich habe die Persönlichkeit eines Süchtigen.« Harry sagte nichts. »Also?« drängte Ted. »Was ist dort los?«
»Schon mal vom Orden der Zyem Carasophia gehört?«
Ted sah Harry an. »Ist das ein Witz?« Harry schüttelte den Kopf. »Das ist eine Concupigaea-Zeremonie.«
»Hab' ich gehört.«
»Harry ... weißt du, womit du dich da anlegst? Das sind angeblich Verbannte.«
»Sind sie das?« sagte Harry.

»Verarsch mich nicht, Harry. Du weißt es verdammt genau.«

»Sicher, ich hab' Gerüchte gehört.«

»Und was meinst du?«

»Wozu?«

»Woher sie kommen, verdammt«, sagte Ted zunehmend aufgeregter.

»Wie ich schon sagte, es sind nur Gerüchte, aber . . .«

»Aber?«

»Ich glaube, sie kommen möglicherweise von Essenz.«

Ted stieß ein leises Pfeifen aus. Er mußte sich nicht erst erklären lassen, was das Meer der Träume war. Er hatte ein halbes Jahrzehnt mit okkulten Praktiven herumgespielt, bis er mitten in einer Beschwörung, voll auf Heroin, etwas mit psychopathischen Neigungen freigesetzt hatte, das Harry nur unter Aufbietung aller Kräfte hatte besiegen können. Am selben Tag hatte Ted der Magie abgeschworen und sich zu einer Entziehungskur gemeldet. Aber das Vokabular des Okkultismus übte nach wie vor eine Faszination auf ihn aus, und in diesem Vokabular gab es wenige Worte von gleicher Wichtigkeit wie *Essenz*.

»Was machen sie hier?« sagte Ted.

Harry zuckte mit den Achseln. »Wer weiß? Ich bin nicht mal sicher, ob sie überhaupt echt sind.«

»Aber wenn sie es sind –?«

»– wenn sie es sind, habe ich ein paar Fragen, die beantwortet werden müssen.«

»Wonach?«

»Über die Schlange unter meinem Fuß.«

»Den Antichrist.«

»Sie sprechen von den Iad.«

Wieder mußte er Ted den Begriff nicht erklären. »Die Uroboros und der Antichrist sind identisch?« sagte er.

»Alles nur verschiedene Namen des Teufels«, antwortete Harry.

»Wie kannst du so sicher sein?«

»Ich bin ein Gläubiger.«

Am nächsten Tag ging Harry in die Stadt, um sich das Gebäude anzusehen, dessen Adresse Ted ihm gegeben hatte. Es sah vollkommen normal aus, ein vierstöckiges Mietshaus, offenbar leerstehend, dessen Fenster zugenagelt und dessen Türen entweder mit einem Vorhängeschloß versperrt oder ganz zugemauert worden waren. Harry schlenderte zweimal so unauffällig er konnte um das Haus herum, falls er von drinnen beobachtet wurde. Dann ging er zu Normas Apartment, um sich einen Rat zu holen.

Unterhaltungen waren in Normas Wohnung nicht immer einfach. Seit ihrer Pubertät war sie ein Fanal für verlorene und umherstreifende Seelen (besonders für die gerade verschiedenen), und wenn sie deren Anfragen satt hatte, schaltete sie die über dreißig Fernseher ein, die sie besaß, deren Lärm die Umherziehenden eine Zeitlang vertrieb, aber ein normales Gespräch fast unmöglich machte.

Heute jedoch waren die Fernseher alle stumm. Die Bildschirme flackerten und warben für Diäten und Autos und das ewige Leben. Norma konnte sie selbstverständlich nicht sehen; sie war seit ihrer Geburt blind.

Nicht daß sie je wie jemand redete, der nichts sehen konnte.

»Schau dich an«, sagte sie, kaum hatte Harry die Tür aufgemacht. »Hast du dir was geholt?«

»Nein, mir geht es gut. Hab' nur in letzter Zeit nicht viel geschlafen.«

»Noch mehr Tätowierungen?« sagte Norma.

»Nur eine«, gab Harry zu.

»Laß mich sie sehen.«

»Norma.«

»Laß mich sie sehen«, sagte Norma und streckte in ihrem Polstersessel den Arm aus.

Harry warf sein Jackett auf einen Fernseher und ging

zu Norma, die am offenen Fenster saß. Verkehrslärm und Stimmengewirr drangen von unten herauf.

»Warum schaltest du nicht die Klimaanlage ein?« sagte Harry, während er den Ärmel hochkrempelte. »Du atmest nur die Abgase ein.«

»Ich höre gerne die Welt«, sagte Norma. »Das ist tröstlich. Und jetzt laß mich den Schaden begutachten.« Sie nahm Harrys Handgelenk, zog ihn näher zu sich und glitt mit den Fingern zu der Stelle am Ellbogen, wo er seine jüngste Tätowierung bekommen hatte. »Gehst du immer noch zu diesem alten Pfuscher Voight?« sagte Norma, zog den Verband des Tätowierers weg und strich mit den Fingern über die wunde Haut. Harry zuckte zusammen. »Gute Arbeit«, mußte Norma gestehen. »Obwohl der Himmel allein weiß, welchen Schutz du dir davon versprichst.«

Das war eine alte Diskussion zwischen ihnen. Harry hatte in den letzten fünf Jahren fast ein Dutzend Tätowierungen bekommen, und mit Ausnahme von zweien stammten sie alle von Otis Voight, der sich auf, wie er sich ausdrückte, Schutztattoos spezialisiert hatte: Talismane und Beschwörungen, die in die Haut des Kunden geritzt wurden, um das Böse von ihm fernzuhalten.

»Einigen verdanke ich mein Leben«, sagte Harry.

»Du verdankst dein Leben deinem Verstand und deinem Scharfsinn, Harry; nicht mehr und nicht weniger. Zeig mir eine Tätowierung, die eine Kugel aufhalten kann –«

»Kann ich nicht.«

»Richtig. Und ein Dämon ist etwas verdammt Schlimmeres als eine Kugel.«

»Aber eine Kugel hat keine Psyche«, konterte Harry.

»Ach, aber Dämonen schon, ja?« meinte Norma. »Nein, Harry. Sie sind Scheiße, mehr sind sie nicht. Kleine Klümpchen herzloser Dreck.« Sie fletschte ihre ebenmäßigen Zähne, als sie das Gesicht verzog. »O Gott«, sagte sie, »aber ich wäre gern mit dir da draußen.«

»So lustig ist das nicht«, sagte Harry. »Glaub mir.«

»Alles ist besser als das hier«, sagte sie und schlug mit den Händen auf die Lehnen des Sessels. Die Gläser auf dem Tisch neben ihr stießen klirrend gegen Rum- und Brandyflaschen. »Manchmal glaube ich, daß es eine Strafe ist, Harry. Tag für Tag hier zu sitzen und mit anhören zu müssen, wie Leute mit ihren traurigen Geschichten daherkommen. Wie sie wegen diesem flennen und wegen jenem flennen. Wie sie dies bedauern und das bedauern. Manchmal will ich sie anschreien: *Verdammt noch mal, dazu ist es jetzt zu spät!* Du hättest es bedauern sollen, als es noch was genützt hat. Ach! Was würde es nützen? Ich muß hier sitzen und den toten Heulsusen zuhören, und du hast den ganzen Spaß. Du weißt nicht, was du hast, Junge. Wirklich nicht.«

Harry ging zum Fenster und sah sieben Stockwerke hinunter zur Seventy-Fifth Street. »Eines Nachts«, sagte er.

»Ja?«

»Werde ich dich holen, und dann fahren wir ein paar Stunden rum. Suchen ein paar böse Orte auf, die *wirklich* bösen Orte, und dann werden wir sehen, wie schnell du es dir anders überlegst.«

»Abgemacht«, sagte Norma. »Bis dahin, wem oder was verdanke ich die Ehre? Du bist nicht nur gekommen, um mir Voights Kunst vorzuführen.«

»Nein.«

»Und du bringst auch keinen Rum.«

»Tut mir leid.«

Sie tat seine Entschuldigung mit einer Handbewegung ab. »Sei nicht albern. Ich bin froh, daß du hier bist. Aber warum?«

»Ich brauche einen Rat. Ich werde am Donnerstag zu einer Party gehen.«

»Nur zu, frag eine blinde Frau getrost, was du anziehen sollst«, antwortete Norma mit erheiterter Stimme. »Wer gibt die Party?«

»Der Orden der Zyem Carasophia.«

Normas Lächeln verschwand. »Das ist nicht witzig, Harry.«

»Sollte es auch nicht sein«, antwortete Harry. »Sie veranstalten eine Art Zeremonie, und ich muß dabeisein.«

»Warum?«

»Weil sie die einzigen sind, die wissen werden, wo die Iad einen neuen Versuch unternehmen, um durchzukommen.«

»Es gibt einen guten Grund, weshalb nie jemand über sie redet, Harry.«

»Weil alle die Gerüchte glauben. Tatsache ist, niemand weiß, wer sie eigentlich sind.«

»Oder *was*«, sagte Norma.

»Also glaubst du die Geschichten auch?«

»Daß sie Verbannte sind?« Norma zuckte mit den Achseln. »Mir scheint, wir sind alle Verbannte.«

»Komm mir jetzt nicht metaphysisch.«

»Das ist keine Metaphysik, es ist die Wahrheit. Alles Leben begann im Meer der Träume, Harry. Und seitdem versuchen wir alle, dorthin zurückzukehren.«

»Wieso finde ich das nicht tröstlich?«

»Weil du Angst davor hast, was es bedeutet«, sagte Norma unbekümmert. »Du hast Angst, du müßtest sämtliche Regeln über Bord werfen, nach denen du lebst, und würdest darüber den Verstand verlieren.«

»Würdest du das nicht?«

»O nein, ich würde dir wahrscheinlich Gesellschaft leisten«, antwortete Norma. »Aber es geht nicht um deine oder meine geistige Verfassung, Harry. Es geht darum, was wahr ist oder nicht. Und ich glaube, du, ich und die Zyem haben vieles gemeinsam.«

»Was habe ich dann zu befürchten?« sagte Harry.

»Wahrscheinlich haben sie vor dir so viel Angst wie du vor ihnen, und das bedeutet, sie hätten deinen Kopf gern auf einem Teller, wo sie ihn sehen können. Oder essen.«

»Har har.«

»Du hast gefragt«, antwortete Norma.

Harry wandte seine Aufmerksamkeit von der Straße ab

und den Fernsehern zu. Drei Dutzend stumme Dramen spielten sich vor seinen Augen ab, und die Augen der Kameras fingen jeden kleinen Triumph und jede kleine Qual ein, ob echt oder gespielt.

»Glaubst du manchmal, daß wir beobachtet werden?« sagte Harry, als er die Bildschirme eine Zeitlang beobachtet hatte.

»Ich werde ununterbrochen beobachtet«, antwortete Norma.

»Ich meine nicht von Geistern«, antwortete Harry.

»Was dann?«

»Oh, ich weiß nicht . . . von Gott?«

»Nein.«

»Nein?«

»Du klingst ziemlich überzeugt.«

»Das bin ich. In diesem Augenblick. Wenn du mich morgen fragst, habe ich vielleicht eine andere Antwort. Ich bezweifle es, aber man kann nie wissen.«

»Du sprichst von Dämonen –«

»Und?«

»Das bedeutet, der Teufel ist auch irgendwo im Spiel.«

»Und wenn der Teufel existiert, muß Gott es auch?« Sie schüttelte den Kopf. »Darüber haben wir uns schon oft unterhalten, Harry. Es ist eines dieser sinnlosen Themen.«

»Ich weiß.«

»Ich weiß nicht, was deine Dämonen sind –«

»Zunächst einmal sind sie *nicht meine*.«

»Siehst du, wir sind uns schon uneins. Ich finde, sie sind sogar ausgesprochen deine.«

»Du meinst, was Hess zugestoßen ist, das war *ich*?« sagte Harry mit bedrohlichem Tonfall.

»Du weißt, daß ich das nicht gemeint habe.«

»Was dann?«

»Die Dämonen finden dich, weil du sie brauchst. Wie Hess. Du brauchst sie, damit die Welt für dich einen Sinn ergibt. Manche Leute glauben an . . . ich weiß nicht, woran glauben Leuten denn? . . . Politiker, Filmstars . . .« Sie seufzte resigniert. »Warum jammerst du überhaupt herum?«

»Liegt an der Jahreszeit. Meinem Alter. Ich weiß nicht.« Er machte eine Pause. »Das stimmt nicht. Ich *weiß* es.«

»Sagst du es mir?«

»Ich habe ein konstantes Gefühl des *Grauens*.«

»Wegen des Ordens?«

»Nein.«

»Weswegen dann?«

»Ich glaube immer noch an die Hölle. Nur an *mich selbst* glaube ich nicht mehr.«

»Was um alles in der Welt soll das heißen?« sagte Norma. Sie streckte einen Arm in Harrys Richtung aus. »Komm her«, sagte sie. »Harry? Hörst du mich?« Harry hob den Arm, und Norma ergriff zielstrebig sein Handgelenk. »Du mußt mir jetzt zuhören«, sagte sie. »Und ich will nicht, daß du mich unterbrichst oder mir sagst, daß du es nicht hören willst, denn manchmal wird etwas nicht gesagt, das gesagt werden sollte, und das werde ich jetzt sagen. Hast du verstanden?« Sie wartete nicht ab, ob Harry auf ihre Bedingungen einging, sondern zupfte an seinem Ärmel, um ihn noch dichter zu ihrem Sessel zu ziehen. »Du bist ein guter Mensch, Harry, und das ist selten. Ich meine, *echt* selten. Du hast etwas in dir, das die meisten Menschen nicht haben, und darum wirst du immer auf diese Weise geprüft. Ich weiß nicht, was dich so prüft – oder mich, da wir gerade dabei sind –, aber ich weiß, wir haben keine andere Wahl. Hast du verstanden? Wir haben keine andere Wahl, als einfach weiterzumachen, Tag für Tag, und es so gut zu machen, wie wir können.«

»Okay, aber –«

»Ich bin noch nicht fertig.«

»Entschuldige.«

Sie zog Harry neben sich herunter. »Wie lange kennen wir uns?« fragte sie ihn.

»Elf Jahre.«

Sie streckte die freie Hand nach seinem Gesicht aus.

Strich ihm über die Stirn, die Wangen, den Mund. »Fordert seinen Tribut, was?« sagte sie.

»Jawohl.«

»Wenn wir wüßten, warum, Harry, dann wären wir nicht, was wir sind. Vielleicht wären wir nicht einmal menschlich.«

»Glaubst du das wirklich?« fragte Harry leise. »Glaubst du, wir müssen einfach weiterstolpern, weil das menschlich ist?«

»Teilweise.«

»Und *wenn* wir verstehen würden?« sagte Harry.

»Dann wären wir nicht menschlich«, sagte Norma.

Harry ließ den Kopf auf Normas Arm sinken. »Vielleicht ist es das«, murmelte er.

»Was?«

»Vielleicht denke ich, daß es Zeit ist, nicht mehr menschlich zu sein.«

3

Die neue Tätowierung war schmerzhafter als die anderen. In dieser Nacht juckte sie fürchterlich, und mehrmals erwachte Harry aus Träumen, in denen es sich wie etwas Lebendiges auf seinem Arm bewegte und wand, um unter dem Verband hervorzukommen.

Am nächsten Tag rief er Grillo an und kam dabei auch auf den Antichrist zu sprechen. Grillo machte aus seiner Verachtung für den Ausdruck kein Hehl (du bist katholischer, als gut für dich ist, hatte er gesagt), danach fand das Gespräch ein frostiges Ende. Das Riff und seine Hüter waren Harrys letzte Hoffnung gewesen, nützliche Informationen über den Orden zu bekommen, und er stand wieder mit leeren Händen da. Er mußte das Gebäude zwischen der Thirteenth und der Fourteenth Street betreten, ohne auch nur im geringsten eine Ahnung zu haben, womit er es zu tun hatte. Doch das war nichts Ungewöhnliches, oder?

Er bezog vor Mittag des nachfolgenden Tages seine Stellung auf der anderen Straßenseite und wartete. Es tat sich wenig, bis zum Nachmittag, als der erste Teilnehmer eintraf, aus einem Auto ausstieg, rasch über den Bürgersteig ging und eine Treppe ins Souterrain hinunterhastete. Harry hatte nicht einmal Zeit, auch nur einen Blick auf sein Gesicht zu werfen. Vor Einbruch der Dämmerung tauchten noch etwa zehn Leute auf, und sämtliche Besucher gingen dieselbe Treppe hinunter. Harry hatte sich bei seiner ersten Erkundung des Gebäudes vergewissert. Am unteren Ende dieser Treppe befand sich eine Eisentür, die ausgesehen hatte, als wäre sie zugerostet, was sie offenbar nicht war.

Er hatte damit gerechnet, daß die Sache mit zunehmender Dunkelheit etwas in Schwung kommen würde, aber das war nicht der Fall. Etwa ein halbes Dutzend weitere Gäste erschienen und verschwanden im Keller, aber es sah allmählich so aus, als fände das Treffen in einem kleineren Rahmen statt, als er erwartet hatte. Das war gut und schlecht zugleich. Gut, weil weniger Leute einen Eindringling, wie er einer war, entdecken konnten; schlecht, weil es bedeutete, daß die Zeremonie kein rituelles Wiedersehen war, sondern ein Zusammentreffen weniger Mächtiger, die wer weiß welche Kräfte mitbrachten. Kein tröstlicher Gedanke.

Kurz vor neun, als der letzte Rest Tageslicht vom Himmel verschwunden war, hielt ein Taxi vor dem Spirituosenladen Ecke Thirteenth, und Ted stieg aus. Das Taxi fuhr weg, und er blieb eine Weile an der Ecke stehen und zog an einer Zigarette. Dann ging er auf das Gebäude zu. Harry hatte keine andere Wahl, als seine Deckung zu verlassen, ihm entgegenzugehen und zu hoffen, daß Ted ihn sah und zurückwich. Aber Ted ließ sein Ziel nicht aus den Augen, und ehe Harry ihn daran hindern konnte, verschwand er hinter der Rückseite des Hauses. Harry ging etwas langsamer, um drinnen keine Aufmerksamkeit zu erwecken (konnte er zweifeln, daß jemand im Innern Wache hielt?), gelangte zur anderen Straßenseite und folgte

Ted um das Haus herum. Aber Ted war schon fort. Harry lief zurück und sah an der Ecke gerade noch, wie Ted die Treppe hinunterging. Harry verfluchte ihn stumm und lief schneller. Es herrschte nicht genügend Verkehr, um seine Schritte zu übertönen. Ted sah über die Schulter, drückte sich in den Schatten der Treppe und tauchte einen Moment später mit einem breiten Grinsen als Begrüßung wieder auf.

»Du bist es –«

Harry brachte ihn mit einer Geste zum Schweigen und winkte ihn von der Treppe fort, aber Ted schüttelte den Kopf und deutete die Treppe hinunter zur Tür. Harry verzog das Gesicht, hastete an der Wand entlang und suchte ebenfalls im Schatten an Teds Seite Deckung.

»Du kommst nicht mit mir«, zischte er.

»Glaubst du, du kommst ohne fremde Hilfe durch diese Tür?« antwortete Ted und zog einen Hammer und ein Stemmeisen aus der Jacke.

»Du wolltest dich nicht mehr mit Magie einlassen, weiß du nicht mehr?« sagte Harry.

»Das ist meine Abschiedsvorstellung«, antwortete Ted. Dann, mit leiser, fast knurrender Stimme: »Ich lasse mich nicht wegschicken, Harry. Du wärst nicht mal *hier*, wenn ich nicht wäre.«

»Ich übernehme keine Verantwortung für dich«, ermahnte Harry ihn

»Ich verlange nicht –«

»Es ist mein *Ernst*. Ich hab' auch so schon genug auf der Pfanne.«

»Abgemacht«, sagte Ted mit einem zaghaften Grinsen. »Also gehen wir, oder was?«

Mit diesen Worten ging er die Treppe hinunter zur Tür. Harry folgte ihm.

»Hast du ein Feuerzeug?« fragte Ted.

Harry suchte es und zündete es an. Die Flamme zeigte ihnen eine rostige Tür. Ted nahm das Stemmeisen zur Hand und schob es zwischen Tür und Rahmen. Dann stützte er sich mit seinem gesamten Gewicht darauf. Ein

Hagel von Rostteilchen flog ihnen in die Gesichter, die Scharniere der Tür quietschten, aber sie ging nicht auf.

»Das nützt nichts«, flüsterte Harry.

»Hast du einen besseren Vorschlag?« zischte Ted.

Harry klappte das Feuerzeug zu. In der Dunkelheit sagte er: »Ja, ich habe einen besseren Vorschlag. Aber du schaust weg.«

»Und weshalb?«

»Tu es einfach, verdammt«, sagte Harry und knipste das Feuerzeug wieder an, um zu sehen, ob sein Befehl befolgt wurde.

Wurde er nicht. Ted sah ihn mit einem fragenden Gesichtsausdruck an.

»Du hast ein *Suit*, oder nicht?« sagte er in einem mehr bewundernden als vorwurfsvollen Tonfall.

»Vielleicht.«

»*Herrgott*, Harry . . .«

»Hör zu, Ted, wenn es dir nicht paßt, dann mach, daß du verschwindest.«

»Was hast du?« fragte Ted. Er hatte ein Funkeln in den Augen, als er es sagte, wie ein Süchtiger im Angesicht seiner Lieblingsdroge. »Ein glückliches ruhmreiches Händchen?«

»Nein.«

»Was dann?«

»Du wirst es nicht zu Gesicht bekommen, Ted«, beharrte Harry. »Ich sagte dir: Schau weg.«

Äußerst widerwillig wandte Ted den Blick ab, worauf Harry den *Prodigile-Suit* aus der Tasche holte, ein kleines magisches Gerät, für das er Otis Voight vierhundert Piepen bezahlt hatte. Es war ein Stück Aluminium, fünf Zentimeter lang und zweieinhalb breit, mit einem kleinen Sigill an einem Ende, von dem fünf schmale Kerben ausgingen. Harry drückte es in den Spalt zwischen Tür und Rahmen, so nahe am Schloß, wie er konnte.

Hinter sich hörte er Ted sagen: »Du hast einen *Prodigile*. Woher um alles in der Welt hast du den?«

Es war zu spät, ihm den Befehl zu geben, wieder wegzusehen, und es hatte keinen Zweck zu lügen. Ted kannte die Methoden und Hilfsmittel der Magie zu gut, als daß er sich täuschen lassen würde.

»Das geht dich nichts an«, sagte Harry zu ihm. Es gefiel ihm nicht, die Magie anzuwenden (sogar der Einsatz eines *Prodigile,* ein außerordentlich unbedeutendes Hilfsmittel auf der thaumaturgischen Skala, barg die Gefahr von Kontamination oder Sucht in sich), aber manchmal erforderten die Umstände, daß man den Gegner mit den eigenen Waffen schlug, um ihn zu vernichten. Das war die grimmige Realität des Krieges.

Er drückte den Daumen auf die freiliegende Kante des Suit und hieb ihn nach unten. Seine Haut platzte auf, und er spürte, wie der *Prodigile* pulsierte, als er das Blut aufsog. Das, wußte er, war der wahrscheinlichste Augenblick, um süchtig zu werden; wenn der Suit aktiviert wurde. Er ermahnte sich, den Blick abzuwenden, konnte es aber nicht; statt dessen beobachtete er, wie immer baß erstaunt, wie das Blut auf dem Metall zischte, in die Kerben gesogen wurde und verschwand. Hinter sich hörte er, wie Ted heftig einatmete. Dann loderte ein Blitzstrahl zwischen Tür und Rahmen, gefolgt vom unmißverständlichen Geräusch des aufschnappenden Schlosses. Bevor das Licht völlig erloschen war, stemmte Harry die Schulter gegen die Tür. Sie ließ sich ohne Widerstand öffnen. Er drehte sich zu Ted um, der trotz seiner bisherigen Großspurigkeit nun ein wenig ängstlicher wirkte.

»Bist du bereit?« sagte Harry, dann trat er ohne eine Antwort abzuwarten ein und überließ es Ted, ob er mit ihm kam oder nicht.

II

1

Im Inneren roch es nach abgestandenem Weihrauch und seit Wochen vergammeltem Sushi; kurz gesagt, den Gerüchen von Schwarzer Magie. Harrys Herz schlug schneller, als er den Gestank wahrnahm. Wie oft muß ich das noch machen? fragte er sich, während er in der stickigen Luft weiterging. Wie oft muß ich noch in das Maul, in den kranken Leib? Wie oft, bis meine Buße getan ist?

Ted legte Harry eine Hand auf die Schulter.

»Da«, murmelte er und dirigierte Harrys Blick nach rechts. Zehn Meter von ihnen entfernt befand sich eine zweite Treppe; von unten drang silbernes Licht herauf.

Ted ließ die Hand auf Harrys Schulter, als sie zur obersten Treppenstufe gingen und den Abstieg begannen. Mit jeder Stufe wurde es kälter und der Geruch stärker: beides Anzeichen dafür, daß das, was sie suchten, sich da unten befinden mußte. Und falls darüber hinaus ein Beweis notwendig gewesen wäre, hätten Harrys Tätowierungen ihn geliefert: Die neuen juckten schlimmer denn je, während die älteren (an den Knöcheln, dem Nabel, seinem Rücken und auf dem Brustbein) kribbelten.

Drei Stufen vor dem unteren Ende drehte sich Harry zu Ted um und murmelte mit leiser Stimme:

»Ich habe es ernst gemeint. Daß ich keine Verantwortung für dich übernehme.«

Ted nickte und nahm die Hand von Harrys Schulter. Es gab nichts mehr zu sagen; keine weiteren Ausreden, um den Abstieg hinauszuzögern. Harry streckte die Hand in sein Jackett und tätschelte behutsam die Waffe in ihrem Halfter. Dann ging er die letzten drei Stufen hinunter, bog um eine Ecke und gelangte in eine große Backsteinkammer, deren gegenüberliegende Wand rund fünfzehn Meter von der Stelle entfernt war, wo er stand, und deren Gewölbedecke sich sechs Meter über seinem Kopf befand. In der Mitte bemerkte er etwas, das man auf den ersten Blick für eine Säule aus durchscheinenden Vorhängen hätte halten können, etwa halb so breit wie die Kammer selbst; sie war die Quelle des silbernen Lichts, das sie die Treppe hinabgelockt hatte. Aber auf den zweiten Blick sah er, daß es sich nicht um Stoff handelte, sondern um eine Art Äther. Dieser glich dem Wabern eines Nordlichts über einem Fadenspiel von Strängen, die sich kreuz und quer durch die Kammer erstreckten wie das Netz einer riesigen Spinne mit künstlerischen Ambitionen.

Und inmitten dieses Waberns Gestalten: die Teilnehmer, deren Ankunft er im Verlauf des Nachmittags beobachtet hatte. Sie trugen keine Mäntel oder Hüte mehr, sondern liefen fast nackt inmitten des Lichts herum.

Aber *was* für eine Nacktheit! Viele wurden teilweise von den Schleiern des Lichts verhüllt, aber Harry hegte keine Zweifel mehr, daß alles zutraf, was er über die Zyem Carasophia gehört hatte. Dies waren Verbannte, kein Zweifel. Manche entstammten eindeutig einer Verbindung zwischen Mensch und Vogel, Augen seitlich an den Köpfen, schnabelförmige Münder, gefiederte Rükken. Andere bestätigten ein Gerücht, das Harry gehört hatte, wonach einige der Kinder von Essenz einfach *geträumt* wurden, reine Kreaturen der Phantasie. Wie sonst sollte man sich das Paar erklären, dessen Köpfe gelbe Schlieren waren, in denen es scheinbar von blauen Glühwürmchen wimmelte, oder das Wesen, das die Kopfhaut in schmalen Streifen abgeschält hatte, welche nun das rohe Gesicht in einem flatternden Tanz umgaben.

Von den unheiligen Paraphernalien, mit denen Harry gerechnet hatte, war nichts zu sehen. Keine flackernden Kerzen aus Menschenfett, keine rituellen Dolche, keine getöteten Kinder. Die Teilnehmer schritten einfach in der Wiege aus Licht dahin, als schwebten sie in einem kollektiven Traum. Wäre der Geruch von Weihrauch und Sushi nicht gewesen, hätte er bezweifelt, daß hier etwas Unbotmäßiges stattfand.

»Was geht hier vor?« murmelte Ted in Harrys Ohr.

Harry schüttelte den Kopf. Er hatte keine Ahnung. Aber er wußte, wie er es herausfinden konnte. Er schälte sich aus dem Jackett und machte sich daran, das Hemd aufzuknöpfen.

»Was machst du?«

»Ich mische mich unter sie«, antwortete er.

»Sie werden dich ruckzuck abmurksen.«

»Das glaube ich nicht«, sagte Harry, der die Schuhe abstreifte, während er das Hemd aus der Hose zog. Dabei ließ er die Gehenden nicht aus den Augen und suchte nach Anzeichen von Bösartigkeit. Aber er fand keine. Es war, als befänden sie sich in einem halb tranceartigen Zustand, in dem jedwede Aggressivität unterdrückt wurde.

Er vermutete, daß sie ihn nicht einmal bemerkt hätten, wenn er sich bekleidet unter sie gemischt hätte. Aber ein Instinkt sagte ihm, daß er verwundbar, so wie sie, in dem Getümmel sicherer sein würde.

»Bleib hier«, sagte er zu Ted.

»Du bist nicht bei Trost, weißt du das?« entgegnete Ted.

»Mir passiert schon nichts«, sagte Harry, sah an seinem fast nackten Körper hinab und tätschelte seinen Bauch. »Vielleicht sollte ich ein oder zwei Pfund abnehmen ...« Dann wandte er sich von Ted ab und ging zu der Wiege.

Bis jetzt war ihm nicht aufgefallen, daß entweder das Licht oder die Stränge ein leises, an- und abschwellendes Summen von sich gaben, das lauter wurde, je näher er kam. Es pochte in seinem Kopf wie der Auftakt von Kopfschmerzen, aber so unangenehm es war, es konnte ihn nicht dazu bewegen, wieder umzukehren. Inzwischen hatte er am ganzen Körper eine Gänsehaut, und seine Tätowierungen kribbelten heftig.

Er hob den linken Arm und zog den Verband von der frischen Tätowierung. In dem silbernen Licht schien sie zu leuchten, als wäre sie erst vor wenigen Minuten in die Haut graviert worden: eine rubinrote Parabel, die plötzlich lächerlich wirkte. Norma hatte recht gehabt, dachte er. Welchen Schutz bot ein bloßes Symbol in einer derart von Kräften erfüllten Welt?

Er warf den Verband beiseite und ging weiter auf die Wiege zu, wobei er jeden Moment damit rechnete, daß einer der Teilnehmer in seine Richtung schauen würde. Aber niemand sah her. Er trat zwischen die Schleier, ohne daß auch nur ein Blick in seine Richtung geworfen worden wäre, und bahnte sich einen Weg zwischen den Gehenden hindurch zum Zentrum des wabernden Lichts. Dabei hob er die Arme und strich über einen der Stränge, von dem ein minimaler Energiestoß – zu schwach, um schmerzhaft zu sein – über seine Schultern in die Brust floß. Die Aurora erbebte, und er befürchtete einen Moment, sie würde ihn ausstoßen, denn die leuchtenden Schleier schlossen sich aus allen Richtungen kommend um ihn. Aber ihre Berührung war alles andere als unangenehm, und welchem Test auch immer er unterzogen wurde, er schien ihn bestanden zu haben, denn einen Augenblick später ließen die Schleier von ihm ab und setzten ihr sanftes Wiegen fort.

Harry sah hinaus, in die Kammer, um nach Ted Ausschau zu halten, aber alles außerhalb des Lichts – die Wände, die Treppe, das Dach – war verschwommen geworden. Er vergeudete keine Zeit mit Suchen, sondern wandte seine Aufmerksamkeit wieder dem Geheimnis zu, das in der Mitte der Wiege wartete.

Die Kopfschmerzen wurden schlimmer, als er näher kam, aber er ertrug sie mit Freuden. Vor ihm befand sich etwas, wie er sah; ein Stückchen Dunkelheit inmitten dieser Wiege des Lichts. Es war größer als er, dieses Stück, und schien fast eine gewisse Macht über ihn zu haben, denn jetzt, da er es gesehen hatte, konnte er den Blick nicht mehr davon abwenden.

Und mit dem Anblick kam ein anderes Geräusch, unter dem Summen zu hören, gleich einem wiederholten, gedämpften Trommelwirbel.

So verwirrt und gebannt er war, konnte er doch identifizieren, um welche Art von Geräusch es sich handelte: Er hörte das Meer.

Sein Herz schlug schneller. Ein Zittern lief durch seinen

Körper. Das Meer! Mein Gott, das Meer! Er hauchte seinen Namen wie ein Segen.

»Essenz . . .«

Das Wort wurde gehört. Er spürte den Hauch von Atem im Rücken, und jemand sagte:

»Beherrsche dich!«

Er drehte sich um und sah, daß einer der Verbannten, dessen Gesicht aus einem bunten Wirbel bestand, dicht neben ihm stand.

»Wir müssen vor dem *Neirica* warten«, sagte das Geschöpf. »Der Segen wird kommen.«

Der Segen? dachte Harry. Wen erwarten sie hier unten, den Papst?

»Dauert es noch lange?« sagte Harry, der überzeugt war, das Geschöpf würde ihn jeden Moment als den einfachen Homo sapiens entlarven, der er war.

»Nicht mehr lange«, lautete die Antwort. »Er weiß, wie ungeduldig wir sind.« Das Geschöpf sah an Harry vorbei in die Dunkelheit. »Er weiß, wie sehr wir uns danach sehnen, endlich zurückzukehren. Aber wir dürfen es nur mit dem Segen, richtig?«

»Ja«, sagte Harry. »Ja, gewiß.«

»Warte . . .«, sagte das Geschöpf und drehte den Kopf zur Welt außerhalb um, ». . . ist er das nicht?«

Plötzlich herrschte hektische Betriebsamkeit im Umfeld, als die Wesen – einschließlich Harrys Gesprächspartner – zum Rand der Aurora strebten. Harry war hin- und hergerissen zwischen den Wunsch, zu sehen, wer da gekommen war, um ihnen seinen Segen zu erteilen, und dem Verlangen, das Ufer von Essenz zu schauen. Er entschied sich für letzteres. Er machte kehrt und ging mit zwei raschen Schritten zu dem Stückchen Dunkelheit, dessen Anziehungskraft ihm zusätzlichen Schwung verlieh. Er spürte, wie der Boden unter seinen Füßen instabil wurde, spürte Regenwind, frisch und kalt, im Gesicht. Die Dunkelheit tat sich vor ihm auf, als hätte die Bö eine Tür aufgestoßen, und für einen Augenblick schien sein Blick ihm vorauszueilen, während sein träges Fleisch hinterherstolperte, hinaus, hinaus, über ein nächtliches Ufer.

Der Himmel über ihm war wolkenverhangen, aber Geschöpfe, die trübes Licht hinter sich herzogen, bewegten sich anstelle von Sternen über den Himmel. Auf den Steinen am Boden führten Krabben ihren Liebestanz auf und verhakten die Scheren ineinander, während sie auf die Brandung zuliefen. Und in dieser Brandung hüpften Schwärme von Fischen, als wollten sie den Himmel oder die Sterne bezwingen oder beides.

Das alles nahm er mit einem einzigen, gierigen Blick in sich auf.

Dann hörte er einen Schrei hinter sich und sah mit größtem Widerwillen über die Schulter in die Kammer zurück. Dort, sah er, fand ein Tumult statt. Die Wiege erbebte, die Schleier, die den Riß umflorten wie Mullbinden eine Wunde, waren hier und da zerrissen. Er versuchte den Blick zu klären, um die Ursache dafür besser sehen zu können, aber seine Augen wollten das Wunder, das sie gerade erblickt hatten, nicht so einfach abschütteln, und während sie noch damit beschäftigt waren, wurden rechts und links von ihm Schreie laut. Ihr Kreischen reichte aus, ihn aus seiner Kontemplation zu reißen. Plötzlich fürchtete er um sein Leben und räumte den Platz vor dem Stück Dunkelheit, obwohl sein Bann fast übermächtig war und es ihn alle Anstrengung kostete.

Im Laufen sah er das Geschöpf, mit dem er eben noch gesprochen hatte, mit einer faustgroßen Wunde zwischen den Schleiern dahinstolpern. Als es auf die Knie sank, richtete es den Blick seiner funkelnden Augen einen Moment auf Harry und machte den Knochenmund auf, als wollte es um eine Erklärung bitten. Statt dessen kam Blut heraus, schwarz wie das Sekret eines Tintenfischs, und das Geschöpf kippte nach vorne und war tot, noch ehe es auf dem Boden aufschlug. Harry suchte zwischen den wehenden Schleiern nach seinem Mörder, sah aber nur Opfer: Wesen fielen überall mit gräßlichen Wunden zu Boden. Ein abgehackter Kopf rollte vor seine Füße; eine

Kreatur, deren halber Körper weggerissen worden war, klammerte sich in Todesqualen an ihn und verstarb schluchzend in seinen Armen.

Die Wiege, die plötzlich zum Grab geworden war, erbebte von einem Ende zum anderen, die Schleier sanken angesichts der Gewalttaten zu Boden und rissen die Stränge mit sich. Sie zuckten und verkrampften sich am Boden, und das Licht, das sie verströmt hatten, erlosch, wodurch die Kammer zunehmend in Dunkelheit gehüllt wurde.

Harry schirmte den Kopf unter der einstürzenden Wiege ab, lief zu ihrem äußeren Rand, und dort konnte er – endlich – die Kreatur sehen, welche diese Schrecken an den Ort des Friedens gebracht hatte.

Es war ein Mann. Nicht mehr, nicht weniger. Er hatte den Bart eines Patriarchen und das Gewand eines Propheten. Die einstmals blaue Robe war inzwischen so blutbeschmiert, daß er wie ein Schlachter aussah. Seine Waffe bestand aus einem kurzen Stab, aus dem fast behäbig fahle Feuergarben hervorbrachen. Harry sah eine, die sich durch die Luft schlängelte und ein Opfer suchte, das bisher verschont geblieben war. Sie traf das Geschöpf (eines des Schlieren-mit-Glühwürmchen-Paars) oberhalb der Pobacken, sauste am Rücken hinauf und quetschte das Fleisch auf beiden Seiten heraus. Trotz des schrecklichen Ausmaßes seiner Verletzung ging es nicht zu Boden, sondern drehte sich zu seinem Peiniger um.

»Warum?« schluchzte es und streckte die faltigen Arme in seine Richtung aus. »Warum?«

Er antwortete nicht. Hob einfach den Stab zum zweitenmal und gab einen zweiten Energiestoß ab, der das Opfer in den Mund traf. Das Flehen verstummte augenblicklich, als das Feuer sich über den Schädel ausbreitete und ihn binnen eines Sekundenbruchteils verwüstete. Nicht einmal da ging die Kreatur zu Boden. Ihr Körper erschauerte, Blase und Darm leerten sich. Der Prophet stieg mit einem fast erheiterten Gesichtsausdruck über das Gemetzel, das er angerichtet hatte, und schlug mit einem Hieb der Rückhand den Stab so brutal in das verkohlte Gesicht, daß der Kopf vom Rumpf getrennt wurde.

Harry stieß unwillkürlich einen Schrei der Wut aus, nicht des Grauens. Der Killer, der schon an der enthaupteten Frau vorbei zu dem Spalt ging, blieb unvermittelt stehen. Harry erstarrte. Der Prophet sah sich mit verwirrter Miene um.

Er kann mich nicht sehen, dachte Harry.

Das war vielleicht übertrieben optimistisch. Der Mann sah weiterhin her, als würde er den Schemen einer Präsenz in der zunehmenden Dunkelheit erkennen, könnte sich aber nicht entscheiden, ob ihm seine Augen einen Streich spielten. Aber er ging kein Risiko ein. Noch während er verwirrt geradeaus starrte, hob er den Stab.

Harry wartete nicht auf das Feuer. Er rannte zur Treppe und hoffte bei Gott, daß Ted vor ihm geflohen war. Das tödliche Feuer sauste so dicht an ihm vorbei, daß Harry seine widerliche Hitze spüren konnte, dann prallte es gegen die Wand gegenüber, wo die Energie sich verteilte und die Risse entlangraste. Harry drehte sich zu dem Propheten um, der das Phantom bereits vergessen hatte und sich wieder zu der dunklen Spalte wandte, die nach Essenz führte.

Harrys Blick wanderte zu der Dunkelheit. Im Halbdunkel der Kammer waren Ufer und Meer deutlicher zu erkennen als vorher, und einen Augenblick erforderte es seine gesamte Anstrengung, nicht kehrtzumachen; an dem Propheten vorbei zu der Schwelle zu laufen und unter der Kuppel des fremden Himmels zu stehen.

Dann ertönte aus der Düsternis links von ihm eine schmerzverzerrte und klägliche Stimme.

»Es tut mir leid, Harry ... bitte ... es tut mir leid ...«

Der Magen drehte sich Harry vor Übelkeit um, als er sich dorthin wandte, woher die Stimme kam. Ted lag mit ausgebreiteten Armen sieben oder acht Meter von der Treppe entfernt, und sein ganzer Brustkorb klaffte auf. Bei der blutigen und tiefen Wunde war es ein Wunder, daß er noch genügend Leben in sich hatte, um zu atmen, geschweige denn zu sprechen. Harry ging neben ihm in die Hocke.

»Nimm meine Hand, ja?« sagte Ted.

»Ich habe sie«, sagte Harry.

»Ich kann nichts spüren.«

»Das ist vielleicht besser so«, sagte Harry. »Ich muß dich hochheben.«

»Er tauchte aus dem Nichts auf . . .«

»Mach dir keine Gedanken.«

»Ich hab' mich ferngehalten, wie du gesagt hast, aber dann ist er einfach aus dem Nichts aufgetaucht.«

»Sei still, ja?« Harry schob einen Arm unter Teds Körper. »Okay, bist du bereit?«

Ted stöhnte nur. Harry holte tief Luft, stand auf und trug den verletzten Mann ohne anzuhalten zur Treppe. Mit jedem Augenblick fiel es schwerer, die Stufen zu sehen, da die letzten leuchtenden Stränge erloschen. Aber er stolperte trotzdem weiter, während Teds Körper von kurzen Krämpfen geschüttelt wurde.

»Halt durch«, sagte Harry. »Halt durch.«

Sie hatten die erste Stufe erreicht, und Harry begann mit dem Aufstieg. Er drehte sich nur noch einmal zum Zentrum der Kammer um und sah, daß der Prophet an der Schwelle zwischen Kosm und Metakosm stand. Zweifellos war er nur deshalb hierhergekommen. Weshalb er es aber für notwendig erachtet hatte, dafür so viele Wesen niederzumetzeln, war ein Geheimnis, das Harry wahrscheinlich nicht in absehbarer Zeit ergründen würde.

2

»Es ist spät, Harry«, sagte Norma. Sie saß im selben Sessel beim Fenster, und die Fernseher flackerten ringsum. Frühmorgen-Sendungen.

»Kann ich was zu trinken haben?« sagte Harry.

»Bedien dich.«

Harry ging im Licht der flackernden Fernseher zum Tisch bei Norma und schenkte sich einen Brandy ein.

»Du hast Blut an dir«, sagte Norma. Ihre Augen waren blind, aber ihre Nase fein.

»Nicht meins. Das von Ted Dusseldorf.«

»Was ist passiert?«

»Er ist vor einer Stunde gestorben.«

Norma schwieg ein paar Sekunden. Dann sagte sie: »Der Orden?«

»Nicht direkt«, sagte Harry, setzte sich auf den harten Holzstuhl gegenüber von Normas Plüschthron und erzählte ihr, was vorgefallen war.

»Also waren die Tätowierungen doch eine gute Investition«, sagte sie, als er seinen Bericht beendet hatte.

»Entweder das, oder ich hatte Glück.«

»Ich glaube nicht an das Glück«, sagte Norma. »Ich glaube an das Schicksal.« Wie sie das Wort aussprach, hörte es sich fast sexy an.

»Also war es Teds Schicksal, heute nacht zu sterben?« sagte Harry. »Das kaufe ich dir nicht ab.«

»Dann laß es«, sagte Norma, ohne im geringsten beleidigt zu sein. »Dies ist ein freies Land.«

Harry trank seinen Brandy. »Vielleicht wäre es an der Zeit für mich, ernsthaft Hilfe zu suchen«, sagte er.

»Meinst du eine Therapie? Wenn ja, dann will ich dir gleich sagen, Freud war schon hier bei mir – jedenfalls hat er behauptet, daß er Freud ist –, und der Mann war dermaßen *verkorkst* –«

»Ich spreche nicht von Freud. Ich spreche von der Kirche oder vielleicht dem FBI. Ich weiß nicht. Jemand muß erfahren, was hier los ist.«

»Wenn sie dir glauben würden, dann hätte der Feind sie schon rekrutiert«, sagte Norma. »Da kannst du sicher sein.«

Harry seufzte. Er wußte, daß sie recht hatte. Da draußen waren Leute in Uniformen und Soutanen und mit offiziellen Abzeichen unterwegs, deren tägliche Aufgabe darin bestand, Informationen über das Wunderbare zu unterdrücken. Wenn er sein Wissen in das falsche Ohr flüsterte, war er tot.

»Also treffen wir eine sorgfältige Auswahl«, sagte Harry.

»Oder lassen wir es sein.«

»Diese Tür soll nicht offen sein, Norma.«

»Bist du sicher?«

»Das ist eine verdammt dumme Frage«, entgegnete Harry, *»selbstverständlich* bin ich sicher.«

»Das ist tröstlich«, sagte Norma. »Kannst du dich erinnern, wann du das zum erstenmal beschlossen hast?«

»Ich habe es nicht beschlossen. Es wurde mir gesagt.«

»Von wem?«

»Ich weiß nicht. Vielleicht von Hess. Oder von dir.«

»Von mir? Auf mich solltest du nicht hören!«

»Herrgott, und auf wen *sollte* ich hören?«

»Du könntest mit dir selbst anfangen«, antwortete Norma. »Weißt du noch, was du vor ein paar Tagen zu mir gesagt hast?«

»Nein.«

»Du hast gesagt, daß es vielleicht an der Zeit wäre, nicht mehr menschlich zu sein.«

»Ach das . . .«

»Ja, das.«

»Das war nur Gerede.«

»Alles nur Gerede, bis wir es in die Tat umsetzen, Harry.«

»Versteh' ich nicht.«

»Vielleicht sollte die Tür *doch* offen sein«, sagte Norma. »Vielleicht sollten wir sehen, was in unseren Träumen ist, aber mit offenen Augen.«

»Damit sind wir wieder bei Freud.«

»Das sind wir nicht«, sagte sie leise. »Nicht im entferntesten.«

»Und wenn du dich irrst?« sagte Harry. »Angenommen, es wäre eine Art Katastrophe, die Tür offen zu lassen, und wenn ich nichts unternehme –«

»Ist es das Ende der Welt?«

»Genau.«

»Auf keinen Fall. Sie kann nicht untergehen. Sie kann sich verändern, aber sie kann nicht untergehen.«

»Ich nehme an, das muß ich dir einfach glauben?«

»Nein. Du könntest deine Zellen fragen. Die würden es dir bestätigen.«

»Wir reden in letzter Zeit nicht gerade oft miteinander, meine Zellen und ich«, sagte Harry.

»Vielleicht hörst du nur nicht genau hin«, entgegnete Norma. »Das Wesentliche ist: Was wäre, wenn sich die Welt verändert? Ist sie so, wie sie ist, denn so toll?«

»Sie könnte verdammt viel schlechter sein.«

»Wer sagt das?«

»Ich! Ich sage das!«

Norma hob den Arm und streckte ihn nach Harry aus. »Gehen wir aufs Dach«, sagte sie.

»Jetzt?«

»Jetzt. Ich brauch' frische Luft.«

Sie gingen nach oben, Norma in ihren Schal gewickelt, auf das neun Stockwerke über der Seventy-Fifth Street gelegene Dach. Es würde noch einige Zeit vergehen bis zur Morgendämmerung, doch die Stadt rüstete sich bereits für den neuen Tag. Norma hakte den Arm bei Harry unter, dann blieben sie gemeinsam etwa fünf Minuten schweigend stehen, während unten der Verkehr murmelte, Sirenen heulten und der Wind rußig und kalt vom Fluß her wehte. Norma unterbrach das Schweigen als erste.

»Wir sind so mächtig«, sagte Norma, »und so empfindlich.«

»Wir?«

»Alle. *Mächtig.*«

»Ich glaube nicht, daß sich die meisten Menschen so fühlen«, sagte Harry.

»Weil sie die Zusammenhänge nicht spüren können. Sie glauben, daß sie allein sind. In ihren Köpfen. Auf aller

Welt. Ich höre sie andauernd. Seelen kommen vorbei und lamentieren, wie *allein* sie sind, wie schrecklich *allein*. Und ich sage zu ihnen, laßt gehen, was ihr seid –«

»Und das wollen sie nicht?«

»Selbstverständlich nicht.«

»Der Gedanke gefällt mir auch nicht«, sagte Harry. »Ich habe nur mich. Das will ich nicht aufgeben.«

»Ich sagte, laßt gehen, nicht gebt auf«, antwortete Norma. »Das ist nicht dasselbe.«

»Aber wenn man tot ist –«

»Was ist tot?« Norma zuckte mit den Achseln. »Es verändert sich etwas, aber es hört nicht auf. Das habe ich dir gesagt.«

»Und ich glaube dir nicht. Ich will dir glauben, aber ich kann nicht.«

»Dann kann ich dich nicht überzeugen«, sagte Norma. »Du mußt es selbst herausfinden, so oder so.« Sie rückte ein wenig näher zu Harry. »Wie lange kennen wir uns?« sagte sie.

»Das hast du mich schon mal gefragt.«

»Und was hast du geantwortet?«

»Elf Jahre.«

»So lange, hm . . .?« Sie verstummte wieder eine Minute oder so. Dann sagte sie: »Bist du glücklich, Harry?«

»Um Himmels willen, nein. Du?«

»Weißt du was? Ich bin es«, sagte Norma mit einem überraschten Unterton in der Stimme. »Ich mag deine Gesellschaft, Harry. Zu einer anderen Zeit, an einem anderen Ort, da hätten wir ein schönes Paar sein können, du und ich. Vielleicht waren wir es.« Sie lachte leise. »Vielleicht kommt es mir *darum* so vor, als ob ich dich schon länger als elf Jahre kenne.« Sie erschauerte. »Mir wird ein wenig kalt«, sagte sie. »Bringst du mich wieder nach unten?«

»Natürlich.«

»Du klingst so müde, Harry. Du solltest ein paar Stunden schlafen. Ich hab' eine Matratze in der Rumpelkammer.«

»Schon gut, danke. Ich geh' nach Hause. Ich brauchte nur jemanden, mit dem ich reden konnte.«

»Ich war keine große Hilfe, was? Du wolltest einfache Antworten, und ich habe keine.«

»Etwas habe ich dir noch nicht gesagt.«

»Was?«

»Ich wäre fast durchgegangen.«

»Durch die Tür?«

»Ja.«

»Und warum hast du es nicht getan?«

»Zunächst einmal konnte ich Ted nicht im Stich lassen. Und ... ich weiß nicht ... ich schätze, ich hatte Angst, es könnte keinen Weg zurück geben.«

»Oh, vielleicht sind die besten Reisen diejenigen ohne Rückfahrkarte, Harry«, sagte Norma mit sehnsüchtiger Stimme. »Erzähl mir, wie es war.«

»Das Ufer? Es war wunderschön.« Er sah das Bild vor seinem geistigen Auge und konnte ein Seufzen nicht unterdrücken.

»Dann geh zurück«, sagte Norma.

Harry antwortete einen Moment nicht, sondern studierte statt dessen das funkelnde Panorama vor seinen Augen. Es war auf seine Weise ebenfalls schön, aber nur aus diesem Blickwinkel, und nur bei Nacht.

»Vielleicht sollte ich das«, sagte er.

»Wenn du an mich denkst, das mußt du nicht«, sagte Norma. »Du wirst mir fehlen, aber ich komme zurecht. Wer weiß, vielleicht folge ich dir eines Tages.«

3

Er ging in sein Apartment, um sich zu waschen (Teds Blut klebte ihm das Hemd an die Brust) und ein paar Sachen für die Reise zu packen. Das war selbstverständlich ein absurdes Unterfangen, da er keine Ahnung hatte, was auf der anderen Seite lag, abgesehen von Meer, Himmel und Steinen.

Er steckte auch seine Brieftasche ein, obwohl er bezweifelte, daß dort mit Dollars bezahlt würde. Die Uhr zog er in der sicheren Überzeugung an, daß Geld dort keine Rolle spielte. Er legte das Kruzifix an, obwohl er gehört hatte, daß die Geschichte von Jesus Christus nur erfunden worden war, um die Aufmerksamkeit von eben jenem Geheimnis abzulenken, das er ergründen wollte. Dann begab er sich, im allerersten Schimmer des Morgengrauens, wieder zu dem Gebäude zwischen der Thirteenth und der Fourteenth Street.

Die Tür, die er vor nicht einmal zwölf Stunden mit dem *Prodigile* geöffnet hatte, war immer noch offen. Mit dem konstanten Lichtkegel seiner Taschenlampe vor sich, ging er zu der Treppe. Dort verweilte er und horchte nach Geräuschen von unten. Er war dem mordlüsternen Propheten einmal entkommen; ein zweiter Versuch hieße das Schicksal herauszufordern. Aber es war nichts zu hören; nicht einmal ein Stöhnen. Deshalb löschte er die Taschenlampe und ging in dem bißchen Licht, das zu der Tür hereinschien, die Treppe hinunter. Bis unten drang dieses Licht nicht, aber dort befand sich eine andere, weitaus stärkere Lichtquelle. Das Blut eines der ermordeten Gäste, buchstäblich aus Kopf und Herz vergossen, verströmte fliederfarbenes Licht aus seinen Lachen, wie die Phosphoreszenz von etwas Verrottetem.

Harry blieb am Fuß der Treppe stehen, bis sich seine Augen hinreichend an die Lichtverhältnisse gewöhnt hatten. Nach einer Weile konnte er eine Szene erkennen, für die er sich so gut es ging gewappnet hatte, bei deren Anblick sich ihm aber dennoch die Nackenhärchen aufrichteten.

Selbstverständlich hatte er schon früher den Tod gesehen, allzuoft und selten ordentlich. Verstümmelte und verweste Leichen, gebrochene Glieder, verunstaltete Gesichter. Aber hier lag der Fall seltsamer; doppelt seltsam. Hier lagen Kreaturen, die er für unheilig gehalten hatte – Anhänger des Antichrist, hatte er geglaubt –, deren

Fleisch nicht der Stoff einer Schulbiologie war. Er verspürte einen tief verwurzelten Argwohn gegenüber Lebewesen, die sich so sehr von ihm selbst unterschieden wie diese. In solchen Körpern hauste, seiner Erfahrung nach, nur Bösartigkeit und Irrsinn. Aber als er sich umsah, konnte er keine Freude über ihr Ende empfinden. Vielleicht waren sie unschuldig gewesen, vielleicht nicht. Er würde es nie erfahren. Aber er wußte noch, erst in der vergangenen Woche hatte er davon gesprochen, die Grenzen seiner Rasse zu überwinden. Er konnte es sich nicht mehr leisten, Abscheu vor einer Gestalt zu empfinden, denn mit der Zeit konnte sie seine eigene werden. Alles war möglich. Vielleicht würde er diese Stadien durchlaufen, wenn er sich weiterentwikkelte wie ein Fötus, der auch einem Reptil und einem Vogel glich, ehe seine Menschwerdung begann. In diesem Fall lagen möglicherweise seine Brüder hier in der Dunkelheit.

Dann sah er über sie hinweg zum Zentrum der Kammer. Die Stränge hatten ihr Licht verloren, aber ein paar Fetzen der nebulösen Schleier, die daran gehangen hatten, waren noch da. Doch auch sie konnten die Leere in ihrer Mitte nicht verbergen. Die Öffnung, die zum Ufer von Essenz geführt hatte, war nicht mehr da.

Harry stolperte über die Leichen, als er zu der Stelle ging und mit jedem Schritt hoffte, daß seine Augen ihn trogen. Es war eine vegebliche Hoffnung. Der Prophet hatte die Tür hinter sich geschlossen, als er an den anderen Ort gegangen war, und nichts zurückgelassen, das die Stelle auszeichnete.

»Zu dumm«, sagte Harry zu sich.

Er war so nahe dran gewesen. Er hatte an der Schwelle des Wunderbaren gestanden, wo das Wunder der Existenz möglicherweise seine Lösung fand, aber statt die Gelegenheit zu nutzen, solange sie sich bot, hatte er sich ablenken lassen. Er hatte sich abgewendet und seine Chance vertan.

War das das Schicksal, von dem Norma gesprochen

hatte? Daß er inmitten der Toten zurückblieb, während der Zug des Wunderbaren ohne ihn weiterfuhr?

Seine Knie – des Adrenalins beraubt, das ihn bis hierher getrieben hatte – wurden weich. Es war Zeit zu gehen, seine Frustration und seinen Kummer zu begraben und ein paar Stunden zu schlafen. Später, wenn er seine Sinne wieder beisammen hatte, gelang es ihm vielleicht besser, den Sinn von allem hier zu ergründen.

Er ging durch die gespenstische Szenerie zurück und die Treppe hinauf. Als er die oberste Stufe erreicht hatte, schlurfte jedoch etwas aus den Schatten heran und versperrte ihm den Weg. Es schien, als wäre das Massaker des Propheten doch nicht ganz so gründlich gewesen. Hier war eine, die überlebt hatte, aber selbst im trüben Licht des Durchgangs konnte man sehen, daß sie dem Tod nahe war. Sie hatte eine klaffende Wunde von der Mitte der Brust bis zur Hüfte, deren gesamte Länge mit getrocknetem, gummiartigem Blut verklebt war. Ihr Gesicht war vollkommen ausdruckslos, ihre Augen leuchteten golden in dem Gesicht ohne Nase und Lippen.

»Ich kenne dich«, sagte sie mit leiser, zischelnder Stimme. »Du warst bei der Zeremonie.«

Das stimmt.

»Warum bist du zurückgekommen?«

»Ich wollte durch die Tür.«

»Das wollten wir alle«, sagte sie und beugte sich in Harrys Richtung. Ihre Augen leuchteten und flatterten unheimlich, als würde sie ihm durch Mark und Bein sehen. »Du bist keiner von uns«, sagte sie.

Harry sah keinen Grund zu lügen. »Nein, das bin ich nicht.«

»Du bist mit *ihm* gekommen«, sagte sie plötzlich. »Oh, bei den 'shu–« Sie wich vor Harry zurück und hob die Arme, um sich zu schützen.

»Ruhig«, sagte Harry. »Ich war nicht bei ihm. Ich schwöre es.«

Er ging die letzten Stufen hoch und zu ihr. Sie war zu schwach, ihm zu entkommen, daher ließ sie sich einfach an die Wand sinken, wo ihr geschundener Körper von Schluchzen geschüttelt wurde. »Töte mich«, sagte sie. »Mir ist es gleich. Es ist sowieso nichts mehr übrig.«

Harry ging vor ihr in die Hocke. »Hör zu, ich bin nicht mit ihm gekommen, wer immer er gewesen ist . . .«

»Kissoon«, sagte sie.

»Was?«

Sie sah ihn zwischen mit Schwimmhäuten versehenen Fingern hindurch an. »Du kennst ihn also *doch*.«

»Der Kissoon, den ich kenne, ist tot«, sagte er. »Jedenfalls dachte ich das.«

»Er hat unseren Segensm'n getötet und ist in seinem Fleisch zu unserer Zeremonie gekommen. Und warum?«

Wenigstens darauf wußte Harry eine Antwort. »Um nach Essenz zu gelangen.«

Das Geschöpf schüttelte den Kopf. »Er ist nicht gegangen«, sagte sie. »Er hat nur die Tür geschlossen.«

»Bist du sicher?«

»Ich habe es mit eigenen Augen gesehen. Darum weiß ich ja, daß es Kissoon war.«

»Das mußt du mir erklären.«

»Als die Tür zufiel, im letzten Augenblick, loderte ein Licht auf, das alles durchdrang – Backsteine, die Schwebe, die Toten –, und ich schien kurze Zeit ihre wahre Natur sehen zu können. Ich sah ihn an – den Mann, den wir für unseren Segensm'n gehalten hatten –, und da sah ich den anderen Mann, der sich in seinem Körper versteckt hatte.«

»Woher wußtest du, daß es Kissoon war?«

»Er hat einmal versucht, unserem Orden beizutreten. Er sagte, er sei ein Verbannter, genau wie wir, und er wollte mit uns nach Essenz zurückkehren.« Als sie das Wort aussprach, erschauerte sie, und wieder flossen Tränen. »Weißt du, was seltsam ist?« fragte sie mit einem kurzen, galligen Lachen. »Ich war nie dort. Die meisten von uns waren nie dort. Wir sind die Kinder der Kindeskinder von Gestrandeten. Wir haben für etwas gelebt und sind für etwas gestorben, das wir nur vom Hörensagen kennen.«

»Weißt du, wohin er gegangen ist?«

»Kissoon?«

Harry nickte.

»Ja, das weiß ich. Ich bin ihm zu seinem Versteck gefolgt.«

»Wolltest du ihn töten?«

»Selbstverständlich. Aber als ich dort ankam, hatte ich keine Kraft mehr. Ich wußte, wenn ich ihm so gegenübertreten würde, würde er mir den Rest geben. Ich kam hierher zurück, um mich vorzubereiten.«

»Sag mir, wo er ist. Ich werde es für dich tun.«

»Du weißt nicht, wozu er fähig ist.«

»Ich habe davon gehört«, sagte Harry. »Glaub mir, ich habe davon gehört.«

»Und du glaubst, du kannst ihn töten?«

»Ich weiß nicht«, sagte Harry, der vor seinem geistigen Auge das Porträt sah, das Ted von ihm gemalt hatte. Leuchtender Himmel, wuselnde Straße und eine schwarze Schlange unter seinem Absatz. Kissoon war diese Schlange, unter einem anderen Namen. »Ich habe zu meiner Zeit schon einige Dämonen besiegt.«

»Er ist kein Dämon«, sagte das Geschöpf. »Er ist ein Mensch.«

»Ist das gut oder schlecht?«

Das Geschöpf sah ihn ernst an. »Du kennst die Antwort darauf«, sagte sie.

Das war natürlich nicht so gut.

Dämonen waren einfach strukturiert in ihrer Denkweise. Sie glaubten an Gebete und die Macht von Weihwasser; darum flohen sie vor beidem. Aber Menschen? Woran glaubten Menschen?

4

Die Adresse, die ihm das Geschöpf gesagt hatte, lag in Morningside Heights, in der Gegend der 110th Street und der Eighth Avenue: ein unscheinbares Haus, das Reparaturen an der Fassade nötig gehabt hätte. Vor den Erdgeschoßfenstern hingen keine Vorhänge. Harry sah ins Innere. Das Zimmer war leer; keine Bilder an den Wänden, keine Teppiche auf dem Boden, keine Möbel, nichts. Er wußte schon, bevor er zur Eingangstür kam, die einen Spalt offenstand, und das graue Innere betreten hatte, daß er zu spät gekommen war. Das Haus war leer; oder so gut wie.

Nur wenig deutete darauf hin, daß Kissoon hier gewohnt hatte. Oben an der Treppe lag ein mittelgroßer Lix in einer Lache seiner eigenen verfaulenden Substanz. Er hob den Kopf, als Harry näher kam, aber da sein Meister gegangen war, hatte er das bißchen Verstand, das er besessen hatte, auch noch verloren, überstreckte sich und fiel die Treppe hinunter, wobei er auf jeder Stufe Kotschlieren hinterließ. Harry folgte der stinkenden Spur, die der Lix hinterlassen hatte, zu dem Zimmer, wo Kissoon zuletzt gehaust hatte. Es glich dem Unterschlupf eines Penners. Zeitungen anstelle von Teppichen; eine fleckige Matratze unter einem schmutzigen Fenster; ein Berg leerer Dosen und Pappteller mit faulenden Essensresten neben einem zweiten Berg aus Schnapsflaschen. Kurzum, ein Dreckloch.

Nur einen Hinweis gab es auf die Ambitionen Kissoons: An einer Wand hing eine Karte der Vereinigten Staaten, die er mit allen möglichen Kürzeln und Anmerkungen versehen hatte. Harry nahm die Karte von der Wand und ging damit zum Fenster, um sie sich genauer anzusehen. Der Mann hatte eine krakelige Handschrift, und der größte Teil des Vokabulars war Harry fremd, wie eine unpassende Verbindung von Latein und Russisch, aber es war deutlich, daß mehr als ein Dutzend Stätten im ganzen Land für Kissoon von Bedeutung waren. New

York City und seine Umgebung wies die meisten Anmerkungen auf, gefolgt von einer Region in North Dakota und einer in Arizona, die ebenfalls interessant für ihn schienen. Harry legte die Karte zusammen und steckte sie ein. Dann durchsuchte er den Rest des Zimmers rasch und gründlich in der Hoffnung, weitere Hinweise auf Kissoons Ziele und Vorgehensweisen zu finden. Aber er fand nichts Interessantes, abgesehen von einem bizarren Kartenspiel, eindeutig Handarbeit und ziemlich abgegriffen. Er blätterte es durch, es waren etwa zwanzig Karten, jede mit einem simplen Muster versehen. Ein Kreis, ein Fisch, eine Hand, ein Fenster, ein Auge. Auch das steckte er ein, weil er es wollte und um Kissoon eins auszuwischen, und als er das getan hatte, ging er an dem verfaulten Lix vorbei in den warmen, fahlen Tag hinaus.

Erst später, als er die Karten auf dem Boden seines Büros ausbreitete, ging ihm auf, was für ein Spiel es war. Tesla Bombeck hatte ihm die Symbole zum erstenmal beschrieben, als sie von dem Medaillon sprach, das sie in den Höhlen unter Palomo Grove entschlüsselt hatte. Eine menschliche Gestalt war in der Mitte abgebildet gewesen, hatte sie gesagt: eine Gestalt, die Kissoon, der Erzeuger der Karten, in zwei Hälften eines Torso unterteilt hatte, jede mit einem ausgestreckten Arm und zwei Beinen. Der Rest der Symbole war unverändert von dem Medaillon übernommen worden. Wenn Harry sich richtig an Teslas Beschreibung erinnerte, hatten sich über dem Kopf der Gestalt vier Symbole befunden, die offenbar den Aufstieg der Menschheit zum Einssein versinnbildlichten. Darunter vier weitere, die ihre Rückkehr zum simplen Einzeller bedeuteten. An der linken Hand, von der Blut oder Energie ausströmte, befanden sich Symbole, die zu einem wolkenverdeckten Kreis führten; der Kosm. An der rechten Hand, von der gleichermaßen etwas ausströmte, Symbole, die zu einem leeren Kreis führten: das Mysterium, der Metakosm oder möglicherweise die heilige Leere.

Harry legte die Symbole in die Folge, wie Tesla sie beschrieben hatte, und fragte sich dabei, welchen Nutzen sie für Kissoon haben mochten. Waren sie ein Spiel, das er gespielt hatte? Metaphysisches Solitaire, um sich zu beschäftigen, während er seine Pläne schmiedete? Oder etwas Frivoles? Eine Methode, um den Vorgang vorherzusagen (oder gar zu *beeinflussen*), den das Spiel beschrieb?

Er wälzte gerade diese Fragen, als das Telefon läutete. Es war Norma.

»Schalt die Nachrichten ein«, sagte sie. Er gehorchte. Bilder eines ausgebrannten Gebäudes waren zu sehen, dazu der Kommentar eines Reporters vor Ort. Mehrere Leichen seien im Keller des Gebäudes gefunden worden, sagte er. Offizielle Zahlen gebe es noch nicht, aber er selbst habe siebenundzwanzig Opfer gezählt, die aus dem Gebäude herausgeschafft worden seien. Überlebende gebe es keine und auch keine Hoffnung mehr, welche zu finden.

»Ist es das Haus, das ich vermute?« sagte Norma.

»Genau das«, sagte Harry. »Haben Sie etwas über den Zustand der Opfer gesagt?«

»Nur daß die meisten bis zur Unkenntlichkeit verbrannt sind. Ich vermute, sie *waren* Verbannte.«

»Ja.«

»Offensichtlich?«

»Sehr.«

»Das wird einige Fragen aufwerfen«, bemerkte Norma trocken.

»Sie werden es zu den Akten legen und so tun, als wäre nie etwas passiert«, sagte Harry. Er hatte diese Vorgehensweise schon zahllose Male erlebt. Rationale Männer, die sich mit dem scheinbar Irrationalen befaßten, verschlossen einfach die Augen davor.

»Da war noch etwas, Norma. Besser gesagt, jemand.«

»Wer?«

»Kissoon.«

»Unmöglich.«

»Ich schwöre es.«

»Du hast ihn gesehen? Mit Haut und Haaren?«

»Eigentlich in der Haut eines anderen«, entgegnete Harry. »Aber ich bin ziemlich sicher, daß er es war.«

»Hat der den Orden geleitet?«

»Nein, er hat alle Mitglieder abgeschlachtet«, sagte Harry. »Sie hatten eine Tür nach Essenz geöffnet. Ein *Neirica*, wie einer sie genannt hat.«

»Das bedeutet Durchgang«, sagte Norma. »Ein Durchgang zu heiligem Wissen.«

»Nun, er hat sie geschlossen«, antwortete Harry.

Es folgte Schweigen, während Norma das verdaute. »Damit ich das nicht mißverstehe«, sagte sie. »Sie haben den *Neirica* geöffnet; er hat sie ermordet und ist selbst durchgegangen –«

»Nein.«

»Ich dachte, du hättest gesagt –«

»Ich sagte, er hat die Tür geschlossen. Er ist nicht durchgegangen. Er ist immer noch hier in New York.«

»Hast du ihn gefunden?«

»Nein. Aber das werde ich.«

III

1

Harry kehrte später am selben Tag nach Morningside Heights zurück und beobachtete das Haus zweiundsiebzig Stunden in der Hoffnung, Kissoon zu erwischen. Er hatte keine speziellen Pläne, wie er mit ihm verfahren wollte, sollte er auftauchen, tröstete sich aber mit der Tatsache, daß er die Karten und den Plan hatte. Beide, vermutete er, besaßen einen gewissen Wert für Kissoon. Soviel immerhin, daß er sich zurückhalten würde, Harry zu töten, wenn er dabei Gefahr lief, nie herauszufinden, wo sie versteckt waren. Das war zumindest seine Theorie.

Wie sich herausstellte, waren das Warten und die Theorie vergebens. Als Harry drei Tage lang fast ununterbrochen auf der Lauer gelegen und nicht einmal eine Spur von Kissoon zu sehen bekommen hatten, ging er noch mal in das Haus. Der Lix am Fuß der Treppe war kaum mehr als ein angetrockneter Fleck auf den Dielen. Kissoons Schlafzimmer war verwüstet worden, wahrscheinlich von seinem Bewohner auf der Suche nach den Karten. Harry vermutete, daß er nicht zurückkommen würde. Er hatte seine Arbeit hier getan. Er war irgendwo unterwegs.

Am nächsten Tag brach Harry nach North Dakota auf, und damit begann eine Verfolgungsjagd, die die nächsten sieben Wochen seines Lebens in Anspruch nehmen sollte. Der einzige Mensch, den er informierte, war Norma, die er trotz ihrer Fragen nicht mit Einzelheiten versorgte, weil er fürchtete, daß Kissoon einen Informanten unter den Toten haben könnte, der mithörte. Bei Grillo war er als einzigem versucht, ihn einzuweihen, entschied sich aber dagegen. Er war sich Grillos Sympathien und seiner Beziehungen nie ganz sicher gewesen. Wenn Harry Informationen in der Hoffnung preisgab, Kissoon über das

Riff aufzuspüren, ging er das Risiko ein, daß diese Informationen durch das System ihren Weg zum Feind zurückfanden. Da war es schon besser, lautlos zu verschwinden und für außer Gefecht gesetzt oder tot zu gelten.

Harry verbrachte elf Tage in North Dakota, zuerst in Jamestown, dann in Napoleon und Wishek, wo er durch Zufall eine Spur fand, die ihn nach Westen führte, in die Badlands. Dort konnte er, in einer Zeitspanne mörderisch heißen Wetters Ende Juli, Kissoons Vorsprung bis auf einen oder zwei Tage verringern, doch Kissoon war schon weitergezogen und hatte ein weiteres Blutbad hinterlassen. Diesmal konnte kein Feuer die bisherigen Gestalten der Toten unkenntlich machen, daher wurden sämtliche Meldungen über den Vorfall binnen kürzester Zeit unterdrückt. Aber Harry konnte genügend Informationen sammeln, um zu bestätigen, daß Kissoon hier dasselbe getan hatte wie in New York: Er hatte eine Gruppe Verbannter von Essenz aufgespürt und ausgerottet. Er fand nicht heraus, ob auch sie im Begriff gewesen waren, eine Tür in den Metakosm zu öffnen, aber er ging davon aus. Weshalb hätte sich Kissoon sonst die Mühe machen und sie abschlachten sollen?

Die Annahme führte zu einer Frage, die ihm, seit er aus New York abgereist war, durch den Kopf ging. Warum suchten diese Leute ausgerechnet jetzt einen Weg nach Essenz, nachdem sie so viele Jahre in den Kosm verbannt gewesen waren? Hatten sie einen Zauber entdeckt, der ihnen bis jetzt unbekannt gewesen war, der Türen auftat, wo bisher nur solide Wände gewesen waren? Oder wurden diese Wände aus einem unerfindlichen Grund dünne, wurde die Scheide zwischen dieser Welt und dem Metakosm brüchig?

Die Hitze trug auch nicht zur Verbesserung seiner Stimmung bei. Während er in Wishek herumlungerte und hoffte, einen Hinweis zu finden, wohin Kissoon als nächstes gegangen war, nahm seine Angst in dem schwülen Klima groteske Ausmaße an und rief Halluzinationen hervor. Zweimal in zwei Tagen glaubte er, Kissoon unter den Passanten zu sehen und folgte ihm um Häuserecken, wo er in menschenleeren Straßen stand. Und bei Dämmerung, wenn er sah, wie die solide Welt in Zweifeln versank, schienen ihm die Schatten zu flackern, als wäre die Dunkelheit die schwächste Stelle in den Mauern des Kosm, wo sich bereits erste Risse zeigten.

Er suchte Trost bei den Menschen um ihn herum, den harten, unkomplizierten Männern und Frauen, die sich diese freudlose Ecke der Welt zu ihrem Zuhause erkoren hatten. Sicher fand er bei ihnen einen Fundus schwer errungener Wahrheiten, die ihm helfen würden, das Delirium auf Armeslänge von sich zu halten. Selbstverständlich konnte er nicht frei heraus nach Beweisen verlangen (sie betrachteten seine Anwesenheiten auch so schon mit Argwohn), aber er gewöhnte sich an, ihren Gesprächen zu lauschen, und hoffte, eine simple Weisheit zu erfahren, die ihm gegen den Wahnsinn helfen konnte, den er über sich kommen spürte. Aber sein Studium brachte keinen Trost. Sie waren so traurig und grausam und verloren wie alle Menschen, die er kennengelernt hatte. Bei Tage zogen sie mit mürrischen Gesichtern ihre langweiligen Runden und verbargen ihre Empfindungen tunlichst. Nachts wurden die Männer betrunken (und manchmal gewalttätig), während die Frauen zu Hause blieben und dieselben Talkshows und Polizeiserien ansahen, die das Volk von Küste zu Küste verdummten.

Er war froh, daß er endlich nach Minnesota weiterziehen konnte, als er von einem Ritualmord außerhalb von Duluth hörte, wo er die Handschrift von Kissoon zu entdecken hoffte. Er wurde enttäuscht. Am Tag nach seiner Ankunft wurden die Anhänger eines Kults – zwei Brüder und ihre gemeinsame Geliebte, alle drei in unterschiedlichen psychotischen Verfassungen – als Tatverdächtige verhaftet und gestanden die Bluttat.

Da die Spur von Stunde zu Stunde kälter wurde, überlegte er sich, ob er nach Nebraska gehen und mit Grillo in Omaha Kontakt aufnehmen sollte. Gern tat er es nicht –

die verächtliche Reaktion des Mannes schmerzte ihn immer noch –, aber der Verdacht wuchs in ihm, daß er keine andere Wahl hatte. Er schob den Anruf bei Grillo noch einen Tag hinaus. Als er schließlich seinen Zorn mit einer halben Flasche Scotch bekämpft hatte, rief er ihn an, mußte aber feststellen, daß Grillo nicht zu Hause war. Er hinterließ keine Nachricht, da er wie immer fürchtete, die falschen Leute könnten sie abhören. Statt dessen trank er den Rest der Flasche leer und ging so betrunken, wie er es seit vielen Jahren nicht mehr gewesen war, ins Bett.

Und er träumte; träumte, daß er wieder in der Wyckoff Street war, in dem stinkenden Zimmer bei dem Dämon mit der Haut wie Glut bei böigem Wind, die in der verpesteten Luft heller und dunkler wurde, dem Dämom, der Pater Hess abgeschlachtet hatte.

In den langen Stunden ihres Zweikampfes hatte der Dämon sich selbst viele Namen gegeben: Hammermite, Peter der Nomade, die träge Susan. Aber am Ende hatte er,. entweder aus Erschöpfung oder Langeweile, bis auf eine sämtliche Persönlichkeiten abgelegt.

»Ich bin D'Amour«, hatte er immer wieder gesagt. *»Ich bin du, und du bist die Liebe, und darum dreht sich die Welt.«*

Diesen Unsinn mußte er zwei-, dreihundertmal wiederholt haben und fand immer wieder eine neue Art, ihn darzubringen – als Weisheit von der Kanzel, als Aufforderung zum Geschlechtsverkehr, als Kinderlied –, bis sie sich Harrys Verstand so sehr eingeprägt hatten, daß er wußte, sie würden ihm nie mehr aus dem Kopf gehen.

Als er erwachte, hatte ihn der Traum auf seltsame Weise beruhigt. Es war, als hätte sein Unterbewußtsein einen Zusammenhang hergestellt, den sein bewußtes Denken nicht herstellen konnte, und es hätte ihn an diese schreckliche Zeit als eine Quelle der Weisheit erinnert.

Mit pochenden Kopfschmerzen machte er sich auf die Suche nach einem Café, das rund um die Uhr geöffnet hatte, fand eins am Highway und saß dort bis zum Morgengrauen, während er über die Worte nachgrübelte. Das war selbstverständlich nicht das erste Mal. Weitaus angenehmere Erinnerungen waren in seinem Gehirn abgestorben und waren für immer in dem Jenseits verschwunden, das dem Glücklichsein reserviert war, aber die Worte des Dämons hatte er nie vergessen.

Ich bin du, hatte er verkündet. Nun, das war einleuchtend genug. Welcher teuflische Verführer hatte nicht versucht, sein Opfer mit dem Gedanken zu verwirren, daß er in eine Art Spiegel blickte?

Und du bist Liebe, hatte er gemurmelt. Auch dafür schien keine nennenswerte Exegese erforderlich zu sein. Schließlich war sein Name D'Amour.

Und darum dreht sich die Welt, hatte der Dämon geröchelt. Selbstverständlich ein Klischee, das durch seine ständige Wiederholung sinnlos wurde. Es bot keinerlei Einsicht.

Und doch mußte es eine Bedeutung geben, da war er ganz sicher. Die Worte waren als eine Falle gedacht gewesen, mit einem Fünkchen Sinn als Köder. Er hatte nur nie begriffen, was dieser Sinn war. Und er fand die Lösung auch nicht, während er über einem halben Dutzend Tassen Kaffee – und, bei Einbruch der Dämmerung, kanadischem Speck und drei Eiern – darüber nachdachte. Er würde einfach weiterziehen und sich darauf verlassen müssen, daß das Schicksal ihn zu Kissoon führen würde.

Gestärkt kehrte er in sein Motel zurück und betrachtete wieder die Karte, die er in dem Dreckloch in Morningside Heights gestohlen hatte.

Es gab einige andere Orte, die sein Widersacher einer Markierung wert erachtet hatte, wenn ihm auch keine so wichtig gewesen zu sein schien wie New York oder Jamestown. Einer lag in Florida, einer in Oregon, zwei in Arizona; dazu noch einmal sechs oder sieben. Wo sollte er anfangen?

Er entschied sich für Arizona, und zwar nur aus dem Grund, daß er einmal eine Frau geliebt hatte, die in Phoenix geboren und aufgewachsen war.

2

Er brauchte fünf Tage für die Reise, die ihn schließlich nach Mammoth, Arizona, führte, und zu einer Straßenecke, wo eine Frau mit einer Stimme wie Wasser, das über Felsen plätscherte, seinen Namen rief. Sie war klein, ihre Haut wie braunes Packpapier, das mehrmals benutzt und zusammengeknüllt worden war, und ihre Augen lagen so tief in den Höhlen, daß er nie ganz sicher war, ob sie ihn überhaupt ansah.

»Ich bin Maria Lourdes Nazareno«, sagte sie ihm. »Ich warte seit sechzehn Tagen auf Sie.«

»Ich wußte nicht, daß ich erwartet werden würde«, antwortete Harry.

»Immer«, sagte die Frau. »Übrigens, wie geht es Tesla?«

»Sie kennen Tesla?«

»Ich habe sie vor drei Jahren hier an derselben Ecke kennengelernt.«

»Beliebter Fleck«, bemerkte Harry. »Ist etwas Besonderes an ihm?«

»Ja«, antwortete die Frau mit einem kurzen Lachen. »Ich. Wie geht es ihr?«

»Als wir zum letztenmal miteinander gesprochen haben, war sie so verrückt wie immer«, sagte Harry.

»Und Sie? Sind Sie auch verrückt?«

»Gut möglich.«

Die Antwort schien der Frau zu gefallen. Sie hob den Kopf, und Harry sah zum erstenmal ihre Augen. Ihre Pupillen waren goldgefleckt.

»Ich habe Tesla eine Waffe gegeben«, fuhr die Frau fort. »Hat sie sie noch?« Harry antwortete nicht. »D'Amour?«

»Sind Sie das, wofür ich Sie halte?« murmelte Harry.

»Was meinen Sie?«

»Das wissen Sie ganz genau.«

Wieder das Lächeln. »Haben es die Augen verraten, ja? Tesla hat es nicht bemerkt. Aber ich glaube, sie war an dem Tag high.«

»Gibt es viele von Ihresgleichen?«

»Sehr wenige«, antwortete Maria, »und der größte Teil von uns sind Sapas humana. Aber es gibt ein winziges Stück –«, sie hielt Daumen und Zeigefinger zwei Millimeter auseinander, um zu zeigen, wie winzig, »– ein winziges Stück in mir, das Essenz anspricht. Und das macht mich weise.«

»Wie?«

»Es hat mir gezeigt, daß Sie und Tesla kommen würden.«

»Mehr sehen Sie nicht?«

»Warum? Denken Sie an etwas Bestimmtes?«

»Ja.«

»Was?«

»Kissoon.«

Die Frau erschauerte sichtlich. »Also auf *ihn* haben Sie es abgesehen.«

»Ist er hier?«

»Nein.«

»War er hier?«

»Nein. Warum? Erwarten Sie ihn?«

»Ich fürchte, ja.«

Die Frau sah beunruhigt drein. »Wir dachten, hier wären wir sicher«, sagte sie. »Wir haben nicht versucht, ein *Neirica* zu öffnen. Die Macht dazu haben wir nicht. Daher dachten wir, er würde uns nicht bemerken.«

»Ich fürchte, er weiß, daß Sie hier sind.«

»Ich muß gehen. Ich muß alle warnen.« Sie nahm Harrys Hand zwischen feuchte Handflächen. »Haben Sie vielen Dank. Ich werde einen Weg finden, es Ihnen zu vergelten.«

»Nicht nötig.«

»O doch«, sagte sie, und bevor Harry weitere Einwände erheben konnte, war sie über die Straße gegangen und verschwunden.

Er blieb über Nacht in Mammoth, obwohl er ziemlich sicher war, daß die Frau Nazareno die Wahrheit gesagt hatte und Kissoon sich nicht in der Gegend aufhielt. Da er nach den wochenlangen Reisen erschöpft war, ging er früh zu Bett, wurde aber wenig später von einem Klopfen an der Tür geweckt.

»Wer ist da?« murmelte er, während er nach dem Licht tastete.

Als Antwort bekam er keinen Namen, sondern eine Adresse. »Eins-zwei-eins Spiro Street«, sagte eine leise, zischelnde Stimme.

»Maria?« sagte er, nahm seine Waffe und ging zur Tür. Aber bis er sie geöffnet hatte, war der Besucher schon aus dem Flur verschwunden.

Er zog sich an, ging in die Halle, ließ sich vom Nachtportier den Weg zur Spiro Street erklären und machte sich auf den Weg. Die Straße, die er suchte, lag am Stadtrand, wo viele Häuser sich in einem derart verwahrlosten Zustand befanden, daß es ihn verwunderte, überhaupt Hinweise zu finden, daß sie bewohnt waren: rostige Autos in den Einfahrten, Müllsäcke auf dem festgetretenen Sandboden, wo einmal Rasen gewesen war. Eins-zwei-eins war in einem besseren Zustand als die meisten anderen, bot aber dennoch einen niederschmetternden Anblick. Harry, vom Gewicht seiner Waffe beruhigt, ging zur Eingangstür. Sie stand ein paar Zentimeter offen.

»Maria?« sagte er. Das Schweigen war so vollkommen, daß er nicht mit lauter Stimme sprechen mußte.

Er bekam keine Antwort. Er rief noch einmal und stieß die Tür auf, die weit nach innen schwang. Eine dicke weiße Kerze stand auf einem von Perlen umgebenen Eßteller auf dem abgetretenen Teppich. Maria kniete mit gesenktem Kopf davor.

»Ich bin es«, sagte er zu ihr. »Harry. Was wollen Sie?«

»Nichts mehr«, sagte eine Stimme hinter ihm. Er griff nach seiner Waffe, aber bevor er sie zu fassen bekam, hatte ihn eine kalte Hand am Hinterkopf gepackt. »Nein«, sagte die Stimme ruhig.

Er zeigte seine leeren Hände.

»Ich habe eine Nachricht bekommen . . .«, sagte Harry.

Eine andere Stimme, die des Nachrichtenüberbringers. »Sie wollte Sie sehen«, sagte er.

»Gut. Ich bin hier.«

»Aber sie kommen zu spät«, sagte der andere Mann. »Er hat Sie schon gefunden.«

Harry drehte sich der Magen um. Er sah wieder Maria an. Sie zeigte keinerlei Regung.

»O Gott.«

»Welche Gotteslästerung«, sagte der Nachrichtenüberbringer. »Maria sagte, Sie seien ein heiliger Mann, aber das glaube ich nicht.«

Die Hand schloß sich fester um seinen Kopf, und Harry glaubte einen ekelerregenden Augenblick, seinen Schädel knacken zu hören. Dann sagte sein Peiniger ganz leise: *»Ich bin du, und du bist Liebe –«*

»Hören Sie auf«, knurrte Harry.

»Ich lese nur Ihre Gedanken, D'Amour«, antwortete der Mann. »Und versuche herauszufinden, ob Sie unser Feind oder unser Freund sind.«

»Weder noch.«

»Sie sind ein Todesbringer, wissen Sie das? Zuerst New York –«

»Ich suche nach Kissoon.«

»Wissen wir«, lautete die Antwort. »Sie hat es uns gesagt. Darum hat sie ihre Seele auf Reisen geschickt, um ihn zu finden. Damit Sie ein Held sein und ihn zur Strecke bringen können. Davon träumen Sie doch, oder nicht?«

»Manchmal . . .«

»Erbarmenswert.«

»Nach allem, was er Ihrem Volk angetan hat, hätte ich gedacht, daß Sie mir helfen würden.«

»Maria ist gestorben, um Ihnen zu helfen«, lautete die Antwort. »Ihr Leben ist unser Beitrag zu der Sache. Sie war unsere Mutter, D'Amour.«

»Oh . . . das tut mir leid. Glauben Sie mir, ich wollte das nicht.«

»Sie wußte besser, was Sie wollen, als Sie selbst«, antwortete der Nachrichtenüberbringer. »Also hat sie sich auf die Suche gemacht und ihn für Sie gefunden. Er kam zu ihr und hat ihr die Seele ausgesaugt, aber sie hat ihn gefunden.«

»Konnte sie Ihnen noch sagen, wo er ist?«

»Ja.«

»Werden Sie es *mir* sagen?«

»So geflissentlich«, sagte der Schädelhalter und neigte sich dicht an Harrys Ohr.

»Um Himmels willen, er hat Ihre Mutter getötet«, sagte Harry. »Wollen Sie nicht, daß er stirbt?«

»Was wir wollen, ist nebensächlich«, sagte der andere Sohn, »das haben wir schon vor langer Zeit herausgefunden.«

»Dann lassen Sie es mich an Ihrer Stelle wollen«, sagte Harry. »Lasen Sie mich einen Weg finden, den Dreckskerl zu töten.«

»So ein *mörderisches* Herz«, murmelte der Mann an seinem Ohr. »Wo ist jetzt Ihre Metaphysik?«

»Welche Metaphysik?«

»Ich bin du, und du bist Liebe –«

»Das bin ich nicht«, sagte Harry.

»Wer dann?«

»Wenn ich das wüßte . . .«

»Wenn Sie das wüßten?«

». . . wäre ich vielleicht nicht hier, um Ihnen die Drecksarbeit abzunehmen.«

Es folgte ein längeres Schweigen. Dann sagte der Nachrichtenüberbringer: »Was immer danach geschieht . . .«

»Ja?«

». . . ob *er* Sie tötet oder *Sie* ihn . . .«

»Lassen Sie mich raten. Kommen Sie nicht zurück.«

»Genau.«

»Abgemacht.«

Wieder Schweigen. Die Kerze vor Maria flackerte.

»Kissoon ist in Oregon«, sagte der Nachrichtenüberbringer. »In einer Stadt namens Everville.«

»Ganz sicher?« Er bekam keine Antwort. »Wahrscheinlich ja.« Die Hand wurde nicht von Harrys Hinterkopf genommen, aber keiner der Söhne sagte noch etwas. »Gibt es noch was zwischen uns?« fragte Harry.

Neuerliches Schweigen.

»Wenn wir fertig sind, würde ich gern gehen; damit ich in aller Frühe aufbrechen kann.«

Und immer noch Schweigen. Schließlich griff Harry hinter sich und berührte zaghaft seinen Hinterkopf. Die Hand war nicht mehr da, nur das Gefühl des Kontakts war geblieben. Er sah sich um. Die beiden Kinder Marias waren verschwunden.

Er blies die Kerze vor der toten Frau aus und sprach ein stummes Lebewohl. Dann ging er in sein Hotel zurück und plante die Route nach Everville.

Teil Fünf

Parade

I

1

Tesla träumte nicht zum erstenmal in den dunklen Jahren, seit sie in der Schleife gewesen war, von Flöhen. Ein furchteinflößender Tsunami von Flöhen erhob sich über Harmon's Heights, trug das Treibgut von Amerika auf seinem tosenden Kamm und verweilte, stets bereit, seine Last abzuwerfen. In seinem wuselnden Schatten war Everville zur Lagunenstadt geworden. Die Main Street glich einem Fluß von Flöhen, auf dem behelfsmäßige Flöße von Haus zu Haus gerudert wurden, um Leute aus der tosenden Brandung zu retten.

Ein paar Bewohner schienen sie zu kennen, obwohl ihr niemand bekannt vorkam.

»Du! Du!« sagten sie und zeigten mit Fingern auf sie, während sie ihr eigenes knirschendes Boot durch die Straße ruderte. »Du hast das getan! Du da, mit dem Affen!« (Sie hatte einen Affen mit Weste und rotem Filzhut auf der Schulter sitzen.) »Gib es zu! Du hast es getan!«

Sie beteuerte ihre Unschuld. Ja, sie hatte gewußt, daß die Flutwelle kommen würde. Ja, vielleicht hatte sie Zeit mit ihren Reisen vergeudet, anstatt die Welt zu warnen. Aber es war nicht ihre Schuld. Sie war nur ein Opfer der Umstände, wie alle. Es war nicht –

»Tesla? Wachen Sie auf! Tesla? Hören Sie mir zu, wachen Sie auf, ja?«

Sie öffnete die verklebten Augen und sah Phoebe vor sich, die sie strahlend angrinste.

»Ich weiß, wo er ist. *Und* ich weiß, wie er dorthin gekommen ist.« Tesla richtete sich auf und schüttelte die letzten Flöhe aus ihren Gedanken.

»Joe?«

»Selbstverständlich Joe.« Phoebe setzte sich auf den Rand des Sofas. Sie zitterte. »Ich habe ihn gestern nacht gesehen, Tesla.«

»Was sagen Sie da?«

»Zuerst dachte ich, es wäre ein Traum, aber es war keiner. Ich weiß, daß es keiner war. Ich sehe es noch so deutlich vor mir wie bei einem Aufenthalt dort.«

»Wo?«

»Bei Joe.«

»Ja, aber *wo*, Phoebe?«

»Oh, in Essenz.«

Zuerst war Tesla bereit, alles als Wunschdenken abzutun, aber je mehr Phoebe erzählte, um so überzeugter wurde sie, daß es wahr sein könnte.

Raul schien auch überzeugt. *Hab' ich es dir nicht gesagt?* murmelte er in Teslas Ohr, als Phoebe zu der Tür auf Harmon's Heights kam. *Hab' ich nicht gesagt, daß mit dem Berg etwas ist?*

›*Wenn* eine Tür da oben ist ...‹, dachte sie.

Erklärt das, weshalb die ganze Stadt verrückt spielt.

»Ich muß da rauf«, sagte Phoebe. »Durch die Tür, damit ich Joe finden kann.« Sie ergriff Teslas Hand. »Sie werden mir helfen, oder nicht? Sagen Sie ja.«

»Ja, aber –«

»Ich wußte es. In dem Moment, als ich aufwachte, sagte ich mir, darum ist Tesla in mein Leben getreten, weil sie mir helfen wird, Joe zu finden.«

»Wo war er, als Sie ihn verlassen haben?«

Phoebes Gesicht wurde niedergeschlagen. »Er war im Meer.«

»Was ist mit seinem Boot?«

»Es ist ohne ihn weitergezogen. Ich glaube ... ich glaube, sie haben ihn für tot gehalten. Aber er ist nicht tot. Ich weiß es. Wenn er tot wäre, würde ich jetzt nicht das empfinden, was ich empfinde. Mein Herz wäre leer, verstehen Sie?«

Tesla sah die Frau an, spürte ihren festen Glauben und empfand einen Anflug von Neid darüber, daß sie niemals eine solche Liebe erlebt hatte. Vielleicht war es vergebliche Liebesmüh, sich auf die Suche nach einem Mann zu machen, der im Meer der Träume über Bord gegangen war, als es so aussah, als wäre das Ende der Welt gekommen, aber sie hatte immer etwas für unmögliche Unterfangen übriggehabt. Und wenn sie die letzten paar Stunden mit dem Versuch verbrachte, diese beiden Liebenden wieder zu vereinen, war das ein so unbedeutendes Bemühen?

»Hat Joe Ihnen gesagt, *wo* auf dem Berg diese Tür ist?«

»Nur, daß sie ziemlich oben am Gipfel sein muß. Aber wir werden sie finden. Ich weiß, daß wir sie finden werden.«

2

Keine halbe Stunde war vergangen, als Tesla und Phoebe ins Sonnenlicht hinaustraten. Everville lief bereits auf Hochtouren; auf der Main Street wimmelte es von Menschen: Leute bauten Tribünen, hingen Wimpel auf, errichteten Straßensperren und bliesen Luftballons auf. Und wo gearbeitet wurde, standen selbstverständlich Zuschauer herum und gaben ihre Kommentare ab; Zuschauer, die Kaffee tranken und Krapfen tunkten und Ratschläge gaben und mit anpackten, wenn es Probleme gab.

»Wir hätten nicht diesen Weg nehmen sollen«, sagte Phoebe, als sie in einer Schlange von einem Dutzend Fahrzeugen warteten, während eine Wagenladung Stühle abgeladen wurden.

»Beruhigen Sie sich«, sagte Tesla. »Wir haben einen langen Tag vor uns. Nehmen wir es einfach, wie es kommt.«

»Wenn sie nur wüßten, was wir wissen«, sagte Phoebe, die die Leute auf den Bürgersteigen betrachtete.

»Oh, sie wissen es«, sagte Tesla.

»Über Essenz?« entgegnete Phoebe ungläubig. »Ich glaube nicht, daß sie auch nur eine Ahnhung haben.«

»Vielleicht ist es tief in ihrem Innersten begraben«,

sagte Tesla und studierte die unbekümmerten Gesichter der Passanten. »Aber jeder braucht Essenz dreimal, vergessen Sie das nicht.«

»Ich hatte einen zusätzlichen Besuch«, sagte Phoebe stolz.

»Sie hatten Hilfe auf der anderen Seite. Alle anderen machen ihren Besuch und vergessen ihn wieder. Sie führen einfach weiter ihr Leben und denken, sie seien real.«

»Haben Sie viele Drogen genommen?« fragte Phoebe.

»Ich hatte meinen Teil«, antwortete Tesla. »Warum?«

»Weil vieles von dem, was Sie sagen ... das ergibt überhaupt keinen Sinn für mich.« Sie sah Tesla an. »Zum Beispiel das, was Sie eben gesagt haben, daß die Menschen denken, sie seien real. Das *sind* sie. Ich bin real. Sie sind real. Joe ist real.«

»Woher wissen Sie das?«

»Das ist eine dumme Frage«, sage Phoebe.

»Dann geben Sie mir eine dumme Antwort.«

»Wir *machen* etwas. Wir bewirken etwas. Ich bin nicht wie ... wie ...«, sie verstummte und suchte nach einem Vergleich, dann zeigte sie auf jemanden, der Kaffee trank, am Bordstein saß und die Comics in der Morgenausgabe des *Oregonian* las. »Ich bin nicht auf der Witzseite. Niemand hat mich erfunden. Ich habe mich selbst erfunden.«

»Vergessen Sie das nur nicht, wenn wir Essenz erreicht haben.«

»Warum?«

»Weil ich glaube, daß dort eine Menge erfunden wird.«

»Nur weiter.«

»Und wenn etwas gemacht wurde, kann es auch vernichtet werden. Also wenn etwas hinter Ihnen her ist –«

»Dann sage ich ihm, daß es sich verpissen soll«, entgegnete Phoebe.

»Sie lernen dazu«, sagte Tesla.

Nachdem sie die Main Street hinter sich gelassen hatten, herrschte deutlich weniger Verkehr, und auf der Straße, die zu Harmon's Heights hinaufführte, sahen sie gar keine Autos mehr. Diese Straße brachte sie allerdings nicht besonders weit. Etwa auf einem Drittel des Weges den Berg hinauf hörte sie einfach auf, ohne daß ein Schild oder eine Barrikade darauf hingewiesen hätte.

»Verdammt«, sagte Phoebe. »Ich dachte, sie würde weiter gehen.«

»Bis ganz rauf zum Gipfel?«

»Ja.«

»Sieht so aus, als hätten wir einen kräftigen Fußmarsch vor uns«, sagte Tesla, die aus dem Auto ausstieg und den bewaldeten Hang hinaufging.

»Fühlen Sie sich dazu imstande?«

»Nein.«

»Aber da wir schon mal hier sind, können wir es auch versuchen.«

Damit begannen sie den Aufstieg.

3

In seinem langen Leben hatte Buddenbaum viele Leute kennengelernt, die die Parade des Menschlichen satt hatten. Leute, die achselzuckend in den Tod gingen und damit zufrieden waren, daß sie nicht mehr immer wieder dieselben altbekannten Dramen mit ansehen mußten. Diese Einstellung hatte er nie verstanden. Die groben Umrisse menschlichen Verhaltens änderten sich zwar nie, aber die Unterschiede zwischen dieser und jener Persönlichkeit machten jedes neue Beispiel an sich faszinierend. Seiner Erfahrung nach erzogen keine zwei Mütter ihre Kinder jemals mit derselben Mischung von Küssen und Schlägen. Kein Liebespaar beschritt jemals denselben Weg zum Altar oder zum Grab.

In Wahrheit bedauerte er die Neinsager, die Leute, die zu abgestumpft oder zu narzißtisch waren, sich an den grandiosen Einzelheiten zu delektieren, die das menschliche Drama zu bieten hatte. Sie wandten sich von einem Schauspiel ab, das die Götter nicht verschmähten, das sie bewunderten und dem sie Beifall spendeten. Er hatte es selbst schon mehrmals mit eigenen Ohren gehört.

Obwohl sein Körper mit außergewöhnlicher Geschwindigkeit heilte (in einer Woche würde sein Fenstersturz nur noch eine peinliche Erinnerung sein), verspürte er noch erhebliches Unbehagen. Später vielleicht, wenn die Avatars eingetroffen waren und er sicher sein konnte, daß er alles im Griff hatte, würde er ein wenige Laudanum einnehmen. Bis dahin hatte er höllische Schmerzen in der Brust und hinkte sichtlich, was unerwünschte Aufmerksamkeit auf sich zog, als er sich auf die Suche nach einem anständigen Frühstück machte. Es wäre nicht angemessen, entschied er, in das Diner zu gehen, daher suchte er ein kleines Café zwei Blocks von seinem Hotel entfernt und setzte sich ans Fenster, um zu essen und zu beobachten.

Er bestellte nicht nur ein Frühstück, sondern zwei, und verschlang den größten Teil von beiden in Erwartung der Anstrengungen und Pannen, die vor im lagen. Dabei widmete er den Tellern, die er leerputzte, kaum einen Blick. Zu sehr war er damit beschäftigt, Gesichter und Hände der Passanten zu beobachten und nach Spuren seiner Auftraggeber zu suchen. Selbstverständlich war keineswegs gesichert, daß sie in menschlicher Gestalt erscheinen würden. Manchmal (wann, vermochte er nie zu sagen) kamen sie in Licht gehüllt von den Wolken herab: dann kamen die Räder Hesekiels in Sicht. Zweimal waren sie in Gestalt von Tieren gekommen und hatten sich, vermutete er, damit amüsiert, das Drama aus dem Blickwinkel von wilden Bestien oder Schoßhündchen zu verfolgen. Nur als sie selbst kamen sie nie, und obwohl er ihnen schon seit zwei Jahren zu Diensten war, hatte er die Hoffnung aufgegeben, je ihre wahren Gesichter zu sehen. Vielleicht hatten sie keine. Vielleicht legten die zahlreiche Masken, die sie anlegten, sowie ihr Heißhunger nach Erlebnissen aus zweiter Hand Zeugnis dafür ab, daß sie weder ein eigenes Leben noch eigenes Fleisch hatten.

»War alles recht?«

Er drehte sich um und sah die Kellnerin an seinem Tisch stehen. Bis jetzt hatte er ihr kaum Beachtung geschenkt, dabei bot sie einen herrlichen Anblick: das Haar zu einer grell orangefarbenen Hochfrisur aufgesteckt, dralle Brüste, geschminktes und bemaltes und gepudertes Gesicht.

»Sie freuen sich heute auf etwas, das sehe ich«, bemerkte Buddenbaum.

»Heute nicht«, antwortete sie mit einem Aufschlag ihrer gefärbten Wimpern.

»Wieso drängt sich mir der Verdacht auf, daß es nicht die Mitternachtsmesse ist?« fragte Buddenbaum.

»Wir geben am Festival-Wochenende immer eine Party, ich und ein paar meiner Freundinnen.«

»Nun, dazu sind Feste da, oder nicht?« sagte Buddenbaum. »Jeder muß ab und zu mal die Sau rauslassen.«

»Gefalle ich Ihnen?« fragte die Frau und strich liebevoll über ihre Frisur.

»Ich finde Sie *außergewöhnlich*«, sagte Buddenbaum, und kein Wort war gelogen.

»Danke«, sagte die Frau strahlend. Sie suchte in der Tasche ihrer Schürze und zog einen kleinen Zettel heraus. »Wenn Sie vorbeikommen wollen«, sagte sie und gab ihm ein Stück Papier. Eine Adresse und ein einfacher Straßenplan waren darauf. »Diese kleinen Einladungen haben wir für einige wenige Auserwählte machen lassen.«

»Ich fühle mich geschmeichelt«, sagte Buddenbaum. »Ich heiße übrigens Owen.«

»Freut mich, Sie kennenzulernen. Ich bin June Davenport. Miß.«

Die letzte Bemerkung konnte er unmöglich übergehen, wenn er höflich sein wollte. »Ich kann mir nicht vorstellen, daß Sie keine Anträge bekommen haben«, sagte Buddenbaum.

»Keine, die ich ernsthaft in Erwägung gezogen hätte«, antwortete June.

»Wer weiß? Vielleicht ist heute Ihre Glücksnacht«, sagte Owen.

Die Sehnsucht eines ganzen Lebens stand der Frau im Gesicht geschrieben. »Allzulange sollte es nicht mehr dauern«, sagte sie unbekümmerter, als sie sich fühlte, und ging weiter, um leere Kaffeetassen nachzufüllen.

Gab es etwas Schöneres, fragte sich Buddenbaum, nachdem er das Café verlassen hatte, als den Ausdruck von Sehnsucht im Gesicht eines Menschen? Weder der nächtliche Sternenhimmel noch die Pobacken eines Knaben konnten es mit dem Anblick von June Davenport (Miß) aufnehmen, die sich herausgeputzt hatte wie eine Hure und hoffte, dem Mann ihrer Träume zu begegnen, bevor es zu spät war. Er hatte diesem bemalten Gesicht Geschichten angesehen, die er in tausend Nächten nicht würde erzählen können. Beschrittene Wege, verschmähte Wege. Rückgängig gemachte Taten und Taten, die bedauert wurden.

Und heute nacht – und jeden Augenblick zwischen jetzt und heute nacht – mehr Wege zum Aussuchen, mehr Taten zu tun. Sie könnte jetzt den Kopf drehen oder jetzt oder jetzt und das Gesicht erblicken, das zu lieben sie sich gesehnt hatte. Genausogut konnte sie aber auch in die andere Richtung sehen.

Als er sich auf den Weg zu der Kreuzung machte, wo er – trotz der Geschehnisse der vergangenen Nacht – weiterhin Wache halten wollte, sah er zufällig hinauf zu Harmon's Heights. Er sah, daß sich eine dunstige Wolke um den Gipfel zusammenzog und ihn vor Blicken verbarg. Er stutzte bei dem Anblick. Abgesehen von diesem Nebel war der Himmel makellos, was ihn in der Überzeugung bestärkte, daß der Nebel nicht natürlichen Ursprungs sein konnte.

War dies die Art und Weise, in der seine Auftraggeber erscheinen würden: von einem nebelgekrönten Berg herab, wie die Götter vom Olymp? Das hatte er bisher noch nie erlebt, aber es gab für alles ein erstes Mal. Er hoffte nur, sie würden in der Wahl ihrer theatralischen Effekte nicht zu barock sein. Wenn sie wie strahlende

Götter nach Everville kamen, würden sie sie Straßen leerfegen.

Und wer würde dann zu June Davenports Party kommen?

4

Der Nebel war auch andernorts nicht unbemerkt geblieben. Dorothy Bullard hatte Turf Thompson angerufen, dessen meteorologischer Meinung sie seit langem vertraute, um sich versichern zu lassen, daß sich die Wolke nicht über ihrem Festival ausregnen würde. Er sagte ihr, daß sie sich keine Sorgen machen müsse. Das Phänomen sei zugegebenermaßen seltsam, aber er könne ihr versichern, daß kein Gewitter im Anzug sei.

»Wenn ich es nicht besser wüßte«, merkte er an, »würde ich sagen, das da oben ist Nebel wie über dem Meer.«

Dorothy wandte sich um, durch seine Ansicht beruhigt, den morgendlichen Aktivitäten zu.

Das erste Ereignis des Tages – ein kleines Stück darüber, wie die ersten Siedler nach Oregon gekommen waren, im Park von Mrs. Hendersons Viertkläßlern aufgeführt – fing zehn Minuten später als geplant an, aber dafür fand sich eine rund zweihundertköpfige Menge ein, was höchst erfreulich war. Und die Kinder waren durch und durch bezaubernd mit ihren Mützen und Pappkartonflinten, wie sie jede Dialogzeile vortrugen, als würde ihr Leben davon abhängen. Eine besonders rührende Szene drehte sich um einen Reverend Whitney (Dorothy hatte noch nie von ihm gehört, war aber sicher, daß Fiona Henderson ihre Hausaufgaben gemacht und die Episode sich tatsächlich zugetragen hatte), der offenbar eine Schar Pioniere aus den winterlich verschneiten Bergen ins sichere Willamette Valley geführt hatte. Als sie sah, wie sich Jed Gilhollys Sohn Matthew, der den guten Reverend spielte, durch einen Schneesturm aus Konfetti kämpfte, um ein Kreuz im Gras aufzustellen und Gott dafür zu danken, daß seine Herde wohlbehalten am Ziel angelangt war, verschleierte sich Dorothys Blick durchaus ein wenig.

Als die Vorstellung zu Ende war und die Zuschauer sich entfernten, fand sie einen stolzen Jed, der seinen Sohn in den Arm nahm; beide strahlten von einem Ohr zum anderen.

»Der Anfang war verdammt gut«, sagte er zu Dorothy und allen in Hörweite.

»Dann machen Sie sich kein Kopfzerbrechen wegen diese anderen Angelegenheiten?« sagte Dorothy.

»Sie meinen Flicker?« Jed schüttelte den Kopf. »Er ist abgehauen und wird nicht wiederkommen.«

»Musik in meinen Ohren«, sagte Dorothy.

»Und was sagen Sie zu dem kleinen Matty?« fragte Jed.

»Er war wunderbar.«

»Er hat seinen Text schon seit Wochen gelernt.«

»Heute morgen hatte ich ihn fast vergessen«, sagte Matthew. »Richtig?«

»Das hast du dir nur eingebildet«, sagte Jed. »Ich wußte, daß er dir wieder einfallen würde.«

»Echt?«

»Echt.« Er zerzauste seinem Sohn liebevoll das Haar.

»Können wir ein Eis holen, Dad?«

»Klingt nicht schlecht«, sagte Jed. »Wir sehen uns später, Dorothy.«

Sie hatten selten Gelegenheit, Jed so zu sehen, und es war ihr ein echtes Vergnügen.

»Genau darum geht es bei dem Festival, oder nicht?« sagte sie zu Fiona, während sie zusahen, wie die Kinder ihre Requisiten und Hüte in Pappkartons verstauten und mit ihren Eltern fortgingen. »Daß es den Leuten Spaß macht.«

»Es *hat* Spaß gemacht, richtig?« sagte Fiona.

»Woher haben Sie eigentlich die Information über den Reverend?«

»Nun, ich habe ein bißchen gemogelt«, gestand Fiona

und dämpfte die Stimme ein wenig. »Eigentlich hatte er gar nicht soviel mit Everville zu tun.«

»Oh.«

»Tatsächlich hatte er *überhaupt* nichts mit Everville zu tun. Er hatte seine Kirche in Silverton gebaut. Aber es war so eine *gute* Geschichte. Und, ehrlich gesagt, ich konnte nichts über *unsere* Gründerväter finden, das für die Kinder geeignet gewesen wäre.«

»Was ist mit der Nordhoff-Geschichte?«

»Das war *viel* später«, sagte Fiona in ihrem besten schulmeisterlichen Tonfall.

»Ja, natürlich.«

»Nein, wenn es um die Anfangsjahre geht, sind unsere Wasser leider reichlich trübe. Ich war ziemlich schockiert, wie unzüchtig Everville am Anfang war. An vielen Vorkommnissen hier war ganz entschieden nichts Christliches.«

»Sind Sie sicher?« fragte Dorothy, ehrlich erstaunt über das, was sie da hörte.

»Ziemlich«, sagte Fiona.

Dorothy war überzeugt, daß die Frau schlecht informiert war, und ließ es dabei bewenden. Everville hatte wahrscheinlich sein gerüttelt Maß an derbem Verhalten gesehen (welche Stadt hatte nicht ihren Anteil Trunkenbolde und Hedonisten?), aber seiner Herkunft mußte es sich ganz sicher nicht schämen. Wenn nächstes Jahr wieder ein Schauspiel aufgeführt werden würde, beschloß sie, dann keine getürkte Geschichte, sondern die Wahrheit. Und sie würde Fiona Henderson unmißverständlich klarmachen, daß es ihre Verantwortung als Lehrerin und *Einwohnerin* war, keine Lügen zu verbreiten, so gut sie auch gemeint sein mochte. Als sie den Park verließ, nahm sie sich einen Moment Zeit und betrachtete den Nebel auf Harmon's Heights. Er schien sich tatsächlich nicht auszubreiten, wie Turf vorhergesagt hatte. Aber er war dichter als vor einer Dreiviertelstunde. Der Gipfel, den man zuvor noch im Nebel hatte erkennten können, war nun völlig eingehüllt.

Einerlei, dachte sie. Da oben gab es sowieso nichts zu sehen. Nur nackter Fels und eine Menge Bäume. Sie sah auf die Uhr. Zehn nach elf. Das Pfannkuchenwettessen und der Soviel-man-essen-kann-Brunch würden gleich im Old Bakery Restaurant anfangen, und auf dem Marktplatz nahm die Haustierschau Aufstellung. Sie war eine der Preisrichterinnen bei der Blumenschau heute nachmittag, aber vorher hatte sie noch Zeit, im Rathaus vorbeizuschauen, wo die Aufstellung für die große Parade angefangen hatte, obwohl sie erst in zwei Stunden anfangen würde. Es gab soviel zu sehen. Soviel zu tun. Lächelnde Menschen drängten sich auf den überfüllten Bürgersteigen, Wimpel und Luftballons flackerten vor dem blauen Augusthimmel. Sie wünschte sich, es könnte immer so sein: ein Festival, das nie aufhörte. Wäre das nicht herrlich?

II

»Das gefällt mir nicht«, sagte Tesla.

Sie meinte nicht den Aufstieg – obwohl der immer steiler wurde und sie nun zwischen jedem Wort nach Luft schnappen mußte –, sondern den Nebel, der kaum mehr als weiße Dunstwölkchen gewesen war, als sie mit ihrem Aufstieg begannen, aber mittlerweile eine undurchdringliche weiße Decke bildete.

»Ich kehre nicht um«, sagte Phoebe hastig.

»Ich habe nicht gesagt, daß wir umkehren sollten«, antwortete Tesla. »Ich sagte nur . . .«

Ja. Was sagst du denn? murmelte Raul.

». . . daß dieser Nebel unheimlich ist.«

»Es ist nur Nebel«, sagte Phoebe.

»Das glaube ich nicht. Und nur fürs Protokoll, Raul auch nicht.«

Phoebe blieb stehen, um Luft zu holen und die Diskussion fortzusetzen. »Wir haben Waffen«, sagte sie.

»Die haben uns in Toothakers Haus herzlich wenig genützt«, erinnerte Tesla sie.

»Glauben Sie, dort *versteckt* sich etwas?« sagte Phoebe und studierte die schwarze Wand, die keine dreihundert Meter mehr von ihnen entfernt war.

»Darauf würde ich meine Harley setzen«, sagte Tesla.

Phoebe seufzte erschauernd. »Vielleicht *sollten* Sie umkehren«, sagte sie. »Ich möchte nicht, daß Ihnen meinetwegen was passiert.«

»Seien Sie nicht albern«, sagte Tesla.

»Gut«, meinte Phoebe. »Wenn wir da drin getrennt werden sollten –«

»Was ziemlich wahrscheinlich ist –«

»Suchen wir nicht nacheinander?«

»Wir gehen einfach weiter.«

»Genau.«

»Bis nach Essenz.«

»Bis zu Joe.«

Herrgott noch mal, war das klamm und kalt in dem Nebel. Sie waren noch keine Minute in den Nebel eingedrungen, da schlotterten Tesla und Phoebe schon von Kopf bis Fuß.

»Passen Sie auf, wo Sie hintreten«, ermahnte Tesla Phoebe.

»Warum?«

»Sehen Sie da«, sagte sie und deutete auf einen fünfzehn Zentimeter breiten Riß im Boden. »Und da. Und da.«

Die Risse waren überall und noch nicht alt. Tesla war nicht überrascht. Das Öffnen einer Tür zwischen zwei Realitäten bedeutete eine Verletzung der Physik durch die Metaphysik; einen Kataklysmus, der von unbeseelter Materie seinen Tribut forderte. Im Haus von Buddy Vance war es genauso gewesen wie hier: die solide Welt war geschmolzen und geborsten und auseinandergefallen, als sich in ihrer Mitte die Tür aufgetan hatte. Der bemerkenswerte Unterschied bestand darin, wie still und ruhig es hier geschah. Selbst der Nebel schwebte fast reglos. Im Gegensatz dazu war das Haus von Vance ein Mahlstrom gewesen.

Sie konnte nur annehmen, daß derjenige, der diese Tür hier geöffnet hatte, ein Experte dafür und ein Geschöpf mit immenser Selbstbeherrschung war; anders als der Jaff, der lediglich Novize und außerstande gewesen war, die Kräfte zu beherrschen, die er als seine eigenen ausgegeben hatte.

Kissoon? schlug Raul vor.

Auf den ersten Blick war das keine unwahrscheinliche Möglichkeit. Sie rechnete nicht damit, in der Welt der Lebenden jemanden zu treffen, der mächtiger als Kissoon war.

›Aber wenn er eine Tür zwischen hier und dem Kosm öffnen kann‹, dachte Tesla, ›dann bedeutet das, er besitzt die ›Kunst‹.‹

Das wäre die Schlußfolgerung.

›In diesem Fall, warum spielt er dann in Toothakers Haus immer noch in seinen Exkrementen herum?‹

Gute Frage.

›Er hat etwas damit zu tun – daran zweifle ich nicht –, aber ich glaube nicht, daß er allein eine Tür öffnen könnte.‹

Vielleicht hatte er Hilfe, sagte Raul.

»Sie sprechen mit dem Affen, richtig?« fragte Phoebe.

»Ich glaube, wir sollten leise sein.«

»Aber es stimmt, oder nicht?«

»Bewege ich die Lippen?« wollte Tesla wissen.

»Jawohl.«

»Ich könnte nie –« Sie hörte ruckartig auf: zu gehen und zu reden. Sie packte Phoebe am Arm.

»Was?« sagte Phoebe.

»Hören Sie.«

Braucht jemand Unterricht bei einem Zimmermann? bemerkte Raul. Jemand weiter droben am Berghang *hämmerte*. Das Geräusch wurde von dem Nebel gedämpft, daher konnte man nur schwer abschätzen, wie weit der vermeintliche Handwerker entfernt war, aber der Lärm machte Teslas letzte Hoffnung zunichte, sie könnten die Tür unbewacht vorfinden. Sie griff in die Tasche und holte Lourdes heraus. »Wir gehen *ganz langsam* weiter«, flüsterte sie Phoebe zu. »Und halten Sie die Augen offen.«

Nun ging sie den rissigen Hang hinauf voran, und das Hämmern ihres Herzschlags konkurrierte mit dem des Handwerkers. Zwischen den Hammerschlägen konnte sie gerade noch andere Geräusche hören. Jemand schluchzte. Jemand sang, aber die Worte blieben unverständlich.

»Was zum Teufel ist da oben los?« murmelte Tesla. Überall auf dem Boden lagen abgehackte Äste verstreut, darüber hinaus ein Durcheinander von Zweigen, die von anderen Ästen abgeschält worden waren, wahrscheinlich von denen, die dem Zimmermann brauchbar erschienen. Baute er da oben ein kleines Haus oder womöglich einen Altar?

Der Nebel vor ihnen teilte sich, und einen Augenblick konnte Tesla jemand durch ihr Gesichtsfeld gehen sehen. Es war zu kurz, als daß sie hätte erkennen könne, was sie sah, aber es *schien* ein Kind zu sein, dessen Kopf zu groß für den ausgemergelten Körper war. Es hinterließ eine Spur des Lachens, wo es ging (wenigstens glaubte sie, daß es Gelächter war, nicht einmal dessen konnte sie völlig sicher sein), und das Geräusch schien Muster in den Nebel zu zeichnen, wie Wellen, die von schwimmenden Fischen erzeugt wurden. Es war ein seltsames Phänomen, aber auf seine Weise ziemlich ansprechend.

Sie drehte sich zu Phoebe um, die verhalten lächelte.

»Es sind Kinder da oben«, murmelte sie.

»Sieht so aus.«

Kaum hatte sie es ausgesprochen, als das Kind auch schon erschien, tollend und lachend wie zuvor. Es war ein Mädchen, sah Tesla. Trotz ihres fast kindlichen Körpers hatte sie knospende Brüste, die rosiger aussahen als der restlichen Körper, und einen ein Meter langen Pferdeschwanz, der ihrem sonst kahlen Schädel entsprang.

So behende sie war, ihr Fuß verfing sich in einem der Risse, sie fiel nach vorne, und ihr Lachen verstummte.

Phoebe stieß einen Laut der Besorgnis aus. Das Kind hörte sie trotz Hämmern und Schluchzen. Das Mädchen sah sich um, und der Blick ihrer Augen, die schwarz und glänzend waren wie polierte Steine, fiel kurz auf die beiden Frauen. Dann sprang das Kind auf und floh den Hang hinauf.

»Soviel zum unauffälligen Vorgehen«, bemerkte Tesla. Sie konnte die schrille, erschrockene Stimme des Kindes hören. »Gehen wir ihnen aus dem Weg«, sagte sie, nahm Phoebe am Arm und zog sie den Hang entlang. Der aufgerissene Boden machte ein schnelles Vorankommen praktisch unmöglich, aber sie legten stolpernd fünfzig Meter zurück, bevor sie stehenblieben und wieder horchten.

Das Hämmern hatte aufgehört, wie auch das Singen. Nur das Schluchzen dauerte an.

Das ist kein Kummer, sagte Raul.

»Nicht?«

Es sind Schmerzen. Jemand leidet schreckliche Schmerzen.

Tesla erschauerte und sah Phoebe direkt an. »Hören Sie mir zu . . .«, flüsterte sie.

»Sie wollen umkehren.«

»Sie nicht?«

Phoebes Gesicht war blaß und feucht. »Doch«, hauchte sie. »Ein Teil von mir schon.« Sie blickte über die Schulter, aber es gab nichts zu sehen, außer Nebel. »Aber nicht so sehr . . .«, sie zögerte und wurde von unmerklichem Zittern gepackt, ». . . nicht so sehr, wie ich bei Joe sein möchte.«

»Wenn Sie das noch lange sagen«, meinte Tesla, »fange ich an, es zu glauben.«

Phoebe stieß eine nervöse Lachsalve aus, die aber schon im nächsten Augenblick in Tränen überging. »Wenn wir dies alles lebend überstehen«, sagte sie und gab sich erdenkliche Mühe, ihr Schluchzen zu unterdrükken, »schulde ich Ihnen so viel.«

»Sie schulden mir eine Einladung zur Hochzeit, mehr nicht«, sagte Tesla. Phoebe legte die Arme um Tesla und drückte sie.

»Wir sind noch nicht da«, sagte Tesla.

»Ich weiß, ich weiß«, antwortete Phoebe. Sie wich von Tesla zurück, schniefte heftig und wischte sich mit dem Handrücken die Tränen aus den Augen. »Ich bin bereit.«

»Gut.« Tesla sah zu der Stelle, wo sie entdeckt worden waren. Weder war etwas zu hören noch etwas zu sehen. Ein schwacher Trost, wenn man bedachte, wie schwer es unter den Umständen war, Entfernungen abzuschätzen, aber wenigstens ging keine Horde Lix oder Kinder auf sie los. »Klettern wir«, sagte sie und ging weiter den Hang hinauf. Selbstverständlich war es unmöglich, ihre exakte Richtung abzuschätzen, aber solange der Boden unter ihren Füßen anstieg, wußten sie, daß sie sich zumindest noch auf dem Weg nach oben befanden.

Nach einigen Schritten bekamen sie einen weiteren Beweis dafür, daß sie in die richtige Richtung gingen. Das Stöhnen wurde mit jedem Meter lauter, den sie zurücklegten, und bald stimmte auch die Stimme der Sängerin ein. Anfangs unsicher, als wollte sie das Stück wieder aufgreifen, bei dem sie unterbrochen worden war. Dann hatte sie es offenbar satt und begann ein neues Lied, melancholischer als das erste. Möglicherweise ein Klagelied oder ein Schlaflied für ein sterbendes Kind. Was auch immer, Tesla fühlte sich eindeutig unwohl und wünschte sich, ein Schwarm Lix würde aus einem Riß im Boden emporsteigen, damit sie etwas hatte, woran sie ihr Unbehagen festmachen konnte. Alles wäre besser als dieses Schluchzen und das Lied und das Bild des hüpfenden Kindes mit seinen leblosen Augen.

Und als die nächste rührselige Strophe des Liedes begann, gab der Nebel ein Bild des Grauens preis, wie es ihre schlimmsten Alpträume nicht hatten heraufbeschwören können.

Dort, zwanzig Meter hangaufwärts, konnte man die Schöpfung des Handwerkers bewundern. Er hatte kein Haus gebaut. Er hatte keinen Altar gebaut. Er hatte drei Bäume gefällt, die Rinde abgeschält und bergauf geschleppt, wo er drei dreieinhalb Meter hohe Kreuze daraus gemacht hatte. Dann hatte jemand – vielleicht der Hämmerer, vielleicht seine Meister – drei Menschen daran gekreuzigt.

Tesla konnte nicht viel von den Opfern sehen. Sie und Phoebe näherten sich der Stelle von der Rückseite der Kreuze. Aber den *Hämmerer* konnte sie sehen. Er war ein kleiner, breitschultriger Bursche mit breitem, flachem Kopf, mit Augen wie die des lachenden Kindes, und er sammelte im Schatten der Kreuze seine Werkzeuge mit einem achtlosen Gebaren, als hätte er gerade nichts weiter als ein Tischbein repariert. Ein Stück hinter ihm saß die Sängerin auf einem Sessel. Sie hatte den Blick zu den Gekreuzigten gerichtet und sang immer noch ihr Klagelied.

Keiner der beiden hatte Tesla oder Phoebe gesehen. Der Handwerker sammelte vor ihren Augen seine restlichen Werkzeuge ein, ging fröhlich seines Weges und verschwand im Nebel jenseits der Kreuze, ohne auch nur einen Blick zurückzuwerfen. Die Sängerin legte fast lasziv den Kopf zurück und verstummte, um an einer dünnen Zigarette zu ziehen.

»Warum tut jemand so etwas?« fragte Phoebe mit zitternder Stimme.

»Ist mir scheißegal«, antwortete Tesla und zog die Waffe aus der Jacke. »Wir werden etwas dagegen unternehmen.«

Und was? fragte Raul.

»Zum Beispiel die armen Teufel da runterholen«, sagte Tesla laut.

»Wir?« sagte Phoebe.

»Ja, wir.«

Tesla, hör mir zu, sagte Raul. *Es ist schrecklich, ich weiß, aber es ist zu spät, wir können ihnen nicht mehr helfen –*

»Was sagt er?« fragte Phoebe.

»Er ist noch nicht fertig.«

Es war eine verdammte Dummheit, überhaupt hierherzukommen. Aber nun sind wir schon mal da.

›Also, was sollen wir tun? Einfach wegschauen?‹

Ja! Unbedingt!

›Herrgott . . .‹

Ich weiß, sagte Raul. *Es ist schrecklich, und ich wünschte, wir wären nicht hier und müßten es sehen. Aber laß uns die Tür finden und Phoebe rüberbringen, und dann können wir beide so schnell es geht verschwinden.*

»Wissen Sie was?« sagte Phoebe und nickte zu der Sängerin. »Sie weiß vielleicht, wo die Tür ist. Ich finde, wir sollten sie fragen.« Sie zeigte auf Teslas Waffe. »Damit.«

»Gute Idee.«

Schaut nur nicht zu den Kreuzen, okay? sagte Raul, als sie den Hang hinaufgingen.

Die Sängerin war endlich mit ihrem Lamento zum Schluß gekommen, lag in ihrem Sessel, hatte die Augen geschlossen und rauchte ihren Stoff. Das einzige Geräusch war das Schluchzen von einem der Gekreuzigten, und selbst das wurde leiser, als sie weitergingen, bis es kaum noch zu hören war.

»Sehen Sie einfach zu Boden«, sagte Tesla zu Phoebe. »Es hat keinen Sinn, wenn uns das Herz bricht.«

Mit gesenktem Blick kletterten sie weiter. Tesla fühlte sich schrecklich versucht, die Opfer anzusehen, widerstand aber. Raul hatte recht. Sie konnten nichts tun.

Weiter oben führte die Sängerin in ihrem berauschten Zustand Selbstgespräche.

»He, Laguna . . .? Hörst du mich? Ich hab' sie, genau hier. *Genau hier.* Sie sind weiß. So weiß. Du kannst dir nicht vorstellen, wie –«

Tesla hielt der Frau die Waffe an die Schläfe. Der Wortschwall verstummte unvermittelt, die Frau schlug die Augen auf. Sie war keineswegs eine Schönheit: Ihre Haut sah ledrig aus, die Augen waren winzig und von struppigen Borsten umgeben, ihr Mund – gleichermaßen umkränzt – war doppelt so groß wie der eines Menschen, die Zähne klein, spitz – möglicherweise zugespitzt – und unzählig. Trotz ihres umnebelten Zustandes begriff sie eindeutig die Gefahr, in der sie schwebte.

»Ich werde noch etwas singen«, sagte sie.

»Nicht nötig«, antwortete Tesla. »Zeigen Sie uns nur den Weg zu der Tür.«

»Ihr gehört nicht zum Gefolge des Segensm'n?«

»Nein.«

»Seid ihr Sapas humana?« sagte sie.

»Nein. Ich bin nur die Lady mit der Waffe«, sagte Tesla.

»Ihr *seid* es, richtig?« antwortete die Sängerin und sah zwischen den beiden Frauen hin und her. »Ihr seid Sapas humana! Oh, das ist herrlich.«

»Hören Sie mir zu?« sagte Tesla.

»Ja. Sie wollen zu der Tür. Sie ist dort.« Sie deutete, ohne sich umzudrehen, in den Nebel.«

»Wie weit?«

»Ein kleines Stück. Aber warum wollt ihr dorthin? Auf der anderen Seite ist nichts, außer noch mehr Nebel und ein schmutziges Meer. *Hier* sind die Wunder, im Helter Incendo. Unter Humana wie euch.«

»Wunder?« sagte Phoebe.

»O ja, o ja«, schwärmte die Frau und beachtete die Waffe, die immer noch auf ihren Kopf gerichtet war, gar nicht. »Wir haben ein Schattenleben in Ephemeris geführt und davon geträumt, hier zu sein, wo alles rein und real ist.«

Mein Gott, steht ihr eine Enttäuschung ins Haus, bemerkte Raul.

Aber sie war mehr als nur eine schlecht informierte Touristin. »Kommen die Iad nicht durch diese Tür?« fragte Tesla sie.

Sie lächelte. »O doch«, sagte sie fast verträumt.

»Und warum hängen Sie dann noch hier rum?«

»Wir warten, um sie zu begrüßen.«

»Dann werden Sie die Wunder des Helter Incendo nie zu sehen bekommen, oder?«

»Warum nicht?«

»Weil die Iad kommen, um sie zu vernichten.«

Die Frau lachte. Warf den Kopf zurück und lachte. »Wer hat Ihnen denn das erzählt?« sagte sie.

Tesla antwortete nicht, obwohl sie es genau wußte. Zum erstenmal hatte sie es von Kissoon gehört. Wahrscheinlich nicht die zuverlässigste Quelle. Aber war die Theorie nicht seither bei mehreren Gelegenheiten bestätigt worden? D'Amour war auf jeden Fall davon überzeugt. Ihm zufolge waren die Iad der Feind der Menschheit, der Teufel unter anderem Namen. Und hatte Grillo ihr nicht von Männern und Frauen im ganzen Land erzählt, die im Riff die Waffen aufzählten, mit denen sie sich verteidigen wollten, falls, oder besser, *wenn* der Holocaust stattfand?

Die Frau lachte immer noch. »Die Iad kommen aus denselben Gründen wie ich«, sagte sie. »Sie wollen inmitten der Wunder leben.«

»Es gibt keine«, brauste Phoebe auf. »Nicht hier.«

Die Sängerin wurde ernst. »Vielleicht lebt ihr schon so lange mit ihnen«, sagte sie, »daß ihr sie gar nicht mehr seht.«

Frag sie nach den Kreuzigungen, drängte Raul.

›Verdammt richtig‹, dachte Tesla. »Was ist mit denen

dort?« fragte sie und deutete mit dem Daumen über die Schulter.

»Der Segensm'n wollte es so. Sie sind Spione, hat er gesagt; Gegner des Friedens.«

»Aber warum mußte er sie auf diese Weise töten?« sagte Phoebe. »Es ist schrecklich.«

Die Sängerin sah ehrlich erstaunt aus. »Der Segensm'n sagte, es wäre das beste für sie.«

»Das *beste* für sie?« sagte Tesla abgestoßen. *»Das?«*

»Steht es nicht in einem eurer Heiligen Bücher? Ein Gott stirbt auf diese Weise –«

»Ja, aber –«

»Und ist mit seinem Vater oder seiner Mutter vereint.«

»Vater«, sagte Phoebe.

»Verzeihen Sie mir meine Unwissenheit. Ich kann mir Geschichten einfach nicht merken. Lieder, das ist etwas anderes. Wenn ich ein Lied einmal höre, kenne ich es mein ganzes Leben lang. Aber ein Witz, Klatsch und Tratsch, sogar eine gute Geschichte –« Sie schnippte mit den Fingern. »Vergessen.«

Angenommen, sie sagt die Wahrheit, murmelte Raul.

›Über Kreuzigungen?‹

Über die Iad. Vielleicht haben wir das Ganze von Anfang an falsch verstanden.

›Und sie kommen nur, um die Sehenswürdigkeiten zu bewundern?‹ antwortete Tesla. ›Kann ich mir nicht vorstellen. Erinnerst du dich an die Schleife?‹ Sie rief sich ihren ersten und einzigen Blick auf die Iad, in all ihrer Unermeßlichkeit und Scheußlichkeit, ins Gedächtnis zurück. Auch heute, nach fünf Jahren, machte die Erinnerung sie noch nervös. Möglicherweise waren die Iad nicht die Feinde der Menschheit, der Widersacher selbst, aber sie schienen auch nicht Frieden und Freundschaft in ihrem kollektiven Sinn zu haben.

»Möchten Sie auch?« fragte die Sängerin.

»Was?« sagte Tesla.

»Sie hat gefragt, ob sie rauchen darf«, sagte Phoebe. »Haben Sie sie nicht gehört?«

»Ich habe nachgedacht.«

»Worüber?«

»Wie verdammt verwirrt ich bin.«

Die Sängerin hielt ein brennendes Streichholz an die Spitze ihres Joints. Was immer sie rauchte, Haschisch war es nicht. Der Rauch roch fast widerlich süß, wie Zimt und Zucker. Sie inhalierte tief.

»Noch mal«, sagte Tesla. »Inhalieren Sie noch mal.« Die Frau sah verwirrt drein, gehorchte aber. »Und noch mal«, sagte Tesla und hielt der Frau die Waffe an die Schläfe, um ihrem Befehl Nachdruck zu verleihen. Die Frau inhalierte gehorsam zwei weitere Züge. »Gut so«, sagte Tesla, während die Frau glückselig lächelte und ihr die Augen zufielen. »Noch einen auf den Weg.«

Die Frau hob den Joint an die Lippen und inhalierte zum letztenmal. Dann übermannte die Droge ihr Bewußtsein. Ihre Hand sank herab, die Zigarette fiel ihr aus den Fingern. Tesla hob sie auf, kniff das glimmende Ende ab und steckte den Rest ein.

»Man kann nie wissen«, sagte sie zu Phoebe. »Gehen wir.«

Erst jetzt, als sie sich wieder bergauf in Bewegung setzten, fiel Tesla auf, daß das Schluchzen vollkommen aufgehört hatte. Der letzte der Spione – der als Anspielung auf ihren Glauben gekreuzigt worden war –, war gestorben. Jetzt konnte es nicht mehr schaden, einen Blick zu riskieren.

Nicht – ermahnte Raul sie, aber es war zu spät. Sie drehte sich bereits um, sah es bereits.

Kate Farrell hing mit entblößtem und aufgeschlitztem Bauch am mittleren Kreuz. Links von ihr hatten sie Edward festgenagelt. Rechts von ihr –

»Lucien.«

Er war fast nackt und von den dreien am schlimmsten zugerichtet; seine schmale, weiße Brust war mit Blut vom Gesicht besudelt, das barmherzigerweise fast völlig von seinem Haar verdeckt wurde.

Teslas Atem entwich ruckartig aus ihren Lungen, und

jede Kraft verschwand aus ihren Beinen. Sie ließ die Waffe fallen. Hielt die Hände auf den Mund, um das Schluchzen zu unterdrücken.

»Kennen Sie einen davon?« fragte Phoebe.

»Alle«, stöhnte Tesla. »Alle.«

Phoebe nahm sie fest in die Arme. »Wir können nichts mehr für sie tun.«

»Er war am Leben ...«, sagte Tesla, der sich der Gedanke wie ein Messer ins Herz bohrte, »... er war am Leben, und ich habe nicht hingesehen, dabei hätte ich ihn vielleicht retten können.«

»Sie wissen nicht, ob er es war«, sagte Phoebe.

Sie führte Tesla von der Stelle weg und drehte sie dabei um. Aber Tesla wehrte sich, als wollte sie Lucien nicht aus den Augen lassen. Er sah so erbarmenswert bloßgestellt da oben aus, so außerstande, sich gegen die Welt zu verteidigen. Wenigstens mußte sie ihn von dem Kreuz herunterholen. Wenn sie ihn dort ließ, würde er zum Schaustück werden: gepickt und zerkratzt und angefressen. Das konnte sie nicht ertragen. Niemals.

Irgendwo in dem Durcheinander hörte sie Raul sagen: *Phoebe hat recht.*

›Laß mich in Ruhe.‹

Du kannst ihm nicht helfen. Und, Tesla: Dich trifft keine Schuld. Er ist einen Weg gegangen. Wir unseren.

›Er hat noch gelebt.‹

Vielleicht.

›Er hat mich gesehen.‹

Wenn du das glauben willst, dann glaub es, sagte Raul. *Ich werde nicht versuchen, es dir auszureden. Aber wenn, dann hat er vielleicht deshalb aufgegeben.*

›Was?‹

Er hätte deinen Namen rufen können, aber das hat er nicht getan. Vielleicht hat er dich gesehen und gedacht: Damit ist es genug.

Tränen traten ihr in die Augen.

›Genug?‹

Ja. Es muß nicht immer schrecklich sein. Nicht mal das.

Das würde sie nie und nimmer glauben, bis ans Ende ihrer Tage nicht.

Was hat er gesagt, sind wir? Behältnisse für etwas . . .

›Für das Unendliche. Behältnisse für das Unendliche.‹

»Das wollte er sein«, antwortete Tesla.

Nein, sagte Raul. *Das war er die ganze Zeit.*

Tesla nickte. »Wissen Sie«, sagte sie zu Phoebe, »ich habe eine gute Seele in meinem Kopf.« Sie schniefte heftig. »Der Jammer ist, es ist nicht meine.«

Dann ließ sie sich von Phoebe herumdrehen, und sie gingen gemeinsam bergauf, zu der Tür.

III

1

Die Strömung ergriff Joe schließlich, entriß ihn der Dunkelheit und trug ihn fort, wie sie vor ihm die *Fanacapan* fortgetragen hatte. Eine Zeitlang bemerkte er kaum, daß er sich bewegte. Tatsächlich merkte er kaum, daß er noch am Leben war. Er verlor immer wieder das Bewußtsein und schlug manchmal gerade lange genug die Augen auf, daß er den brodelnden Himmel über sich erkennen konnte, als hätten Himmel und Meer die Plätze getauscht. Als er einmal auf diese Weise zu sich kam, glaubte er brennende Vögel zu sehen, die wie geflügelte Meteore aus dem tosenden Himmel fielen. Und einmal, als er aus den Augenwinkeln ein Glitzern bemerkte, drehte er den Kopf und erblickte einen 'shu, der mit glänzenden Augen durch das Wasser schoß. Als er ihn sah, fiel ihm seine Unterhaltung mit Noah am Ufer ein – »wenn man einen erfreut, erfreut man viele« –, und er versank zufrieden wieder in seine Träume, weil er dachte, daß das Geschöpf ihn möglicherweise erkannte und irgendwie durch diesen Mahlstrom führte.

Wenn er nicht ganz wach war, was häufig vorkam, dachte er an Phoebe in den Wasserpflanzen; sah ihren Körper vor sich steigen und sinken, üppig und blaß. Dann weinte er selbst in seinem schlafenden Zustand, weil er dachte, sie wäre von ihm gegangen, zurück in die Welt der Lebenden, und von nun an bliebe ihm nur noch die Erinnerung an sie.

Dann verblaßten selbst die Träume von Phoebe, und er schwebte durch eine Wolke schmutzigen Rauchs, wo sein Verstand zu schwach war, auch nur einen Gedanken zu formen. Schiffe zogen vorbei, doch er sah sie nicht. Hätte er sie gesehen – hätte er gesehen, wie sie schwankten und ächzten, bis unter den Rand vollgestopft mit Flüchtlingen aus Ephemeris –, dann hätte er vielleicht versucht, ein hängendes Tau zu ergreifen und sich an Bord zu ziehen, statt sich von der Strömung, gegen die sie kämpften, zu dem Archipel hintragen zu lassen. Zumindest aber hätte er sich – angesichts der panischen Gesichter der Passagiere – darauf vorbereiten können, was ihn am Ufer erwartete. Aber da er nichts sah und nichts wußte, wurde er weiter und weiter getragen, zwischen den Trümmern versunkener Schiffe, die mangels Kapitänen gesunken waren, durch schwimmende Friedhöfe voll todgeweihter Reisender, durch Stellen, wo gelbe Asche das Wasser eindickte und Feuerlohen um ihn herum loderten wie brennende Flotten.

Das Wasser wurde unaufhörlich seichter und ruhiger, und schließlich wurde er ans Ufer einer Insel gespült, die in ruhmreichen Zeiten den Namen Mem-é b'Kether Sabbat getragen hatte. Dort lag er inmitten von Treibgut mit blutenden Hoden und umnebeltem Verstand, während die Insel, zu der er gespült worden war, Stück für Stück entzweiging und ihre Zerstörer, die Iad Uroboros, sich unerbittlich dem Ufer näherten, wo er schlief.

2

Die Entfernung zwischen dem Ufer von Mem-é b'Kether Sabbat und dem Berghang, wo Tesla und Phoebe kletterten, ließ sich nicht so ohne weiteres messen. Obwohl Generationen von Denkern im Kosm wie im Metakosm versucht hatten, eine Theorie der Entfernungen zwischen beiden Welten aufzustellen, herrschte wenig Einigkeit, was dieses Thema betraf. Die verschiedenen Fraktionen waren sich nur in einem einig, nämlich daß man Entfernungen nicht mit einem Maßstab und einem Abakus messen konnte. Schließlich handelte es sich nicht einfach nur um die Verbindung zwischen zwei Punkten; es war eine Strecke zwischen zwei *Zuständen*. Manche sagten, man solle es als einen symbolischen Raum betrachten, wie den zwischen einem Gott und dem, der ihn anbetete, und schlug ein vollkommen neues System von Maßeinheiten für derartige Fälle vor. Andere behaupteten, daß eine Seele, die vom Helter Incendo nach Essenz überwechselte, einer derart radikalen Veränderung unterzogen wurde, daß man die zurückgelegte Strecke, sofern das Wort Strecke überhaupt noch seine Gültigkeit hatte (was sie bezweifelten), am besten vom Vokabular der spirituellen Reformation ableitete. Dies erwies sich jedoch als undurchführbar, da des einen Reformation des anderen Häresie war.

Schließlich gab es eine Gruppe, die argumentierte, daß die Beziehung zwischen Sapas humana und dem Meer der Träume sich lediglich im Geiste abspielte und von daher jeder Versuch, Entfernungen zu bestimmen, zum Scheitern verurteilt sei. Ganz sicher, führten sie aus, überstieg es das geistige Fassungsvermögen eines Menschen, die Entfernung zwischen einem Gedanken und einem anderen zu messen. Manche ihrer Gegener warfen ihnen Defätismus vor, andere schundige Metaphysik. Männer und Frauen gelangten nur dreimal zum Meer der Träume, mußten sie sich sagen lassen. Den Rest ihres Lebens war Essenz viel weiter als nur einen Gedanken entfernt. Keineswegs, argumentierte der Anführer dieser Fraktion – ein Mystiker von Joom mit Namen Carasophia. Die Wand zwischen dem Kosm und dem Metakosm wurde immer dünner und würde – prophezeite er – bald völlig verschwinden, und wenn das geschah, würden die Seelen der Sapas humana, die so mitleiderregend nüchtern wirkten, sich, selbst in ihrem gegenwärtigen urzeitlichen Stadium, als Zulieferer des Wunderbaren erweisen.

Carasophia war für seine Theorien gestorben, war in einem Sonnenblumenfeld außerhalb von Eliphas ermordet worden, aber er hätte tröstliche Beweise für seine Überzeugung gefunden, wäre er durch die Gehirne der Leute spaziert, die sich am Weg der Parade in Everville eingefunden hatten. Heute träumten die Leute mit offenen Augen.

Eltern träumten davon, so frei wie ihre Kinder zu sein; Kinder träumten davon, die Macht ihrer Eltern zu haben.

Liebende sahen die kommende Nacht in den Augen des anderen; alte Leute, die ihre Hände oder den Himmel betrachteten, sahen dasselbe.

Träume von Sex, Träume vom Jenseits, Träume von Zirkus und Bacchanalien.

Und ein Stück entfernt am Weg, den die Parade nehmen würde, saß ein Mann an dem Fenster, aus dem er vor so kurzer Zeit gestürzt war, und träumte davon, wie es sein würde, wenn er die ›Kunst‹ für sich haben und Zeit und Entfernung für immer verschwinden würden.

»Owen?«

Buddenbaum hatte nicht erwartet, daß er den Jungen wiedersehen würde; jedenfalls nicht diesseits von Mitternacht. Aber da stand er und sah so verlockend sinnlich wie immer aus.

»Schau, schau . . .«

»Wie geht es dir?« fragte Seth.

»Ich genese.«

»Gut. Ich hab' kaltes Bier mitgebracht.«

»Das war umsichtig.«

»Ich schätze, es ist ein Friedensangebot.«

»Betrachte es als akzeptiert«, sagte Buddenbaum. »Komm her und setz dich.« Er klopfte neben sich auf die Dielen. »Du siehst müde aus.«

»Ich hab' nicht gut geschlafen.«

»Hämmern im Himmel?«

»Nein. Ich mußte an dich denken.«

»Herrje.«

»Gute Gedanken«, sagte Seth und ließ sich neben Buddenbaum nieder.

»Wirklich?«

»Wirklich. Ich will mit dir kommen, Owen.«

»Wohin?«

»Wohin du danach gehst.«

»Ich gehe nirgendwohin«, sagte Owen.

»Du wirst in Everville leben?«

»Ich werde *nirgendwo* leben.«

»Ist das nur eine Art, mir zu sagen, daß du mich nicht bei dir haben willst?« wollte Seth wissen. »In dem Fall, warum sagst du es mir nicht frei heraus, dann gehe ich.«

»Nein, das habe ich ganz und gar nicht gesagt«, antwortete Owen.

»Dann verstehe ich es nicht.«

Owen sah zum Fenster hinaus und schien über etwas nachzudenken. »Ich weiß so wenig über dich«, sagte er. »Und doch fühle ich ...«

»Was?«

»Ich habe nie jemandem vertraut«, sagte Owen. »Das ist die Wahrheit. Ich wollte es oft, hatte aber immer Angst, ich könnte enttäuscht werden.« Er sah Seth an. »Ich weiß, ich habe mich um eine Menge Gefühle gebracht«, fuhr er fort, und es war augenscheinlich, wie aufgewühlt er war, »vielleicht sogar Liebe. Aber so habe ich mich entschieden, und mir wurde nie weh getan.«

»Du hast nie jemanden geliebt?«

»Leidenschaft, ja. Täglich. In Italien stündlich. Alle Affären waren lächerlich. Demütigend und lächerlich. Aber Liebe? Nein. Ich konnte nie jemandem genug vertrauen, um ihn zu lieben.« Er seufzte schwer. »Und jetzt ist es fast zu spät.«

»Warum?«

»Weil sentimentale Liebe eine menschliche Eigenheit ist, und ich werde nicht mehr lange dafür anfällig sein. Da. Nun habe ich es gesagt.«

»Du meinst ... du wirst kein Mensch mehr sein.«

»Das wollte ich damit sgen.«

»Wegen der Avatars?«

»In gewisser Weise.«

»Kannst du mir das erklären?«

»Steh auf«, sagte Owen und winkte Seth auf die Füße. »Und jetzt schau zum Fenster hinaus.« Seth gehorchte.

Owen stellte sich hinter ihn und legte ihm die Hände auf die Schultern. »Schau zur Kreuzung hinunter.«

Unten herrschte kein Verkehr; die Straße war für Fahrzeuge gesperrt worden, bis die Parade vorbei war.

»Wonach soll ich suchen?« wollte Seht wissen.

»Wirst schon sehen«, sagte Owen, dessen Hände zu Seths Hals glitten.

»Bekomme ich eine Massage?«

»Sei einen Moment still«, sagte Owen. »Laß einfach ... laß einfach die Visionen kommen.«

Seth verspürte ein Kribbeln im Nacken, das sich rasch bis zur Schädelbasis ausbreitete. Er stieß einen leisen Seufzer des Behagens aus. »Das tut gut.«

»Schau auf die Straße.«

»Ich wünschte, du würdest mir einfach ...« Die Bemerkung erstarb. Er keuchte und hielt sich am Fenstersims fest. *»Mein Gott.«*

Die Kreuzung schmolz; die Straßen wurden zu mit funkelnden, scharlachroten und goldenen Bändern geschmückten Lavaflüssen. Sie bewegten sich, alle vier, auf das Zentrum der Kreuzung zu, ihr Leuchten nahm zu, gleichzeitig wurden sie schmaler, so daß sie, als sie sich vereinten, nur noch gleißende Fäden waren, so grell, daß Seth sie nur einen Herzschlag lang ansehen konnte.

»Was ist das?« hauchte er.

»Wunderschön, nicht?«

»O Gott, ja. Hast du das gemacht?«

»So etwas wird nicht *gemacht*, Seth. Es kommt nicht aus der Luft wie ein Gedicht. Ich kann es nur *in Bewegung setzen.*«

»Also gut. Hast du es in Bewegung gesetzt?«

»Ja, das habe ich. Vor sehr langer Zeit.«

»Du hast mir immer noch nicht gesagt, was es ist.«

»Es ist eine Aufforderung zu tanzen«, sagte Owen leise, mit dem Mund dicht an Seths Ohr.

»Was für einen Tanz?«

»Den Tanz des Seins und Werdens«, sagte er. »Sieh es dir

an und vergiß deine Engel, die von der Seite des Himmels ans Firmament hämmern. Dort geschehen die Wunder.«

»Wo etwas zusammentrifft.«

»Genau.«

»*Meine Reise endet am Kreuzweg.* Das hast du gesagt.«

»Vergiß das später nicht«, sagte Owen mit rauher Stimme. »Vergiß nicht, daß ich dich nie belogen habe. Ich habe dir nie gesagt, ich würde für immer hier sein.«

»Nein, das hast du nicht. Ich wünschte, du hättest es, aber du hast es nicht.«

»Wenn wir uns verstehen, können wir heute unseren Spaß haben.«

Nun wandte Seth den Blick von der Straße ab. »Ich glaube, ich kann nicht mehr hinsehen«, sagte er. »Mir wird schlecht.«

Owen strich mit seiner Hand behutsam über Seths Kopf. »So«, sagte er. »Es ist vorbei.«

Seth sah wieder zur Kreuzung. Die Vision war tatsächlich verschwunden. »Was wird passieren?« fragte er Owen. »Wirst du dich einfach mitten auf die Kreuzung stellen, und etwas kommt und nimmt dich mit?«

»So einfach ist es nicht«, antwortete Owen.

»Was dann?«

»Ich bin selbst nicht ganz sicher.«

»Aber du weißt, was am Ende mit dir passieren wird?«

»Ich weiß, ich werde von der Zeit befreit sein. Vergangenheit, Zukunft und der Augenblick des Traums dazwischen werden ein einziger unsterblicher Tag sein...« Seine Stimme wurde leiser, während er die Worte rezitierte, bis sie zuletzt kaum noch zu hören war.

»Was ist der Augenblick des Traums?« fragte Seth.

Owen zog Seth zu sich und drückte ihm einen Kuß auf die Lippen. »Das brauchst du dir von mir nicht erklären zu lassen«, sagte er.

»Doch«, sagte Seth. »Ich will nicht, daß du gehst, Owen.«

»Ich muß«, sagte Buddenbaum. »Ich fürchte, diesbezüglich habe ich keine andere Wahl.«

»Doch, das hast du. Du könntest bei mir bleiben, wenigstens eine Weile. Bring mir etwas von dem bei, was du weißt.« Er strich mit den Händen über Owens Brust. »Und wenn du mir nichts beibringst . . .« Seine Hand war an Owens Gürtel angekommen und öffnete ihn, ». . . könnten wir doch wenigstens anderweitig ein bißchen Spaß haben, oder?«

»Ja, schon, aber du sollst trotzdem wissen, wie lange ich gewartet habe«, sagte Owen. »Wie viele Pläne und Ränke ich schmieden mußte, um hierherzukommen. Glaub mir, es war nicht leicht. Manchmal hätte ich fast aufgegeben. Aber ich habe nicht von meiner Vision abgelassen.«

»Nur weiter«, sagte Seth, der mit seinen Gedanken woanders war.

»Hör mir zu«, forderte Owen ihn auf.

»Ich höre.«

»Ich bin nicht die Liebe deines Lebens.«

»Woher weißt du das?«

»Weil ich nicht sein kann, was du dir wünschst. Ich kann nicht bleiben und auf dich aufpassen. Und darum mußt du dir einen anderen suchen, den du lieben kannst.«

»Nicht, wenn du mich mit dir nimmst«, sagte Seth, »in deinen Tanz.« Er sah zum Fenster hinaus auf die solide, graue Straße. »Ich könnte die Hitze ertragen, wenn ich bei dir wäre.«

»Das glaube ich nicht.«

»Ich könnte es! Gib mir einfach eine Chance.«

»Du weißt nicht, was du da verlangst.«

»Dann *sag* es mir. Bring es mir *bei*. Ich kann sein, was immer du willst. Glaub mir.«

Owen strich dem Jungen über das Gesicht. »Ich glaube dir, ich habe dir schon einmal gesagt, daß du bemerkenswert bist«, sagte er.

Seth lächelte ihn an. Was nützte es, fragte Owen sich daraufhin in Gedanken, einen unsterblichen Tag zu leben, wenn man ihn in Einsamkeit verbringen mußte? Geläutert und weise und einsam konnte man die Ewigkeit nicht ertragen. Hätte er die Wahl gehabt, hätte er sich vielleicht für jemanden entschieden, der seinem körperlichen Ideal mehr entsprach, um das Erlebnis mit ihm zu teilen, aber möglicherweise konnte man Änderungen im Fluxus der Möglichkeiten vornehmen, der zu gegebener Zeit draußen auf der Straße beginnen würde. Sobald die Kräfte der Evolution entfesselt waren, konnte er das Profil des Jungen mit Leichtigkeit verändern und seine Hüften schmaler machen. Die Wangenknochen waren zu flach, die Nase zu breit. Das Haar war unscheinbar: ein mausgrauer Mop, der völlig umgestaltet werden mußte. Vielleicht würde er ihm schwarze Locken bis zu den Schultern geben, wie ein Bild von Botticelli? Vielleicht ein von der Sonne gebleichtes Blond mit einer Strähne, die ihm in die Augen fiel. Doch das mußte er nicht jetzt entscheiden. Später. Bevor *jetzt* und *später* hinfällig wurden.

»Seth . . .«

»Es ist nicht nötig, daß du mich anlügst«, sagte der Junge, weil er sich einbildete, den einzig in Frage kommenden Grund zu kennen, weshalb Owen so lange geschwiegen hatte. »Ich bin nicht dumm.«

»Nein, das bist du nicht«, erwiderte Owen. »Und weil du nicht dumm bist, habe ich dir alles erzählt. Ich habe dir Geheimnisse anvertraut, die ich noch keiner Menschenseele verraten habe.«

»Warum?«

»Ehrlich, ich weiß es nicht. Vielleicht, weil ich deine Gesellschaft mehr brauche, als mir klar gewesen ist.«

»Aber wie lange?«

»Treib es nicht zu weit, Seth. Hier steht viel auf dem Spiel. Ich muß sicher sein, daß ich nicht alles verliere, wofür ich gekämpft habe, wenn ich dich mitnehme.«

»Aber du würdest es tun?« fragte er ungläubig, aber doch voller Hoffnung

»Ich sagte doch: *Treib es nicht zu weit.*« Seth ließ den Kopf hängen. »Und laß das auch sein. Sieh mir in die Augen.« Langsam hob Seth wieder den Kopf. Er war den

Tränen nahe. »Ich kann nicht die Verantwortung für dich übernehmen, Junge. Hast du mich verstanden?« Seth nickte. »Ich weiß selbst nicht, was da draußen passieren wird. Nicht genau. Ich weiß nur, daß eine Menge kluger Köpfe vernichtet worden sind – einfach leergefegt –, weil sie sich auf den Tanz eingelassen haben und feststellen mußten, daß sie die Schritte nicht beherrschten.« Er seufzte achselzuckend. »Ich weiß nicht, was ich für dich empfinde, Seth, aber ich weiß, daß ich dich nicht als leere Hülle zurücklassen möchte. Das könnte ich mir nie verzeihen. Andererseits« – er hielt den Jungen am Kinn, Daumen in der Kinnfalte, – »scheint unser Schicksal irgendwie verflochten zu sein.« Seth machte den Mund auf, um etwas zu sagen, aber Owen brachte ihn mit einem Blick zum Schweigen. »Kein Wort mehr zu diesem Thema«, sagte er.

»Ich wollte kein Wort sagen.«

»Doch, das wolltest du.«

»Aber nicht dazu.«

»Wozu dann?«

»Ich wollte nur sagen: Ich kann die Kapelle hören. Horch.«

Er hatte recht. Die fernen Klänge von Blasinstrumenten und Trommeln drang durch das zerbrochene Fenster herein.

»Die Parade hat angefangen«, sagte Seth.

»Endlich«, antwortete Owen und sah an Seth vorbei zu der Kreuzung unten. »O Mann, *jetzt werden wir sehen . . .*«

IV

Ich würde vorschlagen, daß du einen Moment still stehenbleibst, sagte Raul.

Tesla hielt auf der Stelle an und brachte auch Phoebe neben sich zum Stillstand.

Ganz still.

Zehn oder zwölf Meter von ihnen entfernt sah Tesla eine Bewegung im Nebel. Vier Gestalten (eine davon hielt sie für den Hammerschwinger) schritten über den Hügel. Phoebe hatte sie auch gesehen und hielt den Atem an. Wenn einer des Quartetts in ihre Richtung sah, wäre das Spiel gelaufen. Mit etwas Glück, überlegte Tesla, könnte sie vielleicht zwei der vier ausschalten, ehe sie die Stelle erreichten, wo sie und Phoebe standen, aber jeder einzelne des Quartetts sah aus, als könnte er sie beide mit einem einzigen Hieb töten.

Nicht die hübschesten Kreaturen der Schöpfung, bemerkte Raul.

Das war eine Untertreibung. Jeder bot einen besonders scheußlich Anblick, was durch die Tatsache betont wurde, wie sie einander an den Schultern hingen – wie durch ihr Groteskes vereinte Brüder. Einer war mit Sicherheit der magerste lebende Mensch, seine schwarze Haut spannte sich wie Folie über spitzen Knochen, sein Gang war schlaksig, sein Blick stechend. Neben ihm ging ein Mann, der so dick war wie der andere dünn. Sein Gewand, mit Schlamm oder Blut bespritzt, war, wie das seines Bruders, bis zum Bauchnabel offen. Es hatte eine schwabbelige und mit Blutergüssen verunzierte Brust, für die ein Wesen verantwortlich zeigte, das wie eine Kreuzung zwischen Hummer und Papagei aussah – scharlachrot, mit Schwingen und Klauen – und sich wie ein säugendes Kind an seinen Titten festklammerte. Bei dem dritten Mitglied des Quartetts handelte es sich um den Hammerschwinger. Er war mit seinem vierschrötigen Kopf und dem Stiernacken der massigste der vier.

Aber er pfiff beim Gehen, und die Melodie war seltsam trällernd, wie eine irische Volksweise. Rechts, am dichtesten bei den Frauen, lief der Zwerg des Rudels, einen ganzen Kopf kürzer als der Hammerschwinger. Seine Haut hatte die Farbe von Erbrochenem und ein feuchtes Aussehen, seine hagere Gestalt wurde von Zuckungen und Krämpfen geschüttelt. Seine Züge sprachen deutlich von Inzucht: Glubschaugen, fliehendes Kinn, die Nase kaum mehr als zwei Schlitze zwischen den Augen, über dem schiefen Mund.

Alle vier schienen es nicht besonders eilig zu haben. Sie ließen sich Zeit, schwatzten und lachten unterwegs und waren so zufrieden mit ihrer jeweiligen Gesellschaft, daß sie nicht einmal einen Blick den Hang hinab zu den Frauen warfen.

Schließlich schloß sich der Nebel um sie, und sie waren fort.

»Gräßlich«, sagte Phoebe leise.

»Ich hab' schon Schlimmere gesehen«, bemerkte Tesla und ging, mit Phoebe am Arm, weiter bergauf.

Inzwischen war ein sanftes Wogen des Nebels unverkennbar, das immer deutlicher wurde, je weiter aufwärts sie kamen.

»O mein Gott«, murmelte Phoebe und deutete auf den Boden. Dieselbe Bewegung war unter ihren Füßen zu sehen: das Gras, die Erde, sogar die verstreuten Felsbrocken wurden von einer Kraft weiter oben am Berg erfaßt, freigegeben und gerieten Sekunden später wieder in den Sog. Einige der kleineren Kiesel rollten wahrhaftig bergauf – an sich seltsam genug –, aber noch seltsamer war, wie der solide Fels des Bergs auf die Beeinflussung reagierte. Hier, in der Nähe der Schwelle, war er nicht rissig geworden, sondern *aufgeweicht,* und unterlag derselben Bewegung wie Nebel, Erde und Gras.

»Ich glaube, es wird wärmer«, sagte Tesla, als sie das Phänomen sah. Es war derselbe ungewöhnliche Anblick, den sie schon im Haus von Buddy Vance gesehen hatte: scheinbar solide Gegenstände verloren ihre Festigkeit und verformten sich. Das Haus von Vance war zum Mahlstrom geworden. Dies hier war keiner. Er war eine sanfte, rhythmische Bewegung (*Gezeiten*, bemerkte Raul leise), und die Felsen wurden mehr durch Verlockung als durch Brutalität dazu gebracht, ihre Festigkeit aufzugeben. Tesla war noch zu betroffen vom Tod Luciens, um das Schauspiel zu genießen, aber sie verspürte dennoch unwillkürlich ein Kribbeln der Vorfreude. Sie waren nahe an der Tür, daran herrschte kein Zweifel. Noch ein paar Meter, und sie würde Essenz zu sehen bekommen. Selbst wenn die drogenumnebelte Sängerin recht hatte und es keine Wunder am Ufer zu bestaunen gab, war es doch gewiß ein folgenschweres Ereignis, den Ozean zu sehen, wo das Sein geboren wurde.

Irgendwo in der Nähe ertönte Gelächter. Diesmal verweilten die Frauen nicht, sondern kletterten schneller. Die Bewegungen von Boden und Nebel wurden mit jedem Meter drängender, den sie zurücklegten. Es war wie ein Sog, der an ihren Füßen und Knöcheln zerrte, und auch wenn er derzeit noch keine Kraft hatte, sie umzuwerfen, war es nur noch eine Frage der Zeit, vermutete Tesla, bis es soweit sein würde.

Ich fühle mich ein wenig seltsam, sagte Raul.

›Inwiefern?‹

Wie ... ich weiß nicht ... nicht ganz sicher hier drin, antwortete er.

Bevor sie dazu kam, ihn nach weiteren Informationen zu fragen, lief eine besonders heftige Welle durch Boden und Luft und teilte den Nebel vor ihnen. Tesla stieß einen Ausruf des Erstaunens aus. Nicht der Berggipfel wurde vor ihnen enthüllt, sondern eine vollkommen andere Landschaft. Ein Himmel mit rollenden Farben und ein Ufer, an das die Wellen des Meers der Träume dunkel und gischtig brandeten.

Phoebe ließ Teslas Arm los. »Ich kann es nicht glauben«, sagte sie. »Ich sehe es, aber ich kann ...«

Tesla ...

›Erstaunlich, was?‹

Halt mich fest.

›Was soll das heißen?‹

Ich verliere den Halt.

›Das ist nichts Neues.‹

Tesla! Es ist mein Ernst! Er hörte sich panisch an. *Geh nicht näher hin.*

»Ich muß«, sagte sie. Phoebe war bereits drei Schritte vor ihr und hatte den Blick starr auf das Ufer gerichtet. »Ich werde vorsichtig sein.« Sie rief Phoebe zu: »Machen Sie langsamer«, aber ihre Bitte stieß auf taube Ohren. Phoebe eilte weiter, als hätte das Schauspiel sie hypnotisiert, bis die Bewegung im Boden ohne Vorwarnung eskalierte und sie umgeworfen wurde. Sie fiel mit einem Schrei, der laut genug gewesen wäre, alles im Umkreis von zwanzig Metern aufzuschrecken, und hatte Mühe, wieder auf die Füße zu kommen.

Tesla kam ihr stolpernd zu Hilfe, während Boden und Atmosphäre immer aufgewühlter wurden, als wäre die Anwesenheit der beiden Frauen ausreichend, die Turbulenzen zu verursachen. Sie packte Phoebe am Arm und half ihr auf die Füße, was keine leichte Aufgabe war.

»Mir ist nichts geschehen«, keuchte Phoebe, »wirklich nicht.« Sie drehte sich zu Tesla um. »Sie können jetzt umkehren«, sagte sie.

Hör auf sie, sagte Raul mit bebender Stimme.

»Sie haben getan, was Sie konnten«, fuhr Phoebe fort. »Von jetzt an schaffe ich es alleine.« Sie legte die Arme um Tesla. »Vielen Dank«, sagte sie. »Sie sind eine erstaunliche Frau, wissen Sie das?«

»Passen Sie auf sich auf«, sagte Tesla.

»Mach' ich«, antwortete Phoebe, löste sich aus der Umarmung und drehte sich zu dem Ufer um.

»Es war mein Ernst, was ich gesagt habe«, rief Tesla Phoebe hinterher.

»Und das wäre?«

»Ich war nicht –«

Sie hatte keine Zeit, den Satz zu Ende zu sprechen, weil sie von einer Gestalt abgelenkt wurde, die vor Phoebe am

Ufer auftauchte. Von allen Geschöpfen, die sie hier arbeiten und spielen gesehen hatte, bot er den imposantesten Anblick; ein feistes, gebieterisches Individuum mit listigen, tiefliegenden Augen und einem Dutzend ingwerfarbenen Bärtchen, die seinen Wangen und Kinnen entsprangen, jedes gezwirbelt, so daß sie Hörnern glichen. In einer Hand hielt er einen kurzen Stab. Mit der anderen hob er sein voluminöses Gewand hoch, damit drei Kinder – identisch miteinander und mit dem Säugling, den Phoebe und Tesla unten am Hang gesehen hatten – Platz hatten, um zwischen seinen dürren Beinen Fangen zu spielen. Aber er war vom Herumtollen der Kinder nicht so abgelenkt, daß er nicht die zwei Frauen gesehen hätte, die den Pfad entlangkamen, und seinem Gesichtausdruck zufolge sah er deutlich, daß sie nicht zu seinem Gefolge gehörten. Sofort setzte er zu einem Rundruf an: »Gamaliel! Zu mir! Mutep! Zu mir! Bartho! Swanky! Zu mir! *Zu mir!*«

Phoebe, deren Gesicht eine Maske der Verzweiflung war, drehte sich um und sah Tesla an. Das Ufer lag höchstens zehn Schritte entfernt, und nun wurde ihr der Weg versperrt.

»Ducken!« rief Tesla und richtete Lourdes auf den Mann mit dem Gewand.

Der hob seinen Stab im selben Augenblick. Tesla sah, wie Energie darin flimmerte und gebündelt wurde.

Es ist eine Waffe! schrie Raul.

Tesla ließ es nicht auf den Beweis ankommen. Sie feuerte einfach. Die Kugel traf den Mann im Bauch, tiefer, als sie gezielt hatte. Er ließ sein Gewand und die Waffe fallen und stieß einen so schrillen Schrei aus, daß sie dachte, sie hätte sein Geschlecht möglicherweise falsch eingeschätzt. Das Kichern der Kinder wurde zu einem Kreischen, und sie rannten um ihn herum, während er vornüberkippte, derweil seine Schreie immer noch zwischen seinen kleinen Zähnen herauskamen.

Eines der Kinder lief an Phoebe vorbei, ohne auf die Waffe zu achten, und schrie:

»Jemand muß Segensm'n Zury helfen!«

»Gehen Sie!« rief Tesla Phoebe zu, aber der Befehl ging in Zurys Schmerzensgeheul und dem Kreischen der Kinder unter. Der Nebel dämpfte die Kakophonie nicht, sondern wirkte als brodelnde Echokammer, wodurch der Tumult ein derartiges Ausmaß annahm, daß der weiche Boden erbebte.

Phoebes panischem Gesichtsausdruck konnte man entnehmen, daß sie zu verwirrt war, um die Chance zu nutzen, die sich ihr bot. Tesla rief wieder nach ihr und watete durch die Untiefen, um sie auf den Weg zu schicken.

Nicht weiter! schrie Raul in ihrem Kopf. *Ich kann mich nicht mehr halten!*

Damit war er nicht allein. Der Frontalangriff von Lärm und Bewegung wirbelte Teslas Sinne durcheinander. Ihr Sehen schien ihr vorauszueilen, aus ihrem Schädel herausgeprügelt, und sie sah einige schwindelerregende Augenblicke von der Schwelle zwischen Kosm und Ufer zu sich selbst zurück. Möglicherweise wäre sie für immer außerhalb ihrer selbst geblieben, aber Phoebe streckte die Hand nach ihr aus, und der Kontakt brachte ihre Sehnerven wieder zur Räson.

»Los doch!« rief sie Phoebe zu und sah zu Zury. Der war nicht in der Verfassung, Phoebe den Zutritt zu verwehren. Er stand vornübergebeugt da und spuckte Blut.

»Kommen Sie mit mir«, bellte Phoebe.

»Ich kann nicht.«

»Sie können nicht dorthin zurück!« sagte Phoebe. »Die werden Sie umbringen.«

»Nicht, wenn ich –«

Tesla . . .? schrie Raul.

»– schnell. Los doch, um Himmels willen!«

Tessllaaa . . .«

»Wir gehen!« sagte Tesla, wandte sich von Phoebe ab und ging auf festen Boden zurück.

Dabei erlebte sie einen Augenblick völliger Desorientierung, als hätten ihre Sinne sie plötzlich im Stich gelassen. Sie blieb wie angewurzelt stehen – ihre Entschlossenheit, ihre Willenskraft, ihre Erinnerung, alles fiel mit einer Explosion weißer Schmerzen von ihr ab. Es folgte ein Abschnitt der Leere, in dem sie gar nichts verspürte: keine Schmerzen, kein Verlangen, keinen Selbsterhaltungstrieb. Sie stand einfach schwankend inmitten des Tumults; Lourdes glitt ihr aus den Händen und verschwand im aufgewühlten Boden. Dann kamen ihre Sinne so schnell zurück, wie sie sie verlassen hatten. Sie hatte Kopfschmerzen wie noch nie in ihrem Leben, und Blut floß ihr aus der Nase, aber sie besaß genügend Kraft, sich weiter stolpernd auf sicheren Boden zu schleppen.

Doch schlechte Nachrichten erwarteten sie dort in Gestalt von vier Schemen: Gamaliel, Mutep, Bartho und Swanky.

Sie hatte nicht mehr die Kraft, ihnen davonzulaufen, und konnte nur hoffen, daß sie sie nicht auf der Stelle hinrichten würden, weil sie Zury verletzt hatte. Als der Hammerschwinger auf sie zukam, hielt sie über die Schulter nach Phoebe Ausschau und stellte zufrieden fest, daß die Frau die Schwelle überquert hatte und verschwunden war.

›Das ist doch schon mal was‹, dachte sie zu Raul. Er antwortete nicht. ›Tut mir leid‹, sagte sie. ›Ich habe mein möglichstes getan.‹

Der Hammerschwinger hatte sich ihr bis auf einen Schritt genähert und streckte die Hand aus, um sie am Arm zu packen . . .

»Rühr sie nicht an«, sagte jemand.

Sie hob ihren pochenden Kopf. Der Jemand kam mit einer Schrotflinte aus dem Nebel. Sie war an Tesla vorbei auf den verletzten Segensm'n gerichtet.

»Geh, Tesla«, sagte der Schrotflintenträger.

Sie kniff die Augen zusammen, damit sie das Gesicht ihres Retters besser sehen konnte.

»D'Amour?«

Er bedachte sie mit einem ergebenen wölfischen Grinsen. »Kein anderer«, sagte er. »Würdest du jetzt bitte einfach dorthin gehen?«

Der Hammerschwinger stand immer noch in unmittelbarer Nähe von Tesla und schien darauf zu brennen, ihr ein Leid zuzufügen. »Pfeifen Sie ihn zurück«, sagte D'Amour zu Zury. »Sonst knallt's.«

»*Bartho*«, sagte der Segensm'n. »Laß sie gehen.«

Der Hammerschwinger winselte wie ein hilfloser Hund, gab aber den Weg frei, so daß Tesla bergab zu D'Amour stolpern konnte.

»Gamaliel?« sagte Harry. Das schwarze Klappergestell drehte sich in D'Amours Richtung um. »Du erklärst den Brüdern Grimm hier, daß ich ein Fernrohr an diesem Gewehr habe, mit dem ich durch den Nebel sehen kann. Hast du verstanden, was ich dir gesagt habe?« Gamaliel nickte. »Und wenn einer von euch in den nächsten zehn Minuten auch nur einen Mucks macht, puste ich dem alten Arsch hier den Kopf weg. Glaubst du nicht, daß ich das kann?« Er legte auf Zury an. Gamaliel wimmerte. »Ja, du hast verstanden«, sagte er. »Ich kann ihn damit aus großer Entfernung töten. Aus großer, großer Entfernung. Okay?«

Nicht Gamaliel antwortete, sondern sein fettleibiger Bruder.

»O-key«, sagte er und hob die Hände mit den Wurstfingern. »Kein Schießen, o-key? Wir keine Bewegung machen. O-key? Du nicht schießen. O-key?«

»O-key do-key«, sagte D'Amour. Er drehte sich zu Tesla um. »Kannst du laufen?« flüsterte er.

»Ich werde mich bemühen.«

»Dann los«, antwortete D'Amour und entfernte sich langsam.

Tesla ging den Hang hinab, aber so langsam, daß sie D'Amour stets im Auge behielt, der sich von Zury und den Brüdern entfernte. Er ging weiter rückwärts, bis er nicht mehr gesehen werden konnte, dann drehte er sich um und kam zu Tesla heruntergerannt.

»Wir müssen uns beeilen«, sagte er.

»Kannst du es?«

»Was?«

»Zury im Nebel auspusten?«

»Verdammt, nein. Aber ich wette, sie gehen das Risiko nicht ein. Und jetzt hauen wir ab.«

Es war leichter, bergab als bergauf zu gehen, obwohl Tesla glaubte, ihr Kopf würde zerspringen. Nach zehn Minuten wurde der Nebel vor ihnen dünner, kurz darauf stolperten sie in die klare Sommerluft.

»Ich glaube nicht, daß wir schon außer Gefahr sind«, sagte Harry.

»Glaubst du, sie werden uns folgen?«

»Ich bin verdammt sicher«, sagte er rasch. »Bartho arbeitet wahrscheinlich schon an unseren Kreuzen.«

Luciens Bild tauchte vor ihrem geistigen Auge auf, und sie schluchzte. Sie preßte die Hand auf den Mund, um es zu unterdrücken, aber die Tränen flossen dennoch ihre Wangen hinab.

»Sie werden uns nicht erwischen«, sagte D'Amour. »Ich lasse es nicht zu.«

»Das ist es nicht«, sagte Tesla.

»Was dann?«

Sie schüttelte den Kopf. »Später«, sagte sie, wandte sich von ihm ab und ging den Hang hinunter. Die Tränen blendeten sie fast, so daß sie mehrmals fast stolperte, aber sie verlangte ihren erschöpften Gliedern das Äußerste ab, bis sie es in die relative Sicherheit unter den Bäumen geschafft hatte. Selbst da verlangsamte sie ihre Schritte nur unwesentlich und sah ab und zu nach hinten, um sich zu vergewissern, daß sie D'Amour nicht verloren hatte.

Als sie beide so sehr keuchten, daß sie fast keine Luft mehr bekamen, wurde der Wald dünner, und verschiedene Geräusche drangen zu ihnen empor. Eines war das Plätschern von Unger's Creek. Das andere das murmelnde Brüllen einer Menschenmenge. Und das Schmettern der städtischen Kapelle, die die Parade durch die Straßen von Everville führte, war das dritte.

›Es ist nicht gerade Mozart‹, dachte Tesla zu Raul. ›Tut mir leid.‹

Ihr Mitbewohner antwortete nicht.

»Raul?« sagte sie, diesmal laut.

»Stimmt was nicht?« wollte D'Amour wissen.

Sie brachte ihn mit einem Blick zum Schweigen und richtete ihre Aufmerksamkeit wieder nach innen. ›Raul . . .?‹ sagte sie. Wieder bekam sie keine Antwort.

Besorgt machte sie die Augen zu und machte sich auf die Suche nach ihm. Zwei- oder dreimal im Verlauf ihrer Reisen hatte er sich auf diese Weise vor ihr versteckt, aus Wut oder Angst, und sie war gezwungen gewesen, ihn aus der Reserve zu locken. Sie führte ihre Gedanken an die Trennwand zwischen ihrem und seinem Territorium und rief dabei seinen Namen. Wieder blieb eine Antwort aus.

Ein niederschmetternder Verdacht wuchs in ihr.

›Antworte mir, Raul‹, sagte sie. Erneut erntete sie nur Schweigen und drang in den Bereich vor, den er bewohnte.

Sie wußte im selben Augenblick, daß er nicht mehr da war. Wenn sie bei früheren Anlässen hier eingedrungen war, hatte sie seine Präsenz fast übermächtig gespürt, auch wenn sie ihn nicht dazu bringen konnte, mit ihr zu reden. Sie hatte seine Essenz als ihr etwas vollkommen Fremdes empfunden, das einen Bereich in ihr bewohnte, den die meisten Menschen bis zu ihrem Tod für ihren und ausschließlich ihren hielten: ihren Verstand. Nun war nichts mehr da. Keine Herausforderung, keine Beschwerde, kein Scherz, kein Schluchzen.

»Was ist?« fragte D'Amour, der ihr Gesicht studierte.

»Raul«, sagte sie. »Er ist fort.«

Sie wußte, wann es passiert war. In dem Augenblick von Schmerz und vorübergehendem Irrsinn an der Schwelle, als er aus ihr herausgerissen worden war, hatte ihr Verstand sich verkrampft.

Sie schlug die Augen auf. Die Welt um sie herum – die Bäume, der Himmel, D'Amour; der Lärm von Bach und Menge und Kapelle – waren nach der Leere, wo Raul gewesen war, fast unerträglich.

»Bist du sicher?« sagte D'Amour.

»Ganz sicher.«

»Wo zum Teufel ist er hin?«

Sie schüttelte den Kopf. »Er hat mich gewarnt, als wir am Ufer waren. Er sagte, er würde den Halt verlieren. Ich dachte, er meinte . . .«

»Daß er durchdreht?«

»Ja.« Sie verzog das Gesicht über ihre eigene Dummheit. »Herrgott! Ich habe ihn gehen lassen. Wie konnte ich so etwas tun?«

»Mach dir keine Vorwürfe, weil du nicht an alles gedacht hast. Nur Gott denkt an alles.«

»Komm mir nicht damit«, sagte Tesla.

»Wir werden von irgendwo Hilfe brauchen«, meinte D'Amour und sah den Berg hinauf. »Du weißt, was sie da oben machen, oder nicht?«

»Sie warten auf die Iad.«

»Richtig.«

»Und Kissoon ist der Vorstand des Begrüßungskomitees.«

»Du weißt von Kissoon?« sagte D'Amour aufrichtig überrascht.

Das war Tesla auch. »Du weißt auch von ihm?«

»Ich verfolge ihn seit zwei Monaten durch das ganze Land.«

»Wie hast du herausgefunden, daß er hier ist?«

»Von einer Frau, die du kennst. Maria Nazareno.«

»Und wie hast du die gefunden?«

»Sie hat mich gefunden, so wie sie dich gefunden hat.«

Tesla hob die Hände zum Gesicht und wischte Schweiß und Schmutz so gut es ging ab. »Sie ist tot, richtig?«

»Leider ja. Kissoon hat sie aufgespürt.«

»Wir sind ein tödliches Paar, D'Amour. Mit wem wir uns auch einlassen . . .« Sie ließ den Gedanken unvollendet. Wandte sich einfach von ihm ab und ging weiter zwischen den Bäumen nach unten.

»Was machst du jetzt?«

»Hinsetzen, nachdenken.«

»Stört es dich, wenn ich mitkomme?«

»Hast du noch einen Schachzug in letzter Minute im Ärmel?«

»Nein.«

»Gut. Ich habe es satt zu glauben, daß wir auch nur das geringste ändern können.«

»Das hab' ich nicht gesagt.«

»Nein, aber ich«, sagte Tesla und marschierte bergab. »Sie kommen, D'Amour, ob es uns gefällt oder nicht. Die Tür ist offen, und sie kommen durch. Ich finde, es wird Zeit, daß wir uns damit abfinden.«

Harry wollte ihr widersprechen, aber bevor er die richtigen Worte fand, fiel ihm seine Unterhaltung mit Norma ein. Die Welt konnte sich verändern, hatte sie gesagt, aber nicht untergehen. Und was konnten Veränderungen schon schaden? War die Welt in ihrem derzeitigen Zustand so toll?

Er sah zwischen den wogenden Zweigen hindurch zum blauen Himmel, während die Musik der Kapelle von der milden Brise zu ihm getragen wurde, und da fiel ihm die Antwort ein.

»Die Welt ist prima, wie sie ist«, sagte er so laut, daß Tesla es hören konnte. Sie antwortete nicht. Ging einfach weiter in Richtung Bach hinunter und watete hinüber. »Einfach prima«, sagte er sich und rechtfertigte damit sein unbestreitbares Recht, sie zu verteidigen. »Einfach prima.«

V

1

Phoebe, die stets alles wörtlich nahm, hatte tatsächlich damit gerechnet, daß am Ende ihres Weges eine Tür auf sie warten würde. Wahrscheinlich kunstvoller als jede Tür, die sie bisher gesehen hatte; sie war nicht so naiv, eine Klingel und eine Fußmatte mit der Aufschrift *Willkommen* zu erwarten, aber eine Tür sollte es nach allen praktischen Erwägungen schon sein. Sie würde davor stehen, die Klinke drücken, und die Tür würde sich mit einem majestätischen Seufzen vor ihr auftun.

Wie sehr sie sich geirrt hatte. Der Übergang zwischen zwei Welten war gewesen wie in alten Zeiten eine Ätherbetäubung beim Zahnarzt: Ihr Denken verschwamm und bemühte sich, sich am Bewußtsein festzuklammern, verlor den Kampf aber, verlor ihn, verlor ihn ...

Sie erinnerte sich nicht, daß sie gestürzt war, aber als sie die Augen wieder aufschlug, lag sie mit dem Gesicht nach unten auf verschneiten Felsen. Bis auf die Knochen durchgefroren, richtete sie sich auf. Blutstropfen, die von ihrem Gesicht fielen, färbten den Schnee. Sie hob die Hände und strich behutsam über Mund und Nase. Letztere blutete, tat aber nicht besonders weh, daher ging sie davon aus, daß sie nicht gebrochen war.

Sie suchte in den Taschen ihres Kleides (das sie in der Hoffnung ausgesucht hatte, Joe würde sie darin sehen, weil es so knapp war, eine Entscheidung, die sie jetzt bedauerte) nach einem Taschentuch und fand ein zusammengeknülltes Kleenex, das sie auf die Nase drückte. Erst dann sah sie sich langsam in ihrer unmittelbaren Umgebung um.

Rechts von ihr lag der Riß, durch den sie gekommen war, und der Tag auf der anderen Seite war heller (und wärmer) als die purpurfarbene Düsternis, in der sie sich befand. Links von ihr, teilweise von Nebel verhüllt, war das Meer, dessen dunkle Wellen fast viskos wirkten. Dazwischen, am Ufer, hockten unzählige Vögel, die vage an Kormorane erinnerten. Die größten waren etwa sechzig Zentimeter hoch und hatten scheckige, fast wächserne Körper; ihre Köpfe – teilweise von grünen Federn gekrönt, teilweise völlig kahl – waren winzig. Die ersten schienen etwa zwei Meter von ihr entfernt zu sein, zeigten aber nicht das geringste Interesse an ihr. Sie stand mit vor Kälte klappernden Zähnen auf und warf einen Blick in die Richtung, aus der sie gekommen war. Lohnte es sich, noch einmal zurückzugehen und angemessenere Kleidung zu holen? Wenn sie nichts Wärmeres fand, würde sie in sehr kurzer Zeit erfrieren.

Aber sie dachte nur einen Moment darüber nach. Dann erblickte sie eines der Kinder des Segensm'n auf der anderen Seite, das offenbar in ihre Richtung sah, und sämtliche Schrecken, die sie durchlebt hatte, um hierherzukommen, fielen ihr wieder ein. Lieber frieren als am Kreuz enden, dachte sie, und ehe das Kind jemanden rufen konnte, um sie zu verfolgen, wich sie am Ufer Richtung Wasser zurück, während der Nebelvorhang zwischen ihr und der Tür immer dichter wurde, bis sie sie nicht mehr sehen und, betete sie, selbst auch nicht mehr gesehen werden konnte.

Beim Wasser war es noch kälter; eiskalte Gischt stieg von jeder Welle auf. Aber dafür gab es einen Ausgleich. Rechts von ihr war der Nebel dünner, und da konnte sie in der Ferne Lichter am Ufer leuchten sehen sowie die vagen Silhouetten von Dächern und Türmen. Gott sei Dank, dachte sie, die Zivilisation. Ohne zu zögern ging sie darauf zu, wobei sie sich in Sichtweite des Wassers hielt, damit sie sich nicht im Nebel verirrte. Wie sich herausstellte, wurde der Nebel nach fünf Minuten Fußmarsch dünner und löste sich schließlich ganz auf, so daß sie endlich freie Aussicht auf die Landschaft vor ihren Augen hatte. Diese bot freilich keinen beruhigenden Anblick. Die Lichter der Stadt schienen kein bißchen näher zu sein als vorhin, als sie sie zum erstenmal gesehen hatte, und der Rest der Szenerie – Ufer, das felsige Terrain dahinter und das Meer der Träume selbst – war so gut wie völlig verlassen. Die einzigen Farbtöne hielt der Himmel bereit, und auch das waren nur stahlgraue und dunkle, purpurfarbene Töne. Keine Sterne erhellten ihren Weg, ebensowenig ein Mond, aber die verstreuten schneebedeckten Flecken verströmten einen unheimlichen Schimmer, als hätte der Boden das bißchen Licht gestohlen, das der Himmel besessen haben mochte. Was Leben anbetraf, so gab es die Vögel, deren Zahl inzwischen deutlich abgenommen hatte, die aber immer noch das Ufer säumten wie eine Armee, die auf die Befehle eines abwesenden Generals wartete. Einige hatten ihren Posten verlassen und tauchten in den Untiefen nach Fischen. Das war keine schwierige Aufgabe. In den Wellen wimmelte es förmlich vor kleinen silbernen Fischen, und sie sah einige der Jäger mit Schnäbeln auftauchen, die so voller zappelnder Fische waren, daß sie sich wunderte, warum sie nicht daran erstickten.

Der Anblick erinnerte sie daran, daß sie ebenfalls Hunger hatte. Seit ihrem Frühstück mit Tesla vor ihrem Aufbruch waren mehr als sechs Stunden vergangen. Selbst an einem Diättag hätte sie inzwischen zwei Zwischenmahlzeiten und eine Hauptmahlzeit zu sich genommen. Statt dessen war sie auf einen Berg geklettert, hatte eine Kreuzigung erlebt und war in eine andere Welt übergewechselt. Das konnte schon ausreichen, daß einem der Magen knurrte.

Einer der Vögel watschelte an ihr vorbei, und als er sich auf der Suche nach Nahrung ins Wasser stürzte, wanderte ihr Blick einen oder zwei Meter am Ufer entlang zu der Stelle, wo er gesessen hatte. Lag da ein Ei zwischen den Steinen? Sie ging zu der Stelle und hob es auf. Es war tatsächlich ein Ei, doppelt so groß wie ein Hühnerei und blaß gestreift. Die Vorstellung, es roh zu essen, war alles andere als appetitanregend, aber sie war zu hungrig, um zimperlich zu sein. Sie brach es auf und ließ den Inhalt in ihren Mund laufen. Es schmeckte intensiver, als sie erwartet hatte; fast *fleischig,* mit der Beschaffenheit von Schleim. Sie schluckte alles bis auf den letzten Tropfen und sah sich gerade nach einem weiteren um, als sie ein lautes Kreischen hörte, herumwirbelte und sah, wie der aufgebrachte Eierleger mit gesenktem Kopf und aufgeplusterten Nackenfedern über den Strand auf sie zugerannt kam.

Phoebe war nicht in der Stimmung, seinen Wutausbruch hinzunehmen.

»Ksch, Vogel!« sagte sie ihm. »Geh weg, verdammt! Ksch!«

Aber so leicht ließ sich der Vogel nicht vertreiben. Sein Lärm spornte sämtliche Vögel in der Umgebung zu ähnlichen Schreien an, er stürmte weiter auf Phoebe zu und erwischte sie mit seinem pickenden Schnabel am Schienbein. Die Wunde tat weh. Sie schrie auf und wich zurück, um aus der Reichweite des Vogels zu entkommen, und nun fand sie nachdrücklichere Worte für ihn.

»Hau ab, ja!« fuhr sie ihn an. »Verdammtes Vieh!« Zurückweichend sah sie auf ihr schmerzendes Bein hinab, rutschte aus und fiel zum zweitenmal innerhalb einer halben Stunde, und nun war sie endlich einmal froh, daß ihre Pobacken so gepolstert waren. Aber ihr Sturz brachte ihr weiteren Ärger ein, und zwar nicht nur von dem Eierleger, sondern von mehreren seiner Artgenossen, die ihren Sturz und den damit einhergehenden Wutschrei eindeutig als Bedrohung ansahen. Ringsum wurden Kämme gestellt und Federn gespreizt, und der schrille Schrei erklang aus zwei oder drei Dutzend Kehlen.

Dies war kein Ärgernis mehr. So lächerlich es zu sein schien, sie befand sich in echten Schwierigkeiten. Die Vögel bedrängten sie von allen Seiten, und sie waren imstande, mit ihren Angriffen keinen unerheblichen Schaden anzurichten. Sie schrie weiter und hoffte, sie damit auf Distanz zu halten, während sie gleichzeitig versuchte, wieder auf die Füße zu kommen. Zweimal hätte sie es fast geschafft, rutschte aber mit den Fersen auf den Felsen ab. Die ersten Vögel waren inzwischen in ihre Reichweite gelangt. Schnäbel pickten auf ihre Arme und Schultern und den Rücken ein.

Sie begann, panisch mit den Armen zu rudern, fing Vögel mit den Händen und konnte ein paar sogar umwerfen, aber es waren zu viele. Früher oder später würde einer der Schnäbel eine Ader treffen oder ein Auge auspicken. Sie mußte aufstehen, und zwar schnell.

Indem sie das Gesicht mit den Armen abschirmte, richtete sie sich auf die Knie auf. Die Vögel hatten nicht viel Platz für ein Gehirn in den Köpfen, aber sie spürten ihre Hilflosigkeit, ließen ihre Angriffslust eskalieren und pickten nach ihrem Rücken, ihren Pobacken und ihren Beinen, als sie sich aufrichten wollte.

Plötzlich ertönte ein Schuß. Dann noch einer, und ein dritter, nach dem ein Schwall warmer Flüssigkeit sich über Phoebes linken Arm ergoß. Der Tonfall des Kreischens veränderte sich auf der Stelle von Mobwahnsinn zu Panik, und als Phoebe die Arme sinken ließ, sah sie die Vögel zurückweichen, wobei drei ihrer Artgenossen tot zurückblieben. Nicht nur tot, sondern fast in Stücke gerissen. Einem fehlte der Kopf, dem anderen der halbe Oberkörper, während der dritte – der Blutspritzer – immer noch zuckend neben ihr lag und ein faustgroßes Loch im Unterleib hatte.

Sie sah nach dem Abschlachter der Vögel.

»Hier drüben«, sagte eine etwas versonnene Stimme, und ein Stück entfernt am Ufer stand ein Mann im Pelzmantel, der einen Hut aus Tierfell trug, bei dem die Schnauze eine Spitze bildete. In den Armen hielt er ein Gewehr. Es rauchte noch.

»Du gehörst nicht zu Zurys Bande«, stellte er fest.

»Nein, zu denen gehöre ich nicht«, antwortete Phoebe.

Der Mann schob die Spitze seines Huts zurück. Seinen Gesichtszügen nach zu urteilen, gehörte er demselben Stamm wie der Hammerschwinger an: Kopf flach und breit, Unterlippe wulstig, Augen winzig. Aber wo der Kreuzmacher ungeschmückt gewesen war, war das Gesicht dieses Wesens von der Stirn bis zum Kinn verziert;

seine Wangen wurden rund fünfzigmal von Ringen durchbohrt, an denen winzige Ornamente baumelten; seine Augen waren von Ringen aus roter und gelber Farbe umgeben, sein Haar zu Locken gedreht, die seine fliehende Stirn verdeckten.

»Woher kommst du?« fragte er.

»Die andere Seite«, antwortete Phoebe, der das korrekte Vokabular vorübergehend abhanden gekommen zu sein schien.

»Du meinst den Kosm?«

»Ganz recht.«

Der Mann schüttelte den Kopf, daß sein Schmuck tanzte. »Oh . . .«, seufzte er. »Ich hoffe, das ist die Wahrheit.«

»Glauben Sie, ich würde mich so kleiden, wenn ich eine Einheimische wäre?« sagte Phoebe.

»Nein, wahrscheinlich nicht«, entgegnete der Mann. »Ich bin Hoppo Musnakaff. Und du?«

»Phoebe Cobb.«

Musnakaff hatte seinen Mantel aufgeknöpft und streifte ihn nun ab. »Wie gut, daß wir uns getroffen haben, Phoebe Cobb«, sagte er. »Hier, zieh das an.« Er warf Phoebe seinen Mantel zu. »Und ich werde Sie zurück nach Liverpool begleiten.«

»Liverpool?« Nach dieser Reise schien das ein banales Ziel zu sein.

»Das ist eine wunderbare Stadt«, sagte Musnakaff und deutete zu den Lichtern am Ufer. »Du wirst schon sehen.«

Phoebe zog seinen Mantel an. Er war warm und roch nach einem süßlichen Parfüm und einem Hauch von Orangen. Sie steckte die Hände in die tiefen, pelzgefütterten Taschen.

»Gleich wird dir warm werden«, sagte Musnakaff. »Ich werde unterwegs deine Wunden versorgen. Ich möchte, daß du vorzeigbar bist für die Herrin.«

»Die Herrin?«

»Meine . . . Arbeitgeberin«, antwortete er. »Sie hat mich hierhergeschickt, um herauszufinden, was Zury im

Schilde führt, aber ich glaube, sie wäre glücklicher, wenn ich das Spionieren sein lasse und statt dessen dich nach Hause bringe. Sie wird es nicht erwarten können, zu hören, was du ihr zu sagen hast.«

»Worüber?«

»Selbstverständlich über den Kosm«, entgegnete Musnakaff. »Darf ich dir jetzt helfen?«

»Bitte.«

Er kam zu ihr (das Parfüm des Mantels war sein eigenes, stellte sie fest; er roch danach), schob den Arm unter ihren und führte sie über die schlüpfrigen Steine.

»Das ist unser Transportmittel«, sagte er. Nicht weit von ihnen stand ein buntes Pferd, leuchtend wie der Schwanz eines Pfaus, und fraß das karge Gras, das in den Rissen einer ehedem ordentlichen Straße wuchs.

»König Texas hat diese Straßen bauen lassen, als er die Herrin beeindrucken wollte. Selbstverständlich ist die Straße inzwischen verfallen.«

»Wer ist König Texas?«

»Er ist der Fels«, antwortete Musnakaff und stapfte mit dem Fuß auf. »Ist verrückt, seit sie ihn verlassen hat. Er hat sie über alles geliebt, weißt du; Fels kann das.«

»Sie wissen, daß ich nicht die geringste Ahnung habe, wovon Sie sprechen, oder nicht?« wollte Phoebe wissen.

»Steigen Sie auf die Mähre, ja?« sagte Musnakaff statt einer Antwort. »Genau so. Rechten Fuß in den Steigbügel. Und rauf! Gut! Gut!« Er zog dem Pferd die Zügel über den Kopf, damit er es führen konnte. »Sitzt du fest?« fragte er.

»Ich glaube schon.«

»Halt dich an der Mähne fest. Los doch, das Pferd wird sich nicht beschweren.« Phoebe tat, wie ihr geheißen wurde. »Und jetzt«, sagte Musnakaff leise, während er das Tier in Bewegung setzte, »werde ich dir von der Herrin und König Texas erzählen, damit du ihren Irrsinn besser verstehst, wenn du ihr von Angesicht zu Angesicht begegnest.«

2

Das Geräusch panischer Schreie riß Joe aus seiner Benommenheit. Er hob den Kopf vom feinen roten Sand vom Mem-é b'Kether Sabbats Ufer und drehte sich zu dem Meer um, das ihn hier angespült hatte. Zwei oder dreihundert Meter vom Ufer entfernt trieb das Schiff *Fanacapan*, mit Passagieren beladen. Sie hockten auf dem Dach des Ruderhauses; sie klammerten sich an Mast und Leitern fest; einer hing sogar am Anker. Aber ihr Gewicht und ihre hektischen Bewegungen waren zuviel für das Schiff. Vor Joes Augen bekam die *Fanacapan* Schlagseite; zwei Dutzend Passagiere fielen ins Wasser, wo ihre Schreie doppelt laut ertönten.

Joe stand auf und verfolgte, von betroffener Faszination erfüllt, wie die Tragödie ihren Lauf nahm. Die Leute im Wasser bemühten sich inzwischen, wieder an Bord zu klettern; einige Passagiere versuchten, ihnen zu helfen, andere wehrten sie verbissen ab. Doch so unterschiedlich die Ziele auch waren, die Wirkung blieb dieselbe. Die *Fanacapan* kippte ganz um, Decks, Ruderhaus, Masten und Leitern waren innerhalb von zwei Sekunden frei, die Planken knirschten, und dann sank das Schiff mit erschreckender Schnelligkeit. Es war ein mitleiderregender Anblick. So klein das Boot war, sein Untergang versetzte das Meer der Träume in regelrechte Raserei. Das Wasser schäumte und toste, und es schien zahlreiche Schiffbrüchige im Wasser zu ergreifen und in die Tiefe zu ziehen. Sie kreischten und fluchten, als ginge es ihnen ans Leben, aber Joe glaubte nicht, daß sie ertrinken konnten. Schließlich hatte er sich mit Phoebe mehrere Minuten unter Wasser aufgehalten und ausreichend Atemluft gehabt. Vielleicht würden die panischen Seelen dasselbe herausfinden; aber wahrscheinlich nicht. Die Art, wie das Wasser die zappelnden Leute umfing, erweckte den Eindruck von vernunftbegabtem Vorgehen; als wäre das Meer der Träume zu diesen schiffbrüchigen Reisenden so grausam, wie es zu ihm selbst gütig gewesen war.

Er kehrte dem Anblick den Rücken zu und ließ den Blick über das Ufer schweifen. Es war alles andere als verlassen. In beiden Richtungen tummelten sich Menschen am Strand, soweit das Auge reichte, und das war weit. Der düstere Himmel wich gerade einem exquisiten Leuchten, dessen Ursprung keine Himmelskörper waren, sondern die Gegenstände selbst. Alles erstrahlte in einem inneren Licht, manches konstant, manches flackernd, aber alles in allem mit grandioser Wirkung.

Joe sah an sich hinab – an seiner blutbefleckten Kleidung, seinem verletzten Fleisch – und stellte fest, daß selbst er leuchtete, als wollte sich jede Pore und Falte und jede Faser bemerkbar machen. Der Anblick versetzte ihn in Erregung. Er war an diesem wunderbaren Ort nicht ohne Wunder, sondern mit eigener Pracht ausgestattet.

Am Ufer entlang ging er auf einen Hain titanischer Bäume zu, so riesig, daß er von der Insel selbst nichts sehen konnte. Dies müßte, da war er ganz sicher, Mem-é b'Kether Sabbat sein. Im Verlauf der Reise hatte Noah von der Farbe ihres Sandes geschwärmt. Es gab kein anderes Ufer in diesem Rot, hatte er geprahlt; und keine andere Insel von solcher Schönheit. Darüber hinaus hatte Joe wenig Ahnung, was ihn erwartete. Ephemeris war nicht eine Insel, sondern viele, das wußte er, ein Archipel, der – so wollte es die Legende – aus Bruchstücken des Kosm entstanden war. Ein Teil dieser Bruchstücke *lebte*: das Gewebe von Eindringlingen, die das Meer der Träume phantastisch verwandelt hatte, indem es die Gedanken dieser Männer und Frauen als Inspiration benützte. Aber die meisten Bruchstücke waren tote Materie, Fragmente des Helter Incendo, die durch einen Riß hierher gelangt waren. Im Lauf der Zeit wurden daraus – unter dem Einfluß von Essenz – kleinere, schlichtere Inseln der Gruppe. Obwohl ihre Zahl in die Tausende ging, wie Noah behauptet hatte, waren die meisten unbewohnt.

Und, hatte Joe gefragt, welcher Mann oder welche Frau hatte die Insel begründet, die Noah stets als ›meine Heimat‹ bezeichnete? Noah hatte geantwortet, daß er das nicht wüßte, aber es gab einige in der großen Stadt b'Kether Sabbat, die es wußten, und vielleicht würde Joe bei einem Gefallen finden und in das Geheimnis eingeweiht werden.

Was schon damals eine vage Hoffnung gewesen war. Nun schien sie völlig dahin zu sein. Die Leute am Ufer waren eindeutig Flüchtlinge, vermutlich aus eben jener Stadt. Wenn b'Kether Sabbat noch stand, war es wahrscheinlich verlassen.

Joe wollte sie trotzdem sehen. Er war so weit gekommen, und unter welchen Kosten. Die Stadt nicht zu sehen, die laut Noah die Perle von Ephemeris gewesen war – sein Rom, sein New York, sein Babylon –, wäre defätistisch. Und selbst wenn er es nicht schaffte, selbst wenn nur Ödland jenseits der Bäume lag – alles war besser, als hier herumzuhängen, unter diesen verzweifelten Menschen.

Diese Gedanken gingen ihm durch den Kopf, als er am Ufer entlangging; sein Traum von Macht, mit dem er diese Reise angetreten hatte, war gründlich zerstört, an seiner Stelle herrschte nur noch der schlichte Wunsch zu sehen, was es zu sehen gab, und zu erfahren, was es zu erfahren gab, bevor es nicht mehr in seiner Macht stand, das eine oder andere zu tun.

VI

1

Obwohl Liverpool auf den ersten Blick einen trostlosen Eindruck auf Phoebe gemacht hatte, als sie und Musnakaff die Stadt betraten – die öffentlichen Gebäude waren nüchtern und schmutzig, an Wohnhäusern gab es Reihenhäuser oder düstere Villen –, stießen sie bald auf Spuren eines inneren Lebens, die ihr die Stadt in einem freundlicheren Licht erscheinen ließen. In einigen Häusern, an denen sie vorbeikamen, wurden lautstark Partys gefeiert, die manchmal sogar auf die Bürgersteige ausgedehnt wurden. Auf mehreren Plätzen loderten große, von tanzenden Menschen umgebene Freudenfeuer. Sogar eine Parade singender Kinder sahen sie.

»Was wird gefeiert?« fragte sie Musnakaff.

»Nichts«, antwortete er. »Die Leute nutzen nur die wenige Zeit, die ihnen noch bleibt, um auf den Putz zu hauen.«

»Bevor die Iad kommen?«

Er nickte.

»Warum versuchen sie nicht, die Stadt zu verlassen?«

»Das haben viele Leute getan. Aber es gibt auch viele, die sich denken: Was soll's? Warum sollen wir schlotternd in Trophetté oder Plethoziac sitzen, wo die Iad uns auch finden werden, wenn wir zu Hause sitzen und uns mit unserer Familie besinnungslos trinken können?«

»Haben Sie eine Familie?«

»Die Herrin ist meine Familie«, antwortete er. »Ich brauche nur sie. Ich habe immer nur sie gebraucht.«

»Sie haben gesagt, daß sie verrückt ist.«

»Das war übertrieben«, antwortete er liebevoll. »Sie ist nur ein bißchen überspannt.«

Schließlich gelangten sie zu einem freistehenden dreistökkigen Haus in einem verstaubten Garten. In jedem Zimmer brannte Licht, aber es waren keine Partygäste zu sehen. Nur das Kreischen der Möwen, die auf dem Dach und den Kaminen saßen und zum Meer schauten, war zu hören. Sie hatten eine bemerkenswerte Aussicht. Selbst von der Straße konnte Phoebe über ein kaltes, aber spektakuläres Panorama verschneiter Dächer und Türme bis zu den Docks sehen, wo viele Dutzend Segelschiffe vor Anker lagen. Sie wußte nur wenig von Schiffen, aber der Anblick dieser Boote rührte sie, beschwor er für sie doch ein Zeit herauf, als es noch Geheimnisse auf der Welt gegeben hatte. Heute gab es möglicherweise nur noch ein Meer zu erforschen, nämlich das Meer, das sich jenseits dieses Hafens erstreckte, das Meer der Träume, und es kam ihr vollkommen richtig vor, daß diese schlanken, eleganten Schiffe es befahren sollten.

»So hat die Herrin ihr Vermögen gemacht«, bemerkte Musnakaff, der neben Phoebe trat und das Panorama gleichermaßen bewunderte.

»Mit Schiffen?«

»Matrosen«, antwortete er. »Sie handelte mit Träumen, und das hat sie unvorstellbar reich gemacht. Und glücklich; bis König Texas kam.«

Musnakaff hatte, wie versprochen, im Verlauf der Reise von König Texas erzählt, und es war eine traurige Geschichte. Er hatte die Herrin in der Blüte ihrer Jugend verführt, erklärte Musnakaff, und als er ihrer überdrüssig wurde, hatte er sie wegen einer anderen Frau verlassen. Sie hatte sich unendlich gegrämt und mehrmals versucht, Selbstmord zu begehen, aber es schien, als hielte das Leben noch etwas für sie bereit, denn sie überlebte jedesmal und trauerte weiter.

Dann, viele Jahre nach seinem Verschwinden, war er plötzlich wiederaufgetaucht, hatte sie um Verzeihung gebeten und gefragt, ob er in ihre Arme und in ihr Bett zurückkehren dürfe. Entgegen allen Erwartungen hatte sie verneint. Sie habe sich verändert, sagte sie. Der Mann, den sie geliebt und verloren habe, der Mann, um den sie nach wie vor trauere und immer trauern werde, sei fort.

»Wärst du bei mir gewesen«, sagte sie, »hätten wir uns zusammen verändern und neue Gründe finden können, uns zu lieben. Aber von dir ist nichts mehr übrig, das ich will, abgesehen von Erinnerungen.«

Die Geschichte kam Phoebe unendlich traurig vor; ebenso die Vorstellung, mit Träumen zu handeln, obwohl sie nicht unerhebliche Schwierigkeiten hatte, sich vorzustellen, was das tatsächlich bedeuten könnte.

»Kann man Träume kaufen und verkaufen?« fragte sie Musnakaff.

»Man kann *alles* kaufen und verkaufen«, antwortete er und sah sie rasch an. »Aber du weißt das, du kommst schließlich aus dem Kosm.«

»Aber Träume –?«

Er hob die Hände, um weiteren Fragen Einhalt zu gebieten, und führte sie zum Tor des Hauses – das er mit einem Schlüssel an seinem Gürtel aufschloß –, dann die Treppe hinauf. Dort blieb er stehen und gab ihr einen letzten Rat, bevor sie eintraten.

»Sie wird dich nach dem Kosm ausfragen. Sag ihr, daß er ein Jammertal ist, und sie wird glücklich sein.«

»Das ist nicht mal gelogen«, sagte Phoebe.

»Gut«, antwortete er und ging die Treppe hinauf. »Oh, noch etwas«, sagte er beim Gehen. »Du willst ihr vielleicht sagen, daß ich dich vor dem sicheren Tod gerettet habe. Diesbezüglich kannst du ruhig ein bißchen aufschneiden, damit es besser wirkt...«

»Heroischer?«

»Dramatischer.«

»O ja. Dramatischer«, sagte Phoebe mit einem verhaltenen Lächeln. »Keine Sorge.«

»Jetzt, wo die Matrosen nicht mehr kommen, hat sie nur noch mich. Und ich möchte, daß sie sich geborgen fühlt. Hast du mich verstanden?«

»Ich habe verstanden«, sagte Phoebe. »Sie lieben sie so sehr wie König Texas.«

»Das habe ich nicht gesagt.«

»Es war auch nicht nötig.«

»Es ist nicht mal ... ich meine ... sie weiß nicht ...« Plötzlich war jede Selbstsicherheit von ihm gewichen. Er zitterte.

»Wollen Sie damit sagen, sie weiß es nicht?«

»Ich will damit sagen ...« Er sah auf die Stufen hinab. »... ich will damit sagen, selbst wenn sie es wüßte, wäre es ihr gleichgültig.« Dann wandte er sich von Phoebe ab, ohne ihr in die Augen zu sehen, und eilte die eiskalten Stufen zur Eingangstür hinauf. Innerhalb eines Augenblicks hatte er sie aufgemacht und betrat das Innere, wo die Lampen zu winzigen flackernden Lichtern gedämpft waren und er seinen Kummer in den Schatten verbergen konnte.

Phoebe folgte ihm hinein. Er führte sie einen schmalen Durchgang mit hoher Decke entlang zur Rückseite des Hauses. »In der Küche findest du genügend zu essen. Bedien dich.« Dann ging er die mit einem dicken Teppich belegte Treppe hinauf, wo das Läuten eines Glöckchens sein Kommen ankündigte.

Die Küche, stellte Phoebe fest, war wahrscheinlich um neunzehnhundertzwanzig modern gewesen, aber eine angenehme Umgebung, um sich zu setzen und die schweren Glieder auszuruhen. Sie legte ein paar Scheite in den offenen Kamin, betrachtete den riesigen schwarzen Herd, die Töpfe, die groß genug waren, um für fünfzig zu kochen, und die Zutaten, die dafür ausgereicht hätten: Regale voll mit Konservendosen, Schüsseln und Körbe mit Obst und Gemüse, Brot und Käse und Kaffee. Phoebe blieb ein paar Minuten vor dem Feuer stehen, um ihre kalten Glieder aufzuwärmen, dann machte sie sich daran, sich ein gigantisches Sandwich zuzubereiten. Das Roastbeef war blutig und zart wie Butter, das Brot noch warm aus dem Ofen, der Käse reif und pikant. Als sie das Sandwich fertig hatte, lief ihr das Wasser im Mund zusammen. Sie biß einmal herzhaft ab – es schmeckte mehr als köstlich –, schenkte sich ein Glas Saft ein und setzte sich vor den Kamin.

Während sie aß und trank, wanderten ihre Gedanken zurück zum Ufer, durch den Riß, den Berghang hinab und nach Everville. Es schien Tage her zu sein, seit sie und Tesla auf der Main Street im Stau gestanden und sich darüber unterhalten hatten, ob die Leute real waren oder nicht. Jetzt kam ihr die Unterhaltung noch unsinniger vor als damals. Sie saß hier, an einem Ort, wo mit Träumen gehandelt wurde, und aß blutiges Roastbeef vor einem warmen Kaminfeuer; hier war alles so real wie in der Welt, die sie verlassen hatte, und das war eine große Beruhigung für sie. Es bedeutete, daß sie die Regeln begriff. Sie würde hier nicht fliegen, aber sie würde auch nicht vom Teufel verfolgt werden. Es war einfach ein anderes Land. Selbstverständlich hatte es seine merkwürdigen Bräuche und wilden Tiere, aber das war in Afrika oder China nicht anders. Sie mußte sich nur an die Eigenheiten gewöhnen, dann würde sie hier ohne Schwierigkeiten klarkommen.

»Die Herrin will dich sehen«, verkündete Musnakaff unter der Tür.

»Gut«, sagte sie und stand auf. Sofort wurde ihr schwindlig. »Mann, o Mann«, sagte sie, nahm ihre Tasse und sah hinein. »Dieser Saft hat es in sich.«

Musnakaff gestattete sich ein kurzes Lächeln. »Das sind Büßerbeeren«, sagte er. »Kennst du die nicht?«

Sie schüttelte den Kopf, und das war ein Fehler. Ihre Sinne kreisten.

»O Gott«, sagte sie und wollte sich wieder setzen. »Vielleicht sollte ich noch ein paar Minuten *warten.*«

»Nein. Sie will dich jetzt sehen. Glaub mir, es ist ihr schnurzegal, ob du ein bißchen bedudelt bist. Sie ist selbst selten nüchtern.« Er kam zu Phoebe und zog sie wieder auf die Füße. »Und vergiß nicht, was ich dir gesagt habe –«

»König Texas ...«, murmelte Phoebe, die immer noch versuchte, ihre Gedanken zu ordnen.

»Nein!« schrie er auf. »*Wage* es nicht, ihn auch nur zu erwähnen.«

»Was dann?« sagte sie.

»Das Jammertal«, erinnerte er sie.

»O ja. Jetzt weiß ich wieder. Der Kosm ist ein Jammertal.« Sie wiederholte es noch einmal, um ganz sicher zu sein.

»Hast du es?«

»Ich habe es«, sagte sie.

Musnakaff seufzte. »Nun denn«, sagte er. »Mir fällt keine Ausrede mehr ein, es noch weiter hinauszuzögern.« Und damit geleitete er sie zur Küche hinaus, den Durchgang entlang und die Treppe hinauf, damit sie die Herrin dieses seltsamen Hauses kennenlernte.

2

Die Bäume am Ufer von Ephemeris wuchsen so dicht gedrängt, daß ihre freiliegenden Wurzeln wie die Finger betender Hände aussahen, und der Baldachin des Laubs war so dicht, daß der Himmel vollkommen verdeckt wurde; dennoch gab es kein Blatt, keinen Zweig und kein Fleckchen Moos, das nicht Licht abgestrahlt hätte, was Joes Vorankommen ziemlich dienlich war. Als er sich mitten im Wald befand, mußte er sich darauf verlassen, daß sein Orientierungssinn ihn auf der anderen Seite wieder herausführen würde, und so kam es. Nach etwa einer halben Stunde standen die Bäume längst nicht mehr so dicht, und schließlich stolperte er ins Freie.

Ein derart grandioses Bild bot sich ihm, daß er eine Woche stehenbleiben und es hätte betrachten können, ohne alle Einzelheiten zu erfassen. Vor ihm erstreckte sich schätzungsweise zwanzig Meilen weit eine Landschaft heller Felder und gewässerter Wiesen, erstere leuchtend grün und gelbrot und rot, letztere silbern und golden. Darüber erhob sich, gleich einer riesigen Welle, die zu titanischer Höhe angewachsen war und nun über der perfekten Landschaft darunter zu brechen drohte, eine Mauer aus Dunkelheit, hinter der sich mit Sicherheit die

Phoebe und Musnakaff warteten geschlagene zehn Minuten am Fußende des Betts, während sie Papierfetzen in noch kleinere Fetzen zerriß und dabei vor sich hin murmelte.

Das Licht im Raum wurde von zahlreichen Öllampen auf den verschiedenen Tischen gespendet, die – wie überall im Haus – auf kleine Flamme gedreht waren, so daß sie kaum flackerten und dem Gemach ein bedrückendes Aussehen verliehen. Das Zwielicht schmeichelte der Frau nicht. Selbst im Halbdunkel wirkte sie grotesk, ihr schütteres Haar war pechschwarz gefärbt (was die pergamentartige Blässe der Gesichtshaut nur betonte), ihre Wangen waren runzelig, ihr Hals glich einem zerschlissenen Strick.

Schließlich ergriff sie, ohne von ihrem Zerreißen aufzusehen, das Wort, bewegte aber kaum die Lippen dabei.

»In alten Zeiten hätte ich eine Frau wie dich brauchen können. Du hast Fleisch auf den Knochen. Das gefällt den Männern.« Phoebe antwortete nicht. Die Vettel schüchterte sie nicht nur ein, sie befürchtete auch, man würde ihr ihre Betrunkenheit nur allzu deutlich anmerken, wenn sie etwas sagte. »Nicht daß mich interessiert, was Männern gefällt und was nicht«, fuhr die Herrin fort. »Darüber bin ich hinweg. Und es tut gut, so gleichgültig zu sein.« Sie sah auf. Ihre Augen waren feucht und schauten in die ungefähre Richtung von Phoebe, kamen aber nie zur Ruhe. »Wenn mir etwas daran gelegen wäre«, sagte sie, »weißt du, was ich dann tun würde?« Sie machte eine Pause. »Ja?« drängte sie.

»Nein . . .«

»Ich würde mich zur Schönheit träumen«, entgegnete sie und kicherte über die Vorstellung. »Ich würde mich zur begehrenswertesten Frau der Schöpfung machen, auf die Straße gehen und jedes Herz brechen, das ich brechen könnte.« Das Kichern verstummte. »Glaubst du, das könnte ich?« fragte sie.

»Ich . . . ich würde sagen, ja.«

»Du *würdest* sagen, ja?« antwortete die Herrin leise.

»Nun, ich will dir eines sagen: Ich könnte es mir nichts, dir nichts. O ja. Kein Problem. Ich habe diese Stadt erträumt, oder nicht?«

»Tatsächlich?«

»Ja! Sag es ihr, mein kleiner Abré!«

»Es stimmt!« antwortete Musnakaff. »Sie hat diesen Ort durch Träumen entstehen lassen.«

»Und genauso leicht könnte ich mir eine begehrenswerte Frau träumen.« Wieder machte sie eine Pause. »Aber ich habe mich dagegen entschieden. Und weißt du, warum?«

»Weil es Ihnen gleichgültig ist?« mutmaßte Phoebe.

Der Papierfetzen, den die Frau gerade zerriß, fiel ihr aus den Fingern. »Genau«, sagte sie mit großem Nachdruck. »Wie heißt du? Felicia?«

»Phoebe.«

»Noch schlimmer.«

»Mir gefällt es«, antwortete Phoebe, ehe sie ihre Zunge im Zaum halten konnte.

»Es ist ein abscheulicher Name«, sagte die Frau.

»Keineswegs.«

»Wenn ich sage, er ist abscheulich, dann ist er abscheulich. Komm her.« Phoebe bewegte sich nicht. »Hast du nicht gehört?«

»Doch, ich habe Sie gehört, aber ich will nicht kommen.«

Die Frau verdrehte die Augen. »Um Gottes willen, Frau, leg nicht jedes Wort auf die Goldwaage. Ich habe das Recht, ungnädig zu sein. Ich bin alt, häßlich und habe Blähungen.«

»Das muß nicht so sein«, sagte Phoebe.

»Wer sagt das?«

»Sie selbst«, erinnerte Phoebe sie und war froh, daß sie auf jahrelange Erfahrung mit schwierigen Patienten zurückblicken konnte. Der Teufel sollte sie holen, wenn sie sich von dieser Vettel einschüchtern ließ. »Vor zwei Minuten haben Sie gesagt« – sie bemerkte, daß Musnakaff ihr verzweifelte Gesten machte, aber jetzt hatte sie angefangen und konnte nicht mehr aufhören – »haben Sie gesagt, Sie könnten sich einfach zur Schönheit träumen. Also träumen Sie doch gleich, daß Sie jung, schön *und* darmgasfrei sind.«

Es folgte ein bedrückendes Schweigen, während die Herrin hektisch die Augen verdrehte. Dann fing sie wieder an zu kichern, und das Geräusch eskalierte zu einem ausgewachsenen Lachen. »Oh, du hast mir geglaubt, du hast mir geglaubt, du süßes Ding«, sagte sie. »Glaubst du wirklich, ich würde *so* leben« – sie hob die knochigen Hände vor sich – »wenn ich in dieser Frage etwas *zu sagen* hätte?«

»Also können Sie sich nicht zur Schönheit träumen?«

»Als ich hierher kam, hätte ich es vielleicht gekonnt. Damals war ich kaum hundert. Oh, ich weiß, für dich ist das alt, aber es ist nichts, gar nichts. Ich hatte einen Mann, dessen Küsse mich jung hielten.«

»War das König Texas?« sagte Phoebe.

Die Frau ließ die Hände wieder in den Schoß sinken und stieß einen erschauernden Seufzer aus. »Nein«, sagte sie. »Das war im Kosm, in meiner Jugend. Eine Seele, die ich weitaus mehr liebte, als ich Texas je geliebt habe. Und die mich wiederliebte . . .« Ein Ausdruck völliger Niedergeschlagenheit huschte über ihr Gesicht. »Er geht nie vorbei«, sagte sie. »Der Schmerz einer verlorenen Liebe. Er geht nie richtig vorbei. Manche Nächte habe ich Angst davor, zu schlafen – Abré weiß es, der arme Abré –, weil ich fürchte, wenn ich schlafe, dann träume ich, daß er wieder in meinen Armen liegt und ich in seinen, und wenn ich aufwache, ist der Schmerz so groß, daß ich nicht wage, die Augen wieder zu schließen, aus Angst, der Traum könnte wiederkommen.« Plötzlich weinte sie, wie Phoebe sah. Tränen liefen an ihren faltigen Wangen herab. »O Gott, wenn es nach mir ginge, würde ich die Liebe abschaffen. Wäre das nicht herrlich?«

»Nein«, sagte Phoebe leise. »Ich fände das überhaupt nicht herrlich.«

»Warte nur ab, bis du alle überlebt oder verloren hast, an denen dir gelegen ist. Warte, bis du nur noch deine Hülle und ein paar Erinnerungen hast. Bis du wach liegst wie ich und betest, daß du nicht träumst.« Sie winkte Phoebe. »Komm näher, ja?« sagte sie. »Ich will dich etwas deutlicher sehen.«

Phoebe kam gehorsam ans Bett. »Abré, diese Lampe. Bring sie näher. Ich will das Gesicht dieser Frau sehen, die die Liebe so sehr liebt. Besser, besser.« Sie hob den Kopf, als wollte sie Phoebes Gesicht berühren, dann wich sie vor der Berührung zurück. »Gibt es neue Krankheiten im Kosm?« sagte sie.

»Ja, die gibt es.«

»Sind sie schrecklich?«

»Manche ja«, sagte Phoebe. »Eine ist ganz besonders schrecklich.« Abrés Ausdruck fiel ihr wieder ein. »Der Kosm ist ein Jammertal«, sagte sie.

Das funktionierte. Die Herrin lächelte. »Na also«, sagte sie zu Abré. »Sage ich das nicht immer?«

»Ihr sagt es immer«, entgegnete Musnakaff.

»Kein Wunder, daß du geflohen bist«, sagte die Frau und konzentrierte sich wieder auf Phoebe.

»Ich bin nicht –«

»Was?«

»Geflohen. Ich bin gekommen, weil ich hier jemanden finden möchte.«

»Und wer mag das sein?«

»Mein . . . Liebster.«

Die Herrin sah sie mitleidig an. »Also bist du der Liebe wegen hier?« sagte sie.

»Ja«, antwortete Phoebe. »Und bevor Sie fragen, sein Name ist Joe.«

»Ich hatte nicht die Absicht, das zu fragen«, krächzte die Herrin.

»Nun, ich habe es Ihnen trotzdem gesagt. Er ist irgendwo da draußen auf See. Und ich bin gekommen, um ihn zu finden.«

»Das wird dir nicht gelingen«, sagte die Hexe und gab

sich keine Mühe, ihre Befriedigung zu verbergen. »Ich nehme an, du weißt, was sich da draußen abspielt?«

»Ungefähr.«

»Dann mußt du wissen, daß du keine Chance hast, ihn zu finden. Wahrscheinlich ist er schon tot.«

»Ich weiß, daß das nicht stimmt«, sagte Phoebe.

»Wie *kannst* du das wissen?« fragte die Herrin verwundert.

»Weil ich in einem Traum dort war. Ich habe ihn getroffen, da draußen in Essenz.« Sie senkte der dramatischen Wirkung wegen die Stimme ein wenig. »Wir haben uns geliebt.«

»Im Meer?«

»Im Meer.«

»Ihr habt wirklich in Essenz *kopuliert*?« wollte Musnakaff wissen.

»Ja.«

Die Herrin hatte ein Blatt Papier vom Bett aufgehoben – es war, sah Phoebe, Zeile für Zeile mit einer dünnen, krakeligen Handschrift bedeckt – und machte sich daran, es zu zerreißen. »So etwas«, sagte sie bei sich. »So etwas.«

»Können Sie mir irgendwie helfen?« sagte Phoebe.

Musnakaff antwortete. »Ich fürchte –«

Weiter kam er nicht. »Vielleicht«, sagte die Herrin. »Das Meer spricht nicht. Aber es gibt Lebewesen darin, die es können.« Sie hatte das erste Blatt in winzige Schnipsel zerrissen und nahm ein neues zur Hand. »Was bekäme ich als Gegenleistung?« fragte sie Phoebe.

»Wie wäre es mit der Wahrheit?« antwortete Phoebe.

Die Herrin legte den Kopf schief. »Hast du mich belogen?« sagte sie.

»Ich habe gesagt, was mir aufgetragen wurde«, antwortete Phoebe.

»Worüber?«

»Daß der Kosm ein Jammertal ist.«

»Ist das nicht so?« fragte die Herrin etwas zögerlich.

»Manchmal. Menschen sind unglücklich. Aber nicht ständig. Und nicht alle Menschen.« Die Herrin grunzte.

»Vielleicht wollen Sie die Wahrheit doch nicht hören. Vielleicht sind Sie glücklicher, wenn Sie einfach hier sitzen und Liebesbriefe zerreißen und sich in dem Glauben wiegen können, daß Sie hier besser dran sind als dort.«

»Woher weißt du das?«

»Was? Daß es Liebesbriefe sind? Das sehe ich Ihrem Gesicht an.«

»Seit sechs Jahren schreibt er mir stündlich. Er sagt mir, daß er mir diesen ganzen verdammten Kontinent gibt, wenn ich ihm nur einen Kuß, eine Berührung gewähre. Ich habe nie einen einzigen Brief beantwortet. Und doch nehme ich mir ab und zu einen Tag Zeit, um sie alle zu zerreißen.«

»Wenn Sie ihn so sehr hassen«, sagte Phoebe, »müssen sie ihn geliebt haben –«

»Ich sagte dir, ich habe einen Mann geliebt. Und der ist tot.«

»Im Kosm«, sagte Phoebe. Es war keine Frage, es war eine schlichte und einfache Feststellung.

Die Herrin sah auf. »Liest du Gedanken?« sagte sie sehr leise. »Kennst du daher meine Geheimnisse?«

»Das ist nicht schwer«, sagte Phoebe. »Sie haben gesagt, Sie hätten diese Stadt geträumt. Sie müssen das Original einmal gesehen haben.«

»Das habe ich«, sagte die Herrin. »Vor sehr langer Zeit. Ich war noch ein Kind.«

»Erinnern Sie sich an viel?«

»Mehr, als mir lieb ist«, sagte die Frau, »viel mehr. Weißt du, ich hatte große Pläne, und nichts ist daraus geworden. Nun, fast nichts . . .«

»Was für Pläne?«

»Ich wollte ein neues Alexandria bauen. Eine Stadt, wo die Menschen in Frieden und Wohlstand leben können.« Sie zuckte mit den Achseln. »Und was habe ich bekommen?«

»Was?«

»Everville.«

Phoebe war verwirrt. »Everville?« sagte sie. Was um

alles in der Welt konnte dieses bizarre Geschöpf mit dem sicheren, kuscheligen kleinen Everville zu tun haben?

Die Frau ließ den Liebesbrief sinken, den sie gerade zerriß, und sah ins Feuer. »Ja, du kannst ruhig die ganze Wahrheit erfahren, was immer es auch nützen mag.« Sie sah vom Feuer zu Phoebe und lächelte verhalten. »Mein Name ist Maeve O'Connell«, sagte sie, »und ich bin die Närrin, die Everville gegründet hat.«

VII

Bis Anfang der achtziger Jahre war der Weg der Parade am Samstag einfach gewesen. Sie hatte an Sear's Bäckerei in der Poppy Lane Aufstellung genommen und war auf der Acres Street zur Main gegangen, von wo sie – in etwa einer Stunde – bis zu ihrem Ende am Marktplatz verlief. Aber da die Parade wie auch die Zahl der Zuschauer ständig größer wurden, mußte ein neuer Weg geschaffen werden, der beiden ausreichend Platz bot. Nach mehreren Sitzungen von sechs bis Mitternacht in dem verrauchten Zimmer über Dorothy Bullards Büro hatte das Festivalkomitee eine einfache, aber kluge Lösung gefunden: die Parade beschrieb einen fast vollkommenen Kreis um die ganze Gemeinde herum, angefangen bei der Town Hall. Das verdreifachte den Weg fast. Main Street und der Marktplatz blieben nach wie vor die Knotenpunkte für die Zuschauer, doch mußten diese dort etwas länger warten, bis das Spektakel an ihnen vorüberzog. Die Ungeduldigen, oder diejenigen mit ungeduldigen Kindern, gaben somit den Straßen dichter beim Start den Vorzug, während alle, die die Vorfreude genossen und gerne anderthalb Stunden aßen, tranken und schwitzten, derweil die Musik aufreizend lauter wurde, keine besseren Plätze kannten als die Tribünen, Feuerleitern und Fenstersimse der Main Street.

»Die Kapelle hat nie besser gespielt«, sagte Maisie Waits zu Dorothy, während die beiden Frauen vor Kitty's Diner in der Sonne standen und die Parade bewunderten, die sich langsam der Kreuzung näherte.

Dorothy strahlte. Sie hätte nicht stolzer sein können, dachte sie sich, wenn jeder Musiker ihr eigenes Kind gewesen wäre, und das wollte sie gerade sagen, biß sich aber gerade noch auf die Zunge. Woher diese Vorstellung auch immer gekommen sein mochte, wahrscheinlich blieb sie besser unausgesprochen.

»Selbstverständlich haben wir alle Arnold geliebt«, sagte sie statt dessen und meinte damit Arnold Langley, der bis zu seinem plötzlichen Tod durch einen Schlaganfall im vergangenen Januar zweiundzwanzig Jahre lang Dirigent der Kapelle gewesen war, »aber Larry hat ihr Repertoire wirklich auf Vordermann gebracht.«

»Oh, Bill hält die allergrößten Stücke auf Larry«, bemerkte Maisie. Ihr Mann spielte seit zehn Jahren Posaune in der Kapelle. »Und er mag die neuen Uniformen.«

Die hatten ein Vermögen gekostet, aber das Geld war zweifellos gut angelegt. In Verbindung mit Larry Glodoskis Elan, wenn es um die Werbung neuer Mitglieder ging (er hatte einige neue, jüngere Mitglieder für die Kapelle gewonnen – mit einer Ausnahme alle von außerhalb der Stadt), gaben die Uniformen der Kapelle ein frischeres, schneidigeres Aussehen, was sich wiederum günstig auf ihr Marschieren und ihr Spiel auswirkte. Man redete sogar davon, daß die Kapelle in den nächsten zwei Jahren an einem der größeren, landesweiten Wettbewerbe teilnehmen sollte. Und selbst wenn sie nicht gewannen, wäre der Medienrummel gut für das Festival.

Nicht daß die Hilfe nötig gewesen wäre, dachte Dorothy, deren Blick von der Kapelle zur Zuschauermenge schweifte. Die Leute standen dicht an dicht, mitunter fünf- oder sechsreihig, und ihr Gewicht übte eine erhebliche Belastung auf die Absperrungen aus, während ihr Gejohle fast alles übertönte, bis auf die Baßtrommel der Kapelle, deren Klang in Dorothys Unterleib pochte wie ein zweiter Herzschlag.

»Weißt du, ich sollte etwas essen«, sagte sie zu Maisie. »Mir ist ein bißchen schwindlig.«

»Oje, das ist nicht gut, wir sollten schleunigst etwas Eßbares für dich finden.«

»Ich warte nur noch, bis die Kapelle hier ist«, sagte Dorothy.

»Bist du sicher?«

»Selbstverständlich. Ich kann mir doch die Kapelle nicht entgehen lassen.«

»Ich komme mir wie ein Trottel vor«, sagte Erwin.

Dolan grinste. »Niemand kann uns sehen, außer uns«, legte er dar. »Nun kommen Sie schon, Erwin. Wollten Sie nicht schon immer in einer Parade mitmarschieren?«

»Eigentlich nicht«, antwortete Erwin.

Sie waren alle da – Nordhoff, Dickerson, sogar Connie marschierte zwischen den Reihen der Uniformierten dahin – und machten sich zum Narren.

Erwin verstand den Witz nicht. Nicht heute, wo eindeutig so vieles schlecht in der Welt stand. Hatte Nordhoff nicht selbst gesagt, daß sie irgendwie ihre Investitionen in Everville schützen mußten? Und nun waren sie hier und alberten herum wie Kinder.

»Ich hab' genug!« sagte er verdrossen. »Wir sollten es diesem Dreckskerl in meinem Haus zeigen.«

»Das werden wir«, sagte Dolan. »Nordhoff hat mir verraten, daß er einen Plan hat.«

»Lästert da jemand meinen Namen?« rief Nordhoff über die Schulter.

»Erwin denkt, wir vergeuden unsere Zeit.«

»Tatsächlich?« fragte Nordhoff, drehte sich um und ging rückwärts, während er die Frage stellte. »Ihnen mag es wie ein klägliches kleines Ritual vorkommen, mit der Kapelle zu marschieren, aber es ist wie mit der Jacke, die Sie tragen.«

»Dieses Ding?« sagte Erwin. »Ich dachte, ich hätte sie hergegeben.«

»Aber Sie haben festgestellt, daß die Taschen voller Mitbringsel waren, richtig?« sagte Nordhoff. »Kleinen Andenken an die Vergangenheit?«

»Ja.«

»Genauso war es bei uns anderen auch«, antwortete Nordhoff, steckte die Hand in die Tasche seines alles andere als gutsitzenden Fracks und holte eine Handvoll Krimskrams heraus. »Entweder unsere Erinnerung oder eine höhere Macht hat uns mit diesen tröstenden Dingen versorgt. Und dafür bin ich dankbar.«

»Worauf wollen Sie hinaus?« drängte Erwin.

»Daß wir mit Everville in Verbindung bleiben müssen, wie wir mit *uns selbst* in Verbindung bleiben müssen. Es spielt keine Rolle, ob es sich um ein altes Hemd oder eine Stunde mit der Kapelle der Stadt handelt. Sie haben dieselbe Funktion. Sie helfen uns, die Erinnerung an alles frischzuhalten, was wir geliebt haben.«

»Was wir *noch* lieben«, sagte Dolan.

»Sie haben recht, Richard. Was wir *noch* lieben. Sehen Sie, worum es geht, Erwin?«

»Mir fallen bessere Methoden ein, das zu erreichen, als dies hier«, knurrte Erwin.

»Schlägt Ihr Herz nicht schneller, wenn Sie eine Kapelle hören?« sagte Nordhoff und hob bei jedem Schritt die Knie etwas höher. »Hören Sie sich nur diese Trompeten an.«

»Gräßlich!« klagte Erwin.

»Herrgott, Toothaker!« donnerte Nordhoff. »Wo ist Ihr Sinn für die schönen Dinge des Lebens geblieben? Wir kämpfen, um dies hier zu erhalten.«

»Dann stehe Gott uns bei«, sagte Erwin, worauf Nordhoff ihm wieder den Rücken zudrehte, schneller ging und durch die Blechbläser marschierte.

»Gehen Sie ihm nach«, raunte Dolan Erwin zu. »Rasch. Sagen Sie ihm, daß es Ihnen leid tut.«

»Scheren Sie sich zum Teufel«, erwiderte Erwin, löste sich aus den Reihen und ging auf die überfüllten Bürgersteige zu. Dolan folgte ihm.

»Nordhoff ist ein nachtragender Mann«, fügte Dolan hinzu.

»Mir egal«, sagte Erwin. »Ich werde keinen Kniefall machen.« Er blieb stehen und sah jemanden in der Menschenmenge an.

»Was ist?« wollte Dolan wissen.

»Da«, rief Erwin und deutete auf die blasse Frau, die sich durch die Menge drängte.

»Sie kennen sie?«

»O ja.«

Tesla war etwa vierhundert Meter von der Kreuzung entfernt, als ihr klar wurde, wo sie sich befand. Sie blieb stehen. Harry brauchte nur einen Moment, um sie einzuholen.

»Was ist los?« rief er ihr zu.

»Wir hätten nicht hier entlang kommen sollen!« rief sie zurück.

»Kennst du einen besseren Weg?«

Tesla schüttelte den Kopf. Mit Rauls Hilfe hätte sie vielleicht einen anderen Weg zu Phoebes Haus finden können, aber von jetzt an mußte sie lernen, solche Probleme allein zu bewältigen.

»Also müssen wir einfach weiter«, sagte Harry.

Tesla nickte und tat genau das, sie stürzte sich mit dem Eifer einer Orgienbesucherin in die brodelnde Menschenmenge. Wenn es nur einen Weg gäbe, die Energie dieser Versammlung zu bündeln, dachte sie; sie einem praktischen Zweck zuzuführen, anstatt sie einfach so verpuffen zu lassen. Was für eine Verschwendung war das, was für eine traurige Verschwendung.

Im Griff der Menge, wo sie außerstande war, ihren Weg zur Gänze selbst zu bestimmen – was sie allerdings gar nicht sonderlich bekümmerte –, fühlte sie sich seltsam wohl. Die Berührung von Fleisch auf Fleisch, der Geruch von Schweiß und Zuckeratem, der Anblick von feuchter Haut und glänzenden Augen, das alles war prima, einfach prima. Ja, diese Leute waren verwundbar und unwissend; ja, sie waren wahrscheinlich grob, jedenfalls die meisten, und bigott und streitsüchtig. Aber jetzt, in diesem Augenblick, lachten sie und johlten und hielten ihre Babys hoch, damit sie die Parade sehen konnten, und auch wenn sie sie nicht liebte, war sie doch froh, derselben Rasse anzugehören.

»Hör mir zu!« schrie Erwin sie an.

Die Frau verriet mit keiner Miene, daß sie ihn gehört hatte, aber ihr Gesichtsausdruck weckte die Hoffnung in Erwin, daß er sie dazu bringen konnte, ihn zu hören. Ihre Augen hatten einen irren Glanz, und ein Lächeln zuckte um ihre Mundwinkel. Er konnte ihre Temperatur nicht fühlen, war aber sicher, daß sie Fieber hatte.

»Schalt einfach *auf Empfang, ja?*« brüllte er.

»Warum machen Sie sich die Mühe?« wollte Dolan wissen.

»Weil sie mehr weiß als wir«, erklärte Erwin ihm. »Sie kannte den Namen dieses Dings in meinem Haus. Ich habe gehört, wie sie es *Kissoon* genannt hat.«

»Was ist mit ihm?« fragte Tesla, die die Frage über die Schulter an Harry richtete.

»Was ist mit wem?« erwiderte Harry.

»Du hast *Kissoon* gesagt.«

»Ich habe kein Wort gesagt.«

»Aber irgend jemand schon.«

»Sie hat mich gehört!« jubelte Erwin. »Gutes Mädchen! Gutes Mädchen!«

Jetzt war Dolan fasziniert. »Vielleicht würde sie es besser hören, wenn wir es gemeinsam sagen«, schlug er vor.

»Keine schlechte Idee. Auf drei –«

Diesmal blieb Tesla stehen. »Hast du das auch nicht gehört?« sagte sie zu Harry. Er schüttelte den Kopf. »Okay«, meinte sie. »Nicht schlimm.«

»Wovon redest du?«

Sie drängte sich durch die Menge zu einem freien Torbogen, und Harry folgte ihr. Das Geschäft – ein Blumenladen – war geschlossen, der Duft der Blumen aber allgegenwärtig.

»Jemand redet mit mir, Harry. Außer dir. Sein Name ist Toothaker.«

»Und . . . wo ist er?«

»Ich weiß nicht«, sagte sie. »Ich meine, ich weiß, daß er tot ist. Ich war in seinem Haus. Dort habe ich Kissoon gesehen.« Sie ließ den Blick beim Sprechen über die Menge schweifen und hoffte, sie würde das – oder die – Wesen sehen können, die sie hörte. »Diesmal ist er nicht allein.

Ich habe zwei Stimmen gehört. Sie wollen mir etwas sagen. Ich weiß nur nicht, wie ich auf ihre Wellenlänge gehen soll.«

»Ich fürchte, ich bin dabei keine Hilfe«, sagte Harry. »Ich sage nicht, daß sie nicht da sind –«

»Schon gut«, sagte Tesla zu ihm. »Ich muß nur *zuhören* . . .«

»Möchtest du ein ruhigeres Plätzchen suchen?«

Sie schüttelte den Kopf. »Ich könnte sie verlieren.«

»Soll ich mich verziehen?«

»Geh aber nicht zu weit weg«, sagte sie, machte die Augen zu und versuchte, den Lärm der Lebenden auszublenden und nach den Stimmen der Toten zu lauschen.

Dorothy packte Maisie fest am Arm.

»Was ist denn?« fragte Maisie.

»Ich . . . ich fühle mich wirklich nicht besonders wohl . . .«, sagte Dorothy. Ihre Umgebung pulsierte im Rhythmus der Kapelle, als hätte alles ein Herz in seinem Innersten (sogar der Bürgersteig, sogar der Himmel), und je näher die Kapelle kam, desto heftiger schlugen diese Herzen, bis es schien, als müßten sie alle zerspringen, jedes einzelne, und ein Loch in die Welt reißen.

»Soll ich dir was zu essen holen?« sagte Maisie. Die Trommeln wurden mit jedem Schlag lauter: Sie hallten und hallten. »Vielleicht ein Sandwich mit Thunfischsalat oder –«

Dorothy bückte sich unvermittelt und erbrach sich. Die Menschenmenge vor ihr stob auseinander – nicht schnell genug, um nicht doch ein paar Spritzer abzubekommen, aber trotzdem erstaunlich flink –, als sie das bißchen hervorwürgte, das ihr Magen enthielt. Maisie wartete, bis die Krämpfe nachgelassen hatten, dann versuchte sie, Dorothy aus der Sonne in den Schatten des Diner zu ziehen. Aber Dorothy kam nicht mit, etwas schien sie festzuhalten.

»Er wird aufplatzen«, sagte sie und starrte auf den Boden.

»Schon gut, Dottie –«

»Nein, es ist nicht gut. Er wird aufplatzen!«

»Was *redest* du da?«

Dorothy schüttelte Maisies Hand ab. »Wir müssen die Straße räumen«, sagte sie und stolperte vorwärts. *»Schnell!«*

»Was geht da unten vor?« fragte Owen und beugte sich aus dem Fenster. »Kennst du diese Frau?«

»Die gerade gekotzt hat? Ja. Das ist Mrs. Bullard. Eine echte Hexe.«

»Außergewöhnlich«, sagte Owen.

Dorothy drängte sich durch die Menge. Sie rief etwas, aber Owen konnte es über den Lärm der heranmarschierenden Kapelle hinweg nicht hören.

»Sieht so aus, als wäre sie echt außer sich«, sagte Seth.

»Stimmt«, murmelte Owen und ging langsam vom Fenster zur Treppe.

»Vielleicht hat sie die Avatars gesehen!« rief Seth ihm nach.

»Der Gedanke ist mir auch gerade gekommen«, sagte Owen. »*Genau* derselbe –«

Dorothy Bullards Warnung fiel bei der Menschenmenge rund um Kitty's Diner nicht auf taube Ohren. Während sie vorwärts ging, bildeten sie vorsorglich eine Gasse für sie, falls sie sich noch einmal übergeben mußte. Ein Mädchen, das möglicherweise ein bißchen zuviel getrunken hatte, konnte nicht schnell genug ausweichen und wurde aus dem Weg geschubst, als Dorothy auf die Absperrung zustürmte. Diese kippte vor ihr um, und Dorothy lief mitten auf die Kreuzung und ruderte hektisch mit den Armen.

Larry, der seiner prächtig herausgeputzten Truppe voranging, sah die Bullard vor sich stehen und herumfuchteln, und ihm blieben zwei Möglichkeiten: entweder er brachte die Kapelle, und damit die gesamte Parade, innerhalb von zehn Sekunden zum Stillstand, oder er verließ sich darauf, daß jemand geistesgegenwärtig genug sein und die Schlampe aus dem Weg schaffen würde, bevor es zum Zusammenstoß kam. In Wirklichkeit war das überhaupt kein Dilemma. Sie war nur eine, die Kapelle dagegen viele. Er schwenkte den Tambourstab etwas höher und gab den Rhythmus mit noch schneidigeren Bewegungen vor, als wollte er die Frau vor sich von der Straße vertreiben.

»Ich höre«, murmelte Tesla. »Ich höre, so fest ich kann.«

Ab und zu hörte sie so etwas wie ein Murmeln, aber ihr Verstand winselte vor Hunger und Hitze. Selbst wenn Geister zu ihr sprachen, konnte sie den Sinn nicht verstehen.

Und nun kam es zu einer weiteren Ablenkung: ein Tohuwabohu oben an der Kreuzung. Die Menge wirkte aufgeregter denn je. Tesla stellte sich auf die Zehenspitzen, um mitzubekommen, was los war, aber Köpfe und Ballons und winkende Hände nahmen ihr die Sicht.

Harry dagegen bekam alles mit. »Eine Frau steht mitten auf der Straße und schreit –«

»Schreit was?«

Harry horchte einen Moment. »Ich glaube, sie sagt den Leuten, daß sie von der Straße gehen sollen –«

Ein Instinkt, den sie früher Raul zugeschrieben hätte, sorgte dafür, daß sie im Handumdrehen aus dem Torbogen sprang, in die drängende, stinkende Menge, und Harry vor sich herstieß. »Mach den Weg frei!« schrie sie ihn an.

»Warum?«

»Es ist wegen der Kreuzung! Es hat etwas mit der verdammten Kreuzung zu tun!«

»Hast du sie gesehen?« fragte Seth atemlos, während er und Owen sich durch die Menge nach vorne drängten. Owen antwortete nicht. Er fürchtete, wenn er den Mund aufmachte, würde er schreien: vor Hoffnung, vor Schmerzen, vor Erwartung. Er duckte sich unter der Absperrung durch und trat auf die Straße.

Er wußte, dies war der gefährlichste Augenblick: Alles stand auf Messers Schneide. Er hatte nicht erwartet, daß es so plötzlich geschehen würde. Selbst jetzt war er nicht sicher, ob dies tatsächlich der *Augenblick der Wahrheit* war, aber er mußte handeln, als wäre er es. Die Sonne wirkte plötzlich unbarmherzig, brannte auf seinen kahlen Schädel und trübte seine Gedanken, brannte auf die Straße und machte den Asphalt weich. Bald würde sie fließen, wie in seiner Vision mit Seth; würde an die Stelle fließen, wo Fleisch sich mit Fleisch verband, und die ›Kunst‹ entfachen.

»Geht weg!« schrie Dorothy und wandte sich an die Zuschauer.

»Geht weg, bevor es zu spät ist!«

»Sie hat etwas *gesehen*«, dachte Owen.

Von allen Seiten näherten sich Leute der Frau, um sie zum Schweigen zu bringen; Owen legte Tempo zu, um als erster bei ihr zu sein.

»Alles in Ordnung!« rief er dabei. »Ich bin Arzt!«

Das war ein Trick, den er schon früher benützt hatte, und er funktionierte wie immer. Sie machten ihm den Weg zu der rasenden Frau frei.

Larry sah, wie der Arzt die Arme um die unglückliche Dorothy legte, und sprach ein stummes Dankgebet. Jetzt mußte der Mann die Bullard nur noch aus dem Weg schaffen – aber schnell, *schnell!* –, dann würde die Kapelle nicht aus dem Marschrhythmus kommen. Er hörte jemand in den Reihen rufen: »Larry? Wir müssen anhalten!«

Larry achtete nicht auf den Zwischenruf. Sie hatten noch zehn Schritte, bis sie zu der Stelle kamen, wo der Arzt auf Dorothy einredete.

Noch neun. Aber neun waren mehr als genug. Acht ...

»Was sehen Sie?« wollte Owen von der Frau wissen.

»Alles wird *aufbrechen*«, sagte sie zu ihm. »O Gott, o Gott, es wird alles aufbrechen!«

»Was?« fragte er sie.

Sie schüttelte den Kopf.

»Sagen Sie es mir!« herrschte er sie an.

»Die Welt!« sagte sie. »Die ganze Welt!«

Harry hatte keine Probleme, für Tesla eine Schneise durch die Menschenmenge zu bahnen. Er hob die Absperrung, und sie schlüpfte darunter hindurch auf die Straße, womit sie ebenfalls die Arena betreten hatte. Vor ihr hatten sich rund ein Dutzend Schauspieler versammelt – die Kapelle ausgenommen –, aber nur drei waren wichtig. Zu denen gehörte die Frau im Mittelpunkt der Kreuzung, der bärtige Mann, der gerade mit ihr redete; der dritte war der junge Mann wenige Meter vor ihr, der gerade ausrief:

»Buddenbaum!«

Der bärtige Mann drehte sich zu seinem Gefährten um, und Tesla konnte sein Gesicht deutlich sehen. Sein Ausdruck war grotesk: Jeder Muskel seines Gesichts zuckte, seine Augen leuchteten.

»Mein!« schrie er mit schriller Stimme und wirbelte wieder zu der Frau herum, die sich selbst in einem Zustand des Deliriums zu befinden schien und die Augen in den Höhlen verdrehte. Sie wollte sich aus Buddenbaums Griff befreien, dabei riß ihre Bluse vom Hals bis zum Gürtel auf, so daß man Bauch und BH sehen konnte. Es schien, als hätte sie es kaum bemerkt. Aber die Menge sah es. Ein Aufschrei ertönte – Stöhnen, Johlen und Applaus durcheinander. Die Frau stolperte mit rudernden Armen von Buddenbaum weg.

Larry wollte es nicht glauben. Als er gerade meinte, es wäre alles in Ordnung, riß sich Dorothy von dem Arzt los – wobei sie praktisch aller Welt zeigte, was sie zu bieten hatte – und lief direkt vor die Kapelle.

Larry schrie *»Halt!«*, aber es war zu spät, die Katastrophe zu verhindern. Die Bullard stieß mit ihm zusammen, und er stolperte rückwärts in die Trompetergruppe. Zwei Mitglieder der Kapelle fielen um wie die Kegel, und Larry stürzte auf sie drauf. Was die Zuschauer wieder mit Gejohle begrüßten.

In dem Durcheinander war Larrys Brille heruntergefallen. Ohne sie sah er die Welt nur verschwommen. Er löste sich von der Gruppe der Trompeter und tastete mit den Händen auf dem warmen Asphalt.

»Nicht bewegen!« rief er. »*Bitte!* Nicht bewegen!«

Seine Bitte blieb unbeachtet. Rings um ihn herum trampelten Leute. Er konnte ihre verschwommenen Umrisse sehen; konnte ihre Schreie und Flüche hören.

»Wir werden alle sterben«, hörte er jemanden in der Nähe schluchzen. Er war sicher, daß es sich um Dorothy handelte, und da er ein guter Mensch war, stellte er seine Suche ein, um sie zu trösten. Aber als er von der Straße aufschaute, um nach dem Schemen zu suchen, der die größte Ähnlichkeit mit ihr hatte, sah er etwas anderes. Es war eine Frau, allerdings nicht verschwommen; ganz im Gegenteil. Er hätte sich keine deutlichere Sicht wünschen können. Sie stand nicht auf der Straße, sondern schwebte ein kleines Stück darüber. Nein; sie schwebte nicht einmal, sie *stand;* sie stand in der Luft und trug einen lose gebundenen Morgenmantel aus Seide. Sehr lose. Er konnte ihre Brüste sehen – glänzend und voll –, und andeutungsweise, was sich zwischen ihren Beinen befand. Er rief ihr zu – »Wer sind Sie?« –, aber sie hörte ihn nicht. Sie ging einfach weiter und erklomm die Luft wie eine unsichtbare Treppe. Er stand auf und wünschte, er könnte ihr folgen, und derweil drehte sie sich um und sah kokett zurück, aber nicht zu ihm, das wußte er, sondern zu jemandem, den sie aufforderte, ihr zu folgen.

Oh, wie sie ihm zulächelte, dem Glückspilz; wie sie an ihrem Morgenmantel zupfte und ihn mit einem Blick auf ihre herrlichen Beine lockte. Dann ging sie weiter, ein paar Stufen höher schien sie auf eine andere Frau zu treffen – die herabkam –, und der Kontakt beleuchtete die zweite Schönheit ganz kurz.

»Larry –?«

Was sah er da?

»– ich habe deine Brille.«

»Hm?«

»Deine Brille, Larry.« Sie wurde ihm hingestreckt, und er tastete danach, da er die Frau nicht aus den Augen lassen wollte.

»Was um alles in der Welt gaffst du so an?«

»Siehst du sie denn nicht?«

»Was?«

»Die Frauen.«

»Setz die verdammte Brille auf, Larry.«

Er gehorchte. Die Welt um ihn herum wurde wieder scharf, in all ihrem Durcheinander. Aber die Frau war fort.

»O Gott, *nein* –«

Er nahm die Brille wieder ab, aber die Vision war in den strahlenden Sommerhimmel entschwunden.

Inmitten des herrschenden Durcheinanders – Dorothy Bullard riß sich los, Buddenbaum setzte ihr nach, die Mitglieder der Kapelle fielen um wie die Zinnsoldaten – schaffte es Tesla bis zum Mittelpunkt der Kreuzung. Sie brauchte dafür etwa fünf Sekunden, aber in dieser kurzen Zeitspanne wurde sie von allen möglichen Empfindungen durchgerüttelt, eben noch erlebte sie eine Hochstimmung, im nächsten Moment tiefe Niedergeschlagenheit, ihr Körper wurde wechselweise gepeinigt und liebkost, als wollte das, was sich im Zentrum des Kreuzwegs befand, ihre Belastbarkeit auf die Probe stellen. Die Frau aus dem Ort hatte die Prüfung eindeutig nicht bestanden. Sie heulte wie ein verstoßenes Kind. Buddenbaum dagegen war aus einem anderen Holz geschnitzt. Er stand ein paar Schritte von Tesla entfernt und starrte zu Boden.

»Verdammt, was geht hier vor?« rief sie ihm zu. Er

sah nicht auf. Antwortete nicht einmal. »Können Sie mich hören?«

»Nicht. Keinen Schritt weiter«, sagte er. Trotz des Lärms, und obwohl er kaum mehr als geflüstert hatte, verstand sie ihn so deutlich, als hätte er ihr ins Ohr geflüstert.

Ein schrecklicher Verdacht stieg in Tesla auf, den sie unverzüglich in Worte faßte.

»Bist du Kissoon?« sagte sie.

Damit erlangte sie endlich seine Aufmerksamkeit.

»Kissoon?« sagte er und fletschte die Zähne. »Das ist ein Aas. Was wissen Sie von ihm?«

Das beantwortete ihre Frage hinreichend. Aber es warf eine andere auf. Wenn er nicht Kissoon war, Kissoon aber kannte, *wer war er dann?*

»Es ist nur ein Name, den ich gehört habe.«

Sein Gesicht bot einen unbeschreiblichen Anblick: eine Masse von Wülsten, die kurz vor dem Aufplatzen zu sein schienen. *»Nur ein Name?«* sagte er und streckte die Hände nach ihr aus. *»Kissoon ist nicht nur ein Name!«* Sie mußte sich unbedingt aus seiner Reichweite zurückziehen, aber ein Teil von ihr wollte die Arena auf gar keinen Fall verlassen. Sie verteidigte ihre Position, obwohl er sie am Hals packte.

»Wer sind Sie?«

Sie litt Todesangst.

»Tesla Bombeck«, sagte sie.

»Sie sind Tesla Bombeck?« sagte er, sichtlich erstaunt.

»Ja«, sie brachte die Worte angesichts seines Klammergriffs kaum heraus. »Könnten Sie mich vielleicht ... loslassen ...«

Er zog sie näher zu sich. »So, so«, keuchte er mit einem verzerrten Lächeln. »Sie sind ein kleines Flittchen mit Ambitionen, was?«

»Ich weiß nicht, was Sie meinen.«

»Ach, das wissen Sie nicht, hm? Sie sind gekommen, um mir alles zu nehmen, wofür ich gearbeitet habe, und –«

»Ich bin wegen gar nichts gekommen«, keuchte Tesla.

»Lügnerin!« sagte Buddenbaum und verstärkte seinen Griff.

Sie hob eine Hand und bohrte ihm einen Finger ins Auge, aber er ließ sie nicht los.

»Die ›Kunst‹ gehört mir«, schrie er. »Sie können sie nicht haben! *Unmöglich!*«

Sie hatte keine Luft mehr in sich, um ihre Unschuld zu beteuern, geschweige denn Kraft, um ihn abzuwehren. Die Welt pulsierte im Rhythmus ihres Pulsschlags und flackerte mit jedem Herzschlag. Sie trat nach seinen Beinen und hoffte, sie könnte ihn zu Fall bringen, aber seiner unveränderten Miene nach zu urteilen, spürte er nichts. Er sagte nur immer wieder: »Mir ... mir ...«, aber seine Stimme wurde, wie die ganze Welt, blasser und dünner und schien im Begriff zu sein, gänzlich zu verschwinden.

»Kennen wir diese Frau nicht?« sagte jemand in der Nähe.

»Ich glaube, ja«, lautete die Antwort.

Sie konnte den Kopf nicht drehen und die beiden Gesprächspartner ansehen, erkannte sie aber an ihren Stimmen. Der Anführer der Phantome, den sie in Toothakers Haus getroffen hatte, war hier, und er war nicht allein.

Sie konnte Buddenbaums Gesicht kaum noch erkennen, aber bevor es völlig verschwand, stellte sie fest, wie er den Blick auf etwas hinter ihr richtete. Er sagte etwas, aber die Worte waren weißes Rauschen. Dann spürte sie Hitze, und ein rotes Mal erschien über seinem rechten Auge. Sie kniff die Augen zusammen und versuchte zu ergründen, was das zu bedeuten hatte, aber bevor es ihr gelang, löste er seinen Griff. Ihre Beine waren zu schwach, sie zu tragen. Sie knickten unter ihr ein, und sie stürzte. Im Fallen holte sie Luft, und ihr dankbares Gehirn versorgte sie mit einem Bruchstück an Erkenntnis. Buddenbaum war erschossen worden. Das Mal in seinem Gesicht war eine Schwußwunde.

Sie hatte keine Zeit mehr, sich darüber zu freuen. Als sie auf dem Boden aufprallte, erloschen ihre Gedanken.

Ein Schuß, und die Menge war in Aufruhr. Gejohle wurde zu Schreien, Gelächter zu Panik. Plötzlich rannten die Leute in alle Richtungen, nur nicht auf den Schützen und sein Opfer zu.

D'Amour steckte die Waffe in die Jackentasche und näherte sich der Mitte der Straße. Der Mann, auf den er geschossen hatte, stand immer noch, obwohl ihm Blut aus der Stirn quoll, was den Verdacht D'Amours bestätigte, daß hier Magie im Spiel war. Trotz Sonne, trotz Menschenmenge war hier ein Zauber gewirkt worden, der immer noch andauerte. Je näher er der Stelle kam, wo Tesla lag, desto mehr juckten seine Tätowierungen.

Es gab auch andere Anzeichen, und er bemühte sich so gut es ging, sie auf Distanz zu halten. Der Boden unter seinen Füßen schien heller zu werden und zu wabern, wenn er ihn ansah, als wollte er zur Mitte der Kreuzung fließen. Und es lag ein Leuchten in der Luft; Sommerfäden schwebten vor seinem Gesichtsfeld und verströmten strahlende Perlen. Er wußte, er hatte es hier mit mehr als einer Beschwörung zu tun; mit viel mehr. Die Wirklichkeit hier war aufgeweicht und wurde immer weicher. Etwas traf sich, durchdrang sich und versuchte – *möglicherweise* – eins zu werden.

Wenn dem so war, hatte er keine Zweifel, wer der Meister des Geschehens war. Es war der Mann, auf den er gerade geschossen hatte, der jetzt, voller Gleichgültigkeit, Harry den Rücken zugewandt hatte und der flüchtenden Menge nachsah.

Harry sah Tesla an, die reglos auf der Straße lag.

»Sei nicht tot«, sagte er bei sich und machte die Augen fast völlig zu, um die Ablenkungen von Himmel und Straße zu verdrängen, während er zu ihr stolperte.

Die Avatars waren da. Owen wußte es. Er konnte ihre Augen auf sich spüren, und das war ein unvergleichliches Gefühl. Als würde Gott einem nachspionieren. Schrecklich und wunderbar zugleich.

Er war nicht der einzige, der eine derartige Verwirrung

verspürte, das wußte er. Die Menge, die sich um ihn herum zerstreute, verfügte zwar nicht über sein Wissen, aber alle – selbst die dümmsten von ihnen – spürten etwas Ungewöhnliches. Der Schuß, der ihn verwundet hatte, hatte, auf eine andere Art und Weise, auch sie verwundet: Er hatte eine Flut von Adrenalin statt Blut ausgelöst und damit ihre Sinne für Eindrücke geschärft, die ihnen sonst entgangen wären. Er sah die Erkenntnis ihren Gesichtern an, die von Ehrfurcht und Grauen gezeichnet waren; er konnte sie von ihren bebenden Lippen lesen. So hatte er es nicht geplant gehabt, aber das spielte keine Rolle. Sollten sie gaffen, dachte er. Sollten sie beten. Sollten sie zittern. Das würden sie noch zur Genüge tun müssen, bevor dieser Tag der Tage vorüber war.

Er gab es auf, nach den Avatars Ausschau zu halten – solange sie da waren, was spielte es für eine Rolle, in welcher Gestalt sie gekommen waren? – und ging in die Hocke, um den Boden zu berühren. Obwohl ihm Blut ins rechte Auge lief, konnte er besser sehen als in seinem ganzen bisherigen Leben. Unter ihm verwandelte sich der Boden in Äther, und das Medaillon tief unter ihm leuchtete in seinem Bett. Er preßte die Hand auf den Boden und stieß einen Seufzer der Lust aus, als er spürte, wie seine Finger durch den warmen Asphalt auf das Kreuz zuglitten.

Überall ringsum geschahen seltsame Dinge. Stimmen sprachen aus dem Äther (Revenanten, dachte er; und warum auch nicht? Je mehr, desto besser); vage Schemen schwebten rechts und links von ihm durch die Luft (mit Sicherheit zu perfekt für die Vergangenheit; möglicherweise war die Zukunft gekommen, um den Augenblick zu finden, ab dem sie keine Rolle mehr spielte); Turbulenzen am Boden und im Himmel (er würde den Himmel mit Stein überziehen, wenn er die Welt neu erschuf, und die Erde Licht verströmen lassen). So vieles passierte, und das alles nur wegen des Gegenstands, der Zentimeter von seinen Fingern entfernt lag, dem Kreuz, das hier, am Kreuzweg vergraben, die Macht erlangt hatte, die Welt zu verändern.

»Du bist wunderschön«, murmelte er ihm zu, wie er es einem schönen Knaben zugeflüstert haben würde. »So wunder-, wunderschön.«

Seine Finger waren fast da. Noch fünfundvierzig Zentimeter, mehr nicht ...

Erwin war Tesla bis zum Rand der Menge gefolgt, aber als er das Chaos vor sich sah, blieb er zurück. Es war sinnlos, inmitten dieses Tumults mit ihr zu sprechen, wurde ihm klar. Lieber würde er warten.

Dolan erwies sich als nicht so zögerlich. Er war stets auf Trubel aus, überwand die Absperrung und bewegte sich auf den schmelzenden Boden zu. Er war nur Zentimeter von Dorothy Bullard entfernt gewesen, als ihre Bluse aufriß (und Heiterkeitsstürme auslöste), und hatte sogar – amüsiert, daß sie durch ihn hindurchging – in der Flugbahn der Kugel gestanden, die Buddenbaum traf.

Plötzlich hörte der Spaß auf. Auf dem Bürgersteig sah Erwin, wie Dolans Gesichtsausdruck ernst wurde. Er wandte sich an Nordhoff, der sich über die gestürzte Tesla beugte, und sprach stöhnend ein Wort aus:

»Waaaaas ... ?«

Nordhoff antwortete nicht. Er sah den verwundeten Mann an, der die Hände in den festen Boden bohrte. Und dabei wurde sein Gesicht immer länger, als würde er sich in einen Hund oder ein Kamel verwandeln. Seine Nase zog sich in die Länge, die Wangen bauschten sich auf, seine Augen wurden aus den Höhlen gesogen.

»Oohhh verdammmmmt ...«, stöhnte Dolan, machte auf dem Absatz kehrt und eilte zum Bürgersteig zurück. Das Gelände war unsicher. Obwohl Erwin ein gutes Stück weiter vom Ursprung des Phänomens entfernt war, spürte auch er, wie etwas an seinem selbsterfundenen Fleisch zog. Die Taschen seines Mantels wurden abgerissen, einige der Andenken auf das Epizentrum zugewirbelt: Seine Finger wurden länger; er war sicher, daß es seinem Gesicht nicht anders erging.

Dolan befand sich in einer noch schlimmeren Verfassung. Obwohl er weiter von der Nabe entfernt war als Nordhoff, Dickerson und der Rest, war der Sog der dort entfesselten Kraft unwiderstehlich. Er ließ sich auf den Boden fallen, schlug die Nägel in den Boden und flehte Erwin um Hilfe an, aber seine Substanz fand keinen Halt in dem Asphalt, und er wurde zurück zu der Nabe gezogen, während sein Körper weicher und länger wurde, bis er einem Strom schmelzenden Fleisches glich, der über die Straße floß.

Erwin hielt sich die Ohren zu, damit er seine schrillen Schreie nicht hören mußte, und wich auf der zunehmend leerer werdenden Straße zurück. Es fiel nicht leicht. Die Macht in der Nabe des Kreuzwegs wuchs und drohte bei jedem Schritt, ihn zu überwältigen und seinem Ende entgegenzuziehen. Aber er widersetzte sich ihrem Sog mit aller Macht, und nach etwa zwanzig Metern konnte er sich von ihr befreien. Nach dreißig Metern spürte er ihren Einfluß kaum noch. Nach vierzig Metern fühlte er sich so zuversichtlich, daß er ein wenig langsamer wurde und sich nach Dolan umdrehte. Er war fort. Wie Nordhoff, wie Dickerson, sie alle; sie alle waren geschmolzen und im Boden versunken.

Das Heulen von Sirenen zog seinen Blick in die andere Richtung. Jed Gilholly stieg mit zwei seiner Beamten, Cliff Campbell und Floyd Weeks, die beide nicht besonders glücklich aussahen, hier zu sein, aus dem Streifenwagen aus.

Erwin wartete nicht, um zu sehen, was das Trio aus den Kräften machen würde, die am Zentrum der Kreuzung warteten – oder, besser gesagt, was die Kräfte aus *ihnen* machen würden –, sondern ergriff die Flucht, solange es noch ging. Einst hatte er an das Gesetz geglaubt; hatte es geehrt und sich darauf verlassen, daß es die Welt beherrschte. Aber diese Gewißheit gehörte zu einem anderen Leben; und sie war, wie dieses Leben, einfach entschwunden.

VIII

1

Als Tesla die Augen aufschlug, zog D'Amour sie bereits in die Höhe.

»Wir haben noch mehr Probleme«, sagte er und nickte in Richtung Straße.

Sie wollte in die angedeutete Richtung sehen, doch die seltsamen Anblicke ringsum lenkten sie ab. Die Mitglieder der Kapelle krochen wie geprügelte Tiere auf allen vieren davon. Die verbliebenen Zuschauer, von denen viele hemmungslos schluchzten, andere ebenso hemmungslos beteten, standen oder knieten in einem Durcheinander zurückgelassener Besitztümer: Handtaschen, Hot dogs, Kinderwagen. Und hinter alledem näherte sich die Polizei mit gezückten Waffen der Kreuzung.

»*Stehenbleiben!*« rief einer von ihnen. »*Das gilt für alle! Stehenbleiben!*«

»Wir sollten gehorchen«, sagte Tesla und sah zu Buddenbaum. Der hatte beide Hände bis zu den Ellbogen in den Boden gesteckt und bewegte sie in einer Art und Weise auf und ab, bei der Tesla unwillkürlich an etwas Sexuelles denken mußte; er öffnete ein Loch in der soliden Welt. Die Luft ringsum war dunstig wie immer; was sich darin tummelte, war unverständlich wie immer.

»Was um alles in der Welt macht er da?« murmelte D'Amour zu ihr.

»Er will die ›Kunst‹ haben«, sagte Tesla.

»*Ruhe*, ihr zwei!« schrie der befehlshabende Offizier sie an. Dann, zu Buddenbaum: »Sie da! Aufstehen! Ich will Ihre Hände sehen!«

Buddenbaum ließ nicht erkennen, daß er den Befehl gehört hatte, geschweige denn befolgte er ihn. Der Befehl wurde unverändert wiederholt. Und wurde wieder nicht beachtet.

»Ich werde bis drei zählen . . .«, warnte Jed ihn.

»Los doch . . .«, murmelte Tesla. »Erschieß den Wichser.«

»Eins . . .«

Jed kam beim Zählen ständig näher, und seine Beamten folgten ihm.

»Zwei . . .«

»He, Jed?« sagte Floyd Weeks.

»Schnauze.«

»Mir geht es nicht gut.«

Jed drehte sich zu Weeks um. Das Gesicht des Mannes hatte die Farbe eines Pissoirs angenommen, und er verdrehte die Augen in den Höhlen. »Laß das!« befahl Jed ihm. Sein Befehl wurde ebensowenig befolgt wie der an Buddenbaums Adresse. Die Waffe fiel aus Weeks' zitternden Fingern, und er stieß ein Seufzen aus, das ebensosehr Lust wie Unterwerfung ausdrückte. Dann sank er auf die Knie.

»Ich hätte mir nie träumen lassen . . .«, murmelte er. »O Gott, warum hat mir keiner . . . warum hat es mir keiner *sagt?*«

»Laß ihn einfach«, sagte Jed zu Cliff Campbell.

Der Mann gehorchte, aber nur, weil er sich um seine eigenen Halluzinationen kümmern mußte. »Was geht hier vor, Jed?« murmelte er. »Woher kommen diese *Frauen?*«

»Was für Frauen?« sagte Jed.

»Sie sind überall«, stammelte Campbell und drehte sich dabei um. »Siehst du sie nicht?«

Gilholly wollte gerade den Kopf schütteln, als er ein leises Stöhnen ausstieß. »Gütiger Himmel«, sagte er.

»Bist du bereit?« wandte sich D'Amour an Tesla.

»Voll und ganz.«

Harry sah wieder Gilholly an, der sich bemühte, seine fünf Sinne zu behalten. »Das kann nicht sein . . .«, murmelte er und sah flehentlich zu Campbell. Aber der war ihm keine Hilfe. Sein Deputy war auf die Knie gesunken und lachte vor sich hin wie ein Irrer. Verzweifelt richtete Jed die Waffe auf die Schemen, die vor ihm tanzten. »Bleibt mir vom Leibe!« schrie er sie an. »Es ist mein

Ernst! Ich werde von der Waffe Gebrauch machen, wenn es sein muß.«

»Gehen wir«, sagte Harry, »solange er noch abgelenkt ist«, worauf er und Tesla die Straßenmitte räumten.

Jed bemerkte ihren Fluchtversuch.

»Ihr da! Stehenbleiben –« Er verstummte mitten in seinem Befehl, als hätte er die Worte vergessen. »O Gott«, sagte er mit bebender Stimme. »Gott, Gott, Gott . . .«

Dann sank auch er auf die Knie.

Mitten auf der Straße stieß Buddenbaum ein frustriertes Heulen aus. Hier stimmte etwas nicht. Eben schmolz die Kreuzung noch unter ihm, und die Macht strömte in sein Herz ein, und im nächsten Moment wurde der Geschmack in seinem Mund bitter, und der Boden um seinen Arm herum verfestigte sich. Er zog ihn heraus. Es war, als würde er die Hand aus den Eingeweiden von etwas Totem oder Sterbendem ziehen. Ein Schauer des Abscheus lief durch ihn, beißende Tränen traten ihm in die Augen.

»Owen . . .?«

Es war natürlich Seths Stimme. Er stand einen oder zwei Meter entfernt und sah verstört und ängstlich drein. »Ist was schiefgegangen?« Buddenbaum nickte. »Und weißt du, was?«

»Vielleicht das«, sagte Owen und legte eine Hand an seinen verletzten Kopf. »Vielleicht hat es mich einfach abgelenkt. . . .«

»Komm mit«, sagte Seth.

Owen hob den Kopf und sah sich um. »Was siehst du?« sagte er.

»Du meinst die Frauen?«

Owen kniff die Augen zusammen. »Ich sehe nur helle Schemen. Sind es Frauen?«

»Ja.«

»Bist du sicher?«

»Ja.«

»Dann handelt es sich um eine Art Verschwörung«,

sagte er. Er ergriff Seths Arm und zog sich in die Höhe. »Jemand hat sie hergeschickt, um meine Arbeit zu behindern.«

»Wer?«

»Ich weiß nicht«, sagte Buddenbaum. »Jemand, der Bescheid weiß . . .« Er verstummte und sah in Teslas Richtung. »Bombeck«, murmelte er. Dann brülle er: *»Bombeck!«*

»Was ist denn *sein* Problem?« sagte Harry, als Buddenbaum auf sie zustürmte.

»Er denkt, ich bin gekommen, um die ›Kunst‹ zu holen.«

»Stimmt das?«

Tesla schüttelte den Kopf. »Ich habe gesehen, was sie aus dem Jaff gemacht hat«, sagte sie. »Und er war dafür bereit. Glaubte er jedenfalls.«

Buddenbaum kam immer näher. Harry griff nach seiner Waffe, aber Tesla sagte: »Das wird ihn nicht aufhalten. Sehen wir einfach zu, daß wir ihm aus dem Weg gehen.«

Sie wandte sich von Buddenbaum ab und stellte fest, daß sich ihnen in den Sekunden, die sie sich Buddenbaum ansah, ein kleines Mädchen in den Weg gestellt hatte und sie ernst betrachtete. Sie war auf absurde Weise perfekt, ein hübscher, fünfjähriger kleiner Lockenkopf mit weißem Kleid, weißen Socken und weißen Schuhen. Ihr Gesicht war rosig, die Augen groß und blau.

»Hallo«, sagte sie mit angenehmer, kühler Stimme. »Du bist Tesla, oder nicht?«

Tesla war nicht in der Stimmung, mit Kindern zu reden, so perfekt sie auch sein mochten. »Du solltest deine Mommy und deinen Daddy suchen«, sagte sie.

»Ich hab' zugesehen«, sagte das Kind.

»Es ist nicht gut für dich, das zu sehen, Kleine«, sagte D'Amour. »Wo sind deine Mom und dein Dad?«

»Nicht hier.«

»Du bist allein?«

»Nein«, antwortete sie. »Haheh und Yie sind bei mir.« Sie sah zur Eisdiele hinüber. Dort, auf der Treppe, saß ein Mann mit dem Gesicht eines geborenen Komödianten – Segelfliegerohren, Glubschaugen, Gummilippen –, der sechs Eistüten in den Händen hielt und mit einem Ausdruck höchster Konzentration nacheinander daran leckte. Neben ihm saß ein Kind, ein Junge, der fast schwachsinnig aussah.

»Machen Sie sich um mich keine Sorgen«, sagte das kleine Mädchen. »Mir geht es gut.« Sie sah Tesla durchdringend an. »Sterben Sie?« sagte sie.

Tesla sah D'Amour an. »Darüber möchte ich ausgerechnet jetzt nicht sprechen.«

»Aber ich«, sagte Miß Perfect. »Es ist wichtig.«

»Und warum fragst du nicht jemand anderen?«

»Weil wir uns für *Sie* interessieren«, antwortete das kleine Mädchen ernst. Sie kam einen Schritt auf Tesla zu und hob dabei die Hand. »Wir haben Ihr Gesicht gesehen und gesagt: Sie weiß vom Geschichtenbaum.«

»Wovon?«

»Dem Geschichtenbaum«, antwortete das Mädchen.

»Wovon um alles in der Welt redet sie?« fragte Tesla den ebenso ahnungslosen D'Amour.

»Unwichtig«, sagte eine andere Stimme hinter ihnen. Tesla mußte sich nicht mal umdrehen, um zu wissen, daß es Buddenbaum war. Seine Stimme klang eigentümlich hohl, als würde er aus einer leeren Kammer sprechen. »Sie hätten sich aus meinen Angelegenheiten raushalten sollen, Weib.«

»Mich interessieren Ihre Angelegenheiten nicht«, sagte Tesla. Aber dann wurde sie plötzlich neugierig und wandte sich an ihn. »Was genau *sind* denn Ihre Angelegenheiten?«

Buddenbaum sah schrecklich aus, sein Gesicht war blutverschmiert, er zitterte am ganzen Körper. »Das geht nur mich was an«, sagte er.

Daraufhin meldete sich das kleine Mädchen zu Wort. »Sie können es ihr sagen, Owen«, sagte sie.

Buddenbaum sah an Tesla vorbei zu dem Kind. »Ich habe nicht den Wunsch, unsere Geheimnisse mit dieser Frau zu teilen«, sagte er steif.

»Aber wir«, antwortete das Kind.

Tesla studierte Buddenbaums Gesicht während des seltsamen Wortwechsels und versuchte, die Zeichen zu entschlüsseln. Es war offensichtlich, daß er das Mädchen gut kannte; gleichermaßen ersichtlich war, daß sie ihn nervös machte. Wieder vermißte Tesla Rauls instinktives Verständnis derartiger Vorzeichen. Wäre er bei ihr gewesen, hätte er sie mit Einsichten versorgen können, die ihr bei der vor ihr liegenden Konfrontation hilfreich sein konnten, da war sie ganz sicher.

»Sie sehen schlecht aus«, sagte Buddenbaum.

»Danke, gleichfalls«, entgegnete Tesla.

»Ah, aber ich werde wieder heilen«, fuhr Buddenbaum fort. »Sie dagegen sind nicht mehr lange auf dieser Welt.« Er sagte es unbekümmert, aber sie konnte die Drohung in seinen Worten nicht überhören. Er prophezeite ihr den Tod nicht nur, er *versprach* ihn ihr. »Ich würde vorschlagen, Sie verabschieden sich, solange Sie es noch können.«

»Gehört das alles dazu?« sagte das kleine Mädchen. Tesla sah sie an. Sie lächelte schlemisch. »Ja, Owen?«

»Oh, gut, gut.« Das Mädchen wandte sich wieder Tesla zu. »Dann sehen wir uns später«, sagte sie und ging beiseite, um sie vorbeizulassen.

»Das halte ich für unwahrscheinlich«, sagte Tesla.

»Oh, aber gewiß doch«, sagte das Mädchen, »ganz sicher. Wir interessieren uns sehr für Sie und den Geschichtenbaum.«

Tesla hörte, wie Buddenbaum hinter ihr etwas murmelte. Was, konnte sie nicht hören, und sie war weder in der körperlichen noch in der geistigen Verfassung, es ihn wiederholen zu lassen. Sie erwiderte das nette Lächeln des Kindes einfach und verließ in Begleitung von Harry die Kreuzung, während die bestürzte Litanei der Polizisten ihnen von der sommerlichen Brise nachgeweht wurde.

2

Obwohl es fast unmöglich war, daß die Nachricht, was an der Kreuzung geschehen war, sich schon bis zu jedem Mann, jeder Frau und jedem Kind in Everville herumgesprochen hatte, waren die Straßen, auf denen Tesla und Harry zu Phoebes Haus zurückkehrten, unnatürlich ruhig, als hätten die Leute die Schwingungen in der Luft gespürt und Schweigen als beste Reaktion darauf betrachtet. Trotz der Hitze waren Fenster und Türen geschlossen. Keine Kinder spielten in den Gärten oder auf den Straßen; nicht einmal Hunde ließen ihre Schnuppernasen sehen.

Da war um so seltsamer, als der Tag perfekt war: Der Duft von Sommerblumen lag in der Luft, der Himmel war wolkenlos blau.

Als sie an die Ecke der Straße kamen, wo Phoebes Haus lag, sagte Harry aus heiterem Himmel: »O Gott, ich liebe die Welt.«

Das war ein so schlichtes Bekenntnis, mit solcher Überzeugung ausgesprochen, daß Tesla nur den Kopf schütteln konnte.

»Du nicht?« sagte Harry.

»Es passiert soviel Scheiße«, sagte sie.

»Nicht in diesem Augenblick. In diesem Augenblick ist alles wunderbar gut.«

»Sieh zum Berg hinauf«, sagte sie.

»Ich bin nicht auf dem Berg«, antwortete Harry. »Ich bin hier.«

»Gut für dich«, sagte sie und schaffte es nicht, sich einen bissigen Unterton zu verkneifen.

Er sah sie an. Sie sah, fand er, so zerbrechlich und erschöpft aus, wie ein lebender Mensch gerade aussehen konnte. Er wollte die Arme um sie legen, nur eine Weile, dachte sich aber, daß sie ihm die Geste nicht danken würde. Sie befand sich in ihrem eigenen Gefängnis, von sämtlichen Tröstungen abgeschnitten.

Sie machte sich eine Weile mit dem Ersatzschlüsselbund zu schaffen, die Phoebe ihr gegeben hatte, bevor sie das Haus betreten konnte. Als sie drinnen waren, sagte sie: »Ich geh' schlafen. Ich kann nicht mal mehr klar denken.«

»Gut.«

Sie ging die Treppe hinauf, drehte sich aber Sekunden später noch einmal um und sah mit ihren leeren Augen zu D'Amour herab. »Übrigens«, sagte sie, »danke.«

»Wofür?»

»Für das, was du auf dem Berg getan hast. Ich wäre jetzt nicht hier ... Herrgott ... du weißt schon, was ich sagen will.«

»Ich weiß«, sagte er. »Und es ist nicht nötig. Wir stekken beide drin.«

»Nein«, sagte sie leise. »Ich glaube nicht, daß es so sein wird.«

»Wenn du darüber nachdenkst, was das Mädchen zu dir gesagt hat –«

»Ich mache mir nicht zum erstenmal Gedanken darüber«, sagte Tesla. »Ich überanstrenge mich seit Jahren, Harry, und das fordert seinen Tribut.« Er wollte etwas sagen, aber sie hob die Hand, um ihn daran zu hindern. »Vergeuden wir keine Zeit damit, einander anzulügen«, sagte sie. »Ich habe getan, was ich konnte, und bin am Ende. So einfach ist das. Ich glaube, solange ich Raul in meinem Kopf hatte, konnte ich so tun, als würde ich begreifen, was vor sich geht, aber jetzt ... wo er fort ist ...«, sie zuckte mit den Achseln, »... will ich nicht mehr weitermachen.« Sie versuchte ein Lächeln, aber es mißlang ihr gründlich. Deshalb ließ sie es sein, kehrte Harry den Rücken zu und schlich ins Bett.

Harry machte sich einen Kaffee und setzte sich inmitten von alten Ausgaben des *TV Guide* und überquellenden Aschenbechern ins Wohnzimmer, um seine Gedanken zu ordnen. Der Kaffee tat seine Wirkung. Harry war trotz seiner bleischweren Glieder hellwach. Er starrte zur Decke und dachte über die Ereignisse nach, die zu diesem Erschöpfungszustand geführt hatten.

Er war unter dem Schutz von Nebel und Voights Tätowierungen auf den Berg gegangen, um Kissoon zu suchen, hatte ihn aber nicht gefunden: jedenfalls nicht in der Form, die er erwartet hatte. Kinder, ja; die Brüder Grimm, ja; Tesla Bombeck, ja. Aber der Mann, der Ted Dusseldorf und Maria Nazareno ermordet hatte, war ihm entwischt.

Er dachte an Morningside Heights zurück – an den kargen Raum, wo der Feind geschlafen hatte – und fragte sich, ob es möglicherweise einen Hinweis auf Kissoons derzeitige Gestalt gegeben hatte, der damals unwichtig aussah. Ihm fiel nichts Nützliches ein. Aber er dachte an das Kartenspiel, das er dort gefunden hatte. Er griff in seine Jackentasche und holte es heraus. Konnte es sein, fragte er sich, daß die Abbildungen einen Hinweis enthielten? Er räumte den Beistelltisch ab und breitete die Karten aus. *Affe, Mond, Fötus, Blitz . . .*

Allesamt mächtige Symbole.

Blitz, Hand, Torso, Loch . . .

Aber wenn es ein Spiel war, kannte er die Regeln nicht. Und wenn es kein Spiel war, was um alles in der Welt war es dann?

Ohne recht zu bemerken, was er tat, sortierte er die Symbole immer wieder neu und hoffte, es würde sich eine Lösung ergeben. Aber es kam nichts dabei heraus. Trotz der mächtigen Symbole, oder vielleicht gerade deswegen, herrschte keine Klarheit; er hatte nur das Gefühl, daß sein Denken zu zerstreut war, sich mit derartigen Dingen zu beschäftigen.

Er war in Nachdenken versunken, als das Telefon läutete. Anscheinend hielt man im Hause Cobb nichts von Anrufbeantwortern, denn es läutete ununterbrochen, bis Harry abnahm.

Eine erschöpfte Stimme meldete sich am anderen Ende. »Ist Tesla da?« wollte der Mann wissen. Harry machte eine Pause, bevor er antwortete, und der Mann sagte: »Es ist wichtig. Ich *muß* mit ihr reden.«

Jetzt erkannte Harry den Anrufer. »Grillo?« sagte er.

»Wer spricht da?«

»Harry.«

»Herrgott, Harry, was machst du da?«

»Dasselbe wie Tesla.«

»Ist sie in der Nähe?«

»Sie schläft.«

»Ich muß mit ihr reden. Ich versuche es schon den ganzen Tag.«

»Wo bist du?«

»Etwa fünf Meilen außerhalb der Stadt.«

»Welcher Stadt?«

»*Everville*, um Himmels willen! Kann ich jetzt mit ihr reden?«

»Kannst du nicht in einer Stunde oder so anrufen –«

»Nein!« schrie Grillo. Dann leiser: »Nein. Ich muß sofort mit ihr sprechen.«

»Augenblick«, sagte Harry, legte den Hörer weg und ging nach oben, um Tesla zu wecken. Sie lag angezogen auf dem Doppelbett, und ihr Gesicht sah so erschöpft aus, daß er es nicht über sich brachte, sie in dem Schlaf zu stören, den sie offensichtlich so dringend brauchte. Es war gut, daß sie schlief. Als er wieder in die Diele kam, war die Leitung tot. Grillo hatte aufgelegt.

3

In ihrem Schlaf erwachte Tesla an einem unirdischen Ufer. Dort hatte es vor kurzem geschneit, aber sie spürte die Kälte nicht. Leichtfüßig ging sie zum Meer hinunter. Das Meer war träge und dunkel, das Wasser schmutzig, hier und da sah sie Leichen in der Brandung, die ihr die verzerrten Gesichter zuwandten, als wollten sie sie davor warnen, ins Wasser zu gehen.

Sie hatte aber keine andere Wahl. Das Meer wollte sie und ließ sich nicht davon abbringen. Und in Wahrheit wollte sie ihm auch keinen Widerstand leisten. Das Meer war, trotz der Leichen, ein Ort der Geheimnisse.

Erst als sie in die Brandung watete, als die Wellen an

ihren Brüsten und ihrem Bauch brachen, fand sie Worte für diesen Ort. Besser gesagt, ein Wort.

»Essenz.«

Das Meer der Träume gischtete ihr ins Gesicht, als sie seinen Namen aussprach, und seine Strömung zog an ihren Beinen. Sie kämpfte nicht dagegen an, sondern ließ sich von den Füßen reißen und wie eine lüsterne Geliebte davontreiben. Die Wellen, die schon am Ufer beträchtlich gewesen waren, wurden titanisch. Wenn sie sie auf ihren Schultern emportrugen, konnte sie eine Mauer der Dunkelheit am Horizont erkennen, wie sie sie in den letzten Augenblicken in Kissoons Schleife gesehen hatte. Das waren natürlich die Iad. Berge und Flöhe, Flöhe und Berge. Stießen die Wellen sie in ihre Täler und unter die Wasseroberfläche, bot sich ihr ein völlig anders geartetes Schauspiel dar: gewaltige Fischschwärme, die wie Gewitterwolken unter ihr dahinzogen. Und zwischen diesen Schwärmen leuchtende Umrisse, bei denen es sich, vermutete sie, um andere Menschenseelen handelte, wie sie eine war. Sie schien rudimentäre Gesichter in ihrem Licht zu erkennen; Spuren der Neugeborenen, Liebenden und Sterbenden, die sich hierher geträumt hatten.

Sie hebte keine Zweifel, zu welchen der drei sie gehörte. Sie war zu alt, um ein Baby zu sein, zu verrückt, um verliebt zu sein, und damit blieb nur noch ein Grund, weshalb ihre Seele heute nacht hierher gereist war. Miß Perfect hatte recht gehabt. Ihr Tod stand bevor. Dies war ihr letzter Schlaf, bevor ihr Leben als Tesla Bombeck zu Ende ging.

Selbst wenn sie deswegen niedergeschmettert gewesen wäre, hätte sie keine Zeit gehabt, sich auf das Gefühl zu konzentrieren. Das augenblickliche Abenteuer erforderte ihre ganze Aufmerksamkeit. Von den Wellen auf und ab gespült, wurde sie an einen Ort getragen, wo das Wasser, aus einem ihr unerfindlichen Grund, so vollkommen ruhig wurde, daß es einen perfekten Spiegel für das stürmische Himmelszelt bildete.

Sie glaubte zuerst, sie wäre allein in dieser Flaute, und

wollte die Kraft ihres Selbstantriebs erproben, um ihr zu entkommen, als sie merkte, daß Lichter unter ihr flackerten. Sie sah ins Wasser und stellte fest, daß ein Schwarm Fische mit leuchtenden Leibern sich in der Tiefe versammelt hatte und langsam nach oben zur Oberfläche stieg. Als sie den Kopf wieder aus dem Wasser hob, sah sie, daß sie nicht allein war. Ein langhaariger, bärtiger Mann hockte gemütlich auf der Wasseroberfläche, als wäre sie ein solider Fels, und erzeugte müßig Wellen in der glatten Oberfläche. Er war die ganze Zeit dagewesen, dachte sie, und sie hatte ihn nur übersehen. Aber nun sah er auf, als hätte ihr Blick ihn aus seinem Nachdenken gerissen.

Sein Gesicht war hager – die Knochen scharfgeschnitten, seine schwarzen Augen stehend –, aber sein Lächeln war auf so niedliche Weise verlegen, als wäre es ihm peinlich, daß sie ihn so überrrumpelt hatte, daß sie auf der Stelle bezaubert war. Er richtete sich auf, wobei das Wasser sich um seine Füße kräuselte, und kam zu ihr. Seine tropfnasse Kleidung hing in Fetzen, und sie konnte sehen, daß sein Oberkörper mit winzigen Narben überzogen war, als hätte er sich in Glasscherben gewälzt.

Sie verspürte Mitgefühl für seinen Zustand. Auch sie hatte Narben, äußere wie innere; auch ihr war alles genommen worden, was sie auf der Welt besaß: ihr Beruf, ihre Achtung, ihre Gewißheit.

»Kennen wir uns?« fragte er beim Näherkommen. Seiner Stimme fehlte die Melodie, aber sie mochte ihren Klang trotzdem.

»Nein«, sagte sie, plötzlich befangen. »Das glaube ich nicht.«

»Jemand hat mir von Ihnen erzählt, da bin ich ganz sicher. War es möglicherweise Fletcher?«

»Sie kennen Fletcher?«

»Dann war er es«, sagte der Mann und lächelte wieder. »Sie sind diejenige, die ihn zum Märtyrer gemacht hat.«

»So habe ich es nie gesehen . . . aber Sie haben recht, das war ich.«

»Sehen Sie?« Er ging neben ihr in die Hocke, während

das Wasser aufschäumte. »Sie wollten Zusammenhänge, und da sind sie. Aber Sie müssen an schrecklichen Orten danach suchen, Tesla. An Orten, wohin der Tod kommt, um die Liebe wegzunehmen, wo wir einander verlieren und uns selbst verlieren; da fangen die Zusammenhänge an. Es erfordert eine tapfere Seele, dort zu suchen und nicht zu verzweifeln.«

»Ich habe versucht, tapfer zu sein«, sagte sie.

»Ich weiß«, sagte er sanft, »ich weiß.«

»Aber ich war nicht tapfer genug, wollen Sie das damit sagen? Es ist nur so, ich habe nicht darum gebeten, in das alles verwickelt zu werden. Dafür war ich nicht bereit. Ich wollte nur Filmdrehbücher schreiben, wissen Sie, und reich und blasiert werden. Ich nehme an, für Sie hört sich das erbärmlich an.«

»Warum?«

»Nun, ich nehme an, Sie bekommen nicht viele Filme zu sehen.«

»Haben Sie eine Ahnung«, sagte der Mann mit einem knappen Lächeln. »Wie dem auch sei, es kommt auf die Geschichten an, ganz gleich, wie sie erzählt werden.«

Sie dachte an das Kind an der Kreuzung –

Wir haben Ihr Gesicht gesehen und gesagt: Sie weiß vom Geschichtenbaum.

»Was ist so wichtig an Geschichten?« wollte sie wissen.

»Sie lieben Geschichten«, sagte er, wandte den Blick von ihrem Gesicht ab und sah ins Wasser. Die leuchtenden Umrisse, die sie in der Tiefe gesehen hatte, waren nur noch wenige Faden von der Oberfläche entfernt. Das Wasser erstrahlte durch ihre Präsenz. »Das stimmt doch, oder nicht?« sagte er.

»Ich denke, ja«, sagte sie.

»Das ist der Zusammenhang, Tesla.«

»Geschichten?«

»Geschichten. Und jedes Leben, so kurz und bedeutungslos es auch scheinen mag, ist ein Blatt . . .«

»Ein Blatt?«

»Ja, ein Blatt.« Er sah sie wieder an und wartete wortlos, bis sie den Sinn seiner Worte begriffen hatte.

». . . des Geschichtenbaums«, sagte sie. Er lächelte. »Leben sind Blätter des Geschichtenbaums.«

»Einfach, nicht?« sagte er. Überall um sie herum stiegen Blasen auf, und die Oberfläche war nicht mehr glatt genug, ihn zu tragen. Langsam, ganz langsam sank er ins Wasser ein. »Ich fürchte, ich muß gehen«, sagte er. »Die 'shu sind gekommen, um mich zu holen. Warum schauen Sie so unglücklich drein?«

»Weil es zu spät ist«, sagte Sie. »Warum mußte ich bis jetzt warten, um zu wissen, was ich tun sollte.«

»Sie mußten es nicht wissen. Sie haben es getan.«

»Nein, das habe ich nicht«, sagte sie entnervt. »Ich bin nie dazu gekommen, eine Geschichte zu erzählen, an der mir etwas gelegen hätte.«

»Doch, das haben Sie«, sagte er. Jetzt war er fast verschwunden.

»Was war das für eine Geschichte?« flehte sie ihn an und war fest entschlossen, eine Antwort zu bekommen, bevor er versank. »Was für eine?«

»Ihre eigene«, sagte er, während er verschwand. *»Ihre eigene.«*

Dann war er fort.

Sie sah in das brodelnde Wasser und stellte fest, daß die Wesen, die er 'shu genannt hatte – die, soweit sie sehen konnte, Ähnlichkeit mit Tintenfischen hatten und zu Millionen da unten ausschwärmten –, eine weite Spirale um den sinkenden Mann herum beschrieben, als würden sie ihn in ihrer Mitte nach unten ziehen. Aber der Strudel sog ihre eigene Seele nicht ein. Sie verspürte ein stechendes Gefühl des Verlusts, als sie sah, wie er in der leuchtenden Tiefe verschwand. Er schien weise zu sein, und sie hätte sich gerne länger mit ihm unterhalten. Aber auch so hatte sie etwas, das sie mit nach Hause nehmen konnte: die Erkenntnis, daß die Geschichte, die sie erzählt hatte, ihre eigene war. Das bedeutete ihr im Augenblick ziemlich wenig, aber wenn sie es mit ins Wachsein hinüberretten konnte, würde es sie vielleicht trösten.

Jetzt, während die Spirale der 'shu in der Tiefe verschwand, kamen Neuigkeiten aus jener Welt. Ein Telefon läutete, dann erklangen Schritte auf der Treppe.

»Tesla?«

Sie schlug die Augen auf. Harry streckte den Kopf zur Tür herein. »Es ist Grillo«, sagte er. »Er muß mit dir reden. Er hat schon mal angerufen.« Sie konnte sich vage daran erinnern, daß sie das Telefon läuten hörte, als sie an dem verschneiten Ufer entlanggegangen war. »Er hört sich an, als wäre er in einer schlimmen Verfassung.«

Sie stand auf und ging nach unten. Neben dem Telefon lag ein Bleistiftstummel. Bevor sie mit Grillo redete, schrieb sie *Ich habe meine eigene Geschichte erzählt* auf das Telefonbuch, falls das Telefongespräch die Erinnerung an den Traum aus ihrem Gedächtnis verdängte. Dann nahm sie den Hörer.

Grillo hörte sich wirklich an, als wäre er in einer schlimmen Verfassung, wie Harry gesagt hatte. Wie sie, wie D'Amour, wie der Wasserwandelnde in ihrem Traum. Es schien, als wäre jeder in ihrem Umfeld am Ende.

»Ich bin in einer Unterkunft namen Sturgis' Motel«, erklärte er, »Howie und Jo-Beth und ihre Tochter Amy sind bei mir.«

»Wo?«

»Ein paar Meilen außerhalb von Everville.«

»Was um alles in der Welt machst du da?«

»Wir hatten keine andere Wahl. Wir mußten schnellstens weg, und ich wußte, wir würden Hilfe brauchen.«

»Weshalb?«

»Tommy-Ray ist hinter Jo-Beth her.«

»Tommy-Ray?«

Grillo schilderte ihr die Ereignisse der vergangenen Tage. Sie schenkte der Schilderung höchstens fünf Prozent ihrer Aufmerksamkeit, mit dem Rest erinnerte sie sich an den Traum, aus dem sie erwacht war. Aber die

Bilder von Angst und Flucht von Grillo verdrängten ihre Erinnerungen an das ruhige Meer und den Mann, der Fletcher gekannt hatte, zunehmend.

»Ich brauche deine Hilfe, Tes –«, sagte Grillo. Sie klammerte sich noch ein paar verzweifelte Augenblicke an die Erinnerung von dem Gesicht des Wasserwandelnden. »Tes, bist du noch da?« Dann hatte sie keine andere Wahl mehr, als die Erinnerung aufzugeben.

»Ja, ich bin da . . .«

»Ich sagte, ich brauche deine Hilfe.«

»Du hörst dich nicht gut an, Nathan. Bist du verletzt worden?«

»Das ist eine lange Geschichte. Hör zu, gib mir deine Adresse. Wir fahren in die Stadt.«

Sie mußte an die Schneise denken, die Tommy-Ray, der Todesjunge, und seine Armee von Phantomen durch Palomo Grove gezogen hatte. Hatte er in seiner Zerstörungswut nicht sogar sein eigenes Haus vernichtet, in dem sich seine Mutter noch aufgehalten hatte? Wenn sich das in Everville wiederholte, besonders in einer Zeit des Massenexodus (die nicht mehr weit entfernt sein konnte), würde es unsagbar viele Tote geben.

»Bleib, wo du bist«, sagte sie. »Ich komme zu dir.«

Grillo widersprach nicht. Offenbar brannte er mit aller Verzweiflung darauf, sie bald bei sich zu haben. Er beschrieb ihr den Weg zu dem Motel und beschwor sie, sich zu beeilen. Damit war das erledigt.

Harry hielt sich in der Küche auf und machte Toast. Sie erzählte ihm alles, was Grillo gesagt hatte. Er hörte sich alles ohne Kommentar an, bis sie ihm sagte, daß sie hinfahren wollte.

»Also ist Everville jetzt mein Baby?«

»Sieht so aus.«

Sie wollte ihm sagen, saß sie ihren letzten Traum geträumt hatte und er nicht mit ihrer Rückkehr rechnen sollte, aber das hätte sich hoffnungslos melodramatisch angehört. Sie brauchte etwas Keckeres, einen beiläufigen Satz, der sich blasiert und altklug anhören würde, wenn sie fort war. Aber ihr fiel nichts ein. Aber wie sich herausstellte, hatte Harry seinen eigenen Abschied anzubieten.

»Ich glaube, wenn es dunkel wird, gehe ich wieder auf den Berg«, sagte er. »Wenn die Iad durchkommen, möchte ich gern in der ersten Reihe sitzen. Was bedeutet . . . wir werden uns wahrscheinlich nicht wiedersehen.«

»Nein, ich glaube nicht.«

»Wir haben schöne Zeiten zusammen erlebt, nicht? Ich meine, unser Leben, es war . . .«

»Außergewöhnlich.«

»Ganz außergewöhnlich.« Sie zuckte mit den Achseln. Das stimmte. »Ich bin sicher, wir haben beide gewünscht, es hätte anders sein können. Aber ich schätze, irgendwo, tief in unserem Innersten, haben wir es so gewollt.«

»Kann sein.«

Damit kam die Unterhaltung ins Stocken. Tesla schaute auf und stellte fest, daß Harry sie unverwandt ansah und die Lippen zusammenkniff, als wollte er verhindern, daß er weinte.

»Genieß die Aussicht«, sagte sie.

»Mach ich«, antwortete er.

»Gib auf dich acht.«

Sie unterbrach den Blickkontakt, griff nach ihrer Jacke und ging hinaus. Als sie an der Eingangstür ankam, hätte sie beinahe wieder umgedreht und ihn umarmt, beherrschte sich aber. Das hätte den Schmerz nur noch schlimmer gemacht. Es war besser, einfach zu gehen und sich auf den Weg zu machen.

Die Zuschauer der Parade hatten die Main Street schon längst geräumt, aber es waren noch genügend Leute unterwegs, die Andenken kauften oder nach einem Restaurant suchten, um etwas zu essen. Der Abend war mild, der Himmel wolkenlos; die Party-Atmosphäre war nach dem Fiasko des Nachmittags etwas getrübt, aber nicht völlig verschwunden.

Früher hätte Tesla mit quietschenden Reifen mitten auf

der Main Street gehalten und die Leute angeschrien, daß sie die Flucht ergreifen sollten, bevor die Iad kamen. Aber sie hatte Verstand genug, sich die Mühe zu sparen. Sie würden mit den Achseln zucken, lachen und ihr den Rükken zudrehen, und um ehrlich zu sein, sie konnte es ihnen kaum verdenken. Sie hatte ihr Spiegelbild im Bad gesehen, bevor sie Phoebes Haus verlassen hatte. Die schlanke Frau, die sie vor ein paar Tagen bewundert hatte – die von ihren Reisen gezeichnete Frau, die stolz auf ihre Narben war –, war nichts weiter als eine knochige, verzweifelte Hülle.

Und überhaupt, welchen Nutzen hätte eine solche Warnung gehabt, selbst wenn sie Gehör gefunden haben würde? Wenn die Iad wirklich so waren, wie sie beschrieben wurden, gab es keine Rettung vor ihnen. Vielleicht würde man diese Menschen, die im Schatten des Todes feierten und ausgelöscht werden würden, ehe sie richtig mitbekommen konnten, was sie ausgelöscht hatte, dereinst als die glücklichen betrachten. Zu schnell tot, um Angst oder Hoffnung zu hegen. Am schlimmsten, Hoffnung.

Obwohl es ein Umweg war, zu der Kreuzung zurückzukehren, fuhr sie hin, um zu sehen, welche Spuren der geheimnisvollen Geschehnisse des Nachmittags übriggeblieben waren, wenn überhaupt. Die Straße war zwar wieder für den Verkehr freigegeben, aber es fuhren kaum Autos, weder in die eine noch in die andere Richtung. Passanten freilich waren eine Menge unterwegs. Leute lungerten vor dem Diner und an der Kreuzung herum. Einige hatten sogar Kameras dabei, um die Stelle zu verewigen. Von den Leuten, die Tesla zuletzt auf den Knien gesehen hatte, als sie ihre Visionen anbeteten, war keine Spur mehr zu sehen. Sie waren fortgegangen oder geholt worden.

Als sie den Helm wieder aufsetzte, hörte sie einen Ruf von der anderen Straßenseite, drehte sich um und sah ihre Nemesis aus Kitty's Diner, den rechtschaffenen Bosley, auf sich zukommen.

»Was haben Sie getan?« fragte er mit vor Wut rotfleckigem Gesicht.

»Inwiefern?« sagte sie.

»Sie hatten die Hand bei dieser *Ungeheuerlichkeit* im Spiel«, sagte er. »Ich habe Sie mittendrin gesehen.« Er blieb zwei Meter von ihr entfernt stehen, als fürchtete er, sie könnte ihn mit ihrer Gottlosigkeit anstecken. »Ich weiß, was Sie im Schilde führen.«

»Würden Sie es mir erklären?« fuhr sie ihn an. »Und kommen Sie mir nicht mit einer gequirlten Scheiße von wegen ›das Werk des Teufels‹, Bosley, denn daran glauben Sie so wenig wie ich. Wirklich nicht.«

Er zuckte zusammen. Und sie sah eine solche Angst in ihm, ein solches Ausmaß an Entsetzen, daß ihre Wut augenblicklich verflog. »Wissen Sie was?« sagte sie. »Ich glaube, ich habe heute mittag Jesus Christus getroffen.« Bosley sah sie argwöhnisch an. »Jedenfalls ist er auf dem Wasser gewandelt und hatte eine Menge Narben, daher ... könnte er es gewesen sein, richtig?« Bosley sagte immer noch nichts. »Schade, daß wir nicht dazu gekommen sind, über Sie zu reden, aber wenn, hätte ich ihm gesagt, daß er mal bei Ihnen reinschauen soll. Ein Stück Kuchen essen.«

»Sie sind verrückt ...«, sagte Bosley.

»Das sind wir beide«, sagte Tesla. »Geben Sie gut auf sich acht, Bosley«, und damit setzte sie den Helm auf und fuhr weiter.

Als sie außerhalb der Stadt war, gab sie Vollgas, weil sie sicher sein konnte, daß der Polizeichef und seine durchgeknallten Deputys heute nacht nicht nach Rasern Ausschau halten würden. Womit sie recht hatte. Auf freier Strecke und ohne Gesetzeshüter, die sie aufhalten konnten, raste sie dem Treffen mit Grillo entgegen, obwohl die Umarmung, die sie am Ende des Weges erwartete, kälter und dauerhafter sein würde, als es jede menschliche Umarmung je sein konnte.

IX

1

Nächstes Jahr, dachte Dorothy Bullard, als sie nach Einnahme eines schwachen Beruhigungsmittels an ihrem Wohnzimmerfenster saß. Nächstes Jahr würde es wieder ein Festival geben, wieder eine Parade geben, wieder eine Chance, alles perfekt zu machen. Barmherzigerweise konnte sie sich nur vage daran erinnern, was sich an der Kreuzung zugetragen hatte, aber eine ganze Reihe wohlmeinender Zeitgenossen hatten ihr versichert, daß es nicht ihre Schuld gewesen war; nein, ganz und gar nicht. Sie hatte unter ziemlichem Druck gestanden, und sie hatte ihre Sache großartig gemacht, wirklich großartig, und nächstes Jahr, oh, nächstes Jahr –

»Wird es perfekt sein.«

»Was hast du gesagt, Teuerste?« Maisie war gerade mit locker geschlagenem Rührei und einem Weizenbrötchen hereingekommen.

»Nächstes Jahr wird alles perfekt. Wirst schon sehen.«

»Denken wir nicht an nächstes Jahr«, sagte Maisie. »Warten wir einfach ab, was sich ergeben wird, ja?«

Bei Larry Glodoski hielten nicht Tabletten die Erinnerung verschwommen, sondern Bier; und zwar reichlich. Er saß jetzt schon seit zweieinhalb Stunden im Hamrich's Bar, und allmählich ging es ihm etwas besser. Nicht das, was er an der Kreuzung gesehen hatte, betäubte er mit Alkohol, sondern den Schmerz des Verlustes. Die Frauen auf der Treppe hatten ihn einen Blick auf schier unvorstellbare Wonnen werfen lassen; als sie verblaßten und verschwanden, hatte er geglaubt, sein Herz müßte vor Trauer zerspringen.

»Möchtest du noch eins?« fragte Will Hamrick ihn.

»Immer her damit.«

»Willst du darüber reden?«

Larry schüttelte den Kopf. »Es wäre sinnloses Gestammel«, sagte er.

Will schob eine weitere Flasche die Bar herunter. »Vorgestern hatte ich einen Typen hier, vor dem hat's mich gegruselt«, sagte er.

»Wie das?«

»Es war kurz nach Morton Cobbs Tod. Er sagte, es wäre besser, daß Morton so getötet worden sei, weil es eine bessere Geschichte wäre.«

»Eine bessere Geschichte?«

»Ja. Und ich wäre ein ... wie zum Teufel hat er mich genannt? ... ein Disseminator, ich glaube, das war es, ja, ein Disseminator, und die Leute würden gern brutale Geschichten hören ...« Er verlor den Faden seiner Erinnerungen und hob die Hände. »Ich weiß nicht, er schien ein ziemlich kranker Typ zu sein. Er hatte so eine Stimme ... irgendwie hypnotisierend, so was in der Art, ja.«

Das brachte eine Glocke zum Läuten. »Wie hat er ausgesehen?« fragte Larry.

»Etwa sechzig. Mit einem Bart.«

»Breitschultriger Kerl? Schwarzgekleidet?«

»Das ist er«, sagte Will. »Kennst du ihn?«

»Er war heute nachmittag auch da«, sagte Larry rasch. »Ich glaube, er war derjenige, der alles versaut hat.«

»Jemand sollte mit Jed über ihn reden.«

»Jed ...«, knurrte Larry. »Der nützt keinem was.« Er trank sein Bier. »Ich werd' mit ein paar Jungs von der Kapelle reden. Die waren echt sauer über das, was heute nachmittag passiert ist.«

»Sei vorsichtig, Larry«, riet ihm Will. »Nicht daß Jed dich festnehmen muß, weil du Selbstjustiz geübt hast.«

Larry beugte sich über die Bar, bis seine Nase fast die von Will berührte. »Das ist mir scheißegal«, nuschelte er. »In dieser Stadt ist was faul, Hamrick, und Jed wird nicht damit fertig werden.«

»Aber du schon?«

Larry griff in die Tasche und warf drei Zehner auf den Tresen. »Ziemlich bald schon«, sagte er, stieß sich von der

Bar ab und ging zur Tür. »Ich ruf' dich an, wenn wir bereit sind zu handeln.«

Andernorts herrschte in der Stadt wieder ein Anschein von Normalität. Im Tanzsaal wärmten sich die ersten Paare schon für den Walzermarathon auf. Im Anbau der Bibliothek, der erst vor zwei Monaten festiggestellt worden war, las Jerry Totland, ein hiesiger Autor, der sich eine Fangemeinde mit Kriminalromenen, die in Portland spielten, erworben hatte, aus seinem neuesten Opus. In dem kleinen italienischen Restaurant in der Blasemont Street standen zwanzig Kunden Schlange, um in den Genuß der neapolitanischen Küche zu kommen.

Selbstverständlich wurde gemunkelt; Klatsch und Tratsch darüber, was die Parade heute nachmittag zum Stillstand gebracht hatte, aber im großen und ganzen waren sie nur ein wenig Würze der abendlichen Unterhaltungen. Es herrschte kaum aufrichtiges Unbehagen, mehr eine verhaltene Heiterkeit, besonders unter den Gästen, weil das Großereignis so hoffnungslos schiefgegangen war. Eine Geschichte, die man beim Essen erzählen konnte, wenn man wieder daheim war, oder nicht? Wie Everville sich übernommen und prompt eine Bauchlandung gemacht hatte?

2

Nach dem schrecklichen Nachmittag hatte Erwin nicht gewußt, was er anfangen sollte. Er hatte auf einen Schlag alle Freunde verloren, als wären sie alle am Eßtisch ermordet worden.

Er hatte keine Ahnung, was sich an der Kreuzung zugetragen hatte, und – um die Wahrheit zu sagen – wollte es auch gar nicht wissen. Der Tod hatte ihm in den letzten Tagen manches Seltsame gezeigt, und er hatte schnell gelernt, damit umzugehen, aber dies konnte er nicht fassen. Er wanderte ein paar Stunden lang wie ein verirrter

Hund durch die Straßen und suchte nach einem Plätzchen, wo er sich hinsetzen und eine Unterhaltung belauschen konnte, die ihn nicht an seine Angst erinnerte. Aber wohin er sich auch wandte, um Trost zu suchen, überall sprachen die Leute flüsternd von Dingen, die sie beunruhigten.

Die wenigsten Gespräche kreisten um die Geschehnisse des Nachmittags, aber alle waren davon inspiriert, da war er ganz sicher. Warum sonst beichteten Liebende einander heute abend ihre Sünden und baten um Verständnis und Vergebung? Heute waren sie an ihre Sterblichkeit erinnert worden, und das machte sie bußfertig. Er ging von einem Haus zum anderen und suchte nach Trost, und da er keinen fand, ging er bei Einbruch der Dämmerung zu dem einzigen Ort, wo er mit Sicherheit etwas Ruhe und Frieden finden würde: dem Friedhof.

Dort schlenderte er zwischen den Gräbern dahin, während die Sonne unterging, las müßig die Grabsteininschriften und dachte über die Ereignisse nach, die ihn in diese traurige Lage gebracht hatten. Was hatte er getan, daß er das verdiente? Weil er ein wenig Ruhm für sich wollte? Seit wann war das ein Schwerverbrechen? Weil er zu sehr in Geheimnisse eingedrungen war, die besser unberührt geblieben wären? Auch das war keine Sünde; jedenfalls nicht daß er wüßte. Er hatte einfach eine Pechsträhne.

Schließlich setzte er sich auf einen Grabstein in der Nähe der Stelle, wo er Nordhoff und die anderen zum erstenmal gesehen hatte. Sein Blick fiel auf den Grabstein vor ihm, und er las die Inschrift laut vor.

Was Thomas bezweifelte, glaube ich,
Erlösung vom Tode gibt es für mich,
Hier liege ich, doch irgendwann,
Werde ich auferstehn, und dann
Erneut auf Erden gehen hin,
Und unter blauem Himmel ziehn.

Schwach ist die Hoffnung, drum gebt acht,
Ihr, die der Staub hat blind gemacht.
Ich bete, schützt mich, ihr Leute fromm,
Vor der gottlosen Brut des zweifelnden Tom.

Die schlichten Worte rührten ihn zutiefst. Als er am Ende des Gedichts angelangt war, wurde seine Stimme belegt, und er brach in Tränen aus, die ungehindert flossen.

Er vergrub das Gesicht in den Händen und wiegte sich hin und her, aber die Tränen konnte er nicht zurückhalten. Welchen Sinn hatte es, auf ein Leben nach dem Tod zu hoffen, wenn es nur auf diese absurde, sinnlose Existenz hinauslief? Es war unerträglich!

»Ist das Gedicht so schlecht?« sagte eine Stimme irgendwo über ihm.

Er sah über die Schulter. Der Baum stand im vollen Wuchs kurz vor dem Herbst, die Äste quollen über vor Blättern, aber Erwin konnte trotzdem sehen, wie sich jemand bewegte.

»Zeig dich«, sagte er.

»Lieber nicht«, lautete die Antwort. »Ich habe schon vor langer Zeit gelernt, daß Bäume Sicherheit bedeuten.«

»Machen Sie sich nichts vor«, sagte Erwin.

»Wo liegt das Problem?«

»Ich will wieder auf der Welt sein.«

»Ach, *das*«, sagte der Mann auf dem Baum. »Das läßt sich nicht bewerkstelligen, also brechen Sie sich mit dem Wunsch nicht selbst das Herz.« Der Baldachin erzitterte, als der Mann seine Position wechselte. »Sie sind nicht mehr, richtig?« fragte er.

»Wer?«

»Die Narren, die sich immer hier versammelt haben. Nordhoff und Dolan« – das Wort *Dolan* spie er praktisch aus – »und der Rest. Ich bin vom Berg heruntergekommen, um eine Rechnung mit ihnen zu begleichen, aber ich sehe sie nicht und rieche sie nicht . . .«

»Nicht?«

»Nein. Ich sehe nur Sie. Wohin sind sie gegangen?«

»Das ist schwer zu erklären«, sagte Erwin.

»Versuchen Sie es.«

Er versuchte es. Beschrieb alles, was er an der Kreuzung gesehen und gespürt hatte, auch wenn sein Anwaltsvokabular dafür kaum ausreichte. Er wollte sich alles von der Seele reden, und es tat gut.

»Also wurden sie fortgerissen, hm?«

»So sieht es aus«, sagte Erwin.

»Es mußte so kommen«, sagte der Baumbewohner. »Hier wurde eine blutige Sache angefangen, und die mußte früher oder später zu Ende gebracht werden.«

»Ich weiß, wovon Sie sprechen«, sagte Erwin. »Ich habe eine Beichte gelesen –«

»Von wem?«

»Sein Name war McPherson.«

Der Mann stieß ein kehliges Knurren aus, bei dem Erwin erschauerte. »Sprechen Sie diesen Namen nicht aus!« sagte er.

»Warum nicht?«

»Darum!« brüllte der Mann. »Wie auch immer, ich spreche nicht von seinen Greueltaten. Es fand ein anderes Gemetzel auf Harmon's Heights statt, noch ehe der Berg diesen Namen bekam. Und ich habe lange gewartet, um zu sehen, welche Folgen es hat.«

»Wer sind Sie?« fragte Erwin. »Warum verstecken Sie sich da oben?«

»Ich glaube, Sie haben für einen Tag genug Seltsames gesehen«, entgegnete der Mann. »Sie müssen nicht auch noch mich anschauen.«

»Das verkrafte ich schon«, sagte Erwin. »Zeigen Sie sich.«

Einige Augenblicke herrschte Schweigen auf dem Baum. Dann sagte der Mann: »Wie Sie wünschen«, und das Laub seufzte, als er herunterkletterte und sich zeigte. So seltsam sah er gar nicht aus. Vernarbt und irgendwie animalisch, aber dennoch wie ein Mensch.

»So«, sagte er, als er unten angekommen war. »Jetzt sehen Sie mich.«

»Ich bin . . . froh, Sie kennenzulernen«, sagte Erwin. »Ich hatte schon Angst, ich müßte allein bleiben.«

»Wie heißen Sie?«

»Erwin Toothaker. Und Sie?«

Der verstümmelte Tiermensch neigte den Kopf. »Freut mich, Sie kennenzulernen«, sagte er. »Mein Name ist Coker Ammiano.«

Teil Sechs

Das große Muster

I

1

Musnakaff brauchte eine Stunde länger, um seine Herrin für die Reise hinaus auf die kalten Straßen von Liverpool vorzubereiten, und Phoebe hatte in dieser Zeit Erlaubnis, sich frei im Haus zu bewegen. Es war ein melancholischer Rundgang. Die Zimmer waren größtenteils wunderschön eingerichtet, die Betten groß und einladend, die Bäder entschieden dekadent, aber es war Staub auf jeder Oberfläche und Taubenscheiße auf jedem Fenstersims; allerorten herrschte der Eindruck, als hätte das Haus seine beste Zeit bereits hinter sich. Keine Spur von den Leuten, die in dem Haus gewohnt, die den Ausblick aus seinen Fenstern genossen oder die Köpfe auf seine Kissen gebettet hatten, war mehr zu finden. Hatten sie geträumt? fragte sich Phoebe. Und wenn ja, was? Von der Welt, aus der sie gekommen war? Zuerst amüsierte sie der Gedanke, daß die Leute, die in diesen prachtvollen Zimmern gelebt hatten, sich nach dem Kosm sehnten, so wie sie selbst nach einem unerreichbaren Ort der Träume. Aber je mehr sie darüber nachdachte, desto melancholischer schien es, daß die Bewohner auf beiden Seiten der Scheide in Unzufriedenheit lebten und sich nach dem sehnten, was der andere besaß. Wenn sie diese Reise überlebte, dachte sie, würde sie nach Everville zurückkehren und jeden Augenblick genießen, wie er kam, und keine Zeit damit vergeuden, sich nach einem besseren Anderswo zu sehnen.

Als sie aus einem der Schlafzimmer kam, sah sie in die Spiegel im Flur und sagte laut zu sich: »Genieß es, solange du kannst. Jeden Augenblick.«

»Was hast du gesagt?« fragte Musnakaff, der aus einer Tür heraus den Flur betrat.

Es war ihr peinlich, daß sie so ertappt worden war. »Wie lange haben Sie mich beobachtet?« wollte sie wissen.

»Nur einen Augenlick oder zwei«, entgegenete er. »Du bietest einen prachtvollen Anblick, Phoebe Cobb. Du hast Musik in dir.«

»Ich bin unmusikalisch«, antwortete sie etwas zu schneidend.

»Es gibt solche und solche Musik«, sagte Musnakaff. »Deine Seele singt, auch wenn es deine Kehle nicht kann. Ich höre Trommeln, wenn ich deine Brüste ansehe, und einen Chor, wenn ich mir vorstelle, wie du nackt aussiehst.« Sie bedachte ihn mit dem einschüchternden Blick, der Tausende Patienten vor Angst gelähmt hatte, aber bei ihm verfehlte er seine Wirkung. Er grinste sie nur an, und seine geschmückten Wangen funkelten. »Nimm's nicht krumm«, sagte er. »In diesem Haus haben die Leute stets freizügig von solchen Dingen gesprochen.«

»Dann will ich auch freizügig sprechen«, sagte Phoebe. »Es gefällt mir nicht, wie Sie mich angaffen, sobald ich Ihnen den Rücken zudrehe, und es wäre mir lieb, wenn Sie nicht auf meine Brüste starren würden, Trommeln hin oder her.«

»Magst du deine Brüste nicht?«

»Das geht nur mich und meine Brüste etwas an«, sagte Phoebe und merkte, noch während sie es aussprach, wie absurd es sich anhörte.

Musnakaff prustete vor Lachen, und ob sie wollte oder nicht, Phoebe mußte ebenfalls lächeln, was Musnakaff zu neuerlichen Heiterkeitsausbrüchen anspornte.

»Ich sage es noch einmal«, meinte Musnakaff zu ihr, »dieses Haus hat viele edle Frauen gesehen, aber du gehörst zu den edelsten, den *alleredelsten*.«

Das hatte er so nett gesagt, sie konnte nicht anders, als sich geschmeichelt zu fühlen. »Nun . . .« sagte sie. »Danke schön.«

»Ganz meinerseits«, sagte Musnakaff. »Wenn du bereit bist, die Träger der Herrin sind eingetroffen. Ich glaube, es wird Zeit, daß wir alle runter zum Wasser gehen.«

2

Joe war noch keine Stunde auf der Straße nach b'Kether Sabbat unterwegs, da verlor er allmählich jegliche Sympathie für die Flüchtlinge, die in die andere Richtung strömten. In dieser Zeit wurde er Zeuge zahlreicher beiläufiger Grausamkeiten. Kinder, die schwerer beladen waren als ihre Eltern, schleppten sich vorbei; Tiere wurden mißhandelt und geprügelt; reiche Männer und Frauen, die auf dem Rücken naher Anverwandter des Kamels saßen, schnitten eine blutige Schneise durch alle, die achtlos genug waren, ihnen in den Weg zu stolpern. Kurzum, er sah alles, was er im Kosm erwartet hätte.

Als diese traurigen Vorkommnisse ihm unerträglich wurden, blickte er einfach zu der Stadt hin, und dann fanden seine müden Glieder neue Kraft. Die Leute, die in b'Kether Sabbat wohnten, waren so kleinmütig und barbarisch wie die Bewohner jeder x-beliebigen irdischen Stadt, aber die Unterkunft, die sie verließen, war beispiellos.

Was die Woge der Iad beraf, so schäumte und teilte diese sich, kam aber nicht näher. Sie kauerte lediglich über der Stadt wie eine gigantische Bestie, als wäre sie von etwas in ihrem Schatten fasziniert. Er hoffte nur, daß er die Stadt erreichen, durch ihre Straßen wandern und ihre funkelnden Türme erklimmen konnte, bevor die Iad das Interesse verloren und zum Gnadenstoß ansetzten.

Als er sich der ersten Leiter auf eine Viertelmeile genähert hatte – die Stadt ragte wie ein inverser Berg vor ihm empor –, hörte er einen schrillen Schrei aus dem Lärm heraus und sah ein aschefarbenes Geschöpf, das sich durch die Menschenmassen drängte, um ihm den Weg zu versperren.

»Afrique!« sagte er. »Afrique! Du *lebst*!« Das Geschöpf legte Joe Hände mit Schwimmhäuten auf die Brust. »Du kennst mich nicht, oder?«

»Nein. Sollte ich?«

»Ich war mit dir auf dem Schiff«, sagte der Mann, und

da erkannte ihn Joe. Er war einer der Sklaven, die Noah als Besatzung der *Fanacapan* rekrutiert hatte: ein vierschrötiger, gedrungener Gesell mit derben, froschähnlichen Gesichtszügen. Aber jetzt, da er wieder sein eigener Herr war, strafte sein Benehmen sein Aussehen Lügen. Er hatte eine scharfsinnige, lebhafte Art an sich. »Ich heiße Wexel Fee, Afrique«, sagte er lächelnd. »Und ich bin froh, dich zu sehen. Sehr, sehr froh.«

»Ich weiß nicht, warum«, sagte Joe. »Ihr seid wie Dreck behandelt worden.«

»Ich habe gehört, was du zu Noah Summa Summamentis gesagt hast. Du hast versucht, etwas für uns zu tun. Es ist nicht deine Schuld, daß es nicht geklappt hat.«

»Ich denke doch«, sagte Joe schuldbewußt. »Wo sind die anderen?«

»Tot.«

»Alle?«

»Alle.«

»Das tut mir leid.«

»Muß es nicht. Sie waren keine Freunde von mir.«

»Warum sind sie gestorben und du nicht? Noah sagte, wenn er mit euch fertig wäre –«

»Ich weiß, was er gesagt hat. Auch das habe ich gehört. Ich habe gute Ohren. Außerdem einen starken Willen. Ich war noch nicht bereit zu sterben.«

»Du hast es also gehört, konntest aber nichts tun?«

»Genau. Ich hatte durch seinen Zauber meinen Willen verloren.«

»Also hast du *doch* Schmerzen gehabt.«

»O ja. Ich hatte Schmerzen.« Fee hob die rechte Hand hoch. Zwei seiner sechs Finger waren nur noch kurze Stummel. »Und ich hätte ihn mit Freuden umgebracht, als ich zu mir kam.«

»Warum hast du es nicht getan?«

»Er ist mächtig, Afrique, jetzt, da er wieder in b'Kether Sabbat ist. Ich dagegen bin weit von zu Hause entfernt.« Er sah an Joe vorbei zum Meer.

»Es sind keine Schiffe da, Wexel.«

»Was ist mit der *Fanacapan*?«

»Ich habe sie sinken gesehen.«

Er nahm die Neuigkeit gelassen auf. »Aha. Also habe ich die anderen möglicherweise nicht überlebt, damit ich nach Hause zurückkehren kann.« Er ließ das erste Lächeln sehen, das Joe auf dieser Straße des Kummers zu Gesicht bekam. »Vielleicht habe ich versucht, dich wiederzusehen, Afrique.«

»Mein Name ist Joe.«

»Ich habe gehört, wie mein Feind dich mit diesem Namen angesprochen hat«, antwortete Fee. »Daher kann ich ihn nicht in den Mund nehmen. Das ist eine Etikette in meiner Heimat. Und daher werde ich dich Afrique nennen.« Joe gefiel der Ausdruck nicht besonders, aber vielleicht sollte er den Mann nicht vor den Kopf stoßen. »Und ich werde dich nach b'Kether Sabbat begleiten. Ja?«

»Deine Gesellschaft ist mir höchst willkommen«, sagte Joe. »Aber warum willst du dorthin?«

»Weil es keine Schiffe gibt. Weil ich dich unter zehntausend Seelen gefunden habe. Und weil du vielleicht tun kannst, was ich nicht konnte.«

»Noah töten.«

»Du sagst es, Afrique. Du sagst es.«

3

Die Karawane, die den steilen Hügel von dem Haus in der Caning Street herunterkam, war neun Seelen stark. Phoebe und Musnakaff, beide zu Fuß, Maeve O'Connell, die in einer prunkvollen Sänfte reiste, welche von vier kräftigen Männern getragen wurde, plus je ein Individuum, die die Vor- bzw. Nachhut bildeten und beide überdeutlich bewaffnet waren. Als Phoebe eine Bemerkung darüber machte, meinte Musnakaff nur: »Es sind gefährliche Zeiten. Wer weiß, was passieren kann?« Was nicht die beruhigendste Antwort war.

»Komm, geh an meiner Seite«, sagte Maeve unterwegs.

»Es wird Zeit, daß du deinen Teil der Abmachung erfüllst. Erzähl mir vom Kosm. Nein, vergiß den Kosm. Erzähl mir nur von meiner Stadt.«

»»Vorher«, sagte Phoebe, »habe ich eine Frage.«

»Und die wäre?«

»Warum haben Sie diese Stadt geträumt statt ein anderes Everville?«

»Ich bin in Liverpool aufgewachsen und war voller Hoffnung. Ich erinnere mich gern daran. An Everville hatte ich nicht dieselben Erinnerungen.«

»Aber Sie wollen immer noch wissen, was daraus geworden ist?« deutete Phoebe an.

»So ist es«, antwortete Maeve. »Und jetzt erzähl.«

Ohne zu wissen, welche Aspekte des Lebens in Everville die Frau am meisten interessieren würden, begann Phoebe kunterbunt durcheinander vom Leben zu Hause zu erzählen. Das Festival, die Probleme mit dem Postamt, der Anbau der Bibliothek, Jed Gilholly, die Restaurants der Main Street, Kitty's Diner, das alte Schulhaus und die Sammlung, die dort aufbewahrt wurde, die Probleme mit dem Abwassersystem . . .

»Moment, Moment«, sagte Maeve. »Ein Stück zurück. Du hast etwas von einer Sammlung gesagt.«

»Ja . . .«

»Über die Geschichte von Everville, sagst du?«

»Das stimmt.«

»Und du kennst dich damit aus?«

»Ich würde nicht sagen –«

»Aber du hast gewußt, wer ich bin«, sagte Maeve, deren Gesicht verkniffener denn je wirkte. »Das finde ich seltsam«. Phoebe schwieg. »Sag mir, was erzählen sie sich über die Gründung von Everville?«

»Ich kann mich nicht genau erinnern«, antwortete Phoebe.

Plötzlich gab die Vorhut Laut: *»Halt! Alles stehenbleiben!«* Die kleine Prozession kam ruckartig zum Stillstand. Maeve lehnte sich aus ihrer Sänfte und winkte Phoebe näher zu sich.

»Hör gut zu, Frau«, sagte Maeve. »Ich dachte, wir hätten eine Abmachung.«

»So ist es.«

»Und warum sagst du mir dann nicht die Wahrheit? Hm?«

»Ich ... will Ihre Gefühle nicht verletzen«, sagte Phoebe.

»Heilige Maria, Mutter Gottes, ich muß Leiden ertragen, die du dir nicht einmal ...« Sie verstummte und zog am Kragen ihres Kleides. Musnakaff wollte sagen, daß sie sich nicht erkälten solle, aber sie maß ihn mit einem derart vernichtenden Blick, daß er sofort wieder verstummte. »Sieh dir das an«, sagte sie zu Phoebe und zeigte ihren Hals. Eine häßliche Narbe verlief um den ganzen Hals herum. »Weißt du, was das ist?«

»Sieht so aus ... nun, sieht so aus, als hätte jemand versucht, Sie aufzuhängen.«

»Sie haben es versucht, und es ist ihnen gelungen. Sie haben mich zusammen mit meinem Mann und meinem Kind an einem Ast baumeln lassen.«

Phoebe war fassungslos. »Warum?« sagte sie.

»Weil sie uns haßten und loswerden wollten«, sagte Maeve. »Musnakaff? Bedecke mich.« Er gehorchte augenblicklich, während Maeve ihre Geschichte fortsetzte. »Ich hatte ein sehr seltsames, mürrisches Kind«, sagte sie, »das auf der ganzen weiten Welt nichts liebte. Auf jeden Fall nicht mich. Und seinen Vater auch nicht. Und im Lauf der Jahre haßten die Leute es ebenfalls. Kaum bot sich ihnen eine Gelegenheit, das Kind zu lynchen, nutzten sie sie, und meinen armen Mann haben sie auch gleich mitgenommen. Weißt du, Coker stammte nicht aus dem Kosm. Er war meinetwegen hierhergekommen und hatte gelernt, menschlicher als die Menschen zu sein, aber trotzdem witterten sie etwas an ihm, das ihnen nicht gefiel. Was mich betrifft ...« Sie wandte den Kopf von Phoebe ab und sah den Berg hinab.

»Was Sie betrifft?« wiederholte Phoebe.

»Mich wollten sie vergessen. Ich war am Anfang da ...

nein, das ist nicht richtig, ich *war* der Anfang. Ich *war* Everville, als wäre es aus meinen Knochen erbaut worden. Und es paßte den Brawleys und Gilhollys und den Hendersons und allen anderen vornehmen Familien nicht, sich daran zu erinnern.«

»Und darum haben sie Sie ermordet?«

»Sie haben die Lynchjustiz geduldet. Ich würde das Mord nennen.«

»Und warum sind Sie nicht tot?«

»Weil der Ast abgebrochen ist. So einfach war das. Mein lieber, zärtlicher Coker hatte kein Glück. Sein Ast war kräftig, und als ich aus meiner Ohnmacht erwachte, war er schon kalt.«

»Das ist schrecklich.«

»Ich habe nie ein Wesen so sehr geliebt wie ihn«, beteuerte Maeve.

Während sie das sagte, spürte Phoebe ein schwaches Beben im Boden. Musnakaff spürte es offenbar auch. Er drehte sich mit einem erschrockenen Ausdruck zu seiner Herrin um. »Vielleicht wäre es besser, nicht davon zu sprechen. Zumindest nicht hier im Freien«, schlug er vor.

»Ach was, er würde nicht wagen, mich anzurühren. *Niemals!* Nicht dafür, daß ich die Wahrheit sage, wie er sehr wohl weiß«, entgegnete Maeve.

Der Wortwechsel verwirrte Phoebe, aber sie ileß sich nicht von ihrer Frage ablenken.

»Was ist mit Ihrem Sohn?« sagte Phoebe. »Was ist mit ihm passiert?«

»Sein Leichnam wurde von Tieren geholt. Er hatte immer einen Geruch an sich. Ich würde sagen, er hat eine bessere Mahlzeit abgegeben als Coker oder ich.« Sie verstummte und überlegte einen Moment. »Es ist schrecklich, so etwas über sein eigen Fleisch und Blut zu sagen, aber meinem Sohn wäre so oder so kein langes Leben auf dieser Welt beschieden gewesen.«

»War er krank?«

»Im Kopf, ja. Und im Herzen. Etwas in ihm war schiefgegangen, als er ein Kind war, und ich dachte lange Zeit, er wäre ein Kretin. Ich habe aufgegeben, ihm irgend etwas beibringen zu wollen. Aber ich glaube, es war Bosheit in ihm; schreckliche Bosheit. Es ist besser, daß er tot ist.« Sie warf Phoebe einen treurigen Blick zu. »Hast du Kinder?« sagte sie.

»Nein.«

»Schätze dich glücklich«, entgegnete Maeve.

Dann schüttelte sie ihre Melancholie unvermittelt ab, winkte Phoebe fort und rief den Trägern zu: »Auf mit euch!« worauf sich der Konvoi wieder auf den Weg den steilen Hang hinab machte.

In den zwei Stunden, die Phoebe Gast in Maeves Haus gewesen war, hatte sich der Zustand des Meers der Träume sichtlich verändert. Die Schiffe im Hafen lagen nicht mehr friedlich vor Anker, sondern wogten und schwankten und zerrten an ihren Tauen wie in Panik geratene Vollblüter. Die Leuchtfeuer an der Hafeneinfahrt waren von den peitschenden Wellen gelöscht worden, die immer höher schlugen, während die Gruppe bergab ging.

»Ich fange an zu glauben, daß ich meinen Teil der Abmachung nicht einhalten kann«, sagte Maeve zu Phoebe, als sie ebenen Boden erreicht hatten.

»Warum nicht?«

»Sieh dich um«, entgegnete Maeve und deutete zum Strand, wo die Brecher über drei Meter hoch schlugen. »Ich glaube nicht, daß ich mit den 'shu da unten sprechen kann.«

»Wer sind die 'shu?«

»Sag es ihr«, befahl Maeve Musnakaff. »Und du, setz mich ab.« Wieder kam der Konvoi zum Stillstand. »Hilf mir aus diesem Käfig heraus«, verlangte Maeve. Die Träger beeilten sich, ihrem Wunsch nachzukommen.

»Braucht Ihr Hilfe?« fragte Musnakaff sie.

»Wenn ja, bitte *ich* darum«, antwortete Maeve. »Erkläre der Frau alles. Auch wenn es, weiß Gott, ein bißchen spät ist.«

»Sagen Sie mir, wer die 'shu sind«, sagte Phoebe zu Musnakaff.

»Nicht wer, *was*«, antwortete Musnakaff, dessen Blick zu seiner Herrin schweifte. »Was *macht* sie denn?«

»Wir unterhalten uns gerade«, fuhr Phoebe ihn an.

»Sie wird sich verletzen.«

»Ich werde gleich Sie verletzen, wenn Sie mir nicht sagen, was Sache ist. Die 'shu –«

»Sind Seelen-Piloten. Bruchstücke des Schöpfers. Oder auch nicht. Also. Zufrieden?« Er wollte zu seiner Herrin zurück, aber Phoebe hielt ihn fest.

»Nein«, sagte sie, »ich bin nicht zufrieden.«

»Laß mich los«, sagte er gekränkt.

»Auf keinen Fall.«

»Ich warne dich«, zischte er und zeigte mit einem ringgeschmückten Finger auf sie. »Ich habe Wichtigeres zu tun als –« Ein verwirrter Ausdruck huschte über sein Gesicht. »Hast du das *gespürt*?«

»Sie meinen das Beben? Ja, vor ein paar Minuten ist schon mal eins gewesen. Eine Art Erdbeben . . .«

»Ich wünschte, es wäre so«, seufzte Musnakaff. Er betrachtete den Boden zwischen ihnen. Wieder erfolgte ein Beben, das stärkste bis jetzt.

»Was ist es dann?« fragte Phoebe, die ihre Wut auf Musnakaff vergessen hate.

Sie bekam keine Antwort. Der Mann drehte ihr einfach den Rücken zu und lief hastig zu der Stelle auf dem Kopfsteinpflaster, wo Maeve stand. Was sie nicht ohne fremde Hilfe bewerkstelligte. Zwei ihrer Träger stützten sie, ein dritter stand bereit, falls sie stolpern sollte.

»Wir müssen weiter«, rief Musnakaff ihr zu.

»Weißt du, was an dieser Stelle passiert ist?« wollte sie von ihm wissen.

»Herrin –«

»Ja?«

»Nein.«

»Hier habe ich gestanden, als er zum erstenmal zu mir kam.« Sie lächelte verliebt. »Ich habe es ihm von Anfang an gesagt, ich sagte ihm: Es wird nie einen geben, der meinen Coker ersetzen kann, denn Coker war die Liebe meines Lebens –«

Daraufhin bebte der Boden heftiger denn je.

»Schweigt«, sagte Musnakaff.

»*Was?*« brauste die Herrin O'Connell auf. »Schweigen? Dafür sollte ich dich prügeln.« Sie hob ihren Stock und schwenkte ihn in Musnakaffs Richtung. Der Hieb verfehlte sein Ziel, und Maeve verlor das Gleichgewicht. Die Träger hätten sie vielleicht auffangen können, aber sie war rasend vor Wut und schlug noch im Fallen um sich. Der Stock traf den Träger rechts von ihr, der mit blutiger Nase zu Boden ging. Der Mann, der hinter ihr bereitgestanden hatte, war zur Stelle, um sie zu stützen, aber als er sie halten wollte, stolperte sie wieder einen Schritt vorwärts und schlug erneut nach Musnakaff. Diesmal traf sie, und die Wucht des Schlags war so groß, daß der Stock brach. Dann fiel sie hin und riß den Träger zur Linken – der sie nicht einmal losgelassen hatte – mit sich.

Als sie auf dem Boden landete, wo der Aufprall allein durch die Masse ihrer Kleidung gedämpft wurde, erbebte die Erde erneut. Aber diesmal klang das Beben nicht mehr ab. Es nahm zu, bis die unbeachtete Sänfte umkippte und die Wache, die die Prozession angeführt hatte, den Berg hinauf floh.

»Verflucht, Weib!« schrie Musnakaff Maeve an, während er ihr hochhalf. »Seht nur, was Ihr getan habt.«

»Was ist hier los?« schrie Phoebe.

»Er ist es!« sagte Musnakaff. »Er hat sie gehört! Ich wußte es.«

»König Texas?«

Bevor Musnakaff antworten konnte, erbebte die Straße von einem Ende zum anderen, und diesmal brach der Boden auf. Es waren keine Risse, wie Phoebe sie auf Harmon's Heights gesehen hatte. Sie hatten nichts Unregelmäßiges an sich; nichts Willkürliches. Sie waren elegant geformt, schnitten Arabesken in den Straßenbelag und vereinten sich allerorten, so daß die ganze Straße innerhalb weniger Augenblicke wie ein Puzzle aussah.

»Jeder bleibt, wo er ist«, sagte Musnakaff mit bebender Stimme. »Keine Bewegung.« Phoebe leistete dem Befehl Folge. »Sagt ihm, daß es euch leid tut«, rief Musnakaff Maeve zu. »*Schnell!*«

Mit Hilfe der beiden Träger, die bei Bewußtsein waren, hatte Maeve sich auf die Knie aufrichten können. »Ich wüßte nicht, *wofür* ich mich entschuldigen müßte«, sagte Maeve.

»Herrgott, seid Ihr eine störrische Frau!« brüllte Musnakaff und hob einen Arm, als wollte er sie schlagen.

»Nicht«, schrie Phoebe ihn an. Sie hatte in der letzten halben Stunde die Geduld mit Maeve verloren, aber der Anblick, wie sie geschlagen werden sollte, rief schmerzliche Erinnerungen wach.

Kaum hatte sie es gesagt, als der rissige Boden erneut bebte, Teile des Puzzles wegfielen und Löcher hinterließen, die an manchen Stellen einen Meter durchmaßen, an manchen sogar noch mehr. Verglichen mit der Kälte, die daraus hervorkam, wirkte die eiskalte Luft geradezu mild.

»Ich habe es *gesagt*«, meinte Musnakaff, der die Stimme zu einem heiseren Flüstern gesenkt hatte.

Phoebes Blick wanderte von einem Loch zum nächsten, und dabei fragte sie sich, aus welchem der liebeskranke König Texas herauskommen würde.

»Wir hätten niemals ... niemals kommen dürfen ...« murmelte Maeve. »Du hast mich dazu überredet, Weib!« Sie zeigte mit dem Finger auf Phoebe. »Du steckst mit ihm unter einer Decke, richtig?« Sie erhob sich mit Unterstützung ihrer Träger. »Gib es zu«, sagte sie, während ihr Speichel aus dem Mund spritzte. »Los doch, gib es zu!«

»Ihr seid verrückt«, sagte Phoebe. »Ihr seid alle verrückt!«

»*Endlich eine Frau, die weiß, wovon sie spricht*«, sagte eine Stimme aus der Erde, worauf sich aus jedem Loch eine Säule wirbelnden Staubs erhob, die innerhalb von Sekunden doppelt so groß waren wie ein Mensch.

Der Anblick war weniger furchteinflößend als vielmehr bemerkenswert. Phoebe drehte sich mit vor Erstaunen offenem Mund um und stellte fest, daß aus den Säulen bereits ringsum Äste wie Speichen wuchsen, die sich ausdehnten und über ihnen miteinander verwoben.

»Musnakaff . . .?« flüsterte Phoebe. »Was geht hier vor?«

Maeve antwortete. »Er macht Schatten für sich«, sagte sie, offenbar von dem Schauspiel kein bißchen beeindruckt. »Er mag das Licht nicht, das arme Ding. Er glaubt, daß er darin dahinsichen würde.«

»Hört, hört!« sagte die Stimme aus dem Boden. »Du bist schließlich Expertin im Dahinsiechen, Liebe meines nichtswürdigen Lebens.«

»Soll ich mich jetzt geschmeichelt fühlen?« sagte Maeve.

»Nein . . .«, antwortete die Stimme aus dem Boden. »Du sollst nur bedenken, daß ich immer die Wahrheit sage, auch wenn sie weh tut. Und, meine Teuerste, du siehst *alt* aus. Nein, vergiß das. Du siehst verloren aus. Vergessen. Leer.«

»Das ist echt rührend, von einem Loch aus dem Boden!« fauchte Maeve.

Nun ertönte Gelächter aus der Erde; leises, volles Gelächter.

»Wirst du dich zeigen?« fragte Maeve, »oder bist du neuerdings zu häßlich?«

»Ich bin, was immer ich für dich sein soll, meine kleine Muschi-Rose.«

»Sei einmal *nicht* unhöflich.«

»Ich werde ein Mönch für dich sein. Ich werde nie wieder an mir rumspielen. Ich –«

»O Gott, was du wieder redest!« entrüstete sich Maeve. »Wirst du dich zeigen oder nicht?«

Es folgte ein kurzes Schweigen. Dann sagte die Stimme nur: »Hier«, und aus einem der Löcher zwischen Maeve und Phoebe schoß ein Strahl brackiges Wasser hervor, der – noch ehe er gänzlich aufgestiegen war – zu einer entfernt menschenähnlichen Gestalt gerann. Er hatte Phoebe den Rücken zugedreht, daher konnte sie seine Physiognomie nicht erkennen, hatte aber selbst in ihrer eingeschränkten Perspektive den Eindruck, daß er etwas Unfertiges war: ein Mann aus Staub und Stein.

»Zufrieden?« bellte er.

»Ich glaube, dafür ist es zu spät«, entgegnete Maeve.

»O nein, Baby, das stimmt nicht.« Er hob einen Arm (seine Hand war so groß wie eine Schneeschaufel), als wollte er die alte Dame streicheln. Aber er verkniff sich die Berührung; seine derben Finger verharrten Zentimeter von ihrer Wange entfernt. »Gib dein Fleisch auf«, sagte er. »Komm und werde Fels mit mir. Wir verschmelzen, Baby. Wir lassen Menschen auf unserem Rücken wohnen und hausen einfach da unten, warm und gemütlich.« Phoebe studierte Maeves Gesicht während dieser seltsamen Brautwerbung und sah ihr an, daß sie die Worte schon unzählige Male gehört hatte. »Du wirst nie wieder eine Falte bekommen«, fuhr König Texas fort. »Nie wieder Krämpfe in den Eingeweiden haben. Nie wieder Schmerzen. Du wirst nicht mehr dahinsiechen. Du wirst nie sterben.« Damit gingen ihm die Argumente aus, und als er sah, daß sie ihre Wirkung ohnehin verfehlten, wandte er sich an Phoebe. »Jetzt frage ich dich«, sagte er (wie sie vermutet hatte, war sein Gesicht nur rudimentär in Ton geformt), »hört sich das so schlimm an?« Sein Atem war kalt und roch nach der Unterwelt. Nach Höhlen und klarem Wasser; nach etwas, das in der Dunkelheit wuchs. Es war nicht unangenehm. »Ja?« sagte er.

Phoebe schüttelte den Kopf. »Nein«, antwortete sie. »Ich finde, es hört sich gut an.«

»Na also!« sagte Texas und sah über die Schulter zu Maeve, wandte den Blick aber sofort wieder Phoebe zu. *»Sie versteht mich.«*

»Dann nimm sie. Schreib ihr deine verdammten Briefe. Ich will nichts mit dir zu tun haben.«

Phoebe sah, wie ein gekränkter Ausdruck über König Texas' unfertige Züge huschte. »Du bekommst keine weitere Chance mehr«, sagte er zu Maeve, ohne Phoebe aus den Augen zu lassen. »Danach nicht mehr. Die Iad werden deine Stadt zerstören, und dich mit ihr.«

»Da sei mal nicht so sicher«, antwortete Maeve.

»Oh, Moment mal . . .«, sagte König Texas, ». . . denkst du darüber nach, wieder ins Geschäft einzusteigen?« Er drehte den Kopf und sah Maeve an.

»Warum nicht?« sagte sie.

»Weil die Iad keine Gefühle haben. Und zwischen den Beinen haben sie auch nicht viel.«

»Also hast du sie gesehen, ja?«

»Von ihnen geträumt«, sagte König Texas. »Immer wieder von ihnen geträumt.«

»Dann geh zurück zu deinen Träumen«, sagte Maeve. »Und laß mich mein Leben weiterleben oder was noch davon übrig ist. Ich brauche dich nicht.«

»Oh, *das* tut weh«, sagte König Texas. »Wenn ich Adern hätte, würde ich bluten.«

»Dir fehlen nicht nur Adern!« entgegnete Maeve.

Der gigantische Leib des Königs erschauerte, und er knurrte eine Warnung: »Sei vorsichtig –«, sagte er.

Aber die Worte blieben unbeachtet. »Du bist alt und *weibisch* –«, hielt Maeve ihm vor.

»Weibisch?« Jetzt erbebte die Straße wieder. Phoebe hörte, wie Musnakaff vor sich hin murmelte, und stellte fest, daß es ein Gebet war, das sie kannte: *»Heilige Maria, Mutter Gottes . . .«*

»Ich mag vieles sein«, sagte König Texas, »und auf manches bin ich nicht stolz. Aber *weibisch* . . .« Aus seinem Kopf wuchsen fingerdicke Schlangengebilde. Hunderte wellten sich als zuckende Ströme auf seinem Schädel. »Findest du, daß das *weibisch* aussieht?« verlangte er zu wissen. Sein ganzer Körper verwandelte sich, konnte Phoebe jetzt sehen, seine Anatomie wogte und blähte sich auf. Dabei trat er von dem Loch, aus dem er aufgestiegen war, auf festen Boden und löste sich aus dem Felsgestein. Er stand wie ein zottiger Titan vor Maeve und knurrte tief in der Kehle. »Ich könnte auch alle mit mir in die Tiefe reißen«, sagte er und schickte sich an, die Kopfsteinpflasterstraße zu ergreifen wie jemand einen Teppich. »Seht euch an, wie es in meiner wunderschönen Dunkelheit ist.« Er zog nur ein klein wenig an der Straße. Musnakaff wurde umgeworfen und rutschte ungewollt auf eines der Löcher zu.

»Bitte, Gott, nein!« schrie er. »Herrin! Hilf mir!«

»Hör doch *auf*!« sagte Maeve, als spräche sie zu einem ungehorsamen Kind. Zu Phoebes großer Überraschung tat der Tonfall seine Wirkung. König Texas ließ den Boden los, und Musnakaff schluchzte vor Erleichterung.

»Warum müssen wir uns immer streiten?« fragte Texas plötzlich in flehendem Tonfall. »Wir sollten die Zeit damit verbringen, in Erinnerungen zu schwelgen.«

»Ich habe keine Erinnerungen, in denen ich schwelgen möchte«, meinte Maeve.

»Stimmt nicht, stimmt nicht. Wir haben schöne Zeiten erlebt, du und ich. Ich habe dir eine Straße gebaut. Ich habe dir einen Hafen gebaut.« Maeve sah ungerührt zu ihm auf. »Woran denkst du?« fragte König Texas und beugte sich etwas näher zu ihr. »Sag es mir, Augenstern.« Maeve zuckte mit den Achseln. »Nichts«, erwiderte sie.

»Dann laß mich für uns beide denken. Laß mich für uns beide lieben. Was ich für dich empfinde, ist mehr, als je ein Mann in der ganzen Geschichte der Liebe für eine Frau empfunden hat. Und ohne es –«

»Nicht«, wimmerte Maeve.

»– ohne es bin ich traurig, und du –«

»Warum hörst du nicht auf mich?«

»– du bist vergessen.«

Daraufhin plusterte Maeve sich auf. »Vergessen?« rief sie.

»Ja. Vergessen«, entgegnete Texas. »Diese Stadt wird in ein paar Stunden nicht mehr existieren. Unser Hafen, deine prächtigen Gebäude ...« Er winkte mit einer riesigen Hand in der Luft, um ihren Untergang anzudeuten. »Die Iad werden alles vernichten. Und was Everville betrifft –«

»Darüber will ich nicht reden.«

»Ist es zu schmerzhaft für dich? Kann ich dir nicht zum Vorwurf machen. Du warst am Anfang da, und jetzt haben sie dich vergessen.«

»Hör auf, das zu sagen!« tobte Maeve. *»Jesus und Maria, wirst du es nie lernen? Ich werde mich weder durch Gewalt noch durch Schmeicheleien, noch durch Scham oder Versuchung oder Verführung je wieder verleiten lassen, dich zu lieben! Du kannst mir tausend Häfen bauen! Du kannst mir bis ans Ende der Welt jede Stunde einen Liebesbrief schreiben, aber ICH WERDE DICH NICHT LIEBEN!«* Damit drehte sie sich zum ersten Träger in ihrer Nähe um. »Wie heißt du?« sagte sie.

»Noos Cataglia.«

»Dein Rücken, Noos.«

»Pardon –?«

»Dreh dich um. Ich will auf deinen Rücken klettern.«

»O . . . ja. Natürlich.« Der Mann wandte Maeve pflichtschuldig den Rücken zu, auf den sie mit seiner Hilfe kletterte.

»Was machst du?« fragte König Texas leise.

»Ich werde dir beweisen, daß du dich irrst«, sagte Maeve und hielt ihr vermeintliches Reittier am Kragen fest. »Ich kehre nach Everville zurück.«

Zum erstenmal seit mehreren Minuten meldete sich Phoebe zu Wort. »Das können Sie nicht«, widersprach sie.

»Sag du es ihr«, stimmte König Texas zu. »Auf mich hört sie nicht.«

»Sie haben versprochen, mir bei der Suche nach Joe zu helfen«, fuhr Phoebe fort.

»Ich fürchte, er ist verloren, Phoebe«, sagte Maeve, »also laß gut sein.« Sie schürzte die Lippen. »Hör zu, es tut mir leid«, sagte sie, und die Entschuldigung fiel ihr eindeutig schwer. »Aber habe ich dir nicht gesagt, du sollst nicht an die Liebe glauben?«

»Wenn, hätte ich Ihnen nicht geglaubt.«

»Hör dir diese Frau an!« sagte König Texas zu Maeve. »Sie ist *weise*! *Weise*!«

»Sie ist genauso eine verliebte Närrin, wie du einer bist«, sagte Maeve und sah mit ihren Triefaugen von Phoebe zu Texas und wieder zurück. »Ihr beiden verdient einander!« Dann zog sie wieder am Kragen ihres Trägers. »Beweg dich!« fuhr sie ihn an.

Als sich der arme Mann langsam entfernte, sah König Texas auf Musnakaff hinunter, der während des Wortwechsels vorsichtig aufgestanden war. »Weib!« schrie Texas Maeve nach. »Wenn du gehst, töte ich deinen kleinen Speichellecker.«

Maeve warf einen Blick über die Schulter. »So kleinmütig würdest du nie sein«, sagte sie.

»Ich bin, was mir gefällt!« brüllte Texas. »Und jetzt komm zurück! Ich warne dich! *Komm zurück!* Maeve grub einfach die Knie in Cataglias Flanken. »Er hat nur noch Sekunden Zeit, den Himmel zu sehen, Weib!« rief Texas. »Es ist mein Ernst!«

Musnakaff stieß bedauernwerte Klagelaute aus und wich vor dem Loch zurück, dem er am nächsten war.

»Du bist *grausam*!« rief Texas Maeve nach. »Grausam! *Grausam!*«

Damit schien er jede Geduld zu verlieren und bückte sich, um am Boden zu ziehen.

»Nicht . . .«, sagte Phoebe, aber ihre Bitte ging in Musnakaffs Kreischen unter, als er erneut von den Füßen gerissen wurde. Er zappelte auf dem Kopfsteinpflaster, als die Straße sich unter ihm neigte, aber seine Finger fanden zu wenig Halt, und er rutschte dem Loch entgegen. Phoebe konnte nicht dastehen und zusehen, wie er in den Tod stürzte. Sie rief ihm zu, daß er durchhalten solle, und rannte mit ausgestreckten Armen los. Er hob den Kopf – ein Ausdruck der Hoffnung huschte über sein aschfahles Gesicht – und streckte die Hände nach ihr aus.

Doch bevor ihre Finger sich berühren konnten, verlor er sein bißchen Halt und stürzte ab. Einen Sekundenbruchteil sahen sie einander in die Augen, und ihr wurde klar, wie schrecklich es für ihn war. Dann verschwand er schreiend.

Sie wich vor dem Loch zurück und stieß dabei ein Schluchzen des Entsetzens und der Wut aus.

»*Still* jetzt«, sagte König Texas.

Sie sah zu ihm auf. Er war eine turmhohe Gestalt, die sie durch ihre Tränen verschwommen sah, aber das hinderte sie nicht daran, frei auszusprechen, was sie dachte. »Das haben Sie aus Liebe getan?« sagte sie.

»Machst du mir daraus einen Vorwurf? Diese Frau –«

»Sie haben gerade jemanden getötet!«

»Ich wollte, daß sie es sich anders überlegt«, sagte er mit belegter Stimme.

»Nun, das hat sie nicht! Sie haben nur noch mehr Kummer –«

Texas zuckte mit den Achseln. »Da unten hat er es gut. Es ist ruhig. Es ist dunkel . . .« Sie hörte, wie er einen Stoßseufzer ausstieß. »Na gut. Ich habe einen Fehler gemacht.« Phoebe schniefte heftig und wischte sich die Tränen aus den Augen. »Ich kann ihn nicht zurückholen«, fuhr Texas fort, »aber bitte laß dich von mir trösten –«

Er hob seine gewaltige Hand, während er das sagte, als wollte er sie berühren. Aber das sollte auf gar keinen Fall geschehen. Sie versuchte die Hand wegzustoßen, verlor aber dabei das Gleichgewicht. Wild ruderte sie mit den Armen, um es wiederzuerlangen, verfehlte die Straße aber völlig mit dem Fuß. Sie sah nach unten und erblickte zu ihrem Entsetzen das Loch unter sich, in dem Musnakaff verschwunden war.

»Hilfe –«, schrie sie und streckte die Hand nach Texas aus. Aber sein träger Körper war zu langsam, um sie zu halten. Der Himmel kippte zur Seite. Dann fiel sie, ihre letzten Tränen wurden ihr vom Wind aus dem Gesicht gefegt, und ihr wieder klarer Blick zeigte ihr nichts als Dunkelheit, Dunkelheit und nochmals Dunkelheit, bis ganz nach unten.

II

1

Als Joe und Wexel Fee aus den mit Leitern versehenen Tunneln in den Eingeweiden von b'Kether Sabbat herauskamen und die Prachtstraßen der Stadt betraten, wandte sich Joe an Fee: »Was bedeutet b'Kether Sabbat eigentlich?«

Der Mann zuckte mit den Achseln. »Das weiß ich ebensowenig wie du«, antwortete er.

Fees Unwissenheit hatte eine seltsam tröstliche Wirkung. Offenbar würden sie beide die Stadt und ihre Geheimnisse als Uneingeweihte erforschen. Und vielleicht war es besser so. Besser, hier zu wandern, ohne eine Ahnung, was vor ihnen lag, und sich statt dessen einfach an den Wundern zu erfreuen. Die grundlegende Konstruktionsweise unterschied sich nicht von einer amerikanischen Stadt. Man sah Backstein und Holz, man sah Fenster und Türen, man sah Straßen und Bürgersteige und Rinnsteine und Lampen. Aber die Architekten, die Maurer, Zimmerleute und Straßenbauer hatten jede Fliese und jedes Gesimse und jede Schwelle mit dem Wunsch geschaffen, einmalig zu sein: eine Eigenheit zu finden, welche diese bestimmte Fliese und dieses bestimmte Gesimse und diese bestimmte Schwelle deutlich von allen anderen unterschied. Manche Gebäude waren selbstverständlich riesig wie die Türme, die Joe zuerst unter dem Baum am Ufer gesehen hatte, aber selbst wenn sie nach bescheideneren Maßstäben erbaut waren, was auf die meisten zutraf, hatte man eindeutig eine Sorgfalt obwalten lassen, die aus jedem einzelnen eine eigene Persönlichkeit machte. Die Straßen waren praktisch menschenleer (und die geflügelten Ketherier fast gänzlich vom Himmel verschwunden), dennoch herrschte der seltsame, mehr tröstliche als berunruhigende Eindruck vor, daß die Erbauer dieses wundersamen Ortes noch präsent waren und weiterleben würden, solange ihr Meisterwerk existierte.

»Wenn ich nur einen kleinen Teil dieser Stadt erbaut hätte«, sagte Joe, »könnte ich sie um nichts auf der Welt verlassen.«

»Nicht einmal deswegen?« sagte Wexel und sah zur brodelnden Mauer der Iad hinauf.

»Schon gar nicht deswegen«, sagte Joe. Er blieb stehen, damit er die Mauer betrachten konnte.

»Sie wird die Stadt vernichten, Afrique. Und uns mit ihr.«

»Aber eilig scheint sie es damit nicht zu haben«, sagte Joe.

»Das stimmt.«

»Warum wohl?«

»Vergiß es«, sagte Fee. »Wir werden nie erfahren, was dahinter vor sich geht, Afrique. Sie unterscheidet sich zu sehr von uns.«

»Das hat man über mich auch schon viele Male gesagt«, entgegnete Joe darauf. »Sie haben mich nicht *Afrique* genannt, aber gedacht haben sie es.«

»Habe ich dich beleidigt?« Wenn ja –«

»Nein, du hast mich nicht beleidigt. Ich wollte nur sagen, vielleicht sind die Iad gar nicht so anders, wie wir glauben.«

»Wir werden nie erfahren, wer von uns recht hat«, antwortete Wexel, »weil wir nie in ihr Herz schauen werden.«

Damit gingen sie weiter, immer der Nase nach, und staunten an jeder Ecke, um die sie kamen. Auf einem Platz fanden sie ein riesiges Karussell, das sich im Wind drehte, ohne auch nur das leiseste Quietschen von sich zu geben. Aber statt bemaler Holzpferde hatte es eine Serie von Figuren, die den Aufstieg des Menschen vom Affen (und seinen anschließenden Niedergang) zu versinnbildlichen schienen, so daß sie mit jeder Drehung des Karussells den Kreislauf von Evolution und Devolution vor sich sahen. An einer anderen Stelle fanden sich mehrere hundert Säulen, auf denen sacht zitternd Gebilde ruhten, die aus poliertem Kupfer gemacht zu sein schienen. Obwohl sich Joe geschworen hatte, keine Fragen zu stellen, die nicht beantwortet werden konnten, verlieh er seiner Verwirrung Ausdruck und stellte zu seinem Staunen fest, daß Wexel dieses Rätsel lösen konnte.

»Das sind die Umrisse hinter unseren Lidern«, sagte er. »Ich habe gehört, daß die Ketherier sie als heilig betrachten, weil sie sich im Herzen dessen befinden, was wir sehen, wenn die Welt ausgesperrt ist.«

»Warum sollte jemand diesen Ort aussperren wollen?« fragte Joe verwundert.

»Weil man, wenn man etwas erbauen will«, sagte Joe, »erst davon träumen muß.«

»Ich träume schon allein dadurch, daß ich hier bin«, entgegnete Joe. »Oder nicht?«

Der komplexe Sachverhalt – daß er sich wach an einem Ort aufhielt, den seine Rasse nur im Schlaf aufsuchte –, hatte ihn von Anfang an verwirrt, was seither nicht nachgelassen hatte. Dieses ganze Abenteuer war mehr als ein Traum, das wußte er; aber wenn er hier schlief und träumte, betrat er dann wieder eine andere Realität hinter dieser, wo er ebenfalls schlafen und träumen konnte? Oder war der Metakosm die andere Hälfte der Welt, die er verlassen hatte; die Hälfte, nach denen die Menschen sich sehnten, um die sie beteten, von der sie träumten, aber nur in Augenblicken der Erleuchtung zu glauben wagten, daß sie tatsächlich existierte?

»Es ist nicht klug, über derartige Geheimnisse nachzudenken«, sagte Wexel ein wenig abergläubisch. »Große Denker sind untergegangen, weil sie darüber gegrübelt haben.«

Damit endete die Unterhaltung, und sie gingen weiter, wenn auch nicht mehr so gesprächig. Tatsächlich wechselten sie nicht mehr als ein oder zwei Worte, bis ihre Wanderung sie zu einer Brücke führte, die aus Porzellan zu bestehen schien und sich über einem derart ruhigen See spannte, daß seine Oberfläche fast einem Spiegel gleichkam.

Sie schauten eine Zeitlang darauf hinab, und Joe war fast hypnotisiert vom Anblick seines eigenen Gesichts vor dem Hintergrund der brodelnden Iad. »Sieht irgendwie anheimelnd aus«, sagte er zu Wexel.

»Du würdest dich darauf legen, hm?«

»Darauf legen. Darauf lieben.«

»Er würde dich verschlucken«, meinte Fee.

»Vielleicht wäre das gar nicht so übel«, sagte Joe nachdenklich. »Vielleicht wartet etwas Wunderbares im Inneren.«

»Zum Beispiel?«

Joe dachte an ihre Unterhaltung bei den Säulen. »Vielleicht ein anderer Traum«, erwiderte er.

Wexel antwortete nicht. Joe drehte sich nach ihm um und sah, daß er in die Richtung zurückging, aus der sie gekommen waren. »Hör dir das an«, flüsterte er. Gedämpfte Rufe waren zu hören, und, wie es sich anhörte, das Klirren von Waffen. »Hörst du das?«

»Ich höre es. Willst du hierbleiben oder nachsehen, was da los ist?« fragte ihn Wexel. Eindeutig hatte er letzteres vor; er hatte die Brücke schon hinter sich gelassen.

»Ich komme mit«, sagte Joe zu ihm und ließ sein Spiegelbild aus dem Wasser verschwinden.

Aufgrund der komplexen Anlage der Straßen war es schwer, den Geräuschen zu folgen. Joe und Wexel wurden mehrmals von Echos und Gegenechos in die Irre geführt, bis sie den Ort des Kampfes fanden, den sie auf der Brücke gehört hatten. Als sie schließlich um eine Ecke kamen, stellten sie fest, daß ihre Suche sie auf einer obskuren Route zu der Plaza der Säulen zurückgeführt hatte, die in der kurzen Zeit, die seit ihrem Besuch vergangen war, sich zu einem Schlachtfeld gewandelt hatte. Der Boden zwischen den Säulen war übersät von Gefallenen, zwischen denen die Überlebenden dieses Massakers kämpften, die größtenteils mit Kurzschwertern bewaffnet waren. Es handelte sich keineswegs ausschließlich um Männer. Einen nicht unerheblichen Anteil machten

Frauen aus, die mit derselben Mischung aus Finesse und Brutalität kämpften wie ihre Brüder. Am Himmel schwebten etwa ein Dutzend der geflügelten Ketherier, denen Joe als erstes nahegekommen war, zierliche Geschöpfe, mit Leibern so groß wie die von sechsjährigen Kindern sowie dünnen und schuppigen Gliedmaßen. Ihre Flügel waren bunt gefärbt, und ihre Stimmen konnten ein Brüllen und Fiepsen und Kreischen von sich geben, das für fünfzig Arten ausgereicht haben würde.

Der Anblick weckte, wie so vieles, das er im Verlauf dieser Reise gesehen hatte, gemischte Gefühlte in Joe. Er hatte seine Kampfeslust schon vor langer Zeit verloren; den Anblick von Verstümmelung und Tod fand er nur noch abstoßend. Aber die erbitterte Hingabe dieser Leute versetzte ihn doch in eine gewisse Erregung; ebenso der Anblick der geflügelten Ketherier, die mit ihren schillernden, ausgebreiteten Schwingen vor der dunklen Mauer der Iad aufstiegen.

»Warum kämpfen sie?« rief Joe Fee über den Kampfeslärm hinweg zu.

»Die Dynastie von Summa Summamentis und die von Ezso Aetherium kämpfen schon seit Ewigkeiten«, sagte er. »Der Grund dafür ist zutiefst geheimnisumwittert.«

»Jemand muß ihn doch kennen.«

»Keiner von denen«, sagte Fee, »soviel steht fest.«

»Und warum kämpfen sie dann immer noch?« sagte Joe.

Wexel zuckte mit den Achseln. »Weil es ihnen Spaß macht?« mutmaßte er. »Es gibt so viele Träume vom Krieg wie vom Frieden, oder nicht? Er drückt etwas in der Natur deiner Rasse aus, das *notwendig* zu sein scheint.«

Notwendig . . .«, sagte Joe und betrachtete das Blutvergießen vor seinen Augen. Wenn sich darin wirklich ein Grundbedürfnis ausdrückte, dann war seine Rasse wahrscheinlich vom rechten Weg abgewichen.

»Ich will das nicht mehr sehen«, sagte Joe. »Ich gehe zu dem See zurück.«

»Ja . . .?«

»Du kannst bleiben, wenn es dir gefällt . . . ich will meine letzten Minuten nur nicht damit verbringen, dabei zuzusehen, wie Leute einander abschlachten.«

»Ich bleibe«, meinte Wexel ein wenig verlegen.

»Dann sage ich Lebewohl«, antwortete Joe.

Der einstige Sklave streckte die Hand aus. »Lebewohl«, sagte er.

Sie schüttelten einander die Hände, und Joe wollte zu der Brücke zurück, war aber noch keine zehn Meter weit gekommen, als er einen Aufschrei hinter sich hörte, sich umdrehte und Wexel sah, der sich den Bauch hielt und auf ihn zugestolpert kam. Blut spritzte zwischen seinen Fingern hervor und lief an seinen Beinen hinab.

»*Afrique!*« schluchzte er. »Afrique! Er ist hier –«

Joe wollte zu ihm gehen, aber der Mann rief ihm zu, daß er auf Distanz bleiben sollte.

»Er ist wahnsinnig, Afrique! Er ist –«

In diesem Augenblick kam Noah hinter Fee um die Ecke, ein bluttriefendes Kurzschwert in der Hand. Die Lust daran, Schmerzen zuzufügen, stand ihm in den Augen geschrieben. Sein Aufenthalt in b'Kether Sabbat hatte ihn zu voller Blüte reifen lassen: Sein Körper war dicker, seine Glieder kräftiger.

»Joe . . .«, sagte er unbekümmert, als stünde der sterbende Mann nicht zwischen ihnen. »Ich *dachte* mir, daß du es bist.« Er packte Wexel im Genick. »Aber was hast du *damit* zu schaffen?« wollte er wissen. »Er hat wahrscheinlich mehr Flöhe und Krankheiten als –«

»Lassen Sie ihn in Ruhe«, unterbrach Joe ihn.

»*Lauf*, Afrique –«

»Ich fürchte, er glaubt, daß ich die etwas zuleide tun will«, sagte Noah.

»Und wollen Sie das?«

»Er nennt dich *Afrique*, Joe. Ist das ein zärtlicher Kosename?«

»Nein, es ist –«

»Eine Beleidigung?« Er zog Wexels Kopf zurück. »Das

dachte ich mir.« Im Handumdrehen hielt er Wexel die Klinge an den Hals. Joe ging mit einem Flehen auf den Lippen auf sie zu, aber bevor er es zu Ende sprechen konnte, hatte Noah die Schneide über Wexels Hals gezogen. Blut floß. Noah lächelte und ließ der sterbenden Mann fallen. »So«, sagte er. »Der wird dich nicht mehr beleidigen.«

»Er hat mich nicht beleidigt!« schrie Joe.

»Oh. Na ja. Spielt keine Rolle. Soll ich Afrique zu dir sagen?«

»Sagen Sie überhaupt nichts zu mir. Gehen Sie mir einfach aus den Augen.«

Noah stieg über Wexels Leichnam und kam auf Joe zu. »Aber ich will, daß wir zusammen weiterziehen«, sagte er.

»Wohin?«

»Damit du bekommst, was dir versprochen wurde«, sagte Noah. »Als ich dich auf der Plaza sah, wußte ich, daß du deshalb gekommen bist. Wir haben noch eine Rechnung zu begleichen, du und ich. Ich habe dir Macht versprochen, und dann habe ich dich verloren – ich hielt dich für tot, Afrique –, und nun bist du wieder hier, leibhaftig. Ich muß davon ausgehen, daß unsere Schicksale miteinander verflochten sind.«

»Ich nicht.«

Noah kam auf ihn zu, bis die Klinge nur noch Zentimeter von Joes Bauch entfernt war. »Laß es mich dir beweisen«, sagte er.

»Ist es dafür nicht ein bißchen zu spät?« fragte Joe.

»Spät?«

»Die Iad werden jeden Moment auf diese Stadt stürzen.«

»Ich glaube, etwas hält sie zurück.«

»Wissen Sie, was?«

»Ich habe einen Verdacht«, sagte er. »Aber ich brauche dich, damit du mir hilfst, ihn zu bestätigen.« Er sah Joe einen Moment an. »Also? Gehen wir als Freunde, oder muß ich dich hiermit bedrohen?« Er fuchtelte mit dem Schwert vor Joe in der Luft herum.

»Wir werden nie und nimmer Freunde sein«, sagte Joe.

»Aber das ist auch nicht nötig.« Noah ließ das Schwert sinken. »Ich komme mit Ihnen, wenn Sie mir etwas sagen.«

»Jederzeit.«

»Versprechen Sie es?«

»Ja. Ich verspreche es. Was mußt du wissen, das so furchtbar wichtig ist?«

Ein Hauch von Angst schwang in Noahs Stimme mit, den Joe mit Befriedigung zur Kenntnis nahm. »Das sage ich, sobald ich den Zeitpunkt für richtig halte«, antwortete er. »Also, was ist? Gehen wir?

2

Auf der anderen Seite der Plaza der Säulen stand ein Gebäude, das auf den ersten Blick im krassen Widerspruch zur ketherischen Ästhetik zu stehen schien. Es handelte sich um ein einfaches zweistöckiges Bauwerk, aber als Noah und Joe näher kamen – wobei sie den nachlassenden Kampfhandlungen aus dem Weg gingen –, stellte sich heraus, daß jeder Stein der schmucklosen Wände behauen war und eine bestimmte Lustbarkeit darstellte, so daß jeder auf seine simple Weise eine andersartige Form von Perfektion darstellt. Die Gesamtwirkung war atemberaubend: wie die Seite eines Gedichts, Strophe um Strophe.

Aber Noah hatte keine Zeit, die Steine zu bewundern. Er führte Joe um das Gebäude herum zu einer unscheinbaren Tür, und dort nahm er ihn am Arm und sagte: »Ich habe dir Macht versprochen. Da drinnen ist sie.«

»Was ist das für ein Gebäude?«

»Ein Tempel.«

»Für wen?«

»Ich denke, das weißt du.«

»Die Zehrapushu?« mutmaßte Joe.

»Selbstverständlich. Sie mögen dich, Afrique. Wenn jemand der Zutritt dort hinein gewährt wird, dann dir.«

»Und was ist im Inneren?«

»Das sagte ich doch. Macht.«

»Und warum gehen Sie dann nicht hinein?«

»Weil ich nicht rein genug bin«, sagte Noah.

Joe stellte fest, daß er selbst unter diesen grimmigen Umständen lachen konnte. »Und ich bin es?« wollte er wissen.

»Du bist ein Sapas humana, Afrique. Ein *reiner* Sapas humana.«

»Und das gefällt den 'shu?«

»Ich glaube, ja.«

»Und wenn nicht?« sagte Joe, der auf Noah zuging. »Was passiert dann?«

»Dann stirbst du«, sagte er.

»Einfach so?«

»Einfach so.«

Joe sah zu der Tür. sie besaß, genau wie die Wand, in die sie eingelassen war, eine atemberaubende Schönheit.

Aber sie hatte weder eine Klinke noch ein Schlüsselloch.

»Wenn ich die Tür aufmache und nicht sterbe, folgen Sie mir. Ist das Ihr Plan?«

»Mein scharfsinniger Freund«, sagte Noah. »Ja, das ist mein Plan.«

Joe sah wieder zu der Tür, und er verspürte Neugier in sich aufsteigen, was auf der anderen Seite liegen mochte. Er hatte den 'shu jetzt zweimal in die Augen gesehen, einmal am Ufer und einmal im Tang, und jedesmal hatte er ein Geheimnis verspürt, das er um jeden Preis enträtseln wollte. Vielleicht konnte er es dort. Er verbarg seinen Eifer und drehte sich zu Noah um.

»Bevor wir hineingehen«, sagte er, »beantworten Sie meine Frage.«

»Heraus damit.«

»Ich möchte wissen, worüber die Familien die ganze Zeit streiten. Ich möchte wissen, warum sie sich gegenseitig umbringen.« Noah sagte nichts. »Sie haben es versprochen«, drängte Joe ihn.

»Ja«, meinte er schließlich. »Das habe ich.«

»Dann sagen Sie es mir.«

Noah zuckte mit den Achseln. »Was spielt das jetzt noch für eine Rolle«, murmelte er vor sich hin. »Ich werde es dir sagen . . .« Er drehte sich einmal zu dem Schlachtfeld um, dann sagte er mit einer zum Flüstern gedämpften Stimme: »Die Dynastie von Ezso Aetherium glaubt, die Iad existieren, weil die Sapas humana sie herbeigeträumt haben. Daß die Iad die Dunkelheit in der kollektiven Seele deiner Rasse sind.«

»Und *Ihre* Familie?«

»Wir glauben, daß es umgekehrt ist«, sagte Noah.

Joe brauchte eine Weile, bis er verarbeitet hatte, was ihm da gesagt worden war. »Ihr glaubt, wir sind etwas, das die Iad Uroboros geträumt haben?«

»Ja, Afrique. Das glauben wir.«

»Wer hat diesen Quatsch erfunden?«

Noah war unschlüssig. »Wer weiß, woher die Weisheit kommt.«

»Das ist keine Weisheit«, brauste Joe auf. »Das ist verdammte Dummheit.«

»Warum sagst du das?«

»Weil ich kein Traum bin.«

»Wieso meinst du, daß du wüßtest, wenn du einer wärst?« fragte Noah.

Joe versuchte gar nicht erst, sich darüber Gedanken zu machen. Er hob einfach die Arme und sagte: »Bringen wir es hinter uns!« Damit drehte er Noah den Rücken zu und drückte gegen die Tür. Sie schwang nicht auf, aber er blieb auch nicht draußen stehen. Statt dessen verspürte er einen plötzlichen Schmerz im ganzen Körper, wie einen Stromschlag, und im nächsten Moment stand er in einer knisternden Dunkelheit im Inneren des Tempels. Er wartete, bis die Schmerzen abgeklungen waren, dann sah er sich nach Noah um. In der Düsternis hinter ihm herrschte Bewegung, aber er war keineswegs sicher, daß es sich um seinen Reisegefährten handelte, und bevor er genauer hinsehen konnte, hörte er, wie jemand seinen Namen rief.

Er schaute nach vorne und stellte fest, daß der dunkle Boden in der Mitte der Kammer schimmerte, weil von einem Loch in der Decke Licht darauf fiel. Joe durchquerte den Raum, damit er das Phänomen besser studieren konnte, und da wurde ihm klar, daß er einen Pool mit einem Durchmesser von rund dreieinhalb Metern vor sich sah.

Dieser Pool war mit dem Wasser von Essenz gefüllt, daran bestand für ihn kein Zweifel. Joe konnte das Aroma des Meers der Träume riechen, und seine Haut kribbelte unter der schwachen Energie, die es abgab. Aber als er an den Rand des Pools trat, bekam er einen weiteren Beweis dafür, daß es sich tatsächlich um einen Ausläufer von Essenz handelte. Dicht unter der Oberfläche wartete ein so großer 'shu, daß er kaum in dem Pool Platz fand, sondern seine verkrusteten Tentakel eng um sich schlingen mußte, aus deren Gewimmel eines seiner Augen – das einen Meter im Durchmesser hatte – golden glänzend aufschaute. Der Blick war jedoch nicht auf Joe gerichtet, jedenfalls nicht direkt. Das Geschöpf sah durch das Loch im Dach zu der brodelnden Wand des Invasors hinauf.

»Es hält die Iad zurück . . .«, hauchte Joe. »Mein Gott. Mein Gott. Es hält die Iad zurück.«

Kaum hatte er es ausgesprochen, hörte er Noah irgendwo in der Dunkelheit. »Spürst du sie?« fragte er. »Spürst du die Macht an diesem Ort?«

»O ja«, sagte Joe leise. Sie war so greifbar, daß sie fast wie etwas Aggressives anmutete. Schweiß lief ihm in Strömen über die Haut, und jeder Bluterguß und jede Verletzung, die sein Körper abbekommen hatte – bis hin zu den Prügeln von Morton Cobb –, schmerzte von neuem, als wäre sie eben erst zugefügt worden. Trotzdem wollte er noch näher zu dem Pool; wollte sehen, was die Iad sahen, wenn sie in das majestätische Auge des 'shu blickten. Er ging noch einen Schritt auf das Wasser zu, wobei er am ganzen Körper schlotterte.

»Sprich mit ihm«, sagte Noah. »Sag ihm, was du willst.«

»Es spielt keine Rolle, was wir wollen«, sagte Joe. »Wir sind hier drinnen *nichts.* Verstehen Sie das? Überhaupt nichts.«

»Hol dich der Teufel, Afrique«, sagte Noah, dessen Stimme jetzt näher bei Joe erklang. »Ich habe genug gelitten. Ich will in der Sonne des Ruhms leben, wenn die Iad weitergezogen sind.« Er kam noch näher. »Und jetzt halt deine Hand ins Wasser –«

»Was ist aus den großen Worten geworden, denen gemäß Sie in Ihrer Heimat begraben werden möchten?«

»Ich hatte vergessen, wie schön es ist, am Leben zu sein. Besonders hier. Es gibt weder in deiner noch in meiner Welt einen strahlenderen Ort als diese Stadt. Und ich will derjenige sein, der sie nach der Katastrophe heilt. Ich will ihr Beschützer sein.«

»Sie wollen sie *besitzen*«, sagte Joe.

»Niemand könnte b'Kether Sabbat je besitzen.«

»Ich glaube, Sie wollen es auf den Versuch ankommen lassen«, sagte Joe.

»Nun, das geht nur mich und die Stadt etwas an, oder?« antwortete Noah und drückte Joe die Klinge in den Rücken. »Los jetzt«, befahl er. »Streck für mich die Hand in das Wasser.«

»Und wenn nicht?«

»Dein Körper wird Kontakt mit dem Wasser bekommen, ob noch Leben in ihm ist oder nicht.«

»Es hält den Iad –«

»Gut möglich.«

»Und wenn wir es stören –«

»– vollendet der Iad sein Geschäft hier und zieht weiter. Früher oder später passiert das sowieso. Wenn du es beschleunigst, hast du den Ablauf der Geschichte beeinflußt und bekommst vielleicht Macht dabei. Das hört sich doch nicht schlecht an, oder?« Er drückte etwas fester mit der Klinge. »Weißt du nicht mehr, daß du deshalb hierhergekommen bist?«

Joe wußte es noch. Die Schmerzen in seinen Hoden erinnerten ihn nur allzu deutlich, warum er die Reise unternommen hatte: um nie mehr ohnmächtig zu sein. Aber während der Reise – unter Berücksichtigung von allem, was er gesehen und gelernt hatte – betrachtete er die Suche nach Macht immer mehr als etwas Unwürdiges. Er hatte die Liebe erfahren, und das war mehr, als den meisten Menschen in ihrem Leben vergönnt war. Er hatte körperliche Lust erlebt. Er hatte eine Frau kennengelernt, deren Lächeln ihn ebenfalls zum Lächeln brachte, deren Seufzen ihn ebenfalls seufzen ließ und in deren Armen er uneingeschränkten Trost fand.

Er würde es nie mehr erleben, dieses Lächeln, dieses Seufzen, und es schmerzte mehr als sämtliche Wunden zusammengenommen, wenn er daran dachte, aber das Leben hatte ihn nicht betrogen, oder? Er konnte jetzt sterben und würde nicht denken, daß seine Zeit vergeudet gewesen war.

»Ich will . . . keine Macht«, ließ er Noah wissen.

»Lügner«, erwiderte das Gesicht in der Dunkelheit.

»Sie können sagen, was Sie wollen«, entgegnete Joe. »Ich weiß, daß es wahr ist, und nur darauf kommt es an.«

Die Worte schienen Noah nicht zu gefallen. Er stieß ein leises Stöhnen aus und trieb ohne ein Wort der Warnung die Klinge in Joes Eingeweide.

O Gott, welche Schmerzen! Joe stieß ein gequältes Schluchzen aus, was Noah nur anspornte, das Schwert tiefer in ihn zu bohren. Dann drehte er es und zog es wieder heraus. Joe hegte keine Hoffnung, daß er es seinem Mörder heimzahlen konnte. Schließlich hatte er es herausgefordert. Er preßte seine Hände auf die Wunde, aus der warmes Blut floß, das zwischen seinen Fingern hervorquoll und zwischen seinen Beinen auf den Boden tropfte, dann drehte er Noah den Rücken zu. Die Dunkelheit wurde scheckig: Graue Flecken tauchten an den Rändern seines Sehbereichs auf. Aber er wollte den 'shu ein letztes Mal ansehen, bevor ihn der Tod holte. Nur um in die goldenen Augen zu schauen . . .

Er drehte sich um und preßte beide Hände auf die Wunde, damit sein Körper nicht zu schnell auslaufen würde. Zwar verspürte er immer noch Schmerzen, doch rückten sie mit jedem Herzschlag in weitere Ferne. Ihm blieb nur noch wenig Zeit.

»Halt durch . . .«, murmelte er zu sich.

Er sah den Blick jetzt aus den Augenwinkeln, und der war riesig. Ein Ring aus Gold und ein Kreis Dunkelheit. Wunderschön in seiner Perfektion und Einfachheit. Vollkommen rund, golden schimmernd, ununterbrochen, unbeeinträchtigt, herrlich, herrlich . . .

Er spürte, wie sich in seinem Kopf etwas verlagerte, als würde er auf den goldenen Kreis zugleiten.

Fort, fort . . .

Oh, es tat so gut. Er ließ sein verletztes Fleisch hinter sich, ließ seine geschwollenen und schmerzenden Hoden hinter sich, ließ Joe hinter sich.

Er spürte, wie sein Körper fiel, und dabei – als das Leben völlig aus seinem Leib entwich – fiel er in den goldenen Kreis des 'shu-Auges.

Dort wurde ihm eine kurze Ruhepause gewährt: ein Augenblick von solcher Anmut und Behaglichkeit, daß er sämtliche Qualen der Tage seiner Reise hierher fortwischte und der Jahre davor.

Er verspürte keine Verwirrung, keine Furcht. Er begriff mit vollkommener Klarheit, was mit ihm geschehen war. Er war am Rand des Pools gestorben, und seine Seele war in das Auge des Zehrapushu gefallen.

Dort, in diesem goldenen Rund, verweilte sie einen wonnevollen Augenblick. Dann verschwand sie, folgte der Blickrichtung des 'shu zu der Wolke der Iad hinauf.

Im Tempel unter sich hörte er, wie Noah einen Wutschrei ausstieß, und einen Augenblick sah seine Seele ganz deutlich, was unter ihm vor sich ging, obwohl er nunmehr weder Augen noch einen Kopf hatte. Noah war über Joes Leichnam hinweggestiegen und hatte seine blutbefleckte Hand ins Wasser von Essenz getaucht. Der 'shu hatte unmittelbar auf den Eindringling reagiert. Er ruderte heftig mit den Tentakeln, und einer davon – Joe würde nie erfahren, ob absichtlich oder zufällig – hatte sich um Noahs Arm geschlungen. Erbost und angewidert nahm Noah das Schwert, das er gerade weggelegt gehabt hatte, und bohrte es, von Joe beobachtet, in das starre Auge des 'shu.

Ein Beben lief durch Joes Welt. Durch den Blick, in dem er reiste, durch den Tempel unten, über die Plaza der Säulen und durch die Straßen von b'Kether Sabbat. Er wußte sofort, was geschehen war. Der Bann des 'shu war gebrochen worden, und die gewaltige Woge, die über der Stadt erstarrt gewesen war, bewegte sich wieder.

Joe richtete seinen Seelenblick nach oben zu dem Iad und stellte zu seinem Erstaunen fest, daß er ihn fast erreicht hatte; er flog wie ein Pfeil seiner brodelnden Substanz entgegen.

Unter ihm erbebte die Stadt in Verzweiflung, und die Insel Mem-é b'Kether Sabbat fiel unter den Schatten des Iad.

Und er, Joe Flicker, der das Leben aufgegeben hatte, aber nicht verschieden war, flog ins Herz des Zerstörers der Stadt und verlor sich dort so unwiederbringlich, als wäre er tatsächlich gestorben.

III

1

Bei Sturgis' Motel handelte es sich um ein bescheidenes Etablissement, das eine Viertelmeile von der Straße entfernt an einem Weg lag, der wenig mehr als ein Schotterpfad war und kaum breit genug, daß zwei Fahrzeuge einander passieren konnten. Das Motel selbst war ein Bungalow aus Holz und erstreckte sich um zweieinviertel Seiten eines Parkplatzes; das Viertel beherbergte das Büro, über dem ein Schild prahlerisch BELEGT verkündete. Offenbar waren die meisten Bewohner ausgegangen, um in Everville auf den Putz zu hauen, denn als Tesla eintraf, standen lediglich drei Fahrzeuge auf dem Parkplatz. Bei einem handelte es sich um einen Pritschenwagen, der vor dem Büro parkte, bei einem um einen abgehalfterten Mustang, der vermutlich Grillo gehörte, und der dritte war ein noch schrottreiferer Ford Pinto.

Sie hatte den Motor der Maschine noch nicht ausgeschaltet, als die Tür von Zimmer sechs aufging und ein hagerer, fast kahler Mann in einem Hend, das ihm mehrere Nummern zu groß war, herauskam und ihren Namen rief. Sie wollte ihn gerade fragen, ob sie sich kannten, als ihr klar wurde, daß es Grillo war. Sie konnte ihren Schock unmöglich verbergen. Aber er schien es nicht zu bemerken, oder es kümmerte ihn nicht. Er breitete die Arme für sie aus (so dünn! oh, so dünn!), und sie drückten einander.

»Du weißt gar nicht, wie froh ich bin, dich zu sehen«, sagte er. Nicht nur sein Körper war gebrechlich. Auch seine Stimme hörte sich so an. Sie hörte sich wie aus weiter Ferne an, als würde seine Krankheit, was auch immer es sein mochte, ihn bereits forttragen.

Wir beide, dachte sie, werden nicht mehr lange auf dieser Welt sein.

»Ich habe dir so viel zu erzählen«, sagte Grillo. »Aber ich

werde es so einfach wie möglich machen.« Er verstummte, als würde er auf ihre Erlaubnis warten, ihr zu berichten. Sie bat ihn, fortzufahren. »Nun ... Jo-Beth benimmt sich echt merkwürdig. Manchmal ist sie so aufgeregt, daß ich sie am liebsten knebeln würde. Die restliche Zeit ist sie praktisch katatonisch.«

»Spricht sie von Tommy-Ray?«

Grillo schüttelte den Kopf. »Ich habe versucht, sie zum Reden zu bringen, aber sie vertraut mir nicht. Ich hoffe, sie redet mit dir, denn wir brauchen ein paar Insider-Informationen, sonst sind wir im Arsch.«

»Bist du sicher, daß Tommy-Ray am Leben ist?«

»*Am Leben* weiß ich nicht, aber auf jeden Fall ist er hier.«

»Und wie geht es Howie?«

»Nicht gut. Wir spielen hier alle eine Art Endspiel, Tes. Als würde alles unter den ungünstigsten Umständen zusammenlaufen.«

»Ich kenne das Gefühl«, sagte sie ihm.

»Und ich bin zu alt für diese Scheiße, Tes. Zu alt und zu krank.«

»Ich sehe, daß es ... nicht gut um dich bestellt ist«, sagte sie. »Wenn du darüber reden willst –«

»Nein«, sagte er hastig. »Will ich nicht. Es gibt sowieso nichts zu sagen. Manchmal läuft es eben so.«

»Eine Frage?«

»Na gut. Eine.«

»Wolltest du darum nicht, daß ich dich besuchen komme?«

Grillo nickte. »Albern, ich weiß. Aber ich glaube, wir bemühen uns alle, so gut wir können mit der Scheiße fertig zu werden. Ich hatte beschlossen, mich zu vergraben und am Riff zu arbeiten.«

»Wie steht es damit?«

»Ich möchte, daß du das selbst siehst, Tes, wenn wir das hier überstehen.« Sie sagte ihm nicht, daß sie es nicht überstehen würde, sondern nickte nur. »Ich könnte mir denken, daß du es besser begreifst als ich. Du weißt schon ... bessere Zusammenhänge herstellen.« Er legte ihr einen Arm um die Schultern. »Sollen wir reingehen?« fragte er.

2

Einmal, irgendwo unterwegs, hatte Tesla über die Geschichte von Jo-Beth McGuire und Howie Katz nachgedacht. Wie sich diese beiden perfekten Menschen im sonnigen Königreich von Palomo Grove kennengelernt und ineinander verliebt hatten, ohne zu ahnen, daß ihre Väter sie auserkoren hatten, für sie zu kämpfen. Wie ihre Leidenschaft füreinander ihre Väter wütend gemacht hatte, eine Wut, die auf den Straßen des goldenen Königreichs zu einem offenen Krieg eskaliert war. Als Folge davon hatten viele leiden müssen. Manche mußten sogar sterben. Aber wie durch ein Wunder hatten die Liebenden ihre Prüfungen unbeschadet überstanden.

(Selbstverständlich war es nicht die erste Geschichte von unglücklichen Liebenden, aber in den meisten Fällen mußte das Paar leiden und sterben, was vielleicht daran lag, daß die Leute das perfekte Paar lieber ausgelöscht sahen, als miterleben zu müssen, wie die Liebe verging. Besser ein ermordetes Idealbild, das wenigstens die Hoffnung am Leben hielt, als eines, das im Lauf der Zeit Risse bekam.)

Während sie sich die Geschichte in Notizen aufschrieb, hatte sich Tesla häufig gefragt, was aus den goldenen Liebenden aus Palomo Grove geworden war. Hier, in Zimmer sechs, bekam sie die Antwort.

Obwohl Grillo sie vorgewarnt hatte, war sie nicht bereit, das Paar so verändert vorzufinden; beide hatten graue Gesichter, ihrer Aussprache und ihren Gebärden fehlte jeder Funke von Vitalität. Als Howie nach einer niedergeschlagenen Begrüßung die Ereignisse schilderte, die sie in diesem erschütternden Zustand an diesen traurigen Ort geführt hatten, wechselte das Paar kaum einen Blick miteinander.

»Hilf mir nur, den Hurensohn zu töten«, sagte Howie zu Tesla, und das Thema des Todesjungen schien eine Leidenschaft in ihm zu wecken, die er bisher hatte vermissen lassen. Sie sagte ihm, daß sie auch keine Lösung parat hatte. Möglicherweise hatte ihm der Nuncio eine Art von Unverwundbarkeit verliehen (schließlich war er dem Abenteuer in der Schleife entronnen).

»Du glaubst, daß er den Tod überwunden hat, richtig?« sagte Grillo

»Es wäre möglich, ja . . .«

»Und das kommt von dem Nuncio?«

»Ich weiß nicht«, sagte Tesla und betrachtete ihre Handflächen. »Ich habe selbst von dem Nuncio gekostet, und ich bin verdammt sicher, daß ich noch sterblich bin.«

Als sie Grillo wieder anschaute, sah sie eine derartige Verzweiflung in seinen Augen, daß sie den Blick nach wenigen Sekunden wieder abwenden mußte.

Jo-Beth, die sich bis jetzt kaum an der Unterhaltung beteiligt hatte, unterbrach das Schweigen. »Ich möchte, daß ihr sofort aufhört, über ihn zu reden«, sagte sie.

Howie warf seiner Frau einen giftigen, scheelen Blick zu. »Wir sind noch nicht fertig«, sagte er.

»Ich schon«, antwortete Jo-Beth mit etwas mehr Nachdruck, ging zum Bett, nahm das Baby und lief weiter zur Tür.

»Wohin gehst du?« sagte Howie zu ihr.

»An die frische Luft.«

»Nicht mit dem Baby, auf keinen Fall.«

Die wenigen Worte drückten eine ganze Litanei des Argwohns aus.

»Ich gehe nicht weit –«

»Du gehst *g-g-gar nicht* weg!« brüllte Howie. »Und jetzt leg Amy in ihre Wiege zurück und *setz dich*!«

Bevor die Szene noch weiter eskalieren konnte, stand Grillo auf. »Wir brauchen alle etwas zu essen«, sagte er. »Warum gehen wir nicht Pizza holen?«

»Geht ihr«, sagte Jo-Beth. »Ich komme hier allein zurecht.«

»Noch besser«, sagte Tesla zu Grillo, »du und Howie geht. Jo-Beth und ich bleiben hier und unterhalten uns ein paar Minuten.«

Darüber wurde etwas diskutiert, aber nicht lange. Beide Männer schienen erleichtert zu sein, daß sie der Enge des Motelzimmers eine Weile entfliehen konnten, und für Tesla bot sich die Möglichkeit, unter vier Augen mit Jo-Beth zu reden.

»Du scheinst keine große Angst zu haben, daß Tommy-Ray kommen und dich finden könnte«, sagte sie zu Jo-Beth, als die Männer fort waren.

Das Mädchen sah zu dem Baby auf dem Bett. »Nein«, sagte sie, und ihre Stimme war so farblos wie ihr Gesicht. »Warum sollte ich?«

»Nun ... wegen dem, was mit ihm passiert sein könnte, seit du ihn zuletzt gesehen hast«, entgegnete Tesla, die versuchte, es so behutsam wie möglich auszudrücken. »Er ist nicht mehr der Bruder, den du in Palomo Grove gehabt hast.«

»Das weiß ich«, sagte Jo-Beth mit einem Anflug von Verachtung in der Stimme. »Er hat ein paar Menschen getötet. Und es tut ihm nicht leid. Aber ... er hat mir nichts getan. Das würde er nie tun.«

»Vielleicht ist er nicht mehr bei Sinnen«, antwortete Tesla. »Er könnte dir oder dem Baby etwas tun und kann vielleicht gar nichts dafür.«

Jo-Beth schüttelte nur den Kopf. »Er liebt mich«, sagte sie.

»Das war vor langer Zeit. Menschen verändern sich. Und Tommy-Ray hat sich mehr als die meisten verändert.«

»Ich weiß«, antwortete Jo-Beth. Tesla sagte nichts darauf. Sie wartete nur in der Dunkelheit und hoffte, Jo-Beth würde eine Weile über den Todesjungen reden. Nach ein paar Augenblicken tat sie es tatsächlich. »Er ist überall gewesen«, sagte sie, »und hat sich die Welt angesehen ... aber jetzt ist er müde ... «

»Hat er dir das gesagt?«

Sie nickte. »Er will eine Weile seine Ruhe haben. Er sagt, er hat vieles gesehen, worüber er nachdenken muß . . .«

»Hat er gesagt, was?«

»Nicht genau«, sagte sie. »Er ist herumgereist und hat für einen Freund gearbeitet.«

Tesla wagte eine Vermutung. »Kissoon?« sagte sie.

Jo-Beth lächelte wahrhaftig. »Ja. Woher weißt du das?«

»Das ist nicht wichtig.«

Jo-Beth strich mit den Fingern durch ihr ungewaschenes Haar und sagte wieder: »Er liebt mich.«

»Howie auch«, betonte Tesla.

»Howie gehört zu Fletcher«, sagte Jo-Beth.

»Niemand *gehört* zu jemand«, entgegnete Tesla.

Jo-Beth sah sie an und sagte nichts. Aber der Ausdruck absoluter Geringschätzung in ihren Augen war erschrekkend.

Würde nichts gerettet werden? fragte sich Tesla. Da war Grillo, der sein Endspiel spielte und den Nuncio als eine Art letzte Hoffnung betrachtete (aber nicht wirklich daran glaubte); D'Amour, der auf den Berg stieg, um seine letzten Stunden bei den Kreuzen zu verbringen; und dieses arme Mädchen, das so unbeschwert und so hübsch gewesen war, war nun bereit, sich vom Todesjungen entführen zu lassen, weil die Liebe sie nicht zu retten vermochte.

Die Welt schaltete ihre Lichter aus, eines nach dem anderen.

Eine Windbö brachte die Fenster zum Erzittern. Jo-Beth, die sich von Tesla abgewendet und nach dem Baby gesehen hatte, drehte sich wieder um.

»Was war das?« fragte Tesla leise.

Eine weitere Bö folgte, diesmal an der Tür, als suchte der Wind systematisch nach einem Weg herein.

»Er ist es, richtig?« sagte Tesla. Das Mädchen ließ die Tür nicht aus den Augen. »Jo-Beth, du mußt mir helfen . . .« Tesla ging zur Tür, während sie das sagte, und drehte zaghaft den Schlüssel im Schloß herum. Sie wußte, es war ein kümmerlicher Schutz (es handelte sich um eine Macht, die Häuser dem Erdboden gleichmachen konnte), aber vielleicht verschaffte es ihnen eine oder zwei Sekunden Zeit, und die konnten über Leben oder Tod entscheiden. »Tommy-Ray hat keine Patentlösung bereit«, sagte Tesla. »Hast du mich verstanden? Die hat er nicht.«

Jo-Beth bückte sich und hob Amy auf. »Wir haben nur ihn«, sagte sie.

Der Wind zerrte jetzt an Fenster und Tür. Tesla konnte ihn riechen, wenn er durch Schlüsselloch und Ritzen drang. Der Tod war hier, kein Zweifel.

Amy fing an, leise im Arm ihrer Mutter zu schluchzen. Tesla betrachtete das winzige, knubbelige Gesicht des Mädchens und fragte sich, welche Regungen diese Unschuld in dem Todesjungen wecken könnte. Wahrscheinlich wäre er stolz auf einen Kindesmord.

Der Boden erbebte so sehr, daß der Schlüssel aus dem Schloß fiel. Und irgendwo in den Böen erklangen Stimmen oder Bruchstücke davon, manche sprachen Spanisch, manche Russisch, glaubte Tesla, eine beinahe hysterisch, die andere schluchzend. Sie bekam nur Fetzen der Worte mit, aber der Tenor war eindeutig: *Komm raus,* sagten sie. *Er wartet auf dich . . .*

»Klingt nicht besonders einladend«, flüsterte Tesla Jo-Beth zu.

Das Mädchen sagte nichts. Sie sah nur zur Tür und wiegte das unruhige Baby sanft, während die Stimmen der Toten weiter flüsterten und stöhnten und lockten. Tesla ließ sie für sich selbst sprechen. Jo-Beths Gesichtsausdruck nach zu urteilen, hielten die Stimmen sie weitaus besser davon ab, zur Tür hinauszugehen, als Tesla es vermocht hätte.

»Wo ist Tommy-Ray«, meinte Jo-Beth schließlich.

»Vielleicht ist er nicht mitgekommen«, antwortete Tesla. »Möchtest du . . . vielleicht zum Badfenster rausschlüpfen?«

Jo-Beth lauschte noch einen Moment. Dann nickte sie.

»Gut«, sagte Tesla. »Beeil dich, ich lenke sie ab.«

Sie sah Jo-Beth nach, wie sie ins Bad ging, dann drehte sie sich um und schritt zur Tür. Die Geister schienen zu spüren, wie sie näher kam, denn sie senkten die Stimmen zu einem Murmeln.

»Wo ist Tommy-Ray?« fragte Tesla.

Sie bekam keine zusammenhängende Antwort, nur noch beängstigenderes Murmeln und neuerliches Rasseln an der Tür. Tesla sah über die Schulter. Jo-Beth und Amy waren nicht mehr zu sehen, das war immerhin etwas. Wenn die Geister jetzt versuchten, einzudringen, würden sie wenigstens –

»Öffne...«, murmelten sie, »öffne... öffne...«, und während sie murmelten, verstärkten sie ihren Ansturm auf die Tür. Das Holz um die Angeln herum splitterte, ebenso um das Schloß.

»Schon gut«, sagte Tesla, die fürchtete, daß ihre Frustration sie gefährlicher denn je machen würde. »Ich schließe die Tür auf. Laßt mir nur noch etwas Zeit.« Sie bückte sich, hob den Schlüssel auf, schob ihn ins Schloß und drehte ihn herum. Als die Geister das hörten, verstummten sie, und die Böen ließen nach.

Tesla holte tief Luft und machte die Tür auf. Die Wolke der Phantome wich als staubiges Wallen vor ihr zurück. Sie hielt nach Tommy-Ray Ausschau. Von ihm war keine Spur zu sehen. Sie schloß die Tür hinter sich und ging zur Mitte des Parkplatzes. Für eines ihrer durchgefallenen Epen – Ein gräßliches Drehbuch mit dem Titel *Wie ich lebe und atme* – hatte sie eine Hinrichtungsszene geschrieben. Dieser Gang erinnerte sie daran. Fehlten nur noch der Gefängnisdirektor und der Priester.

Sie sah sich um und suchte nach dem Todesjungen, und ihr Blick fiel auf einen Abschnitt mit verkrüppelten Bäumen und wucherndem Unkraut am anderen Ende des Parkplatzes. Laternen hingen an den Ästen, sah sie, die ein widerliches Fluoreszenzlicht verströmten. Und jemand stand fast verborgen in ihrer Mitte. Bevor sie zu der Stelle gehen konnte, sagte eine Stimme hinter ihr: »Verdammt, was ist da draußen los?«

Sie drehte sich um und sah den Hotelmanager aus dem Büro kommen. Er war sechzig oder älter, hatte eine Glatze, ein Hemd mit Soßenflecken an und eine Bierdose in der Hand. Seinem schwankenden Gang war anzusehen, daß er dem Bier schon reichlich zugesprochen hatte.

»Gehen Sie wieder rein«, sagte Tesla zu ihm.

Aber der Mann hatte die Lichter in dem Dickicht gesehen und ging an Tesla vorbei darauf zu. »Haben Sie die aufgehängt?« wollte er wissen.

»Nein«, sagte Tesla und folgte ihm. »Jemand, der sehr –«

»Das ist mein Grundstück. Sie können nicht einfach hergehen und –«

Er blieb unvermittelt stehen, als er endlich deutlich sah, worum es sich bei den Laternen handelte. Die Bierdose fiel ihm aus der Hand. »Mein Gott . . .«, sagte er.

Nun sah auch Tesla, daß an den Ästen und Zweigen der Bäume gräßliche Trophäen hingen. Köpfe und Arme, Teile eines Torsos und vieles andere, das man nicht genau erkennen konnte. Alles leuchtete, sogar die Fetzen, von einer Lumineszenz erfüllt, die, vermutete sie, ein Geschenk des Todesjungen war.

Derweil stolperte der Manager zurück, von wo er gekommen war, und stieß dabei aus tiefster Kehle eine Reihe panischer, animalischer Laute aus. Sofort stob die Schar der Phantome, von seiner Angst angestachelt, in die Höhe, und schickte sich an, ihm den Weg zu versperren. Er wurde von den Füßen gerissen und zehn Meter oder weiter geschleudert; ein Stück von der Tür zu seinem Büro entfernt blieb er liegen.

»Tommy-Ray?« schrie Tesla in das Dickicht. »Halt sie auf!« Da sie keine Antwort bekam, stapfte sie auf die Büsche zu und schrie weiter auf den Todesjungen ein. »Halt sie auf, verdammt! Hast du mich verstanden?«

Hinter ihr fing der Manager an zu schreien. Sie drehte sich um und sah den Mann inmitten einer kreisenden Wolke, wie er in den Boden einsank. Er schrie noch eine Zeitlang, während sie an seinem Kopf zerrten. Der Kopf wurde nach links gedreht, dann nach rechts, dann wieder nach links, mit solcher Wucht, daß das Genick brach. Der Schrei verstummte. Der Kopf wurde abgerissen.

»Nicht hinsehen«, sagte der Mann im Dickicht.

Sie drehte sich um, starrte in das Dickicht der Zweige und versuchte ihn besser zu erkennen. Als sie Tommy-Ray McGuire zum letztenmal gesehen hatte, in Kissoons Schleife, war er ein Schatten seiner einstigen Pracht gewesen. Aber es schien, als hätten die Jahre es besser mit ihm gemeint als mit jedem anderen, der in diesem Drama eine Rolle spielte. Welche Aufträge er auch für Kissoon erledigt haben mochte und was immer er auch im Laufe der Zeit gesehen (oder getan) hatte, seine blonde Schönheit war erhalten geblieben. Er lächelte ihr aus seinem laternengeschmückten Hain zu, und es war ein atemberaubendes Lächeln.

»Wo ist sie, Tesla?« sagte er.

»Bevor wir zu Jo-Beth kommen –«

»Ja?«

»– wollte ich einen Moment reden. Notizen vergleichen.«

»Worüber?«

»Darüber, Nunciaten zu sein.«

»Sind wir das?«

»Die Bezeichnung ist so gut oder so schlecht wie jede andere.«

»*Nunciaten* . . .« Er ließ das Wort auf der Zunge zergehen. »Das ist klasse.«

»Es scheint dir zu gefallen, einer zu sein.«

»O ja, mir geht es prächtig. Aber du siehst nicht so gut aus. Du brauchst eine Bande Sklaven, wie ich, statt allein herumzuziehen.« Er sagte es im freundlichsten Plauderton. »Weißt du, ein paarmal habe ich mich fast auf die Suche nach dir gemacht.«

»Warum das?«

Er zuckte mit den Achseln. »Ich schätze, ich fühlte mich dir verbunden. Da wir beide den Nuncio hatten. Und beide Kissoon kannten . . .«

»Was sucht er hier, Tommy-Ray? Was hat er mit Everville vor?«

Tommy-Ray kam einen Schritt auf sie zu. Sie mußte gegen den Impuls kämpfen, vor ihm zurückzuweichen. Sie wußte, wenn sie nur eine Spur von Schwäche zeigte, wäre ihr Status als Nuncio-Verbündete dahin. Während er näher kam, beantwortete er ihre Frage. »Er hat einmal hier gelebt«, sagte Tommy-Ray.

»In Everville?«

Jetzt war er fast aus dem Dickicht draußen. Er hatte Blutflecken auf Jeans und T-Shirt, Schweiß glänzte auf seinen Armen und seinem Gesicht. »Wo ist sie?« sagte er.

»Wir haben über Kissoon gesprochen.«

»Jetzt nicht mehr. *Wo ist sie?*«

»Laß ihr noch etwas Zeit«, antwortete Tesla und sah zu dem Zimmer zurück, als würde sie damit rechnen, daß Jo-Beth jeden Moment herauskäme. »Sie will gut aussehen.«

»War sie aufgeregt?«

»O ja.«

»Warum gehst du sie nicht holen?«

»Sie wird nicht – «

»Geh sie holen!«

Die Geister, die sich immer noch mit den geköpften Leichnam vergnügten, fingen an zu murmeln. »Klar«, sagte Tesla. »Kein Problem.«

Sie drehte sich zu dem Motel um und ging über den Parkplatz, ließ sich aber Zeit. Sie war noch fünf Schritte von der Tür entfernt, als Jo-Beth mit Amy auf dem Arm herauskam.

»Tut mir leid«, flüsterte sie Tesla zu. »Wir gehören zu ihm. So einfach ist das.«

Auf dem Parkplatz hinter sich hörte Tesla den Todesjungen seufzen, als er seine Schwester sah.

»O Baby«, sagte er. »Du siehst so gut aus. Komm her.«

Jo-Beth trat über die Schwelle. Tesla versuchte nicht, sie aufzuhalten. Sie würde nur den Kopf dafür verlieren. Abgesehen davon sah man Jo-Beths Gesicht an, daß sie mit

Freuden zu ihrem Bruder ging. Der Wind, natürlich oder nicht, hatte völlig aufgehört. Vögel fingen an zu singen, Grillen zirpten im Gras, als wollten auch sie dieses Wiedersehen feiern.

Als sie zusah, wie Tommy-Ray die Arme ausbreitete, um seine Schwester willkommen zu heißen, sah Tesla aus den Augenwinkeln eine blasse Gestalt, drehte sich um und erkannte Buddenbaums kleine Freundin, das Avatar, immer noch von Kopf bis Fuß in Weiß gekleidet, die auf den Leichnam des Managers hinabsah. Sie hielt sich aber nicht lange auf, sondern schlenderte in Teslas Richtung und überließ es ihren beiden Begleitern – dem Clown und dem Idioten –, an ihrer Stelle zu gaffen. Letzterer hatte den Kopf des Toten gefunden und ihn sich unter den Arm geklemmt.

Das Mädchen war inzwischen so nahe, daß sie Tesla zuflüstern konnte: »Danke.«

Tesla sah mit einer Mischung aus Verwirrung und Ekel auf sie hinab. »Das ist kein Spiel«, sagte sie.

»Wissen wir.«

»Menschen mußten sterben.«

Das Mädchen grinste. »Und es werden noch mehr dazukommen, oder nicht?« sagte sie unbekümmert. »Viel mehr.«

Als hätten ihre Worte einen neuen Akt des Dramas eingeleitet, war das Geräusch eines schlecht eingestellten Motors zu hören, und Grillos Mustang tauchte auf der Schotterstraße zum Parkplatz auf.

Bevor er zum Stillstand kommen konnte, wurde die Beifahrertür aufgerissen, und Howie sprang mit gezückter Waffe heraus und schrie Tommy-Ray an: *»Bleib ihr vom Leibe!«*

Der Todesjunge löste den Blick von seiner Schwester und sah gelassen in Howies Richtung. »Nein!« sagte er.

Howie schoß ohne weitere Vorwarnung. Aber er zielte erbärmlich schlecht. Die Kugel schlug näher bei Jo-Beth als bei Tommy-Ray in den Boden ein. Amy, die bis jetzt still gewesen war, fing an zu schreien.

Ein besorgter Ausdruck huschte über das verschwitzte Gesicht des Todesjungen. »Nicht schießen«, rief er Howie zu, »du wirst das Kind verletzen!«

Das Mädchen an Teslas Seite stieß ein langgezogenes *Ohh* aus, als wäre ihr plötzlich klar geworden, was sich hier abspielte, und Tesla wurde, als wären sie ein aus zweien bestehendes Publikum, von ihrer Erkenntnis ebenfalls zu einer neuen Einsicht angeregt. Ein Hauch von Freude strich liebkosend über ihren Nacken, als sie diese Knospe des Geschichtenbaums sah, die kurz vor der Blüte stand.

»Was kommt jetzt?« wollte das kleine Mädchen wissen.

Ein kleiner Teil von Tesla wollte einfach stehenbleiben und zusehen. Aber das konnte sie nicht. Das hatte sie nie getan und würde es nie tun.

»Howie ...«, sagte sie, » ... geh weg ...«

»N-n-n-nicht ohne m-m-meine *Frau*«, sagte Howie.

»Du hast es gut gemacht«, sagte Tommy-Ray, »für mich auf sie aufzupassen, aber jetzt bist du überflüssig. Sie kommt mit mir.«

Howie warf die Waffe in den Sand und hob die Hände. »Sieh m-m-mich an, Jo-Beth«, sagte er »ich w-w-werde dich zu n-n-nichts zwingen, w-w-was du nicht w-w-willst ... aber, Baby, ich bin es ... H-H-Howie ...«

Jo-Beth sagte nichts. Sie sah nur das Baby an, als würde sie Howies Flehen gar nicht hören. Er versuchte es noch einmal oder wollte es, kam aber nicht weiter als bis zu ihrem Namen, als Grillo aufs Gas trat und direkt auf Jo-Beth zuraste. Howie warf sich zur Seite und landete unsanft, während das Auto wegschmierte und eine Staubwolke aufwirbelte. Der Todesjunge rief nach seiner Legion, aber bevor sie herbeigeeilt kommen konnten, bremste Grillo das Auto und zerrte Jo-Beth und das Baby hinein. Tommy-Ray machte mit ausgestreckten Armen einen Schritt darauf zu, und vielleicht hätte er Grillos Flucht verhindern können, wäre Howie nicht aufgesprungen und hätte sich auf den Todesjungen gestürzt. Er griff mit den Fingern nach Tommy-Rays perfektem Gesicht und kratzte und hieb.

Derweil setzte Grillo mit dem Auto zurück und rief Tesla zu: *»Steig ein! Steig ein!«*

Sie winkte ihn fort. »Geh!« bellte sie. »Schnell!«

Er sah ihr durch die insektenverklebte Windschutzscheibe ins Gesicht: Seine Augen leuchteten vor Aufregung. Er schenkte ihr ein verkniffenes, grimmiges Lächeln, dann riß er das Lenkrad herum und fuhr weg.

Derweil hatte Howie Tommy-Ray ein wenig zugesetzt und ihm ein paar Kratzer an Gesicht und Hals verpaßt. Blut floß keines. Statt dessen war Helligkeit unter der Haut zu sehen, gleich der Floureszenz, mit der er seine Laternen angezündet hatte. Und zu dem Dickicht, wo diese Laternen hingen, ging Tommy-Ray jetzt, während er Howie wie beiläufig zu Boden stieß.

Howie wollte sich aufrappeln und hatte eindeutig vor, den Todesjungen wieder anzugreifen, aber Tesla hielt ihn zurück. »Du kannst ihn nicht töten«, sagte sie. »Er würde höchstens dich umbringen.«

Am Rande des Dickichts drehte sich Tommy-Ray zu ihnen um. »So ist es. Sag es ihm.« Er sah Howie an. »Ich will dich nicht töten«, sagte er. »Ich habe Jo-Beth geschworen, daß ich es nicht tun würde, und ich halte mein Wort.« Wieder zu Tesla: »Mach es ihm begreiflich. Sie kommt nicht mehr zu ihm zurück. Heute nacht nicht. Nie wieder. Ich habe sie jetzt, und bei mir will sie sein.«

Damit verschwand er in dem Dickicht und pfiff seiner Wolke von Geistern, damit sie ihm folgten. Sie kamen über den Parkplatz gefegt und drangen in das Dickicht ein, um den Todesjungen vor Blicken zu verbergen.

»Er wird sie suchen«, sagte Howie.

»Na klar.«

»Also müssen wir vorher dort sein.«

»Soweit zur Theorie«, sagte Tesla, die schon zum Motorrad unterwegs war. Howie folgte ihr stolpernd.

Als sie den Parkplatz überquerte, rief ihr das Mädchen

in Weiß nach: »Was passiert jetzt, Tesla? Was passiert jetzt?«

»Weiß Gott«, fuhr Tesla fort.

»Nein, wir wissen es nicht«, meinte der schwachsinnige Begleiter des Mädchens, was alle drei zu Heiterkeitsausbrüchen veranlaßte.

»Wir mögen dich, Tesla«, rief das Mädchen in Weiß.

»Dann geht mir aus dem Weg«, sagte Tesla und stieg auf das Motorrad. Howie sprang hinter ihr auf.

Als sie den Schlüssel im Zündschloß umdrehte, erfolgte eine neue Bö, und die Legion des Todesjungen stieg aus dem Dickicht empor und trug die Laternen und den Mann, der sie angezündet hatte, in ihrer Mitte fort. Tesla konnte einen Blick auf Tommy-Ray werfen, als die Wolke vorüberzog. Er schien nicht zu laufen, sondern von der Wolke aufrecht gehalten und getragen zu werden. Was sein Gesicht betraf, das heilte bereits wieder, die Wunden schlossen sich und verbargen die Helligkeit, die hinter ihnen loderte.

»Er wird vor ihr dort sein«, sagte Howie, den Tränen nahe.

»Halt dich fest«, sagte Tesla. »Es ist noch nicht vorbei.«

IV

1

»Verzeih mir, Everville . . .«

»Das hat er geschrieben?«

»Das hat er geschrieben.«

»Der Heuchler.«

Sie beide, Erwin und Coker Ammiano, gingen die Poppy Lane entlang. Es war kurz vor neun Uhr abends, und dem Lärm nach zu urteilen, der aus jeder Bar und jedem Restaurant an der Straße drang, waren die Festivitäten in vollem Gange.

»Sie vergessen so leicht«, sagte Erwin. »Erst heute nachmittag –«

»Ich weiß, was passiert ist«, antwortete Coker Ammiano. »Ich habe es gespürt.«

»Wir sind wie Rauch«, sagte Erwin, der sich an Dolans erste Lektionen über das Geisterdasein erinnerte.

»Wir sind nicht einmal das. Rauch kann die Leute wenigstens zum Weinen bringen. Wir können *gar nichts*.«

»Das stimmt nicht«, sagte Erwin zu ihm. »Du wirst schon sehen, wenn wir diese Tesla gefunden haben. Sie kann mich *hören*. Jedenfalls konnte sie es. Glaub mir, sie ist eine tolle Frau. Wie sie sich aufführt, könnte man denken, es ist ihr scheißegal, ob sie lebt oder stirbt.«

»Dann ist sie eine Närrin.«

»Nein, ich meine, sie ist tapfer. Als sie in meinem Haus war, habe ich ihr von Kissoon erzählt –«

»Ich erinnere mich, Erwin«, sagte Coker höflich.

»Ich habe noch nie jemand gesehen, der tapferer gewesen wäre.«

»Du redest, als ob du verliebt wärst, mein Freund.«

»Unsinn.«

»Ich glaube, du bist ziemlich verknallt. Das muß dir nicht peinlich sein.«

»Nun . . . ist es nicht.«

»Du wirst ja rot.«

Erwin legte die Handflächen auf die Wange. »Es ist absurd«, sagte er.

»Was denn?«

»Daß ich kein Blut in meinem Körper habe – nicht einmal einen Körper –, und trotzdem erröte.«

»Ich hatte viel Zeit, um dahinterzukommen«, sagte Coker Ammiano.

»Und bist du zu Schlußfolgerungen gelangt?«

»Einigen.«

»Schieß los.«

»Wir erfinden uns selbst, Erwin. Unsere Energie gehört einer großen Einheit – ich wage nicht, ihr einen Namen zu geben, sonst würde ich auch versuchen, sie zu erfinden –, und wir haben sie, diese Energien, für die Neuerschaffung von Erwin Toothaker und Coker Ammiano benützt. Nun sind diese Männer tot, und der größte Teil ihrer Energie ist zu ihrem Ursprung zurückgekehrt. Aber ein kleines bißchen haben wir behalten, um unsere Fiktionen noch eine Weile am Leben zu erhalten. Und wir kleiden uns in das, was wir kennen, und füllen unsere Taschen mit Gegenständen, die uns trösten. Aber es kann nicht ewig so weitergehen. Früher oder später ...« er zuckte mit den Achseln »... sind wir erledigt.«

»Ich nicht«, sagte Erwin. »Ich habe gesehen, was mit Dolan und Nordhoff passiert ist, und –«

»Wie etwas von außen aussieht und wie es innen ist, kann grundverschieden sein, Erwin. Vielleicht ist an der Kreuzung nichts weiter passiert, als daß Dolan dorthin zurückgekehrt ist, von wo er kam.«

»In deine *Einheit*?«

»Es ist nicht meine, Erwin.« Er verstummte, um darüber nachzudenken. Dann sagte er: »Nein, das nehme ich zurück. Ich glaube, es *ist* meine. Und weißt du, warum?«

»Nein. Aber ich denke, du wirst mich gleich erleuchten.«

»Weil ich, wenn ich erst einmal dort bin, überall sein werde.« Er lächelte, als wäre er zufrieden mit sich. »Und die Einheit ist ebenso sehr meine wie die aller anderen.«

»Warum hast du dich ihr dann nicht einfach ergeben?« wollte Erwin wissen.

»Ich wünschte, ich wüßte eine Antwort darauf. Manchmal glaube ich, es muß etwas *Böses* in mir sein.«

»Böses?«

»Als hätte ich irrtümlich etwas getan. Was gegen das Gute verstößt. Ich weiß –«

Erwin unterbrach ihn mitten im Satz. »Dieser Mann!« sagte er und deutete über die Straße.

»Ich sehe ihn.«

»Er war bei Tesla. Sein Name ist D'Amour.«

»Er scheint es nicht eilig zu haben.«

»Ob er wohl weiß, wo sie steckt?«

»Es gibt eine Möglichkeit, das herauszufinden.«

»Ihm folgen?«

»Genau.«

2

D'Amour hatte in New York angerufen, bevor er Cobbs Haus verlassen hatte. Norma war erfreut gewesen, von ihm zu hören.

»Ich hatte gestern eine Besucherin«, sagte sie und hörte sich entnervter an, als Harry sie je gehört hatte. »Sie kam einfach zum Fenster reingeschwebt und setzte sich vor mich.«

»Und wer zum Teufel war sie?«

»Sie sagte, ihr Name sei die träge Susan. Jedenfalls anfangs. Dann änderte sie ihren Namen, und weiß Gott, ihr Geschlecht möglicherweise auch, und nannte sich Hammermit –«

»– dann Peter der Nomade?«

»Nach einer Weile auch das«, sagte Norma. »Also ist dieses Ding, was es vorgibt zu sein?«

»Ja.«

»Es hat Hess getötet?«

»Er war einer von vielen. Was wollte es?«

»Was wollen diese Wesen schon? Es hat ein bißchen herumgeheult. Auf den Boden geschissen. Und es bat, daß ich dich daran erinnere ...«

»Wie genau?«

Norma seufzte. »Nun ... es fing an, davon zu reden, daß der Teufel kommt, daß wir alle *gekreuzigt* werden würden für das, was wir getan haben. Es plapperte eine ganze Weile so dahin. Hat mir einen kurzen geschichtlichen Abriß der Kreuzigung gegeben, auf den ich gern verzichtet hätte. Dann sagte es: *›Sag D'Amour –‹*«

»Laß mich raten. *Ich bin du, und du bist Liebe –*« Er machte sich nicht die Mühe, es zu beenden.

»Genau das«, sagte Norma.

»Was dann?«

»Nichts. Es sagte mir, daß ich hübsche Augen hätte und es sicher sei, sie wären um so hübscher, weil sie nutzlos sind. Dann ist es gegangen. Ich bekomme den Geruch seiner Scheiße nicht mehr aus der Wohnung.«

»Tut mir leid, Norma.«

»Schon gut. Ich habe einen Luftfrischer –«

»Nein, ich meine die ganze Sache.«

»Weißt du was, Harry, sie hat mich dazu gebracht, einmal nachzudenken.«

»Worüber –?«

»Zunächst einmal über unser Gespräch auf dem Dach.«

»Darüber habe ich selbst oft nachgedacht.«

»Ich sage nicht, daß ich völlig im unrecht war. Die Welt verändert sich andauernd, und ich glaube nicht, daß sie bald zu Ende gehen wird. Aber dieses Ding, diese träge Susan ...« Sie schwieg einen Moment. Schließlich fiel Norma nur ein: »Gräßlich.« Harry sagte nichts. »Ich weiß, was du denkst«, sagte Norma. »Du denkst: Warum kann sich die alte Kuh nicht entscheiden?«

»Nein, das stimmt nicht.«

»Um ehrlich zu sein, ich weiß es nicht mehr.«

»Laß dich nicht davon verrückt machen.«

»Oh, dafür ist es zu spät«, sagte Norma, und nun lachte sie wieder. »Was ist überhaupt mit diesen Dämonen los? Warum sind sie so verrückt nach Exkrementen?«

»Weil sie wollen, daß die Welt dazu wird, Norma.«

»Scheiße.«

»Scheiße.«

Sie unterhielten sich noch eine Weile, aber es war wenig mehr als eine Plauderei. Erst gegen Ende, als Harry sagte, daß er weg müsse, meinte Norma:

»Wohin?«

»Auf den Berg«, sagte er. »Um herauszufinden, wie der Teufel aussieht, von Angesicht zu Angesicht.«

Jetzt, eine Stunde nach dieser Unterhaltung, stieg er den Berg hinauf, wo die Bäume so dicht standen, daß er fast so blind wie Norma war, und nach allen Aufregungen und Verlusten der jüngsten Zeit – Dusseldorfs Tod, das Massaker an den Zyem Carasophia, die Ereignisse in den Badlands und die Ermordung von Maria Nazareno – empfand er es als Erleichterung, daß alles dem Ende entgegenging.

Er dachte an das Porträt, das Ted gemalt hatte – *D'Amour in der Wyckoff Street,* mit der schwarzen Schlange, die der Held unter seinem Absatz zertrat. Wie einfach schien das zu sein, wie segensreich einfach. Der Dämon windet sich. Der Dämon haucht sein Leben aus. Der Dämon ist nicht mehr.

Aber so war es nie gewesen, außer in Geschichten, und trotz allem, was das Mädchen an der Kreuzung gesagt hatte *(Blätter des Geschichtenbaums),* rechnete Harry nicht mit einem Happy-End.

3

Obwohl er ordentlich getrommelt und auf den Busch geklopft hatte, kamen nur vier Mitglieder der Kapelle zu Larry Glodoskis Haus: Bill Waits, Steve Alstead, Denny Gips und Chas Reidlinger. Larry schenkte Scotch ein und gab seine Interpretation der Ereignisse zum besten.

»Wir haben es hier mit einer Art Massenhalluzination zu tun«, sagte er. »Möglicherweise chemischen Ursprungs, möglicherweise etwas, das ins Wasser gemischt wurde – «

»Wenigstens ist es nicht im Scotch«, sagte Bill.

»Die Sache ist ernst«, sagte Larry. »Es ist eine Katastrophe, meine Herren.«

»Was haben alle gesehen?« fragte Gips in die Runde.

»Frauen«, sagte Alstead.

»Und Licht«, fügte Reidlinger hinzu.

»Sie wollten, daß wir das sehen«, sagte Larry.

»Wer sind sie?« frage sich Waits. »Ich meine, wir haben die rote Gefahr hinter uns, wir haben Ufos hinter uns. Also wer zum Teufel sind sie? Versteh mich nicht falsch, Larry, ich sage nicht, daß du verrückt bist, weil ich diese Scheiße auch gesehen habe. Ich wüßte nur gern, womit wir es zu tun haben.«

»Das werden wir nicht herausfinden, indem wir hier rumsitzen«, antwortete Alstead darauf. »Wir müssen uns auf die Suche machen.«

»Und womit wollen wir uns verteidigen?« wollte Waits wissen. »Mit Trompeten und Trommelschlägern?«

An dieser Stelle läutete Bosley Cowhick an Glodoskis Eingangstür und wollte mitmachen. Er hatte von seiner Schwester, die eng mit Alsteads Frau Rebecca befreundet war, von der Versammlung gehört. Keiner der fünf war glücklich über Bosley mit seinen fanatischen, fiebrigen Augen, aber da sie so erbärmlich wenige waren, konnten sie schlecht nein sagen. Und um ehrlich zu sein, Bosley gab sich größte Mühe, sein apokalyptisches Geschwätz für sich zu behalten, und beschränkte sich auf einige wenige Bemerkungen darüber, daß sie alle im Begriff standen, die Stadt an böse Mächte zu verlieren, schreckliche böse Mächte, und er willens sei zu sterben, um sie zu verteidigen.

Diese Bemerkung brachte sie auf das Thema Waffen zurück. Das Problem war nicht schwer zu lösen. Gips' Schwager in der Coleman Street war ein Waffenfetischist – ›Killerstöcke‹ nannte er sie –, seit er sprechen konnte, und als die sechsköpfige Truppe kurz vor zehn Uhr bei ihm aufkreuzte und die verdammten Dinger praktisch requirierte, fügte er sich und war dabei mitleiderregend glücklich. Glodoski fragte seinen Schwager aus Höflichkeit, ob er mitkommen wolle. Der Mann lehnte ab. Er sei krank, sagte er, und würde sie nur aufhalten. Aber wenn sie noch Waffen bräuchten, wüßten sie, an wen sie sich wenden könnten.

Dann zogen sie weiter zu Hamrick's Bar (Bill Waits machte den Vorschlag), um mit einem Scotch auf ihre Mission anzustoßen. Reidlinger war dagegen. Konnten sie nicht einfach hinter sich bringen, was immer sie vorhatten (es wurde immer noch diskutiert, was das sein könnte), nach Hause gehen und schlafen? Er wurde überstimmt. Die Bande zog zu Hamrick's Bar, und sogar Bosley wurde zu einem Schluck Brandy überredet.

»Den Leuten ist es vollkommen egal«, bemerkte Bosley, der sich in der Bar umsah. Sie war so voll, wie es die feuerpolizeilichen Vorschriften erlaubten, und alle schienen ihren Spaß zu haben.

»Es ist so, Bosley«, bemerkte Bill Waits dazu, »daß sie alle nicht sicher sind, was sie eigentlich gesehen haben. Ich wette, wenn Sie die Leute fragen würden, was sich heute nachmittag zugetragen hat, würde jeder etwas anderes antworten.«

»Solchermaßen ist das Wirken des Teufels, Mr. Waits«, antwortete Bosley ohne die Spur von Wichtigtuerei. »Er will, daß wir untereinander uneins sind. Und während wir streiten, fährt er mit seiner Arbeit fort.«

»Und was für eine Arbeit könnte das sein?« sagte Bill. »Genau?«

»Laß gut sein, Bill –«, sagte Chas. »Gehen wir einfach da raus und –«

»Nein«, sagte Bosley mit nuschelnder Stimme. »Es ist eine berechtigte Frage.«

»Und wie lautet die Antwort darauf, Bosley?«

»Es ist die Arbeit, die der Teufel seit Anbeginn der Zeit tut.« Während Bosley redete, drückte ihm Alstead einen zweiten Brandy in die Hand, und Bosley trank ihn mit einem Zug leer, ohne es richtig zur Kenntnis zu nehmen, und fuhr dann fort: »Er will, daß wir Gott abschwören.«

»Ich habe ihm schon vor langer Zeit abgeschworen«, sagte Waits. Er machte keinen Witz.

»Ich bin sicher, Gott vermißt Sie«, erwiderte Bosley mit gleicher Aufrichtigkeit.

Die beiden Männer sahen einander eine ganze Zeitlang an und sagten nichts.

»He, Bosley, lassen Sie's gut sein«, sagte Alstead. »Sie machen mir angst. Trinken Sie noch einen Brandy.«

4

Die Kugel in Buddenbaums Gehirn tat seiner Wut in keiner Weise Abbruch.

»Sie sind die undankbarsten, scheinheiligsten, kleinkariertesten, verblödetsten und hirnlosesten Arschlöcher, für die zu arbeiten ich je das Mißvergnügen hatte«, tobte er und hielt sich den verheilenden Kopf. *»Oh, führ uns eine andere Show vor, Owen. Ein hübsches Attentat. Ein kleines* crime passionelle. *Etwas mit Kindern. Etwas mit Christen.«* Er drehte sich zu Seth um, der am Fenster über der Kreuzung stand und sich diese Tirade schon seit mehr als einer halben Stunde anhörte. »Und habe ich je *nein* gesagt?« Er verstummte und wartete auf eine Antwort.

»Wahrscheinlich nicht«, sagte Seth.

»Verdammt richtig! Nichts war ihnen zuviel. Sie wollten einen Präsidenten sterben sehen? Kein Problem. Der Sinn stand ihnen nach einem oder zwei Massakern? Ließ sich arrangieren. Es gab nichts, das ich nicht für sie einfädeln konnte. Gar *nichts*!«

Er stapfte zum Fenster und betastete achtlos die Wunde. »Aber in dem Moment, wo ich etwas vermaßle – nur einen winzigen Fehler mache –, da schnüffeln sie hinter dieser Fotze Bombeck her, und es heißt: *Wir sehen uns später, Owen. Wir nehmen Sie mit und unterhalten uns über den Scheiß-Geschichtenbaum.*«

Er starrte Seth an, der den Blick erwiderte.

»Dir steht eine Frage im Gesicht geschrieben«, sagte Buddenbaum.

»Und deines ist blutig«, sagte Seth.

»Hat sich etwas zwischen uns geändert?«

»Ja«, sagte Seth nur. »Tatsache ist, jede Stunde, jede Minute denke ich etwas anderes von dir.«

»Und wir hättest du es gern zwischen uns?«

Seth überlegte einen Moment. »Ich wünschte, wir könnten von vorne anfangen«, sagte er. »Ich wünschte, du würdest einfach unter den Sternen zu mir kommen, und ich könnte dir von den Engeln erzählen.« Wieder eine Pause. »Ich wünschte, ich hätte die Engel noch.«

»Ich habe sie dir weggenommen; willst du das damit sagen?«

»Ich habe es zugelassen«, entgegnete Seth.

»Die Frage –«

»Hm?«

»Dir stand eine Frage im Gesicht geschrieben.«

»Ja . . . ich habe mir nur Gedanken über den Geschichtenbaum gemacht, das ist alles.«

»Es *gibt* keinen Baum, falls du das fragen wolltest«, sagte Buddenbaum. Seth sah enttäuscht drein. »Es ist nur ein Ausdruck, den sich ein lausiger Dichter hat einfallen lassen.«

»Was bedeutet er?«

Inzwischen hatte Owens Stimme ihr Gift verloren. Er lehnte sich an die Wand neben dem Fenster, aus dem er vor zwei Tagen gestürzt war. »Was er bedeutet?« sagte er. »Nun, es bedeutet, daß Geschichten Samen sind. Geschichten sind Blüten. Geschichten sind Früchte, die man pflückt und auspreßt und ißt. Dann scheißen wir die Samen aus –«

»In den Boden zurück?«

»In den Boden zurück.«

»Immerzu.«

Buddenbaum seufzte. »Immerzu«, sagte er. »Mit oder ohne uns.«

»Du meinst nicht uns«, sagte Seth sanft. Es war kein Vorwurf, nur eine in Worte gekleidete melancholische Tatsache. Buddenbaum wollte etwas sagen, aber Setz unterbrach ihn. »Ich war da unten, Owen«, sagte er und nickte zur Straße. »Du wolltest ohne mich gehen, wohin auch immer.«

»Ich wurde abgelenkt«, sagte Owen, »das ist alles. Ich habe so lange darauf gewartet; ich konnte nicht riskieren, es mir durch die Lappen gehen zu lassen.«

»Ist es aber trotzdem«, erinnerte Seth ihn.

»Kommt nicht wieder vor«, entgegnete Owen gepreßt.

»Wie willst du es verhindern?«

»Ich brauche deine Hilfe, Seth«, sagte Buddenbaum. »Und ich verspreche dir –«

»Versprich mir nichts«, sagte Seth. »Es ist besser so.«

Buddenbaum seufzte. »In so kurzer Zeit haben wir uns entfremdet«, sagte er zu Seth. »Es ist, als hätten wir in achtundvierzig Stunden ein halbes Leben zusammen verbracht.«

Seth sah zum Fenster hinaus. »Was soll ich für dich tun?« sagte er.

»Tesla Bombeck suchen und Frieden mit ihr schließen. Ihr sagen, daß ich sie sprechen muß. Sag ihr, was du willst, um sie hierher zu bringen. Nein, nicht hierher« – er dachte an Rita mit der Hochfrisur –, »da ist ein kleines Café, wo ich schon gewesen bin. Ich kann mich nicht an den Namen erinnern. Es hatte ein blaues Schild –«

»Das Nook.«

»Genau das. Bring sie dorthin. Und sag ihr, daß sie die Avatars außer Hörweite lassen soll, hm?«

»Wie wird sie das machen?«

»Sie wird einen Weg finden.«

»Okay. Und du willst, daß ich sie ins Nook bringe?«

»Wenn sie mitkommt.«

»Und wenn sie nicht mitkommt?«

»Dann war alles vergebens«, sagte Owen. »Und ich werde mir wünschen, ich hätte deine Engel, denen ich lauschen kann.«

5

Als Harry unter den Bäumen herauskam, war die Nacht vollkommen ruhig geworden. Weder in der Luft noch im Gras war das leiseste Murmeln zu hören, ebensowenig in den Ritzen der Felsen. Als er hoch genug geklettert war, um über die Baumwipfel hinwegsehen zu können, schaute er nach Everville zurück und rechnete halb damit, daß der Befehl zur Evakuierung ergangen wäre und er die Stadt verlassen sehen würde. Aber nein. Die Lichter brannten immer noch; auf den Straßen herrschte immer noch Verkehr. Es war nur so, daß der Nebel, der die Tür auf dem Berggipfel einhüllte, jedes Geräusch in sich aufsog und eine derartige Stille verursachte, daß er seinen eigenen Herzschlag im Kopf hören konnte.

»Hier ist es passiert«, sagte Coker Ammiano zu Erwin, während sie D'Amour den Hang hinauf zum Nebel folgten.

»Das Lynchen?«

»Nein. Die große Schlacht zwischen den Familien der Summa Summamentis und Eszo Aetherium. Ein schrecklicher Tag, den ein Kind herbeigeführt hatte.«

»Warst du da?«

»O ja. Ich war da. Und wenig später habe ich das Kind geheiratet. Ihr Name war O'Connell, und sie war die wunderbarste Frau, die ich je kennengelernt habe.«

»Wie das?«

»Everville war ihr Traum, den ihr Vater, Harmon O'Connell, an sie weitergegeben hatte.«

»Harmon wie in Harmon's Heights?«

»Ebender.«

»Hast du ihn auch gekannt?«

»Nein. Er starb, bevor ich sie traf. Sie wanderte allein hier herum und geriet in eine Versammlung, wo sie nicht erwünscht war. Es war einfach ein Fehler.«

»Und nur, indem sie hierher kam, hat sie das Gemetzel ausgelöst?«

»Indem sie hierher kam und sprach.«

»*Sprach?*«

»Weißt du, es fand eine Hochzeit statt, die hier oben begangen wurde –«, er deutete auf den Nebel, »– und in der Welt, aus der die Familien kamen, wurde Schweigen als etwas Heiliges betrachtet. Weil es der Schöpfung vorausging. Liebe wurde in Schweigen gemacht. Und jeder, der dieses Schweigen unterbrach, wurde als Feind eingestuft.«

»Und warum haben sie nicht einfach das Mädchen getötet?«

»Weil die Familien von alters her verfeindet waren und jeder glaubte, das Mädchen wäre eine Agentin der anderen Seite. Kaum hatte sie gesprochen, ging das Massaker los.«

»Genau hier?«

»Genau hier«, sagte Coker. »Wenn wir wollten, könnten wir in die Erde einsinken und ihre Gebeine finden, ich bin ganz sicher.«

»Ich bleibe hier, wo ich den Himmel sehen kann«, sagte Erwin.

»Er ist wunderschön heute nacht«, sagte Coker, legte den Kopf zurück und bewunderte die Sterne. »Manchmal kommt es mir vor, als wäre ich hundert Leben lang allein gewesen, und manchmal – zum Beispiel heute nacht –, scheint es mir, als hätten wir uns erst vor wenigen Stunden verabschiedet.« Er gab einen seltsamen Laut von sich, und als Erwin ihn ansah, stellte er fest, daß ihm Tränen über die Wangen liefen. »Ihre Augen waren die letzten, die ich gesehen habe. Ich spürte ihren Blick auf mir, während ich starb. Und ich versuchte, mich an das Leben zu klammern, nur eine Weile. Versuchte sie anzusehen, sie zu trösten, wie sie mich tröstete . . .«, er mußte einen Moment schweigen, um sich zu sammeln, ». . . aber das Leben wich aus mir, bevor es aus ihr wich. Und als ich in *diesem* –«, er breitete die Arme vor sich aus, »– diesem Leben nach dem Tod erwachte, war ihr Leichnam geholt worden, ebenso der meines Sohnes.«

»Kein Wunder, daß du Dolan so sehr gehaßt hast.«

»Ja, ich habe ihn gehaßt. Aber er war ein Mensch. Er konnte nicht anders.«

»War denn dein Volk so perfekt?« sagte Erwin.

»Es gibt keinen Unterschied zwischen deinem und meinem Volk«, sagte Coker darauf. »Flügel und Schwänze hin oder her. In unseren Herzen sind wir alle gleich. Alle traurig und grausam.« Er verstummte, um sich die Tränen abzuwischen, und dabei sah er den Hang hinauf. »Ich glaube, unser Freund D'Amour hat ein Problem«, sagte er.

In den letzten Minuten, während ihres tränenreichen Wortwechsels, waren Erwin und Coker etwas fünfzig Meter hinter D'Amour zurückgefallen, der nur noch wenige Schritte von dem Nebel entfernt war. Offenbar hatte er den Feind gespürt, denn er warf sich hinter einem Felsblock auf den Boden und blieb reglos liegen. Augenblicke später kam das Problem, von dem Coker gesprochen hatte, nicht in Form von einem, sondern von vier Individuen aus dem Nebel heraus, die alle miteinander beispiellos häßlich waren: einer spindeldürr, einer fett, einer schwachsinnig, einer gereizt.

Der dünnste von ihnen war auch der eifrigste, er kam zwanzig Meter den Hang herunter (an der Stelle vorbei, wo D'Amour lag) und schnupperte.

»Ich glaube, sie sind hinter *uns* her«, sagte Coker.

»Was zum Teufel sind sie?«

»Geschöpfe von Essenz«, erwiderte Coker.

»Abstoßend.«

»Ich bin sicher, sie würden dasselbe über dich sagen«,

meinte Coker. Das dünne Geschöpf kam den Hang herunter, und es schien, als würde es sich tatsächlich den Geistern nähern.

»Was wollen wir tun?« Je näher das Geschöpf kam, desto beängstigender wirkte es.

»Er kann uns nichts zuleide tun«, sagte Coker. »Aber wenn sie D'Amour sehen –«

Das spindeldürre Wesen schien Erwin direkt anzusehen, was dieser als zutiefst beunruhigend empfand. »Es sieht mich«, sagte Erwin.

»Das bezweifle ich.«

»*Doch*, wenn ich es dir sage!«

»Nun, den ganzen Weg hier rauf hast du dich darüber beschwert, daß du unsichtbar bist. Dir kann man auch nichts recht – verdammt!«

»Was?«

»Sie haben ihn gefunden.«

Erwin sah an dem Dünnen vorbei und stellte fest, daß das wahrscheinlich brutalste Geschöpf D'Amour packte und auf die Füße zog. »Das ist unsere Schuld«, sagte Coker. »Ich bin verdammt sicher, daß sie nach uns Ausschau gehalten haben.«

Erwin war da nicht so sicher, aber es bestand kein Zweifel daran, daß D'Amour sich in großen Schwierigkeiten befand. Einer des Quartetts hatte ihn entwaffnet, ein anderer schlug ihm ins Gesicht. Das Geschöpf, das den Hang heruntergekommen war, hatte sich von Erwin und Coker abgewendet und gesellte sich wieder zu seinen Gefährten, die D'Amour in den Nebel schleiften.

»Was machen wir jetzt?« sagte Erwin.

»Wir folgen ihnen«, sagte Coker. »Und wenn sie ihn töten, entschuldigen wir uns bei ihm.«

Als Harry das letztemal die Heights erklommen hatte, konnte er es im Schutz von Voights Tätowierungen unentdeckt tun. Aber diesmal hatte der Trick nicht funktioniert. Er wußte nicht, warum, und um ehrlich zu sein, es spielte auch keine Rolle. Er war in den Händen des Feindes – Gamaliel, das dürre Insekt, Bartho der Kreuziger, Mutep der Zwerg und Swanky der Fette. Das ließ sich nicht mehr rückgängig machen.

Er leitete ihnen keinen Widerstand; zum einen, weil er wußte, es würde sie nur zu Gewalttaten reizen, und zum anderen, weil er auf den Berg gekommen war, um herauszufinden, wie der Teufel aussah, und sie ihn zu der Tür brachten, durch die er kommen würde, also weshalb hätte er sich wehren sollen?

Und es gab noch einen dritten Grund. Diese Geschöpfe waren Vettern des Dämons, der Pater Hess getötet hatte. Er begriff ihren Stammbaum nicht, erkannte aber an ihrem Schnattern und ihrer ungestümen Art und ihrem Gestank, daß sie irgendwie zusammengehörten. Vielleicht erfuhr er ja in den letzten Minuten vor dem Eintreffen der Iad von einer dieser abscheulichen Kreaturen, oder von allen, was die Botschaft der trägen Susan zu bedeuten hatte.

»Ich bin du, und du bist Liebe –«

Selbst am Ende: *War Liebe wirklich der Grund dafür, daß die Welt sich drehte?*

V

Es war weder hell noch dunkel im Bauch des Iad Uroboros. Man spürte nur das Fehlen von allem – Licht und Dunkelheit, Höhe und Tiefe, Geräusche und Oberflächen –, das als das Jenseits selbst hätte empfunden werden können, wäre Joe nicht imstande gewesen, alles aufzulisten, was fehlte. Das Jenseits, dachte er, war bestimmt ein Dasein ohne Denken.

Was also war dieser Ort, und wieso war er in seinem Inneren? War er eine Art Geist, der im Kopf des Iad spukte? Oder eine Seele, im Fleisch der Bestie gefangen, bis diese ihn ausspie oder verschied? Er verspürte keine Bedrohung für seine Existenz hier, vermutete aber, sein Festhalten an der alten Persönlichkeit würde bald schwinden. Es war wohl nur eine Frage der Zeit, bis seine Gedanken zusammenhanglos wurden und er völlig vergaß, wer er war.

Diese Aussicht war ihm verlockend erschienen, als er im Tempel vor dem Pool gestanden hatte. Er hatte sein Leben gelebt und war bereit, es aufzugeben. Aber jetzt, während er in der Leere schwebte (wenn man von etwas ohne Substanz sagen konnte, daß es schwebte), fragte er sich, ob seine Anwesenheit hier möglicherweise von den Zehrapushu geplant oder vorhergesehen worden war. Er erinnerte sich, wie versessen der erste 'shu, den er am Strand von Liverpool gesehen hatte, ihn betrachtete. Hatte er, oder der Geist, von dem er ein Teil war, ihn für eine Rolle in den bevorstehenden Ereignissen auserkoren und *durch* sein Fleisch geschaut, um zu sehen, ob er im Bauch des Iad etwas taugen würde?

Wenn ja – wenn sein Hiersein tatsächlich einem Zweck diente –, dann war es seine Pflicht gegenüber den 'shu, deren Blick mit Sicherheit eines der wunderbarsten Erlebnisse seiner Reisen gewesen war, den Teil von ihm zu erhalten, der verblieben war – seine Erinnerung, seine Seele –, und sich nicht dem Vergessen zu unterwerfen.

Deinen Namen, dachte er. Vergiß wenigstens den nicht. *Ich bin Joe Flicker. Ich bin Joe Flicker.*

Das zeitigte unverzüglich Wirkung. Die konturlose Umgebung zog sich zusammen, und Umrisse wurden für die Empfindungen seiner Seele sichtbar.

Selbstverständlich hatte er keine Möglichkeit, hier seinen tatsächlichen Maßstab zu bestimmen. Vielleicht war er winzig in seiner formlosen Gestalt – wie ein Staubkörnchen in einem Strahl Sonnenlicht –, in diesem Fall wäre alles, was um ihn herum Gestalt annahm, nicht titanisch gewesen, wie es schien, sondern er, der Beobachter, eine Winzigkeit. Was auch immer zutraf, er fühlte sich klein und unbedeutend in Gegenwart der sich allmählich herauskristallisierenden Umrisse. Er sah sich um, und in jede Richtung ringsum, bis zu der dunklen Kuppel hoch droben, wo sich zerklüftete Schemen bewegten, als wäre es eine Brutstätte für Kriegsschiffe, und bis in die Grube hinab – die von pulsierenden Abstraktionen gesäumt wurde –, erstreckte sich ein Gitter verkrusteter Materie.

Er war keineswegs überzeugt, daß der Anblick, der sich ihm bot, in dem Sinne real war, wie der Körper, der unten neben dem Pool im Tempel lag, real gewesen war. Vielleicht waren sie nur Gedanken im Kopf von Iad Uroboros, und er war inmitten einer iadischen Vision von Himmel und Hölle zugegen: ein Firmament unfertiger Engel, eine Grube des Abstrakten, und dazwischen ein ausgedehntes und unendlich komplexes Netz verknoteter und verderbter Erinnerungen.

Es gab Stellen, sah er, wo die Stränge sich zusammenzuklumpen und große, fast eiförmige Massen zu bilden schienen. Seine Neugier, wie sie beschaffen sein könnten, reichte aus, ihm Antrieb zu geben; kaum kreisten seine Gedanken um das Rätsel, setzte sich seine Seele auch schon in Richtung der größten Zusammenballung in seiner unmittelbaren Umgebung in Bewegung. Je näher er ihr kam, desto mehr beunruhigte ihn ihr Äußeres. Die Verkrustungen des Netzes waren organischer Natur, die Oberfläche des Eis hingegen bestand aus einer vollkommen andersartigen Materie. Es handelte sich um eine Masse überlappender Umrisse, gleich den Teilen eines irren Puzzles, die sich nie ganz mit denen darunter zur Deckung bringen ließen und alle mit einem zwanghaft komplizierten Muster geschmückt zu sein schienen.

Doch das Äußere war nicht der einzige Grund des Unbehagens. Ein Geräusch ging davon aus; besser gesagt, mehrere Geräusche, die miteinander verschmolzen. Eines war wie das Flüstern von Kindern, eines war ein langsames, unrhythmisches Pochen, dem Schlag eines sterbenden Herzens vergleichbar. Und das dritte war ein Surren, das sich in Joes Gedanken bohrte, als wollte es sie zerschmettern.

Er war versucht, den Rückzug anzutreten, widerstand der Versuchung aber und zwang seine Seele, weiter zu schweben, während mit jedem Augenblick die Gewißheit in ihm wuchs, daß hier gewaltige Schmerzen im Spiel waren, in der Tat sogar fast unerträgliche Schmerzen. Die Oberfläche des Gebildes war ein Katalog irrwitziger Bewegungen: Zuckungen und Zerrungen und Krämpfe; die Teile des Puzzles lösten sich an manchen Stellen wie abgestorbene Schuppen, andere dagegen, dornig und rauh in ihrer knospenden Form, entfalteten sich.

Links von ihm erweckte etwas Schillerndes seine Aufmerksamkeit, und er sah hin und stellte fest, daß die abfallende Schuppe für einen Moment den Blick auf das freigab, was sich *unter* dieser irren, flüsternden Masse befand. Er näherte sich der Stelle und hatte zum erstenmal, seit er sich auf das Ei zubewegte, den Eindruck, als wäre seine Anwesenheit bemerkt worden. Die Bewegungen wurden um so hektischer, je näher er der schillernden Stelle kam, und ringsum quoll eine dunkle Flüssigkeit aus den Schuppen, als wollten sie die Stelle verbergen, während sie einen beständigeren Schutz ausbrüteten. Joe ließ sich nicht täuschen. Er näherte sich dem schillernden Fleck in der Gewißheit, daß er es hier mit einem Geheimnis von entscheidender Bedeutung zu tun hatte, und als Reaktion darauf wurden die Bewegungen immer heftiger, bis das Beben plötzlich eine kritische Masse zu erreichen schien und ein Dutzend Umrisse von der Oberfläche emporstiegen und ihn umzingelten.

Das alles ergab weitgehend keinen Sinn. Er konnte keine Glieder, keinen Kopf unterscheiden, geschweige denn ein Auge oder einen Mund. Aber sie glotzten und zuckten und blähten sich in einer Weise auf, die an eine Bande von Mißgeburten denken ließ. Etwas Ausgeweidetes, aber Lebendes; etwas Abgetriebenes, aber Lebendes; etwas zu Schlamm Verfaultes und dennoch Lebendes. Er hatte seinen Körper zurückgelassen und fühlte sich davon befreit, aber diese gräßlichen Schemen erinnerten ihn an jede Verletzung, die er sich je zugezogen hatte, an jede Krankheit und jede Schwäche.

Aber er war der schillernden Stelle so nahe gekommen, daß er sich nicht mehr abschrecken ließ. Er wandte den Blick von den Erscheinungen ab, schlüpfte durch ihr Netz und hinein in das Geheimnis, das sie verbargen.

Alsbald gelangte er in einen gekrümmten Kanal, den er hinabflog. Der Kanal wurde in raschem Maße schmäler und schmäler, als würde sich Joe in einer schrumpfenden Spirale befinden. Das Licht, das ihn angelockt hatte, wurde im Verlauf seiner Reise nicht schwächer, sondern blieb konstant, während die Krümmung immer enger und der Kanal so schmal wurde, daß Joe sicher war, man hätte kein Haar mehr hindurchzwängen können. Und immer noch wurde er schmäler, bis Joe zu der Überzeugung kam, er würde sich einfach im Nichts verlieren und ihn mit sich reißen. Kaum hatte er diesen Gedanken geformt, wurde seine Bewegung gebremst, bis er sich kaum noch bewegte. Aber selbst mit Kriechgeschwindigkeit war die Spirale hier so eng, daß er sich immer weiter um sich selbst drehte, bis schließlich jegliche Bewegung zum Erliegen kam. Verwirrt wartete er in dem leuchtenden Kanal. Dann dämmerte langsam die Erkenntnis in ihm, daß er nicht allein war. Er sah nach vorn, und obwohl er nichts erkennen konnte, spürte er, daß etwas zu ihm zurückstarrte.

Furchtlos erwiderte er den Blick, und da explodierten Bilder in seinem Denken: wunderschöne und schlichte Bilder der Welt, die er hinter sich gelassen hatte.

Eine üppig grüne Wiese, über die der Wind hinwegstrich. Eine mit scharlachroten Bougainvilleen zugewucherte Veranda, wo ein Kind mit weißblondem Haar lachte. Ein Süßigkeitenstand in der Dämmerung, über dem an einem wolkenlosen blauen Himmel der Abendstern erstrahlte.

Jemand träumte hier, dachte er; sehnte sich nach dem Helter Incendo. Und es war jemand, der dort gewesen war und das alles mit eigenen Augen gesehen hatte.

Mensch. Es war ein Mensch hier. Ein Gefangener der Iad, vermutete er, in dieser leuchtenden Spirale gefangen, von Erinnerungen an das Fleisch und seine Verwundbarkeit in Schach gehalten.

Er konnte ihn unmöglich befragen; unmöglich wissen, ob der andere ihn einfach in seine Visionen absorbiert oder begriffen hatte, daß er nicht mehr allein war. Im letzteren Fall konnte er ihn möglicherweise befreien, ihn aus seiner Traumzelle herausführen.

Seine neugierige Seele durchquerte nun den Kanal in entgegengesetzter Richtung und hoffte, daß der Gefangene ihm folgen würde. Er wurde nicht enttäuscht. Als sie ein paar Sekunden gereist waren, wurde der Kanal wieder breiter; Joe drehte sich um und spürte einen Blick ohne Augen auf sich ruhen.

Doch die Flucht blieb nicht ohne Folgen. Noch während er beschleunigte, bildeten sich Risse in den Wänden, und die Flüssigkeit, die er zum erstenmal bei seinem Anflug auf den Kanal zwischen den Schuppen hervorquellen gesehen hatte, sickerte heraus. Es handelte sich, wurde ihm jetzt klar, nicht um das Blut des Iad, sondern um seine Rohmasse, die sich, noch während sie austrat, zu denselben verzerrten, ekelerregenden Umrissen formte.

Aber bei aller aufquellenden Bosheit hatte ihr Erblühen den Geschmack der Verzweiflung an sich. Konnte er wagen zu glauben, daß sie – oder die Kraft, die sie leitete – *Angst* hatten? Möglicherweise nicht vor ihm, aber vor dem, was ihm auf seinen Seelenfersen folgte; dem Träumer, den er durch seine Anwesenheit geweckt hatte?

Je weiter die beiden Seelen reisten, desto mehr wuchs seine Gewißheit, daß es so sein mußte. Die Risse waren zu Spalten geworden, und der Schlamm des Iad ergoß sich vor ihnen auf den Weg. Aber sie waren wie Quecksilber; bevor der Iad ihnen den Weg mit seinen Scheußlichkeiten verbauen konnte, entkamen sie der Spirale und trieben zwischen den Wesenheiten dahin, die in alle Richtungen aus dem Gefängnis emporgestoben waren. Manche schienen Schwingen aus ihren schlaffen Häuten fabriziert zu haben; andere sahen aus, als wäre ihr Innerstes nach außen gekehrt worden; wieder andere glichen Schwärmen brennender Vögel, die man zu einer einzigen wallenden Gestalt zusammengenäht hatte. Sie folgten den Flüchtigen als übelmeinende Horde, derweil ihr Flüstern zu einem Kreischen anschwoll und ihre Leiber mit den Strängen zusammenstießen und sie mit sich rissen, so daß das Netz in alle Richtungen erbebte, als Joe sich umsah, und einen Schwall toter Materie herabregnen ließ, der wie schwarzer Hagel auf seine Seele herniederprasselte.

Dieser Hagel wurde bald so dicht, daß er den Kontakt mit dem Träumenden vollkommen verlor. Er wollte sich umdrehen und die verwandte Seele suchen, aber die Horde war ins Unermeßliche gewachsen und folgte ihm wie eine tobende Wand, die einen Hagelschauer vor sich hertrieb. Er spürte, wie er immer wieder getroffen wurde, und jede Attacke trieb ihn zurück und blendete ihn, bis er weder die Kuppel noch die Grube mehr sehen konnte, geschweige denn etwas dazwischen. Er trieb einige Augenblicke in der Dunkelheit, ohne zu wissen, aus welcher Richtung er gekommen war, und dann hüllte ihn zu seinem Erstaunen ein grelles Licht ein, und er fiel ins Leere.

Unter sich sah er das Meer der Träume, das durch den

vorrückenden Iad aufgepeitscht wurde, und dahinter eine Stadt, in deren Hafen die Schiffe so hochgespült wurden, daß sie bald in den Straßen landen würden.

Das war selbstverständlich Liverpool. In der Zeit, die er im Bauch der Kreatur verbracht hatte, war der Iad über das gesamte Meer der Träume geschritten und fast an der Schwelle zwischen den beiden Welten angelangt. Während er inmitten des iadschen Hagels fiel, hatte er Zeit, am Ufer entlang zu der Tür zu schauen. Sie war immer noch in Nebel gehüllt, aber er konnte den dunklen Riß erkennen und bildete sich ein, er würde einen Stern am Himmel über Harmon's Heights funkeln sehen.

Dann landete er inmitten eines Schauers iadscher Materie auf dem Wasser, und ehe er seine Seele von ihrem Gewicht befreien konnte, stieg unter ihm eine Woge empor, erfaßte ihn mitsamt dem gesamten Treibgut und trug ihn zu den Straßen der Stadt, wo er gestrandet im Schatten der Kreatur liegenblieb, die ihn ausgeschieden hatte.

VI

1

»Glücklicher Joe«, sagte das Gesicht, das über Phoebe aufragte. Es war so rissig wie Unger's Creek bei Dürre.

Phoebe hob den Kopf von ihrem harten Kissen. »Was ist mit ihm?«

»Ich sage nur, daß er verdammt glücklich sein muß, so wie du über ihn redest.«

»Was habe ich gesagt?«

»Hauptsächlich seinen Namen«, entgegnete König Texas.

Sie sah an seiner lehmigen Schulter vorbei. Die Höhle hinter ihm war riesig und voller Menschen, die standen, saßen oder lagen.

»Haben sie mich gehört?« fragte sie Texas.

Er lächelte verschwörerisch. »Nein«, sagte er. »Nur ich.«

»Habe ich mir irgendwelche Knochen gebrochen?« sagte sie und sah an ihrem Körper hinab.

»Keine«, sagt er. »Ich würde nie zulassen, daß hier unten das Blut einer Frau vergossen wird.«

»Was würde es bedeuten? Unglück?«

»Das Schlimmste«, sagte er. »Das Allerschlimmste.«

»Was ist mit Musnakaff?«

»Was soll mit ihm sein?«

»Hat er überlebt?« König Texas schüttelte den Kopf. »Also haben Sie mich gerettet, aber ihn nicht?«

»Ich habe sie gewarnt, oder nicht?« sagte er fast quengelnd. »Ich habe ihr gesagt, ich würde ihn töten, wenn sie nicht umkehrt.«

»Ihn traf keine Schuld.«

»Mich trifft auch keine«, sagte Texas. »Sie macht nur Ärger. Das war schon immer so.«

»Warum vergessen Sie sie dann nicht einfach? Sie haben doch genügend Gesellschaft.«

»Stimmt nicht.«

»Was ist mit *denen*?« fragte sie und deutete auf die Versammlung hinter seinem Rücken.

»Schau genauer hin«, forderte er sie auf.

Verwirrt setzte sie sich und betrachtete die ganze Schar, und da sah sie ihren Fehler ein. Was sie für eine Zusammenkunft von Lebewesen gehalten hatte, war in Wahrheit eine Menge von Skulpturen, manche mit Bruchstücken glitzernder Erze geschmückt, andere unfertig aus Steinquadern gehauen, manche kaum von menschlicher Gestalt.

»Wer hat sie gemacht?« fragte sie. »Ihr Werk?«

»Wessen sonst?«

»Sie sind wirklich alleine hier unten?«

»Nicht freiwillig. Aber: ja.«

»Also haben Sie die gemacht, damit sie Ihnen Gesellschaft leisten?«

»Nein. Sie waren meine Versuche, eine Gestalt zu finden, die Mistress O'Connell gefallen würde.«

Phoebe schwang die Beine vom Bett und stand auf. »Kann ich sie mir ansehen?« fragte sie ihn.

»Nur zu«, sagte er ihr und trat beiseite. Als sie an ihm vorbeiging, sagte er: »Ich könnte dir nichts verbieten.«

Sie tat so, als hätte sie die Bemerkung nicht gehört, weil sie befürchtete, daß das Gespräch eine Wendung nehmen würde, die ihr nicht gefiel.

»Hat sie je diese Gesichter gesehen?« fragte sie ihn, während sie zwischen den Statuen dahinschlenderte.

»Eines oder zwei«, antwortete er irgendwie traurig. »Aber keines hat Eindruck bei ihr hinterlassen.«

»Vielleicht haben Sie nur falsch verstanden –« begann Phoebe.

»*Was* falsch verstanden?«

»– den Grund dafür, warum ihr nichts mehr an Ihnen liegt. Ich bin sicher, es hat nichts mit Ihrem Aussehen zu tun. Sie ist ohnehin halb blind.«

»Also was will sie von mir?« winselte König Texas. »Ich habe ihr Straßen gebaut. Ich habe ihren Hafen gebaut. Ich habe den Boden eben gemacht, damit sie träumend ihre Stadt erschaffen konnte.«

»War sie schön?« sagte Phoebe.

»Niemals.«

»Nicht einmal ein wenig?«

»Nein. Sie war schon alt, als ich sie kennenlernte. Und sie war gerade aufgehängt worden. Schmutzig, großmäulig –«

»Aber?«

»Aber was?«

»Etwas müssen Sie geliebt haben.«

»O ja . . .« sagte er leise.

»Was?«

»Zum einen das Feuer in ihr. Den Hunger, den sie in sich hatte. Und natürlich die Geschichten.«

»Hat sie gute Geschichten erzählt?«

»Selbstverständlich, sie hat irisches Blut in sich.« Er lächelte vor sich hin. »So hat sie die Stadt erschaffen«, erklärte er. »Sie hat davon erzählt. Nacht für Nacht. Saß auf dem Boden und hat davon erzählt. Dann schlief sie, und am Morgen war da, was sie erzählt hatte. Die Häuser. Die Denkmäler. Die Tauben. Der Fischgeruch. Der Nebel. Der Rauch. So hat sie alles erschaffen. Geschichten und Träume. Träume und Geschichten. Es war herrlich mit anzusehen. Ich glaube, ich war nie so verliebt wie an einem solchen Morgen, wenn ich aufstand und sah, was sie gemacht hatte.«

Als sie seine Schilderung hörte, erwärmte sich Phoebe für ihn. Wahrscheinlich war er ein verliebter Narr, wie Maeve gesagt hatte, und eindeutig ein bißchen übergeschnappt, aber sie verstand dieses Gefühl nur zu gut.

Irgendwo über ihnen ertönte ein Grollen. Staub regnete von der rissigen Decke herab.

»Der Iad ist eingetroffen«, sagte er.

»O Gott.«

Er verdrehte seine Kieselaugen in den Höhlen. »Ich glaube, er walzt die Stadt nieder«, sagte er. Gefaßte Traurigkeit klang aus seinen Worten.

»Ich will nicht hier unten begraben werden.«

»Du wirst nicht sterben«, sagte er. »Ich habe Maeve die Wahrheit gesagt. Der Iad wird weiterziehen, aber der Fels wird bestehen bleiben. Hier, bei mir, bist du sicher.« Wieder erfolgte ein Beben. Phoebe erschauerte. »Komm in meine Arme, wenn du nervös bist«, sagte Texas.

»Mir geht es gut«, antwortete sie. »Aber ich würde gerne *sehen*, was da oben vor sich geht.«

»Nichts leichter als das«, entgegnete er. »Komm mit mir.«

Als er sie durch das Labyrinth seines Königreichs führte – an dessen Wänden er sein Gesicht zehntausendfach gestaltet und umgestaltet hatte, um sich auf eine Liebesszene vorzubereiten, die er nun nie spielen würde –, meditierte er laut über das Leben im Fels. Aber da das Tohuwabohu oben mit jedem Schritt zunahm, den sie gingen, die Wände ächzten und Steine herabregneten, bekam sie nur Bruchstücke von dem mit, was er sagte.

». . . überhaupt nicht solide . . .«, sagte er einmal. ». . . alles fließt, wenn man es lange genug beobachtet . . .«

Und ein wenig später: ». . . ein fossiles Herz, das habe ich . . . aber trotzdem schmerzt es, und schmerzt . . .«

Und noch später: ». . . San Antonio ist der Ort, um zu sterben. Ich wünschte, ich hätte noch Fleisch, um mich in Alamo zur letzten Ruhe zu betten . . .«

Schließlich führte er sie, nachdem sie sich etwa zehn Minuten derartige Bruchstücke anhören mußte, in eine Kammer von beachtlicher Größe, deren gesamter Boden gefegt und poliert war. Dort, im Boden unter ihren Füßen, sah sie eine periskopartige Spiegelung dessen, was sich an der Erdoberfläche abspielte. Es war ein ehrfurchtgebietender Anblick: Die brodelnde Dunkelheit des Iad-Körpers stürmte die Straßen der Stadt, wo sie vor wenigen Stunden noch gegangen war, und trug die Trümmer der Orte vor sich her, die er unterwegs in Schutt und Asche gelegt hatte. Sie sah den Kopf einer titanischen Statur eine der Straßen entlang rollen und ganze Gebäude niederwalzen. Sie sah so etwas wie eine kleine Insel, die mitten auf dem Marktplatz abgeladen worden war. Mehrere Schiffe waren zwischen den Türmen der Kathedrale liegengeblieben, und ihre Segel hatten sich aufgerollt, als wollten sie sie mit dem nächsten Wind davontragen.

Und zwischen diesem Treibgut befanden sich, in unzähliger Schar, Kreaturen aus dem Meer der Träume, die das Vorrücken des Iad aus den Tiefen emporgespült hatte. Die geringsten unter ihnen waren Variationen zum Thema Fisch: farbenfrohe Schwärme visionären Lebens, die von den Wellen über die Dächer der Stadt getragen wurden und dort in kunterbunter Vielfalt niederstürzten. Weitaus interessanter waren die Geschöpfe, die, wie Phoebe vermutete, aus den tiefsten Gräben von Essenz heraufbefördert worden waren, deren Gestalten die Inspiration für Seemansgarn aus aller Welt lieferte (oder davon inspiriert wurden). Handelte es sich bei jener glänzenden Spule nicht um eine Seeschlange, deren Augen wie zwei Öfen in dem verhüllten Kopf brannten? Und war die Bestie, die ihre Arme um die Masten eines gestrandeten Kutters schlang, nicht die Mutter aller Kraken?

»Verdammt«, sagte König Texas. »Es hat mir nie gefallen, daß ich mit dieser Stadt als Konkurrenten um ihre Aufmerksamkeit buhlen mußte, aber so sollte sie nicht zu Ende gehen.«

Phoebe sagte nichts. Ihr Blick war von den Trümmern zu dem Iad selbst gewandert. Was sie sah, beschwor Gedanken an eine Krankheit in ihr herauf – eine schreckliche, unheilbare, verzehrende Krankheit. Sie hatte kein Gesicht. Keine Bosheit. Keine Schuld. Vielleicht hatte sie nicht einmal einen Verstand. Sie kam, weil sie es konnte, weil niemand sie aufhielt.

»Er wird Everville zerstören«, sagte sie zu Texas.

»Vielleicht.«

»Nicht *vielleicht*«, wandte sie ein.

»Warum interessiert dich das?« sagte er. »Es hat dir dort nicht gefallen, oder?«

»Nein«, sagte Phoebe. »Aber ich möchte auch nicht mit ansehen müssen, wie es zerstört wird.«

»Das mußt du nicht«, sagte Texas, »Du bist hier bei mir.«

Phoebe dachte einen Moment darüber nach. Sie konnte ihn offenbar nicht dazu bringen, für sie zu intervenieren. Aber vielleicht gab es eine andere Möglichkeit.

»Wenn ich Maeve wäre –«, begann sie.

»Du bist zu normal im Kopf.«

»Aber wenn ich sie wäre ... wenn ich eine Stadt gegründet hätte, so wie sie Everville, nicht durch Träume, sondern durch harte Arbeit ...«

»Ja?«

»... und jemand würde sie für mich beschützen, die Sicherheit meiner Stadt gewährleisten ...«

Sie ließ den Satz unvollendet. Es folgten fünfzehn Sekunden des Schweigens, während Liverpool unter ihren Füßen bebte und schwankte. Dann sagte er:

»Würdest du diesen Jemand *lieben*?«

»Schon möglich«, sagte sie.

»O mein Gott ...«, murmelte er.

»Sieht so aus, als würde der Iad die Stadt verlassen«, sagte sie. »Er bewegt sich am Ufer entlang.«

»*Meinem* Ufer«, sagte König Texas. »Ich bin der Fels, weißt du nicht mehr?« Er kam über den Siegel zu der Stelle, wo sie stand, und legte ihr seine Lehmhand auf die Wange. »Danke«, sagte er. »Du hast mir Hoffnung gegeben.« Er wandte sich von ihr ab und sagte noch: *»Bleib hier.«*

»Ich kann nicht –«

»Bleib, habe ich gesagt. Und *sieh zu*.«

2

Im Verlauf der Reise nach Mem-é b'Kether Sabbat hatte Noah Summa Summamentis von der Fähigkeit der Iad Uroboros gesprochen, allein durch ihre Nähe Schrecken zu verbreiten, aber bis jetzt – bis er die Straßen von Liverpool betreten hatte –, hatte Joe keine Beweise für diese Fähigkeit entdeckt. In b'Kether Sabbat war das Böse des Iad durch den 'shu in Schach gehalten worden, und bis sie entfesselt wurde, war Joe ein Geist und offenbar gegen ihren Einfluß gefeit. Aber die Überlebenden, die durch die bebende Wüste irrten, waren ihm eindeutig zum Opfer gefallen, denn sie schluchzten und flehten kreischend, von dem Wahnsinn erlöst zu werden, der über sie kam. Manche waren ihm schon erlegen und saßen mit ausdruckslosen Gesichtern inmitten der Trümmer. Andere wurden zu gräßlichen Akten der Selbstverstümmelung getrieben, um das Grauen zu beenden; sie schlugen die Köpfe gegen Steine oder zerkratzten sich die Brust, um ihre Herzen zu beschwichtigen.

Es stand nicht in Joes Macht, ihnen zu helfen, er konnte nur weiterziehen, da er fest entschlossen war, wenigstens Zeuge dessen zu werden, was der Iad anrichtete. Vielleicht gab es ein höheres Gericht, vor dem seine Verbrechen verurteilt werden würden. In diesem Fall konnte er, Joe, aussagen.

Ein großes Feuer brannte vor ihm auf der Straße, dessen Flammen die staubverhangene Luft erhellten. Als er näher kam, sah er, daß es von rund zwanzig Menschen entfacht worden war, die Hand in Hand im Kreis herumgingen und laut beteten.

»– der du entzwei bist, sei eins in unseren Herzen –«

Ganz sicher flehten sie zu dem 'shu, dachte er.

»Der du entzwei bist . . .«

Aber ihr Gebet blieb offenbar ungehört. Zwar hatte der Iad von der Zerstörung der Stadt abgelassen, aber Überreste seiner schattenhaften Präsenz spukten noch in den Straßen, und eines der Bruchstücke, das nicht mehr als viereinhalb Meter hoch war und Ähnlichkeit mit einer Säule aus Dunkelheit hatte, näherte sich dem Feuer vom entgegengesetzten Ende der Straße. Eine aus der Gruppe, eine junge Frau mit einem Mund, der an eine Rose aus

Fleisch erinnerte, löste sich aus dem Kreis, entfernte sich von dem Feuer und schüttelte panisch den Kopf. Der Betende links von ihr ergriff ihre Hand und wollte sie wieder zum Feuer zurückziehen.

»Halt durch!« sagte er zu ihr. »Das ist deine einzige Hoffnung!«

Aber der Schaden war schon angerichtet. Der unterbrochene Kreis verlor jeden Zauber, den er gehabt haben mochte, und jeder der Betenden erlag dem bösen Einfluß des Iad. Einer der Männer zückte ein Messer und bedrohte damit die leere Luft vor sich. Ein anderer griff in die Flammen, verbrannte sich die Hände und schrie immerzu, daß etwas Schreckliches von ihm fernbleiben solle.

Dabei sah er durch das Feuer auf, und plötzlich verschwand jedwede Verwirrung aus seinem gequälten Gesicht. Er zog die Hand aus dem Feuer und sah Joe an.

»Seht . . .«, murmelte er.

Joe war erstaunt, daß der Mann ihn zur Kenntnis nahm. »Du kannst mich sehen?« sagte er.

Der Mann hörte ihn nicht. Er war zu sehr damit beschäftigt, den anderen Betenden zuzurufen: *»Seht! Seht!«*

Nun hatte ihn noch eine gesehen, eine Frau, deren Gesicht eine einzige Masse von Blutergüssen war, die aber bei seinem Anblick in ein ekstatisches Lächeln ausbrach.

»Seht, wie es *scheint* . . .«, sagte sie.

»Es hat uns erhört«, murmelte jemand anderer. »Wir haben gebetet, und es hat uns erhört.«

»Was seht ihr?« sagte Joe zu ihnen. Aber sie schienen ihn nicht zu hören. Sie sahen einfach zu der Stelle, wo seine Seele stand, weinten und rissen die Augen auf und sprachen ihren Dank aus.

Einer aus der Schar sah die Straße hinunter zu dem vermeintlich näher kommenden Iad, doch dieser war nicht mehr zu sehen. Entweder war er in den Leib seiner Nation zurückberufen worden, oder er war vor der Quelle der Freude geflohen, die plötzlich das Feuer umgab.

Die junge Frau, die als erste den Kreis unterbrochen

hatte, näherte sich Joe. Tränen liefen ihre Wangen hinab, und sie zitterte am ganzen Körper, aber sie war furchtlos in ihrem Begehren, die Vision zu berühren.

»Laß mich dich erleben«, sagte sie, während sie Joe die Hände entgegenstreckte. »Sei für immer und ewig bei mir.«

Die Worte und das Verlangen in ihren Augen beunruhigten ihn. Was immer hier geschehen war, er verstand es nicht und wollte es noch weniger. Er war immer noch Joe Flicker. Nur Joe und nichts anderes.

»Ich kann nicht . . .«, sagte er, obwohl er wußte, daß sie ihn nicht hören konnten, und wünschte sich von der Stelle weg.

Es war schwerer, sich zu entfernen, als näher zu kommen. Ihre Blicke schienen ihn abzubremsen, und er mußte sich anstrengen, um von ihnen freizukommen.

Erst als er fünfzig Meter entfernt die Straße hinunter war und ihr Verlangen keine Anziehungskraft mehr auf ihn ausübte, riskierte er einen Blick zurück. Sie lagen einander in den Armen und weinten vor Glück. Alle, außer der Frau, die versucht hatte, ihn zu berühren. Sie sah immer noch die Straße entlang in seine Richtung, und auch wenn er zu weit entfernt war, um ihre Augen zu sehen, spürte er ihren Blick auf sich und wußte, daß er sich davon nicht so ohne weiteres würde freimachen können.

3

»*Texas!*« rief Phoebe. »Verdammt, können Sie mich hören?«

Sie hatte die Spiegelhalle schon längst verlassen, und zwar aus dem Grund, weil diese kurz davor war, endgültig einzustürzen. Nun stand sie in einem von seinen Gesichtern gesäumten Tunnel und forderte, daß er zurückkam. Aber er kam nicht. Ihr fiel ein, wie sehr ihn der Gedanke beunruhigt hatte, das Blut einer Frau könnte hier unten vergossen werden, daher suchte sie in dem

Geröll unter ihren Füßen, bis sie etwas Scharfkantiges fand, krempelte den Ärmel hoch und fügte sich, ohne über ihr Tun nachzudenken, einen langen Schnitt über dem Handgelenk zu. So rot hatte ihr Blut noch nie ausgesehen. Sie ächzte vor Schmerzen, ließ es aber fließen und lehnte sich an die Wand, während ihre Gedanken durcheinanderwirbelten.

»*Was machst du da?*« Fast augenblicklich stieg er in Form von flüssigem Fels und wütend vor ihr auf.

»Ich habe dir gesagt: *kein Blut*!«

»Dann bring mich hier raus . . .«, sagte sie, plötzlich von kaltem Schweiß bedeckt, ». . . oder ich werde einfach weiter bluten.«

Das Beben wurde jeden Augenblick schlimmer. In den Wänden ertönte ein Knirschen, als würden sich die Zahnräder einer gigantischen Maschine festfressen.

»Ich bin der Fels«, sagte er.

»Das beteuerst du andauernd.«

»Wenn ich sage, daß du sicher bist, dann bist du sicher.«

Die Wand hinter ihr erbebte so heftig, daß mehrere seiner abgelehnten Gesichter am Boden zerschellten.

»Bringen Sie mich jetzt hoch oder nicht?« sagte sie.

»Ich bringe dich hoch«, sagte er, löste seine Füße aus dem Boden des Durchgangs und kam auf sie zu. »Aber du mußt zu meinen Bedingungen mit mir kommen.«

Sie sah ihn durch den pochenden Vorhang der Schmerzen an. »Was . . . sind deine Bedingungen?« sagte sie. Ihr wurde klar, daß sein Gesicht unfertiger als vorher wirkte; wie eine mit einer stumpfen Axt geschnitzte Maske.

»Wenn ich dich wegbringe«, sagte er, »dann muß es so sein.« Er breitete die Arme aus. »Deiner Sicherheit wegen mußt du dich an den Fels schmiegen. Einverstanden?«

Sie nickte. Die Vorstellung war nicht so schrecklich. Er war ein König, er war der Fels, er hatte ein Herz und konnte lieben, auch wenn es ein Fossil war. »Einverstanden«, sagte sie, unterband mit der Hand die Blutung und ließ sich von ihm in die Arme nehmen.

VII

1

Grillo war kein Experte für Babys, aber trotzdem ziemlich sicher, daß die Geräusche, die das Kind in Jo-Beths Armen hinter ihm von sich gab, ganz und gar nicht gesund waren.

»Was stimmt nicht mit ihr?« sagte er.

»Ich weiß nicht.«

»Hört sich an, als würde sie ersticken.«

»Ich glaube, du solltest anhalten.«

Das Baby schien Krämpfe zu haben, die mit jeder Unebenheit der Straße schlimmer wurden. Grillo bremste ein wenig, aber damit wollte sich Jo-Beth nicht zufriedengeben. »Anhalten!« sagte sie. »Nur ein oder zwei Minuten.«

Er sah auf die kleine Amy hinab, die ein bemitleidenswertes Wimmern von sich gab. Widerstrebend fuhr er an den rechten Straßenrand und brachte das Auto zum Stillstand.

»Sie will ihren Daddy«, sagte Jo-Beth.

»Er wird uns einholen.«

»Ich weiß«, fuhr das Mädchen fort. Das Schluchzen des Kindes wurde leiser. »Warum läßt du uns nicht einfach hier?« sagte sie. »Er wird nicht nach dir suchen, wenn er uns findet.«

»Was um alles in der Welt willst du damit sagen?«

»Ich weiß, du hältst für richtig, was du getan hast. Aber das war es *nicht*. Amy weiß es und ich auch.«

»Du sprichst von Tommy-Ray . . .«, sagte Grillo mit leiser Stimme.

»Wir müssen zusammen sein«, sagte sie. »Oder wir sterben. Wir alle sterben.«

Grillo betrachtete wieder das Kind in ihren Armen. »Ich weiß nicht, ob du durcheinander, verwirrt oder schlichtweg übergeschnappt bist, aber ich kann dir Amy nicht mehr anvertrauen.« Er streckte die Arme aus, um ihr das Baby wegzunehmen. Sofort drückte sie das Kind fest an sich, aber Grillo ließ sich nicht beirren. Er schob einen Arm unter das Bündel und zog Amy aus dem Griff ihrer Mutter.

Zu seiner Überraschung versuchte Jo-Beth nicht, sie zurückzuholen. Statt dessen sah sie die Straße entlang zurück.

»Er kommt«, sagte sie und streckte die Hand nach dem Türgriff aus.

»Bleib hier.«

»Aber er *kommt* –«

»Ich sagte –«

Zu spät. Sie hatte den Griff nach unten gedrückt und stieß die Tür auf. Er griff nach ihrem Arm und bekam ihn kurz zu fassen, doch sie befreite sich und sprang auf die Straße hinaus.

»Steig wieder ein!« schrie er.

Ein Windstoß schüttelte das Auto. Dann ein zweiter, heftiger als der erste. Jo-Beth stand jetzt mitten auf der Straße, drehte sich auf den Absätzen um und strich behutsam über ihre Brüste. Wieder erbebte das Auto. Diesmal wußte Grillo, daß er nicht auf sie warten konnte. Wenn er ausstieg, um sie zu holen, würde sie vor ihm weglaufen, und ihr geliebter Todesjunge würde die ganze Zeit näher kommen.

Er legte das Kind behutsam auf den Beifahrersitz und wollte gerade die Tür zuschlagen, als ihm ein Schwall bitter kalter Wind ins Gesicht wehte und ihn umwarf. Er prallte mit dem Hinterkopf heftig gegen die Scheibe, hielt sich aber am Lenkrad fest und zog sich wieder in die Höhe, während er die freie Hand nach dem Baby ausstreckte. Staub erfüllte das Wageninnere und bildete Finger aus, um ihm in die Augen zu stoßen und seinen Hals hinabzugreifen, um ihn zu ersticken.

Geblendet tastete er nach dem Kind, derweil das Auto immer heftiger erbebte. Er bekam die Decke zu fassen und zog sie zu sich, aber in diesem Augenblick stießen die

Geister das Auto in die Höhe, so daß es ächzend auf zwei Rädern schwankte. Er zog die Decke weiter zu sich und fürchtete, daß der Staub der Toten das Baby jeden Moment aus der Stoffhülle herausreißen würde, während die Legion mit aller Willenskraft gegen das Auto anstürmte und entschlossen schien, es umzuwerfen. Vielleicht waren einige seiner Peiniger zu Hilfe gerufen worden, denn die Finger, die an seinen Augen und seiner Kehle gekratzt hatten, waren verschwunden. Er wischte sich das Gesicht an der Schulter ab, um den Blick zu klären, schlug die Augen auf und stellte fest, daß die Decke in seinen Händen leer war. Er stützte sich am Armaturenbrett ab und zog sich, fest entschlossen, Amy zurückzubekommen, zu der offenen Tür. Die Windschutzscheibe barst, während er hochkletterte, und durch den Staub konnte er die Gesichter der Entführer sehen, vier oder fünf, aus der staubigen Luft geformt, die über seine Verzweiflung höhnten.

»*Dreckskerle!*« schrie er.

Der Klang seiner Stimme entlockte nicht den Geistern ein Schluchzen, sondern Amy. Sie hatten sie doch nicht geholt; sie war zwischen die Sitze gerutscht und lag unverletzt hinter ihm.

»Schon gut«, versuchte er sie zu beruhigen und ließ los, um zu ihr zu gelangen. In diesem Augenblick erreichte das schwankende Auto den kritischen Punkt, und es kippte auf die Seite. Durch den Lärm von berstendem Glas und zusammengedrücktem Metall hörte er den Todesjungen brüllen:

»*Stopp!*«

Der Befehl erfolgte zu spät. Das Auto wurde auf das Dach gewirbelt, das unter dem Gewicht einknickte. Die verbliebenen Fenster barsten nach innen, der Inhalt des Handschuhfachs fiel heraus. Grillo taumelte in dem Scherbenregen herum, seine Instinkte legten das bewußte Denken lahm, und er zog das Baby in seine Arme. Sein gebrechlicher Körper brach und riß. Er spürte etwas in Magen und Brust, wie eine plötzliche Verstopfung.

Dann kam das Auto schwankend zum Stillstand, und es herrschte so etwas wie Stille. Einen Augenblick glaubte er, das Kind wäre tot, aber offenbar schwieg Amy nur vor Schrecken, denn er konnte nicht weit entfernt ihre abgehackten Atemzüge in der Dunkelheit hören.

Er lag verkehrt herum, seine Beine standen angewinkelt ab, und er spürte etwas Heißes, das von den Lenden an seinen Beinen hinunterlief. Dann roch er es, beißend und vertraut. Er bepißte sich selbst. Ganz behutsam versuchte er, seine Haltung zu verändern, doch etwas hinderte ihn daran. Langsam griff er sich an die Brust und ertastete mit den Fingern eine spitze, feuchte Metallstrebe, die ein paar Zentimeter hinter dem linken Schlüsselbein aus seiner Brust ragte. Er verspürte keine Schmerzen, war aber zweifellos von vorne bis hinten aufgespießt worden.

»O Gott . . .«, sagte er ganz leise zu sich, dann streckte er die Hände kraftlos in die Richtung aus, von wo Amys Atmen ertönte. Die Bewegung schien eine Ewigkeit zu dauern. Während er die Arme ausstreckte, hatte er Zeit, an Tesla zu denken, und er hoffte, daß ihr sein Anblick in diesem Zustand erspart bleiben würde. Sie hatte so viel erduldet, und nach ihrer Suche und ihrem Leid hatte sie so wenig erreicht.

Er hatte mit den Fingern Amys Gesicht ertastet und strich Zentimeter um Zentimeter mit der Hand über ihren winzigen Körper. Seine Hand wurde gefühllos, aber soweit er es beurteilen konnte, blutete sie nicht, was ihn erleichterte. Als er wieder nach ihrem Gesicht tastete, ergriff sie seinen Finger und hielt ihn fest. Ihre Kraft erstaunte ihn. Das mußte sicher bedeuten, daß sie keine gravierenden Verletzungen davongetragen hatte. Er verlangte für seinen Körper etwas zusätzliche Atemluft, und seine Muskeln gehorchten. Behutsam sog er ein wenig Luft in seine blutenden Lungen, genügend für ein Wort oder zwei.

Er nutzte sie weise.

»Ich bin hier«, sagte er zu Amy und starb leise; sie bekam gar nicht mit, daß er nicht mehr war.

2

Noch ehe sie um die Biegung kamen, hörte Tesla die Kakophonie der Geister: ein anschwellendes, vorwurfsvolles Heulen. Sie fuhr mit dem Motorrad rechts ran und stellte es an der Kurve ab, gerade außer Sichtweite.

»Was immer wir hinter dieser Biegung finden«, sagte sie Howie, während sie abstiegen, »beherrsch dich.«

»Ich will nur meine Frau und mein Baby zurück.«

»Und wir holen sie«, sagte Tesla. »Aber, Howie, hirnlose Gewalt wird uns nichts nützen. Ein Wort, und wir sind beide tot. Denk daran. Tot wirst du Amy und Jo-Beth nicht viel nützen.«

Mit diesen Worten ging Tesla um die Kurve. Es gab keine Straßenlaternen auf dem Abschnitt, aber das Licht von Mond und Sternen beleuchtete die Szene hinreichend. Grillos Auto lag eingedrückt und verbeult auf dem Kopf. Jo-Beth stand, offenbar unverletzt, ein Stück davon entfernt. Weder von Grillo noch von dem Baby war eine Spur zu sehen.

Was Tommy-Ray anbetraf, der herrschte seine Truppe an; die Geister hatten sich wie eine Meute geprügelter Hunde zu seinen Füßen versammelt.

»Das war verdammt dumm!« schrie er sie an. *»Dumm!«*

Er griff in ihre wallende Substanz und zerrte zwei zerfetzte Hände voll vor sein Gesicht. Sie hingen wie Fetzen von seinen Fingern.

»Warum *lernt* ihr nicht?« tobte er.

Das Murmeln der Geister wurde noch panischer. Manche hoben flehend die mißgestalteten Gesichter zu ihm empor. Andere, die offenbar wußten, was ihnen bevorstand, verbargen die Köpfe.

Tommy-Ray riß den Mund weiter auf, als die natürliche Anatomie es zuließ, und nahm den verdreckten Äther zwischen die Zähne. Dann inhalierte er ihn buchstäblich, indem er die schmutzige Luft in die Lungen sog. Tesla sah, wie zwei schluchzende und flehende Phantomgesichter im Schlund des Todesjungen verschwanden, während der nächste in der Reihe sich verzweifelt bemühte, seinem Schicksal zu entgehen. Aber die Lektion war offenbar zu Ende, denn nun ergriff Tommy-Ray die Fasern, die ihm aus den Mundwinkeln hingen, biß darauf und zermalmte sie zwischen seinen Zähnen. Der Äther fiel auf beiden Seiten seines Kinns herab. Er ließ die durchgetrennten Enden fallen.

Die Überlebenden bekundeten murmelnd ihre Dankbarkeit und trollten sich.

Die ganze Episode hatte vielleicht fünfzehn Sekunden gedauert. In dieser Zeit hatten Tesla und Howie die halbe Strecke zwischen der Kurve und dem Wrack zurückgelegt. Sie mußten nicht mehr als fünfundzwanzig Meter bis zu dem Autowrack zurücklegen, liefen aber Gefahr, entdeckt zu werden, sollte Tommy-Ray zufällig in ihre Richtung sehen. Glücklicherweise hatte er noch eine andere Ablenkung: Jo-Beth. Er war zu ihr gegangen und unterhielt sich von Angesicht zu Angesicht mit ihr. Sie wich nicht vor ihm zurück. Selbst als er die Hände zu ihrem Gesicht hob – ihre Wangen streichelte, ihr Haar, ihre Lippen – stand sie reglos vor ihm.

»Herrgott . . .«, murmelte Howie.

Tesla sah über die Schulter. »Da ist etwas Lebendes drin«, sagte sie und nickte in die Richtung von Grillos Auto.

Howie sah hin. »Ich kann nichts erkennen«, sagte er und wandte seine Aufmerksamkeit wieder der Begegnung der beiden Zwillinge zu.

»Das kann er nicht machen«, knurrte er, drängte sich an Tesla vorbei und ging auf sie zu. Er ging so schnell, daß Tesla keine andere Wahl blieb, als im selben Moment zu handeln. Sie lief zu dem Auto und suchte das dunkle, zerfetzte Metall nach weiteren Spuren von Leben ab. Und sie fand welche; eine winzige Bewegung. Sie war noch etwa ein Dutzend Schritte von dem Auto entfernt, und der Geruch von Benzin stieg ihr stechend in die Nase. Sie duckte sich und hastete zur anderen Seite des Fahrzeugs, um das Wrack zwischen sich und Tommy-Ray zu bringen. Obwohl sie versuchte, seine Stimme zu verdrängen, bekam sie Bruchstücke von dem mit, was er zu Jo-Beth sagte.

»... es wird noch mehr geben ...«, murmelte er. »Viel mehr ...«

Sie kniete in einer Benzinlache und sah in das Wrack hinein, während sie Tommy-Rays Worte als Deckung für ihren eigenen leisen Ruf benützte: »Grillo ...?«

Während sie es aussprach, entzifferte ihr Blick den Sinn in diesen verschlungenen Umrissen vor ihr. Ein umgestürzter Sitz; ein Durcheinander von Karten. Und dazwischen, o Gott, Grillos Arm. Vorsichtig streckte sie die Hand aus, berührte ihn und flüsterte wieder seinen Namen, doch sie bekam keine Antwort. Sie steckte den Kopf durch das zerschellte Fenster und zog an den Trümmern, die ihr den Weg zu ihm versperrten. Feiner Ölregen tropfte ihr ins Haar und lief an ihrem Gesicht herab. Sie wischte es mit dem Handrücken ab und machte sich erneut über die Trümmer her. Diesmal löste sich ein Teil des Sitzes, und sie schob ihn beiseite, damit sie Grillo besser sehen konnte. Er hatte ihr das Gesicht halb zugewendet, und als sie ihn sah, sprach sie seinen Namen wieder aus, wußte aber im selben Moment, daß es vergebliche Liebesmüh war. Er war tot, von einem Stück Metall durchbohrt. Trotz des grauenhaften Anblicks schien es, als wäre er nicht unter Schmerzen gestorben. Sein verbrauchtes Gesicht, das sie berührte, wirkte fast verklärt.

Während sie mit den Fingern über sein Gesicht strich, regte sich etwas in der Dunkelheit hinter ihm: Amy, es war Amy! Tesla zwängte sich in das zerquetschte Wrack, bis ihr Gesicht nur noch Zentimeter von Grillos durchbohrter Brust entfernt war, und sah über ihn hinweg. Da lag das Baby, Augen feucht und groß im halbdunkel, und umklammerte mit einem Händchen den Zeigefinger von Grillos linker Hand.

Tesla war sicher, daß es ihr nie gelingen würde, den toten Mann zu bewegen; er und das Fahrzeug waren untrennbar miteinander verschmolzen. Ihre einzige Hoffnung – und die Amys – bestand darin, daß sie über den

Leichnam hinweg griff, um die Strebe herum, die Grillo aufgespießt hatte, und das Kind zwischen dem zerfetzten Metall oben und dem Leichnam darunter hindurchzog. Sie kroch so weit in das Wrack hinein, wie der Platz es zuließ, und streckte die Arme über Grillos Leichnam hinweg aus – wobei ihre Brust gegen den klebrigen Torso drückte –, um das Baby zu fassen zu bekommen.

Dabei hörte sie Tommy-Rays Stimme.

»... tot ...«, sagte er.

Diesmal hörte sie auch eine Antwort. Nicht von Jo-Beth, sondern von Howie. Tesla bekam nur ein paar Worte mit; aber sie erkannte, daß er mit Jo-Beth sprach, nicht mit ihrem Bruder.

»Sprich weiter« murmelte Tesla. Je länger Howie Tommy-Ray ablenkte, desto größer wurde ihre Chance, das Kind zu befreien.

Sanft drängend gelang es ihr, Amys Hand von Grillos Finger zu lösen, dann hob sie das Kind hoch, während sie gleichzeitig rückwärts robbte, Bauch auf dem Innendach des Autos. Das Baby blieb die ganze Zeit unheimlich still. Schock, vermutete Tesla.

»Schon gut«, sagte sie und versuchte, ein beruhigendes Lächeln zustande zu bringen. Amy sah sie mit leerem Blick an.

Sie hatten das Wrack fast hinter sich gelassen. In der Gewißheit, daß sie Grillo nie wieder zu Gesicht bekommen würde, hielt sie einen Moment inne und betrachtete ihn.

»Bald«, versprach sie ihm. »Sehr bald.«

Dann drückte sie das Baby an sich und richtete sich auf.

Auf der anderen Seite des Wracks brüllte Tommy-Ray. Seine Stimme drückte komplexe Gefühle aus, wie Tesla sie noch nie bei ihm gehört hatte, als hätte er einen Chor aus den Toten gebildet, die er verschlungen hatte, indem er ihre Stimmen mit seinen verschmolz.

»*Sag es ihm ...*«, herrschten die Stimmen Jo-Beth an, »*... sag ihm die Wahrheit ...*«

Tesla hatte sich ganz von dem Wrack entfernt und riskierte es, aufzustehen, da sie (korrekterweise) vermutete, daß der Todesjunge zu beschäftigt sein würde, um in ihre Richtung zu sehen. Er stand ein Stück hinter seiner Schwester und hatte die Arme auf ihre Schultern gelegt.

»Sag ihm, wie es zwischen uns steht«, sagten die Stimmen aus ihm.

Jo-Beths Miene war nicht mehr ausdruckslos. Im Angesicht ihres Mannes, dessen Beunruhigung ihm deutlich ins Gesicht geschrieben stand, war sie gerührt, sie konnte nicht anders. Tommy-Ray schüttelte sie ein wenig. »Warum spuckst du es nicht aus?« wollte er wissen.

Schließlich murmelte sie: »Ich weiß gar nichts mehr.«

Als es ihre Stimme hörte, fing das Baby in Teslas Armen an zu weinen. Tesla erstarrte, als drei Augenpaare auf sie gerichtet wurden.

»Amy!« schluchzte Jo-Beth, verließ ihren Platz zwischen den beiden Männern und lief mit ausgestreckten Armen auf Tesla zu.

»Gib sie mir!«

Sie war einen oder zwei Meter von dem Wrack entfernt, als Tommy-Ray rief:

»Warte!«

Seine Stimme klang so vehement, daß sie gehorchte.

»Bevor du dieses Kind berührst«, verlangte Tommy-Ray, »möchte ich, daß du ihm sagst, wem es gehört.«

Tesla konnte Jo-Beths Gesicht sehen, die Männer nicht. Sie konnte den Konflikt darin erkennen. »W-w-was s-s-soll d-d-das heißen?« fragte Howie.

»Ich glaube, sie will es dir nicht sagen«, fuhr Tommy-Ray fort, »aber ich schon. Du sollst es ein für allemal erfahren. Ich habe euch vor einer ganzen Weile einen Besuch abgestattet, um zu sehen, wie es meiner kleinen Schwester geht, und wir ... waren zusammen, du würdest es nicht glauben. Das Kind ist *von mir*, Katz.«

Howie sah Jo-Beth an. »Sag ihm, daß er ein Lügner ist«, sagte er. Das Mädchen regte sich nicht. *»Jo-Beth? Sag ihm, d-d-daß er ein Lügner ist!«*

Er hatte die Pistole aus der Jackentasche geholt – Tesla

war der Meinung gewesen, er hätte sie auf dem Parkplatz weggeworfen, doch mußte er sie wohl wieder aufgehoben haben, bevor er auf das Motorrad aufgestiegen war – und hielt sie in Jo-Beths Richtung.

»Ich w-w-will, daß d-d-du es ihm s-s-sagst!« brüllte er sie an. »E-e-er ist ein *Lügner*!«

Teslas Blick schweifte von der Pistole zu Jo-Beth und zu dem nassen Boden, und plötzlich kamen ihr Bilder der Mall in Palomo Grove in den Sinn. Fletcher, benzingetränkt, versessen darauf, vom Feuer verzehrt zu werden. Die Waffe in ihrer eigenen Hand, bereit, einen Funken zu schlagen –

Nicht noch einmal, betete sie. Bitte, lieber Gott, nicht noch einmal.

Tommy-Ray tobte immer noch.

»Du hast sie nie wirklich besessen, Katz. Du hast es geglaubt, aber sie ist tiefer, als du es je ergründen könntest.« Er schürzte die Lippen beim Sprechen. »*Viel* tiefer.«

Howie sah die Benzinlache um die Füße seines Gegners und schoß ohne zu zögern. Die gesamte Abfolge der Ereignisse – von dem Blick bis zu dem Schuß – konnte nicht mehr als drei Sekunden gedauert haben, aber Tesla hatte dennoch Zeit, sich zu fragen, welchen Platz die Übereinstimmung am Geschichtenbaum hatte –

Dann schlug der Funke, die Flamme folgte, und die Luft rings um Tommy-Ray verwandelte sich in Gold.

Howie stieß ein Triumphgeheul aus. Dann richtete er den Blick auf Jo-Beth.

»Willst du ihn immer noch?« schrie er.

Jo-Beth stieß ein Schluchzen aus. »Er liebt mich«, sagte sie.

»Nein!« kreischte Howie und kam auf sie zu. »Nein! Nein! Nein! Ich bin derjenige, der dich liebt –« Er stieß ihr einen Finger gegen die Brust.

Während er mit ihr sprach, bewegte sich das Feuer, das um den Todesjungen herum erblüht war, auf sie zu.

Sie sah es nicht. Sie war zu sehr damit beschäftigt, Howie anzuflehen, daß er *bitte aufhören sollte, bitte* –

»Howie!« rief Tesla. Er sah in ihre Richtung. »Das Feuer, *Howie* –«

Jetzt sah er es. Ließ die Waffe fallen und rannte auf Jo-Beth zu und rief dabei eine Warnung. Er hatte gerade einmal die Hälfte der Strecke zurückgelegt, als sich die Flammen, die den Todesjungen einhüllten, wie ein Vorhang teilten und Tommy-Ray sichtbar wurde. Er brannte lichterloh von Kopf bis Fuß; Flammen loderten aus seinem Mund un den Augenhöhlen, aus seinem Bauch und seinen Lenden. Dabei schien ihn nicht besonders zu kümmern, daß er brannte. Er schlenderte fast beiläufig auf seine Schwester zu.

Sie hatte ihn gesehen und wäre mit Sicherheit vor ihm geflohen, aber der Boden unter ihren Füßen stand in Flammen, und als sie zurückwich, loderte das Feuer an ihrem Kleid empor. Sie schrie und schlug mit den Händen nach den Flammen, aber es verzehrte den dünnen Stoff ungeheuer schnell und ließ sie fast nackt zurück.

Howie war nur noch zwei Meter von den Flammen entfernt und stürzte sich ohne zu zögern mit ausgestreckten Armen hinein, um seine Frau zu retten. Aber der Todesjunge kam über ihn und packte mit einer feurigen Faust den Kragen seiner Jacke. Howie machte eine halbe Drehung, um ihn wegzuprügeln, während er die freie Hand nach der kreischenden Jo-Beth ausstreckte. Das Feuer hatte ihr langes Haar erreicht, das plötzlich wie eine Feuersäule auf ihrem Kopf auf loderte. Sie hatte die Arme ausgebreitet, und als er sie zu fassen bekam, schlang sie sie um ihn.

Tesla hatte auf der Straße, die sie zu diesem Punkt geführt hatte, eine Menge Gräßliches gesehen, aber nichts – weder in der Schleife noch am Point Zero – war so schrecklich gewesen wie das hier. Jo-Beth kreischte nicht mehr. Ihr Körper zappelte herum, als hätte sie einen epileptischen Anfall, und die Krämpfe waren so schlimm, daß Howie sie nicht aus dem Feuer heraustragen konnte.

Und er konnte sich nicht von ihr lösen. Ihre schwarzen Arme umklammerten ihn und hielten ihn als Gefangenen in dem Scheiterhaufen.

Tommy-Ray fing an zu schreien; ein schrilles, irres Heulen. Er wollte Jo-Beth von Howie wegziehen, jedenfalls versuchte er es, aber das Feuer war von der Ehefrau auf den Mann übergesprungen, und ihre Körper waren zu einer einzigen Säule aus Flammen und Fleisch geworden. Jo-Beths Zuckungen hatten aufgehört. Sie war mit Sicherheit tot. Aber Howie hatte noch Leben in sich. Genügend, daß er die Hand hinter dem Kopf seiner Frau heben und auf der Schulter liegen lassen konnte, als wäre die Hitze gar nichts und sie würden langsam in den Flammen tanzen.

Diese zärtliche Geste war seine letzte. Seine verbrannten Beine gaben nach, er sank auf die Knie und zog Jo-Beth mit sich nach unten. Bis zum letzten Augenblick gab er keinen Laut von sich. Das Paar schien von Angesicht zu Angesicht in den Flammen zu knien, Howies Hand liebkoste Jo-Beth immer noch, Jo-Beths Kopf lag immer noch an Howies Schulter.

Tommy-Ray entfernte sich nun von den beiden Toten und ging zur anderen Straßenseite, wo seine Geisterlegion nach der Bestrafung wartete. Sie kamen zu ihm, ob aus freien Stücken oder auf seinen Befehl hin, blieb unklar, stiegen um ihn herum empor und hüllten ihn ein. Die Flammen wurden erstickt, und er sank inmitten seiner Gefolgschaft zu Boden. Ein Schluchzen entrang sich ihm. Ebenso der Name seiner Schwester, den er immer und immer wiederholte.

Tesla sah wieder zu dem Feuer um Howie und Jo-Beth. Da seine Nahrung fast verzehrt war, sank es zunehmend in sich zusammen. Die Leichen waren verkohlt, aber man konnte immer noch ihre Arme erkennen, die sie eng umeinander geschlungen hatten.

Tesla hörte jemanden hinter sich schluchzen. Sie machte sich nicht die Mühe, sich umzudrehen. Sie wußte, wer es war.

»Zufrieden?« sagte sie zu dem kleinen Mädchen. »Gehst du jetzt nach Hause?«

»Bald . . .« lautete die Antwort.

Diesmal antwortete nicht die federleichte Stimme des Kindes. Verwirrt drehte sich Tesla um. Hinter ihr lag ein grasbewachsener Hang, auf dem etwa ein halbes Dutzend große, ausnahmslos abgestorbene Büsche gepflanzt worden waren. Die drei Schaulustigen saßen auf den höchsten Zweigen, aber so leicht, als hätten sie überhaupt kein Gewicht. Sie hatten ihr bisheriges Äußeres zugunsten ihrer, wie Tesla vermutete, wahren Gesichter aufgegeben. Diese erinnerten sie an Porzellanpuppen mit kleinen Köpfen, einfachen Gesichtszügen und fast weißer Haut. Gekleidet freilich waren sie in Gewänder von päpstlichem Gepränge, mit überbordenden goldenen Falten. Ihr Äußeres wies kaum Unterscheidungsmerkmale auf, aber sie vermutete, das Individuum am dichtesten bei ihr war die kleine Miß Perfect gewesen, da sie Tesla nun wieder ansprach.

»Ich wußte, daß wir eine gute Wahl getroffen haben«, sagte er, sie oder es. »Du hast unsere kühnsten Hoffnungen erfüllt.«

Tesla sah zu Tommy-Ray zurück. Er war immer noch in Dunst gehüllt und trauerte nach wie vor. Aber früher oder später würde er kommen, um das Kind zu holen. Es blieb keine Zeit, ihre unerwünschten Begleiter auszuhorchen. Nur ein paar Fragen, dann mußte sie gehen.

»Wer zum Teufel seid ihr?«

»Wir sind Jai-Wai«, entgegnete das Geschöpf. »Und ich bin Rare Utu. Yie und Hahe kennst du schon.«

»Das sagt mir gar nichts«, antwortete Tesla. »Ich will verdammt noch mal wissen, *was* ihr seid.«

»Das ist im Augenblick eine zu lange Geschichte« antwortete Utu.

»Dann werde ich sie nie zu hören bekommen«, sagte Tesla.

»Vielleicht ist es besser so«, antwortete Yie. »Besser, wenn du deines Weges gehst.«

»Ja, geh«, sagte der Dritte des Trios. »Wir wollen wissen, was als nächstes passiert . . .«

»Habt ihr nicht genug gesehen?« sagte Tesla.

»Niemals«, sagte Rare Utu fast traurig. »Buddenbaum hat uns so viel gezeigt. So viel.«

»Aber nie genug«, sagte Yie.

»Vielleicht solltet ihr versuchen, euch einzumischen«, sagte Tesla.

Rare Utu erschauerte wahrhaftig. »Das könnten wir *niemals* tun«, sagte sie. *»Niemals.«*

»Dann werdet ihr niemals zufrieden sein«, sagte Tesla, wandte sich von ihnen ab und ging zu ihrem Motorrad, wobei sie ab und zu Blicke auf Tommy-Ray warf. Sie hätte sich keine Sorgen machen müssen. Er wurde nach wie vor vom Dunst seiner Legion eingehüllt.

Sie holte ein paar elastische Gurte aus der Werkzeugtasche und schnallte das Baby vorsichtig auf den Rücksitz. Dann ließ sie den Motor an und rechnete fast damit, daß das Geräusch die Legion auf sie aufmerksam machen würde. Aber nein. Als sie um die Kurve fuhr, hatten sich der Todesjunge und seine Legion immer noch nicht bewegt. Sie fuhr an ihnen vorbei und drehte sich ab und zu einmal um, weil sie feststellen wollte, ob die Jai-Wai von dem Hang verschwunden waren. Sie waren verschwunden. Sie hatten die dreifache Tragödie genossen und sich auf den Weg gemacht, um einen neuen Nervenkitzel zu suchen. Der Teufel sollte sie holen. Tesla empfand nur Verachtung für sie. Es handelte sich eindeutig um Wesen einer höheren Ordnung, aber ihr Interesse am Leid der Menschen stieß sie ab. Tommy-Ray konnte nicht anders. Sie schon.

Aber trotz aller Wut ging ihr der Ausdruck, den sie immer wieder gebrauchten, nicht aus dem Sinn, und sie vermutete, daran würde sich nichts ändern, bis der Tod sie taub machte.

Was kommt als nächstes? Das war die ewige Frage. *Was kommt als nächstes? Was kommt als nächstes?*

VIII

1

»Haben die vor, Sie zu kreuzigen, D'Amour?«

Harry wandte sich von den Kreuzen ab, vor denen er stand, und dem Typen in der Mönchskutte zu, der aus dem Nebel kam. Der Mann war ein Musterbeispiel für Schlichtheit, seine dunkle Kleidung machte nicht ein einziges Zugeständnis an Eitelkeit, sein Haar war so kurz geschoren, daß man die Kopfhaut darunter sehen konnte, und sein breites, nichtssagendes Gesicht war fast farblos. Und doch war etwas da, das Harry kannte; etwas in den Augen.

»Kissoon?« Das Allerweltsgesicht des Mannes wurde verdrossen. »Sie sind es doch, oder nicht?«

»Woher wissen Sie das?«

»Binden Sie mich los, dann sage ich es Ihnen«, sagte Harry. Man hatte ihn an einen in den Boden gerammten Pfahl gefesselt.

»So sehr interessiert es mich auch wieder nicht«, entgegnete Kissoon. »Habe ich Ihnen je gesagt, wie sehr ich Ihren Namen mag? Nicht Harold; Harold ist lächerlich. Aber D'Amour. Vielleicht nehme ich ihn an, wenn Sie da oben sind.« Er nickte zu dem mittleren Kreuz. Gamaliel und Bartho waren gerade dabei, den Leichnam der Frau abzuhängen. »Vielleicht lege ich mir hundert Namen zu«, fuhr Kissoon fort. Dann senkte er die Stimme zu einem Flüstern: »Vielleicht aber auch gar keinen.« Das schien ihm zu gefallen. »Ja, das wäre das beste. Namenlos zu sein.« Er hob die Hände zum Gesicht. »Vielleicht auch ohne Gesicht.«

»Glauben Sie, der Iad wird Sie zum Herrn der Welt machen?« sagte Harry.

»Sie haben mit Tesla gesprochen.«

»Dazu wird es nie und nimmer kommen, Kissoon.«

»Sind Sie vertraut mit dem Werk von Filip dem Chantiacen? Nein? Er war ein Einsiedler. Lebte auf einer Insel, einer winzigen Insel, in der Nähe der Küste von Almoth's Saw. Nur wenige wagten sich dorthin – sie hatten Angst, die Strömung könnte sie an der Insel des Chantiacen vorbeitragen und an der Küste der Iad anspülen – aber wer sich dorthin wagte, kam mit Perlen seiner Weisheit zurück –«

»Und die waren?«

»Darauf komme ich noch. Wesentlich ist, zu seiner Zeit war Filip der Chantiacer Regent der Stadt b'Kether Sabbat gewesen, und er war so, wie wir alle uns unsere Herrscher wünschen. Dennoch existierten Zwietracht und Gewalt und Haß in seiner Stadt. Daher sagte er eines Tages: ›Ich ertrage die Makel der Sapas humana nicht mehr‹, und entfloh auf seine Insel. Und am Ende seines Lebens, als ihn jemand fragte, was er sich für die Welt wünschte, sagte er: ›Ich träume nur von einem Ende von Mut und Leidenschaft und Hingabe. Einem Ende von menschlicher Kraft und menschlicher Duldsamkeit. Und einem Ende der Brüderschaft. Und Schwesternschaft. Einem Ende des Trotzes in Trauer, und Trost im Lachen. Eine Ende der Hoffnung. Dann werden wir vielleicht alle wieder zu Fischen und sind zufrieden.‹«

»Und das wollen Sie?« sagte Harry.

»O ja. Ich will ein Ende –«

»Wovon?«

»Dieser verdammten Stadt, zunächst einmal«, entgegnete Kissoon und sah den Berghang hinunter Richtung Everville. Er kam ein Stück näher. Harry studierte sein Gesicht und suchte nach einem Riß in der Maske, konnte aber keinen finden. »Ich habe eine Menge Zeit damit verbracht, um die *Neirica* auf dem gesamten Kontinent abzuriegeln«, sagte er. »Um sicherzustellen, daß die Iad, wenn sie endlich kommen würden, über diese Schwelle kommen müßten.«

»Sie wissen nicht einmal, was sie sind –«

»Das spielt an sich keine Rolle. Sie bringen das Ende von allem. Das ist wichtig.«

»Und was wird aus Ihnen?«

»Ich habe diesen Berg«, sagte Kissoon, »und ich werde hinabschauen auf eine Welt voller Fische.«

»Angenommen, Sie irren sich.«

»In welcher Hinsicht?«

»Was die Iad angeht. Wenn sie nun Schmusekatzen sind?«

»Sie sind alles in uns, das verderbt ist, D'Amour. Sie sind jedes schmutzige, versaute Ding, das sich von unseren Exkrementen ernährt und nur darauf wartet, freigesetzt zu werden, wenn niemand hinsieht.« Er kam noch näher, bis er gerade außerhalb von Harrys Reichweite war. Eine Hand hatte er auf die Brust gelegt. »Haben Sie in jüngster Zeit einmal ins menschliche Herz geschaut?« sagte er.

»In den letzten Tagen nicht, nein.«

»Unaussprechlich, was dort lauert –«

»Vielleicht in Ihrem.«

»*In allen*, D'Amour, *in allen*! Wut und Haß und Gier!« Er deutete zu der Tür. »Das kommt durch, D'Amour. Es wird kein menschliches Gesicht haben, aber ein menschliches Herz. Das garantiere ich Ihnen.«

Hinter Harry wurde der Leichnam von Kate O'Farrell auf den Boden geworfen. Er sah sie an; die Qualen ihrer letzten Augenblicke standen ihr deutlich ins Gesicht geschrieben.

»Ein schreckliches Ding, das menschliche Herz«, sagte Kissoon. »Ein ganz schreckliches Ding.«

Harry brauchte einen Moment, bis er den Blick vom Gesicht der toten Frau abwenden konnte, als würde ein Teil von ihm glauben, er könnte ihre Qualen vermeiden, indem er sie studierte. Als er Kissoon wieder ansah, wandte sich der Mann ab und ging wieder den Berg hinauf. »Genießen Sie die Aussicht, D'Amour«, sagte er, dann war er verschwunden.

2

Als Joe die Straßen der Stadt verließ und dem Iad am Ufer entlang folgte – um Zeuge zu werden, wenn nichts anderes, dann zumindest, um Zeuge zu werden –, erbebte der Boden. Links von ihm toste das Meer der Träume heftiger denn je. Rechts von ihm bekam die Straße, die am Ufer entlangführte, tiefe Risse und Verwerfungen und brach an manchen Stellen ganz weg.

Die Masse des Iad, der sich der Tür jetzt bis auf zweihundert Meter genähert hatte, spürte offenbar nichts von dem Beben. In der kurzen Zeit, seit er ihn kannte, hatte Joe ihn mit vielem verglichen. Einer Mauer, einer Wolke, einem siechenden Leib. Nun kam er ihm wie ein Schwarm winziger Insekten vor, so dicht gepackt, daß sie jedes Fünkchen Licht und Verständnis abhielten, während sie ihrem Ziel entgegenwalzten.

In den Stunden, seit er durchgekommen war, hatte sich die Tür sichtlich vergrößert. Ihre unteren Regionen waren immer noch nebelverhangen, aber ihr höchster Punkt lag mittlerweile mehrere hundert Meter über dem Ufer, und sie wuchs vor seinen Augen und sprengte den Himmel. Wenn Engel auf der anderen Seite lebten, dachte er, wäre jetzt für sie der Augenblick gekommen, ihre Gesichter zu zeigen; herabzustoßen und den Iad mit ihrer Pracht zurückzudrängen. Aber der Riß wuchs immer weiter, der Iad kam immer näher, und die einzige Reaktion kam nicht vom Himmel, sondern von der Erde, auf der seine Seele verharrte –

Das Erbeben der Felsen blieb auf Harmon's Heights nicht unbemerkt. Das Zittern lief durch Boden und Nebel gleichermaßen und löste eine gewisse Aufregung unter Zurys Bande aus. Harry konnte sie nicht sehen, aber deutlich hören: ihre Willkommenslieder – die sie erst vor kurzem angestimmt hatten – gingen in ein ängstliches, erwartungsvolles Schluchzen über, während die Erschütterungen in den Felsen eskalierten.

»Am Ufer ist was los«, sagte Coker zu Erwin.

»Wir sollten uns fernhalten«, riet der Anwalt und warf einen ängstlichen Bick auf die Kreuze. »Es ist schlimmer, als ich dachte.«

»Ja, das stimmt«, sagte Coker. »Aber das heißt nicht, daß wir Feiglinge sein sollten!«

Er lief an den Kreuzen und dem gefesselten D'Amour vorbei den Hang hinauf, der in seismischen Wellen erschauerte. Erwin folgte ihm, aber mehr aus Angst, er würde seinen einzigen Gefährten in diesem Wahnsinn verlieren, als von dem Wunsch beseelt, zu erfahren, was vor ihm lag. Er wünschte sich – oh, wie sehr er sich das wünschte – das Leben zurück, das er geführt hatte, bevor er McPhersons Geständnis fand. Wünschte sich das Kleinkarierte und das Triviale; alle Kleinigkeiten, die ihn so geärgert hatten. Wenn er den Kühlschrak nach etwas durchsuchen mußte, das schlecht roch; wenn er einen Fleck auf seiner Lieblingskrawatte fand; wenn er vor dem Spiegel stand und sich wünschte, er hätte mehr Haare und weniger Bauch. Vielleicht war es ein unspektakuläres Leben gewesen, ohne Sinn oder Ziel dahinzutreiben, aber jetzt, da ihm all das fehlte, stellte er fest, daß er die Banalität gemocht hatte. Sie war besser als die Kreuze und die Tür und alles, was hindurchkam.

»Sieht du?« sagte Coker, als Erwin ihn eingeholt hatte.

Er sah. Wie hätte er es nicht sehen können? Die Tür, die sich in den Nebel erstreckte, als wäre sie begierig, die Sterne aufzuspießen. Das Ufer auf der anderen Seite, jeder Fels und jeder Kiesel, ragte als solide Welle auf.

Und am schlimmsten war die wallende Energiewand, die sich am Ufer entlang näherte –

»Ist er das?« sagte er zu Coker. Er hatte mit einer deutlicheren Manifestation der kommenden Schrecken gerechnet. Die Ausrüstung eines Vertilgers, den Blick eines Folterknechts, die Wut eines Tobsüchtigen: eine deutliche Ankündigung des Bösen. Aber statt dessen sah er etwas vor sich, das er hätte entdecken können, indem er die Augen schloß. Die Dunkelheit hinter seinen Lidern.

Coker rief als Antwort etwas über die Schulter, aber die Worte gingen in dem Tumult unter. Das Ufer jenseits der Schwelle erbebte wie ein Körper in den Krämpfen eines *grand mal*, und jede Zuckung schleuderte Felsbrocken, so groß wie Häuser, in die Luft, immer wieder hinauf, und das Ausmaß der Verwüstung nahm vor Erwins Augen stets noch zu. Derweil schlenderte Coker weiter, obwohl der Boden unter seinen Füßen mehr und mehr instabil wurde und Steine, Erde und Vegetation zu einem schmutzigen Mischmasch verschmolzen. Dieser reichte ihm mittlerweile bis zu den Hüften, und es schien, als wäre sein Phantomkörper ein Spielball der Strömungen, denn er wurde zweimal umgeworfen und in Erwins Richtung zurückgespült.

Er trotzte der Strömung nicht nur, damit er das bebende Ufer besser sehen konnte. Zwei weitere Gestalten befanden sich im Griff der verflüssigten Erde – eine alte Frau, die sich an den Rücken eines Mannes klammerte, der aussah, als hätte sein letztes Stündlein geschlagen –, und Coker bemühte sich, zu ihnen zu gelangen. Blut floß aus einer schweren Wunde seitlich am Kopf des Mannes, wo etwas – möglicherweise ein Felsbrocken – das Ohr abgerissen und die Kopfhaut hatte aufplatzen lassen, so daß man den blanken Schädelknochen sehen konnte. Erwin begriff nicht, weshalb Coker so versessen darauf war, diese beiden Unglücklichen näher zu betrachten, aber er watete selbst in den geschmolzenen Sand, um es herauszufinden.

Dann hörte er, was Coker rief.

»Heilige Maria, Mutter Gottes, sieh sie dir an! Sieh doch!«

»Was denn?« rief Erwin zurück.

»Das ist Maeve, Toothaker! *Das ist meine Frau!*«

Das zunehmende Beben hatte Bartho nicht von seiner Aufgabe abgelenkt. Je heftiger der Boden bebte und schwankte, desto mehr konzentrierte er sich auf seine Pflichten, als wäre es seine Erlösung, D'Amour zu kreuzigen.

Er bückte sich gerade, um Harry loszubinden, damit er ihn zu dem Kreuz bringen konnte, als einer der Handlanger des Segensm'n Zury – ein Geschöpf mit einem runden, scheckigen Gesicht und dem o-beinigen Gang eines Liliputaners – in Sicht kam und Barthos Hammer aufhob. Der Kreuziger befahl ihm, den Hammer wieder hinzulegen, aber statt dessen lief der Handlanger auf ihn zu und schlug ihm ins Gesicht, und zwar mit einem so heftigen Schlag, daß der größere Mann zu Boden stürzte. Bevor er wieder aufstehen konnte, schlug ihn der Handlanger ein zweites- und ein drittesmal. Helle Flüssigkeit spritzte aus Barthos gespaltenem Schädel, und er stieß ein rhythmisches Heulen aus. Falls es sich um einen Hilferuf handelte, so blieb er unbeantwortet oder möglicherweise ungehört, beim Tosen der bebenden Erde und der Atmosphäre nicht verwunderlich. Als ihm die Luft zum Wehklagen ausging, wollte sich Bartho erheben, aber der Hammerschwinger war darauf vorbereitet, und diesmal spaltete er ihm das Gesicht vom Kinn bis zur Stirn. Er sank nieder, Blut spritzte aus ihm heraus, und er blieb zuckend unter dem freien Kreuz liegen.

Derweil hatte Harry die Fesseln an seinen Handgelenken mit den Zähnen bearbeitet, aber bevor er sich befreien konnte, warf der Handlanger den blutigen Hammer fort, zog ein Messer aus Barthos Gürtel und kam herüber, um den Gefangenen zu befreien.

»Viel ist nicht erforderlich, was?« sagte der Mann mit näselndem Winseln zu Hary. »Ein Seil, und schon ist man nichts weiter als ein Tier.« Er bearbeitete den Knoten mit dem Messer und hatte dem Riß den Rücken zugekehrt. »Was geht da drüben vor? wollte er wissen.

»Ich kann es nicht erkennen.« Das Seil wurde durchgeschnitten und fiel ab. »Danke«, sagte D'Amour. »Ich weiß nicht, warum –«

»Ich bin es, Harry. *Raul*.«

»Raul?«

Das runde Gesicht strahlte. »Endlich habe ich einen eigenen Körper« sagte er. »Nun, nicht ganz. Es ist noch etwas hier bei mir drinnen, aber das ist praktisch nichts weiter als ein Kretin.«

»Was ist mit Tesla geschehen?«

»Ich wurde an der Schwelle von ihr getrennt. Die Kraft dort ist überwältigend. Sie hat mich aus Teslas Kopf gezogen.«

»Und wo ist sie jetzt?«

»Sie ist zu Grillo gefahren, glaube ich«, sagte Raul. »Ich mache mich auf die Suche nach ihr, bevor alles vorbei ist. Ich will mich verabschieden. Was ist mit dir?«

Harrys Blick wanderte zu dem Mahlstrom an der Tür zurück.

»Wenn der Iad kommt . . .«, sagte Raul.

»Ich weiß. Er wird meinen Kopf packen und mit Scheiße vollstopfen.« Erste Vorboten des Iad lagen bereits in der Luft. Harrys Augen brannten, und er hatte Kopf- und Zahnschmerzen. »Ist er der Teufel, Raul?«

»Wenn du willst, daß er es ist.«

Harry nickte. Die Antwort war so gut wie jede andere.

»Dann kommst du also nicht mit?« sagte Raul.

»Nein«, antwortete Harry. »Ich bin hierhergekommen, weil ich herausfinden wollte, wie der Feind aussieht, und das werde ich tun.«

»Dann wünsche ich dir Glück«, sagte Raul, während ein weiteres Beben durch den Boden lief. »Ich geh' stiften, D'Amour!«

Damit drehte er sich um, stolperte zwischen den Kreuzen davon und überließ es Harry, seinen unterbrochenen Aufstieg fortzusetzen. Rings um ihn herum taten sich Risse im Boden auf, die größten waren einen Meter breit und wuchsen weiter. Eine zähe Masse verflüssigter Erde lief aus dem Areal rings um die Klüfte herab und in die Risse.

Und dahinter das *Neirica* selbst, das mittlerweile volle dreißig Meter breit war und Harry einen deutlichen Blick auf das Ufer gestattete. Dieses Ufer war nicht mehr der verführerische Ort, den er in der Kammer der Zyem Carasophia gesehen hatte. Die titanische Gestalt des Iad versperrte den Blick auf das Meer der Träume, und das Ufer selbst bestand aus einem Strudel von Felsen und Staub. Aber den Einfluß des Iad auf sein Denken konnte es nicht abhalten. Harry spürte eine Welle des Ekels vor sich selbst, der seine Gedanken umwölkte. Es war eine Krankheit in ihm, redete diese Welle ihm ein, daß er diese Ausgeburt von Angesicht zu Angesicht sehen wollte: eine Krankheit, an der er verdienterweise sterben würde.

Er versuchte, das Gift aus seinem Kopf zu verdrängen, aber es ließ sich nicht vertreiben. Er stolperte weiter, während Bilder vom Tod vor seinem geistigen Auge tanzten: Ted Dusseldorfs Leichnam auf einer Bahre, mit einem Tuch zugedeckt; die verstümmelten Leiber der Zyem Carasophia, die in ihrer Kammer lagen; Maria Nazarenos vor der brennenden Kerze zusammengesunkener Leichnam. Er hörte sie rings um sich herum schluchzen, die Toten, und nach einer Erklärung verlangen.

»Du hast es nie verstanden.«

Er sah nach rechts, und dort steckte Pater Hess mit fest an den Oberkörper gedrückten Armen in einer Ritze. Er hatte die Wunden, die die träge Susan ihm vor all den Jahren zugefügt hatte, und sie waren so frisch, als wären sie ihm eben erst zugefügt worden.

»Ich bin nicht hier, um dir Vorwürfe zu machen, Harry«, sagte er.

»Du bist gar nicht da. Basta«, sagte Harry.

»Ach, komm schon, Harry«, sagte Hess, »seit wann hat das eine Rolle gespielt?« Er grinste. »Nicht die Wirklichkeit verursacht den Ärger, Harry. Es sind die Illusionen. Das solltest du inzwischen wissen.«

Harry wußte, daß alles genau das war: eine Illusion. Er beschwor sie herauf. Jedes Wort, jeden Tropfen Blut. Also warum konnte er den Blick dann nicht einfach abwenden und weitergehen?

»Weil du mich geliebt hast«, sagte Hess, als hätte Harry die Frage laut ausgesprochen. »Ich war ein guter Mann, ein liebevoller Mann, aber als es darauf ankam, *hast du mich nicht retten können.*« Er hustete und spuckte einen

Schwall galligen Wassers aus. »Es muß schrecklich gewesen sein«, sagte er. »So *machtlos* zu sein.« Er sah Harry mitleidig an. »Um ehrlich zu sein, bist du das immer noch«, sagte er. »Bist immer noch auf der Lauer, um den Gegner deutlich zu sehen, nur einmal, nur einmal.«

»Bist du jetzt fertig?«

»Etwas näher . . .«, bat Hess.

»Was?«

»Näher, habe ich gesagt.« Harry ging auf den Märtyrer zu. »Schon besser«, sagte Hess. »Ich möchte nicht, daß es bekannt wird.« Er senkte die Stimme zu einem tiefen Knurren. »Es wird alles mit Spiegeln gemacht«, sagte er, und plötzlich schnellten seine Arme aus der Spalte und packten Harry am Kragen. Harry bemühte sich, aus dem Griff der Illusion freizukommen, aber sie zog ihn Zentimeter um Zentimeter nach unten, und dabei schien sich das Fleisch in Schichten von ihrem Gesicht zu lösen. Es befand sich kein Knochen darunter, nur eine braune Masse.

»Siehst du?« sagte das Ding mit einem Mund, der ein Loch ohne Lippen war. »Spiegelmenschen. Das sind wir beide.«

»*Verpiß dich!*« schrie Harry, riß sich aus Hess' Griff los und stolperte rückwärts.

Hess zuckte mit den Achseln und grinste. »Du hast es nie verstanden«, sagte er noch einmal. »Ich habe es dir gesagt, immer und immer wieder . . .«

Harry drehte der braunen Masse des Gesichts den Rükken zu –

». . . immer und immer wieder . . .«

– und sah zu der Tür. Ihm blieb eine Sekunde, vielleicht zwei, um zu sehen, daß der Iad, oder ein Teil davon, sich nicht mehr in jener Welt befand, sondern in dieser. Dann bäumte sich der Boden um den Uroboros herum wie eine solide Mauer auf, und alles, was bisher geschehen war – der Lärm, das Beben, der Ekel – wirkte wie ein Traum von vollkommenem Frieden.

3

Für Phoebe war es die Fahrt ihres Lebens: Sie lag geborgen in einem steinernen Schoß und wurde im Griff des Felsens getragen, der emporstieg, um dem Iad den Weg zu versperren. Texas hatte ihr versprochen, daß sie in Sicherheit sein würde, und das war sie; ihre Kapsel wurde mit solcher Leichtigkeit von Fontänen flüssigen Felsgesteins über den bebenden Boden getragen, daß sie einen Faden in ein Nadelöhr hätte einführen können, wenn sie den Blick von dem hätte abwenden wollen, was er ihr zeigte. Der Fels war ein amöbenhaftes Gesicht, das nach seinem Willen geformt wurde. Eben wurde sie in Grotten gestoßen, wo Essenz in eisiger Dunkelheit floß, und im nächsten Augenblick teilten sich die Erdschichten vor ihr wie Schleier, und wieder im nächsten schien sie sich mitten in einem lebenden Körper zu befinden, in dessen Adern flüssiger Fels floß und das fossile Herz des Königs wie Donner klopfte.

Manchmal hörte sie seine Stimme in den Wänden ihrer Gebärmutter, die ihr sagte, sie solle keine Angst haben.

Sie hatte keine. Nicht im geringsten. Sie befand sich in der Obhut einer lebenden Macht, die ihr ein Versprechen gegeben hatte, an das sie glaubte.

Andererseits erinnerte der Iad sie bei seinen ganzen Bewegungen und Zielen an den Tod. Besser gesagt, an das Prélude zum Tod: an die Qualen und die Hoffnungslosigkeit, die der Tod mit sich brachte. Als er sich der Tür näherte und der Erdboden aufstieg, um ihm den Weg zu versperren, durchbohrte ihn der Fels, und Dolden schwarzer Materie, fast wie Eier, ergossen sich daraus, die durch ihre glitzernde Vielfalt um so verderbter wirkten. Selbst *wenn* es Eier waren, dachte Phoebe, barg jedes einzelne den Tod. Wenn sie auf dem Ufer aufschlugen, platzten sie, und ihre graue Flüssigkeit lief über die Steine, als wollte sie die Dunkelheit darunter erkunden.

Es fiel Phoebe schwer, genau zu erkennen, was sich in dem Chaos abspielte, aber es schien, als hätte der Iad einen Teil seines Körpers bis zu der Schwelle gezwängt und wollte sie gerade überwinden, als Texas mit solcher Geschwindigkeit eine Mauer aus Erde aufbaute, daß er das tastende Glied von der Hauptmasse abtrennte. Der Iad stieß ein Geräusch aus, wie es Phoebe noch nie in ihrem Leben gehört hatte, und als er sich herumwälzte, wurde die gesamte Landschaft vor ihr – Straße, Dünen und Ufer – einfach umgestülpt. Sie sah den Iad schwanken, an tausend Stellen aufplatzen und seine Substanz vergießen, als das, was noch vor wenigen Augenblicken horizontal gewesen war, als vertikale Masse über den Feind hinaus aufstieg. Sie schwankte eine ganze Weile. Dann stürzte sie über dem Iad zusammen – ein solider Himmel, der herunterfiel – und rammte die verwundete Masse in die Grube, wo das Ufer gewesen war.

Noch während sich dieses Schauspiel entfaltete, spürte Phoebe, wie ihr Kokon erzitterte, und sie wurde mit Höchstgeschwindigkeit von dem Mahlstrom weggeschafft und am Stadtrand abgesetzt, wo das Ufer noch unversehrt war. Kaum war sie zur Ruhe gekommen, bekam der Kokon Risse, zerplatzte und ließ sie entblößt zurück. Sie war noch schätzungsweise zwei Meilen von der Tür entfernt, aber der Boden erbebte heftig, und ein Hagel von Gesteinsbrocken regnete ringsum herab, manche groß genug, sie zu verletzen. Sie vermutete, daß Texas seine ganze Energie für diesen Kraftakt verbraucht hatte. Sie durfte nicht mehr mit seinem Schutz rechnen. Deshalb erhob sie sich, obwohl es ihr schwerfiel, aufrecht zu stehen, schirmte den Kopf mit den Händen ab und machte sich auf den Weg Richtung Stadt.

Ab und zu ließ sie den Blick am Ufer entlangschweifen, aber der Regen aus Staub und Felsbrocken ging unerbittlich weiter, und sie konnte kaum etwas durch die Schleier erkennen.

Nicht den Iad, und auch nicht die Tür, durch die sie diese schreckliche Welt betreten hatte.

Beide waren verschwunden, schien es: der Feind und die Tür gleichermaßen.

Das erste Opfer auf dem Berg war Zury, der an der Schwelle gestanden hatte, als das Ufer auf der anderen Seite explodiert war. Er wurde von einem umherfliegenden Felsbrocken getroffen und in den verflüssigten Boden gerammt. Seine Handlanger machten sich daran, ihn auszugraben, während die Vorhut des Iad, vom Körper abgetrennt, in ihrer Wut um sich schlug und Erde wie Luft gleichermaßen aufwirbelte. Was den Iad betraf, so handelte es sich nur um einen kleinen Teil des Eindringlings, aber der war immer noch gigantisch: eine zerklüftete, brodelnde Masse von Formen, die ihr Blut im Umfeld des *Neirica* vergoß. Der Riß zuckte von einem Ende zum anderen, als würde ihn die Gewalt zerstören, die sich in seiner Mitte abspielte. Auf der anderen Seite schienen Erde und Himmel die Plätze zu tauschen. Dann ging ein Steinschauer nieder, der Riß schloß sich wie eine zugeschlagene Tür, und auf dem Berg herrschte nur noch Chaos über Chaos.

Harry war auf den bebenden Erdboden geworfen worden, bevor der Iad kam, und da er sicher war, er würde wieder zum Spielball der Elemente werden, falls er aufzustehen versuchte, blieb er, wo er war. Von seinem Aussichtspunkt konnte er Kissoon sehen, der auf dem verflüssigten Felsgestein zu dem verwundeten Iad ging. Er schien das Beben nicht zu spüren und furchtlos zu sein, und er legte den Kopf zurück, damit er den Eindringling in seiner Wut bewundern konnte. Dieser schien aus den Fugen zu gehen. Fetzen seiner Substanz, drei bis fünf Meter groß, stoben himmelwärts und zogen Sehnen hinter sich her; andere Bruchstücke, die kleinsten davon so groß wie ein Mensch, die größten das Zehnfache dessen, kreisten in der Luft, als wären sie begierig, sich selbst zu verschlingen. Andere wiederum waren auf den flüssigen Boden gefallen und verschmolzen mit der Erde.

Kissoon griff in die Tasche seines Gewandes und zog aus dessen Falten den Stab heraus, den Harry ihn schon in der Kammer der Zyem Carasophia hatte schwenken sehen. Damals war es eine Waffe gewesen. Aber als er sie jetzt über den Kopf hob, schien sie einen Brennpunkt für die Iad zu bilden. Sie näherten sich ihm aus allen Richtungen, und ihre Körper ergossen ihre Fäulnis auf Kissoon. Er hob ihnen das Gesicht entgegen, als wären sie ein Frühlingsregen.

Harry konnte es nicht mehr mit ansehen. Sein Kopf war voll von Bildern von Tod und Toten, und seine Augen brannten von dem Anblick, wie sich Kissoon im Schlamm der Iad suhlte. Wenn er jetzt nicht ging, würde ihn die Verzweiflung übermannen. Er kroch auf dem Bauch davon und achtete kaum auf die Richtung, bis die Kreuze zu sehen waren, die sich deutlich vor dem Himmel abhoben. Er hatte nicht damit gerechnet, sie wiederzusehen, und seine schmerzenden Augen füllten sich mit Tränen.

»Du bist zurückgekommen«, sagte eine Stimme aus der Dunkelheit. Es war Raul.

»Und . . . du bist geblieben«, sagte Harry.

Raul kam an seine Seite, ging in die Hocke und half Harry behutsam beim Aufstehen. »Ich war neugierig«, sagte er.

»Die Tür ist geschlossen.«

»Ich habe es gesehen.«

»Und der Iad, der hier ist . . .«

»Ja?«

Harry wischte sich die Tränen aus den Augen und sah zu dem Kreuz hinauf, wo er um ein Haar festgenagelt worden wäre. ». . . er blutet«, sagte er und lachte.

IX

1

In Everville hatte das Wegschauen ebenso aufgehört wie die Musik. Nicht einmal jene, die so trunken vor Alkohol oder Liebe waren, daß sie ihre eigenen Namen nicht mehr kannten, konnten noch so tun, als wäre alles in Ordnung mit der Welt. Auf dem Berg ging etwas vor sich. Es erschütterte den Himmel. Es erschütterte die Straßen. Es erschütterte das Herz. Einige der Feiernden waren auf die Straßen gekommen, damit sie einen besseren Blick auf die Heights werfen und Theorien darüber austauschen konnten, was sich dort abspielte. Manche der zur Diskussion gestellten Erklärungen waren vernünftig, manche lächerlich. Es war ein Erdbeben; es war ein Meteoreinschlag. Es war eine Landung von Wesen aus dem Weltall, es war eine Eruption aus dem Erdinneren.

Wir sollten von hier verschwinden, sagten einige und organisierten ihre überstürzte Abreise.

Wir sollten bleiben, sagten andere, und abwarten, ob etwas passiert, das wir bis an unser Lebensende nicht mehr vergessen werden.

Owen Buddenbaum saß allein in dem inzwischen menschenleeren Nook und dachte krampfhaft über Tesla Bombeck nach. Sie hatte ihren Auftritt in diesem Drama spät gehabt, aber nun sah es auf beunruhigende Weise so aus, als wäre sie der Star.

Selbstverständlich war er mit ihrer jüngsten Vergangenheit vertraut. Er hatte seine Hausaufgaben gemacht. Soweit er mitbekommen hatte, war sie keine große Visionärin; noch hatte sie erkennen lassen, daß sie übernatürliche Begabungen besaß. Hartnäckig war sie, o ja. Aber das waren Terrier auch. Und – obwohl es ihm nicht gefiel, es ihr zuzugestehen – sie hatte eine gehörige Portion Mut, verbunden mit einer Lust zum Risiko.

Es gab eine Geschichte über sie, die diesen Aspekt ihres Charakters auf hübsche Weise verdeutlichte. Es ging darum, daß Bombeck mit Randolph Jaffe in den Ruinen von Palomo Grove handelte. In dem Stadium der Ereignisse hatte Jaffe seine Ambitionen hinsichtlich der ›Kunst‹ bereits verwirkt gehabt und war – so wollte es die Geschichte – zu einem durch und durch Irren geworden. Sie hatte seine Hilfe gebraucht. Er wollte sie ihr nicht gewähren. Aber sie hatte ihn bedrängt, bis er ihr eines der Medaillons gegeben hatte, wie dasjenige, das an der Kreuzung vergraben gewesen war, und ihr sagte, wenn sie seinen Sinn binnen einer bestimmten Zeitspanne herausfand, würde er ihr helfen. Sollte es ihr nicht gelingen, würde er sie töten.

Sie hatte die Herausforderung selbstverständlich angenommen, und es war ihr gelungen, das Kreuz zu entschlüsseln; damit hatte sie den Jaff zu ihrem Verbündeten gemacht, zumindest eine Zeitlang. Die Tatsache, daß sie den Sinn der Symbole entschlüsselt hatte, war Buddenbaums Meinung zufolge nicht besonders erwähnenswert. Die Tatsache, daß sie ihr Leben aufs Spiel gesetzt hatte, während sie daran arbeitete, hingegen schon.

Eine Frau, die ein solches Risiko einging, war gefährlicher als eine visionäre Seele. Wenn Seth sie zu ihm brachte, mußte er bereit sein, sie sich im Handumdrehen vom Hals zu schaffen.

2

Tesla hatte den halben Weg zu Phoebes Eingangstür zurückgelegt, als sie die Gestalt sah, die von der Stufe aufstand.

»Ich habe überall nach Ihnen gesucht«, sagte er. Es war der Junge von der Kreuzung, Buddenbaums blasser Gehilfe. »Ich bin Seth«, sagte er.

»Was willst du?«

»Es geht nicht darum, was *ich* will –«

»Was du auch immer verkaufen willst, ich bin nicht interessiert«, sagte sie. »Ich habe ein Baby hier, das versorgt werden muß.«

»Ich helfe Ihnen gern«, antwortete Seth. Seine Bitte hatte fast etwas Mitleiderregendes. »Ich kann gut mit Kindern umgehen.«

Sie war zu erschöpft, sein Angebot abzulehnen, deshalb warf sie die Schlüssel in seine Richtung. »Heb sie auf und öffne die Tür«, sagte sie zu ihm. Dabei warf sie einen Blick zum Berg hinauf, den man zwischen den gegenüberliegenden Häusern gerade noch erkennen konnte. Eine rauchende Spirale aus Nebel kreiste über dem Gipfel.

»Wissen Sie, was da oben los ist?« fragte Seth.

»Ich habe eine ziemlich gute Vorstellung davon.«

»Es ist gefährlich, richtig?«

»Das ist eine Untertreibung.«

»Buddenbaum sagt –«

»Hat du die Tür schon aufgeschlossen?«

»Ja.« Er stieß sie ganz auf.

»Mach das Licht an.« Er gehorchte. »Ich will nicht über Buddenbaum reden, bevor ich sicher bin, daß das Kind versorgt ist«, sagte sie und betrat das Haus.

»Aber er sagt –«

»Es ist mir scheißegal, *was* er sagt«, erkärte sie ihm ruhig. »Also, wirst du mir helfen, oder willst du wieder verschwinden?«

3

Harry und Raul hatten die Baumreihe fast erreicht, als Raul wie angewurzelt stehenblieb.

»Jemand redet –«, sagte er.

»Ich höre nichts.«

»Aber ich«, entgegnete Raul und sah sich um. Es war niemand zu sehen. »Ich habe schon einmal solche Stimmen gehört, als ich noch in Teslas Kopf gewohnt habe.«

»Wer zum Teufel ist es?«

»Die Toten, glaube ich.«

»Hmm.«

»Machst du dir keine Sorgen?«

»Kommt drauf an, was sie wollen.«

»Er sagt, daß er seine Frau finden muß, seine Frau finden –«

»Er hört mich!« rief Coker. »Gott sei Dank. Er hört mich!«

Erwin sah wieder zum Berggipfel und mußte erneut daran denken, was Dolan gesagt hatte, als er vor dem Süßwarenladen stand: Wir sind wie Rauch. Vielleicht war es gar nicht so schlimm, Rauch zu sein, wenn die Welt von dem übernommen wurde, was er da oben gesehen hatte, das durch einen Riß im Himmel kam. Derweil redete Coker immer noch mit dem Geschöpf, das D'Amour gerettet hatte, und geleitete es unter die Bäume –

Zwei Menschen saßen im Schatten. Eine Frau hohen Alters, die mit dem Rücken an einen Baumstamm gelehnt dasaß und aus einem silbernen Flakon trank. Und ein Mann, der mit dem Gesicht nach unten wenige Meter von ihr entfernt lag.

»Er ist tot«, sagte die Frau, als Harry sich bückte, um den Mann zu untersuchen. »Der Teufel soll ihn holen.«

»Gehören Sie zu Zurys Leuten?« fragte Harry sie.

Die Frau hustete einen Schleimklumpen hoch und spuckte ihn wenige Zentimeter von Harrys Fuß entfernt auf den Boden. »Heilige Maria, Mutter Gottes, sehe ich *aus* wie eine von Zurys Leuten?« Sie deutete mit dem Finger auf Raul. »*Das* ist einer von ihnen!«

»Er sieht vielleicht wie einer aus«, entgegnete Harry, »aber er hat die Seele eines Menschen.«

»Ich danke dir«, sagte Raul zu Harry.

»Nun, sind *Sie* Manns genug, mich nach unten zu tragen?« sagte die Frau zu Harry. »Ich würde gern noch einmal meine Stadt sehen, bevor die Welt zum Teufel geht.«

»*Ihre* Stadt?«

»Ja, *meine*! Mein Name ist Maeve O'Connell, und dieses verdammte Kaff« – sie deutete zwischen den Bäumen hindurch auf Everville – »würde gar nicht existieren, wenn ich nicht wäre.«

»Hör sie dir an!« schwärmte Coker. »Herr im Himmel, hör sie dir an.« Er kniete neben der Vettel und hatte sein Tiergesicht in höchster Wonne verzogen. »Jetzt weiß ich, warum ich nicht im Jenseits bin, Erwin. Ich weiß, warum ich all die Jahre auf dem Berg gewartet habe. Um hier zu sein und ihr Gesicht zu sehen. Um ihre Stimme zu hören.«

»Sie wird es nie erfahren«, sagte Erwin.

»O doch, das wird sie. Dieser Bursche Raul wird mein Dolmetscher. Sie wird erfahren, wie sehr ich sie geliebt habe, Erwin. Wie sehr ich sie *immer noch* liebe.«

»Ich will nicht, daß du mich anfaßt!« schrie Maeve Raul an. »Ich werde auf dem Rücken dieses Mannes dort nach unten gelangen, oder ich werde auf Händen und Knien kriechen.« Sie drehte sich zu Harry um. »Heben Sie mich jetzt hoch oder nicht?«

»Kommt drauf an«, meinte Harry.

»Worauf?«

»Ob Sie den Mund halten können oder nicht.«

Die Frau sah ihn an, als wäre sie geschlagen worden. Dann verzog sie den schmalen Mund zu einem knappen Lächeln. »Wie heißen Sie?« sagte sie.

»D'Amour.«

»Wie *Liebe*?«

»Wie Liebe.«

Sie grunzte. »Die hat mich noch nie hingebracht, wohin ich wollte«, sagte sie.

»Das meint sie nicht so«, sagte Coker. »Sie *kann nicht* –«

»Die Menschen verändern sich«, sagte Erwin. »Wie viele Jahre ist es her?«

»*Ich* habe mich nicht verändert«, sagte Coker.

»Das kannst du selbst nicht beurteilen«, antwortete Erwin. »Es hat keinen Sinn, sich deswegen zu grämen.«

»Du hast gut reden. Was hast du je *gefühlt*?«

»Weniger, als ich gesollt hätte«, antwortete Erwin leise.

»Tut mir leid«, sagte Coker. »Ich hab's nicht so gemeint.«

»Ob du es so gemeint hast oder nicht, es ist die Wahrheit«, sagte Erwin, wandte den Blick von der Frau ab – die auf D'Amours Rücken kletterte – und betrachtete wieder die Heights. »Man denkt, daß man mehr Zeit hat«, sagte er halb zu sich selbst. »Dabei hat man immer weniger. Immer.«

»Kommst du mit uns?« sagte Coker.

»Ich freue mich für dich«, antwortete Erwin. »Daß du deine Frau wiedersehen konntest. Das freut mich wirklich.«

»Ich möchte, daß du dabei bist, Erwin.«

»Das ist nett. Aber ... ich bleibe besser hier. Ich wäre nur im Weg.«

Coker legte einen Arm um Erwins Schulter. »Was gibt es hier zu sehen?« sagte er. »Komm schon ... sie lassen uns zurück.«

Erwin drehte sich um. Das Trio war bereits zwanzig Meter den Hang hinabgegangen. »Komm, sieh dir die Stadt an, die meine süße Herrin gebaut hat«, sagte Coker, »bevor sie für alle Zeiten dahin ist.«

X

Nach dem Tumult herrschte Stille.

Der Steinregen ließ nach und versiegte völlig. Das Meer beruhigte sich, seine zu Schlamm eingedickten Wasser säuselten ans Ufer. Kein Leben regte sich in seinen Untiefen, es sei denn, man hätte die glitzernden Überbleibsel der Eier des Iad als Leben bezeichnen können. Auch keine Vögel waren zu sehen.

Phoebe saß in den Trümmern des einstigen Hafens von Liverpool und weinte. Die Schiffe, die hier einst vor Anker gelegen hatten, lagen zertrümmert in den Straßen; Straßen, die zu Schluchten zwischen Halden rauchender Trümmer geworden waren.

Was nun? dachte sie. Es gab eindeutig keinen Weg nach Hause. Und wenig bis gar keine Hoffnung, Joe zu finden, da sie ihre Führer durch diese Wildnis gefunden hatte. Sie konnte den Gedanken ertragen, Everville nie wiederzusehen – mühelos –, aber die Vorstellung, für immer von Joe getrennt zu sein, war unerträglich. Sie mußte diese Möglichkeit eine Zeitlang vor sich selbst verbergen, andernfalls würde sie den Verstand verlieren.

Sie dachte über das Schicksal von König Texas nach. Konnte Fels sterben? fragte sie sich, oder ruhte er sich nur eine Weile aus, um wieder zu Kräften zu kommen? Im letzteren Fall kam er vielleicht wieder aus der Versenkung und half ihr bei der Suche. Sicher, es war eine verschwindend geringe Hoffnung, aber ausreichend, daß sie nicht völlig verzweifelte.

Nach einer Weile fing ihr Magen an zu knurren, und weil sie wußte, Hunger würde sie nur in eine noch weinerlichere Stimmung versetzen, stand sie auf und machte sich daran, zwischen den Trümmern nach etwas Eßbarem zu suchen.

Nur zwei Meilen von der Stelle entfernt, wo sie herumlief, stand Joe inmitten von Staubschleiern, die immer noch zu Boden sanken, wo die Tür gewesen war, und dachte über die Bedeutung dessen nach, was er mit angesehen hatte. Es war, das wußte er, kein uneingeschränkter Sieg; bei weitem nicht. Zunächst einmal war ein Teil des Iad über die Schwelle in den Kosm gelangt, bevor sich das Ufer erhoben hatte, um ihn aufzuhalten. Zum anderen war er keineswegs sicher, daß der größere Teil, der nun irgendwo unter seinen, Joes, Geisterfüßen begraben lag, wirklich tot war. Und drittens bezweifelte er, daß der Kontinent, von dem diese Macht kam, nun entvölkert war. Die Invasionstruppe war vielleicht besiegt, aber die Nation, die sie losgeschickt hatte, existierte noch irgendwo jenseits von Ephemeris. Er wußte, sie würden wiederkommen. Immer wieder. Was auch immer die Iad sein mochten – Träumer oder Geträumte –, welche Ambitionen sie auch hegten, heute hatten sie einen Stoßtrupp in das Helter Incendo geschickt, der zweifellos in der Lage sein würde, die größere und möglicherweise endgültige Invasion vorzubereiten.

Er wußte nicht, ob er eine Rolle bei der Verteidigung des Kosm spielen würde, und im Augenblick war es ihm auch ziemlich einerlei. Er mußte das näherliegende Problem seiner eigenen Identität lösen. Es war ein aufregendes Abenteuer gewesen, das ihn im Kreis zu dieser Stelle zurückgeführt hatte: die Reise an Bord der *Fanacapan*, das lustvolle Wiedersehen mit Phoebe im Tang, die Exkursion nach b'Kether Sabbat, seine letzte Begegnung mit Noah und seine Entdeckung im Bauch des Iad; das alles war außergewöhnlich gewesen, aber nun war die Reise zu Ende. Die *Fanacapan* war gesunken, Phoebe saß irgendwo in Everville und trauerte um ihn; b'Kether Sabbat war wahrscheinlich nur noch eine Ruine; Noah tot; der Iad begraben.

Und was war er, der die Reise unternommen hatte? Mit Sicherheit kein lebender Mann. Er hatte alles verloren, das er als Joe hätte identifizieren können, abgesehen von den Gedanken, die er momentan dachte, und wie sicher waren die schon? War er nur eine Funktion des Meers der

Träume? Oder ein Bruchstück des Zehrapushu? Oder nur eine Erinnerung an sich selbst, die mit der Zeit verblassen würde?

Was, verdammt, *was*?

Schließlich beschloß er, von seinen eigenen Gedankengängen frustriert, wieder auf die Straße zu gehen, um nach den Feuertänzern zu suchen, die in ihm die Antwort auf ihre Gebete gesehen zu haben schienen. Wenn er unter ihnen einen fand, der die Grundbegriffe des Lebens nach dem Tod beherrschte, fand er vielleicht auch eine Möglichkeit der Kommunikation und konnte etwas über seinen Zustand erfahren. Und sollte ihm das nicht gelingen, konnte er zumindest seinen Frieden damit machen.

Phoebe kehrte eher durch Zufall denn aus Absicht zu Maeve O'Connells Haus in der Canning Street zurück, aber als sie schließlich vor seinen Toren stand, fragte sie sich doch, ob nicht der Instinkt sie hergeführt haben mochte. Das Haus befand sich in einem besseren Zustand als die meisten, die sie gesehen hatte, aber unbeschadet hatte es die Katastrophe auch nicht überstanden. Das halbe Dach war eingestürzt, Dachbalken und das Schlafzimmer lagen frei, und der Weg zur Eingangstür war mit Ziegeln, Regenrinnen und Glasscherben übersät.

Doch im Inneren stellte sie fest, daß das Erdgeschoß praktisch noch genauso aussah, wie sie es verlassen hatte. Da ihr Magen sein Recht verlangte, ging sie schnurstracks in die Küche, wo sie erst wenige Stunden zuvor von Klagebeerensaft beschwipst gewesen war, und machte sich etwas zu essen. Diesmal bastelte sie kein abwechslungsreiches Sandwich, sondern schaufelte einfach nur Aufschnitt, eingelegtes Gemüse, Brot und Käse auf den Tisch und machte sich darüber her. Nach etwa zehn Minuten war ihr Magen beschwichtigt, worauf sie etwas langsamer machte und das Essen mit einer Mischung aus zwei Dritteln Wasser und einem Drittel Saft hinunterspülte. Als sie ein halbes Glas davon getrunken hatte, verspürte sie eine angenehme Trägheit und gestattete sich, über die Themen nachzudenken, die ihr bisher immer Tränen in die Augen getrieben hatten.

Vielleicht gab es doch das ein oder andere, wofür sie dankbar sein sollte. Sie war nicht tot, und das war ein Wunder. Sie hatte nicht den Verstand verloren. Sie mußte nie wieder in dem Bett einschlafen und aufwachen, das sie all die Jahre mit Morton geteilt hatte, und sie mußte auch nicht mehr an einem verregneten Montagmorgen zur Arbeit gehen und sich mit einem Dutzend grippekranker Depressiver herumärgern, die schniefend vor der Tür standen, und war das alles etwa Grund zu Traurigkeit oder Selbstmitleid? Nein. Sie war auf der Suche nach ihrem Glück durch eine Tür gekommen, die hinter ihr ins Schloß gefallen war. Es gab keinen Weg zurück, und es hatte keinen Sinn, deswegen den Kopf hängen zu lassen.

Während sie aß, war Wind aufgekommen, der Staub durch das Küchenfenster hereinwehte und das Innere verdunkelte. Sie stand auf und suchte eine Öllampe, die sie anzündete, nach oben trug und unterwegs alle Lampen entfachte. Es war ein wenig unheimlich. Die leeren Flure, die verlassenen Zimmer, die Gemälde an den Wänden – bei ihrem ersten Rundgang durch das Haus war es ihr nicht aufgefallen, aber sie waren fast ausnahmslos pikanter Natur –, die auf sie herunterschauten. Ab und zu ächzte der Fels unter der Stadt und setzte sich. Dann knirschten die Mauern. Die Fenster klirrten.

Schließlich fand sie einen Weg in Maeve O'Connells Suite, deren Decke unversehrt war, und sie kam sich wie eine Diebin vor (genoß das Gefühl aber), als sie den Inhalt der drei Schränke und der Schubladenkommode in Augenschein nahm. Kleider gab es selbstverständlich im Überfluß; und Hüte und Parfüms und Krimskrams; endlos viel Krimskrams.

Hatte die alte Frau das alles in die Wirklichkeit geträumt, fragte sich Phoebe, wie sie, König Texas' Schilderung zufolge, die Stadt geträumt hatte? Hatte sie die

Kleider beschrieben, sich schlafen gelegt und sie vor sich gesehen, als sie aufwachte, bereit zum Anziehen und perfekt passend?

In diesem Fall wollte Phoebe den Trick auch lernen, denn nichts in den Schränken paßte ihr auch nur im entferntesten, und ihr Sommerkleid hing in schmutzigen Fetzen an ihr. Und wenn sie Sachen herbeiträumen konnte, würde sie es vielleicht auch mit ein paar Luxusgütern versuchen. Einen Fernseher (würde sie auch die Programme träumen müssen? In dem Fall wären es nur Wiederholungen), eine moderne Toilette (die Rohrleitungen in dem Haus waren primitiv), vielleicht eine Eismaschine.

Und mit der Zeit vielleicht einen Gefährten. Warum nicht? Wenn sie den Rest ihres Lebens hier verbringen mußte – und es schien, als hätte sie diesbezüglich keine andere Wahl –, dann sollte sie der Teufel holen, wenn sie die Jahre allein verbringen würde. Klar, sie hatte auf dem Weg hierher ein paar Überlebende in den Trümmern gesehen, aber weshalb sollte sie den Trost von Fremden suchen, wenn sie selbst jemanden herbeizaubern konnte?

Als sie das ganze Zimmer von einem Ende bis zum anderen durchsucht hatte, wurde ihr klar, daß sie die Vorhänge nicht geöffnet hatte, und mit größter Anstrengung (es waren mehrere Schichten Stoff, und die, vermutete sie, waren seit vielen Jahren nicht mehr bewegt worden) gelang es ihr, die Schals auseinanderzuziehen. Sie war nicht auf das grandiose Panorama vorbereitet, das sie erwartete. Das Fenster, das die Vorhänge verborgen hatten, war riesig. Es bot Ausblick auf den zerstörten Hafen und, dahinter, Essenz, dessen einst aufgewühlte Gewässer sich wieder beruhigt hatten. Obwohl keine Sonne am Himmel stand, war die gesamte Szenerie klar und deutlich zu sehen. Wenn sie den Wunsch dazu verspürt und die Geduld aufgebracht hätte, dann hätte sie mit Sicherheit jede Welle auf dem Meer der Träume sehen können.

Als sie den Blick über das Wasser schweifen ließ, erinnerte sie sich seufzend an das Treffen mit Joe in dem Bett aus Tang. Sie erinnerte sich, wie sie fast in der Wonne des Formlosen vergangen wäre, während er, und sie, ihr Lust bereitet hatten. War es möglich, fragte sie sich, Joe zu träumen? Die Augen zu schließen und aus dem Gedächtnis den Mann zu konstruieren, den sie verloren hatte? Selbstverständlich wäre er nicht der Echte, aber besser eine Erinnerung an ihn, wie eine teure Fotografie, als gar nichts. Vielleicht konnte er sogar das Bett mit ihr teilen.

Sie legte die Hände an die Wangen. Ihr war heiß.

»Du solltest dich schämen, Phoebe Cobb«, sagte sie mit einem verhaltenen Lächeln zu sich.

Dann zog sie eine Decke und ein Kissen von Maeves Himmelbett (sie brachte es nicht über sich, zwischen den Fetzen der Liebesbriefe von König Texas zu schlafen) und machte sich ein Bett im funkelnden, vom Meer der Träume reflektierten Licht, wo sie sich niederlegte, um herauszufinden, ob sie sich ein Ebenbild des Mannes schaffen konnte, den sie liebte.

XI

1

»Es ist jemand draußen«, sagte Seth.

Sie waren in der Küche; Tesla versuchte Amy dazu zu bringen, ein paar Löffel in warmer Milch eingeweichte Haferflocken zu essen, Seth aß gebackene Bohnen kalt aus der Dose, während er in den dunklen Garten hinaussah. »Glauben Sie, es sind die Avatars?«

»Wahrscheinlich«, meinte Tesla, indem sie den Kopf hob und auch hinaussah ins Halbdunkel. Sie konnte sie nicht sehen, aber ihre Blicke spüren.

»Owen hat mir gesagt –«, begann Seth.

»Owen?«

»Buddenbaum. Er sagt, für sie sind wir wie Affen. Wenn sie uns beobachten, ist es für sie, als würden sie in den Zoo gehen.«

»Tatsächlich?« sagte Tesla. »Nun, mir hat ein Affe zu meiner Zeit einiges beigebracht, was immer es auch nützen mag.«

»Sie meinen Raul.«

Sie sah den Jungen an. »Woher weißt du von Raul?«

»Owen hat mir alles über Sie erzählt. Er weiß alles darüber, wer Sie sind, wo Sie waren, mit wem Sie sich eingelassen haben ...«

»Warum zum Teufel sollte ich ihn interessieren?«

»Er sagte, Sie sind ... Sie sind ...«

»Das Wesentliche genügt.«

»Eine *bedeutende Nebenfigur*«, sagte Seth strahlend. »Genau das hat er gesagt. Ich habe ihn gefragt, was das bedeutet, und er sagte, es sei ein Zufall, daß Sie hier sind, weil Sie nicht in diese Geschichte gehören –«

»Scheiß auf die Geschichte.«

»Ich sehe nicht, wie wir das machen sollten«, sagte Seth. »Was immer wir tun, wo immer wir hingehen, wir erzählen immer die Geschichte.«

»Schon wieder Buddenbaum.«

»Nein. Seth Lundy.« Er stellte seine Dose Bohnen weg.

»Hier«, sagte er. »Lassen Sie mich versuchen, sie zu füttern.«

Tesla widersprach nicht. Sie ließ sich das Baby, das sich ihren Bemühungen bis jetzt widersetzt hatte, von Seth abnehmen und ging in den Garten hinaus, wo sie vermutlich Aussicht auf die Heights haben würde. Ihre Vermutung erwies sich als richtig. Sie mußte zwanzig, fünfundzwanzig Meter vom Haus weggehen, bis der Gipfel über dem Dach auftauchte, aber dann gab es viel zu sehen. Der Nebel um die Bergspitze löste sich auf, und wenn sie in die Löcher sah, konnte sie große, klumpige Formen erkennen, die sich dort bewegten.

»Der Iad ist da«, verkündete sie.

»Das wußten wir bis eben nicht«, sagt eine Stimme aus der Dunkelheit.

Sie machte sich nicht die Mühe, sich zu der Sprecherin umzudrehen. Es war eine des Trios, welche, war egal.

»Hat Buddenbaum es dir nicht gesagt?« fragte Tesla.

»Nein.«

»Seltsam.«

»Wir sind nicht sicher, daß er es *wußte*«, ließ sich eine andere Stimme vernehmen. Diese erkannte sie als die des kleinen Mädchens, Rare Utu.

»Das kann ich kaum glauben«, sagte Tesla, die immer noch den Berg betrachtete. Was *machten* sie da oben? Brüten? »Du bist hier. Der Iad ist hier. Das ist kein Zufall.«

»Du hast recht«, lautete die Antwort. »Aber das bedeutet nicht, daß es *geplant* war. Die Geschichte der Sapas Humana ist voll von derlei gleichzeitigen Ereignissen.«

Jetzt drehte sie sich zu ihnen um. Sie standen rund zwölf Meter von ihr entfernt in der Dunkelheit, und im Licht der Küchenfenster konnte man kaum ihre Umrisse erkennen. Als sie die drei so vor sich sah, stellte sie fest, daß sie gar nicht so einförmig waren, wie sie geglaubt hatte. Rare Utu stand ein Stück weiter rechts, und in ihrem Gesicht konnte man gerade noch eine Spur der

Mädchenhaftigkeit ausmachen, die sie vorgegeben hatte. Etwas abseits von ihr bewegt sich das Individuum, das sich als Komiker mit Segelfliegerohren verkleidet gehabt hatte: Haheh. Auch bei ihm waren Spuren seines Gesichts für die Öffentlichkeit vorhanden, vage, aber erkennbar. Und ganz in Teslas Nähe stand das schwachsinnige Kind Yie, dessen vorgeschützte Persönlichkeit am deutlichsten ausgeprägt schien. Von den dreien war er derjenige, der Tesla am argwöhnischsten betrachtete.

»Ihr scheint die Menschen gut zu kennen«, sagte sie.

»O ja«, erwiderte Haheh. »Wir werden der Großen und Heimlichen Show niemals überdrüssig.«

»Mein Gott ...«, sagte sie, »wart ihr in Palomo Grove?«

»Bedauerlicherweise nein«, sagte Rare Utu zu ihr. »Das haben wir verpaßt.«

»Um die Wahrheit zu sagen, da fing es an, daß wir mit Owen unzufrieden wurden«, sagte Haheh. »Wir hatten die ewig gleichen Gemetzel satt. Uns gelüstete nach etwas mehr ... wie soll ich sagen?«

»... Apokalyptischem«, half Yie aus.

»Also hat er *dies hier* arrangiert?«

»Es sieht so aus«, sagte Haheh. »Aber sein Genie hat ihn verlassen. Zum Beispiel heute nachmittag. Es hätte ein Triumph sein sollen, aber dann versiegte es einfach nur. Wir waren sehr enttäuscht. Darum sind wir dir gefolgt. Wir wollen ein zweites Palomo Grove. Wir wollen, daß die Menschen von ihren eigenen Alpträumen in den Wahnsinn getrieben werden.«

»Kennt ihr kein *Mitleid*?« sagte Tesla.

»Gewiß, doch«, sagte Rare Utu. »Wir leiden sehr, wenn wir euer Leid sehen. Wenn nicht, warum sollten wir es dann suchen?«

»Sag das noch mal«, bat Tesla.

»Besser, wir zeigen es ihr«, sagte Haheh.

»Seid ihr sicher, daß das klug ist?« sagte Yie. Er hatte die Knopfaugen zu schmalen Schlitzen zusammengekniffen.

»Ich vertraue ihr«, antwortete Haheh, kam aus den

Schatten herab, ging an Yie vorbei und blieb ein paar Meter von Tesla entfernt stehen. Dabei entfalteten sich die Kokons seiner Gewänder. Innen waren sie noch prunkvoller als außen – der Stoff war mit Edelsteinen überladen, für deren Farben sie nicht einmal Namen hatte. Manche waren so groß wie Früchte, Pfirsiche und Birnen, alle waren überreif, flüssiges Licht quoll daraus hervor.

»Das hier«, sagte Haheh und deutete mit seinem verkümmerten Arm auf ein Juwel, das so groß wie ein Ei war, »habe ich in Des Moines bekommen, als ich die schrecklichste Tragödie mit ansah. Drei Generationen, oder waren es vier –?«

»Vier«, sagte Rare Utu.

»– vier Generationen kamen in einer Nacht durch eine Gasexplosion ums Leben. Der Name einer ganzen Familie wurde ausgelöscht. Oh, war das schrecklich. Und das hier –«, sagte er und deutete auf ein Juwel, das mehr bernsteinfarbene Töne hatte als ein Sonnenuntergang auf Key West, »– habe ich aus Arkansas, wo ein Mann hingerichtet wurde, der unschuldig des Mordes angeklagt worden war. Wir sahen ihn auf dem elektrischen Stuhl schmoren und wußten mit Sicherheit, daß der wahre Schuldige im selben Augenblick anderswo Kinder erdrosselte. Das war *hart*, sehr hart. Manchmal sehe ich milchige Stellen in den Blebs, weißt du, und denke, sie sind da, um mich an die Kinder zu erinnern . . .« Während er weiter schwadronierte, wurde Tesla klar, daß die Falten, die er zurückgeschlagen hatte, gar kein Gewand waren: Sie waren sein Körper. Die Edelsteine, Blebs, wie er sie genannt hatte, waren tatsächlich eine Art von Früchten, aber sie wuchsen aus Fleisch und Kummer. Teils Andenken, teils Schmuck, teils Trophäen, und doch waren sie vornehmlich prachtvoller Schorf, der die Stellen zeigte, wo er von *Gefühlen* durchbohrt worden war.

»Ich sehe, du bist erstaunt«, sagte Rare Utu.

»Und abgestoßen, glaube ich«, konstatierte Yie.

»Ein wenig«, gestand Tesla.

»Nun«, verkündete Rare Utu anerkennend, »das sollten wir genießen.« Sie sah Tesla durchdringend an. »Buddenbaum hat immer peinlich darauf geachtet, uns nie zu zeigen, was er fühlte. Ich glaube, die Leichtigkeit, mit der er sein wahres Ich versteckt, ist eine Folge seiner Umkehrung.«

»Wogegen du –«, sagte Haheh.

»– du bist so *nackt*, Tesla«, stellte Uru fest. »Allein schon in deiner Nähe zu sein ist eine Show für sich.«

»Wir hätten soviel zusammen erleben können«, krähte Haheh.

»Vergeßt ihr dabei nicht etwas?« wollte Tesla wissen.

»Und was?

»Als ihr mich kennengelernt habt, da habt ihr gesagt, ihr wißt, daß ich sterben muß. Und zufällig weiß ich genau, daß das stimmt.«

»Einzelheiten, Einzelheiten«, antwortete Rare Utu. »Das Leben ist unser Geschenk, Tesla. Du hast doch selbst gesehen, wie mühelos Buddenbaum den Tod überwindet. Heute nachmittag hat er eine Kugel in den Kopf bekommen, und inzwischen ist die Wunde fast verheilt.«

»Wir können dir keine Unsterblichkeit verleihen«, sagte Haheh.

»Und wollen es auch nicht.«

»Aber wir können deine Lebensspanne verlängern. *Deutlich* verlängern, sollte sich unsere Beziehung als produktiv erweisen.«

»Also . . . wenn ich ja sage, werde ich leben, solange ich Erlebnisse für euch herbeiführe.«

»Genau. Laß uns *fühlen*, Tesla Bombeck. Gib uns Geschichten, die uns das Herz zerreißen.«

Während Rare Utu sprach, stritten zwei Stimmen in Teslas Kopf. »Greif zu!« schrie eine. »Dazu bist du geboren worden! Du mußt keine Filme für popcornfressende Halbidioten herunterreißen! Du würdest *das Leben* schreiben! Die andere Stimme war gleichermaßen herrisch. »Es ist grotesk. Sie sind Gefühlsblutegel! Wenn du für sie arbeitest, schreibst du die Menschheit in den Wind!«

»Wir brauchen eine Antwort, Tesla«, sagte Haheh.

»Erklärt mir eines«, forderte sie. »Warum macht ihr es nicht einfach selbst?«

»Weil wir uns nicht einmischen dürfen«, entgegnete Rare Utu. »Es würde uns beschmutzen. Besudeln.«

»Uns *ruinieren*«, sagte Yie.

»Ich verstehe.«

»Und?« fragte Haheh. »Hast du eine Antwort?«

Tesla dachte einen Moment nach. Dann sagte sie: »Ja, ich habe eine Antwort.«

»Welche?« sagte Rare Utu.

Sie dachte einen Augenblick länger darüber nach. »Vielleicht«, antwortete sie.

Als sie wieder ins Haus kam, stellte sie fest, daß Seth mit Amy ins Wohnzimmer gegangen war, auf dem Sofa saß und sie sanft wiegte.

»Hat sie etwas gegessen?«

»Ja«, sagte er leise. »Es geht ihr gut.« Er sah vernarrt auf Amy hinab. »Niedliches kleines Gesicht«, sagte er. »Ich habe gehört, wie Sie da draußen mit ihnen gesprochen haben. Was wollen sie?«

»Meine Dienste«, sagte Tesla.

»Anstelle von Owen?« Tesla nickte. »Er hat sich schon gedacht, daß sie darauf aus sind.«

»Wo ist er jetzt?«

»Er sagte, er würde im Nook auf sie warten. Das ist ein kleines Restaurant, abseits der Main Street.«

»Dann sollte ich ihn nicht länger warten lassen«, sagte Tesla.

Seth stand ganz langsam auf, um Amy nicht zu stören. »Ich komme mit Ihnen. Ich passe auf das Baby auf, während Sie sich mit Owen beschäftigen.«

»Du solltest etwas über Amy wissen . . .«

»Sie ist nicht Ihre Tochter, oder?«

»Nein. Ihre Mutter und der Mann, den ich für ihren Vater gehalten habe, sind tot. Und der Typ, der ihr *richtiger* Vater sein könnte, sucht nach ihr.«

»Wer ist er?«

»Sein Name ist Tommy-Ray McGuire, aber er bevorzugt den Namen Todesjunge.« Während sie es ihm erklärte, strich ihr Blick über die auf dem Beistelltisch ausgebreiteten Karten. »Sind das deine?« fragte sie.

»Nein, ich dachte, es wären Ihre.« Sie sah selbstverständlich auf einen Blick, was sie darstellten. Blitz, Wolke, Affe, Zelle: Alles Stationen auf dem Kreuz von Essenz. »Müssen Harry gehören«, murmelte sie, schob sie zu einem kleinen Stapel zusammen, steckte sie in die Gesäßtasche und ging zur Tür.

2

Als sie zwei Drittel der Strecke den Berghang hinab zurückgelegt hatten und durch ein Gebiet kamen, wo die Bäume nicht so dicht standen wie sonst, sagte die Frau auf Harrys Rücken: »Halten Sie einen Moment an, ja?« Sie ließ den Blick über das Terrain schweifen. »Ich könnte schwören . . . das ist die Stelle, wo mein Daddy ermordet worden ist.«

»Ist er auch gelyncht worden?« erwiderte Raul.

»Nein«, sagte sie. »Von einem Mann erschossen, der meinen Daddy für einen Diener des Teufels hielt.«

»Wieso hat er das gedacht?«

»Das ist eine lange und bittere Geschichte«, antwortete die O'Connell. »Aber ich habe eine Möglichkeit gefunden, die Erinnerung an ihn lebendig zu halten.«

»Wie haben Sie das gemacht?« sagte Harry.

»Sein Name war Harmon«, antwortete sie, und als sie sich wieder in Bewegung gesetzt hatten und die Stelle verließen, erzählte sie Harry und Raul die ganze bittere Geschichte. Sie erzählte sie ohne Melodramatik und ohne Groll. Es war nichts weiter als eine traurige Schilderung der letzten Stunden ihres Vaters und wie er seine Vision von Everville an seine Tochter weitergegeben hatte.

»Ich wußte, es war meine Pflicht, eine Stadt zu gründen und sie Everville zu nennen, aber es war schwer. Städte entstehen nicht nur, weil Menschen davon träumen – jedenfalls nicht in dieser Welt. Es muß einen Grund dafür geben. Einen guten Grund. Vielleicht, weil es eine Stelle am Fluß gibt, die leicht zu überqueren ist. Vielleicht lagert Gold im Boden. Aber mein Tal hatte nur einen kümmerlichen kleinen Bach, und niemand hatte je Gold gefunden. Also mußte ich einen anderen Grund finden, damit die Leute herkamen, Häuser bauten und Familien gründeten. Das war schon unter günstigsten Bedingungen nicht leicht, und es waren nicht die günstigsten Bedingungen. Sehen Sie, der Mann, der meinen Daddy getötet hatte, wurde Priester in Silverton, und er predigte alle möglichen Gerüchte von der Kanzel, wonach direkt hier, auf Harmon's Heights, ein Loch zur Hölle existierte, aus dem nachts angeblich Teufel geflogen kamen.

Nachdem ich zwei Jahre fast allein hier verbracht hatte, beschloß ich, nach Salem zu gehen, wo ich ein paar Leute zu finden hoffte, die nicht gehört hatten, was der Prediger Whitney sagte. Eines Tages unterhalte ich mich mit einem Mann im Lebensmittelladen und erzähle ihm von meinem Tal, meinem wunderschönen Tal, das er sich am besten selbst ansehen sollte, und plötzlich zieht er einen Silberdollar aus der Tasche und klatscht ihn auf den Tresen und sagt: *Zeig es mir*. Und ich sage zu ihm: *Ist aber ein ziemliches Stück entfernt*. Und er legt seine Hand auf meinen Schenkel, schiebt meinen Rock hoch und sagte: *Nein, es ist ganz in der Nähe*.

Da wurde mir klar, was er meinte, ich bedachte ihn mit allen Schimpfnamen unter der Sonne und rauschte wutentbrannt ab. Aber auf dem Nachhauseweg dachte ich darüber nach, was er gesagt hatte, und ich dachte mir, am besten würde ich wahrscheinlich Männer in mein Tal locken, wenn ich zuerst *Frauen* dorthin brachte . . .«

»Schlau«, sagte Raul.

»Männer folgen nicht immer der Religion. Sie folgen nicht immer dem gesunden Menschenverstand. Aber

Frauen schon. Frauen lassen alle möglichen Drangsale dafür über sich ergehen. Das ist immer und immer wieder bewiesen worden.« Sie klopfte Harry auf die Schulter. »Sie sind verrückt nach Frauen, oder nicht?«

»Das ist bekannt«, sagte Harry.

»Sie sehen also, ich hatte meine Methode. Ich wußte, wie ich Männer dazu bringen konnte, mein Tal zu besiedeln. Und wenn sie erst einmal dort waren, würden sie die Traumstadt meines Daddy für mich bauen.«

»Ich habe die *Theorie* begriffen«, sagte Raul. »Aber wie hat es in der Praxis funktioniert?«

»Nun, mein Vater bekam ein Kreuz von einem Mann namens Buddenbaum –«

»Buddenbaum?« sagte Harry. »Das kann nicht derselbe sein . . .«

»Sie haben von ihm gehört?«

»Von ihm *gehört*? Ich habe heute nachmittag auf ihn geschossen.«

»Tot?«

»Nein. Als ich ihn zuletzt gesehen habe, war er höchst lebendig. Aber, wie schon gesagt, es kann nicht derselbe Buddenbaum sein.«

»Oh, ich denke doch«, sagte Maeve. »Und wenn er es ist – oh, *wenn er es ist* –, habe ich ein paar Fragen, die mir der Dreckskerl beantworten muß.«

3

Larry Glodoski und seine Soldaten torkelten aus Hamrick's Bar und waren bereit, es mit allem aufzunehmen, was sich ihnen in den Weg stellte. Sie hatten Waffen, sie hatten Gott auf ihrer Seite, und sie konnten alle Souza pfeifen: Was brauchte eine Armee mehr?

Die Zivilbevölkerung hingegen war nicht so tollkühn. Viele – besonders die Touristen – hatten beschlossen, was immer auf dem Berg passierte, sie wollten es lieber morgen in den Nachrichten sehen als leibhaftig erleben, und einen hastigen und ungeordneten Rückzug angetreten. Als die Männer die Main Street entlang gingen, mußten sie mehr als einmal ausweichen, um eine Wagenladung Feriengäste passieren zu lassen.

»Feiglinge!« brüllte Waits einem Fahrzeug nach, das fast über den Bürgersteig fuhr, um ihnen auszuweichen.

»Laß sie gehen«, nuschelte Glodoski. »Wir brauchen keine Gaffer. Sie würden uns nur im Weg stehen.«

»Weißt du was?« sagte Reidlinger, der zusah, wie eine schluchzende Frau ihre Kinder drängte, in einen Kleinbus einzusteigen. »Ich muß euch Jungs allein ziehen lassen. Tut mir leid, Larry, aber ich hab' Kinder zu Hause, und wenn ihnen etwas zustößt –«

Glodoski sah ihn scheel an. »Okay«, meinte er. »Worauf wartest du noch?« Reidlinger fing wieder an, sich zu entschuldigen, aber Glodoski schnitt ihm das Wort ab. »Geh einfach«, zischte er. »Wir brauchen dich nicht.« Reidlinger zog beschämt ab. »Will noch jemand sich verdrücken, solange es noch geht?« fragte Larry.

Alstead räusperte sich und sagte: »Weißt du, Larry, wir tragen alle Verantwortung. Ich meine, wir sollten es vielleicht besser den Behörden überlassen.«

»Willst du uns auch im Stich lassen?« wollte Glodoski wissen.

»Nein, Larry, ich meine nur –«

Bosley unterbrach ihn. »Schau an . . .«, sagte er und deutete den Block hinunter auf ein Paar, das in ihre Richtung kam. Er kannte und verabscheute sie beide. Die Frau wegen ihrer üblen Ausdrucksweise, den Jungen wegen seiner sodomitischen Neigung.

»Die beiden sind gefährlich«, sagte er. »Sie sind Komplizen von Buddenbaum.«

»Sie sind nicht zu zweit«, stellte Bill Waits fest, »sie sind zu dritt. Lundy trägt ein Baby.«

»Jetzt stehlen sie schon Kinder«, sagte Bosley. »Wie tief kann man sinken?«

»War sie nicht an der Kreuzung dabei?« fragte Larry.

»Das war sie.«

»Meine Herren, es gibt viel zu tun«, verkündete Larry und ging an Bosley vorbei. »Ich mach' das. Haltet einfach die Augen offen.«

Tesla und Seth hatten das Quartett mittlerweile gesehen und gingen auf die andere Straßenseite, um ihnen auszuweichen. Glodoski trat vom Bürgersteig, um sich ihnen entgegenzustellen, und wollte wissen, als sie näher kamen: »Wessen Kind ist das?« Seine Frage wurde ignoriert. »Ich frag' nicht noch mal«, sagte er. »Wessen Baby habt ihr da?«

»Das geht Sie überhaupt nichts an«, sagte Tesla.

»Was haben Sie damit vor?« fragte Bosley mit schriller Stimme.

»Seien Sie still, Bosley«, sagte Larry.

»Sie werden es ermorden!«

»Haben Sie nicht gehört, Bosley?« sagte Tesla. »Seien Sie still, verdammt noch mal.«

Nun ging Bosley an Larry vorbei und zog dabei seine Waffe. »Legen Sie das Baby hin«, kreischte er.

»Ich habe gesagt, *ich* mach' das«, fauchte Glodoski.

Bosley beachtete ihn nicht. Er ging auf Tesla zu und legte dabei auf sie an.

»Gütiger Himmel«, sagte Tesla. »Haben Sie nichts Besseres zu tun?« Sie zeigte mit dem Finger in Richtung der Heights. »Etwas kommt diesen Berg herunter, und Sie sollten lieber nicht hier sein, wenn es eintrifft.«

Als wollten sie ihre Warnung unterstreichen, fingen die Straßenlaternen an zu flackern und gingen aus. Aus allen Richtungen ertönten erschrockene Aufschreie. »Sollen wir weglaufen?« raunte Seth Tesla zu.

»Das können wir nicht riskieren«, sagte sie. »Nicht mit Amy.«

Einige Lampen gingen wieder an, flackerten aber trübe. Derweil war Bosley vorgetreten, um Seth das Baby wegzunehmen.

»Dazu haben Sie kein Recht«, wehrte sich Seth.

»Du bist ein Arschkriecher, Lundy«, sagte Alstead. »Mehr Recht brauchen wir nicht.«

Bosley hielt das Baby inzwischen, aber Seth weigerte sich, es freizugeben.

»Alstead!« bellte Bosley. »Helfen Sie mir.«

Das ließ sich Alstead nicht zweimal sagen. Er ging hinter Seth und hielt ihm die Arme fest. Derweil hatte Larry ebenfalls die Waffe gezückt und auf Tesla gerichtet, damit sie nicht eingreifen konnte.

»Was geht da oben vor?« fragte er sie und nickte in Richtung der Heights.

»Ich weiß nicht. Ich weiß nur *eines*, wir werden alle tief in der Scheiße stecken, wenn es hierherkommt. Wenn ihr etwas Gutes tun wollt, warum evakuiert ihr dann nicht die Leute, die Hilfe brauchen, statt Babys zu entführen?«

»Da hat sie nicht unrecht, Larry«, sagte Waits. »Es gibt eine Menge alter Leute –«

»Dann geh doch zu ihnen!« brauste Glodoski auf. »Ich hab' alles geplant.«

Amy fing an zu schreien, als Bosley sie aus Seths Armen zerrte. »Sie vermißt deine Titten, Lundy«, spöttelte Alstead höhnisch und begrapschte seinem Gefangenen die Brust.

Seth reagierte drauf, indem er Alstead den Ellbogen so fest in den Magen rammte, daß dem Mann die Luft wegblieb. Fluchend wirbelte Alstead Seth herum und schlug ihm zweimal, dreimal ins Gesicht, brutale Schläge auf Nase und Mund. Seth stolperte rückwärts, seine Beine gaben unter ihm nach, und er fiel zu Boden. Alstead wollte nach ihm treten, doch Waits hinderte ihn daran.

»Komm schon. *Es reicht!* Laß ihn in Ruhe, um Himmels willen!« herrschte Waits ihn an. »Wir sind nicht hergekommen, um Kinder zu verprügeln, Larry –?«

Glodoski sah zu Waits, und in diesem Augenblick duckte sich Tesla unter seinem Arm durch und sprang ihn an, um ihn zu entwaffnen. Es gelang ihr nicht. Es folgte ein kurzer, heftiger Kampf – die Waffe ging zweimal los, ins Leere –, bevor er sie mit einem Rückhandschlag erwischte. Sie taumelte.

Derweil zerrte Waits den blutenden Seth auf die Füße

und schrie Alstead an, daß er sich fernhalten sollte, während Bosley nach seiner Waffe griff, die er eingesteckt hate, als er das Kind an sich nahm.

»Tesla –«, rief Seth *»– passen Sie auf!«*

Sie schüttelte die tanzenden Farben vor ihren Augen weg und stellte fest, daß nicht eine, sondern zwei Waffen auf sie gerichtet wurden.

»Laufen Sie!« rief Seth ihr zu.

Sie hatte nur einen Augenblick, um sich zu entscheiden, und ihr Instinkt rettete den Tag. Bevor Glodoski oder Bosley auf sie anlegen konnten, lief sie fort, den Block entlang. Hinter ihr hörte sie Glodoski schreien. Dann schoß er. Die Kugel fräste einen Meter hinter ihr eine Furche in den Bürgersteig.

»Larry, *hör auf*!« rief Waits. »Bist du verrückt?«

Glodoski schoß einfach noch einmal. Diesmal zertrümmerte die Kugel ein Schaufenster hinter ihr. Sie schaffte es um die Ecke, ohne daß ein dritter Schuß abgefeuert wurde, drehte sich um und sah, daß Waits Glodoski gepackt hatte und versuchte, ihm die Waffe aus den Händen zu winden. Sie wartete nicht, wie der Zweikampf ausgehen würde, sondern floh außer Schußweite.

Es tat ihr bitter leid, daß sie Seth und Amy verloren hatte, aber der Zwischenfall hatte zu einem Entschluß geführt, den Glodoski und seine Schläger noch bereuen würden. Wenn es eine Macht gab, die sie von Buddenbaum erflehen, stehlen oder borgen konnte, dann würde sie sie bekommen, und dann war es vorbei mit den Artigkeiten.

4

Als Harry, Maeve und Raul Unger's Creek überquerten, erloschen die Straßenlampen, die seit einer Viertelstunde flackerten, vollkommen. Das Trio verweilte kurz mit in der plötzlichen Dunkelheit geschärften Sinnen. Aber was sie vermittelten, war alles andere als tröstlich. Sie hörten nur panische Schreie aus der Stadt und aus den Dickichten und Bäumen Stille, als wüßte jedes Insekt und jeder Nachtvogel, was die Sapas Humana nicht wußten: der Tod war auf dem Weg, und die lautesten würden als erste sterben. Was die anderen Sinne betraf, so vermeldeten diese kaum bessere Nachrichten. Trotz der milden Fühlingsluft herrschte ein Geruch vor, den Harry schon kennengelernt hate, als er das Gebäude Ecke Ninth und Thirteenth betrat: verdorbener Fisch und rauchende Gewürze. Er reizte auch die Zunge und verleitete den Magen zur Rebellion.

»Sie kommen«, sagte Raul.

»Es mußte passieren.«

»Würdet ihr euch dann bitte beeilen?« sagte Maeve. »Ich will meine Stadt sehen, bevor wir alle zur Hölle fahren.«

»Eine bestimmte Stelle?« sagte Harry.

»Ja, wenn Sie mich schon fragen«, entgegnete Maeve. »Es gibt eine Kreuzung –«

»Was hat es nur mit diesen verdammten Kreuzungen auf sich?«

»Ich habe dort gewohnt. Dort haben wir unser Haus gebaut, mein Mann und ich. Und ich kann Ihnen sagen, es war ein prächtiges Haus. Prächtig. Bis die Dreckskerle es niedergebrannt haben.«

»Warum haben sie das getan?«

»Oh, das übliche. Zuviel Rechtschaffenheit und zuwenig Leidenschaft. Was würde ich darum geben, noch einmal sehen zu können, wie es am Anfang war, als wir noch Hoffnung hatten . . .«

Sie verstummt ein paar Augenblicke. Dann platzte sie von neuem heraus: »Bringt mich dorthin!« bellte sie. »Bringt mich dorthin! Laßt mich die Stelle sehen, wo alles angefangen hat!«

XII

1

Tesla fand Buddenbaum im Nook, wie Seth gesagt hatte. Das keine Café war menschenleer und dunkel, abgesehen von einem Feuer, das Buddenbaum mit den Speisekarten vor sich auf einem Teller gemacht hatte.

»Ich war drauf und dran, Sie abzuschreiben«, sagte er mit einem Lächeln, das fast aufrichtig schien.

»Ich bin in einen Hinterhalt geraten.«

»Von Einheimischen?«

»Ja.« Sie kam zu seinem Tisch, setzte sich ihm gegenüber hin und zog seine Serviette aus dem Spender, um sich den Schweiß vom Gesicht zu wischen. Dann zupfte sie eine zweite heraus und schneuzte sich die Nase.

»Ich weiß, was Sie denken«, sagte Buddenbaum.

»Ach, tatsächlich?«

»Sie denken: Warum sollte ich mich einen Dreck um diese Leute scheren? Sie sind grausam, sie sind dumm, und wenn sie Angst haben, werden sie noch grausamer und noch dümmer.«

»Selbstverständlich nehmen Sie *uns* davon aus.«

»Selbstverständlich. Sie sind eine Nunciatin. Und ich ...«

». . . der Jai-Wai-Mann.«

Buddenbaum verzog das Gesicht. »Wissen sie, daß Sie hierhergekommen sind?«

»Ich habe ihnen gesagt, ich würde einen Spaziergang machen, um über alles nachzudenken.« Sie griff in die Tasche und zog die Karten heraus. »Haben Sie die schon mal gesehen?« Sie legte das Blatt auf den Tisch. Buddenbaum betrachtete sie fast argwöhnisch und mit verkniffenem Mund.

»Wem gehören sie?« fragte er und ließ die Finger darüber schweben, berührte sie aber nicht.

»Ich weiß nicht.«

»Sie waren in den Händen eines Mächtigen«, stellte er anerkennend fest. Tesla griff wieder in die Tasche, um nach versprengten Karten zu suchen, und förderte den Joint zutage, den sie der Sängerin bei der Kreuzigung abgenommen hatte. Was immer er enthalten mochte, es roch durchdringend und verlockend. Sie nahm ein Stück brennendes Papier von dem Teller, steckte den Joint zwischen die Lippen und zündete ihn an.

»Werden Sie für sie arbeiten?« sagte Buddenbaum.

»Die Jai-Wai?« Er nickte. »Ich bezweifle es.«

»Warum nicht?«

»Sie sind krank, Buddenbaum. Es geilt sie auf, Menschen leiden zu sehen.«

»Gilt das nicht für uns alle?«

»Nein.« Sie inhalierte, nur eine halbe Lunge voll. Hielt den Rauch in sich.

»Ach, kommen Sie, Bombeck«, entgegnete Buddenbaum. »Sie haben fürs Kino geschrieben. Sie wissen, wie man die Leute packt.«

Sie stieß einen Schwall fliederfarbenen Rauch aus. »Der Unterschied ist: Dies ist die Wirklichkeit.«

Buddenbaum beugte sich nach vorne. »Teilen Sie ihn mit mir?« wollte er wissen. Sie reichte ihm wortlos den Joint über das Feuer hinweg. Er hatte einige subtile visuelle Halluzinationen ausgelöst. Die Flammen züngelten langsamer, und aus den Schweißperlen auf Buddenbaums Gesicht waren kristallene Perlen geworden. Er zog an dem Joint und sprach, während er den Atem anhielt. »Was für uns real ist, ist es für den Rest der Welt nicht. Das wissen Sie.« Er richtete den Blick auf die dunkle Straße. Eine fünfköpfige Familie hastete auf dem Bürgersteig entlang, die Kinder schluchzten. »Was immer sie erleiden«, sagte er und atmete aus, »– und ich will ihr Leid damit keinesfalls schmälern –, ist eine animalische Reaktion. Im absoluten Sinne ist das nicht real. Es wird vergehen. Alles vergeht früher oder später.«

Sie mußte an Kissoon in Toothakers Haus denken. Darauf war auch seine Weisheit hinausgelaufen.

»Das Leben des Fleisches, das tierische Leben, ist ein Übergangsstadium. Es schmilzt, es verblaßt. Aber was *im* Fleisch verborgen ist . . . die unsterbliche Seele . . . die ist beständig, oder genießt zumindest die *Hoffnung* auf Beständigkeit. Es liegt an uns, diese Hoffnung in die Wirklichkeit umzusetzen.«

»Wollen Sie darum die ›Kunst?‹«

Buddenbaum zog wieder an dem Joint, gab ihn Tesla und lehnte sich auf seinem Stuhl zurück. »Ah . . . die ›Kunst‹«, sagte er.

»Ich war dabei, als der Jaff sie bekam. Wissen Sie das?«

»Gewiß.«

»Ihm ist sie nicht gerade gut bekommen.«

»Auch das ist mir bekannt«, sagte Buddenbaum. »Aber er war schwach. Und verrückt. Ich bin keins von beidem. Ich habe zweieinhalb Lebensspannen gelebt und mich darauf vorbereitet, was hier passieren würde. Ich bin bereit, die Kraft zu meistern.«

»Und warum brauchen Sie dann mich?«

Buddenbaum verdrehte die Augen zur Decke. »Dieser Stoff ist gut«, sagte er. »Um ehrlich zu sein, ich brauche nicht *Sie*.«

»Sondern die Jai-Wai.«

»So ist es.«

»Möchten Sie mir sagen, warum?«

Buddenbaum dachte einen Moment darüber nach.

»Wenn Sie meine Hilfe wollen«, sagte Tesla, »werden Sie mir schon vertrauen müssen.«

»Das ist schwer«, sagte Buddenbaum. »Ich habe mein Geheimnis so viele einsame Jahre lang gehütet.«

»Ich werde es Ihnen leichtmachen«, sagte Tesla. »Ich sage Ihnen, was *ich* weiß. Oder was ich mir zusammengereimt habe.« Sie nahm die Karten und mischte sie im Schein des Feuers, derweil sie Buddenbaum ansah. »Sie haben ein Medaillon des Schwarms an dem Kreuzweg vergraben, und es hat im Laufe der Jahre irgendwie Macht angesammelt. Und jetzt sind Sie bereit, es zu benützen, um die ›Kunst‹ zu bekommen.«

»Gut . . .«, sagte Buddenbaum, ». . . fahren Sie fort . . .«

Sie schob den Teller mit dem Feuer beiseite und legte die Karten eine nach der anderen auf den Tisch. »Der Jaff hat mir etwas beigebracht«, sagte sie, »als wir zusammen unter dem Grove waren. Ich betrachtete das Kreuz, das *er* hatte, und versuchte, den Sinn der Symbole zu entschlüsseln . . .« Sie deutete auf die Karten. »Und er sagte mir, etwas zu *verstehen* heißt, es *zu besitzen*. Wenn man weiß, was ein Symbol ist, dann ist es kein Symbol mehr. Dann hat man das Ding selbst im Kopf, und nur dort braucht etwas zu sein.« Sie sah einen Moment auf die Karten hinab. Als sie Buddenbaum wieder ansah, war dessen Blick eiskalt. »An den Kreuzwegen löst sich alles *auf*, richtig? Fleisch und Seele, Vergangenheit und Zukunft, alles verwandelt sich in *Geist*.« Sie hatte alle Karten zusammengelegt, die den Leichnam am Kreuz ergaben, und machte sich daran, sie wieder einzusammeln. »Aber wenn man Zugang zu der ›Kunst‹ will, muß man alle Möglichkeiten in dem Eintopf haben. Da, am Kreuzweg. Die menschlichen Teile. Die tierischen Teile. Die Traumteile . . .« Sie verstummte. Sah ihn an. »Wie mache ich mich?« sagte sie.

»Ich glaube, das wissen Sie«, sagte Buddenbaum.

»Ah . . . wo war ich stehengeblieben?«

»Bei den Traumteilen.«

»O ja. Und selbstverständlich die letzten Teile, die das Bild vervollständigen.« Sie hielt alle Karten in der Hand: das oberste Symbol war der ausgestreckte Arm. Sie drehte sich zu ihm um. »Die Teile des *Göttlichen*.«

Buddenbaum seufzte.

»Die Jai-Wai«, sagte sie und warf die Karte auf den Tisch.

Es folgten zwanzig, vielleicht dreißig Minuten des Schweigens. Schließlich sagte Buddenbaum: »Können Sie sich vorstellen, wie schwierig es war, das alles einzufädeln? Einen Ort zu finden, wo ich hoffen konnte, daß alle Kräfte einmal an einem Punkt zusammentreffen würden? Selbstverständlich habe ich nicht nur hier ein Kreuz vergraben. Überall. Aber dieser Ort hier hatte etwas . . .«

»Und was war das?«

Er überlegte einen Moment. »Ein kleines Mädchen namens Maeve O'Connell«, sagte er.

»Wer?«

»Sie hat das Kreuz für mich vergraben, und zwar bevor dieses Kaff existierte. Ich erinnere mich, wie ich ihren Vater ihren Namen rufen hörte – *Maeve, Maeve* – und dachte mir, das ist ein Zeichen. Es ist ein irischer Name. Ich lernte ihren Vater kennen und sah, wie leicht es sein würde, ihn zu inspirieren. Ihn dazu zu bringen, mir eine für meine Zwecke geeignete Stadt zu gründen, wo sich alle möglichen Kreaturen ein Stelldichein geben würden, und in ihrer Mitte könnte mein kleines Kreuz seine Macht ansammeln.«

»Everville ist Ihre Schöpfung?«

»Nein, das kann ich nicht behaupten. Die *Inspiration* kam von mir, aber das ist alles. Den Rest haben gewöhnliche Männer und Frauen geschaffen, die ihrem alltäglichen Leben nachgingen.«

»Haben Sie sie im Auge behalten?«

»Die ersten drei oder vier Jahre kam ich nachsehen, aber der Samen war nicht aufgegangen. Der Vater war auf dem Berg gestorben, und die Tochter hatte einen verdammt seltsamen Burschen von der anderen Seite geheiratet, daher blieben die Leute auf Distanz.«

»Aber die Stadt wurde trotzdem gebaut?«

»Mit der Zeit, aber der Teufel soll mich holen, wenn ich den Grund dafür verstehe. Ich ließ mich hier lange Zeit nicht sehen, und als ich wiederkam, was soll ich sagen? Da stand Everville. Nicht gerade das Byzanz meiner Version, aber es hatte Potential. Ich wußte, ab und zu kamen Wanderer aus dem Metakosm her – aus sentimentalen Gründen. Ihre Wege kreuzten sich mit denen der Sapas Humana, dann zogen sie weiter, und die ganze Zeit sog das Medaillon im Boden Energie in sich auf.«

»Sie haben lange Zeit gewartet.«

»Ich mußte im Innersten bereit sein. Randolph Jaffe ist

nicht der einzige, der den Verstand verlor, weil er glaubte, er könnte die ›Kunst‹ meistern. Wie ich schon sagte, ich lebte dank Rare Utu und ihrer Freunde mehrere Lebensspannen. Diese Jahre habe ich genutzt, um mich zu *reinigen*.«

»Und jetzt sind Sie bereit?«

»Jetzt bin ich bereit. Davon abgesehen, daß mich ein Teil des Puzzles im Stich gelassen hat.«

»Also . . . möchten Sie, daß ich Sie zu Ihnen bringe.«

»Wenn Sie so freundlich wären«, sagte Buddenbaum und neigte den Kopf ein wenig.

»Wenn es mir gelingt, helfen Sie mir dann zu verhindern, daß der Iad diese Stadt zerstört?«

»Das verspreche ich.«

»Und woher weiß ich, daß Sie sich nicht einfach auf eine höhere Existenzebene verpissen und den Rest von uns in Flammen aufgehen lassen?«

»Sie müssen einfach glauben, daß ich mein letztes Versprechen als Sterblicher nicht brechen werde«, entgegnete Buddenbaum.

Es war kein absolut verläßliches Angebot, das wußte Tesla, aber ein besseres würde sie wahrscheinlich nicht bekommen. Während sie überlegte, sagte Buddenbaum:

»Noch etwas.«

»Ja?«

»Wenn Sie die Jai-Wai zu der Kreuzung geführt haben, möchte ich, daß *Sie* aus der Stadt verschwinden.«

»Warum?«

»Weil die Prozedur heute nachmittag, als ich alles vorbereitet hatte, Ihretwegen schiefgegangen ist.«

»Wie kommen Sie darauf?«

»Es gab keinen anderen Grund«, antwortete Buddenbaum. »Sie sind eine Nunciatin. Die Macht konnte sich nicht entscheiden, zu wem von uns beiden sie fließen sollte, also ist sie geblieben, wo sie war.«

»Na gut. Ich verschwinde.«

»Jetzt müssen Sie mir ein Versprechen geben.«

»Schon geschehen.«

»So weit, so gut«, sagte Buddenbaum. »Jetzt ... warum verbrennen Sie die Karten nicht?«

»Weshalb?«

»Als eine ... Geste des guten Willens.«

Tesla zuckte mit den Achseln. »Wie Sie meinen«, sagte sie, sammelte sie ein und warf sie in die trägen Flammen. Sie fingen rasch Feuer und loderten.

»Hübsch«, sagte Buddenbaum und stand auf. »Wir sehen uns dann an der Kreuzung.«

»Ich werde da sein.«

2

Sie spürte die Präsenz des Gegners in dem Moment, als sie auf die Straße trat. Erinnerungen an Point Zero schossen ihr durch den Kopf – die Einsamkeit, der Staub, und die Iad, die wie eine brodelnde Flutwelle aufragten. Bald würden sie hier sein, ihren Wahnsinn und ihre Gier nach Wahnsinn mitbringen und diese Stadt verwüsten, deren einziges Verbrechen es war, daß sie im Namen der Transzendenz gegründet worden war.

Und wenn sie niedergetrampelt war, was dann? Hinaus in die Amerikas, um neue Opfer, neue Gefolgsleute zu finden? Sie wußte nach ihren Jahren der Wanderschaft, daß die Iad mancherorts willkommen sein würden. Es gab überall Menschen in dieser entzweiten Nation, die eine Gier nach Katastrophen hatten und bereit waren, das neue Jahrtausend mit Blutvergießen und Zerstörung zu begrüßen. Sie hatte sie an den Tresen von Schnellimbissen gehört, wo sie in ihre Kaffeetassen murmelten; hatte sie tobsüchtig am Straßenrand gesehen; war auf der Straße an ihnen vorbeigegangen (die meisten konnten als normale, vernünftige Durchschnittsmenschen gelten, gut gekleidet und herausgeputzt und zivilisiert: Leute, die die Welt vernichten wollten, weil sie sie enttäuscht hatte).

Wenn die Iad eintrafen, würden sie keine Selbstgespräche mehr führen müssen. Sie würden nicht mehr mit dem Himmel hadern oder lächeln müssen, obwohl ihnen nach Schreien zumute war. Ihr Tag des Zorns würde kommen, und die Macht, deren Entfesselung sie am Point Zero miterlebt hatte, würde mit einem Mal unbedeutend sein.

Gott steh ihr bei, aber es gab Zeiten, da hätte auch sie zu ihnen gehören können.

Sie mußte nicht weit gehen, um die Jai-Wai zu finden. Hundert Meter vom Nook entfernt hörte sie einen gewaltigen Aufruhr, und als sie nach der Ursache suchte, fand sie den Polizeichef mit zwei seiner Beamten, die versuchten, einen aus rund fünfzig Evervillern bestehenden Mob zu beschwichtigen, die allesamt verlangten, daß er etwas unternehmen solle, um ihre Stadt zu schützen. Viele hatten Taschenlampen dabei, die sie auf das Ziel ihres Unmuts richteten. Gilholly stand leichenblaß und verschwitzt da und tat sein Bestes, um sie zu beruhigen, aber die Umstände waren gegen ihn. Der Einfluß der Iad wurde stärker, je weiter sie den Berg herunterkamen, und die ohnehin bereits aufgebrachte Menge verlor zunehmend den Sinn für die Realität. Leute fingen an, hemmungslos zu schluchzen oder zu kreischen, was ihre Lungen hergaben. Jemand in dem Getümmel fing an, in Zungen zu sprechen.

Als ihm klar wurde, daß er sein letztes bißchen Autorität auch noch einbüßte, zog Gilholly die Waffe und schoß in die Luft. Die Menge beruhigte sich ein wenig.

»Und jetzt hört gut zu!« brüllte Gilholly über das Murmeln und Schluchzen hinweg. »Wenn wir ruhig bleiben, können wir die Situation meistern. Ich möchte, daß alle zum Rathaus gehen, und dort warten wir, bis Hilfe eintrifft.«

»Hilfe von *wo*?« fragte jemand.

»Ich habe Anrufe von überall bekommen, keine Bange«, antwortete Gilholly. »In der nächsten halben Stunde kommt Verstärkung aus Molina und Silverton. Wir werden das Licht wieder einschalten und –«

»Was ist mit den Phänomenen auf dem Berg?«

»Wir werden uns um alles kümmern«, sagte Gilholly. »Würdet ihr jetzt *bitte* die Straße freimachen, damit neimand verletzt wird, wenn die Helfer eintreffen.« Er drängte sich durch die Menge und winkte den Leuten, ihm zu folgen. »Kommt jetzt! Gehen wir.«

Als die Menge abzog, sah Tesla ein weißes Kleid, ging darauf zu und fand Rare Utu (deren Mädchenverkleidung makellos wie immer aussah), wie sie die Szene lächelnd beobachtete. Als sie Tesla sah, wurde ein breites Grinsen aus dem Lächeln.

»Sie werden alle sterben«, strahlte sie.

»Was für ein Spaß das werden wird«, entgegnete Tesla todernst.

»Hast du dich entschieden?«

»Ja«, sagte Tesla. »Ich nehme das Angebot an. Unter *einer* Bedingung.«

»Und die wäre?« sagte Yie, der mit seinem menschlichen Gesicht aus der abziehenden Menge trat.

»Ich will nicht diejenige sein, die es Buddenbaum sagt. Das müßt ihr tun.«

»Warum sollen wir uns überhaupt die Mühe machen?« fragte Haheh, der an Yies Seite erschien.

»Weil er auch jahrelang gedient hat«, erwiderte Tesla, »und er es verdient, mit einer gewissen Würde behandelt zu werden.«

»Er wird nicht in dem Moment vergehen, wenn wir ihn verlassen«, machte Haheh ihr klar. »Er wird rasch dahinsiechen, wenn die Jahre ihn einholen, aber so schlimm wird es nicht.«

»Dann sagt es ihm«, meinte Tesla. Sie sah Rare Utu an. Ich will nicht, daß er mich mit einer Machete verfolgt, weil ich diesen Job angenommen habe.«

»Ich verstehe«, sagte das Mädchen.

Yie verzog finster das Gesicht. »Es ist das *erste* und *letzte* Mal, daß wir uns deinen Wünschen beugen«, sagte er. »Du solltest dankbar sein, daß du uns dienen darfst.«

»Das bin ich«, sagte Tesla. »Ich will euch wunderbare

Geschichten erzählen und wunderbare Dinge zeigen. Aber vorher –«

»Wo ist er?« sagte Haheh.

»An der Kreuzung.«

3

»Gott sei Dank für die Dunkelheit«, sagte Maeve, während sie durch die düsteren Straßen gingen. »Ich schwöre, wenn ich so etwas Häßliches im grellen Tageslicht ansehen müßte, würde ich weinen.« Sie verlange, vor dem Hamburgerimbiß abgesetzt zu werden, damit sie hinreichend abgestoßen sein konnte. »Häßlich, häßlich, häßlich«, sagte sie. »Sieht aus wie etwas, das für Kinder gemacht wurde.«

»Grämen Sie sich nicht zu sehr«, meinte Raul. »Es wird nicht mehr lange stehen.«

»Wir wollten eine Stadt bauen, die *ewig* steht«, entgegnete Maeve.

»Nichts besteht so lange«, sagte Harry.

»Stimmt nicht«, konterte Maeve. »Große Städte werden zu Legenden. Und Legenden sterben nicht.« Sie sah den Hamburgerimbiß finster an. »Alles andere wäre besser als dies hier«, sagte sie. »Eine Geröllhalde! Ein Loch in der Erde!«

»Können wir weiter?« fragte Harry, der zum Berg hinaufsah. Sie liefen seit etwa zwanzig Minuten durch die Straßen, und Maeve O'Connell gab kühne Wegbeschreibungen zu der Stelle, wo sie gewohnt hatte, doch inzwischen war hinreichend deutlich geworden, daß sie sich verirrt hatte. In der Zwischenzeit kamen Kissoon und seine iadische Legion den Berg herunter. Ihre verflochtenen Massen waren nicht mehr zu sehen, was bedeuten mußte, daß sie den Hang verlassen hatten. Vielleicht befanden sie sich bereits in der Stadt, und die Verwüstung, die Maeve so sehr herbeiwünschte, hatte angefangen.

»Jetzt ist es nicht mehr weit«, sagte die alte Frau, ging

ohne fremde Hilfe zur nächsten Kreuzung und sah in alle Richtungen. »Da lang«, befahl sie und zeigte mit dem Finger.

»Sind Sie sicher?« wollte Harry wissen.

»Ich bin sicher«, sagte sie. »Es lag genau im Zentrum meiner Stadt, mein Hurenhaus. Das erste Haus, das gebaut wurde.«

»Sagten Sie *Hurenhaus*?«

»Sebstverständlich haben sie es niedergebrannt. Habe ich das nicht erzählt? Und das halbe Viertel gleich mit dazu, weil sich das Feuer ausgebreitet hat.« Sie drehte sich weiter zu Harry um. »Ja, ich habe Hurenhaus gesagt. Was meinen Sie, wie ich meine Stadt gebaut habe? Ich hatte keinen Fluß. Ich hatte kein Gold. Also haben wir ein Hurenhaus gebaut, Coker und ich. Und ich habe die schönsten Frauen eingestellt, die ich finden konnte, das lockte die Männer an. Und manche sind geblieben. Und haben geheiratet. Und eigene Häuser gebaut. Und –«, sie breitete die Arme aus und lachte laut, »– seht und staunet! Da war Everville!«

4

Gelächter? dachte Bosley, als er Maeves Heiterkeitsausbruch durch die Straßen hallen hörte. Wie erbarmenswert. Jemand hatte in diesem Chaos den Verstand verloren.

Er hielt sich im Augenblick unter dem Torbogen der Masonic Hall auf, damit er (und das Baby, das er immer noch trug) den Passanten und Fahrzeugen nicht im Weg herumstanden. Zehn Meter vom Block entfernt hatte Larry den jungen Lundy an die Hauswand gedrängt und verhörte ihn. Er wollte wissen, wo sich der Hurensohn Buddenbaum versteckt hielt, aber Seth rückte nicht damit heraus. Jedesmal, wenn Seth den Kopf schüttelte, verpaßte Larry ihm einen Schlag. Waits und Alstead drückten sich etwas entfernt herum. Waits war in Dan's Spirituosenladen in der Coleman Street eingebrochen, hatte sich zwei Flaschen Bourbon organisiert und schien jetzt zufrieden, sich das Verhör über Larrys Schultern hinweg anzusehen. Alstead saß auf dem Bürgersteig, hatte das Hemd hochgezogen und betrachtete die Verletzungen, die er sich bei dem Handgemenge mit Lundy zugezogen hatte. Er hatte Larry schon gesagt, daß er übernehmen würde, wenn das Verhör zu Ende war. Bosley gab Lundy keine Chance.

Er fing leise an zu beten. Nicht nur, daß er und das Kind gerettet werden würden, sondern auch, um dem Herrn klarzumachen, daß er es so nicht gewollt hatte. Ganz und gar nicht.

»Ich wollte nur deinen Willen tun«, sagte er und bemühte sich, Seths Stöhnen und die klatschenden Schläge zu überhören. »Aber alles ist so verwirrt. Ich weiß nicht mehr, was richtig ist, Herr –«

In der Nähe ertönte ein neuerlicher Chor von Stimmen und übertönte sein Flehen. Er schloß die Augen und gab sich große Mühe, den Faden nicht zu verlieren.

Da er einen seiner Sinne ausgeschaltet hatte, bekam er mehr Informationen mit, die ihm die anderen übermittelten.

Ein Geruch lag in der Luft, wie von dem Müll hinter dem Restaurant bei einer Hitzewelle, aber mit einem süßlichen Beigeschmack, der den Gestank noch widerwärtiger machte. Und mit dem Gestank kam ein Geräusch, tief in seinem Kopf, als würde jemand eine Stimmgabel an seinem Schädel ausprobieren.

Er ertrug es nicht mehr, an seinem Platz zu bleiben. Ohne sich von den anderen zu verabschieden, schlich er sich von der Tür weg den Block entlang und bog um die erste Ecke, an die er kam, in die Clarke Street. Die Straße war vollkommen menschenleer, und dafür war er dankbar. Von hier aus konnte er zum Restaurant zurückkehren und dabei die Hauptstraßen meiden.

Dort angekommen, würde er sich kurz ausruhen, dann einige Habseligkeiten ins Auto laden und die Stadt verlassen. Das Baby würde er mitnehmen und im Namen des Herrn beschützen.

Er überquerte die Straße, als ein kalter Windhauch über ihn hinwegstrich. Sofort fing das Baby an zu weinen.

»Schon gut«, murmelte er. »Still, ja?«

Ein zweiter Windstoß, fester und kälter als der erste. Er drückte das Kind fester an sich, als sich auf der anderen Straßenseite etwas in der Dunkelheit regte. Bosley erstarrte, aber er war bereits entdeckt worden. Eine Stimme ertönte aus den Schatten, so kalt wie der Wind, der sie trug.

»Sie haben sie gefunden . . .«, sagte die Stimme, dann schlurfte der Sprecher aus den dunkelsten Schatten ins Helle. Er war verbrannt, schlimm verbrannt. An manchen Stellen schwarz, an anderen gelblich-weiß. Als er näher kam, wallte ihm eine Woge lebendigen Staubs voraus.

Bosley fing wieder an zu beten.

»*Nicht!*« sagte der verbrannte Mann. »Meine Mutter hat immerzu gebetet. Ich hasse es.« Er breitete die Arme aus. »Geben Sie mir nur mein kleines Mädchen.«

Bosley schüttelte den Kopf. Er dachte, daß dies seine letzte Prüfung war; die Begegnung, auf die ihn die Zwischenfälle mit der Megäre und dem Sodomiten vorbereitet hatten. Nun würde er herausfinden, was sein Glauben wert war.

»Sie können sie nicht haben«, sagte er entschlossen. »Sie gehört nicht Ihnen.«

»Doch«, sagte der verbrannte Mann. »Ihr Name ist Amy McGuire, und ich bin Tommy-Ray, ihr Vater.«

Bosley wich einen Schritt zurück und überlegte dabei krampfhaft. Wie weit war es bis zu der Ecke? Wenn er jetzt schrie, würde Glodoski ihn über Lundys Stöhnen hinweg hören?

»Ich will Ihnen nichts zuleide tun«, sagte Tommy-Ray McGuire, »Und ich will nicht noch mehr Tod . . .« Er schüttelte beim Sprechen den Kopf, wobei Schuppen verkohlter Haut von seinem Gesicht fielen. ». . . ich habe zuviel gesehen . . . zuviel . . .«

»Ich kann sie Ihnen nicht geben«, sagte Bosley und bemühte sich, vernünftig zu klingen. »Vielleicht können Sie ihre Mutter suchen.«

»Ihre Mutter ist tot«, sagte Tommy-Ray mit brechender Stimme. »Tot und dahin.«

»Das tut mir leid.«

»Jetzt habe ich nur noch das Baby. Ich werde einen Ort suchen, wo ich und mein kleines Mädchen in Frieden leben können.«

Mein kleines Mädchen. Gott im Himmel, dachte Bosley, nimm den Wahnsinn von diesem armen Mann. Erlöse ihn von seinem Leid und gib ihm Frieden.

»Geben Sie sie mir«, sagte die Kreatur und kam weiter auf Bosley zu.

»Ich fürchte . . . das kann . . . ich nicht . . .«, sagte Bosley und wich zur Ecke zurück. Dort angekommen, stieß er einen Schrei aus – *»Glodoski! Alstead!«* –, rannte den Block entlang und stellte zu seiner Erleichterung fest, daß sie immer noch damit beschäftigt waren, Lundy zu quälen.

»Verdammt, wo sind Sie gewesen?« wollte Larry wissen.

Bosley spürte den kalten Wind im Rücken, sah über die Schulter und erblickte McGuire, der, von Staubschleiern umflort, um die Ecke kam.

»Allmächtiger!« sagte Larry.

»Laufen Sie weiter!« bellte Alstead. »Er holt auf!«

Das mußte man Bosley nicht zweimal sagen. Er lief auf die Männer zu, aber der Staub wirbelte schon um seine Füße, als wollte er ihn zu Fall bringen.

»Aus dem Weg!« schrie Larry und rannte auf ihn zu. Bosley wich aus, und Glodoski schoß auf McGuire, der ruckartig stehenblieb. Aber der Staub raste weiter und schleuderte Glodoski gegen eine Backsteinmauer. Er wollte schluchzend um Hilfe bitten, bekam aber nicht mehr als ein Wort heraus, als sein Flehen bereits erstickt wurde. Im Handumdrehen hatte ihn der Staub eingehüllt, und sein Körper, der immer noch an der Wand lehnte, wurde vom Boden hochgehoben.

Alstead, der nicht von Seth ablassen wollte, ließ den Jungen nun doch widerwillig zu Boden gleiten und kam Glodoski zu Hilfe. Aber der Staub hatte seine Arbeit schon getan.

Innerhalb von zehn Sekunden, wenn überhaupt, hatte er Larrys Gehirn an den Backsteinen zerschmettert; dann wandte er sich Alstead zu. Der wich zurück und hob kapitulierend die Hände, aber der Staub fiel wie ein tollwütiger Hund über ihn her und hätte auch ihn abgeschlachtet, wenn Bosley Tommy-Ray nicht angefleht hätte, ihm Einhalt zu gebieten.

»Kein Tod mehr!« sagte er.

»Einverstanden«, sagte McGuire, rief den Staub wieder zu sich zurück; Alstead blieb schluchzend auf dem Bürgersteig liegen, ein paar Meter von Waits entfernt, der das Bewußtsein verloren hatte und reglos im Rinnstein lag.

»Geben Sie mir nur das Kind«, sagte Tommy-Ray zu Bosley. »Dann verschwinde ich wieder.«

»Werden Sie ihr nichts tun?« sagte Bosley.

»Nein.«

»Nicht . . .«, murmelte Seth, der sich aufrappelte. »In Gottes Namen, Bosley . . .«

»Ich habe keine andere Wahl«, antwortete Bosley und hielt das Kind hoch.

Seth stand auf und stolperte mit einem gebrochenen Schrei auf Bosley zu. Aber sein geschundener Körper trug ihn nicht schnell genug. Tommy-Ray nahm Amy aus Bosleys Händen, drückte sie an seinen verbrannten Leib und pfiff seiner Mörderwolke, daß sie ihm die Straße entlang folgen sollte.

Seth stand vor Bosley und schluchzte vor Frustration.

»Wie konnten . . . Sie . . . das . . . *tun*?«

»Ich sagte doch: Ich hatte keine andere Wahl.«

»Sie hätten *weglaufen* können.«

»Er hätte mich gefunden«, antwortete Bosley und sah

mit leerem Blick in die Dunkelheit, die Tommy-Ray bereits verschluckt hatte.

Seth vergeudete keine Zeit, mit ihm zu streiten. Sein geschwollener Körper hatte wenig genug Energie in sich, und es war ein langer Weg von hier zu der Kreuzung, wo alle Reisen der heutigen Nacht ihr Ende finden würden.

XIII

1

An der Kreuzung starrte Buddenbaum in den Boden, hinunter ins Dunkel, wo das Kreuz lag und Energie sammelte.

Wir sind fast am Ende, dachte er. Am Ende der Geschichten, die ich gemacht und beeinflußt habe, die ich durchschreiten konnte wie ein Spieler und die ich ertrug wie ein Gefangener. Das Ende all meiner ängstlichen Klischees, meiner tragischen Fehlentscheidungen und grotesken Begegnungen; meiner tränenreichen Wiedersehensfeiern und der Flüche auf Totenbetten. Das Ende von *Es war einmal* und *Jetzt werden wir sehen* und *Können wir unseren Augen trauen?* Das Ende von letzten Akten; von Bestattungszeremonien und Ansprachen. Das Ende aller Enden. Das stelle man sich vor.

Die Freude an den Geschichten würde ihm fehlen – besonders an denjenigen, in denen er selbst in der einen oder anderen unwahrscheinlichen Verkleidung auftauchte –, aber bald würde er sie nicht mehr brauchen. Sie waren Tröstungen für den Rest der Menschheit, die in der Zeit gefangen waren und sich verzweifelt danach sehnten, wenigstens einen flüchtigen Blick auf den großen Weltenplan werfen zu können. Was konnten sie schon mit ihrem Leben anfangen, außer leiden und Geschichten erzählen? Zu diesem Stamm würde er nicht mehr lange gehören.

»Ich habe niemanden außer dir, meine reizende Serenissima«, sagte er, drehte sich um und suchte die Straße in alle Richtungen ab. *»Du bist meine Sinne, meine Vernunft und meine Seele.«*

Der Schmerz, der aus diesen Worten klang, hatte ihn früher bewegt, viele, viele Male. Nun hörte er nur noch die Musik der Worte, die in ihrer Schlichtheit schön war, aber nicht so schön, daß sie ihm fehlen würden, wenn er sie nie wieder hörte.

»Wenn du mich jetzt verläßt, bin ich verloren im großen Dunkel zwischen den Sternen –«

Beim Rezitieren sah er Tesla Bombeck die Straße entlang kommen. Und hinter ihr das Mädchen, der Narr und der Kretin. Er deklamierte weiter:

»– und kann dort niemals vergehen, denn ich muß leben, bis du mein Verlangen stillst.«

Er lächelte Tesla und allen anderen zu. Breitete die Arme weit zum Willkommensgruß aus.

»Stille es jetzt!«

Sie sah ihn mit einem verwirrten Gesichtsausdruck an, der ihm gut gefiel.

»Stille es jetzt!« wiederholte er. Oh, es hörte sich so gut an, wie es über den Lärm von Schreien und Schluchzen ertönte, während die Opfer zu ihm gewandert kamen.

»Ich flehe dich an, stille es jetzt, und laß mein Leid zu Ende sein.«

Tesla gab sich große Mühe, sich ihre Nervosität nicht anmerken zu lassen, als sie in Richtung des Iad sah. Von dem Eindringling selbst konnte sie nichts erkennen, aber in den Straßen direkt am Berghang waren zwei Feuer ausgebrochen, die Flammen des größeren loderten bereits über die Dächer und schlugen Funken. Welchen Ursprung sie auch immer haben mochten – verzweifelte Verteidigungsmaßnahmen oder Unfälle, die unbemerkt blieben –, das Feuer würde sich mit Sicherheit ausbreiten. In diesem Fall würde der Eindringling am Morgen über eine Stadt aus Kohle und Asche herrschen.

Sie richtete den Blick auf Buddenbaum, der aufgehört hatte zu deklamieren und mit hinter dem Rücken verschränkten Händen auf der Kreuzung stand. Sie war immer noch dreißig Meter von ihm entfernt, und da die fernen Brände und einige versprengte Sterne die einzigen Lichtquellen bildeten, konnte sie seine Miene nicht richtig deuten. Würde er ihr ein Signal geben, fragte sie sich, wenn sie die Jai-Wai nahe genug hingeführt hatte und sich entfernen konnte? Ein Nicken? Ein Blinzeln? Sie schalt sich insgeheim, daß sie nicht vorher ein Zeichen vereinbart hatten. Nun, jetzt war es zu spät.

»Buddenbaum?« sagte sie.

Er neigte den Kopf ein wenig. »Was machen Sie hier?« sagte er.

Nicht schlecht, dachte sie. Er war ziemlich überzeugend.

»Ich bin gekommen, um zu sagen . . . nun, ich schätze, um mich zu verabschieden.«

»Wie schade«, antwortete Buddenbaum. »Ich hatte gehofft, wir hätten die Möglichkeit, einander besser kennenzulernen.«

Tesla sah zu Rare Utu. »Jetzt seid ihr dran«, sagte sie und studierte das Gesicht der Jai-Wai im Halbdunkel. Sie konnte keine Spur von Argwohn erkennen, aber das wollte nicht viel heißen. Schließlich waren die Gesichtszüge nur eine Maske. »Vielleicht sollte ich einfach gehen und euch allein lassen«, schlug sie vor.

»Wenn Sie das vorziehen«, entgegnete Rare Utu und ging an Tesla vorbei auf Buddenbaum zu.

»Ich finde, sie sollte bleiben«, sagte Yie. »Es wird nicht lange dauern.«

Tesla sah Buddenbaum an, der seine Füße zu betrachten schien. Er hatte die Hände jetzt an den Seiten hängen, Fäuste geballt. Er hält etwas zurück, dachte sie, er unterdrückt einen Beweis dafür, was hier vor sich geht.

Das würde ihm nicht mehr lange gelingen. Mittlerweile war Haheh an Tesla vorbeigeschlurft, wobei er seine menschliche Gestalt abstreifte; er schien bemerkt zu haben, daß die Straße flimmerte.

»Hast du eine Überraschung für uns, Owen?« fragte er nachsichtig.

»Ich gebe immer . . . mein Bestes, um . . . um euch *abzulenken*«, antwortete Buddenbaum. Man hörte seiner Stimme an, welche Anstrengung es ihn kostete, sein Geheimnis zu wahren. Sie hatte ihren singenden Tonfall fast verloren.

»Du hast im Laufe der Jahre gute Arbeit für uns geleistet«, sagte Rare Utu. Sie hörte sich fast traurig an.

»Danke«, antwortete Owen. »Ich habe stets mein Bestes gegeben. Ich bin sicher, das wißt ihr.«

»Wir wissen auch, daß gute Geschichten eine Form haben«, fuhr Utu fort. »Sie knospen, sie erblühen, und dann ... unweigerlich ...«

»Komm zur Sache, ja?« forderte Yie, der hinter Tesla stand. Sie drehte den Kopf zwei oder drei Zentimeter, bis sie ihn gerade aus dem Augenwinkel sehen konnte. Auch er hatte seine menschliche Gestalt zugunsten des fleischigen Kokons aufgegeben. Sogar im Halbdunkel konnte man die Blebs leuchten sehen, die sein Mitgefühl hatte wachsen lassen. »Wir schulden ihm keine Erklärung«, fuhr er fort. »Sag ihm die Wahrheit, und bringen wir es hinter uns.«

»Was habt ihr mir zu sagen?« fragte Buddenbaum.

»Daß es vorbei ist«, antwortete Haheh behutsam. »Daß wir jemand anderen haben, der uns die Wunder des Geschichtenbaums zeigen wird.«

Buddenbaum sah ihn fassunglos an. »Einfach so?« sagte er und hob die Stimme ein wenig. »Ihr laßt mich ohne ein Wort der Vorwarnung fallen? Oh, das bricht mir einfach das Herz!«

Sei vorsichtig, dachte Tesla. Die Dialogzeile von seinem brechenden Herzen hörte sich etwas gekünstelt an.

»Es war unvermeidlich«, sagte Rare Utu und ging ein paar Schritte auf Buddenbaum zu. Nun endlich gab auch sie die Illusion ihrer Menschlichkeit auf, ihr kindlicher Körper schwoll an und glänzte, als er wieder seine seltsam gottähnliche Erscheinung annahm. »Es sind nur soundso viele Geschichten in einem Kopf, Owen, und wir haben deinen Vorrat erschöpft.«

»Oh, du würdest *überrascht* sein«, antwortete Buddenbaum. »Du würdest sogar staunen, wenn du wüßtest, wieviel ich euch *nicht* gezeigt habe.«

»Nun, jetzt ist es zu spät«, sagte Hahe. »Unsere Entscheidung ist getroffen, und sie ist endgültig. Tesla Bombeck wird unsere Führerin ins nächste Jahrtausend sein.«

»Nun, herzlichen Glückwunsch«, sagte Buddenbaum

giftig zu Tesla und kam dabei einen Schritt auf sie zu, womit er zwischen Haheh und Rare Utu trat. Er war jetzt so nahe, daß Tesla sein Gesicht deutlich sehen konnte, und sie las den Ausdruck in seinen Augen. Er wollte, daß sie verduftete, und zwar schnell.

Sie wich vor ihm zurück, als würde seine Nähe ihr angst machen. »Es war nicht so geplant«, wandte sie ein. »Ich habe mich nicht darum gerissen.«

»Offen gesagt«, antwortete er, »ist es mir so oder so egal.« Er streckte eine Hand aus und ergriff beiläufig einen von Rare Utus dünnen Armen. Das war eindeutig ein ungewöhnlicher, vielleicht einmaliger Kontakt, denn die Jai-Wai erschauerte und sah fassungslos auf seine Hand hinab.

»Was machst du da, Owen?« sagte sie, und die Falten ihres juwelenbesetzten Fleischs erschauerten.

»Ich verabschiede mich nur«, entgegnete Owen. Hahehs Blick fiel auf die Stelle, wo Buddenbaum eben noch gestanden hatte. Der Asphalt dort erstrahlte und wurde weich.

»Was führst du *im Schilde*?« fragte er und sah zu Boden.

Hinter Tesla murmelte Yie: »Bleib weg ...« Aber Haheh hörte nicht auf die Warnung. Er machte noch einen Schritt, während die Straße immer heller wurde. Derweil versuchte Rare Utu Buddenbaums Hand abzuschütteln, doch er ließ sie nicht los. Er sah Tesla starr an, lächelte ihr mit zusammengebissenen Zähnen zu und sagte zu ihr: »Leben Sie wohl.«

Sie drehte sich um, aber in diesem Moment leuchtete der Boden, auf dem Haheh stand, plötzlich grell auf, und er wurde vom Licht eingehüllt. Rare Utu stieß das Wort *Owen* wie einen Schrei aus und wehrte sich gegen ihren Bedränger, während Hahehs Körper schmolz wie Butter in einem Ofen und die Blebs zu kreisenden Rädern aus Farben explodierten und auf die Straße flossen.

Tesla hatte schon zuviel gesehen. Es war gefährlich, zu bleiben, möglicherweise tödlich. Aber sie hatte noch nie den Blick abwenden können, wie ratsam es auch gewesen wäre. Sie sog die Szene vor ihr in sich auf, bis Buddenbaum schrie: *»Verdammt, hauen Sie endlich ab!«* und Rare Utu in das Licht stieß, das Haheh verzehrt hatte. Sie kreischte, aber ihr Aufschrei wurde jäh unterbrochen, als das Feuer sie einhüllte. Sie warf den Kopf zurück und breitete die Arme aus, als wollte sie sich dem Gefühl ergeben.

»Ich sagte: Gehen Sie!« brüllte Buddenbaum Tesla an, der es endlich gelang, den Blick von dem Schauspiel abzuwenden, aber als sie sich umdrehte, schlug ihr ein Schwall bitterer, kalter Luft entgegen, und Yie stürmte auf sie zu.

»Du hast uns reingelegt!« sagte er mit einer Stimme wie ein Skalpell. Es zerschnitt ihren Mut in Fetzen. Sie erstarrte und sah in sein Puppengesicht, während Rare Utu hinter ihr erschauernd einen Seufzer ausstieß und murmelte:

»Das . . . ist . . . wunderbar.«

»Was hast du mit ihr gemacht?« wollte Yie wissen. Die Frage war an Buddenbaum gerichtet, aber er ergriff Tesla, während er sie stellte, und zog sie sich an sich. Seine Glieder waren alles andere als kräftig; sie hätte ihn wegstoßen können, wenn sie gewollt hätte. Aber sie wollte nicht. Seine Haut hatte dieselbe Wirkung wie *Peyote* auf sie. Sie spürte, wie die Droge in sie einströmte und ihr die Angst nahm.

»Laß Rare Utu frei!« sagte Yie zu Buddenbaum.

»Ich fürchte, dazu ist es zu spät«, antwortete Owen.

»Ich töte diese Frau, wenn du es nicht tust«, warnte ihn der Jai-Wai.

»Sie gehört nicht zu mir«, lautete die Antwort. »Tu, was du tun mußt.«

Tesla sah verträumt über die Schulter zu Buddenbaum und nahm ihn inmitten des Lichts, das aus dem Boden strömte, zum erstenmal deutlich wahr. Er wirkte bemitleidenswert kalt, seine Menschlichkeit mußte schon vor langer Zeit durch die Anstrengung verzehrt worden sein, die ihn bis hierher gebracht hatte. Zweifellos stimmte alles, womit er im Nook geprahlt hatte: Die Jahre hatten ihn weiser als den Jaff gemacht. Aber seine Weisheit würde ihm nichts nützen. Die ›Kunst‹ würde ihn zerbrechen, wie sie Randolph zerbrochen hatte. Seine Vernunft zertrümmern und seinen Verstand schmelzen.

Hinter ihm war Rare Utu fast in dem Leuchten verschwunden, aber selbst jetzt, während ihre Substanz in den Boden floß, wo Haheh bereits verschwunden war, sprach sie.

»Was passiert als nächstes . . .?« wollte sie wissen.

»Hol sie da raus!« rief Yie Buddenbaum zu.

»Ich sagte doch: Es ist zu spät«, antwortete er. »Außerdem glaube ich nicht, daß sie gehen will.«

Jetzt lachte Rare Utu. »Was passiert als nächstes?« sagte sie immer wieder, während ihr Gelächter schwächer wurde. »Was? Was?«

Der Boden unter ihren Füßen schmolz, genau wie sie, leuchtende Strahlen flackerten die Straße entlang.

»Aufhören!« verlangte Yie wieder, und diesmal war sein Brüllen so brutal, daß Teslas Körper einfach unter dem Ansturm nachgab. Ihre Beine knickten ein, ihre Blase leerte sich. Sie stolperte aus Yies Griff auf das Leuchten zu.

»O nein!« fauchte Buddenbaum und wich auf dem gleißenden Boden zurück, um die Stelle zu beschützen, wo Rare Utu verschwunden war. »Die ›Kunst‹ gehört mir!«

»*›Die Kunst?‹*« sagte Yie, als wäre ihm der Zweck dieser Falle erst eben klar geworden. *»Niemals, Buddenbaum . . .«* Seine Stimme wurde mit jeder Silbe lauter. *». . . Sie werden sie niemals bekommen!«*

Sein durchdringendes Brüllen war zuviel für Teslas überanstrengten Körper. Sie spürte, wie etwas in ihrem Kopf brach; spürte die Zunge in ihrem Mund schwer werden und ihre Lider sinken. Sah, als die Dunkelheit kam, wie sich der leuchtende Boden vor ihr teilte –

Und da lag es strahlend vor ihr im Erdreich: das Kreuz der Kreuze, das Symbol der Symbole. In den langen, langsamen Augenblicken ihres Sturzes beim Sterben erinnerte sie sich sehnsüchtig, wie sie die Rätsel des Kreuzes gelöst, wie sie die vier Reisen erkannt hatte, die darauf dargestellt waren. Eine in die Traumwelt, eine in die Wirklichkeit; eine ins Tierreich, eine ins Göttliche. Und im Herzen dieser Reisen – wo sie sich überkreuzten, wo sie sich teilten, wo sie anfingen und aufhörten – das Mysterium des Menschen. Es drehte sich nicht um das Fleisch, dieses Geheimnis: Es ging nicht darum, gequält und geschunden an einem Kreuz zu hängen, oder um den Triumph der Seele über das Leid. Es ging um den lebenden Traum des Verstandes, der Körper und Seele und alles machte, was sie erfreute.

An diese Offenbarung erinnerte sie sich jetzt, während diese zwischen jenem Moment und dem augenblicklichen – die Jahre, die sie auf den Straßen der verlorenen Amerikas verbracht hatte – sich zusammenfaltete und verschwand. Sie hatte das unermeßliche Ewige in der Erde unter Palomo Grove gesehen, und nun stürzte sie sterbend hinein, ihre Lider fielen zu, ihr Herz blieb stehen.

Irgendwo in weiter Ferne hörte sie Yie kreischen und wußte, die Macht hatte ihn erfaßt wie die anderen auch –

Sie wollte ihm sagen, daß er keine Angst haben mußte; daß er an einen Ort ging, wo die Zukunft des Seins wartete. Eine Zeit außerhalb der Zeit, da das Singuläre, aus dem alles entstanden war, wieder eins sein würde. Aber sie hatte keine Zunge. Keinen Atem. Kein Leben.

Es war vorbei.

2

Harry, Raul und Maeve O'Connell kamen gerade in Sichtweite der Kreuzung, als sich Tesla aus Yies Griff befreite und vorwärtsstolperte. Obwohl sie hundert Meter oder mehr von der Stelle entfernt waren, herrschte gleißendes Licht, das keine Einzelheit von Teslas Gesichtsausdruck vor Harrys Augen verheimlichte. Sie war tot oder starb gerade, aber ihre erschlafften Züge trugen einen seltsam verklärten Ausdruck.

Der leuchtende Boden war nicht mehr fest, wo sie fiel. Er empfing sie wie ein leuchtendes Grab, und fort war sie.

»O Gott ...« hauchte er. »O Gott im Himmel ...«

Er ging schneller und lief auf die Kreuzung zu, indem er den verflochtenen Rinnsalen aus Licht folgte, die unter seinen Füßen auf dem Boden dahinflossen.

Hinter ihm fing Maeve an zu kreischen.

»Ich kenne diesen Mann!« plärrte sie. »Das ist Buddenbaum! Mein Gott, das ist Buddenbaum! Das ist der Dreckskerl, der alles angefangen hat!« Sie wand sich aus Rauls stützendem Griff und hinkte hinter D'Amour her.

»Würdest du sie *bitte* aufhalten?« schrie Coker Raul ins Ohr.

Teslas Verschwinden hatte Raul so erschüttert, daß er nicht antworten konnte. Coker schrie weiter, bis Raul sagte: »Ich dachte, du wärst fort.«

»Nein, niemals«, antwortete Coker. »Nur ihre Verbitterung hat mich schweigen lassen. Jetzt flehe ich dich an, mein Freund, laß nicht zu, daß sie mir genommen wird. Ich will sie wissen lassen, was ich für sie empfinde, nur einmal.«

Raul unterdrückte ein Schluchzen. So viele Menschen waren bereits gestorben, und zuletzt – undenkbar – Tesla. Tesla hatte eine Kugel überlebt, Kissoon und Drogen, die ausgereicht hätten, ein Pferd umzubringen. Aber jetzt war sie nicht mehr.

»Bitte«, sagte Coker. »Geh Maeve nach.«

»Ich werde mich bemühen«, sagte Raul und folgte der alten Frau. Trotz ihrer Gebrechlichkeit hatte sie bereits ein gutes Stück zurückgelegt.

»Warten Sie doch, ja?« rief er hinter ihr her. »Jemand will mit Ihnen *reden*!«

Als er sie eingeholt hatte, sah sie ihn finster an. »Mit *ihm* will ich reden!« entgegnete sie und nickte in Buddenbaums Richtung. »Er ist derjenige, welcher!«

»Hören Sie mir einen Moment zu«, forderte Raul und hielt sie am Arm fest. »Es war kein Zufall, daß wir Sie gefunden haben. Jemand hat uns zu Ihnen geführt. Verstehen Sie mich? Jemand, der gerade eben hier neben uns steht.«

»Bist du verrückt?« sagte Maeve und sah sich um.

»Sie können ihn nicht sehen, weil er tot ist.«

»Die Toten sind mir scheißegal«, fuhr Maeve ihn an. »Ich will Antworten von den Lebenden! *Buddenbaum!*« schrie sie.

Jetzt ergriff Erwin das Wort. »Sag ihr, wer du bist!« sagte er zu Coker.

»Ich wollte, daß es ein ganz besonderer Augenblick wird«, antwortete Coker.

»Ich habe mein Leben damit vergeudet, auf besondere Augenblicke zu warten«, sagte Erwin zu ihm. »Wir haben nur das Jetzt!« Und damit stieß er seinen Phantomgefährten beiseite und flüsterte Raul ins Ohr: »Sag ihr, daß es Coker ist! Los doch! *Sag es ihr!*«

»Coker?« sagte Raul laut.

Die hinkende Maeve blieb wie vom Donner gerührt stehen. »Was hast du gesagt?« murmelte sie.

»Der Name des toten Mannes ist *Coker*«, entgegnete Raul.

»Ich bin ihr Ehemann«, sagte Coker.

»Und er sagt, er ist –«

»Ich weiß, wer er ist«, sagte sie, holte krächzend Luft und fuhr fort: »Coker? *Mein* Coker? Kann das wahr sein?«

»Es ist wahr«, sagte Raul.

Tränen flossen, und sie hörte nicht auf, seinen Namen zu sagen. »Coker . . . oh, mein Coker . . . mein liebster Coker . . .«

Harry hörte Maeve hinter sich schluchzen, drehte sich um und sah sie mit zurückgelegtem Kopf, als würde ihr Mann sie mit Küssen bedecken und sie darin baden. Als er den Blick wieder zu der Kreuzung wandte, war Buddenbaum auf den Boden gesunken, wo Tesla verschwunden war, und hämmerte zornig auf die wieder fest gewordene Straße. Er stand am Rand eines epileptischen Anfalls, Speichel, Schweiß und Tränen troffen ihm vom Gesicht.

»Das kannst du mir nicht antun, du Aas!« kreischte er die Straße an. »Ich werde sie dir nicht überlassen!«

Immer noch strömte Energie aus dem Boden, Spiralen und filigrane Muster allerorten. Er versuchte, sie mit seinen blutenden Händen zu fassen zu bekommen, als könnten sie noch ausreichen, ihn zu verwandeln, aber seine Fäuste löschten alle aus, die er erwischte, und die anderen stiegen einfach aus seiner Reichweite und verschwanden in der Dunkelheit über ihm. Seine Wut und Frustration wuchsen. Er wirbelte herum und stieß einen markerschütternden Wutschrei aus. »Das kann nicht sein! *Es kann nicht! Es kann nicht!*«

Hinter sich hörte Harry Maeve O'Connell sagen: »Siehst du das, Coker? An der Kreuzung?«

»Er sieht es«, antwortete Raul.

»Dort habe ich das Medaillon vergraben«, fuhr Maeve fort. »Weiß Coker das?«

»Er weiß es.«

Maeve war derweil an Harrys Seite gekommen. Ihr Gesicht war tränenfeucht, aber ihr Lächeln strahlend. »Mein Mann ist hier . . .« sagte sie stolz zu Harry. »Das muß man sich vorstellen . . .«

»Es ist wunderbar.«

Sie deutete die Straße entlang. »Dort hatten wir das Hurenhaus. Genau dort. Das ist kein Zufall, oder?«

»Nein«, sagte Harry. »Das glaube ich nicht.«

»Das ganze Licht, das kommt von dem Medaillon.«

»Sieht ganz so aus.«

Ihr Lächeln wurde breiter. »Ich werde selbst nachsehen gehen.«

»Das würde ich an Ihrer Stelle nicht tun.«

»Sie sind aber nicht an *meiner* Stelle«, sagte sie schneidend. »Was immer dort passiert, ich bin dafür verantwortlich.«

Sie beruhigte sich ein wenig, und das Lächeln zeigte sich wieder auf ihrem Gesicht. »Ich nehme an, Sie wissen ebensowenig wie ich, was da vor sich geht, hab' ich recht?«

»Mehr oder weniger«, gab Harry zu.

»Wenn wir nicht wissen, wovor wir Angst haben sollen, warum sollen wir dann überhaupt Angst haben?« führte sie aus. »Raul? Ich möchte, daß Sie an meine linke Seite gehen. Und Coker, wo immer du sein magst, du gehst an meine rechte.«

»Dann lassen Sie mich wenigstens voraus gehen«, sagte Harry und schritt, ohne ihre Erlaubnis abzuwarten, auf Buddenbaum zu, der wieder auf den Asphalt einschlug.

»Bleiben Sie weg«, keuchte dieser mit rauher Stimme. »Dieser Boden gehört mir. Und ich habe immer noch Kraft in mir, falls Sie ihn mir wegnehmen wollen.«

»Ich bin nicht hier, um Ihnen etwas wegzunehmen«, sagte Harry.

»Sie und dieses Miststück Bombeck hatten sich gegen mich verschworen.«

»Es gab keine Verschwörung. Tesla wollte nie etwas mit allem hier zu tun haben –«

»Selbstverständlich wollte sie das!« antwortete Buddenbaum. »Sie war nicht dumm. Sie wollte die ›Kunst‹ genauso, wie alle sie wollen.« Er drehte sich zu D'Amour um, und seine Wut verwandelte sich in Selbstmitleid. »Aber Sie sehen, ich habe ihr vertraut. Das war mein Fehler. Und sie hat gelogen!« Er schlug mit den verletzten Handflächen auf den festen Boden. »Das war *mein* Boden. *Mein* Wunder!«

»Hört euch die Scheiße an, die er verzapft!« bellte Maeve. Hary trat beiseite, damit Buddenbaum sie sehen konnte. »*Sie* sind der Lügner!« sagte sie. »Dieses Land war und ist meines und wird es immer sein.«

Buddenbaums Ausdruck wechselte von Wut zu Erstaunen. »Bist du . . . sind Sie diejenige, für die ich Sie halte?«

»Warum sehen Sie so überrascht aus?« fragte Maeve.

»Sicher, ich bin alt geworden, aber wir können nicht alle einen Pakt mit dem Teufel schließen.«

»Ich habe keinen Pakt mit dem Teufel geschlossen«, sagte Buddenbaum leise. »In dem Fall wäre ich vielleicht erfolgreicher gewesen. Was machen Sie hier?«

»Ich bin gekommen, weil ich ein paar Antworten wollte«, sagte Maeve. »Ich habe sie verdient, bevor wir beide ins Grab gehen, finden Sie nicht auch?«

»Ich gehe nicht ins Grab«, sagte Buddenbaum.

»Ach, nicht?« entgegnete Maeve. »Mein Fehler.« Sie winkte Raul fort und ging ohne fremde Hilfe zu der Stelle, wo Buddenbaum kniete. »Möchten Sie nochmal hundertfünfzig Jahre leben?« sagte sie zu ihm. »Herzlich gern. Ich mache einen Abgang, wenn das hier vorbei ist. Ich geh irgendwohin, wo meine Knochen nicht weh tun.«

Während sie sprach, verirrte sich eines der leuchtenden Bänder, die aus dem Boden aufstiegen, in ihre Richtung. Sie streckte die Hand danach aus, und anstatt ihr auszuweichen, wand es sich zwischen ihren arthritischen Fingern hindurch.

»Haben Sie je das Haus gesehen, das wir hier gebaut hatten?« fragte sie, während sie dem Spiel des Lichtstreifens zusah. »Oh, es war so ein schöner Anblick. *So ein schöner Anblick.*«

Das Band schlüpfte zwischen ihren Fingern heraus, aber mehrere andere Stränge und Teilchen stiegen aus dem Boden zu ihr herauf.

»Was machen Sie da, Frau?« wollte Buddenbaum wissen.

»Nichts«, antwortete Maeve achselzuckend.

»Auch wenn das Land nicht mir gehört, die Magie schon.«

»Ich nehme sie Ihnen nicht weg«, sagte Maeve nachsichtig. »Ich bin zu alt, um Besitzansprüche für etwas zu hegen. Abgesehen vielleicht von meinen Erinnerungen. Die gehören mir, Buddenbaum ...« Die Schnörkel wurden die ganze Zeit hektischer, als würden Maeves Worte sie anspornen. »Und im Augenblick sind sie sehr klar.

Sehr, sehr klar.« Sie machte einen Moment die Augen zu, und eine neue Welle von Licht schnellte aus dem Boden und umspielte ihre Hände und ihr Gesicht, bevor es verschwand. »Manchmal denke ich, daß ich mich an meine Kindheit deutlicher erinnere als an den gestrigen Tag . . .« fuhr sie fort und streckte die Hand aus. »Coker? Bist du da?«

»Er steht genau neben Ihnen«, klärte Raul sie auf.

»Nimmst du meine Hand?«

»Er sagt, er hat sie«, vermittelte Raul weiter. Dann, nach einem Augenblick: »Er hält Sie ganz fest.«

Maeve lächelte. »Glaubst du mir, daß ich es spüren kann?« fragte sie.

Buddenbaum packte Harry am Ärmel. »Hat sie den Verstand verloren?«

»Nein. Der Geist ihres Mannes ist hier.«

»Ich nehme an, das hätte ich sehen müssen«, sagte er mit tonloser Stimme. »Begräbnisse . . . sind Quatsch . . .«

»Gewöhnen Sie sich besser daran«, meinte Harry.

»Ich konnte den rührseligen Quark nie leiden«, entgegnete Buddenbaum.

»Ich glaube, es ist mehr als das«, bemerkte Harry und betrachtete die Funken und Schnörkel, die Maeves Haut berührten. Sie erloschen nicht am Nachthimmel wie ihre Vorgänger, sondern schwebten zielstrebig umher, wie Bienen auf einer Wiese, wobei sie Labyrinthe in die Luft zeichneten, während sie ihrem Tun nachgingen. Wohin sie auch gingen, hinterließen sie Spuren aus Licht, die sich, wenn sie erst einmal freigesetzt waren, weiter ausdehnten und eine Vielzahl von Umrissen in der warmen Nachtluft schufen.

Raul sprach als erster aus, was er sah. »Das Haus –« sagte er erstaunt, »– siehst du es, Harry?«

»Ich sehe es.«

»Genug«, sagte Buddenbaum und winkte den Anblick wie angewidert fort. »Ich bin fertig mit der Vergangenheit. Fertig!«

Er hielt sich den Kopf mit den Händen und stolperte

davon, während Maeves Gedächtnis ihr Hurenhaus aus Licht und Luft wieder aufbaute: Wände und Fenster, Treppe und Decke. Links von Harry führte ein Flur zur Eingangstür und der Treppe dahinter. Rechts von ihm lag, hinter einer weiteren Tür, ein Salon, dahinter eine Küche, und hinter einer dritten Tür ein Innenhof, wo Bäume blühten. Und noch während die Böden entstanden, füllten sich alle Zimmer mit Möbeln und Teppichen und Pflanzen und Vasen, deren überwältigender Detailreichtum darauf hindeutete, daß diese Gegenstände von selbst entstanden, nachdem der Prozeß einmal in Gang gesetzt war. Ihre soliden Vorbilder waren schon vor Jahrzehnten zu Staub zerfallen, aber ihre Formen in der Erinnerung blieben an der Stelle kodiert, wo sie existiert hatten. Nun tauchten sie wieder auf und gedachten ihrer in aller Perfektion.

Aber keiner war so solide, daß er Harry daran gehindert hätte, in jede Richtung zu sehen, die er wollte. Er konnte den schmiedeeisernen Zaun sehen, der die hintere Grenze des Gartens bildete, und die kostbaren spanischen Fliesen auf der Eingangstreppe. Er konnte die anmutige Treppe zum ersten und zweiten Stock hinaufschauen, die beide mit zwei Bädern und einem halben Dutzend geschmackvoll eingerichteten Schlafzimmern versehen waren.

Und jetzt, noch bevor das Dach auf ihrem Haus erschienen war, tauchten die Leute auf, die es bewohnt hatten, und beseelten die Zimmer mit ihrer Anwesenheit.

»Ah . . .«, gurrte Raul bewundernd, »die Damen.«

Sie erschienen überall. Auf den Treppenabsätzen und in den Schlafzimmern, in den Salons und in der Küche, und ihre Stimmen und ihr Gelächter klangen wie flüsternde Musik.

»Da ist Bedelia«, sagte Maeve, »und Hildegard und Jennie, oh, meine teuerste Jennie, seht sie euch an . . .«

Es war kein schlechter Aufenthaltsort, überlegte sich Harry, für das Ende der Welt, von solchen Erinnerungen umgeben. Zwar hätte man nur eine oder zwei der Frauen nach heutigen Maßstäben als hübsch bezeichnen können, aber es herrschte eine Atmosphäre der Unbekümmertheit und Freude, als wäre das Haus ebensosehr dem Lachen gewidmet als auch erotischen Exzessen.

Was die Kundschaft anbetraf, die das Etablissement frequentierte, so waren sie wie die Geister von Geistern, vergängliche Schemen, die auf der Treppe hinabschritten oder mit grauer Kleidung und grauer Haut die Schlafzimmer und Bäder betraten. Ab und zu konnte Harry ein Gesicht sehen, aber immer nur flüchtig, als hätte das Haus die verstohlene Art dieser Männer heraufbeschworen, statt den Männern selbst; als hätte es sie ertappt, wie sie sich vor aufmerksamen Blicken verbargen, als schämten sie sich ihrer Begierden.

Bei den Frauen war kaum eine Spur von Scham zu erkennen. Sie tummelten sich barbusig auf der Treppe und nackt auf den Treppenabsätzen. Sie unterhielten sich zwanglos miteinander, wenn sie auf der Toilette waren, sie halfen einander beim Baden und Duschen und rasierten sich gegenseitig die Beine und was dazwischen lag.

»Da«, sagte Maeve und deutete auf eine unvorstellbar fettleibige Frau, die in der Küche saß und ganze Händevoll Pudding aus einer Porzellanschüssel aß, »das ist Mary Elizabeth. Bei der konnte man für vier Piepen eine Menge bekommen. Sie hatte immer eine Warteliste. Und da oben –« Sie zeigte auf ein schlankes, blasses Mädchen, das einen Papagei mit den Zähnen fütterte. »Das ist Dolores. Und der Papagei, wie hieß der Papagei doch gleich?« Sie drehte sich zu Raul um. »Frag Coker«, sagte sie.

Die Antwort erfolgte auf dem Fuß. »Elias.«

Maeve lächelte. »Elias. Selbstverständlich, Elias. Sie hat geschworen, daß er Prophezeiungen aussprach.«

»Waren Sie glücklich dort?« fragte Harry sie.

»Mein Leben war nicht so, wie ich es erwartet hatte«, antwortete sie. »Und doch, ich war glücklich. Wahrscheinlich zu glücklich. Das machte die Leute neidisch.«

»Haben sie das Haus deshalb niedergebrannt?« fragte Harry weiter, der zur Treppe ging und zusah, wie Mary Elizabeth herunterkam. »Weil sie neidisch waren?«

»Teils, teils«, sagte sie. »Teilweise war es auch reine Selbstgefälligkeit: Sie wollten nicht, daß ich und mein Gewerbe die Einwohner verdarben. Können Sie sich das vorstellen? Ohne mich, ohne dieses Haus und diese Frauen, hätte es keine Einwohner *gegeben*, weil es gar keine Stadt gegeben hätte. Das wußten sie. Darum haben sie gewartet, bis sie einen Vorwand hatten –«

»Und was war das?«

»Unser Sohn, unser verrückter Sohn, der zu wenig von seinem Vater und zuviel von mir hatte. Sehen Sie, Coker war immer sanftmütig. Aber in den O'Connells gab es stets eine Spur Wahnsinn, und bei Clayton kam er zutage. Nicht nur das, wir machten auch noch den Fehler, ihn in dem Glauben zu erziehen, daß er etwas Besonderes war, daß er eines Tages Macht in Händen halten würde, weil er ein Kind zweier Welten war. Das hätten wir niemals tun dürfen. Es weckte die Überzeugung in ihm, daß er über den Normalsterblichen stand; daß er das Recht hatte, barbarisch zu sein, wenn er wollte, weil er besser war als alle anderen.« Sie wurde nachdenklich. »Ich habe ihn einmal gesehen, als er etwa zehn war, wie er zu Harmon's Heights hinaufsah, und sagte zu ihm: *Was denkst du?* Und wissen Sie, was er zu mir sagte: *Eines Tages*, sagte er, *werde ich diesen Berg besitzen und auf eine Welt voller Fische hinuntersehen.* Ich habe so oft gedacht, das war das Zeichen. Da hätten wir ihn von seinem Elend erlösen sollen. Aber Coker und ich hatten so viele Schmerzen und Anstrengungen auf uns genommen, um ein Kind zu bekommen . . .«

Während Harry mit einem Ohr der Geschichte von der Empfängnis des Clayton O'Connell lauschte – wie Cokers Zaubersprüche und seine Magie Maeve übernatürlich jung erhalten hatten, ihre Eisprünge aber zu einem dünnen Rinnsal reduzierten; daß sie fast siebzig war, als sie den Jungen gebar –, dachte ein Teil seines Verstandes über das nach, was sie gerade gesagt hatte. Die Bemerkung des Kindes, daß er von Harmon's Heights auf eine Welt voller Fische hinunterschauen würde, weckte vage Erinnerungen.

»Was ist aus Clayton geworden?« fragte er, während er über das Problem nachgrübelte.

»Er wurde aufgehängt.«

»Haben Sie seine Leiche gesehen?«

»Nein. Seine Leiche wurde von Wölfen oder Bären geholt . . .«

Als er an die wilden Tiere oben auf dem Berg dachte, fiel ihm wieder ein, wo er die Worte zum erstenmal gehört hatte.

»Raul?« sagte er. »Bleib hier bei Maeve, ja?«

»Ich gehe auf keinen Fall weg«, sagte Raul lächelnd und mit vor voyeuristischer Wonne strahlendem Gesicht.

»Gehen Sie auch nicht«, sagte Maeve, als Harry sich von der Treppe entfernte.

»Ich komme wieder«, antwortete er, »hängen Sie nur weiter Ihren Erinnerungen nach.« Damit ging er den Flur entlang und durch die geschlossene Eingangstür hinaus auf die Straße.

3

»Leben sind die Blätter des Geschichtenbaums«, hatte der Mann, der auf Essenz gewandelt war, zu Tesla gesagt. Worauf sie geantwortet hatte, sie hätte niemals eine Geschichte erzählt, die ihr auch nur das geringste bedeutet hätte.

»Oh, aber gewiß doch«, hatte er erwidert. »Ihre eigene . . . Ihre eigene . . .«

Das stimmte selbstverständlich. Sie hatte diese Geschichte mit jedem Augenzwinkern erzählt, mit jedem Herzschlag, mit jeder Tat und jedem Wort, grausam wie gütig.

Und nun sah sie sich mit einem Rätsel konfrontiert: Obwohl ihr Herz nicht mehr schlug und ihre Augen nicht mehr blinzeln konnten, obwohl sie in der Welt der Lebenden nie wieder etwas tun oder sagen würde, grausam oder gütig, war die Geschichte nicht zu Ende.

Sie war tot; soviel stand fest. Aber der Federhalter schrieb unaufhörlich weiter. Es schien, als gäbe es noch mehr zu erzählen –

Die Helligkeit, in die sie gefallen war, umfing sie immer noch, aber sie wußte, daß sie das Licht nicht mit den Augen sah, denn sie konnte ihren eigenen Körper in etlicher Entfernung in dem Leuchten schweben sehen. Er lag mit dem Gesicht nach oben, Arme und Beine ausgestreckt, Finger gespreizt, eine Haltung, die sie nur allzugut kannte. Sie hatte dieses Bild vor einer halben Stunde im Beisein von Buddenbaum zusammengesetzt: Es war die Haltung der Gestalt im Zentrum des Medaillons. Nun nahm ihr toter Leib diese Haltung ein, während ihr Geist von einer Art losgelöster Neugier beseelt um ihn herumschwebte, sich am Rande fragte, was das alles zu bedeuten hatte, aber insgeheim wußte, daß er die Antwort nicht verstehen würde.

Ein Stück unter ihrem Körper lag das Kreuz selbst – die Quelle der Energie, die den festen Boden in eine Art dickflüssige Suppe verwandelt hatte –, und wenn ihre Seele in diese Richtung schaute, transportierte es ihre Gedanken in vier Richtungen gleichzeitig, auf den grellen Strahlen entlang, die von den vier Balken des Kreuzes ausgingen. In einer Richtung lag die Menschenreise; Aufzeichnungen über die zahllosen Männer und Frauen, die zu dieser Kreuzung gekommen waren, sie überquert und dabei alle ihre persönliche Last der Träume mit sich herumgeschleppt hatten. In der Gegenrichtung kam eine Prozession von Wesen, die Ähnlichkeit mit Menschen hatten, aber nur vage; Verbannte aus dem Metakosm, die anläßlich einer Pilgerfahrt nach Everville gekommen waren und der Stelle ihr prophetisches Mark verliehen hatten. Auf dem dritten Weg kamen die Tiere, wilde wie gezähmte gleichermaßen. Hunde mit Halsbändern suchten schnuppernd nach einer Stelle zum Pinkeln; Zugvögel kreisten am Himmel, ehe sie sich nach Süden wandten; die Fliegen, die für Dolan in seinem Süßigkeitenladen ein Fluch gewesen waren, die Würmer, die sich erst im vergangenen Sommer zu Millionen hierher verirrt hatten. Aufstrebende Formen, selbst die niedersten.

Und zuletzt das entlegenste Element dieses Zusammentreffens: die Gottähnlichen, denen sie die Falle gestellt hatte.

»Was passiert als nächstes?« hatte Rare Utu wissen wollen, während das Leuchten sie verschlang. Das war eine Frage, die Tesla nicht mehr quälte. Sie hatte ihre Wonne hier und war vollauf zufrieden damit. Wenn ihr Bewußtsein endlich die Tatsache ihres Dahinscheidens akzeptierte und erlosch, nun denn. Und wenn sich der Federhalter weiter bewegte und die Geschichte sich weiter erzählte, würde sie auch das bereitwillig akzeptieren.

Derweil würde sie hier schweben und zusehen, wie in alle Richtungen Helligkeit durch den Boden strömte und der stetige Verfall des Körpers einsetzte, den sie früher im Spiegel gesehen hatte.

4

Harry war zwei Blocks von der Kreuzung entfernt und ging in Richtung der Stelle, wo sich der Iad zu schaffen machte, als er hörte, wie Buddenbaum seinen Namen rief.

»Helfen Sie mir, D'Amour«, sagte er und kam über die Straße gestolpert. Offenbar verließ er die Stätte seines Wirkens nicht ganz mit leeren Händen. Ein leuchtender Faden klebte an seinem Gesicht und seinen Händen, eine unscheinbare Erinnerung daran, was ihm verwehrt worden war. »Ich mache Ihnen keinen Vorwurf«, sagte er und ging mitten auf der Straße rückwärts vor Harry her. »Sie war eine Freundin von Ihnen, und Sie mußten sich mit ihr verschwören, Sie hatten keine andere Wahl.«

»Es gab keine Verschwörung, Buddenbaum.«

»Ob oder ob nicht, Sie können Sie nicht da unten lassen, oder?« Er bemühte sich, einen höflich-überzeugenden Tonfall an den Tag zu legen.

»Sie ist tot«, sagte Harry.

»Das weiß ich.«

»Wo sie begraben liegt, ist völlig unerheblich. Würden Sie mir bitte aus dem Weg gehen, verflucht?«

»Wohin gehen Sie?«

»Kissoon suchen.«

»Kissoon?« Buddenbaum war fassungslos. »Wozu, um alles in der Welt, kann der Ihnen nützlich sein.«

»Zu mehr als Sie.«

»Stimmt nicht!« wehrte sich Buddenbaum. »Opfern Sie mir ein paar Minuten Ihrer Zeit, und Sie werden es nicht bereuen. Es wird keine Vergangenheit mehr geben, an die Sie sich erinnern müßten. Und keine Zukunft. Nur –«

»– einen einzigen unsterblichen Tag?« Harry schüttelte den Kopf. »Geben Sie auf, um Gottes willen. Sie haben Ihre Chance gehabt und haben es vermasselt.«

Er bog um eine Ecke, und dort, am anderen Ende der Straße, war der Feind. Harry zauderte einen Moment und versuchte, einen Sinn in dem auszumachen, was er sah, aber das nächstgelegene Feuer war mehrere Straßen entfernt, und sein Licht verwirrte Harrys Blick nur noch mehr. Eines stand fest: der Iad war nicht mehr das (oder die) panische Wesen, das er auf dem Berggipfel gewesen war. Selbst aus der Ferne und mit dem wenigen Licht konnte Harry erkennen, daß der Feind seinen wabernden Mantel abgestreift hatte und wie eine Schlange durch die Luft glitt, wobei sein gewaltiger Körper in unablässiger peristaltischer Bewegung war.

Harry krempelte die Ärmel hoch, damit die Tätowierungen freilagen. Wer wußte, was sie ihm nützten; wahrscheinlich sehr wenig, aber er brauchte jedwede Hilfe, die er bekommen konnte.

»Was haben Sie vor?« wollte Buddenbaum wissen. »Ihn zu einem Faustkampf herausfordern? Sie haben keine Chance. Nicht ohne ein gewisses Maß an Macht.«

Harry beachtete ihn nicht. Er holte tief Luft und ging die Straße entlang, dem Iad entgegen.

»Sie denken, das ist heldenhaft, ist es das?« wollte Buddenbaum wissen. »Es ist Selbstmord. Wenn Sie etwas Gutes tun wollen, können wir einander helfen. *Graben* Sie für mich, D'Amour.«

»Graben?«

Buddenbaum hob die Hände vor sich. Sie boten einen ekelerregenden Anblick. In seinem Wahn, sich wiederzubeschaffen, was er verloren hatte, hatte er sein Fleisch zu einer blutigen Masse geschlagen. Mehrere Finger standen schief, die Knochen waren gebrochen. »Ich kann es nicht selbst. Und bis sie geheilt sind, ist es zu spät.«

»Es wird nicht passieren«, sagte Harry.

»Woher zum Teufel wollen Sie wissen, was passieren wird und was nicht?«

»Wenn Sie die ›Kunst‹ bekommen hätten, wäre sie da hinten zu Ihnen gekommen. Aber sie ist nicht gekommen.«

»Das war wegen Tesla –«

»Vielleicht. Vielleicht sollen Sie sie aber auch einfach nicht haben.«

Buddenbaum blieb ruckartig stehen. »Davon will ich nichts hören«, sagte er.

»Dann lassen Sie es bleiben«, antwortete Harry und ging in einem Bogen um ihn herum.

»Und ich lasse mir nicht vorenthalten, was *mir* gehört!« sagte Buddenbaum und legte Harry eine seiner gebrochenen Hände auf die Schultern. »Ich habe nicht mehr viele Zaubersprüche in mir«, sagte er, »aber es sind genügend, um Sie zum Krüppel zu machen. Vielleicht sogar, Sie zu töten.«

»Und was würde Ihnen das nützen?«

»Ich hätte damit einen meiner Feinde ausgeschaltet«, antwortete Buddenbaum.

Harry konnte spüren, wie das Kribbeln einer Neuralgie durch seine Schulter raste, was Buddenbaums Drohung Glaubwürdigkeit verlieh.

»Ich gebe Ihnen noch eine Chance«, sagte Buddenbaum.

Harrys Tätowierungen fingen heftig an zu jucken. Seine Eingeweide verkrampften sich. Er wußte, er sollte fliehen, aber seine Beine gehorchten seinem Willen nicht mehr.

»Was machst du da, Owen?« sagte jemand.

Aus dem Jucken war ein Brennen geworden und aus den Krämpfen fast konvulsivische Zuckungen. Harry versuchte, seinen Kopf in die Richtung zu drehen, von wo die Stimme erklungen war, aber sein Kopf bewegte sich nicht. Er konnte nur die Augen verdrehen, und da sah er am Rande seines Gesichtsfelds den Jungen von der Kreuzung. Sein blasses Gesicht war geschwollen und blutig.

»Laß ihn los, Owen«, sagte er. »Bitte.«

Buddenbaum gab einen Laut von sich, den Harry nicht interpretieren konnte. War es möglicherweise ein Schluchzen? »Bleib mir vom Leibe, Seth«, sagte er.

»Was ist passiert?« wollte der Junge wissen.

»Ich wurde betrogen«, antwortete Buddenbaum mit tränenerstickter Stimme. »Ich hatte sie in der Hand . . .«

»Und dieser Mann hat sie genommen?«

»Nein!«

»Was dann? Tötest du einfach jeden, der sich dir in den Weg stellt? So grausam bist du nicht.«

»Ich werde es sein«, sagte Buddenbaum. »Von jetzt an keine Gnade mehr, kein Mitleid –«

»Keine Liebe?«

»Keine Liebe!« schrie er. »Also bleib weg von mir, sonst werde ich dir auch weh tun!«

»Nein, das wirst du nicht«, sagte Seth sanft, aber bestimmt.

Harry spürte, wie die Schmerzen in seinem Körper nachließen und er wieder die Herrschaft über seine Muskeln gewann. Er machte keine ruckartigen Bewegungen, weil er Angst hatte, er könnte Buddenbaum erneut erzürnen, sondern drehte langsam den Kopf und sah, daß Seth Buddenbaums Hand von Harrys Schulter genommen und zu seinen Lippen geführt hatte.

»Wir haben alle genügend Schmerzen für ein ganzes Leben erdulden müssen«, sagte er leise und küßte die gebrochene Hand. »Wir müssen anfangen, wieder gesund zu werden, Owen.«

»Dazu ist es zu spät.«

»Laß mich dir beweisen, daß du dich irrst«, entgegnete der Junge.

Harry drehte sich zu Buddenbaum um. Dessen Wut war verflogen, sein Gesicht blieb ausdruckslos.

»Sie gehen besser«, sagte Seth zu Harry.

»Kommst du mit ihm zurecht?«

»Klar doch«, antwortete Seth sanft und legte den Arm um Buddenbaums Schulter. »Wir kommen zurecht. Wir gehen zurück, er und ich. Weit zurück.«

Es blieb keine Zeit für ein weiteres Gespräch. Harry ließ die beiden stehen, damit sie ihren Frieden schließen konnten, und ging die Straße entlang. In der Minute, seit er den Iad zum letztenmal angesehen hatte, war dieser gegen das größte Gebäude in der Gegend vorgerückt: das Gerichtsgebäude oder das Rathaus, vermutete Harry. Die Stelle lag nicht mehr als hundertfünfzig Meter von ihm entfernt, und der schädliche Einfluß des Iad wuchs mit jedem Schritt. Harry spürte die Nadelstiche im Hinterkopf und den Augenwinkeln; hörte das geistlose Geräusch hinter dem Lärm der Welt.

Angesichts der Alternative war diese Geistlosigkeit fast angenehm: das Kreischen und Schreien der Eingeschlossenen in dem belagerten Gebäude. Er fragte sich, weshalb die Eingeschlossenen nicht durch die Hintertür flohen, bis er Gamaliel mit etwas, das wie ein Menschenkopf aussah, in den Händen an der Rückseite des Gebäudes auf und ab laufen sah. Wenn Gamaliel hier war, dann sicher auch seine Brüder, und wahrscheinlich die überlebenden Mitglieder von Zurys Klan: Sie alle hatten sich versammelt, um das Schauspiel zu genießen.

Aber wo war Kissoon? Er hatte diese Nacht der Vergeltung herbeigeführt; ganz sicher war er zugegen, um sie zu erleben.

Harry fing an zu laufen und rief Kissoons Namen. Es

hörte sich seltsam an, den Namen eines Mannes inmitten dieses schrecklichen Tumults zu rufen, aber hatte nicht Kissoon selbst gesagt, daß die Iad, allen Äußerlichkeiten zum Trotz, ein menschliches Herz hatten? Menschen waren nicht namenlos. Jeder hatte eine Vergangenheit; sogar Kissoon, der so versonnen davon gesprochen hatte, ein Niemand zu sein: nur Augen auf einem Berg, die auf eine Welt voller Fische hinabsahen ...

Die Mauern des Rathauses knirschten, als das große Rad des Iad sich dagegen drückte. Je näher Harry dem Gebäude kam, desto sinnvoller erschien ihm der Name des Iad. Uroboros, der Wurm, der sich selbst verschlang und die Erde umfing, während er seinen eigenen Schwanz verspeiste. Eine Metapher für Macht als selbsterhaltende Maschine: unerbittlich, unverständlich, unangreifbar.

Diesmal kam es im Umfeld des Iad nicht zu Halluzinationen – kein Pater Hess, der ihn aus einem behelfsmäßigen Grab heraus anklagte, kein Dämon, der Rätsel von sich gab – nur dieser Ring des Bösen, der die Schale knackte, die ihn von seinen Opfern trennte. Er sah den Feind zunehmend klarer. Und es kam ihm so vor, als würde der Feind sich präsentieren, ihn mit der Tatsache quälen, daß es trotz der Klarheit nichts zu begreifen gab; keine Stelle, wo die komplexen Muster sich zu etwas Erkennbarem auflösten: einem Kopf, einer Kralle, einem Auge. Nur Formen in übelkeiterregendem Überfluß, Flossen und Fetzen und Grind; schroffe Umrisse von unbestimmbarer Farbe (bläulich hier, rötlich da, keins von beiden, oder gar nichts); alles seelenlos, alles leidenschaftslos.

Selbstverständlich gab es auch kein menschliches Gesicht zu sehen. Nur Wiederholung, wie eine zwischen Spiegeln gefangene Kritzelei, deren Echos wie Ordnung, wie Sinn aussahen, aber keines davon waren.

Er mußte das Herz finden. Das war seine einzige Hoffnung: *das Herz finden.*

Der Lärm in seinem Kopf war inzwischen so laut geworden, daß er sicher war, sein Schädel würde platzen, aber er ging weiter auf den Ursprung zu, und je näher er kam – sechzig Meter, fünfzig, vierzig –, desto deutlicher hörte er ein Flüstern unter dem Lärm. Es war ruhig, dieses Flüstern.

Du mußt keine Angst davor haben ... sagte er zu sich.

Sein eigener Mut überraschte ihn.

... *nichts, das du nicht vorher schon gesehen hast* ...

Überrascht, und beruhigt.

... *laß dich einfach davon umarmen* ...

Warte, dachte er. Woher kam dieser Einfall?

... *sind nur noch wir beide übrig, sehr bald schon* ...

Das bin nicht ich. Das ist der Iad.

... *oh, aber es gibt keine Möglichkeit, uns zu trennen* ... antwortete das Flüstern, das zurückwich, nachdem es identifiziert worden war ... *das weißt du doch, tief in deinem Herzen* ... sagte es ... *in deinem menschlichen Herzen* ...

Dann war es fort, er war zehn Meter von dem riesigen, langsamen Rad entfernt, und die Schreie aus dem Gebäude wurden von dem hirnlosen Lärm in seinem Kopf übertönt. Rechts sah er, wie Gamaliel in seine Richtung kam. Harry wußte, er würde ihn im Handumdrehen abschlachten. Kein Gebet, kein Zögern. Nur der tödliche Hieb.

Er hatte noch Sekunden zu leben. Sekunden, Kissoon zu sich zu bringen.

Er holte tief Luft und schrie in den Tumult, obwohl er seine eigene Stimme nicht mehr hören konnte.

»Ich suche nach Clayton O'Connell!«

Zuerst bekam er keine Antwort. Das Rad drehte sich weiter, und eine sinnlose Form nach der anderen passierte vor Harrys erschöpften Augen Revue. Und dann, als Gamaliel noch einen Meter von ihm entfernt war und die Hand ausstreckte, um ihm die Kehle aufzureißen, wurde die Bewegung des Iad langsamer. Ein unhörbarer Befehl mußte ergangen sein, denn Gamaliel blieb ebenfalls wie angewurzelt stehen und wich ein Stück zurück.

Der Lärm in Harrys Kopf ebbte ebenfalls ab – verschwand aber nicht –, und er stand vor dem Iad und schnappte nach Luft wie ein Gefangener, dessen Fesseln soweit gelockert worden waren, daß er wieder atmen konnte.

Eine Bewegung war in der Anatomie des Iad zu sehen. Er entknotete sich, teilte sich. Und da, mitten in seinen Eingeweiden – die aus derselben unbegreiflichen Substanz bestanden wie sein Äußeres – saß Kissoon.

Er sah aus wie auf dem Berg: schlicht und verklärt.

»Wie sind Sie dahintergekommen, wer ich bin?« sagte er. Obwohl eine ansehnliche Strecke zwischen ihnen lag, hörte sich seine Stimme so nahe wie das Flüstern des Iad an.

»Bin ich nicht«, antwortete Harry. »Es wurde mir gesagt.«

»Von wem?« wollte Kissoon wissen, stand auf und trat aus dem lebenden Sanktum auf die Straße herab. »Wer hat es Ihnen gesagt?«

»Ihre Mutter.«

Das Gesicht vor Harry blieb gleichgültig. Keine Regung. Kein Zucken.

»Ihr Name ist Maeve O'Connell, falls Sie es vergessen haben«, fuhr Harry fort, »und sie wurde neben Ihnen und Ihrem Vater an einen Baum geknüpft.«

»Sprechen Sie mit den Toten?« wollte Kissoon wissen. »Seit wann?«

»Sie ist nicht tot. Sie ist ausgesprochen lebendig.«

»Was ist das für ein Trick?« fragte Kissoon weiter. »Glauben Sie, damit werden Sie jemanden retten?«

»Sie ist entkommen, Clayton. Der Ast ist abgebrochen, und sie hat einen Weg nach Essenz gefunden.«

»Unmöglich.«

»Die Tür war immer da oben und einen winzigen Spalt offen.«

»Wie hätte sie da durchkommen können?«

»Sie hatte auch ihre Zaubersprüche, oder nicht? Und die Willenskraft, sie anzuwenden. Sie hätten sehen sollen, was sie an der Kreuzung vollbracht hat.« Harry sah über die Schulter. »Dieses Licht . . .« sagte er. In der Gegend des Hurenhauses wurde der Himmel von einem deutlich sichtbaren Leuchten erhellt. »Das ist ihr Werk.«

Kissoon schaute einen Moment hin, und Harry hatte die Befriedigung, den Anflug eines Zweifels über sein Gesicht huschen zu sehen. Einen winzigen Anflug, sicher; aber er reichte aus.

»Ich . . . kann Sie . . . nicht einschätzen, D'Amour. Sie überraschen mich immer wieder.«

»Danke gleichfalls.«

»Wenn Sie lügen . . .«

»Was hätte das für einen Sinn?«

»Mich aufzuhalten.«

»Warum sollte ich mir die Mühe machen?« entgegnete Harry. »Früher oder später werden Sie so oder so tun, was Sie wollen.«

»Das werde ich«, bestätigte Kissoon. »Mutter hin oder her.« Er betrachtete das Leuchten am Himmel. »Was macht sie?« fragte er.

»Sie hat das Hurenhaus wieder auferstehen lassen«, antwortete Harry. »Der alten Zeiten wegen.«

Darüber dachte Kissoon ein paar Augenblicke nach. Dann sagte er: »Alte Zeiten? Scheiß auf die alten Zeiten«, und ging ohne ein weiteres Wort die Straße hinunter Richtung Kreuzung, wobei er es Harry überließ, ihm zu folgen oder nicht.

Harry mußte sich nicht umdrehen, er wußte auch so, daß der Iad seinen Angriff auf das Rathaus abgebrochen hatte und Kissoon folgte, als hätte er trotz seines legendären Bösen nicht die Willenskraft – oder den Wunsch –, ohne Anweisungen zu handeln. Der Lärm in Harrys Kopf klang zu einem Murmeln ab, und er nahm sich einen Augenblick Zeit, über die Möglichkeiten nachzudenken, die vor ihm lagen, wobei er davon ausging, daß der Iad mittlerweile nichts mehr von seinen Denkvorgängen mitbekam.

Die Möglichkeit, daß seine Mutter noch lebte, hatte offenbar nicht dazu beigetragen, Kissoon milder zu stimmen. Es schien, als wollte er sie mehr aus Neugier denn aus Sentimentalität treffen. Er hatte sein Ziel vor Augen; und zwar schon seit der Kindheit. Die Tatsache, daß die Frau, die ihm das Leben geschenkt hatte, die Lynchjustiz überlebt hatte, konnte ihn nicht davon abbringen, daß er eine Welt voller Fische haben wollte. Harry hegte die Hoffnung, daß Kissoon während des Wiedersehens anfällig für einen Überraschungsangriff sein würde, aber selbst wenn, welche Waffe konnte ihm etwas anhaben? Und würde der Iad einfach dabeistehen und zusehen, wenn ein Versuch unternommen wurde, seinen Meister zu töten? Unwahrscheinlich, um es gelinde auszudrükken.

»Er ist nicht das, was Sie erwartet haben, richtig?« fragte Kissoon, als sie um die Ecke bogen. »Der Iad, meine ich.«

Harry sah, wie das große Rad hinter ihnen auftauchte, während seine Formen sich wanden und ergossen wie eine Welle, die sich unablässig anschickte, zu brechen. Er schien beinahe die Luft in seinem Weg zu ergreifen und zu verwandeln, und die Dunkelheit selbst seinen Zielen zuzuführen.

»Ich weiß nicht, was ich erwartet habe«, entgegnete Harry.

»Sie hatten ein ganzes Arsenal von Teufeln, unter denen Sie auswählen konnten«, legte Kissoon ihm dar. »Aber ich glaube nicht, daß das einer davon war.« Er wartete nicht auf Zustimmung oder Verneinung. »Selbstverständlich wird er sich verändern. Immerzu verändern. Nur eines wird er nie sein, nämlich tot.«

Harry erinnerte sich an Normas Weisheit über die Welt. Traf das auch auf den Iad zu? Veränderlich, aber unauslöschbar?

»Und selbstverständlich ist er nur ein winziger Teil von dem, was auf der anderen Seite wartet.«

»Ich bin froh, daß ich das nicht mehr sehen werde«, sagte Harry.

»Soll das heißen, Sie geben auf? Das ist klug. Sie können oben nicht mehr von unten unterscheiden, richtig, und das macht Ihnen angst. Es ist besser, sich zu unterwerfen. Gehen Sie fernsehen, bis das Ende der Welt kommt.«

»Hassen Sie die Welt so sehr?«

»Ich wurde von Wölfen von einem Baum geholt, D'Amour. Ich erwachte in der Dunkelheit mit einem Strick um den Hals, und um mein Fleisch wurde gekämpft. Und als ich sie niedergemetzelt hatte – als ich zwischen ihren Kadavern stand und in ihrem Blut badete –, dachte ich mir: das waren nicht meine Feinde. Das waren nicht die Wesen, die mich nackt aus meinem Bett geholt und aufgehängt haben. In *ihrem* Blut muß ich baden. *Ihre* Kehlen muß ich aufreißen. Die Frage war nur: Wie? Wie sollte ein halb verrückter Niemand, der eine betrunkene Bordellbesitzerin als Mutter und einen betrunkenen Freak als Vater hatte, einen Weg finden, *die Kehlen der Sapas Humana aufzureißen?«* Er blieb stehen. Drehte sich um. Lächelte. »Jetzt wissen Sie es.«

»Jetzt weiß ich es.«

»Eine Frage an Sie, D'Amour, bevor wir dort sind?«

»Ja?«

»Tesla Bombeck.«

»Was ist mit ihr?«

»Wo ist sie?«

»Tot.«

Kissoon betrachtete Harry eine Zeitlang, als suchte er nach Hinweisen auf eine Unwahrheit. Als er keine fand, sagte er:

»Wissen Sie, sie war eine bemerkenswerte Frau. Ich erinnere mich stets mit größtem Vergnügen an unsere gemeinsame Zeit in der Schleife zurück.« Er lächelte knapp über diese Albernheit. »Selbstverständlich war sie letztendlich ein Fliegengewicht. Aber auf ihre Weise bezaubernd.« Er verstummte und sah an Harry vorbei zu dem Iad. »Wissen Sie, weshalb er seinen eigenen Schwanz frißt?« sagte er.

»Nein.«

»Um zu beweisen, wie perfekt er ist«, antwortete Kissoon, wandte Harry den Rücken zu und ging zur nächsten Biegung. Als sie sie umrundet hatten, sahen sie endlich die Kreuzung vor sich – und das Haus, das Maeve erbaut hatte. Es sah fast solide aus; wie ein Gemälde aus Licht, das zwanghaft immer und immer wieder verbessert worden war. Hier war eine Gestalt hinzugefügt worden, dort ein Fenster; einige Stufen, ein paar Regenrinnen; Erinnerungen über Erinnerungen. Kissoon gab keinen Kommentar zu dem Schauspiel ab, sondern ging darauf zu, aber sein Gang hatte sich etwas verlangsamt.

»Wo ist meine Mutter?« wollte er wissen.

»Irgendwo drinnen, nehme ich an«, antwortete Harry.

»Gehen Sie sie holen. Ich will da nicht rein.«

»Es ist nur eine Illusion«, sagte Harry.

»Das weiß ich«, erwiderte Kissoon. Bebte seine Stimme verhalten? Er wiederholte: »Ich will, daß Sie sie für mich holen gehen.«

»Okay«, antwortete Harry und ging an Kissoon vorbei zur Eingangstreppe.

Die Tür vor ihm schien offen zu sein, und er ging durch sie hindurch und betrat eine Art von erotischem Wunderland. Die Wände waren mittlerweile mit Brokat verkleidet und mit Gemälden geschmückt, bei denen es sich überwiegend um aufreizende Werke handelte, die im Gewand klassischer Szenen daherkamen: *Das Urteil des Paris, Leda und der Schwan, Der Raub der Sabinerinnen.* Und überall um ihn herum das anmutige Frauenfleisch, das auf diesen Gemälden so liebevoll dargestellt wurde, in Licht modelliert und wirklichkeitsgetreuer als bei seinem Abschied. Frauen in Hüftgürteln und knielanger Unterwäsche, die sich im Salon miteinander unterhielten. Frauen mit gelöstem Haar, die ihre Brüste badeten. Frauen, die im Bett lagen, Hände zwischen den Beinen, und für ihre Phantomkunden an sich herumspielten und lächelten.

Als Harry auf der Suche nach Maeve die dichtgedrängten Flure entlangschritt, besserte sich seine Stimmung wider jedliche Vernunft. Das Leben hier war zweifellos hart gewesen. Es hatte Krankheiten und Gewalt und uneheliche Kinder gegeben. Zweifellos hatten die Frauen die Verachtung aller Männer spüren müssen, die für ihre Dienste bezahlten, und sich, während sie ihrem Gewerbe nachgingen, danach gesehnt, von hier zu entkommen. Aber das war nicht überliefert. Maeve hatte beschlossen, sich an die Freude in dem Haus zu erinnern, und es spielte keine Rolle, daß Harry wußte, nichts von alledem war von Dauer. Er akzeptierte die Freude, mit der ihn diese Illusion erfüllte, mit Dankbarkeit.

»Harry?«

Da, in der Küche, stand Raul inmitten einer Gruppe schwatzender Frauen. »Wo sind Sie gewesen?«

»Ich bin Maeves Sprößling suchen gegangen. Wo ist sie?«

»Sie ist hinten im Garten«, sagte Raul. »Hast du *Sprößling* gesagt?«

»Kissoon, Raul«, sagte Harry und ging zum rückwärtigen Teil des Hauses. »Er ist Clayton O'Connell.« Raul ließ die Frauen stehen und folgte ihm.

»*Weiß* er es?« sagte er.

»Selbstverständlich weiß er es. Warum nicht?«

»Ich weiß nicht, es ist nur . . . es fällt mir schwer, in Maeves Kind den Mann zu sehen, der den Schwarm ermordet oder die Schleife geschaffen hat –«

»Jeder fängt mal klein an«, sagte Harry zu ihm. »Und jeder hat seine Gründe.«

»Wo ist er jetzt?«

»Vor dem Haus«, antwortete Harry. »Mit dem Iad.« Er ging zur Hintertür hinaus in den Garten. Maeve hatte sich daran erinnert, wie er eines fernen Frühlings ausgesehen haben mußte; die Kirschbäume standen in voller Blüte, die Luft war süß wie Likör. Sie war nicht alleine hier draußen. Eine der Frauen saß im Gras und betrachtete die Sterne.

»Ihr Name ist Christina«, sagte Maeve. »Sie kennt alle Sternbilder.«

»Ich habe Clayton gefunden«, sagte Harry zu Maeve.

»Was haben Sie?«

»Er ist hier.«

»Unmöglich«, sagte sie. »*Unmöglich.* Mein Sohn ist tot.«

»Das wäre vielleicht besser für uns alle«, antwortete Harry. »Er ist derjenige, der den Iad hergebracht hat, Maeve. Es ist seine Rache dafür, was Ihnen allen zugestoßen ist.«

»Und ... erwarten Sie von mir, daß ich ihm Mitleid beibringe?«

»Wenn Sie es können.«

Sie wandte sich ab. Zuerst sah sie die Sternguckerin an, dann zu den Sternen selbst hinauf. »Es war so schön hier draußen. Fast so, als wäre ich nie weg gewesen ...«

»Er möchte, daß ich Sie zu ihm bringe.«

Sie sah zu Raul, der auf der Treppe der Hintertür stand. »Ist mein Coker hier?« Raul nickte. »Also weiß er es?« Wieder nickte Raul. »Und was denkt er?«

Raul lauschte einen Moment, während der tote Mann sprach. »Er sagt, Sie sollen vorsichtig sein. Der Junge ist immer gemein gewesen.«

»Nicht immer«, sagte Maeve rasch und ging zum Haus zurück. »In meinem Bauch war er nicht gemein. Wir haben ihn so gemacht, Coker. Gott allein weiß, wieso, aber wir haben ihn so gemacht.«

Sie betrat das Haus mit versteinerter Miene, lehnte Harrys Hilfe ab und ging durch Küche und Salon zur Eingangstür.

Die Tür war noch offen. Kissoon stand auf der Schwelle, und seinem Gesicht war anzusehen, daß er seine Mutter schon eine ganze Weile durch die Schleier des Hurenhauses beobachtete. Das Mönchsgesicht, das er zur Schau gestellt hatte, war befleckt. Es sah verkniffen und verbittert aus.

»Sieh dich an«, sagte er, als sich Maeve der Tür näherte.

»Clayton?« fragte sie, blieb stehen und sah ihn an.

»Du siehst so krank aus«, sprach er, und ihr gebrechlicher Anblick verlieh ihm offenbar Mut. Er trat ein. »Du solltest tot sein, Mama.«

»Du auch.«

»Oh«, gurrte er, »das *bin* ich, Mama. Das einzige in mir, das noch lebt, ist der Haß.« Er ging schneller und hob die linke Hand, während er sich ihr näherte. Darin hielt er den Stab, den er schon zweimal geschwungen hatte, den tödlichen Stab.

Harry rief eine Warnung und beeilte sich, um den Hieb abzulenken, aber Kissoon war zu schnell. Er schlug seiner Mutter mit dem Stab auf den Kopf, und sie fiel zu Boden, während ein Blutschwall auf den Teppich spritzte.

In ihrem leuchtenden Grab unter der Erde spürte Tesla den Mord wie einen zweiten Tod. Ihre ganze Seele war erschüttert, als sie aufschaute und einen Fleck sah, der sich am Himmel ausbreitete, während eine Frauenstimme einen Schmerzensschrei ausstieß . . .

Harry packte Kissoon am Arm und versuchte, ihn von seiner Mutter wegzuziehen, doch der Mann war zu kräftig. Mit einem kurzen Achselzucken schleuderte er Harry von sich, so daß dieser zwischen den leuchtenden Sommerfäden hindurchflog und unter dem Küchentisch landete. Als er aufstand, sah Harry, wie sich Raul auf Kissoon stürzte, aber sein Angriff war so wirkungslos, daß Kissoon sich nicht einmal die Mühe machte, ihn abzuschütteln. Er ließ sich einfach neben Maeve auf die Knie sinken und hob den Stab in seiner Hand, um den Muttermord zu Ende zu bringen. Einmal, zweimal, dreimal, viermal stieß die Waffe herab, und das Haus erbebte mit jedem Hieb, während der Geist, der es heraufbeschworen hatte, ausgelöscht wurde.

Als Harry wieder bei Kissoon angelangt war, war es vorbei. Er war mit Maeves Blut besudelt, und Tränen quollen ihm aus den Augen, als er sich aufrichtete. Er wischte sich die Nase ab wie ein Gossenschläger und sagte zu Harry:

»Ich danke Ihnen. Das hat mir Spaß gemacht.«

Tesla wollte nichts hören. Wollte sich nicht bewegen. Wollte gar nichts, außer hier zu schweben, solange dieses Limbo sie haben wollte.

Aber die Grausamkeit drang von oben herunter, laut und deutlich, und so sehr sie es versuchte, sie konnte nicht verhindern, daß die Wut in ihr hochwallte. Ihre Erregung übertrug sich auf den Boden ringsum, der sie zu ihrem schwebenden Körper zurückbeförderte. Je näher sie ihm kam, desto heftiger wurden die Energieströme, die sie einhüllten – Sie brannten auf diese Wiedervereinigung, wurde Tesla klar; sie wollten, daß sie in ihr Fleisch zurückkehrte.

Aber warum? Sie wußte die Antwort in dem Moment, als sie in den Platz hinter ihren Augen zurückschlüpfte. Die Energieströme wollten, daß ihr Herz schlug. Sie wollten, daß ihre Lungen Atem schöpften. Am allermeisten jedoch wollte sie in ihren lebenden Körper eindringen und diesen Körper zum Brennpunkt aller Energien werden lassen, die hier freigesetzt wurden. Zu einem Ort, wo der Verstand die Verwirrungen des Fleisches begreifen konnte. Einem Ort, wo Tiere und Götter aufgelöst und eins werden konnten.

Kurz gesagt, sie wollten ihr die ›Kunst‹ geben.

Und sie konnte sich nicht weigern. Sie wußte in dem Moment, als sie in sie einströmte, daß das Geschenk auch ein Fluch war. Daß sie in einer Art und Weise verändert werden würde, die sie sich derzeit noch gar nicht vorstellen konnte; und nach diesen Veränderungen würde der Unterschied zwischen Leben und Tod kaum noch wahrnehmbar sein.

Es gab einen Augenblick zwischen dem ersten und dem zweiten Herzschlag, da hätte sie das Geschenk vielleicht ablehnen und aus ihrem Körper fliehen können. Hätte ihren Körper wieder sterben und verwesen lassen können. Aber bevor ihr richtig klar wurde, daß sie sich entscheiden konnte, hatte sie sich entschieden.

Und die ›Kunst‹ hatte sie genommen.

»Was ist das?« fragte Kissoon, als er sah, wie der Boden, auf dem seine Mutter lag, plötzlich durchbohrt wurde und tausend stecknadelfeine Lichtstrahlen daraus hervorbrachen.

Harry wußte keine Antwort. Er konnte nur zusehen, während das Schauspiel eskalierte und der Leichnam der alten Frau verzehrt wurde, wo er lag, als würde das Licht – das keine spürbare Hitze abgab – ihn einäschern.

In diesem Fall freilich wäre das Licht ebensosehr Schöpfer wie Zerstörer gewesen, denn noch während Maeve O'Connells Körper zu Asche wurde, erstand eine andere Gestalt, eine andere Frau inmitten des Scheiterhaufens.

»Tesla?«

Sie sah wie ein aus Feuer gewobener Gobelin aus, aber sie war es. Gott im Himmel, *sie war es*!

Harry hörte, wie das Dröhnen des Iad in seinem Kopf langsam zum Wimmern eines ängstlichen Tiers wurde. Kissoon wich zur Eingangstür zurück und war ebenso eingeschüchtert wie sein gesichtsloser Verbündeter, aber bevor er die Schwelle erreichte, rief Tesla seinen Namen. Ihre Stimme klang trotz ihrer Verwandlung nicht melodischer.

»Es ist unverzeihlich«, sagte sie, und aus den feurigen Fäden wurde Schlacke; ihr Körper war fast wieder ihr eigener. »Ausgerechnet hier, an dem Ort, wo wir beide geboren wurden.«

»Wir beide?« sagte Kissoon.

»Ich werde hier und jetzt geboren«, sagte sie. »Und Sie sind Zeuge davon, was keine geringe Ehre ist.«

Der gequälte Laut des Iad schwoll während dieses ganzen Wortwechsels an, und als Harry nun an Kissoon vorbei in die Dunkelheit jenseits der schwindenden Wände sah, konnte er erkennen, wie sich die abstrakten Formen des Iad entwirrten, sein Rad zerbrach.

»Machst du das?« sagte Harry zu Tesla.

»Vielleicht«, sagte sie und sah an ihrem Körper hinab, der mit jedem Augenblick solider wurde. Besonders ihre

Hände schienen sie zu interessieren. Harry brauchte nur einen Augenblick, bis er dahinterkam. Sie erinnerte sich an den Jaff, dessen Hände durch die ›Kunst‹ gebrannt hatten. Gebrannt, und dann waren sie entzwei gegangen.

»Buddenbaum hatte recht«, sagte Harry.

»Womit?«

»Mit dir und der ›Kunst‹.«

»Ich hatte es nicht so geplant«, sagte sie, und ihr Tonfall drückte eine Mischung von Verwirrung und Nervosität aus. »Wenn er kein Blut vergossen hätte –«

Sie sah von den Händen wieder zu Kissoon, der zu der Stelle zurückgewichen war, wo sich die Tür befunden hatte. Deren heraufbeschworene Erinnerung war kaum noch zu sehen. Was den Iad betraf, so kreisten dessen Umrisse hinter ihm in der Luft, sogen kreisend die Dunkelheit in ihre Schleifen und versiegelten sich selbst in den Schatten. Kurz darauf waren sie nur noch Stellen, wo man das Licht der Sterne nicht erkennen konnte, und wenig später nicht einmal mehr das.

»Das ist der Anfang vom Ende«, sagte Kissoon.

»Ich weiß«, entgegnete Tesla mit der Andeutung eines Lächelns.

»Du solltest Angst haben«, sagte Kissoon zu ihr.

»Warum? Weil Sie ein Mann sind, der es fertigbringt, seine eigene Mutter zu töten?« Sie schüttelte den Kopf. »Die Welt war von Anfang an voll von Abschaum wie Ihnen«, sagte sie leise. »Und wenn das Ende bedeutet, daß es Ihresgleichen nicht mehr geben wird, ist das kein allzugroßer Verlust, finden Sie nicht auch?«

Er sah sie ein paar Sekunden an, als würde er nach einer Möglichkeit suchen, ihr Paroli zu bieten. Da er keine fand, sagte er nur:

»Wir werden sehen . . .«

Verwandelte sich in dieselbe Dunkelheit, die den Iad verschlungen hatte, und war verschwunden.

Es folgte ein längeres Schweigen als das vorhergehende, während die Wände des Hurenhauses immer fadenscheiniger wurden. Harry ging in die Hocke, während Tränen der Erleichterung in seinen Augen brannten und die letzten Reste des Iad-Dröhnens in seinen Schädelknochen verstummten. Derweil entfernte sich Tesla ein paar Schritte von der Stelle, wo sie wieder aufgetaucht war – die nun wieder wie jede x-beliebige Stelle der Straße aussah – und sah zu den Bränden. In der Ferne heulten Sirenen. Die Retter waren mit Schläuchen, Licht und tröstenden Worten unterwegs.

»Wie fühlst du dich?« fragte Harry sie.

»Ich . . . versuche so zu tun, als würde nichts mit mir passieren«, sagte Tesla, deren Stimme dem Flüstern von Kieselsteinen glich. »Wenn ich es langsam angehe . . . *sehr* langsam . . . verliere ich vielleicht nicht den Verstand.«

»Also ist es nicht, wie sie sagen . . .?«

»Ich kann die Vergangenheit nicht sehen, wenn du das meinst.«

»Was ist mit der Zukunft?«

»Nicht von da, wo ich stehe.« Sie holte tief Luft. »Wir haben die Geschichte noch nicht erzählt. Das ist der Grund.« Gelächter ertönte aus der Richtung des Gartens. »Dein Freund scheint glücklich zu sein«, sagte sie.

»Das ist Raul.«

»Raul?« Ein zaghaftes Lächeln breitete sich über Teslas Gesicht aus. »*Das* ist Raul? O Gott, ich dachte, ich hätte ihn verloren . . .« Sie verstummte, während sie den Blick auf Raul richtete, der zwischen den letzten blühenden Bäumen stand. »Sieh dir das an«, sagte sie.

»Was?« fragte Harry.

»Oh, natürlich, ich sehe mit den Augen des Todes.« Sie dachte einen Moment nach. »Ich frage mich . . .« sagte sie schließlich und hob die Hand hoch, Zeige- und Mittelfinger ausgestreckt. »Möchtest du etwas versuchen?«

Harry stand auf. »Klar.«

»Komm her.«

Er kam ein wenig zögernd zu ihr. »Ich weiß nicht, ob es funktionieren wird oder nicht«, warnte sie ihn. »Aber wer weiß, vielleicht haben wir Glück.«

Sie legte die Finger behutsam an seine Schlagader. »Spürst du etwas?« sagte sie.

»Du bist kalt.«

»Das ist alles, hm?« Okay, versuchen wir es ... *hier*.« Diesmal berührte sie seine Stirn. »Immer noch kalt?« sagte sie. Er antwortete nicht, zuckte nur ein wenig zusammen. »Soll ich aufhören?«

»Nein«, sagte er. »Nein, es ist ... nur ... *seltsam* ...«

»Sieh dir Raul noch mal an«, sagte sie.

Er richtete den Blick auf die Bäume und stieß einen Stoßseufzer des Entzückens aus.

»Kannst du sie sehen?«

»Ja«, sagte er lächelnd. »Ich kann sie sehen.«

Raul befand sich nicht allein in dem verblassenden Garten. Maeve stand dicht neben ihm, nicht mehr in Tristesse und Nebel gehüllt, sondern mit einem langen, hellen Kleid angetan. Die Zeit war von ihr abgefallen. Sie war in den besten Jahren; eine hübsche Frau um die Vierzig, die Arm in Arm mit einem Mann dastand, unter dessen Vorfahren sich sicherlich Löwen befunden haben mußten. Auch er war für einen Sommerabend gekleidet und sah seine Frau an, als wären sie in der ersten Stunde ihrer Werbung und er hoffnungslos in sie verliebt.

Die unwahrscheinliche Gruppe bestand noch aus einem vierten Mitglied – Erwin Toothaker, vermutete Harry –, das eine ausgeleierte Jacke und ausgebeulte Hosen trug und aus der Ferne beobachtete, wie die Liebenden zärtliche Blicke wechselten.

»Sollen wir zu ihnen gehen?« fragte Tesla. »Wir haben noch ein paar Minuten, bis die ersten Schaulustigen eintreffen.«

»Was wird dann passieren?«

»Wir werden nicht mehr hier sein«, entgegnete Tesla. »Es wird für uns alle Zeit, unsere Leben in Ordnung zu bringen, Harry, ob wir tot, lebend oder etwas ganz anderes sind. Es wird Zeit, daß wir unseren Frieden mit allem schließen, damit wir für das bereit sind, was als nächstes passiert«, sagte sie.

»Und du weißt nicht, was das sein wird?«

»Ich weiß, was es *nicht* sein wird«, sagte sie und ging voraus in den Garten.

»Und das wäre?« fragte er und folgte ihr durch einen spiralförmigen Schauer von Blütenblättern.

»Wie etwas, das wir uns je erträumt hätten.«

Teil Sieben

Blätter des Geschichtenbaums

I

1

Evervilles Wochenende der Zeichen und Wunder blieb nicht unbemerkt. In den Tagen unmittelbar nach dem Samstag und Sonntag morgen des Festivals geriet die Stadt unter die Beobachtung, welche normalerweise Orten vorbehalten blieb, die Massenmörder oder Präsidentschaftskandidaten hervorgebracht hatten. Etwas Seltsames war hier vor sich gegangen, das bezweifelte keiner. Aber niemand konnte genau entscheiden, was denn nun, nicht einmal diejenigen, die mittendrin gewesen waren. Tatsächlich erwiesen sich die Leute, die im Prinzip die zuverlässigsten Zeugen hätten sein sollen (die am Samstag nachmittag an der Kreuzung gewesen waren; die am Sonntag vormittag im Rathaus festsaßen), in gewissem Sinne als die am wenigsten nützlichen. Sie widersprachen einander nicht nur von Stunde zu Stunde, von Erinnerung zu Erinnerung, in ihre Berichte von Erdbeben und Bränden und Steinschlägen mischten sich dermaßen weit hergeholte Ereignisse, daß ihre Geschichten innerhalb einer Woche den sensationsgeilen Erfindungen der Regenbogenpresse glichen.

Kaum waren diese Einzelheiten gedruckt – zusammen mit den unausweichlichen Vergleichen mit anderen Stätten unfaßbaren Blutvergießens, wie zum Beispiel Jonestown oder Waco –, als die Stadt von einer ganz anderen Schar von Beobachtern überschwemmt wurde: Hellseher, Ufologen und NewAge-Apokalyptiker, deren lautstark geäußerte Theorien die Legitimität der Ereignisse weiter ins schiefe Licht rückten. Die Fernsehberichterstattung, die am Dienstag noch teilnahmsvoll gewesen war, wurde Ende der Woche argwöhnisch bis zynisch. Das Nachrichtenmagazin *Time* brachte eine Titelgeschichte über die Tragödie, die vor Drucklegung im Innenteil durch eine Story ersetzt wurde, wonach die ganze Sache ein außer

Kontrolle geratener Werbegag gewesen sei. Der Artikel wurde begleitet von einem unglücklichen und zutiefst negativen Porträt von Dorothy Bullard, die dazu überredet worden war, sich im Nachthemd fotografieren zu lassen, und Unsterblichkeit mit einer Darstellung erlangte, auf der sie aussah wie eine verlorene Seele unter Hausarrest. Der Artikel trug den Titel *Verliert Amerika den Verstand?*

Selbstverständlich ließ sich nicht leugnen, daß während des Wochenendes Menschen verschwunden waren, viele unter schrecklichen Umständen. Nach neuestem Stand wurden siebenundzwanzig Tote gezählt, einschließlich des Managers von Sturgis' Motel und drei Leichen, die außerhalb der Stadt auf der Straße entdeckt worden waren, zwei bis zur Unkenntlichkeit verbrannt, bei der dritten handelte es sich um den ehemaligen Journalisten Nathan Grillo. Autopsien wurden vorgenommen, offene und verdeckte Ermittlungen durch die Polizei und das FBI eingeleitet, die verschiedenen Todesursachen wurden öffentlich bekanntgegeben. Und selbstverständlich wurde gemunkelt, und einiges davon fand seinen Weg in die Sensationspresse, vieles dagegen nicht. Die Meldung, daß zwei Häute aus einer imitierten fremdartigen Substanz in dem Motel gefunden wurden, sorgte für eine Schlagzeile im *Enquirer*. Das Gerücht, daß nahe des Gipfels von Harmon's Heights drei Kreuze gefunden worden waren, zwei mit den Leichen von Menschen, am Fuß des dritten ein zusammengesunkenes fremdes Wesen, wurde nicht gedruckt.

In der zweiten Woche der Berichterstattung, als sich noch mehr irrsinnige Zeugen und Beobachter zu Wort meldeten und die Version der Ereignisse, die *Time* gebracht hatte, täglich mehr Anhänger fand, hauchte der Selbstmord eines der angesehensten Bürger von Everville der Story neues Leben ein: Bosley Cowhick.

Er wurde am Mittwochmorgen um Viertel nach sechs in der Küche seines Restaurants gefunden, eine Woche und drei Tage nach dem Festival-Wochenende. Er hatte sich erschossen und einen Abschiedsbrief auf der Registrierkasse hinterlassen, der am darauffolgenden Tag der Presse zugespielt wurde, obwohl sich Jed Gilholly allergrößte Mühe gab, Bosleys letzte Worte unter Verschluß zu halten.

Der Abschiedsbrief trug keine Adresse. Es handelte sich lediglich um ein paar hastig auf die Rückseite einer Serviette gekritzelte Worte.

Ich hoffe, der Herr vergibt mir, was ich tue, hatte er geschrieben, *aber ich kann mit allem, was mir im Kopf herumgeht, nicht mehr leben. Ich weiß, die Leute sagen, ich bin verrückt, aber ich weiß, was ich gesehen habe, und vielleicht habe ich falsch gehandelt, aber ich habe es für das Baby getan. Seth Lundy weiß, daß es stimmt. Er hat es auch gesehen und weiß, daß ich keine andere Wahl hatte, aber ich denke, daß Gott mir das Mädchen in die Hände gegeben hat, um mich zu prüfen, und ich war nicht stark genug, seinen Willen zu erfüllen, obwohl ich mit besten Absichten gehandelt habe. Ich will nicht mehr leben und ständig darüber nachdenken. Ich vertraue darauf, daß der Herr es verstehen und zu mir halten wird, denn er hat mich geschaffen und weiß, daß ich immer versucht habe, nach seinen Geboten zu leben. Manchmal ist es einfach zuviel. Es tut mir leid, daß ich Leuten weh tun mußte. Lebt wohl.*

Unweigerlich führte die Erwähnung von Seth Lundy in diesem bemitleidenswerten Abschiedsbrief zu einer völlig neuen Richtung, in die die Ermittlungen liefen, denn Lundy gehörte zu den Leuten, die nach dem Wochenende als vermißt gemeldet wurden. Bill Waits gab zu, daß er gesehen hatte, wie der junge Lundy von zwei seiner Musikerkollegen verprügelt worden war, aber diese Schilderung blieb unbeständig. Larry Glodoski war unter höchst verdächtigen Umständen gestorben, während der andere, Ray Alstead, sich unter Mordverdacht in Salem in Gewahrsam befand. Er stand unter Beruhigungsmitteln, um seine Anfälle von Gewalttätigkeit zu unterdrücken, die im Zusammenhang mit der Befürchtung zu stehen schienen, die Toten könnten zurückkommen und nach ihm suchen, weil er mehr gesehen hatte, als er sehen sollte. Was genau er gesehen hatte, wollte er nicht sagen, aber seine zwanghafte Angst vor der Rache der Verstorbenen bestätigte Polizeipsychiater in ihrer Überzeugung, daß er für eine ganze Reihe der Morde jener Nacht die Verantwortung trug. Er war Amok gelaufen, lautete die Theorie, und litt nun Todesangst, seine Opfer könnten auferstehen und sich an ihm rächen. Das bestritt Waits nachdrücklich – er sei fast den ganzen Abend mit Alstead zusammen gewesen, sagte er –, aber er befand sich fast die ganze Zeit in einem stark alkoholisierten Zustand, daher war er nicht der zuverlässigste Zeuge.

Mit dem Tod von Bosley Cowhick verloren die Behörden einen potentiell nützlichen Zeugen und standen vor einer neuen Schar von Rätseln. Was war Seth Lundy zugestoßen? Wer genau war dieses Kind, dessentwegen sich der gottesfürchtige Bosley so sehr schämte? Und wenn das Baby je existiert hatte, wem hatte er es gegeben?

Kurzfristig gab es keine Antworten auf all diese Fragen. Bosley Cowhick wurde auf dem Potter Cemetery beerdigt, neben seiner Mutter, seinem Vater und seiner Großmutter mütterlicherseits. Ray Alstead blieb in seiner Zelle in Salem, obwohl sich sein Anwalt bemühte, ihn wegen mangelnder Beweise freizubekommen, und da niemand ein vermißtes Baby meldete, blieb das Kind unidentifiziert. Was das Verschwinden von Seth Lundy betraf, so führte dies in gewissem Sinne zum letzten Geheimnis von Everville, das an die Öffentlichkeit drang, und zwar zur Person von Owen Buddenbaum. Anders als bei dem Baby zweifelte niemand daran, daß Buddenbaum existierte. Man hatte gesehen, wie er aus einem Fenster gestürzt war, er war im Krankenhaus von Silverton untersucht worden, er hatte an den Ereignissen am Samstagnachmittag des Festivals teilgenommen, die so turbulent zu Ende gegangen waren, und er war auch nach Einbruch der Nacht noch in der Stadt gewesen, da mehrere Zeugen seine Anwesenheit bestätigen konnten. Tatsächlich schien er ununterbrochen mit den Ereignissen des Wochenendes in Verbindung zu stehen, und zwar so sehr, daß er in manchen Kreisen als die eigentliche Triebfeder galt: der Großmeister, der für einen mißlungenen Schabernack, ein übersinnliches Phänomen oder einen Fall von Massenhysterie verantwortlich war, was auf den jeweiligen Standpunkt ankam. Es herrschte die Überzeugung vor, wenn man ihn aufspüren und verhören könnte, würde er die meisten, wenn nicht alle offenen Fragen beantworten können.

Ein passables Phantombild wurde angefertigt und in mehreren regionalen Zeitschriften sowie dem *Oregonian* und dem *Everville Register* veröffentlicht. Die Meldungen überschlugen sich fast vom ersten Augenblick an. Er war zwei Jahre zuvor in Louisiana gesehen worden; erst letzte Woche hatte er sich an einem Pool in Miami gesonnt; er war in Disneyland gesehen worden, wo er in der Menge schlenderte und sich die Electric Parade ansah. Es waren buchstäblich Dutzende solcher Meldungen, die mitunter mehr als ein Jahrzehnt zurückreichten, aber selbst wenn die Zeugen in direkten Kontakt mit dem geheimnisvollen Mr. Buddenbaum gekommen waren, gab es kaum greifbare Fakten über ihn. Er redete ganz sicher nicht von Wundern oder dem Mars oder dem Wirken hinter den Kulissen der Welt. Er kam und ging und hinterließ das vage Gefühl, als gehörte er nicht in diese Zeit.

Obschon die Berichte zahlreich eintrafen, waren sie nicht außergewöhnlich genug, die Geschichte von Everville im Blickpunkt der Öffentlichkeit zu halten. Als alle Begräbnisse vorüber waren und die Fotografen Harmon's Heights besucht und den Gipfel inspiziert hatten (der von den Behörden so gründlich geräumt worden war, daß es nichts mehr zu fotografieren gab); als Bosley Cowhicks Selbstmord ausgeschlachtet und die Berichte über Owen Buddenbaum ausgewertet worden waren, ging der Geschichte von Everville die Puste aus.

Im September war sie Schnee von gestern, und einen Monat später reichte sie nur noch als Stoff für Halloween-Geschichten oder war ganz vergessen.

2

Ich werde hier und jetzt geboren, hatte Tesla zu Kissoon gesagt, als sie in den verblassenden Überresten von Maeve O'Connells Haus standen, und das entsprach der Wahrheit. Der Boden, den sie für ihr Grab gehalten hatte, entpuppte sich als Gebärmutter, aus der sie neu erstanden war. Kein Wunder, daß die anschließenden Wochen einer zweiten Kindheit glichen, weitaus seltsamer als ihre erste.

Wie sie D'Amour gesagt hatte, verspürte sie nichts von einer Offenbarung. Die Gabe, die sie unfreiwillig bekommen oder – und diese Möglichkeit wies sie nicht völlig von der Hand – unterbewußt *gesucht* hatte, hatte ihr keine großen Einsichten in die Struktur der Wirklichkeit vermittelt. Und wenn doch, war sie noch nicht geschickt genug, sich ihrer Präsenz zu öffnen. Selbst das geringfügige Wunder, das sie in jener Nacht in dem Hurenhaus vollbracht hatte – als sie Harry ermöglichte, mit den Augen der Toten zu sehen –, kam ihr nun albern vor. Sie würde nicht mehr der Versuchung erliegen, herumzuspazieren und den Leuten derartige Visionen zuteil werden zu lassen; erst wenn sie wußte, daß sie Kontrolle über ihr Tun hatte, und das, vermutete sie, würde noch lange dauern. Ihr Verstand kam ihr abgeschotteter als vor der Wiederauferstehung vor, als hätte sie ihr Gesichtsfeld unwillkürlich eingeschränkt, als sie die Möglichkeit hatte, unendliche Horizonte zu erblicken, weil sie befürchtete, ihre Gedanken würden entfliehen und sie völlig das Gefühl dafür verlieren, wer sie war.

Jetzt befand sie sich wieder in ihrem Apartment in West Hollywood, wohin sie sofort gegangen war, nachdem sie Everville verlassen hatte; nicht, weil sie sich dort jemals besonders glücklich gefühlt hätte – keineswegs –, sondern weil sie den Trost der vertrauten Umgebung brauchte. Zahlreiche Gesichter in der Nachbarschaft hatten sich verändert, aber die Komödien und Tragödien, die sich ringsum abspielten, waren auch nach fünf Jahren mehr oder weniger dieselben. Jeden Samstagabend wurde der Transsexuelle in dem Apartment unter ihrem melancholisch und spielte bis vier Uhr morgens schmalzige Liebeslieder; mindestens zweimal die Woche focht das Paar im Haus gegenüber lautstarke Streite aus, die stets in verbal expliziten Versöhnungsfeiern endeten; jeden Tag kotzte die Katze von irgend jemand auf die Treppe. Es war alles andere als luxuriös, aber es war ihre Heimat, und in dem engen Apartment mit seinen billigen Möbeln und dem rissigen Verputz an den Wänden konnte sie zumindest vorübergehend so tun, als wäre sie eine normale Frau, die ein normales Leben führt. Hier hatte sie ihre Hoffnungen gehegt und Zeit vergeudet, die sie hätte nutzen können, um sie zu verwirklichen. Hier hatte sie ihre gekränkte Eitelkeit gepflegt, wenn eines ihrer Drehbücher abgelehnt worden war. Und wenn die Liebe ihr einen schmerzhaften Hieb verpaßt hatte. Als sie Claus dabei ertappt hatte, wie er sie betrog; als Jerry nach Miami aufgebrochen und nie zurückgekommen war. Manchmal waren es schwere Zeiten gewesen. Aber die Erinnerungen halfen ihr, sich daran zu erinnern, wer sie war, samt allen Narben. Und im Augenblick war das wichtiger als die Wonne, sich selbst etwas vorzumachen.

Selbstverständlich war dies auch das Apartment, wo Mary Muralles in den Schlingen von Kissoons Lix gestorben war, und wo sie und Lucien – der arme, unschuldige Lucien – darüber gesprochen hatten, daß die Menschen Behältnisse für das Unendliche waren. Das war ein Ausdruck, den sie nie vergessen hatte. Sie hätte es als eine Art von Prophezeiung betrachten können, wenn sie nicht fest an das geglaubt hätte, was sie D'Amour gesagt hatte: daß die Zukunft immer unerzählt und damit unvorhersehbar blieb. Prophezeiung hin oder her, die Tatsache blieb bestehen, daß sie zu einem Behältnis für eine Macht geworden war, die alle stets als grenzenlos betrachtet hatten. Und jetzt, wo sie darüber verfügte, war sie fest entschlossen, sich nicht davon zerstören zu lassen. Sie würde lernen, die ›Kunst‹ als Tesla Bombeck zu nutzen, oder sie würde sie in sich brachliegen lassen.

Während dieser Periode der Selbstbesinnung bekam sie ab und zu einen Anruf von Harry aus New York, der sich vergewisserte, daß alles in Ordnung war. Er nahm in reizender Weise Rücksicht auf ihren empfindlichen Zustand, und ihre Gespräche waren überwiegend bewußt banal. Sie ließen sich nie dazu herab, über Politik zu sprechen, aber er beschränkte sich auf oberflächliche und unverfängliche Themen und wartete darauf, daß sie die Unterhaltungen vertiefte, wenn sie sich stark genug dafür fühlte. Was sie selten tat. Meistens unterhielten sie sich über Belanglosigkeiten und beließen es dabei. Aber im Lauf der Wochen vertraute sie zunehmend auf ihre Stärke und wagte es, wenn auch zögernd, darüber zu reden, was in Everville geschehen war und welche langfristigen Auswirkungen es haben konnte. Ob er, zum Beispiel, etwas über den Verbleib des Iad gehört hatte. Oder Kissoons? (Die Antwort auf beide Fragen war nein.) Oder von Tommy-Ray und der kleinen Amy? (Auch darauf lautete die Antwort nein.)

»Ich vermute, daß sich alle bedeckt halten«, sagte Harry. »Sie lecken sich ihre Wunden. Und warten darauf, wer zuerst handelt.«

»Du hörst dich nicht sehr besorgt an«, sagte Tesla.

»Weißt du was? Ich glaube, Maeve hatte recht. Sie sagte zu mir: Wenn man nicht weiß, was vor einem liegt, wieso sollte man dann Angst davor haben? Das sind weise Worte.«

»Harry, eine Menge Leute sind nicht mehr, die guten Grund hatten, sich zu fürchten.«

»Ich weiß. Ich versuche nicht so zu tun, als ob alles eitel Freude und Sonnenschein wäre. Das stimmt nicht, und ich weiß es. Aber ich habe soviel Zeit meines Lebens damit verbracht, nach dem Feind Ausschau zu halten . . .«

»Und jetzt hast du ihn gesehen.«

»Jetzt habe ich ihn gesehen.«

»Und es hört sich an, als würdest du lächeln.«

»Das *tue* ich. Scheiße, ich weiß nicht mal, warum, aber ich tue es. Ich lächle. Weißt du, Grillo hat mir gesagt, ich wäre ziemlich einfältig, was diese ganze Scheiße betrifft, und wir haben uns fast darüber entzweit, aber ich hoffe bei Gott, daß er mich hören kann, weil er recht hatte, Tes. Er hatte recht.«

Damit war die Unterhaltung mehr oder weniger zu Ende, aber als Harry Grillo erwähnte, mußte sie an ihn denken, und als sie damit angefangen hatte, konnte sie nicht mehr aufhören. Bis jetzt hatte sie regelrecht Angst davor gehabt, sich mit ihren Gefühlen ihm gegenüber auseinanderzusetzen, weil sie sicher war, sie würde ihre schwer erkämpfte Identität riskieren, wenn sie sich auf dieses unsichere Eis begab. Aber nachdem sie solchermaßen kalt erwischt worden war und vor der Wahl stand, die Erinnerungen lawinenartig anwachsen oder sich von ihnen begraben zu lassen, wenn sie versuchte, sich ihnen entgegenzustemmen, fügte sie sich, und nach der langen Phase der Angst stellte sich heraus, daß es gar nicht so schlimm war. Tatsächlich erwies es sich sogar als tröstlich, an ihn zu denken. In den acht Jahren, seit sie ihn kannte, hatte er sich radikal verändert: Er hatte einen Großteil seines Idealismus und seine sämtlichen Überzeugungen verloren und an ihrer Statt eine Besessenheit gewonnen. Aber unter seinem zunehmend widerborstigen Äußeren war der Mann, den sie kennengelernt hatte – charmant, kindlich, jähzornig – sichtbar geblieben, jedenfalls für sie. Sie waren nie ein Liebespaar gewesen, und ab und zu bedauerte sie das. Aber es hatte in ihrem ganzen Leben keinen Mann gegeben, der so zuverlässig wie Grillo gewesen war oder letztendlich so rückhaltlos in seiner Zuneigung. Selbst in jüngster Zeit, als sie herumgereist war und manchmal Monate vergingen, ohne daß sie ein Wort miteinander wechselten, waren nie mehr als ein oder zwei Sätze zwischen ihnen notwendig gewesen, und sie unterhielten sich wieder, als wären seit ihrem letzten Gespräch nur Minuten vergangen.

Als sie an die Ferngespräche aus Autobahnraststätten und Provinztankstellen dachte, schweiften ihre Gedanken zu der Aufgabe ab, die Grillo in den fünf Jahren seit

Palomo Grove beschäftigt hatte: das Riff. Er hatte es ihr mehr als einmal als sein Lebenswerk beschrieben, und obwohl es mehr Energie und Geduld beanspruchte, als er manchmal aufzubringen imstande schien, hatte er ihm, soweit sie wußte, bis zum Ende die Treue gehalten.

Jetzt fragte sie sich: War es noch intakt? Sammelte es immer noch Geschichten über das Unwahrscheinliche aus den gesamten Amerikas? Und je mehr sie darüber nachdachte, desto faszinierender erschien ihr der Gedanke, diese Ansammlung von verschrobenen und ungewöhnlichen Dingen selbst zu sehen. Sie erinnerte sich, daß Grillo ihr ein paar Nummern gegeben hatte, die sie wählen mußte, wenn sie jemals Zutritt zu dem System haben und ihre eigenen Nachrichten hinterlassen wollte, aber die hatte sie verloren. Die einzige Möglichkeit, um herauszufinden, ob das Riff immer noch funktionstüchtig war, bestand darin, nach Omaha zu fahren und sich selbst zu überzeugen.

Sie wollte nicht fliegen. Die Vorstellung, einem Mann in Uniform die Kontrolle über ihr Leben zu überlassen, hatte sie nie besonders ansprechend gefunden; und heute noch viel weniger. Wenn sie ging, dann auf zwei Rädern, wie in alten Zeiten.

Sie ließ ihr Motorrad pflichtschuldig gründlich überholen und begann am sechsten Oktober ihre Reise, die sie in die Stadt führen würde, wo vor vielen Jahren Randolph Jaffe in einem Zimmer für Postirrläufer gesessen und Hinweise auf eben jenes Mysterium gesucht hatte, das sich jetzt die Zeit in ihren Zellen vertrieb.

II

1

Ihren besten Absichten zum Trotz gelang es Phoebe nicht, wiederum von Joe zu träumen, als sie in der ersten Nacht unter dem Fenster von Maeve O'Connells Schlafzimmer lag. Statt dessen träumte sie von Morton. Ausgerechnet von Morton. Es war über die Maßen unangenehm! In dem Traum stand sie am Ufer, wie es ausgesehen hatte, bevor König Texas alles verwüstete, bis hin zu den Vögeln, die ihrem Abenteuer beinahe ein verfrühtes Ende bereitet hatten. Und mitten in dem Schwarm stand ihr Mann, nur mit einer Weste und seinen Sonntagssocken bekleidet.

Als sie ihn sah, bedeckte sie unwillkürlich die Brüste, da sie fest entschlossen war, daß er sie nie wieder berühren sollte, sei es zum Vergnügen oder zur Strafe. Aber wie sich herausstellte, hatte er etwas anderes im Sinn. Er holte eine schmutzige Jutetasche hinter dem Rücken hervor und erklärte:

»Wir gehen zusammen da runter, Phoebe.«

»Wohin?« wollte sie wissen.

Er deutete zum Wasser. »Dorthin«, sagte er und kam auf sie zu, während er in die Tasche griff. Er hatte Steine darin, die er am Ufer gesammelt hatte, und er machte sich ohne ein weiteres Wort daran, sie ihr in den Mund zu stopfen. Der vertrackten Logik von Träumen folgend, stellte sie fest, daß ihre Hände an ihren Brüsten festklebten und sie sie nicht heben konnte, um zu verhindern, daß er sie quälte. Ihr blieb keine andere Wahl, als die Steine zu schlucken. Obwohl manche so groß wie seine Faust waren, wanderten sie einer nach dem anderen hinunter; zehn, zwanzig, dreißig. Sie spürte, wie sie unablässig schwerer wurde und das Gewicht sie auf die Knie zog. Derweil war das Meer weiter am Ufer heraufgekrochen und hatte eindeutig die Absicht, sie zu ertränken.

Sie versuchte sich zu wehren und gab sich größte Mühe, vernünftig – soweit ihr das möglich war – mit Morton zu reden. »Ich wollte nicht, daß dir ein Leid geschieht –« sagte sie zu ihm.

»Es war dir gleichgültig«, behauptete er.

»Nein«, wehrte sie sich, »anfangs nicht. Ich habe dich geliebt. Ich dachte, wir würden für alle Zeiten glücklich miteinander leben.«

»Nun, da hast du dich geirrt«, knurrte er und griff in den Beutel, um, wie sie wußte, den größten Stein von allen herauszuholen, den Stein, der dafür sorgen würde, daß sie umkippte und in dem steigenden Wasser ertrank.

»Leb wohl, Zicke.«

»Hol dich der Teufel«, antwortete sie. »Warum kannst du nie den Standpunkt von anderen akzeptieren?«

»Will ich nicht.«

»Du bist ein elender Narr –«

»Aha, jetzt kommen wir zur Sache.«

»*Hol dich der Teufel!* Hol dich der Teufel!« Beim Sprechen spürte sie, wie ihre Eingeweide sich verkrampften und die Steine in ihrem Bauch aneinander rieben. Sie hörte die Steine krachen und bersten. Morton auch.

»Was machst du da?« wollte er wissen und beugte sich über sie; sein Atem roch wie ein Aschenbecher.

Als Antwort spie sie einen Regen von Gesteinssplittern aus, der ihn von Kopf bis Fuß überschüttete. Sie trafen ihn wie Gewehrkugeln, und er stolperte rückwärts in die Brandung und ließ die Jutetasche fallen. Seine Wunden bluteten nicht. Die Splitter, die sie auf ihn gespuckt hatte, blieben einfach in seinem Körper stecken und machten ihn schwer. Sekunden später hatte das gierige Wasser ihn bedeckt; er war fort, während Phoebe am Ufer zurückblieb und Staub ausspuckte.

Als sie aufwachte, war das Kissen naß von Speichel.

Das Erlebnis dämpfte ihre Begeisterung dafür, etwas herbeizuträumen. Angenommen, sie hätte Morton in dem Traum nicht getötet, überlegte sie sich, hätte er am nächsten Tag mit einer Jutetasche in der Hand vor der Tür gestanden? Das war kein besonders tröstlicher Gedanke. In Zukunft mußte sie vorsichtiger sein.

Ihr Unterbewußtsein schien die Botschaft empfangen zu haben. In der nächsten Zeit träumte sie überhaupt nicht, und wenn, konnte sie sich nicht daran erinnern. Zeit verging, und sie beschloß, sich so gut es ging im Haus Maeve O'Connells einzurichten. Dabei half ihr eine kleine, nervöse Frau namens Jarieffa, die unvermittelt eintraf und sich als Musnakaffs zweite Frau vorstellte. Sie hatte als Dienstbotin in dem Haus gearbeitet, erklärte sie, geputzt und gekocht, wollte wieder eingestellt werden und würde mit Freuden arbeiten, wenn sie und ihre Familie nur ein Dach über dem Kopf hätten. Phoebe stimmte bereitwillig zu, worauf die Frau mit ihren vier Kindern einzog, das älteste von ihnen, ein Heranwachsender namens Enko, war – wie er selbst stolz verkündete –, ein Bastard, den seine Frau nicht von einem, sondern von zwei (inzwischen verstorbenen) Matrosen empfangen hatte. Das Gelächter und Geschrei der Kinder erfüllte das Haus mit Leben, aber es war trotzdem groß genug, daß Maeve immer ein stilles Plätzchen finden konnte, um sich auszuruhen und nachzudenken.

Die Anwesenheit von Jarieffa und ihrer Brut lenkte sie nicht nur von dem Schmerz ab, daß sie Joe verloren hatte, sondern trug auch dazu bei, einen geregelten Zeitplan einzuführen. Vor ihrer Ankunft hatte sich Phoebe weitgehend von einer Mischung aus Notwendigkeit und Genußsucht motivieren lassen. Sie hatte geschlafen, wenn ihr danach gewesen war; dasselbe galt für das Essen. Nun bekamen die Tage wieder einen Rhythmus. Zwar weigerte der Himmel sich nach wie vor, eine regelmäßige Abfolge von Tagen und Nächten zu präsentieren – es wurde ohne Vorwarnung dunkel und ebenso unvermittelt wieder hell –, aber sie richtete sich schnell darauf ein, das überhaupt nicht zur Kenntnis zu nehmen. Die zunehmende Ordnung im Haus fand ihren Widerhall in den Straßen der Stadt, wenn Phoebe spazierenging. Überall fanden Aufräumarbeiten statt. Häuser wurden wieder aufgebaut, der Hafen gesäubert; Schiffe wurden repariert und wieder seetüchtig gemacht. Diese Menschen verfügten offenbar nicht über Maeves Begabung, Dinge einfach herbeizuträumen, denn sonst hätten sie nicht soviel schwitzen müssen, aber sie schienen glücklich mit ihrer Arbeit zu sein. Nach einer Weile kannten einige von Phoebes Nachbarn sie und begrüßten sie mürrisch, wenn sie ihr begegneten. Aber sie fingen keine Gespräche mit ihr an, und ihre eigenen Versuche, ein Schwätzchen mit ihnen zu machen, wurden stets im Keim erstickt.

Isolation, wurde ihr klar, konnte zu einem Problem werden, wenn es ihr nicht gelang, eine Möglichkeit zu finden, in der Gemeinschaft akzeptiert zu werden, daher fing sie an, eine Liste zu erstellen, wie sie dies am besten bewerkstelligen könnte. Möglicherweise mit einer Party auf der Straße vor dem Haus? Oder eine Einladung ins Haus für ein paar ausgesuchte Nachbarn, denen sie ihre Geschichte erzählen konnte?

Während sie über diese Möglichkeiten nachdachte, machte sie eine Entdeckung, die sich als ungewöhnlich folgenschwer erweisen sollte. Sie fand einen Stapel Lektüre – Bücher und Zeitungen – im hinteren Teil eines Schranks. Sobald sie die Bände durchblätterte, wurde ihr klar, daß Maeve die nicht herbeigeträumt hatte. Wahrscheinlich hatten Besucher aus Fleisch und Blut sie in den Metakosm geschmuggelt (oder versehentlich mitgebracht). Wie sonst konnte man erklären, daß ein Lehrbuch der höheren Mathematik neben einem historischen Abriß des Walfangs lag, und dazwischen eine stockfleckige Ausgabe des *Decamerone*?

Letzteres fand sie besonders ansprechend, nicht wegen des Textes – den sie trocken fand –, sondern wegen der darin enthaltenen Schwarzweißillustrationen. Zwei der Künstler – die Illustrationen zeichneten sich durch drei völlig unterschiedliche Stile aus – hatten sich für dramatische Situationen entschieden, die sie darstellten, doch der dritte interessierte sich nur für Sex. Sein Stil war alles andere als anmutig, aber das machte er allein durch seine Verwegenheit wieder wett. Die Menschen seiner Bilder waren in den Klauen sexueller Raserei gefangen und keineswegs schüchtern. Mönche zeigten gewaltige Erektionen. Bauersfrauen lagen mit hochgestreckten Beinen auf Heuballen, ein Pärchen trieb es im Schlamm: alles voller Wonne.

Eine Illustration regte Phoebes Phantasie besonders an. Sie zeigte eine Frau, die auf einer Wiese kniete und das Kleid hochgeschoben hatte, damit ihr Liebhaber sie von hinten nehmen konnte. Als Phoebe dieses Bild betrachtete, lief eine Woge der Lust durch sie hindurch, und ihr Fleisch erinnerte sich daran, was ihr Geist so sehr zu vergessen suchte: Joes Hände, Joes Lippen, Joes Körper. Sie spürte seine Handflächen auf ihren Brüsten und dem Bauch; spürte seine Hüften an ihren Pobacken.

»O Gott ...« seufzte sie schließlich, warf das Buch in den Schrank zurück und schlug die Tür zu.

Aber das war nicht das Ende der Geschichte; noch lange nicht. Als sie ein paar Stunden später ins Bett ging, sah sie das Bild immer noch vor sich. Sie wußte, sie würde nicht schlafen können, wenn sie sich nicht ein kleines bißchen Lust bereitete, daher legte sie sich auf die Matratze – die sich noch an derselben Stelle befand wie am ersten Tag, unter dem Fenster –, sah zum brodelnden Himmel hinauf und spielte zwischen ihren Beinen an sich herum, bis der Schlaf sie übermannte.

Sie träumte; von einem Mann. Aber diesmal war es nicht Morton.

Joe hatte die Feuertänzer nie gefunden, die er für eine Manifestation der 'shu gehalten hatte, und bei seinen ganzen Wanderungen durch die Stadt begegnete er auch nie jemand anderem, dessen Augen scharf genug waren, ihn zu erkennen. War die sichtbare Substanz, die er noch besaß – den Abklatsch seiner selbst, den die Feuertänzer gesehen hatten – weiter im Schwinden begriffen? Er befürchtete es. Er bezweifelte, daß sie noch bereit wären, ihn anzubeten, wenn sie ihn jetzt sehen könnten.

Mehrmals hatte er beschlossen, Liverpool zu verlassen – Anblick und Lärm der Wiederaufbaumaßnahmen beruhigten ihn nicht; sie erinnerten ihn nur daran, wie weit von seinem Leben entfernt er war –, aber etwas hielt ihn zurück. Er versuchte, einen vernünftigen Grund für dieses Zögern zu finden (er brauchte Zeit, um zu genesen, zu planen, seinen Zustand zu verstehen), aber keine dieser Erklärungen traf den Kern der Sache. Etwas hielt ihn in der Stadt zurück; ein unsichtbares Seil um seinen unsichtbaren Hals.

An einem düsteren Tag, als er unten im Hafen herumlungerte und die Schiffe betrachtete, spürte er, wie etwas an ihm zog.

Anfangs tat er das Gefühl als Wunschdenken ab. Aber es kam immer wieder, und beim dritten Versuch gestattete er sich ein gewisses Maß an freudiger Erregung. Seit der Begegnung mit den Feuertänzern war dies das erste Mal, daß er einen Kontakt mit der Welt außerhalb seiner Gedanken verspürte.

Er wehrte sich nicht gegen den Ruf. Dem stummen Ruf folgend, ging er vom Hafen aus hinauf.

Phoebe träumte, daß sie wieder in Dr. Powells Praxis war und Joe draußen im Flur, wo sie ihn zuerst gesehen hatte, als er die Decke strich. Es regnete in Strömen. Sie konnte hören, wie die Wassermassen gegen die Fensterscheibe des leeren Wartezimmers und auf das Dach prasselten.

»Joe?« sagte sie.

Ihr künftiger Liebhaber stand, bis zur Taille nackt, auf der obersten Stufe der Leiter und hatte hellgrüne Farbspritzer auf dem Rücken. Oh, er sah so unwiderstehlich aus mit seinem kurzgeschorenen Haar auf dem wohlgeformten Kopf, seinen abstehenden Ohren und dem Haarflaum, der in seinem Gürtel und der Pofalte verschwand.

»Joe?« sagte sie und hoffte, sie könnte ihn veranlassen, sich umzudrehen. »Ich muß dir was zeigen.«

Während sie das sagte, ging sie zu dem niederen Tisch mitten im Wartezimmer, fegte mit einer Armbewegung sämtliche eselsohrigen Zeitschriften herunter und legte sich, ihm zugewandt, darauf. Aus unerfindlichen Gründen drang der Regen durch die Decke, die peitschenden Tropfen fielen senkrecht auf sie herab. Sie durchnäßten Phoebe nicht nur, sondern spülten ihr die Kleidung vom Leib, als wären Bluse und Kleid nur aufgemalt gewesen; die Farben strömten von ihren Gliedmaßen und bildeten eine Pfütze unter den Tisch, bis sie nackt war, und das war genau, wie sie sein wollte.

»Du kannst dich jetzt umdrehen«, sagte sie zu ihm und schob ihre Hand zwischen die Beine. Es gefiel ihm immer, wenn er zusehen konnte, wie sie an sich herumspielte. »Los doch«, sagte sie zu ihm, »dreh dich um und *sieh mich an.*«

Er war schon einmal an diesem Haus auf dem Hügel vorbeigegangen und hatte sich gefragt, wer dort wohnte. Bald würde er es herausfinden.

Er ging den Pfad zur Treppe entlang, die Treppe hinauf zur Tür und durch die Tür ins Treppenhaus. Jemand am oberen Ende der Treppe murmelte; was genau, konnte er nicht hören. Er machte eine kurze Pause und horchte. Es war eine Frau, die sprach, das konnte er erkennen, aber da er die Worte nicht verstand, ging er weiter hinauf.

»Joe?«

Er hatte sie gehört; daran bestand kein Zweifel. Er legte den Pinsel weg, wischte sich die Hände ab, ließ sich Zeit, weil er wußte, daß der Augenblick, wenn sie einander ansahen, um so intensiver werden würde, wenn er ihn etwas hinauszögerte.

»Ich habe lange darauf gewartet . . .« sagte sie ihm.

Er wagte seinen Ohren nicht zu trauen. Nicht wegen der Worte selbst, die wunderbar waren, sondern wegen der Stimme, die sie aussprach.

Phoebe *hier*? Wie war das möglich? Sie war in Everville,

in der Welt, die er verlassen und für alle Zeiten verloren hatte. Nicht hier in diesem stickigen Haus. Doch sie rief nach ihm. Das war mehr, als er hoffen durfte.

»... o Joe ...« seufzte die Frau, und Gott im Himmel, es hörte sich nach ihr an; so sehr nach ihr.

Er ging zur Tür, weil er wußte, wer auch immer sprach, befand sich auf der anderen Seite, und plötzlich hatte er Angst, das Zimmer zu betreten und zu sehen, daß nicht sie es war. Er machte eine kurze Pause und wappnete sich für den Schmerz, der ihm zustoßen würde, dann trat er ein. Das Zimmer war riesig und chaotisch. Sein Blick fiel sofort auf das Bett am anderen Ende. Es war hoch aufgetürmt, und Papierschnipsel waren darauf verstreut, aber es lag niemand darin.

Dann, aus einem Durcheinander von Bettzeug auf dem Boden, die Stimme, *ihre* Stimme, herzlich und erfreut.

»Joe ...« sagte sie. »Du hast mir so sehr gefehlt.«

Er sah sie vor sich. Endlich sah er sie vor sich. Sie lächelte ihm zu, und er lächelte zurück, kam die Leiter herunter und schlurfte vom Flur herein zu dem Tisch, wo sie mit vom Regen durchnäßtem Körper lag.

»Ich gehöre nur dir«, sagte sie.

Sie war es. Gott im Himmel, sie war es! Es spielte keine Rolle, wie sie hierher kam. Auch nicht, warum. Wichtig war nur, sie war hier, seine grandiose Phoebe, obwohl er verzweifelt gewesen war und geglaubt hatte, daß er ihr Gesicht nie wiedersehen würde.

Wußte sie, daß er ganz in ihrer Nähe war?

Sie hatte die Augen geschlossen, ihre Pupillen kreisten hinter den Lidern, und er hegte keinen Zweifel daran, daß sie von ihm träumte. Schweiß glänzte auf ihrem Gesicht und ihren nackten Beinen. Er wünschte sich sehnlichst Finger, um das Laken wegzuziehen, das zwischen ihren Beinen lag; Lippen, um die Stelle zu küssen; und einen Schwanz, um ihr Lust zu bereiten. Um wieder Sex mit ihr zu machen, wie an den Nachmittagen in Everville, als ihre Körper ineinander verschlungen gewesen waren, als würden sie sich nie wieder trennen.

»Komm näher«, sagte sie im Schlaf.

Er gehorchte. Stand über dem Fußende ihres Bettes und sah auf sie hinab. Wenn Liebe ein Gewicht hatte, würde sie es jetzt spüren. Wenn sie einen Geruch hatte, würde sie ihn jetzt riechen; wenn sie einen Schatten warf, würde Phoebe spüren, daß er auf sie fiel. Ihm war es einerlei, wie sie seine Anwesenheit bemerken würde, solange sie sie bemerkte; solange sie wußte, daß seine Seele nach dem Traum unmittelbar bei ihr auf den Moment warten würde, wenn sie ihre Augen aufschlug und ihn real machte.

Jetzt stand er zwischen ihren Beinen, mit Farbe beklekkert, im Gesicht, in den Haaren, auf den Schultern und der Brust. Sie streckte ihm die Hände entgegen.

Im Traum, und außerhalb, streckte sie ihm die Hände entgegen . . .

Er spürte ihre Berührung. Obwohl er keine Haut hatte, spürte er den Kontakt, wo sein Bauch gewesen war.

»Sieh dich an, wie du aussiehst«, sagte sie und glitt mit den Fingern von seinem Bauch an seiner Brust hinab, sein unsichtbares Wesen entlang, mal mit dem Finger, mal mit dem Daumen. Und wo sie ihn berührte, zog sich die Luft zusammen und gerann, als ob – durfte er wagen, es zu hoffen? –, als ob sie ihn wieder herbeiträumen wollte.

Die Farbe blätterte ab, Stück für Stück. Sie wischte ein wenig von seiner Wange und seinem Nasenrücken; von seinem linken Ohr und unter den Augen. Obwohl sie längst nicht alles weggewischt hatte, griff sie dann wieder nach seinem Gürtel und öffnete ihn. Er lächelte verschwörerisch und ließ es geschehen, daß sie den Reißverschluß seiner Hose aufknöpfte, die zwar weit war, aber seine Erregung dennoch nicht verbergen konnte. Es schien, als hätten ihre Finger den Trick des Regens gelernt, denn der Stoff um seine Lenden floß davon wie ihr Kleid und ihre

Bluse, bis er entblößt vor ihr stand. Er legte die Hände an den Kopf, stieß die Hüften vorwärts und grinste, während sie mit den Fingern über seinen Schwanz und die Eier strich.

Es gab keine Worte, um ihre Wonne zu beschreiben, als sie sah, wie sein Fleisch sich wieder zusammenfügte, während sie ihn streichelte; seine Hoden waren unverletzt, sein Schwanz so prachtvoll, wie sie ihn in Erinnerung hatte, womöglich noch stattlicher.

Und dann – verdammt! – ertönte irgendwo im Zimmer unter ihr das Schreien von Kindern. Phoebes Hand erstarrte, als wäre der Lärm bis in ihren Traum gedrungen.

Kinder? Was hatten Kinder in der Praxis des Doktors zu suchen? O Gott, und sie lag splitternackt hier. Sie erstarrte und hoffte, daß die Kinder verschwinden würden, und tatsächlich ließ das Plärren einen Augenblick nach. Sie wartete und hielt den Atem an. Fünf Sekunden, zehn Sekunden. Waren sie gegangen? Es schien so.

Sie suchte Joes Arm, um ihn zu sich herunter und in sie hinein zu ziehen, aber als sie das tat –

– fingen sie wieder an, trampelten die Treppe herauf und kreischten vor Vergnügen. In diesem Augenblick hätte er sie ungerührt erwürgen können, und kein Liebender auf der Welt hätte ihm daraus einen Vorwurf gemacht. Aber der Schaden war angerichtet. Phoebe ließ die Hand wieder auf ihre Brust sinken. Sie stieß ein leises, verbittertes Stöhnen aus.

Dann schlug sie die Augen auf –

Oh, was für ein Traum; und was für eine Art, daraus geweckt zu werden. Sie würde Jarieffa sagen müssen, daß die Kinder in Zukunft –

Etwas bewegte sich vor ihr, eine Silhouette am Fenster. Einen Herzschlag lang dachte sie, es wäre draußen – Fetzen von Stoff oder Papier, die von einer Windbö emporgewirbelt wurden –, aber nein. Es war hier *drinnen*, bei ihr im Zimmer, etwas Zerlumptes, das in die Schatten zurückwich.

Sie hätte geschrien, aber das Ding hatte eindeutig mehr Angst vor ihr als sie vor ihm. Kein Wunder. Es war ein zerfetztes, zuckendes Etwas, naß und roh; es stellte keine Bedrohung dar.

»Was auch immer du bist«, sagte sie zu ihm, *»mach, daß du von hier verschwindest!«*

Sie glaubte, daß es einen Laut von sich gab, aber da die Kinder, die jetzt direkt vor der Tür herumtobten, so einen Lärm veranstalteten, war sie nicht sicher.

Sie rief ihnen »Draußenbleiben!« zu, aber entweder achteten sie nicht darauf, oder sie bekamen die Warnung nicht mit, denn kaum hatte sie es ausgesprochen, wurde die Tür aufgerissen, und Jarieffas Jüngste stürmten herein.

»Hinaus!« schrie sie wieder, weil sie fürchtete, daß der Störenfried ihnen einen Schrecken einjagen würde, auch wenn er ihnen nichts tun konnte. Sie hörten auf, wild herumzutollen, und als die beiden das Ding im Schatten sahen, fingen sie an zu kreischen.

»Schon gut –« sagte Phoebe und wollte sie aus dem Zimmer bugsieren. Dabei kam das Geschöpf aus dem Halbdunkel, ging auf die offene Tür zu und verweilte nur einmal, um Phoebe anzusehen. Sie sah, daß es Augen hatte; Menschenaugen, die mit dunklen, baumelnden Fleischfetzen an einem Ohr und einem Stück Wange befestigt waren, und die Luft zwischen den Fetzen vibrierte, als wäre sie dabei, zu gerinnen.

Dann war das Geschöpf verschwunden, an den panischen Kindern vorbei auf den Flur gegangen.

Phoebe hörte Jarieffa auf der Treppe fragen, was der ganze Lärm zu bedeuten hätte, verstummte aber unvermittelt, und als Phoebe auf dem Treppenabsatz angelangt war, klammerte sich die Frau vor Angst schluchzend am Geländer fest und sah der Kreatur nach, wie sie die Treppe hinunterging. Dann riß sie sich zusammen, kam weiter die Treppe herauf und rief nach den Kindern.

»Denen geht es gut«, sagte Phoebe. »Sie haben nur einen Schrecken bekommen, mehr nicht.« Während Jarieffa die Kinder in die Arme nahm, ging Phoebe zur Treppe und sah dem Eindringling nach. Die Eingangstür stand offen. Er war schon fort.

»Ich hole Enko«, sagte Jarieffa.

»Schon gut«, sagte Phoebe. »Er wollte nicht ...«

Die restlichen Worte blieben unausgesprochen, als ihr auf halbem Weg die Treppe hinunter, auf halbem Weg zur Tür, um die Kreatur auszusperren, endlich klar wurde, in wessen Augen sie in dem Moment gesehen hatte, bevor das Geschöpf geflohen war.

»O Gott«, sagte sie.

»Enko wird ihn erschießen«, sagte Jarieffa.

»Nein!« schrie Phoebe. »Nein!«

Sie wußte bereits, was sie getan hatte: Sie hatte ihn halb herbeigeträumt und dann unvollendet verscheucht. Der Gedanke war unerträglich.

Sie rang keuchend nach Luft, stolperte die Treppe hinunter und lief über den Flur zur Eingangstür. Der Himmel war verhangen, das Licht düster, aber sie konnte sehen, daß die Straße in beide Richtungen menschenleer war.

Joe war fort.

2

Grillos Leichnam war zwar identifiziert worden, aber er schien sämtliche Spuren verwischt zu haben, die die Behörden im Falle seines Ablebens zum Riff hätten führen können. Als Tesla das Haus in Omaha erreichte, war es unberührt. Auf jeder Oberfläche lag Staub, und jedes verderbliche Lebensmittel im Kühlschrank hatte Schimmel angesetzt, vor der Tür stapelte sich die Post, und der Garten war so verwildert, daß man den Zaun nicht mehr sehen konnte.

Aber das Riff selbst war in einem guten Zustand. Sie

saß in Grillos stickigem, fensterlosen Arbeitszimmer und staunte, wieviel Ausrüstung er da hineingepfercht hatte: sechs Monitore, zwei Drucker, vier Faxgeräte und an drei Wänden Regale vom Boden bis zur Decke, die sich unter der Last von Tonbändern, Cassetten und Aktenkästen voller Notizen bogen. Vor ihr huschten ununterbrochen Nachrichten über die Bildschirme, was wahrscheinlich schon seit seiner Abreise so ging. Es würde nicht leicht werden, das System und alle Informationen zu durchschauen, die es enthielt. Sie würde einige Tage hier beschäftigt sein.

Sie ging aus, um einige Grundnahrungsmittel im hiesigen Supermarkt einzukaufen – Kaffee, Milch, Brötchen, Pfirsiche und (obwohl sie seit ihrer Wiederauferstehung keinen Alkohol angerührt hatte) Wodka – dann kümmerte sie sich um einige häusliche Dinge (es war eiskalt in dem Haus, daher mußte sie die Heizung einschalten; sie mußte den Inhalt des Kühlschranks und des Mülleimers in der Küche entsorgen, um den Fäulnisgeruch zu vertreiben), bevor sie sich setzte, um sich mit Grillos Meisterwerk vertraut zu machen.

Besonders geschickt war sie im Umgang mit Technologie noch nie gewesen. Sie brauchte allein fast zwei Tage, bis sie herausgefunden hatte, wie sie alles bedienen mußte, wobei sie behutsam vorging, damit sie nicht versehentlich wichtige Informationen aus den Datenbänken löschte. Grillos handschriftliche Notizen, die an den Maschinen selbst und an den Regalen festgesteckt oder -geklebt waren, halfen ihr dabei. Ohne sie wäre sie zur Verzweiflung getrieben worden.

Als sie über Grundkenntnisse des Systems und seiner Systematik verfügte, durchforstete sie die Dateien selbst. Es waren Tausende. Die Namen mancher verrieten alles – *Untertassen vom Hundsstern; Seraphische Visionen; Tod durch Einfluß von Tieren* –, aber Grillo hatte offensichtlich viele zu seiner eigenen Erheiterung benannt, daher mußte sie eine nach der anderen aufrufen, um zu erfahren, was sie enthielten. Manche Titel hatten etwas Poetisches und zeugten von Grillos Spaß an Albernheiten und einem verspielten Verschleiern. *Das verzehrende Lied; Zoologische Pardons; Dämon Venus; Nicht hier noch da; Darauf ein Amen;* die Liste ging endlos weiter.

Sie merkte ziemlich schnell, daß Grillo die Meldungen zwar penibel gesammelt, nicht aber bearbeitet hatte. In den Dateien wurde nicht zwischen bizarren, aber unbedeutenden Vorfällen und etwas von katastrophalen Dimensionen unterschieden; auch nicht zwischen einer klaren, sachlichen Schilderung und hysterischem Gestammel. Grillo hatte für alles ein Zuhause gefunden, wie liebevolle Eltern, die keinem Kind den Vorzug vor einem anderen geben wollten.

Mit wachsender Ungeduld überflog Tesla eine Seite nach der anderen und hoffte immer noch, einen Hinweis auf das Geheimnis in ihren Zellen zu finden. Und während sie suchte, trafen weiterhin Meldungen aus allen Himmelsrichtungen ein.

Aus Kentucky berichtete eine Frau, die angeblich zweimal von ›den höheren Wesen‹ vergewaltigt worden war, wer immer diese auch sein mochten, daß ihre Peiniger sich nun in südöstlicher Richtung dem Staat näherten und morgen bei Dämmerung in Form einer gelben Wolke zu sehen sein würden, die wie ›zwei Rücken an Rücken gefesselte Engel‹ aussehen werden.

In New Orleans wollte ein gewisser Dr. Tournier seine Entdeckung bekanntgeben, wonach Krankheiten durch das Unvermögen ausgelöst wurden, »mit wahrer Zunge zu sprechen«, und es ihm gelungen sei, sechshundert als unheilbar geltende Patienten zu retten, indem er ihnen die Grundbegriffe einer Sprache beibrachte, die er ›Nazque‹ nannte.

Aus ihrer Heimatstadt Philadelphia kam ein Text psychotischer Prosa von einem (es handelte sich ganz bestimmt um einen Mann), der mit Peniseter unterzeichnete und die Welt warnte, daß er ab kommenden Mittwoch erstrahlen würde und nur die Blinden in Sicherheit wären ...

Drei Tage lang blieb sie Geisel des Riffs, gleich einer Atheistin, die in der Bibliothek des Vatikan eingesperrt ist, verächtlich, sogar abgestoßen, und doch kehrte sie, von den Dogmen fasziniert, die sie fand, immer wieder zu den Regalen zurück. Selbst in Anfällen größter Niedergeschlagenheit wurde sie den Verdacht nie los, daß irgendwo in diesem Dschungel des Irrsinns Juwelen verborgen sein mußten, von denen sie profitieren konnte – Wissen über die ›Kunst‹, Wissen über die Iad –, wenn es ihr nur gelänge, sie zu finden. Aber es wurde immer deutlicher, daß sie sie bereits übergangen haben könnte, weil ihre Form so ausgefallen und ihre Kodierung so ausgeklügelt war, daß sie sie gar nicht identifiziert hatte.

Schließlich sagte sie am Nachmittag des fünften Tages zu sich: Wenn du das noch lange machst, wirst du so verrückt, wie die es längst sind. Schalt es ab, Weib, schalt das verdammte Ding ab.

Sie klickte sich zum Dateimanager zurück und wollte die Maschinen gerade abschalten, als ihr einer der Titel ins Auge fiel.

Die Fahrt ist zu Ende, lautete er.

Vielleicht hatte sie diese fünf Worte schon vorher gelesen und überhaupt nicht zur Kenntnis genommen, aber jetzt läuteten die Glocken. *Die Fahrt ist zu Ende,* das war der Titel, den Grillo für seinen letzten Bericht aus Palomo Grove haben wollte; später hatte er ihr gesagt, sie könnte ihn für eines ihrer Drehbücher verwenden, wenn sie wollte, solange der Film billig und opportunistisch war. Wahrscheinlich war es nur ein Zufall, aber sie rief die Datei trotzdem auf, war aber fest entschlossen, daß es die letzte sein würde.

Ihr Herz setzte einen Schlag aus, als die Worte auf dem Bildschirm aufleuchteten.

Tesla, hatte Grillo geschrieben, *ich hoffe, daß du da draußen sitzt. Aber wer auch immer es sein oder nicht sein mag, ich schätze, jetzt spielt es keine Rolle mehr, denn wenn du das liest – wer immer du sein magst –, ich bin tot.*

Damit hätte sie als allerletztes gerechnet, aber jetzt, wo sie es vor sich sah, war sie nicht überrascht. Schließlich hatte er gewußt, daß es mit ihm zu Ende ging, und auch wenn er Abschiede, selbst die beiläufigsten, immer gehaßt hatte, war er doch mit Leib und Seele Journalist gewesen. Und dies hier war seine letzte Reportage; für einen einzigen Leser bestimmt.

Wir haben jetzt Mitte Juni, hatte er geschrieben, *und die letzten zwei Wochen habe ich mich beschissen gefühlt. Der Doc sagt, die Krankheit schreitet schneller voran, als er es je zuvor gesehen hat. Er möchte, daß ich zu Tests ins Krankenhaus komme, aber ich habe ihm gesagt, daß ich es vorziehe, zu arbeiten. Er fragte mich, woran, und selbstverständlich konnte ich ihm nichts von dem Riff erzählen, daher habe ich gelogen und gesagt, ich würde ein Buch schreiben.*

(Es ist seltsam. Während ich dies hier tippe, stelle ich mir vor, daß du auf dem Stuhl sitzt, Tes, es liest und meine Stimme in deinem Kopf hörst.)

Sie konnte es; sie konne sie hören, laut und deutlich.

Ich habe schon einmal versucht, zu schreiben, als ich die schlechte Nachricht erfahren habe. Ich war nicht sicher, ob es je ein Buch werden würde, aber ich habe versucht, ein paar Erinnerungen festzuhalten, um zu sehen, wie sie gedruckt ausssehen würden. Und weißt du was? Sie waren Klischees, samt und sonders. Meine Erinnerungen waren durchaus real – wie sich die Wangen meiner Mutter anfühlten, wie die Zigarren meines Dad gerochen haben; die Sommer in Chapel Hill, North Carolina; einige Weihnachtsfeste in Maine, bei meiner Großmutter –, aber es war nichts, das man nicht in einer Million Autobiographien hätte finden können. Es machte die Erinnerungen nicht weniger kostbar für mich, aber sie aufzuschreiben, das machte es überflüssig.

Also dachte ich mir: Okay, vielleicht schreibe ich über das, was im Grove passiert ist. Nicht nur das in Coney Eye, sondern über Ellen (an die muß ich neuerdings häufig denken) und ihren Sohn Philip (ich kann mich nicht erinnern, ob du ihn kennengelernt hast oder nicht) und Fletcher, im Einkaufszentrum. Aber dieser Plan ist genauso schnell in die Hose gegangen. Ich schrieb etwas, und dann kam eine Meldung aus Kuhkaff, Ohio, rein über Engel oder UFOs oder Stinktiere, die in Zungen reden, und wenn ich mich wieder dem zuwandte, was ich geschrieben hatte, waren die Worte wie Wochen alter Aufschnitt. Sie lagen einfach schal und fad und grau da.

Ich war so sauer auf mich selbst. Da saß ich nun, der Schreiberling, und schrieb über etwas, das sich tatsächlich zugetragen hatte, und ich brachte es nicht fertig; nicht einmal so, wie die Irren, die einfach den ganzen hirnrissigen Quark aufschrieben, der ihnen in den Sinn kam.

Dann verstand ich allmählich, warum –

An dieser Stelle beugte sich Tesla nach vorne, als würden sie und Grillo bei einem Glas Wodka diskutieren und er zum Höhepunkt seiner Argumentation kommen.

»Sag es mir, Grillo«, murmelte sie dem Bildschirm zu, »sag mir, warum.«

– Ich rückte nicht von der Wahrheit ab. Ich wollte alles genau so beschreiben, wie es sich abgespielt hatte (nein, das stimmt nicht; so, wie ich mich daran erinnerte), und ich würgte alles ab, weil ich versuchte, präzise zu sein, statt meiner Phantasie freien Lauf zu lassen, es phantasievoll und ausufernd und widersprüchlich sein zu lassen. Wie Geschichten eben sein müssen.

Was wirklich in Palomo Grove passiert ist, spielt gar keine Rolle mehr. Wichtig sind nur die Geschichten, die die Leute darüber erzählen.

Ich denke mir, während ich dies hier schreibe: Nichts davon ergibt einen Sinn, es sind nur Bruchstücke. Vielleicht kannst du die Zusammenhänge für mich herstellen, Tes.

Das gehört schließlich dazu, oder nicht? Zusammenhänge herstellen.

Ich weiß, wenn es mir gelingen würde, die Haut meiner Mutter und Weihnachten in Maine und Ellen und Fletcher und die sprechenden Stinktiere und jede verdammte sonstige Kleinigkeit, die ich je gesehen oder gehört habe, in einer einzigen Geschichte unterbringen, und diese Geschichten ›Ich‹ nennen würde, statt immer nach etwas zu suchen, das von allem getrennt ist, was ich gefühlt oder gesehen habe, würde es keine

Rolle spielen, daß ich bald sterben werde, denn ich wäre ein Teil von etwas, das immer weitergeht. Zusammenhänge über Zusammenhänge.

Wie ich es im Moment sehe, ist es der Geschichte scheißegal, ob es dich wirklich gibt oder nicht, ob du lebst oder nicht. Die Geschichte will nur eines, nämlich erzählt werden. Und ich schätze, letztendlich ist es das, was ich auch will.

Wirst du das für mich tun, Tesla?

Wirst du mich zu einem Teil von dem machen, was du erzählst? Immer?

Sie wischte sich die Tränen aus den Augen und betrachtete lächelnd den Bildschirm, als würde Grillo sich zurücklehnen, Wodka trinken und auf ihre Antwort warten.

»Du hast es gefunden, Grillo«, sagte sie und streckte die Hand aus, um die Mattscheibe zu berühren. »Also ...« fügte sie hinzu, »... was passiert als nächstes?« Die uralte Frage.

Es folgte ein atemloser Augenblick, während das Glas unter ihren Fingern bebte. Dann wußte sie es.

III

1

Der September war für Harry ein Monat der Genesung gewesen. Er hatte sich die Aufgabe gestellt, sein winziges Büro in der Forty-fifth Street aufzuräumen; hatte Freunde besucht, die er den ganzen Sommer nicht gesehen hatte, und sogar versucht, einige amouröse Abenteuer in der Stadt wieder anzuheizen. Mit letzterem war er durch und durch erfolglos: Nur eine Frau, der er eine Nachricht hinterlassen hatte, rief ihn zurück, und das auch bloß deswegen, um ihn daran zu erinnern, daß sie ihm fünfzig Piepen geliehen hatte.

Aus diesem Grund war er nicht unglücklich, als er eines Dienstagabends Anfang Oktober ein nicht einmal zwanzig Jahre altes Mädchen vor der Tür seines Apartments fand. Sie hatte einen Ring im linken Nasenloch, trug ein schwarzes Kleid, das geradezu ungesund kurz war, und hatte ein Päckchen unter dem Arm.

»Sind Sie Harry?« wollte sie wissen.

»Jawohl.«

»Ich bin Sabina. Ich hab' was für Sie.« Das Päckchen war zylindrisch, einen Meter zwanzig lang und in braunes Packpapier gewickelt. »Möchten Sie es mir nicht abnehmen?« sagte sie.

»Was ist es?«

»Ich werde es fallenlassen –« sagte das Mädchen und ließ das Ding los. Harry fing es auf, bevor es auf den Boden fallen konnte. »Es ist ein Geschenk.«

»Von wem?«

»Könnte ich vielleicht eine Cola oder so was kriegen?« sagte das Mädchen und sah an Harry vorbei in die Wohnung.

Harry hatte das Wort *klar* kaum ausgesprochen, als das Mädchen sich schon an ihm vorbei schob. Was ihr an Manieren fehlte, machte sie mit Kurven wieder wett, dachte er, als er ihr nachsah, wie sie den Flur entlangging. Damit konnte er leben. »Die Küche ist rechts«, sagte er ihr, aber sie ging schnurstracks ins Wohnzimmer.

»Haben Sie auch was Stärkeres?« sagte sie.

»Möglicherweise ist Bier im Kühlschrank«, antwortete er, schlug die Eingangstür mit dem Fuß zu und folgte ihr ins Wohnzimmer.

»Von Bier krieg ich Blähungen«, sagte sie.

Harry ließ das Päckchen auf den Boden fallen. »Ich glaube, es ist noch Rum da.«

»Okay.« Sie zuckte mit den Achseln, als hätte Harry den Vorschlag gemacht, und sie wäre an sich gar nicht so interessiert.

Er ging geduckt in die Küche, um die Flasche zu holen, und suchte im Schrank nach einem Glas ohne Sprung.

»Sie sind gar nicht so daneben, wie ich gedacht habe«, rief ihm Sabina in der Zwischenzeit zu. »Die Wohnung ist stinkenormal.«

»Was haben Sie erwartet?«

»Sie wissen schon, was Irres. Ich habe gehört, daß Sie ziemlich kranke Sachen machen.«

»Wer hat Ihnen das gesagt?«

»Ted.«

»Sie kennen Ted?«

»Ich habe ihn mehr als nur gekannt«, sagte sie und kam zur Küchentür. Sie versuchte zu schmollen, aber ihr Gesicht war trotz Rouge und Lidschatten und dem blutroten Lippenstift zu kindlich, als daß es echt gewirkt hätte.

»Wann war das?« fragte Harry sie.

»Oh . . . vor drei Jahren. Ich war vierzehn, als ich ihn kennengelernt habe.«

»Typisch Ted.«

»Wir haben nie etwas gemacht, was ich nicht wollte«, sagte sie und nahm Harry das Glas Rum ab. »Er war immer richtig nett zu mir, selbst wenn es ihm beschissen ging.«

»Er war ein guter Kerl«, sagte Harry.

»Wir sollten auf ihn trinken«, erwiderte Sabina.

»Klar.« Sie stießen an. »Auf Ted.«

»Wo immer er ist«, fügte Sabina hinzu. »Wollen Sie jetzt Ihr Geschenk aufmachen?«

Es war ein Gemälde. Teds Meisterwerk, *D'Amour in der Wyckoff Street*, aus dem Rahmen herausgeschnitten, zusammengerollt und etwas lieblos mit einem Bindfaden zusammengebunden.

»Er wollte, daß Sie es bekommen«, erklärte Sabina, als Harry das Sofa wegrückte, damit er das Bild ganz ausrollen konnte. Es übte immer noch die gleiche Wirkung auf Harry aus. Das bunte Feld, über das die Straße gemalt war, das Impasto, aus dem seine Züge geschnitzt waren, und selbstverständlich die Einzelheit, die Ted Harry so stolz in der Galerie gezeigt hatte: der Fuß, der Absatz, die Schlange, die sich wand, während sie zertreten wurde. »Ich schätze, wenn ihm jemand zehn Riesen dafür geboten hätte«, sagte Sabina, »hätte er Ihnen ein anderes geschenkt. Aber niemand hat es gekauft, daher dachte ich mir, ich komme her und gebe es Ihnen.«

»Hat die Galerie nichts dagegen gehabt?«

»Die wissen nicht, daß es fehlt«, sagte Sabina. »Sie haben es mit allen anderen Bildern eingelagert, die sie nicht verkaufen konnten. Wahrscheinlich haben sie gedacht, früher oder später würden sie einen Käufer finden, aber die Leute wollen keine Bilder wie die von Ted an den Wänden hängen haben. Sie wollen albernes Zeug.« Sie war näher gekommen und stand nun neben Harry, während sie das sagte. Er konnte einen schwachen Honiggeruch an ihr riechen. »Wenn Sie wollen«, sagte sie, »könnte ich wiederkommen und die Leinwand neu rahmen. Dann könnten Sie es übers Bett hängen –«, sie warf ihm einen verschmitzten Blick zu, »– oder wohin Sie wollen.«

Harry wollte das Mädchen nicht vor den Kopf stoßen. Zweifellos hatte sie Teds Wunsch erfüllt, als sie das Bild herbrachte, aber die Aussicht, jeden Morgen mit dem Bild der Wyckoff Street vor Augen aufzuwachen, war nicht besonders ansprechend.

»Wie ich sehe, möchten Sie darüber nachdenken«, sagte Sabina, beugte sich zu Harry und gab ihm rasch einen Kuß neben den Mund. »Ich komm' irgendwann nächste Woche wieder vorbei, okay?« sagte sie. »Dann können Sie es mir sagen.« Sie trank den Rum leer und gab Harry das leere Glas. »War echt stark, Sie kennenzulernen«, sagte sie und wurde mit einem Mal reizend förmlich. Sie ging langsam zur Tür, als wartete sie auf ein Wort von Harry, daß sie bleiben sollte.

Er wurde ernsthaft in Versuchung geführt. Aber er wußte, er würde morgen früh in seiner Achtung sinken, wenn er die Situation ausnutzte. Sie war siebzehn, Herrgott noch mal. Nach Teds Maßstäben war das praktisch schon steinalt. Aber ein Teil von Harry glaubte immer noch, daß Siebzehnjährige von der großen Liebe träumen und nicht mit Rum abgefüllt und von Männern ins Bett gelockt werden sollten, die doppelt so alt waren wie sie.

Sie schien zu spüren, daß nichts daraus werden würde, und schenkte ihm ein leicht fragendes Lächeln. »Sie sind *echt* nicht so, wie ich gedacht habe«, sagte sie etwas enttäuscht.

»Ich schätze, Ted hat mich nicht so gut gekannt, wie er dachte.«

»Oh, Ted war nicht der einzige, der mir von Ihnen erzählt hat«, sagte sie.

»Wer noch?«

»Alle und keiner«, entgegnete sie mit einem lässigen Schulterzucken. Sie stand jetzt an der Tür. »Vielleicht seh'n wir uns wieder«, sagte sie, machte die Tür auf, ging hinaus und ließ ihn mit dem Wunsch zurück, ihre Gesellschaft ein bißchen länger genießen zu können.

Später, als er um drei Uhr morgens aufs Klo schlurfte, blieb er vor dem Bild stehen und fragte sich, ob das Haus von Mimi Lomax in der Wyckoff Street immer noch stand. Die Frage ging ihm nicht aus dem Kopf, als er am folgenden Morgen erwachte, als er ins Büro ging, als er den anstehenden Papierkram erledigte. Selbstverständlich spielte das so oder so keine Rolle, aber die Frage lenkte ihn andauernd von seiner Arbeit ab. Er kannte den Grund: Er hatte Angst. Er hatte die Schrecken von Palomo Grove gesehen, und in Everville den Iad von Angesicht zu Angesicht, aber der Dämon der Wyckoff Street war nie richtig exorziert worden. Vielleicht wurde es Zeit, das jetzt zu tun: ein für allemal aufzuräumen mit diesem verborgenen Winkel seiner Psyche, der immer noch von der Vorstellung heimgesucht wurde, daß es ein Böses gab, welches die Seelen der Menschen verdarb.

Er dachte den ganzen restlichen Tag über das Thema nach, und auch am darauffolgenden Tag, und tief in seinem Innersten wußte er, daß er sich vergewissern gehen mußte, damit diese Angelegenheit nicht vollends zur Besessenheit wurde.

Am Freitagmorgen kam er ins Büro und stellte fest, daß ihm jemand einen mumifizierten Affenkopf geschickt hatte, der auf einen langen Knochen aufgespießt worden war, welcher verdächtige Ähnlichkeit mit einem Menschenknochen aufwies. So etwas wurde ihm nicht zum erstenmal geschickt – manchmal handelte es sich um Warnungen, manchmal um Talismane von Wohltätern, manchmal nur um geschmacklose Geschenke –, aber heute schien das Ding, dessen Geruch ihm in der Nase weh tat, für Harry eine Aufforderung zu sein, sich auf den Weg zu machen. Wovor hast du Angst? schien das Ding mit seinem offenen Maul zu fragen. Lebewesen sterben und verderben, aber schau her, ich lache.

Er steckte das Ding wieder in seine Verpackung und wollte es gerade in den Mülleimer werfen, als ein abergläubischer Nerv in seinem Inneren zuckte. Er legte es wieder auf seinen Schreibtisch, versicherte ihm, daß er bald zurückkommen würde, und machte sich auf den Weg in die Wyckoff Street.

2

Es war ein kalter Tag. Noch nicht so bitterkalt, wie es für New York typisch war (das lag noch etwa einen Monat in der Zukunft), aber kalt genug zu wissen, daß es vor dem kommenden Winter keine Tage mehr geben würde, an denen man hemdsärmelig herumlaufen konnte. Harry war es egal. In den Sommermonaten hatte er stets den größten Ärger gehabt – und dieser Sommer war keine Ausnahme gewesen –, daher nahm er die Vorboten des Herbstes mit Erleichterung zur Kenntnis. Die Bäume warfen ihr Laub ab, die Blätter verfaulten, die Nächte wurden kürzer – und wenn schon? Er brauchte seinen Schlaf.

Er stellte fest, daß sich das Viertel rings um die Wyckoff Street dramatisch verändert hatte, seit er zum letztenmal hier gewesen war, und je näher er kam, desto mehr wuchs seine Hoffnung, daß sein Ziel nur noch aus einem Schutthaufen bestehen würde.

Keineswegs. Wyckoff Street sah noch fast genauso aus wie vor zehn Jahren, die Häuser grau und trostlos wie ehedem. In Oregon mochte Fels schmelzen und der Himmel aufbrechen wie eine Eierschale, aber hier war und blieb Erde Erde und Himmel Himmel, und was zwischen den beiden lebte, hatte nicht die Absicht, so schnell zu verschwinden.

Er schlenderte auf den einsamen Bürgersteigen zu Mimi Lomax' Haus und rechnete damit, es in einem verwahrlosten Zustand vorzufinden. Wieder irrte er sich. Der momentane Besitzer achtete eindeutig darauf. Das Haus hatte ein neues Dach, einen neuen Kamin, neue Gauben. Die Tür, an die er klopfte, war erst vor kurzem gestrichen worden.

Zuerst antwortete niemand, obwohl er murmelnde Stimmen im Inneren hörte. Er klopfte noch einmal, und nach einer Pause von etwa einer Minute wurde die Tür einen Spalt geöffnet, und eine Frau Ende Vierzig, mit verkniffenem, kränklichem Gesicht, sah ihn mit blutunterlaufenen Augen an.

»Sind Sie es?« sagte sie. Ihre Stimme klang brüchig vor Erschöpfung. »Sind Sie D'Amour?«

»Ja, ich bin D'Amour.« Harry fühlte sich unbehaglich. Er konnte die Frau riechen; alten Schweiß und Schmutz. »Woher wissen Sie, wer ich bin?« fragte er sie.

»Sie hat es gesagt . . .« antwortete die Frau und machte die Tür ein Stück weiter auf.

»Wer?«

»Sie hat meinen Stevie oben. Seit drei Tagen.« Tränen liefen an den Wangen der Frau herab, als sie das sagte. Sie versuchte gar nicht, sie wegzuwischen. »Sie sagte, sie würde ihn erst gehen lassen, wenn Sie da sind.« Sie wich von der Tür zurück. »Sie müssen dafür sorgen, daß sie ihn gehen läßt. Ich habe nur ihn.«

Harry atmete tief durch und betrat das Haus. Am anderen Ende des Flurs stand eine Frau Anfang zwanzig. Langes, schwarzes Haar, große Augen, die im Halbdunkel glänzten.

»Das ist Loretta. Stevies Schwester.«

Die junge Frau hielt einen Rosenkranz umklammert und sah Harry an, als wäre er ein Komplize dessen, was sich oben abspielte.

Die ältere Frau machte die Tür zu und kam zu Harry. »Woher wußte sie, daß Sie hierher kommen würden?« murmelte sie.

»Ich weiß nicht«, antwortete Harry.

»Es sagte, wenn wir versuchen, zu fliehen –«, stammelte Loretta flüsternd, »– würde es Stevie töten.«

»Warum sagst du *es*?«

»Weil es kein Mensch ist.« Sie sah ängstlich die Treppe hinauf. »Es kommt aus der Hölle«, hauchte sie. »Können Sie es nicht riechen?«

Tatsächlich lag ein übler Geruch in der Luft. Nicht der Fischmarktgestank in der Kammer der Zyem Carasophia. Hier stank es nach Exkrementen und Feuer.

Mit klopfendem Herzen ging Harry zur Treppe. »Sie bleiben hier unten«, sagte er zu den beiden Frauen, ging hinauf und übersprang die Stelle auf der fünften Stufe, wo Pater Hess gelegen hatte, als er gestorben war. Kein Laut war von oben zu hören, von unten ebensowenig. Er stieg schweigend hinauf, wußte aber, das Geschöpf, das oben auf ihn wartete, lauschte auf jedes Quietschen der Stufen. Er wollte es nicht in dem Glauben wiegen, daß er versuchte, sich heimlich anzuschleichen, was ihm nicht gelang, und unterbrach das Schweigen selbst.

»Ich komme, ob du bereit bist oder nicht«, sagte er.

Die Antwort folgte auf den Fuß. Und er wußte sofort, um wen es sich bei dem Ding handelte.

»Harry . . .« sagte die träge Susan. »Wo bist du gewesen? Nein, sag es mir nicht. Du hast den Boß gesehen, richtig?«

Während der Dämon sprach, erreichte Harry die oberste Stufe und ging über den Treppenabsatz zur Tür. Die Farbe hatte Blasen gebildet.

»Brauchst du einen Job, Harry?« fuhr die träge Susan fort. »Kann ich dir nicht verdenken. Die Zeiten werden bald *richtig schlecht* sein.«

Die Tür stand schon einen Spalt offen. Harry stieß sie behutsam an, und sie schwang auf. In dem Zimmer dahinter war es fast vollkommen dunkel, Vorhänge zugezogen, die Lampe auf dem Boden so mit getrockneten Exkrementen verkrustet, daß sie kaum Licht abgab. Das Bett selbst war bis auf die verkohlte Matratze abgezogen. Darauf lag, Gesicht nach unten, ein Jugendlicher in einem schmutzigen T-Shirt und Boxershorts.

»Stevie?« sagte Harry.

Der Junge regte sich nicht.

»Im Augenblick schläft er«, sagte die träge Susan mit ihrer belegten Stimme aus der Dunkelheit hinter dem Bett. »Er hat eine anstrengende Zeit hinter sich.«

»Warum läßt du den Jungen nicht einfach gehen? Eigentlich willst du doch mich.«

»Du überschätzt deine Anziehungskraft, D'Amour. Warum sollte ich eine versaute Seele wie deine wollen, wo ich dieses unschuldige Kind haben kann?«

»Warum hast du mich dann hierher gebracht?«

»Das habe ich nicht. Klar, Sabina hat vielleicht den Keim dazu in dir eingepflanzt. Aber du bist aus freien Stücken gekommen.«

»Ist Sabina eine Freundin von dir?«

»Geliebte würde sie wahrscheinlich vorziehen. Hast du sie gefickt?«

»Nein.«

»Oh, *D'Amour*!« sagte der Nomade erbost. »Nach der vielen Mühe, die ich auf mich genommen habe, um sie feucht zu machen. Du wirst mir doch nicht schwul werden, oder? Nein. Du bist mehr hetero, als gut für dich ist. Du bist langweilig, D'Amour. Langweilig, langweilig . . .«

»Nun, vielleicht sollte ich mich dann einfach verpissen und nach Hause gehen«, sagte Harry und drehte sich zur Tür um.

Hinter ihm erfolgte eine hektische Bewegung; er hörte die Bettfedern quietschen und Stevie ein leises Stöhnen ausstoßen. *»Warte«*, zischte der Nomade. *»Wage es niemals, mir den Rücken zuzudrehen.«*

Er sah über die Schulter. Die Kreatur war auf das Bett geklettert und hatte ihren aus Glibber und Knochen bestehenden Körper über ihrem Opfer gekrümmt. Sie hatte dieselbe Farbe wie der Dreck auf der Lampe, aber naß, und ihre allzu nackte Anatomie war in unablässiger peristaltischer Bewegung.

»Warum ist es immer wieder *Scheiße*?« sagte Harry.

Der Nomade legte den Kopf schief. Die Gesichtszüge daran erinnerten alle an Wunden. »Weil wir nichts anderes als Scheiße haben, Harry, bis wir wieder zu Ruhm und Ehren kommen. Gott erlaubt uns nicht, mit etwas anderem zu spielen. Vielleicht ab und zu noch mit ein bißchen Feuer, wenn er nicht herschaut. Da wir gerade von Feuer sprechen, ich habe gestern Pater Hess in seiner Zelle brennen sehen. Ich habe ihm gesagt, daß ich dich vielleicht treffen werde . . .«

Harry schüttelte den Kopf. »Das zieht nicht mehr, Nomade«, sagte er.

»Was zieht nicht?«

»Die Nummer mit dem gefallenen Engel. Daran glaube ich nicht mehr.« Er ging auf das Bett zu. »Und weißt du, warum? Ich habe in Oregon einige deiner Verwandten gesehen. Tatsächlich wurde ich von einigen sogar fast gekreuzigt. Inzüchtige kleine Wichser, genau wie du, nur waren sie nicht so anmaßend wie du. Ihnen ging es nur um Blut und Scheiße.« Er näherte sich beim Sprechen unaufhaltsam dem Bett, war aber alles andere als sicher, was die Kreatur tun würde. Sie hatte Hess mit einigen wenigen Hieben ausgeweidet, und er sah keine Veranlassung zu glauben, daß sie die Fähigkeit verlernt hatte. Aber ihrer getürkten Autobiographie beraubt, was blieb da noch von ihr? Ein Schurke, der ein paar Tage in einem Schlachthaus geübt hatte.

»Bleib stehen«, sagte die Kreatur, als Harry noch einen Meter vom Bett entfernt war. Sie schlotterte von Kopf bis Fuß. »Wenn du näherkommst, töte ich den kleinen Stevie. Und ich werfe ihn die Treppe hinunter, genau wie Hess.«

Harry hob gespielt unterwürfig die Arme. »Okay«, sagte er, »näher komme ich nicht. Ich wollte nur die Familienähnlichkeit überprüfen. Weißt du, die ist bemerkenswert.«

Der Nomade schüttelte den Kopf. »Ich war ein Engel, D'Amour«, sagte er mit zitternder Stimme. »Ich erinnere mich an den Himmel. Doch, doch. Als wäre es gestern gewesen. Wolken und Licht und –«

»Und das Meer?«

»Das Meer?«

»Essenz.«

»Nein!« schrie er. *»Ich war im Himmel!* Ich erinnere mich an Gottes Herz, das immerzu schlug, immerzu –«

»Vielleicht bist du an einem Strand geboren worden.«

»Ich habe dich schon einmal gewarnt«, sagte das Geschöpf. »Ich töte den Jungen.«

»Und was willst du damit *beweisen*? Daß du ein gefallener Engel bist? Oder ein kleiner Brutalinski, wie ich behaupte?«

Der Nomade hob die Hände vor sein verunstaltetes Gesicht. »Oh, du bist schlau, D'Amour«, seufzte er. »Sehr schlau. Aber das war Hess auch.« Das Geschöpf spreizte die Finger und stieß seinen Kloakenatem aus. »Und schau, was aus ihm geworden ist.«

»Hess war nicht schlau«, sagte Harry leise. »Ich habe ihn geliebt, ihn respektiert, aber er war irregeleitet. Du bist ihm ziemlich ähnlich, wenn ich darüber nachdenke.« Er beugte sich zwei oder drei Zentimeter näher zu dem Wesen. »*Du* glaubst, daß du vom Himmel verstoßen worden bist. *Er* glaubte, daß er dem Himmel diente. Letztendlich habt ihr beide an dasselbe geglaubt. Es war dumm, ihn zu töten, Nomade. Jetzt hast du nicht mehr viel vorzuweisen.«

»Ich habe immer noch *dich*«, erwiderte die Kreatur. »Ich könnte bis zum Jüngsten Tag mit deinem Kopf spielen.«

»Nee«, sagte Harry und richtete sich auf. »Ich habe keine Angst mehr vor dir. Ich brauche keine Gebete –«

»Ach nein?« knurrte es.

»Und ich brauche kein Kruzifix. Ich brauche nur die Augen in meinem Kopf. Und was ich sehe ... was ich sehe, ist ein an Appetitlosigkeit leidender kleiner Scheißefresser.«

Nach diesen Worten stürzte sich das Ding kreischend auf ihn, und sämtliche Wunden in seinem Kopf klafften auseinander. Harry wich auf dem schmutzigen Fußboden zurück und entkam dabei den surrenden Klauen um Zentimeter, bis er mit dem Rücken an der Wand stand. Dann kam es auf ihn zu und fuchtelte mit den Armen über dem Kopf. Er hob die Hände, um seine Augen zu schützen, aber die wollte das Geschöpf gar nicht, jedenfalls noch nicht. Statt dessen grub es die Finger in die Haut seines Nackens und bohrte die klauenbewehrten Füße auf beiden Seiten von Harrys Körper in die Wand.

»Jetzt *noch mal*, D'Amour –« sagte das Geschöpf. Harry spürte Blut an seinem Rückgrat hinablaufen. Hörte die Wirbel knacken. »Bin ich ein Engel?« Sein Gesicht war Zentimeter von dem Harrys entfernt, und seine Stimme kam aus sämtlichen Öffnungen gleichzeitig. »Ich will eine Antwort, D'Amour. Es ist sehr wichtig für mich. Ich war einmal im Himmel, oder nicht? Gib es zu.«

Langsam, ganz langsam schüttelte Harry seinen pochenden Kopf.

Das Geschöpf seufzte. »Oh, D'Amour«, sagte es, löste eine Hand von Harrys Nacken und holte sie nach vorne, um seinen Kehlkopf zu streicheln. Seine Stimme hatte den knurrenden Unterton verloren. Es war nicht mehr der Nomade; es war wieder die träge Susan. »Du wirst mir fehlen«, sagte es und riß mit den Fingern die Haut von Harrys Hals auf. »Es gab keine Nacht, in der ich nicht an uns gedacht habe –« jetzt wurde sein Tonfall verdrossen » – hier, zusammen in der Dunkelheit.«

Auf dem Bett hinter der Kreatur fing der Junge an zu stöhnen.

»Psst . . .« machte die träge Susan.

Aber Stevie ließ sich nicht mehr zum Schweigen bringen. Er suchte Trost in einem Gebet. »Heil Maria, du Anmutige –« begann er.

Das Wesen drehte sich zu ihm um, und der Nomade kam wieder an die Oberfläche und wollte den Jungen anschreien, daß er verdammt noch mal das Maul halten solle. Dabei bekam Harry die Hand an seinem Hals zu fassen und verschränkte die Finger mit den Klauen. Dann warf er sich mit aller Gewalt nach vorne. Die Füße des Nomaden lösten sich aus der Wand, die beiden ineinander verschlungenen Körper stolperten mitten ins Zimmer.

Sofort grub das Geschöpf seine Finger tiefer in Harrys Nacken. Blind vor Schmerzen schlug Harry um sich und war fest entschlossen, daß sie, wenn sie stürzen sollten, nicht auf den Jungen fallen würden. Sie torkelten ungestüm herum, bis Harry das Gleichgewicht verlor, vornüber kippte und den Nomaden mit sich riß.

Der Dämon stieß gegen die versengte Tür, die unter ihrer beider Gewicht nachgab. Durch seine tränenverschleierten Augen konnte Harry das ungestalte Gesicht und die vor Schock wie gelähmten Hände des Dämons vor sich sehen. Dann rollten sie auf den Treppenabsatz hinaus. Draußen wirkte es grell nach der Dunkelheit des Schlafzimmers. Für den Nomaden erwies sich das als schmerzhaft. Er wand sich in Harrys Umarmung, heißer Schleim spritzte aus seinen Mäulern. Harry nutzte die Gunst des Augenblicks und wand die Klauen aus seinem Nacken, dann trug ihr Schwung sie gegen das Geländer, das knirschte, aber nicht zerbrach, und sie kippten hinüber.

Es war ein Sturz von rund drei Metern, und der Nomade befand sich, immer noch kreischend, unter Harry. Sie prallten auf die Treppe, rollten hinunter und kamen schließlich wenige Stufen vor dem unteren Ende zum Stillstand.

Harrys erster Gedanke war: Herrgott, er ist still. Dann schlug er die Augen auf. Er lag Wange an Wange mit dem Dämon, dessen Schweiß auf seiner Haut brannte. Er streckte die Hand nach dem bespritzten Geländer aus und zog sich in die Höhe; sein linker Arm, seine Schulter, die Rippen und der Nacken taten ihm weh, aber nicht so sehr, daß er den Anblick zu seinen Füßen nicht genießen konnte.

Der Nomade befand sich in Auflösung, sein Körper – der bei Tageslicht noch erbärmlicher und abstoßender aussah als in dem Zimmer oben – war eine Masse verfaulenden Gewebes.

»Bist ... du ... da?« sagte die Kreatur.

Es hatte sein Knurren und seine samtweiche Stimme gleichermaßen verloren, als wären die Persönlichkeiten, die es vorgeschützt hatte, zusammen mit seinem Augenlicht erloschen.

»Ich bin hier«, antwortete Harry.

Es versuchte, eine seiner Hände zu heben, aber es gelang ihm nicht. »Wirst du ... sterben?« wollte es wissen.

»Heute nicht«, sagte Harry leise.

»Das ist nicht richtig«, wies ihn das Geschöpf zurecht. »Wir müssen zusammen gehen. *Ich ... bin ... du ...*«

»Du hast nicht mehr viel Zeit«, unterbrach Harry. »Vergeude sie nicht mit diesem Quatsch.«

»Aber es stimmt«, fuhr das Ding fort. *»Ich bin . . . ich bin du und . . . du bist Liebe . . .«*

Harry dachte an Teds Bild: an die Schlange unter seinem Absatz. Er hielt sich am Geländer fest und hob einen Fuß.

»Sei still«, sagte er.

Das Geschöpf achtete nicht auf ihn. *». . . du bist Liebe . . . und Liebe macht . . .«*

Harry stellte den Absatz auf seinen Kopf. »Ich warne dich«, sagte er.

». . . Liebe macht . . .«

Er warnte es nicht noch einmal, sondern trat mit dem Fuß – so fest sein schmerzender Körper es ermöglichte – auf das Gesicht voller Schwären. Es war fest genug. Er spürte, wie der Schleim unter seinem Absatz nachgab und Schichten von Phantomknochen und Glibber unter seinem Gewicht zerquetscht wurden. Kurze Zuckungen liefen durch das ganze Geschöpf, bis zu den blutigen Fingerspitzen. Dann hörte es plötzlich auf, und sein Spruch blieb unvollendet.

Unten, im Flur, murmelte Lorietta das Gebet, das ihr Bruder angefangen hatte.

»Heil Maria, du Gnadenvolle, der Herr ist mit dir, du bist gebenedeit unter den Weibern –«

Nach dem Kreischen und den Drohungen fand Harry, daß es sich hübsch anhörte.

»– und gesegnet ist die Frucht deines Leibes, Jesus –«

Selbstverständlich konnte das den Tod nicht fernhalten. Es konnte nicht verhindern, daß Unschuldige leiden mußten. Aber etwas Hübsches war nichts Unerhebliches, jedenfalls nicht auf dieser geplagten Welt.

Beim Zuhören zog er den Absatz aus dem Gesicht des Nomaden. Die Masse des Dings, der die Willenskraft geraubt worden war, löste sich bereits auf und floß die Treppe hinuntr.

Fünf Schritte bis zum unteren Ende, sah Harry. Genau wie bei Hess.

Der Sieg forderte seinen Tribut. Zusätzlich zu seinem durchbohrten Nacken und dem zerkratzten Hals hatte Harry einen Schlüsselbeinbruch, vier gebrochene Rippen, einen gebrochenen rechten Arm und eine leichte Gehirnerschütterung. Was Stevie anbetraf, der drei Tage lang Geisel des Nomaden gewesen war, waren seine Schäden mehr psychischer als körperlicher Art. Es würde Zeit brauchen, bis sie heilten, wenn überhaupt, aber der erste Schritt in die richtige Richtung fand einen Tag nach dem Tod der Kreatur statt. Die Familie zog aus dem Haus in der Wyckoff Street aus und überließ es der Barmherzigkeit von Klatsch und Tratsch. Diesmal sollte es nicht mehr vermietet werden. Es sollte die Wintermonate über verwahrlosen und verfallen, wie manche meinten, mit ungewöhnlicher Geschwindigkeit. Niemand sollte je wieder darin wohnen.

Ein Rätsel blieb ungelöst. Warum hatte das Geschöpf überhaupt seine Ränke geschmiedet, um ihn wieder in die Wyckhoff Street zu locken? Hatte es Zweifel an seiner eigenen Mythologie bekommen und einen neuerlichen Kampf mit einem alten Widersacher eingefädelt, um seine Identität zu wahren? Oder hatte es sich einfach eines Septembertages gelangweilt und sich in den Kopf gesetzt, einfach so zum Spaß das alte Spiel von Versuchung und Gemetzel zu spielen?

Die Antwort auf diese Fragen, dachte Harry, konnte er auf die lange Liste von Dinge setzen, die er nie erfahren würde.

Was Teds Magnum opus betraf, so beschloß Harry, nachdem er ein paar Tage nachgedacht hatte, es im Wohnzimmer aufzuhängen. Da er derzeit einhändig war, brauchte er fast zwei Stunden dazu, das zu bewerkstelligen, aber als es hing – er hatte die Leinwand direkt auf die Wand genagelt –, sah es besser aus als in der Galerie. Ohne einengenden Rahmen schien Teds Vision direkt aus der Wand zu bluten.

Die liebreizende Sabina, die angeblich den Anweisungen des Nomaden gefolgt war, als sie das Bild ablieferte, tauchte nicht mehr auf. Aber Harry ließ trotzdem zwei neue Riegel an der Tür anbringen, für alle Fälle.

Keine vierzehn Tage nach dem Endspiel in der Wyckoff Street bekam er einen Telefonanruf von einem nervösen Raul.

»Du mußt ins nächste Flugzeug steigen, Harry. Was immer du gerade treibst –«

»Wo bist du?«

»Ich bin in Omaha. Ich habe nach Tesla gesucht.«

»Und?«

»Ich habe sie gefunden. Aber ... nicht ganz so, wie ich es mir vorgestellt hatte.«

»Geht es ihr gut?« sagte Harry. Am anderen Ende herrschte Schweigen. »Raul?«

»Ja, ich bin noch da. Ich weiß nicht, ob es ihr gut geht oder nicht. Das mußt du mit eigenen Augen sehen.«

»Ist sie bei Grillo?«

»Ja. Ich habe ihre Spur in L. A. aufgenommen. Sie hat ihren Nachbarn gesagt, daß sie nach Nebraska fahren würde. In Hollywood gilt das als Beweis dafür, daß man den Verstand verloren hat. Wann kannst du hier sein?«

»Ich fliege noch heute, wenn ich einen Flug bekomme. Kannst du mich am Flughafen abholen? Ich bin nicht in bester Verfassung.«

»Was ist passiert?«

»Ich bin in Scheiße getreten. Aber jetzt ist sie tot.«

IV

1

Phoebe sagte Jarieffa nicht, daß sie die Identität ihres Besuchers kannte. Zum einen wäre es zu schmerzlich gewesen, und zum anderen befürchtete sie, es hätte die Frau samt ihren Kindern aus dem Haus getrieben. Das wollte sie auf keinen Fall; nicht nur wegen ihnen, sondern auch ihrer selbst wegen. Sie hatte sich an ihr Durcheinander und ihren Lärm gewöhnt, und wenn sie allein im Haus Maeve O'Connells zurückblieb, würde es ihr nur noch deutlicher vor Augen führen, was sie getan hatte.

Jarieffa hatte selbstverständlich eine Menge Fragen und war mit einigen Antworten Phoebes alles andere als zufrieden. Aber im Lauf der Zeit, als die Alpträume der Kinder nachließen und ihre unvermittelten Weinkrämpfe ebenfalls, kehrte der alte Trott in dem Haus ein, und falls Jarieffa noch Zweifel hatte, behielt sie sie für sich.

Derweil begann Phoebe mit einer systematischen Durchsuchung der Stadt, um einen Hinweis auf Joes Aufenthalt zu finden. Wenn er nicht einfach verdunstet war, als er das Haus verlassen hatte (was sie bezweifelte; er war bruchstückhaft gewesen, aber nichtsdestotrotz solide), überlegte sie sich, konnte seine Flucht nicht völlig unbemerkt geblieben sein. Selbst in dieser Stadt, auf deren Straßen sich mit jedem Schiff, das von irgendwo eintraf und vor Anker ging, mehr seltsame Lebensformen und Erscheinungen tummelten, mußte Joes Äußeres zumindest denkwürdig sein. Irgend jemand mußte etwas gesehen haben.

Bald bedauerte sie, daß sie es verabsäumt hatte, gute Beziehungen zu den Nachbarn zu knüpfen. Die meisten waren zwar einigermaßen freundlich zu ihr, wenn sie kam und ihre Fragen stellte, aber alle schienen Angst vor ihr zu haben. Was sie betraf, blieb Phoebe eine Außenseiterin, und sie fürchtete, selbst *wenn* sie Antworten auf ihre Fragen hatten, würden sie sie für sich behalten. Mehrere Tage hintereinander kehrte sie frustriert und erschöpft in O'Connells Haus zurück, nachdem sie von Tür zu Tür (in manchen Straßen von einer Baustelle zur anderen) gegangen war und ihre Fragen gestellt hatte, während der Umkreis ihrer Suche, genau wie ihre Verzweiflung, immer größer wurde. Sie verlor ihren Appetit und ihren Sinn für Humor. An manchen Tagen, wenn sie zwei Mahlzeiten nacheinander ausgelassen hatte, wanderte sie schwindelig und den Tränen nahe durch die Straßen und rief Joes Namen wie eine Irrsinnige. Einmal stellte sie am Abend fest, daß sie sich verirrt hatte und zu erschöpft war, den Heimweg zu suchen, daher schlief sie auf der Straße. Ein andermal geriet sie mitten in einen territorialen Disput zwischen zwei Familien und hätte beinahe die Kehle aufgeschlitzt bekommen. Aber sie setzte ihre Ausflüge jeden Tag fort und hoffte auf einen Hinweis, der sie schließlich zu ihm führen würde.

Wie sich herausstellte, kam die Information, nach der sie suchte, aus ihrem unmittelbaren Umfeld. Als sie eines Tages gerade ins Bad wollte, nachdem sie zwölf Stunden durch die Stadt gestreift war, klopfte es an ihre Schlafzimmertür, und nach ihrer Aufforderung trat Enko ein und fragte, ob er kurz mit ihr sprechen dürfe. Er war immer der unfreundlichste von Jarieffas Brut gewesen; ein schlaksiger Junge, selbst nach den Maßstäben von Heranwachsenden, mit menschlichem Gesicht, abgesehen von den symmetrischen Flecken auf Stirn und Wangen und den verkümmerten Kiemen, die von seinen Wangen bis zum Hals hinab verliefen.

»Ich habe einen Freund«, sagte er. »Sein Name ist Vip Luemu. Er wohnt zwei Blocks entfernt in der Straße. Das Haus mit den vernagelten Fenstern.«

»Ich kenne es«, sagte Phoebe.

»Er hat mir gesagt, Sie fragen herum ... Sie wissen schon, nach dem Ding, das hier war.«

»Ja, das stimmt.«

»Nun ... Vip weiß etwas darüber, aber seine Mutter hat ihm gesagt, er darf nicht mit Ihnen sprechen.«

»Sehr gutnachbarschaftlich«, bemerkte Phoebe.

»Es ist nicht wegen Ihnen«, antwortete Enko. »Nun ... ja und nein. Hauptsächlich ist es wegen allem, was hier geschehen ist, Sie wissen schon, in alten Zeiten, und weil wieder Schiffe eintreffen, glauben alle, Sie werden wieder ins Geschäft einsteigen, wie Miß O'Connell.«

»Ins Geschäft?« sagte Phoebe.

»Ja. Sie wissen schon. Frauen.«

»Ich verstehe dich nicht, Enko.«

»Die *Huren*«, sagte der Junge, und die Flecken in seinem Gesicht wurden dunkler.

»Huren?« sagte Phoebe. »Willst du mir sagen, dieses Haus ... war ein Bordell?«

»Das beste. Behauptet Vips Vater. Die Leute sind von überall hergekommen.«

Phoebe dachte an Maeve O'Connell, die in königlicher Pracht zwischen ihren Kissen und ihren *billets-doux* saß und schwadronierte, wie dumm die Liebe war. Kein Wunder. Die Frau war eine Puffmutter gewesen. Liebe war schlecht fürs Geschäft.

»Du könntest mir einen großen Gefallen tun«, sagte Phoebe, »wenn du Vip sagen würdest, er soll herumerzählen, daß ich nicht die Absicht habe, das Geschäft in diesem Haus neu zu beleben.«

»Mach' ich.«

»Und jetzt ... du hast gesagt, er weiß etwas?«

Enko nickte. »Er hörte seinen Vater von einem *Misamee* erzählen, der unten beim Hafen gesehen worden sein soll.«

»Misamee?«

»Oh, das ist ein Wort, das die Matrosen gebrauchen. Es bedeutet etwas, das sie draußen auf dem Meer finden, das noch nicht völlig fertig ist.«

Halb geträumt, dachte sie. Wie mein Joe; mein *Misamee*-Joe.

»Danke, Enko.«

»Nichts zu danken«, antwortete der Junge und drehte sich um. Die Hand auf dem Türgriff, drehte er sich noch einmal um. »Sie wissen, daß Musnakaff nicht mein Vater war.«

»Ja, das habe ich gehört.«

»Er war der Vetter meines Vaters. Wie auch immer, er erzählte allen, wie er herumzog und Mädchen für Miß O'Connell suchte.«

»Kann ich mir vorstellen«, sagte Phoebe.

»Er erklärte alles. Wohin man gehen muß. Was man sagen muß. Und wenn ...«

»Wenn ich je mit dem Geschäft anfangen will ...« sagte Phoebe.

Der Junge strahlte.

»... dann komme ich auf dich zurück.«

Sie ließ das Badewasser kalt werden und zog sich wieder an, mehrere Kleidungsstücke übereinander, wegen des Winds, der in den letzten paar Tagen bitter kalt gewesen war und unten am Meer stets noch etwas frischer wehte. Dann ging sie in die Küche, füllt eine von Maeves silbernen Likörkaraffen mit Klagebeerensaft und ging zum Hafen hinunter, während sie dachte, wenn sie Joe in einem Jahr oder so nicht gefunden hatte, würde sie das Bordell doch wieder eröffnen, und sei es nur, um den Nachbarn eins auszuwischen, die ihr so wenig geholfen hatten, und dann würde sie in Luxus alt und verbittert werden, wie Maeve, und von der Lieblosigkeit profitieren.

2

Raul wartete wie versprochen am Eppley Airport auf Harry, doch der erkannte ihn auf den ersten Blick nicht. Er hatte den blassen Teint seines Gastkörpers mit ein wenig Make-up aufgepeppt und trug eine schicke getönte Brille, um seine silbernen Pupillen zu verbergen. Eine Baseballmütze bedeckte seinen kahlen Kopf. Das Ensemble war nicht besonders geschmackvoll, ermöglichte ihm aber, sich unauffällig in der Menge zu bewegen.

Auf dem Weg zu Grillos Haus, den Raul am Steuer eines altmodischen Ford Convertible verbrachte (für den er, wie er gestand, keinen Führerschein hatte), berichteten sie einander von ihren jüngsten Abenteuern. Harry erzählte Raul alles, was sich in der Wyckhoff Street abgespielt hatte, und Raul revanchierte sich mit der Beschreibung seiner Reise zur Misión de Santa Catrina auf der Baja-Halbinsel, wo Fletcher den Nuncio entdeckt und hergestellt hatte.

»Ich habe da oben vor langer Zeit einen Schrein gebaut«, sagte er, »den ich versorgt habe, bis Tesla mich gefunden hat. Ich war sicher, daß er nicht mehr stehen würde. Aber ich irrte mich. Er war noch da. Die Frauen aus dem Dorf gehen immer noch zu den Ruinen hinauf, um zu beten und Fletcher um Beistand zu bitten, wenn ihre Kinder krank sind. Ziemlich rührend. Ich sah eine oder zwei Frauen, die ich kannte, aber selbstverständlich haben sie mich nicht erkannt. Aber eine Frau – weiß Gott, sie muß mindestens neunzig sein –, zu der ging ich und sagte ihr, wer ich war. Sie ist blind und nicht mehr ganz richtig im Kopf, aber sie hat geschworen, sie hätte ihn gesehen – am Tag, bevor sie ihr Augenlicht verloren hat.«

»Du meinst Fletcher?«

»Ich meine Fletcher. Sie sagte, er stand am Rand der Klippe und hat in die Sonne gesehen. Das hat er gern getan . . .«

»Und jetzt glaubst du, daß er immer noch da oben ist?«

»Es sind seltsamere Dinge passiert«, legte Raul dar. »Das wissen wir beide.«

»Die Wände werden dünner, richtig?« fragte Harry.

»Würde ich sagen.«

Sie fuhren eine Zeitlang schweigend weiter. »Ich habe mir überlegt, ob ich noch eine Pilgerfahrt unternehme«, sagte Raul nach etwa einer Minute, »während ich hier in Omaha bin.«

»Laß mich raten. Die Sammelstelle für Postirrläufer.«

»Wenn sie noch existiert. Wahrscheinlich handelt es sich um ein durch und durch uninteressantes Gebäude, aber wenn es nicht erbaut worden wäre, dann wäre keiner von uns hier.«

»Das glaubst du?«

»Oh, ich bin sicher, die ›Kunst‹ hätte jemanden gefunden, den sie benützen konnte, wenn es nicht Jaffe gewesen wäre. Aber wir hätten vielleicht nie etwas davon erfahren. Wir wären wie sie geblieben –« er nickte zum Fenster hinaus, wo die Einwohner von Omaha ihren täglichen Verrichtungen nachgingen »– und hätten in dem Irrglauben gelebt, daß nur existiert, was man sieht.«

»Wünschst du dir manchmal, es wäre so?« fragte Harry ihn.

»Ich wurde als Affe geboren, Harry«, entgegnete Raul. »Ich weiß, was es heißt, sich weiterzuentwickeln.« Er kicherte. »Laß dir gesagt sein, es ist herrlich.«

»Und nur darum geht es?« fragte Harry. »Sich weiterzuentwickeln?«

»Ich glaube, ja. Wir werden geboren, um uns zu *erheben*. Um mehr zu sehen. Mehr zu wissen. Vielleicht, um eines Tages *alles* zu wissen.« Er blieb mit dem Auto vor einem großen, düsteren Haus stehen. »Womit wir beim Thema Tesla wären«, sagte er und führte Harry durch den verwilderten Vorgarten, wo Teslas Motorrad parkte, zur Eingangstür.

Der Nachmittag war schon fortgeschritten, und in dem Haus mit seinen kahlen Wänden und der stickigen Luft war es noch düsterer als draußen.

»Wo ist sie?« fragte Harry Raul und quälte sich aus seiner Jacke.

»Laß mich dir helfen.«

»Ich schaffe es«, sagte Harry ungeduldig. »Bring mich einfach zu Tesla, ja?«

Raul nickte mit verkniffenem Mund und führte Harry in den hinteren Teil des Hauses. »Wir müssen vorsichtig sein«, sagte er, als sie vor einer geschlossenen Tür standen. »Was immer da drinnen vor sich geht, ich glaube, es ist unbeständig.«

Damit machte er die Tür auf. Das Zimmer war bis unter die Decke vollgestopft mit sämtlichen Bestandteilen von Grillos heißgeliebtem Riff; Harry mußte an Normas kleines Sanktum denken, wo dreißig Bildschirme emsig verlorene Seelen auf Distanz hielten. Hier, wußte er, war der umgekehrte Vorgang am Werk. Hier fanden die Verlorenen und die Spinner Zuflucht; es war ein Ort, wo sie ihre Besessenheit loswerden konnten. Ihre Berichte flackerten in hektischer Folge über die Bildschirme. Und Tesla saß mit geschlossenen Augen davor.

»So war sie schon, als ich hierher gekommen bin«, sagte Raul. »Falls es dich interessiert, sie atmet, aber *ganz* langsam.« Harry ging einen Schritt auf sie zu, aber Raul hielt ihn zurück. »Sei vorsichtig«, sagte er.

»Warum?«

»Als ich versuchte, mich ihr zu nähern, spürte ich eine Art Energiefeld.«

»Ich spüre nichts«, sagte Harry und ging einen Schritt weiter. Dabei streifte etwas sein Gesicht, fast unmerklich, wie die dünne Wand einer Seifenblase. Er wollte zurückweichen, war aber zu langsam. Binnen eines einzigen paradoxen Augenblicks schien die Blase ihn einzusaugen und gleichzeitig zu platzen. Das Zimmer verschwand, und er flog wie eine Gewehrkugel in eine scharlachrote Sonne hinein, deren Farbe unvorstellbar rein war. Einen Augenblick verweilte er darin, dann schoß er auf der anderen Seite wieder heraus und in eine andere hinein, eine blaue; und weiter, in eine gelbe, eine grüne, eine purpurne. Und während er von einer Sonne zur nächsten reiste, taten sich rechts und links von ihm, über und unter ihm, Panoramen auf, die sich von ihm aus bis zu den Grenzen seiner Wahrnehmung erstreckten. Allerorten schnellten Formen in die Höhe und stahlen den Sonnen, durch die er hindurchraste, ihr Leuchten, derweil sie immer schwächer wurden, je mehr die neuen Formen selbst Harrys Aufmerksamkeit auf sich zogen. Sie kamen von allen Seiten und bombardierten ihn mit einer Bilderflut, daß sein Verstand kein einziges davon richtig erfassen konnte. Er geriet in Panik, als der Ansturm immer heftiger wurde, und fürchtete, er würde den Verstand verlieren, wenn es ihm nicht gelang, einen Fels in diesem Mahlstrom zu finden.

Und dann Teslas Stimme: *»Harry?«*

Das Wort fixierte für einen Sekundenbruchteil ein Bild. Er sah eine Szene mit lebhaften Einzelheiten. Ein Stück ockerfarbenen, pockennarbigen Boden. Ein Loch und eine Hündin, die daneben saß und an ihrem Körper leckte. Eine Hand mit abgebissenen Fingernägeln kam aus dem Loch hervor und warf Scherben von Töpferarbeiten auf ein Tuch, das daneben lag. Und Tesla – oder ein Bruchstück von ihr – war irgendwo jenseits des Lochs und der Hand und der Hündin.

»Gott sei Dank«, sagte Harry, aber er hatte sich zu früh gefreut. Das Bild glitt davon, und er brauste wieder los und rief nach Tesla.

»Schon gut«, sagte sie, *»halt an.«*

Wieder bremste ihre Stimme ihn ruckartig ab. Eine andere Szene. Mehr Einzelheiten. Dämmerung, und Berge in der Ferne. Ein Holzschuppen inmitten einer Wiese wogenden Grases, und eine Frau, die mit einem plärrenden Baby auf dem Arm auf ihn zugelaufen kam. Hinter ihr drei finstere, kümmerliche Gestalten mit riesigen Köpfen und goldenen Augen, die sie verfolgten. Die fliehende Frau weinte vor Angst, aber das Kind weinte aus anderen Gründen und streckte die dünnen Ärmchen nach den Verfolgern aus. Als das Baby sich umdrehte und auf den Kopf seiner Mutter einschlug, sah Harry den Grund dafür. Es schien ein Menschenkind zu sein, aber seine Augen waren ebenfalls golden.

»Was geht hier vor?« fragte Harry.

»Wer weiß?« entgegnete Tesla. Als sie sprach, sah er ein anderes Bruchstück von ihr in der unmittelbaren Umgebung des Schuppens. *»Das ist alles Bestandteil des Riffs –«*

Während das Kind aus den Armen seiner Mutter rutschte, entschwand die Szene wie die erste, und er flog weiter, aber nun nahm sein Verstand einige der Dramen wahr, die er durchquerte. Nie mehr als ein Bruchstück – ein Schwarm Vögel im Eis, eine Münze, aus der Blut auf den Boden quoll, jemand, der in einem brennenden Auto lachte –, aber es genügte, um einzusehen, daß diese zahllosen Bilder alle Teil eines größeren Plans waren.

»Erstaunlich . . .« hauchte er.

»Das ist es, nicht wahr?« sagte Tesla, deren Stimme ihn wieder zum Stillstand brachte. Diesmal in einer Stadt. Ein verhangener Himmel, von dem silbernes Licht tropfte, verspiegelten Federn gleich. Unten, auf den Bürgersteigen, gingen die Leute ihren Geschäften nach und merkten nichts von dem Schauspiel, abgesehen von einem alten Mann, der mit den Fingern nach oben zeigte und brüllte.

»Was sehe ich da?« fragte Harry.

»Geschichten . . .« entgegnete Tesla, und als Harry sie hörte, erblickte er ein weiteres Mosaikteil von ihr in der Menge. *»Das hat Grillo hier gesammelt. Hunderttausende von Geschichten.«*

Die Straße glitt davon. »Ich verliere dich . . .« warnte Harry sie.

»Laß einfach los«, antwortete Tesla. *»Ich werde dich anderswo einholen.«*

Er folgte ihren Anweisungen. Die Straße verschwand, und er flog mit halsbrecherischer Geschwindigkeit weiter, während von allen Seiten Geschichten auf ihn einstürmten. Wieder bekam er nur flüchtige Eindrücke mit. Aber nun verfügte er über eine Möglichkeit, die Eindrücke einzuordnen, so kurz sie auch sein mochten. Es handelte sich um Epen und Schnipsel; häusliche Dramen und Pilgerfahrten ans Ende der Welt; alttestamentarische Üppigkeit und Schrecken aus Kinderreimen.

»Ich weiß nicht, ob ich noch mehr ertragen kann«, sagte Harry. »Ich glaube, ich verliere den Verstand.«

»Du wirst einen anderen finden«, frotzelte Tesla, und wieder stoppte er ruckartig mitten in einer Geschichte.

Aber diesmal war etwas anders. Es war eine Geschichte, die er kannte.

»Erkennst du sie?« sagte Tesla.

Selbstverständlich. Das war Everville. Die Kreuzung, Samstag nachmittag, und die Sonne brannte auf eine groteske Farce herab. Die Kapelle durcheinandergepurzelt, Buddenbaum am Graben, Visionen von Huren in der Luft. Es war nicht genauso, wie Harry sich daran erinnerte, und wenn schon? Es entsprach allem, was er bisher gesehen hatte.

»Bin *ich* da?« fragte er.

»Jetzt schon«, antwortete Tesla.

»Was?«

»Es war falsch, daß Grillo es Riff genannt hat«, fuhr Tesla fort. *»Ein Riff ist tot. Aber das hier wächst immer weiter. Geschichten sterben nicht, Harry –«*

»– sie verändern sich?«

»Genau. Daß du das hier siehst, bereichert es, entwickelt es weiter. Nichts geht je verloren. Das lerne ich gerade.«

»Wirst du bleiben?« sagte Harry und sah zu, wie das Drama an der Kreuzung seinen Lauf nahm.

»Eine Weile«, sagte sie. *»Hier kann ich Antworten finden, wenn ich zur Wurzel vorstoße.«*

Sie streckte sich beim Sprechen nach Harry aus, und er sah, daß die Bruchstücke, die er auf dem Weg hierher gesehen hatte, immer noch vor ihm lagen. Ein Teil von ihr war aus einem Flecken ockerfarbenen Bodens gemacht, ein anderer aus dem Loch, das dort gegraben worden war. Ein Teil hatte Ähnlichkeit mit dem Schuppen auf dem Feld und ein Teil mit dem Kind mit den goldenen Augen. Ein Teil war in den spiegelnden Flokken, ein Teil in dem alten Mann, der zum Himmel deutete.

Und selbstverständlich bestand ein Teil aus dem sonnigen Nachmittag, und aus Owen Buddenbaum, der, solange die Geschichte erzählt wurde, in wütender Raserei an der Kreuzung verharren würde.

Und zuletzt, auch wenn er dieses Bruchstück nicht sehen konnte, wußte er, sie bestand auch aus *ihm*, der irgendwo in dieser Geschichte war.

Ich bin du . . . murmelte der Nomade in seinem Kopf.

»*Verstehst du das alles?*« fragte Tesla ihn.

»Ich komme allmählich dahinter.«

»*Es ist wie die Liebe, Harry. Nein; das stimmt nicht. Ich glaube, es* ist *die Liebe.*«

Sie lächelte über ihre eigene Einsicht. Und als sie lächelte, wurde die Verbindung zwischen ihnen unterbrochen. Er flog von ihr weg, wieder durch die leuchtenden Farben, und kehrte in die platzende Blase in dem stickigen Zimmer zurück, wo er aufgebrochen war.

Raul stand da und wartete zitternd auf ihn.

»Herrgott, D'Amour –« sagte er. »Ich dachte, ich hätte Sie verloren.«

Harry schüttelte den Kopf. »Einen Augenblick stand es auf Messers Schneide«, sagte er. »Ich war bei Tesla. Sie hat mich herumgeführt.«

Er betrachtete die Gestalt, die vor den Monitoren auf dem Stuhl saß. Plötzlich kam sie ihm nebensächlich vor; das Fleisch, die Knochen. Die wahre Tesla – möglicherweise der wahre Harry, möglicherweise die wahre Welt – befand sich dort, von wo er gekommen war, und erzählte sich selbst in den unendlichen Zweigen des Geschichtenbaums.

»Kommt sie zurück?« wollte Raul wissen.

»Wenn sie dort angekommen ist, wo sie hin will«, antwortete Harry.

»Und wo ist das?«

»Selbstverständlich am Anfang«, sagte Harry. »Wo sonst?«

3

Der erste Anflug zum Hafen hinunter erwies sich als vergeblich; Phoebe fand keinen, der etwas über den *Misamee* wußte. Aber am zweiten Tag trugen ihre unablässigen

Fragen Früchte. Ja, sagte einer der Barbesitzer an den Docks zu ihr, er wüßte, wovon sie sprach. Tatsächlich war vor einigen Wochen ein leidendes Geschöpf in einem unfertigen Zustand hier gesehen worden. Tatsächlich war, wenn ihn seine Erinnerung nicht trog, sogar ein Versuch unternommen worden, die Mißgeburt einzufangen, falls sie Mordgelüste hegen sollte. Seines Wissens war das Geschöpf jedoch nie gefangen worden. Vielleicht, deutete er an, war es ins Meer zurückgetrieben worden, woher es nach allgemeiner Überzeugung gekommen sein mußte. In dem Fall hätte die Strömung seinen mißgestalteten Körper fortgespült.

Das waren gute und schlechte Nachrichten zugleich. Sie hatte die Bestätigung erhalten, daß sie zumindest im richtigen Stadtviertel suchte; das war die gute. Aber die Tatsache, daß Joe seit einer Weile nicht mehr gesehen worden war, sprach dafür, daß die Theorie des Barbesitzers zutreffend sein konnte und er tatsächlich ein Opfer der Fluten geworden war. Danach machte sie sich auf die Suche nach einem Mitglied des Suchtrupps, aber im Laufe der Zeit wurde es immer schwieriger, den Überblick zu behalten. Tag für Tag legten neue Schiffe an, von Einmastern bis hin zu einer ganzen Flotte von Fischerbooten, die leer ausliefen und mit vollen Netzen wieder zurückkehrten. Häufig beachtete sie ihre Gesprächspartner gar nicht, sondern lauschte wie verzaubert den Matrosen und Stauern: Geschichten davon, was jenseits der ruhigen Gewässer des Hafens lag, draußen in der Wildnis und Einsamkeit des Meers der Träume.

Sie hatte selbstverständlich von Ephemeris gehört, und Musnakaff hatte ihr von Plethoziac und Trophetté berichtet. Aber es gab noch viel mehr: Länder und Städte, deren Namen glanzvolle Bilder heraufbeschworen. Manche existierten tatsächlich (ihre Fracht wurde am Dock gelöscht), andere gehörten ins Reich der Sage. Zur ersten Gruppe gehörte die Insel Berger's Mantle, wo offenbar andauernd Matrosen verlorengingen, weil eine so exquisite Rasse ihnen auflauerte, daß die Seeleute vor Unglauben starben.

In die letztere Kategorie fiel die Stadt Nilpallium, die von einem Narren gegründet und – gerecht und weise, wollte es die Legende – von dessen Hunden regiert wurde, die ihn nach seinem Ableben verspeist hatten.

Aber die Geschichte, die sie am meisten fesselte, war die von Kicaranka Rojandi. Das war angeblich ein Turm aus brennendem Fels, der steil eine halbe Meile aus dem Meer emporragte. Die Lebewesen, die dort hausten und daran hinaufkletterten, wurden angeblich nicht von den Flammen verzehrt, mußten sich aber ständig in die dampfenden Wellen stürzen, um ihre Körper abzukühlen, und begannen den Aufstieg von neuem, wenn sie es konnten, weil ihr ganzes Sehnen der Aussicht galt, die Königin zu befruchten, die, von Flammen eingehüllt, oben auf der Turmspitze hauste.

Die groteskeren Geschichten boten eine gesunde, ja lebenswichtige Ablenkung von ihrem Elend, und die wahren erwiesen sich als seltsam ermutigend, boten sie doch einen Beweis dafür, wie viele wundersame Daseinsformen an diesem Ort möglich waren. Wenn die Bürger von b'Kether Sabbat den Mut aufbrachten, in einer auf dem Kopf stehenden Pyramide zu hausen, und die Feuerkletterer von Kicaranka Rojandi die Hingabe aufbrachten, ihren Turm zu erklimmen und fest glaubten, daß sie eines Tages zu ihrer Königin vordringen konnten, sollte sie dann nicht auch weiter nach ihrem *Misamee* suchen?

Und dann kam der Tag des Sturms. Die alten Matrosen an den Kais sagten ihn schon lange voraus: ein Unwetter denkwürdiger Heftigkeit, welche alle Arten von Tiefseefischen in Schwärmen emporspülen würde. Für die Fischer, die bereit waren, ihre Netze, ihre Boote und möglicherweise auch ihr Leben auf dem offenen Meer zu riskieren, würde es einen Fang von üppigen Dimensionen geben.

Phoebe wärmte sich vor dem Herd in der Küche, als der Wind anfing zu tosen; die Kinder saßen daneben und aßen Eintopf, ihre Mutter war damit beschäftigt, Brot zu backen.

»Ich höre ein Fenster schlagen«, sagte Jarieffa, als die ersten Regentropfen auf den Fenstersims der Küche klatschten, und machte sich auf, um es zu schließen.

Phoebe starrte in die Flammen, während der Wind im Kamin heulte und rumorte. Unten, an der Straße der Docks, würde es ein atemberaubendes Schauspiel sein, vermutete sie. Schiffe, die an ihren Ankerketten zerrten, und das Meer, das sich gegen die Hafenmauer warf. Wer konnte sagen, was so ein Sturm alles ans Ufer schleudern würde?

Sie stand auf, noch während sie diesen Gedanken formulierte. Wahrhaftig, wer?

»Jarieffa?« rief sie, als sie den Mantel aus dem Schrank holte. »Jarieffa! Ich gehe aus!«

Darauf kam die Frau mit besorgter Miene die Treppe herunter. »Bei dem Wetter?« sagte sie.

»Keine Sorge. Mir geschieht schon nichts.«

»Nehmen Sie Enko mit. Es ist schrecklich da draußen.«

»Nein, Jarieffa, ich kann ein bißchen Regen vertragen. Bleiben Sie getrost im Warmen und backen Sie Ihr Brot.«

Jarieffa, die weiter betonte, daß es nicht klug war, ins Freie zu gehen, folgte Phoebe zur Tür und auf die Treppe hinaus.

»Gehen Sie rein«, sagte Phoebe zu ihr. »Ich bin bald wieder da.«

Dann ging sie durch den sintflutartigen Regen.

Der Regen hatte die Straßen so wirkungsvoll leergefegt wie der Iad. Sie begegnete kaum einer Menschenseele, als sie das Labyrinth der Nebenstraßen und Gassen durchschritt, die ihr inzwischen fast so vertraut waren wie die Main Street und Poppy Lane. Je näher sie dem Wasser kam, desto weniger Schutz hatte sie vor dem wilden Tosen des Sturms. Als sie die Dock Road erreichte, mußte sie sich gegen den Wind stemmen und mehr als einmal eine Mauer oder ein Geländer ergreifen, damit sie nicht umgeworfen wurde.

An den Kais und auf den Decks der Schiffe herrschte weitaus mehr Regsamkeit als auf den Straßen, durch die sie gekommen war; Matrosen bemühten sich, Segel zu sichern und Fracht festzuzurren. Einer der Einmaster hatte sich aus seiner Vertäuung gelöst und wurde vor Phoebes Augen gegen die Hafenmauer geworfen. Die Planken splitterten, und eine Anzahl der Besatzung sprang in das tosende Wasser. Sie wartete nicht, ob das Schiff sank, sondern eilte weiter, durch den Hafen und den angrenzenden Lagerhallenbezirk zum Strand.

Die Wellen waren hoch und donnernd, die Luft so sehr von Gischt erfüllt, daß sie nicht weiter als ein Dutzend Meter sehen konnte. Aber die grimmige Wut der Elemente entsprach ihrer Stimmung. Sie stolperte über die dunklen, glitschigen Steine, forderte die Wellen heraus, weit genug heraufzukommen, um sie zu holen, und rief unablässig Joes Namen. Die Böen rissen ihr die Silbe von den Lippen, aber sie stapfte dennoch verbissen weiter, und ihre Tränen vermischten sich mit dem Regen und der Gischt des Meers der Träume.

Schließlich übermannten Erschöpfung und Verzweiflung sie. Sie sank, bis auf die Haut durchnäßt, auf die Steine, und war zu heiser und ausgepumpt, um weiter zu rufen.

Ihre Gliedmaßen waren taub vor Kälte, und sie hatte pochende Kopfschmerzen. Sie hielt die Hände vor den Mund, um die Finger mit ihrem Atem zu wärmen, und überlegte sich, daß sie wahrscheinlich erfrieren würde, wenn sie sich nicht bald bewegte, als sie eine Gestalt ein Stück weiter entfernt am Ufer erblickte. Jemand kam ihr entgegen. Ein Mann, dessen wenige Kleidungsstücke kaum Fetzen waren, während sein Körper ein seltsames Kompendium von Formen und Farbtönen bildete. An manchen Stellen war er purpurfarben und hatte eine Schuppenhaut. An manchen hatte er kleine Flecken fast silberner Haut. Aber sein Kern – das Fleisch um seine Augen und den Mund, am Hals hinab über Brust und Bauch – war schwarz. Sie erhob sich, und der Name, den sie in den Wind gebrüllt hatte, war in ihrer Fassungslosigkeit zuviel für ihre Lippen.

Es spielte keine Rolle. Er hatte sie gesehen; hatte sie mit den Augen gesehen, die sie selbst herbeigeträumt hatte. Dann blieb er wenige Schritte von ihr entfernt mit einem zaghaften Lächeln stehen.

Sie konnte seine Stimme nicht hören – die Wellen waren zu laut –, aber sie las ihm den Namen, den er aussprach, von den Lippen ab.

»Phoebe . . .?«

Zögernd ging sie auf ihn zu, halbierte die Strecke zwischen ihnen, kam aber nicht in Reichweite seiner Arme. Sie hatte ein bißchen Angst. Vielleicht stimmten die Gerüchte über seine Mordlüsternheit. Wenn nicht, wo hätte er die Fleischfetzen finden sollen, um seinen Körper zu vollenden?

»Du bist es doch, oder nicht?« fragte er. Sie war jetzt so nahe, daß sie seine Worte verstehen konnte.

»Ich bin es«, sagte sie.

»Ich dachte mir, vielleicht habe ich den Verstand verloren und mir alles nur eingebildet.«

»Nein, das hast du nicht. Ich habe dich herbeigeträumt, Joe.«

Nun kam er näher und betrachtete dabei seine Hände. »Du hast mir ohne Zweifel zu etwas Fleisch verholfen«, sagte er. »Aber die Seele . . .« eine seiner Hände glitt zur Brust ». . . was hier *drinnen* ist . . . das bin ich. Der Joe, den du draußen im Seetang gefunden hast.«

»Ich war sicher, ich hätte dich geträumt.«

»Das hast du. Und ich habe dich gehört. Und ich bin gekommen. Aber ich bin kein Hirngespinst, Phoebe. Ich bin Joe.«

»Was ist mit dir passiert?« sagte sie. »Wo hast du –«

»– den Rest von mir her?«

»Ja.«

Joe richtete den Blick auf das Wasser. »Von den 'shu. Den Seelen-Piloten.« Phoebe erinnerte sich noch sehr gut an Musnakaffs kurze Lektion über dieses Thema. *Bruchstücke des Schöpfers,* hatte er gesagt, *oder auch nicht.* »Ich stürzte mich ins Wasser und hoffte, ich würde ertrinken, aber sie haben mich gefunden. Haben mich umringt. Haben den Rest von mir herbeigeträumt.« Er hob die Hand, damit sie sie anschauen konnte. »Wie du siehst«, sagte er, »haben sie mir etwas von ihrer eigenen Natur gegeben, wo sie schon mal dabei waren.« Die Hand war seltsamer geformt, als ihr auf den ersten Blick aufgefallen war; Schwimmhäute zwischen den Fingern, die Haut von unmerklichen Rillen durchzogen. »Stört es dich?«

»Großer Gott, nein . . .« sagte sie. »Ich bin nur froh, daß ich dich wiederhabe.«

Nun endlich breitete sie die Arme aus und ging zu ihm. Er zog sie an seinen Körper, der trotz Regen und Gischt warm war, und seine Umarmung war so heftig wie ihre.

»Ich kann nicht glauben, daß du mir gefolgt bist«, murmelte er.

»Was hätte ich sonst tun sollen?« antwortete sie.

»Du weißt, daß es keinen Weg zurück gibt, oder nicht?«

»Weshalb sollten wir zurück?« sagte sie.

Sie blieben eine ganze Weile am Ufer und redeten manchmal miteinander, aber meistens liebkosten sie einander nur. Sex machten sie nicht. Das blieb einem anderen Tag vorbehalten. Vielen Tagen. Vorerst nur Umarmungen, Küsse, Zärtlichkeit, bis der Sturm abgeklungen war.

Als sie mehrere Stunden später am Kai entlang zurückgingen, klarte der Himmel auf, und die Luft war kristallklar, und kaum ein Blick wurde in ihre Richtung geworfen. Die Leute waren zu beschäftigt. Es galt, beschädigte Schiffshüllen zu reparieren, zerrissene Segel zu flicken, verstreute Fracht einzusammeln und neu zu verstauen.

Was die tollkühnen Fischer betraf, die der Gewalt des Sturms getrotzt hatten und unbeschadet zurückgekehrt waren, so sprachen sie Gebete an den Kais, während sie ihre Boote entluden. Dankgebete für ihre Rückkehr und die Großzügigkeit des Meers der Träume. Die Propheten, die den Sturm vorhergesagt hatten, behielten recht; die tosenden Wasser hatten wahrhaftig einen beispiellosen Fang emporgespült.

Während die Liebenden unbemerkt das Haus auf dem Hügel betraten (wo sie im Lauf der Zeit berühmt-berüchtigt werden sollten), wurde der Inhalt der Netze ans Ufer gekippt. Aus den Tiefen von Essenz waren Geschöpfe ans Tageslicht gekommen, die selbst für die abgebrühten Fischer seltsam wirkten. Sie glichen Wesen, die an den ersten Tagen der Welt geschaffen worden waren, manche zumindest; andere sahen aus wie die Kritzeleien eines Kindes an einer Wand. Wenige waren konturlos, viele erstrahlten in Farben, die keinen Namen hatten. Manche erstrahlten sogar bei Tageslicht in einem inneren Leuchten.

Nur die 'shu wurden wieder ins Wasser geworfen. Der Rest wurde sortiert, in Körbe verladen und zum Fischmarkt getragen, wo sich bereits eine Menschenmenge in Erwartung der reichen Beute versammelt hatte. Selbst die häßlichsten, die unbedeutendsten der kindlichen Krakel konnten jemanden ernähren. Nichts wurde vergeudet, nichts ging verloren.